MW00889755

placeres FURTIVOS

AUTORA FINALISTA DEL 2° PREMIO LITERARIO AMAZON STORYTELLER

KRISTEL RALSTON

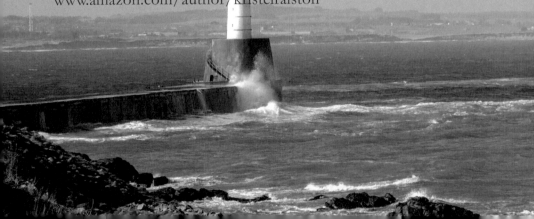

SafeCreative.
Código de registro: 2307114803878 y 2309235389637.
ISBN: 9798860068643

Diseño de portada: H. Kramer
©Shutterstock. ©AdobePhotoStock.
Diseño de maquetación: Lotus Ediciones

Puedes suscribirte a la página de Amazon de la autora y estar al corriente de sus más recientes trabajos literarios:
www.amazon.com/author/kristelralston

"CRECER ES PERDER CIERTAS ILUSIONES,

PARA PODER ABRAZAR OTRAS".

VIRGINIA WOLF.

ÍNDICE

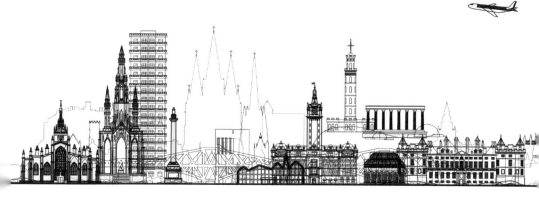

PRÓLOGO

Aberdeen, Escocia.
Años atrás.
Bassil Jenok.

—*¡Rómpele la cara, inepto! ¡Estoy apostando por ti!*
—*No seas blandengue insulso de mierda, ¡estoy arriesgando mi salario!*
—*¡Acábalo, acaba con él, imbécil! ¡Queda poco tiempo!*

Los gritos eufóricos, risas crueles e insultos del público, se perdían entre la bruma de pensamientos que Bassil tenía en la mente, pero no podía permitir que lo desconcentraran en estos momentos críticos. El único afán, durante cada pelea en la que aceptaba participar, era sobrevivir; esta no era la excepción. Su agilidad con los puños le permitía obtener ingresos extras, una vez al mes, cuando se organizaba esta clase de peleas ilegales en sitios clandestinos de la ciudad. Llevaba meses invicto y esa era la razón principal de que las apuestas, cuando se anunciaba que él entraría en el ring, fuesen más elevadas. Además, el número de asistentes solía duplicarse y con ello también lo hacía la posibilidad de que todo se saliera de control con más celeridad.

El dinero que Bassil obtenía peleando lo destinaba a ayudar a su familia. Su madre trabajaba limpiando casas y su padre había fallecido de un ataque al corazón años atrás, así que la economía la sostenían entre madre e hijo. Además, para Bassil lo más importante era solventar las necesidades básicas de su hermana menor, que estaba próxima a graduarse del instituto, y financiar, en la medida de lo posible, aquellos gastos que la madre de ambos, Olivia, no tenía la capacidad de afrontar.

Cuando llegaran los cursos de preparación, previos a la universidad, él sabía que Hannah ya podría valerse por cuenta propia y encontrar un empleo de medio tiempo. Su hermana tenía dieciséis años, seis menos que él, pero a juicio de Bassil era demasiado optimista e ingenua; así que procuraba protegerla en la medida de lo posible. Estas características de la personalidad de Hannah eran un contraste abismal con la rudeza y hostilidad de la zona en la que llevaban años viviendo, Tillydrone.

No era desconocido que las mafias se disputaban territorios en Escocia, porque el puerto de Aberdeen era de los más fructíferos de Europa y en el que grandes corporaciones petroleras tenían sus plataformas en ultramar y en la superficie. Bassil procuraba no meterse en zonas que no estuviesen marcadas como neutrales.

Aunque las peleas atraían toda clase de gente, él no se debía más que a la persona que lo había reclutado para pelear, Aspen. Este era un viejo cascarrabias que tuvo años complicados tratando de desintoxicarse de la adicción a la cocaína, pero había cambiado el vicio de las drogas por la adrenalina de los combates ilegales.

Ni Olivia ni Hannah Jenok sabían a lo que Bassil se dedicaba para lograr ganar unas libras esterlinas extras al mes. La principal razón de su ignorancia era porque él vivía en un pequeño piso con su mejor amigo, Hutch, pues se había independizado apenas cumplió los dieciocho años; la segunda, porque Bassil solo las visitaba cuando no tenía magulladuras en el rostro. Al pelear solo una vez a mes, él contaba con un margen considerable de tiempo para sanar cualquier herida o moratón adquirido.

—Te aconsejo que me dejes ganar —dijo en tono amenazante el hombre de raza negra, escupiendo un diente y un poco de sangre sobre la superficie gris—. No te conviene —movió el cuello de un lado a otro— seguir invicto, *Brick*. Has cabreado a la gente equivocada al arruinarles el negocio… Dejaste fuera a dos de sus mejores peleadores… —lo miró con unos ojos azules sin alma—, un gran error.

Bassil esbozó una sonrisa cruel al escuchar el apodo con el que lo llamaban en las peleas. Se lo había ganado por cómo, con un gancho letal, noqueaba al que intentaba hacerle lo mismo a él. La consigna de las peleas, más que ganar el combate, era salir vivo. La única regla era no utilizar armas de fuego ni cuchillos, pero, al tratarse de circunstancias en las que no predominaba el honor, las trampas eran recurrentes.

—Ganar le conviene a mi bolsillo —dijo Bassil en tono burlón, dándole un puñetazo que le rompió la nariz al hombre. El público aulló de satisfacción—. Si fueran los mejores, entonces no habrían caído bajo mi puño, hijo de puta.

—Ignoras quiénes son los que me protegen y esa será tu ruina… —replicó el hombre respirando con dificultad. Llevaban una hora peleando. Ambos estaban agotados y con magulladuras, pero Ethiene era el que se había llevado la peor parte —. Esas dos mil libras esterlinas… —tosió sangre—, me pertenecen…

—No te veo luchando por ellas, hijo de perra —dijo Bassil dándole una patada en el estómago. Pero el tipejo era tramposo, así que agarró una navaja que alguien le lanzó desde el público y rodeó a Bassil para atacarlo. Este se movió, esquivándolo, y le robó el arma con facilidad—. Si quieres pelear sucio atente a las consecuencias.

—Si me matas irán a por ti… —jadeó Ethiene y le dio un puñetazo en la cara a Bassil que lo hizo trastabillar. Ethiene se impulsó con las cuerdas para avalanzarse contra su oponente, pero falló y se dio de bruces contra la tela del ring—. ¿O es que acaso tu contratante no te dijo quiénes me apoyan…? —preguntó, mordaz.

—Lo que sé es que eres un saco de mierda y un charlatán —dijo moviéndose y rajándole la carne que empezaba desde el hombro izquierdo, hasta el codo.

Los gritos que clamaban que degollara a Ethiene se alzaban con brío. La sangre de la herida brotó manchando la lona grisácea sobre la que estaban luchando cuerpo a cuerpo. Bassil dejó el arma blanca de lado y luego sus puños embistieron con furia.

—Ca…brón… —jadeó Ethiene hecho un guiñapo. Él era una mezcla de sangre, moratones y ojos hinchados por los puñetazos recibidos—. Esto… —dijo tratando de dar golpes casi a ciegas y apenas en capacidad de levantarse—, va a pesarte…

—Mi bolsillo no opinará lo mismo —replicó Bassil con veneno.

El garaje abandonado, ubicado en una de las zonas más inseguras de la ciudad, era hediondo y mugroso. El aroma de las colillas de cigarrillos se entremezclaba con aquel tufo propio del sudor de los expectadores. Desde el exterior también llegaba la mezcla putrefacta de la orina de animales y otros fluidos provenientes de los botes llenos de basura. El viento no contribuía a que se disiparan los asquerosos olores. Pero nada de esto distraía a Bassil, porque su objetivo era salir con el dinero.

Él quería que esta fuese su última contienda. Llevaba en este circuito aproximadamente nueve meses, desde que conoció a Aspen una mañana en el muelle y este le habló de las peleas callejeras, y notaba que cada vez se volvía más mortífero; inclusive hubo una pelea en la que casi muere, porque fue en una jaula. Aquella vez, la única manera de salir del encierro de las mallas de metal fue matando al otro hombre. Esa era de las peores experiencias que él podía recordar.

Bassil deseaba alejarse de esta oscura circunstancia que había elegido para ayudar a su familia, pues la otra opción era unirse a bandas delectivas y robar. Esto no le agradaba, ya que no lo consideraba justo para la víctima. En el ring, en cambio, eran dos iguales pugnando por un mismo objetivo. El riesgo de ser pillados por la policía era igual de alto para un ladrón que para un luchador ilegal, pero, la posibilidad de escapar con más rapidez y de no ir a la cárcel era más elevada en las peleas.

Él detestaba ver a su madre desgastarse física y emocionnalmente por un puñado de libras esterlinas que apenas cubrían la canasta básica en Escocia. Le dolía que Hannah no pudiera tener comodidades y que sufriera bullying a causa de los atuendos de segunda mano o zapatos maltrechos que llevaba a clases. Por ellas, Bassil soportaba la carga en su conciencia de los nefastos resultados de algunas contiendas.

No obstante, confiaba en que pronto podría aspirar a un mejor empleo, porque estaba a punto de graduarse como ingeniero en geología del petróleo. La universidad era gratuita para los escoceses, así que Bassil no era idiota y aprovechaba las ayudas del gobierno. La profesión la eligió porque al trabajar en el muelle, como mozo de carga desde los dieciocho años, entendió que los profesionales de las empresas petroleras recibían buenos beneficios. Su aspiración era ser parte de una de ellas. Sabía que era una aspiración gigantesca para un hombre criado en un círculo social de bajo estrato económico y sin conexiones, pero eso no amedentraba su determinación.

—Si estuviésemos en posiciones diferentes en este ring… —amenazó de nuevo Ethiene—, yo no te dejaría vivo… ¡Lancen una pistola para volarle los sesos a *Brick*! —gritó al público con las últimas fuerzas que tenía en el cuerpo. La gente, azuzada por la súbita petición, empezó a corear que alguien le diera una arma de fuego.

Los únicos que entraban armados eran los organizadores, que variaban de rostro y procedencia en cada uno de esos encuentros clandestinos, así como las personas que acompañaban a los luchadores. Las armas de fuego se requisaban en la entrada, a excepción de los cuchillos o navajas, para evitar una súbita matanza. Lo anterior no sería nada disparatado considerando la agitación de egos y el hecho de que, la mayoría de asistentes estaban bajo los efectos de alguna droga o alcohol.

—Tienes una última oportunidad… —le dijo Bassil sintiendo los nudillos de los dedos lacerados y el costado muy dolorido. Él había aprovechado la agilidad de sus pies, así como la fuerza de sus músculos definidos, fortalecidos por todos los años dedicado a cargar objetos pesados y también por los ejercicios, para lograr el predominio sobre la lona esta noche. Bassil sabía analizar los ángulos correctos de sus oponentes, porque estudiar a otros: actitudes, señales y comportamientos, formaban parte de su forma de supervivencia en general. Además poseía una mente disciplinada para enfocarse—. Acepta que te rindes, Ethiene, así no tendré que rematarte.

Su intención no era matar a sus oponentes, sino dejarlos inconscientes para quitarles la opción de recuperarse. Además de la experiencia en la jaula, hubo otras dos ocasiones en las que no tuvo otra salida que asesinar a puños a su contraparte. Los dos hombres, luego se enteró Bassil, tenían antecedentes penales vinculados al tráfico de personas y pornografía infantil. Tan solo por eso, su conciencia no lo machacaba y consideró esas tres peleas como un favor que le hizo a la sociedad.

En las otras contiendas, los tipejos a los que se enfrentó sí salieron del ring para contar la experiencia, porque se acogieron a la opción de rendirse. Esto último era una afrenta para el ego masculino, por supuesto, pero la recompensa era seguir vivo. En el caso de Ethiene, Bassil estaba dándole la posibilidad de vivir, si aceptaba la derrota públicamente. Este punto de la pelea, cuando su oponente prefería la arrogancia a la vida, era la jodida razón por la que no podía continuar peleando.

—¿Rendir…me? —preguntó Ethiene intentando reírse, pero tuvo un acceso de tos. Agarró una botella de agua y se la echó al rostro—. No. No me rindo.

Bassil lo observó con desdén por obligarlo a seguir peleando. El hombre ya no tenía fuerzas ni recursos físicos, porque había perdido mucha sangre.

—No necesito golpearte más, porque estás a punto de perder la conciencia —dijo caminando alrededor del cuerpo posicionado de forma lateral, porque Ethiene intentaba incorporarse sin lograrlo, pues resbalaba sobre sus fluidos.

El clamor del público resonaba alrededor. No cabía ni un alfiler en ese espacio apto para sesenta personas. Los que pagaban por ver estos encuentros eran sádicos o gente de la peor calaña social inimaginable que vibraba ante las demostraciones de violencia. Bassil no se consideraba un asesino, porque había quitado la vida a otros en defensa propia. Lo único que procuraba dejar en el ring, en lugar de cuerpos sin vida, era un buen show y llevarse el dinero. Esto se lo reprochaba Aspen, porque el hombre podía llegar a ser tan sádico como la misma audiencia, pero a Bassil le daba igual.

—Te están observando… —dijo Ethiene logrando acuclillarse apenas.

—¡Muchos me observan hoy! —gritó Bassil para el público que, a menos que él o Ethiene elevaran mucho la voz, no podían escucharlos debido a la algarabía reinante—. ¡Grítale a estos hombres que ya no tienes cojones para defenderte y que estás dispuesto a rendirte! —dijo abriendo los brazos para señalar a los presentes.

—¡Brick, brick, brick!

—¡Acábalo, Brick! ¡Mátalo!

—¡Aplástale la garganta, Brick!

Ethiene de repente cayó y empezó a convulsionar. No había paramédicos alrededor y nadie se atrevería a llamar a la central de emergencias por razones lógicas. Si existía algún médico en los alrededores, pues esa noche no estaba para ayudar.

—¡No voy a… no voy a…! —empezó a balbucear. Esa fue la última frase a medio construir antes de que expirara su último aliento.

Bassil fingió una sonrisa de satisfacción cuando Ethiene perdió la batalla que nunca tuvo oportunidad de ganar, pero por dentro sentía que otro pequeño trozo de su humanidad se desvanecía. Los vítores del público se aceleraron y la gente que apoyaba a Ethiene empezó a crear caos, no porque hubiera fallecido, sino porque no iban a recibir dinero. Los pagadores de las apuestas ya escuchaban las usuales amenazas si no entregaban el monto exacto a los que habían apostado por *Brick*.

Después de cobrar su parte, Bassil salió rodeado de Aspen y los matones que trabajaban con él en estos eventos. Estaba agobiado por la muerte de otra persona, pero, una vez más, no hubo opción. Quería abandonar de ese tugurio por completo lo antes posible. Estaba exhausto y sofocado por los hedores de alrededor. Sin embargo, el mar de gente no se daba prisa apartándose para darles paso, de hecho, aprovechaba, al reparar en ellos, para insultarlos, especialmente aquellos que habían apostado a favor de Ethiene. Entre esta gente no existían los perdedores resignados.

El cuerpo del combatiente negro continuaba en el ring, aunque tenía una sábana oscura cubriéndolo. Bassil sabía que no sería retirado de la lona, hasta que alguien llamara a los "limpiadores". Este era un grupo de personas que se dedicaba a borrar las huellas de la violencia, así se ganaban la vida, pero no siempre llegaban a tiempo al sitio en el que se los requería. Si la policía recibía un chivatazo, entonces el cuerpo llegaba a la morgue local, en lugar de desaparecer en algún sitio en el que jamás sería hallado. Nunca se abrían investigaciones, porque los agentes de la ley sabían que era una pérdida de recursos y tiempo que se podían utilizar para casos más importantes.

Una vez que Bassil logró abrirse paso para llegar al parqueadero, una súbita interrupción evitó que se subiera al coche de Aspen. De inmediato, el reclutador y sus acólitos, Jason y Landon, sacaron sus armas apuntando hacia el objetivo. Bassil, en cambio, tan solo se quedó con una expresión de curiosidad en el rostro al notar que una chica avanzaba hacia ellos, prácticamente corriendo. Parecía desesperada.

—¡Espera, hey, espera! —gritó ella—. Por favor —tomó aliento llevándose una mano al pecho para recuperar el resuello—, *Brick*, no te marches sin escucharme.

—¿La conoces? —preguntó Aspen a Bassil con irritación, guardando el arma, los otros dos hombres hicieron lo mismo, pero no dejaron de mirar alrededor por si ella era una distracción para algún acto en contra de ellos. No sería nada raro.

—No —replicó con simpleza. La mujer era de cabello rubio y la ropa que llevaba parecía demasiado fina para un sitio como aquel. Frunció el ceño.

—*Brick*… —dijo ella—. Mi hermano está en problemas y necesito tu ayuda.

Bassil soltó una carcajada sin humor. Ella se quedó mirándolo con cautela.

—No sé qué hace una mujer como tú en un sitio como este —dijo con hastío mirando alrededor—. Si traes problemas, él se encargará de ti —señaló a Aspen con el dedo pulgar. Bassil no quería perder tiempo, porque necesitaba algunos ibuprofenos, compresas de hielo y aplicarse desinfectante, además de darse un largo baño frío. Después de las peleas, cuando la adrenalina todavía se mantenía en su cuerpo, lo que más deseaba era follar para expulsar los últimos escollos de la brutalidad del ring. No obstante, en esta noche en particular, le apetecía la soledad.

La mujer hizo una negación vehemente con la cabeza.

—Yo… Yo tengo dinero —replicó posando la pequeña mano sobre la piel del antebrazo masculino—. Mucho más de lo que has ganado hoy. Puedo pagarte.

—Ah ¿quieres que te folle? —preguntó con crudeza—. Lo siento, no soy gigoló.

Aspen y los otros dos soltaron una carcajada.

—No, jamás pagaría por sexo —dijo ella, sonrojada, apartando la mano. Él no se inmutó—. Yo… —se aclaró la garganta—. Semanas atrás, escuché mencionar que en la ciudad había peleas nocturnas al margen de la ley. Me tomé el trabajo de indagar y fue así como llegué aquí esta noche. Felicitaciones por haber ganado, aunque no vi el encuentro, porque no me gusta la violencia. —Bassil enarcó una ceja—. Me quedé en el coche y esperé a que uno de mis guardaespaldas me dijera el resultado.

Él se cruzó de brazos y la observó con desdén.

—Debes estar chalada para haber salido de donde sea que te escupió el Creador y llegar a esta cloaca. Una mujer como tú no obtiene información sobre estas peleas con facilidad, así que —se acercó y perforó la mirada de ella con la suya—, ¿quién te está pagando por estar aquí? Piensa bien al responder —dijo y sacó un cuchillo, cuya punta brilló con el reflejo de uno de los postes de luz maltrechos de la calle. Él no tenía intención de hacerle daño, pero no se podía pecar de ser demasiado precavido.

—Vengo por interés personal y no pertenezco a ningún grupo o bando, lo prometo —dijo en tono angustiado—. Le pagué a mi conductor para que buscara información —confesó, consciente de que mentirle a este hombre era jugar a la ruleta rusa—. Estoy acompañada de mis guardaespaldas y si me haces daño, con o sin armas, tendrás una seria batalla —habló con rapidez—. *Brick*, estoy aquí por mi hermano.

Bassil la miró con incredulidad y, por segunda ocasión, se carcajeó. Jugueteó con el cuchillo, haciéndolo girar entre los dedos, después lo guardó.

—Eres bastante osada —dijo mirándola de arriba abajo. Bassil notó que ella tenía expresivos ojos azules, curvas amplias y labios carnosos—. Venir a estos barrios bajos, amenazando y pidiendo ayuda al mismo tiempo, es una mezcla peligrosa —expresó acercándose más, pero ella no hizo amago de apartarse. «Interesante», pensó. Solo alguien muy determinado actuaba de este modo o alguien muy ingenuo.

—Soy Leah Doyle —replicó extendiendo la mano, pero Bassil no la estrechó de regreso. Ella apretó los labios—. *Brick*, mi hermano tiene un encargo complicado. Necesita aprender a pelear sucio. Los instructores de Karate o Judo no sirven.

Bassil se pasó los dedos entre los cabellos. La desesperación, que era muy evidente en la voz femenina, lo hizo reconsiderar la idea de largarse en ese instante.

—¿Cuándo dinero hay de por medio? —preguntó él a regañadientes.

Leah soltó una sonora exhalación y luego una sonrisa que lo deslumbró. Él estaba habituado a mujeres más crudas, exhuberantes y cuyo refinamiento consistía en lamerse la boca, después de tragarse su simiente al terminar una felación.

—Lo que has ganado hoy, multiplicado por dos. Serían tres clases semanales durante tres meses. El pago puede ser en efectivo o transferencia. Tú eliges.

—¿Para qué necesita tu hermano pelear sucio? —indagó con suspicacia.

Leah tragó saliva y apretó los labios, pero supo que tenía que continuar siendo sincera con él. No estaba en esta área de la ciudad por un impulso, ni porque escuchó un rumor sobre la existencia de un luchador apodado *Brick*. No. La razón por la que estaba alrededor era porque su único hermano necesitaba ayuda. Urgentemente.

—Timothy es mi mellizo y solemos ir de fiesta juntos —empezó a explicar—. Mientras estábamos en un pub del centro de la ciudad con amigos, un mes atrás aproximadamente, entró un grupo que parecía querer buscar problemas. Los ignoramos. No obstante, uno de ellos me echó encima la bebida y... —carraspeó e hizo una mueca—, me dio un azote en el trasero. —Bassil tan solo la miró, impasible—. Timothy salió en mi defensa. Hubo insultos, pero lo peor fue cuando el agresor sacó un arma. Mi hermano lo llamó cobarde y lo retó a una pelea cuerpo a cuerpo —dijo recordando el incidente—. El hombre aceptó sin rechistar. Casi pareció como si lo hubiese estado deseando. Su aspecto era casi febril ante la idea.

—Déjame adivinar, tu hermano, fuera de las clases de defensa personal o su bravuconería, apenas puede dar un buen golpe, ¿correcto? —preguntó Bassil.

—Sí... —murmuró preocupada—, pero el motivo de que esté aquí es porque la persona que me ultrajó, y que va a pelear con Timothy, es de la mafia irlandesa —dijo en un tono que daba a entender su aflicción e impotencia—. Por favor, *Brick*, no puedo perder a mi hermano, así que necesito que gane ese combate y sobreviva. ¿Aceptas entrenarlo para que tenga reflejos y sepa defenderse peleando sucio?

Bassil consideró que esta era la salida que quizá necesitaba para los siguientes meses, en términos económicos. Si ella duplicaba la ganancia de esta noche, él podría anticipar la renta del piso que compartía con Hutch, además de darle un breve respiro a su madre y a Hannah. No solo eso, sino que, al no tener que pelear más, adelantaría las asignaturas pendientes en la universidad para graduarse más rápido.

Por otra parte, la idea de mezclarse con cualquier mafia no era una movida inteligente. Sin embargo, Bassil sabía que no iba a tener ninguna clase de contacto directo. Solo prepararía al tal Timothy y luego no volverían a verse. Acompañarlo a la pelea, donde sea que fuese a llevarse a cabo, no estaba en su plan. No era su asunto.

—Dame la dirección del sitio de entrenamiento, gimnasio o lo que sea, pero solo podré hacerlo en horario nocturno —replicó Bassil—. Si un día tu hermano no se presenta, entonces me pagarás el dinero completo sin opción a reclamo.

—Oh, gracias —dijo con una expresión de genuino alivio, abrazándolo de la cintura en un impulso. Él no devolvió el gesto—. Muchas gracias —se apartó—. Comprendo tus términos, *Brick*. Timothy no faltará a ninguna de tus clases.

Bassil experimentó una sacudida en sus sentidos, porque Leah parecía ser alguien genuina. El abrazo fue sincero. Él estaba habituado a las mujeres que se le insinuaban abiertamente, en forma verbal o física, pero no a este contacto inocente. Ella le dio la información de una zona, bastante acaudalada de Aberdeen, como sitio de reunión. Él le mencionó que quería el pago del primer mes, completo, en efectivo.

Leah lo sorprendió sacando un papel cuidadosamente doblado de la bolsa, después sacó un bolígrafo y escribió la cantidad solicitada. El nombre del beneficiario estaba en blanco, porque a ella no le interesaba quién iba a cobrarlo, sino tan solo que este hombre cumpliera su palabra y ayudar a que Timothy siguiera de una pieza.

—Me llamo Bassil, no *Brick* —dijo, después de intercambiar números de teléfonos—. ¿Lo de tus guardaespaldas era una charada? —preguntó, mientras observaba el cheque con suspicacia y luego lo guardaba en el bolsillo trasero del jean desgastado—. Si mañana tengo problemas al intentar cobrar el dinero, entonces puedes considerar que el acuerdo está terminado y me encargaré de ser quien busque a Timothy para darle una lección. Estoy seguro de que no querrás que algo así ocurra.

—No, yo no soy una persona mentirosa —dijo, casi indignada—. Los guardaespaldas no son una charada y no vas a tener problemas con el cheque.

—Pude haberte matado, Leah. Este es un lugar hostil y yo no ando con jueguecitos. Si otro te hubiera encontrado, tu suerte habría sido lamentable.

—La vida de mi hermano merece cualquier riesgo —replicó con convicción y en un tono de voz firme—. Nada me garantiza que no vayas a defraudarme y que te quedes con mi dinero, y yo me vea en la obligación de encontrar otra persona. Sin embargo, como te acabé de decir, estoy dispuesta a todo por Timothy.

—No soy un puto ladrón, Leah, y no te conviene cabrearme —zanjó.

—Yo… Bien, no quise ofenderte —dijo con un asentimiento—. Timothy es todo lo que tengo, así que ningún precio tiene sentido si no es para ayudarlo.

Esa respuesta terminó de convencer a Bassil de que había tomado una buena decisión aceptando esta propuesta. La muchacha era leal a su familia, como él.

—¿No tienes familia? —preguntó Bassil intrigado de repente.

Que una chica tan joven tuviera, aparentemente, tanto dinero disponible para gastar o distribuir a gusto no era usual, al menos no en su experiencia de vida. Si había padres involucrados eso implicaba problemas adicionales. Bassil podría retractarse de inmediato de este contrato verbal, aunque lo jodiera empezar a vender las pequeñas cosas de valor que había dejado su padre, y que eran sus únicos recuerdos de él, para sobrevivir hasta lograr una plaza de trabajo mejor, después de su graduación.

Ante la pregunta, Leah dudó un instante e hizo una negación. Su expresión fue triste, pero no estaba en estos barrios bajos para contar su vida a un extraño, sino para contratarlo y que la ayudara a que su hermano saliera airoso de la pelea.

—Fallecieron en un accidente de helicóptero, pero no es mi historia familiar la que debe interesarte, sino el dinero que voy a pagarte, así como cumplir tu palabra —replicó con serenidad—. Si honras tu acuerdo, entonces yo honraré el mío.

Bassil consideró que no era tan tonta ni confiada como aparentaba. Bien.

—Estaremos en contacto —dijo él subiéndose al coche de Aspen.

—Quizá, incluso, podamos ser amigos —dijo Leah con una sonrisa. De repente, el peso que había llevado sobre los hombros, durante semanas, se había aligerado.

—No es una opción —replicó Bassil cerrando de un portazo y reclinando la cabeza contra el respaldo del asiento del copiloto. Estaba completamente agotado.

Lo que él no podría prever era que la súbita presencia de Leah Doyle en su vida sería el principio del hilo de una sucesión de eventos trágicos y que llegarían acompañados de incalculables beneficios. Bassil tampoco podría prever que el precio de acceso a todo aquello que siempre ambicionó sería muy alto. Un precio, cuyo efecto merodearía a su alrededor como una sombra, a pesar de los años.

CAPÍTULO 1

Nueva York, Estados Unidos.
Presente.
Aytanna Gibson.

Aytanna estaba enfadada con el área administrativa de la aerolínea para la que trabajaba como azafata. Por cuarta ocasión, en los últimos dos meses durante un vuelo trasatlántico, la habían asignado a un hotel diferente al del resto de sus compañeros de tripulación. Al no constar en el registro empresarial de gastos previstos, esta vez se trataba del vuelo de ida y regreso de Edimburgo a Nueva York, tenía que pagar de su propio dinero todos los viáticos de su estancia. Ella contaba con un presupuesto ajustado para vivir y esta situación era un desastre para sus estrechas finanzas.

Lo peor fue que le asignaron un hotel que costaba casi dos mil dólares la noche, porque debido a una convención de diplomáticos internacionales de la ONU, los lugares más asequibles estaban copados. El panorama no era nada alentador, pero ella intentaba no entrar en pánico. Además, la supervisora de recursos humanos, Pixie Thomas, tenía la consigna de despedir a algunos integrantes de la tripulación debido a la crisis global. Si Aytanna continuaba quejándose, porque ella no tenía espíritu de mártir ni se quedaba callada, sería parte de la nómina de despidos corporativos.

Este no era un escenario que deseaba, así que solo podía resignarse. Las tres ocasiones previas en las que hubo esta misma confusión, los hoteles no superaron los ciento cincuenta dólares por noche. Aunque aquellas fueron situaciones caóticas no afectaron tanto su presupuesto, tal como estaba ocurriendo ahora en Nueva York. ¿Había pensado en renunciar a la aerolínea? Totalmente. Pero el mercado laboral era competitivo, exclusivo, y Virgin Atlantic era la empresa que mejor remuneraba.

—Puedes utilizar la tarjeta corporativa de emergencias —había dicho Pixie, después de que Aytanna reportó la equivocación del departamento de reservas.

—En este vuelo no fui jefa de cabina, sino January —había replicado en un tono que intentaba ser amable—, así que al estar en un hotel, al otro lado del que me debieron asignar, no tengo acceso a esa tarjeta. Solo tengo la mía.

—Aytanna —había dicho en tono de disculpa—, no eres la única persona de tripulación que está teniendo inconvenientes por un error del sistema. Además, la temporada invernal no juega a favor en estos días, así que hay muchos vuelos retrasados. Te pido comprensión ante lo sucedido. Sé que es un esfuerzo muy grande, sin embargo, no existe otra vía alterna por el momento.

—Pixie, pero este hotel es para gente rica…

—Podría solicitar que duermas en un AirBnB, pero eso va contra las políticas de la empresa y no me gustaría recibir una demanda de tu parte —había expresado en tono preocupado—. Puedo garantizarte que intentaré que tu reembolso, por todos los gastos que pudieras tener en Nueva York, se procese con más rapidez. Sí que tu hotel es de los más costosos. En nombre de Virgin Atlantic te extiendo una disculpa.

—Supongo que no tengo otra opción —había dicho decepcionada—. Pixie, me gustaría tu ayuda para tramitar un anticipo salarial. ¿Crees que sea posible?

—La política de austeridad me impide darte más de cuatro anticipos por semestre, así que, aunque quisiera hacerlo posible, estaría saltándome las normas…

Aytanna se había frotado las sienes con frustración.

—Bien, entonces supongo que te veré cuando vuelva a Escocia.

—Nuevamente, te pido disculpas —había dicho Pixie antes de cerrar.

Después de esa conversación, Aytanna llamó a Johnson, el nuevo administrador de Blue Snails, para pedirle que le asignara más turnos como bartender. Ella solía trabajar detrás de la barra del pub preparando bebidas en los días en que tenía libre de la aerolínea. Lo hacía por dos razones: primero, porque le divertía conocer otras personas y escuchar anécdotas; segundo, porque las propinas solían ser generosas. El pub estaba ubicado en una de las zonas más concurridas de Edimburgo y el pago por turno cumplido era más elevado que en otros sitios de diversión nocturna.

Aunque el local estaba en la Royal Mile, una calle conocida por estar abierta siempre para turistas y clientes regulares, ahora Blue Snails había cambiado su política de exclusividad, así como los controles de seguridad a los empleados. El motivo era tan simple como siniestro: el nuevo dueño era el jefe de la mafia escocesa, Zarpazos.

Lo anterior no era de dominio público, pero Aytanna sabía al respecto, no porque disfrutara poniendo su vida en riesgo o tuviera afición por la adrenalina, sino porque su mejor amiga se había casado con el capo. La historia de ese par tenía tintes oscuros y secretos, y, aunque Aytanna era muy curiosa, no se creía un personaje de John Grisham mezclado con Stephen King y Stieg Larsson, así que se contentaba con saber que Raven era feliz, además de que tenía los cojones suficientes para que ese intimidante hombre la respetara e hiciera todo por ella. Su mejor amiga siempre le ofrecía acceso a los privilegios que ahora poseía, pero Aytanna era cauta porque, a pesar de que Raven era genuina, sincera y generosa, su pareja romántica no estaba cortada por el mismo estándar. Le bastaba con poder seguir siendo amigas, además de conservar los privilegios de ser parte de Blue Nails y optar por turnos extras.

—Buenas noches, mi nombre es Marvin. ¿Qué le apetece servirse? —preguntó el bartender. Aytanna regresó su atención al sitio en el que se encontraba en esos instantes: el bar Godiva. Dentro de las cortesías para los huéspedes del Baccarat Hotel se incluían dos bebidas gratuitas por noche de estancia. Ella necesitaba estas copas más que nunca—. Si desea cenar, nuestro maître estará encantado de ayudarla. Las mesas están reservadas casi en su totalidad, pero podemos acomodarla.

Ella hizo una negación con suavidad y señaló la carta con el dedo. La regla de la aerolínea en viajes internacionales era que la tripulación se quedara dos días en el sitio de destino, según el país eso podía variar, antes de regresar al punto de partida. Ese lapso de descanso era aprovechado para usarlo a conveniencia. En esta ocasión, considerando la fuerte nevada, el hecho de que sus compañeras estaban al otro lado de la ciudad y su abollada economía, Aytanna había preferido quedarse en el hotel.

No pretendía embriagarse, pero tenía la intención de ignorar durante un rato el mensaje que había recibido horas atrás. Solo fueron un par de líneas, que se repetían cada cierto tiempo desde hacía seis años, y en las que solo cambiaba la cantidad de dinero que tenía que enviar. En esta ocasión eran tres mil libras esterlinas, pero hubo meses en los que ascendió a cinco mil. De solo pensar en las consecuencias que habría para ella si no lograba hacer el pago exigio, el cuerpo se le llenaba de escalofríos. Lo que ahora vivía era fruto de sus malas decisiones del pasado. De alguna retorcida manera, Aytanna consideraba que se merecía lo que le ocurría y era su penitencia.

—Lo pensaré para más adelante. Por ahora me gustaría tomar lo más fuerte que haya en el menú de bebidas —replicó haciéndole un guiño e intentando mantener una actitud ligera. Ella siempre procuraba acicalarse con mimo, porque le gustaba sentirse bien y también porque era la forma de ocultarse de otros, a través de una máscara de bienestar y despreocupación—. Cualquier sugerencia que hagas ¿puede ser doble? —preguntó con una sonrisa, mientras alrededor la música amenizaba el ambiente.

—Por supuesto —dijo y le extendió un platillo con olivas de tres diferentes variedades. Luego tomó el pedido de otro cliente, pero al instante regresó con Aytanna para darle las características de los cócteles de la casa.

—Creo que optaré por el Bone Dry Martini, gracias —dijo antes de llevarse una oliva a la boca, mientras el bartender empezaba a preparar el cóctel con diligencia.

Un hombre se acomodó en el asiento alto de respaldo de cuero que estaba junto a Aytanna. Él le dedicó una sonrisa encantadora e inició una conversación. Le dijo que se llamaba Zack y que estaba de paso en Nueva York, porque era asesor de inversiones bancarias. Por la forma en que la observaba y el lenguaje no verbal, Aytanna sabía que estaba buscando una noche de sexo. Ella no veía ningún problema en charlar y flirtear, pero eso era todo lo que tenía previsto hacer con él. Su único interés al bajar a Godiva fue despejar su mente de los asuntos en Edimburgo.

Aytanna solía atraer miradas de interés masculinas sin proponérselo, pero pocos querían conocerla de verdad, pues solo se dejaban deslumbrar por el exterior. Ella sabía que era guapa, pero no era vanidosa ni arrogante al respeto. Que fuese parte de ese porcentaje que podía obtener privilegios por el simple hecho de su atractivo físico, le parecía a veces más una maldición que un beneficio. En incontables ocasiones la habían tratado de menospreciar, porque la consideraron una rubia tonta o fácil, pero Aytanna tenía un IQ superior a la media y era un genio con los números. Ella había elegido ser azafata, porque le permitía escapar de su cotidianeidad, pero en la universidad se había graduado en finanzas y tenía una mención como músico.

Nunca le faltaban pretendientes y su personalidad burbujeante solía convertirla en el centro de atención, en especial si ella estaba decidida a pasársela bien en alguna fiesta o pub. Algunos confundían las características de su forma de ser y creían que era la clase de mujer que iba de cama en cama, pero la realidad era muy distinta. Nadie conocía su vida y ella no tenía interés en hacer aclaraciones o confesar que le sobraban dedos de las manos para contar los amantes que había tenido. Pretender que su existencia era una cascada inagotable de buenas noticias se había convertido en un mecanismo de defensa, desde que podía recordar. Aytanna flirteaba, pero la mayor parte de las veces no se acostaba con ninguno. Solo compartía un par de besos y magreos, que podían terminar en orgasmos, pero no en penetración.

Esto último prefería hacerlo con alguien que mereciera la pena. Esto era algo difícil, porque desde que su exprometido la había dejado plantada en el altar, más de un año atrás, sus estándares y exigencias eran más altas. Chris la había llamado, mientras Aytanna estaba en la iglesia, para decirle le daría prioridad a su profesión como actor y que casarse con ella sería un obstáculo. Ese horrendo día, ella revivió los fantasmas de sus inseguridades de infancia: el abandono y la vergüenza.

A pesar de ese fiasco, ella no se cerraba a la creencia de que encontraría un amor que podría resarcir decepciones pasadas. Lo anterior no implicaba que se enamorase con facilidad, aunque su mejor amiga así lo creyera. No sacaba a Raven del error, porque eso significaría confesarle su dolor más grande y no estaba preparada para hacerlo. Con nadie. Aunque confiaba ciegamente en Raven, Aytanna prefería ser la amiga que estaba para sonreír y para divertirse, en lugar de crear problemas.

—Aytanna, ¿te gustaría acompañarme a mi suite del hotel y aprovechar esta estancia temporal en Nueva York? —preguntó Zack interrumpiendo los pensamientos de ella, sin saberlo—. Nos podemos llevar un recuerdo memorable.

Ella se dio cuenta de que se había desconectado por completo de la conversación del rubio. En el instante en el que él decidió hacer un monólogo sobre las propiedades que poseía en su natal Chicago, así como el ascenso laboral obtenido recientemente, Aytanna perdió interés porque detestaba las pretensiones.

—Gracias por la invitación, Zack, pero tengo algunos documentos migratorios que revisar y enviar a mi oficina —dijo rechazándolo amablemente. Notó el preciso instante en el que todo el encanto se diluyó en el rostro masculino.

—Pues tú te lo pierdes, muñeca —replicó con un desdén propio de alguien de un ego demasiado frágil. Después la ignoró, como si jamás le hubiese dirigido la palabra, y escaneó con la mirada alrededor, buscando otro foco de interés. Cuando no encontró algo que pareciera de su agrado, pagó la cuenta y abandonó el bar.

Aytanna meneó la cabeza y agradeció haberse librado de él.

—Aquí tiene, señorita, su cóctel. Espero que lo disfrute —dijo el bartender, dejando el vaso frente a ella—. ¿Desea algo más para acompañar la bebida?

«Ganarme la lotería y retroceder el tiempo», pensó Aytanna.

—No, gracias —respondió dando un trago al Bone Dry Martini—. ¿Crees que dure demasiado la nevada en esta ocasión?

—le preguntó, porque según la respuesta tendría que coordinar el horario del *shuttle* del hotel al aeropuerto—. Ah, por favor, tutéame. En mis ratos libres soy bartender, así que en realidad somos colegas.

Él soltó una risa e hizo un asentimiento, mientras pasaba la tarjeta de crédito de uno de los clientes y recibía una generosa propina. Un hotel cinco estrellas no solo era garantía de buenas condiciones laborales, sino de excelentes propinas.

—Este clima suele ser bastante impredecible, pero me atrevería a decir que la nieve seguirá durante algunos días. ¿Ya has mirado la oferta de tours privados del hotel? Quizá, a pesar de la nevada, sea posible recorrer ciertos lugares icónicos.

—Mi visita es solo por trabajo —sonrió—, y mañana regreso a mi país.

—¿Inglaterra? Lo digo por el acento —replicó con amabilidad.

—No, yo soy de la capital escocesa —dijo y luego dio otro sorbo al delicioso cóctel. Una vez que el alcohol le calentó la tripita se sintió más relajada y soltó un suspiro largo—. Esta es la primera ocasión en que me hospedo aquí —extendió la mano y de forma espontánea el hombre se la estrechó—, me llamo Aytanna.

—Un placer conocerte —replicó, mientras cambiaba el vaso vacío de la hermosa rubia por uno lleno—. Algún día haré un tour por Europa. Creo que es un continente fascinante y lleno de cultura, en especial tu país. ¿Te gusta el hotel?

—Este lugar es espectacular, aunque los precios me parecen algo excesivos —confesó con candidez. Aytanna había dejado su cabello, rubio y lacio, suelto hasta media espalda. El vestido azul oscuro se pegaba a sus curvas elegantes, los zapatos de tacón de aguja destacaban sus piernas torneadas y el maquillaje realzaba sus ojos verdes—. Si no fuese por mi empresa, entonces estaría hospedándome en otro sitio. Por cierto, creo que seguiste demasiado bien la instrucción que te di sobre mis cócteles —dijo bebiendo un poco más y algo achispada—. Sí que está muy fuerte.

—¿Quieres que prepare otro, pero más ligero? —preguntó. Alguien llamó su atención, detrás de Aytanna, y Marvin hizo un breve asentimiento para luego regresar su atención a la despampanante mujer—. O puedo ofrecerte uno diferente.

—No era una crítica, sino lo contrario —dijo terminando lo que creía que era su quinto cóctel—. Creo que he tenido suficiente y cumplí mi propósito de relajarme un rato. Gracias por la charla, Marvin. ¿Me podrías dar la cuenta, por favor?

—El costo de todas tus bebidas es una cortesía del hotel. De hecho, cualquier consumo que realices en Godiva esta noche tampoco tienes que pagarlo —sonrió.

Aytanna ladeó la cabeza y frunció el ceño, confusa. Estaba achispada, pero no había perdido la razón y recordaba claramente las condiciones de consumo. Además, no le importaba que le cobrasen los tres cócteles adicionales a los gratuitos, porque los reportaría a la lista de gastos que tendrían que reembolsarle la aerolínea.

—Eso no es posible —dijo mirándolo con desconcierto. Se había bebido cinco Bon Dry Matini, no veinte tequilas—. Marvin, yo soy azafata de una aerolínea comercial, así que no tengo una tarjeta de fidelidad con privilegios durante mi estancia. No me gustaría que tuvieras problemas si cometes el error de no cobrarme.

Él esbozó una sonrisa e hizo una negación.

—Solo cumplo las órdenes que recibo, así que esta es una cortesía del hotel.

—Pero…

—Buenas noches, Aytanna —intervino una voz varonil, cuyo dueño se acomodó en el taburete vacío junto a ella. Marvin se desentendió de ambos y empezó a atender a otro cliente—. El bartender tiene indicaciones de no cobrarte los consumos. Soy uno de los accionistas del hotel y esta cortesía es lo menos que puedo hacer si estás quedándote en las instalaciones. ¿Estás aquí por placer o trabajo?

Ella giró el rostro lentamente y agradeció que hubiese suficiente alcohol en su torrente sanguíneo, porque, caso contrario, no habría sido capaz de mirar a Bassil Jenok y mostrarse impasible. El cuerpo masculino, elegante y fuerte, estaba cubierto por un traje de Brioni hecho a medida. Él se ajustó uno de los gemelos de la muñeca. Los dedos eran firmes y de seguro, con ambas manos, podrían rodear la esbelta cintura femenina al completo. Aytanna procuró mantener una expresión impersonal, aunque amable y relajada, la misma que le dedicaba a los pasajeros de la aerolínea.

Habían pasado meses desde la última vez que lo vio y también desde el día en que rechazó la oferta de volver a trabajar para él, como jefa de cabina en el jet privado. La propuesta laboral había sido estupenda, pero, aunque Aytanna no era una persona rencorosa e intentaba mirar el lado bueno de las personas, su primera ocasión trabajando juntos no fue como esperaba. Además, durante la parada en Grecia, él le dio indicios de que entre ambos podía existir algo más que una relación de trabajo.

Pero, después de besarla, como si quisiera marcarla a fuego, se detuvo abruptamente argumentando que no tenía relaciones personales con sus empleadas. Aquella noche se sintió enfadada y desconcertada. Y cuando descubrió que una de sus compañeras de cabina, a la mañana siguiente de ese beso, salía de la habitación de Bassil, en el hotel en el que todos se habían hospedado, se desilusionó por completo. Después de ese episodio no quiso saber del magnate petrolero y decidió continuar con su vida dejando de lado lo ocurrido. Creyó que jamás volvería a verlo.

—Hola, Bassil —replicó y luego se bajó del asiento con la intención de irse a su habitación. Se acomodó el vestido con suma elegancia. No sabía si era el alcohol o la fuerza que irradiaba Bassil, pero sus sentidos estaban en sintonía con la colonia masculina, así como con la energía dominante que de él emanaba a raudales—. Los gastos de esta noche, los cubrirá Virgin Atlantic, así que no hace falta tu generosidad. Te diría que tengo tiempo para charlar contigo, pero no es así. Que la pases bien.

La mano del magnate le sostuvo el codo, deteniéndola. Se miraron fijamente. Si en ese instante no saltaban chispas suficientes para incendiar el bar era un milagro. Los ojos penetrantes de Bassil se clavaron en el rostro hermoso y de labios carnosos.

—Quédate, Aytanna —dijo en un tono de voz que equivalía a recorrer la piel femenina en una caricia silenciosa. Él paseó la mirada sobre el cuerpo esbelto y perfecto de la mujer que no había logrado olvidar—. ¿Ya has cenado? —preguntó.

Ella se apartó, porque el toque de Bassil le había quemado la piel.

—Sí —mintió—, y también tuve mi cuota de vida social por esta ocasión —dijo en un tono que dejaba claro que no quería seguir hablando. Después de lo ocurrido en Atenas, no tenía interés en estar ante su presencia, pero no iba a decírselo.

—Sé que nuestro acuerdo laboral inicial no terminó del mejor modo —replicó Bassil—. Quizá podrías considerar ofrecerme una rama de olivo y cenar conmigo, si no es hoy, entonces cuando regreses a Edimburgo —dijo en modo casual, porque no quería llamarla mentirosa. Sabía que ella no había cenado, pues la había observado un largo instante, antes de elegir el momento que consideró propicio para acercarse—. Así me dices qué te llevó a rechazar mi segunda oferta de trabajo, meses atrás. Mi asistente me comentó que no le diste explicaciones de tus motivos.

Ella soltó una risa, animada por el alcohol y porque tenía asuntos más complejos en los qué pensar. Estos no incluían el recuerdo de los labios de Bassil sobre los suyos. Por ahora, su objetivo primordial era regresar a Edimburgo y hallar el modo de pagar el dinero del chantaje al que estaba sometida. La cercanía de este hombre tan solo conseguía opacar la ligereza que le habían proporcionado los Bone Dry Martini.

—Prefiero evitar la acidez estomacal —dijo elevando el mentón. Bassil y ella se habían puesto de pie, así que todo el poderío físico del hombre la rodeaba con más fuerza que cuando estuvieron sentados. No ayudaba que el espécimen en cuestión fuese la mezcla entre Henry Cavill, Richard Madden y un toque de Aaron Taylor-Johnson. ¿Tan apuesto era Bassil? Sí, el idiota era todo eso—. No supiste apreciar el valor de un buen servicio al cliente y no fuiste coherente entre lo que decías y lo que hacías. Así que repetir la experiencia no me interesó y la rechacé —expresó.

Él la miró con una sonrisa leonina que transformó su rostro atractivo en uno aún más potente. Que Bassil sonriera fue para Aytanna algo inusual, porque solo conocía su expresión adusta o inescrutable. Ella lo recordaba frío y caliente en su comportamiento, impenetrable, desquiciante, y eso lo convertía en una amenaza. Tenía la impresión de que bajo los trajes costosos de diseñador habitaba una bestia capaz de destrozar a quien se opusiera a sus intereses. Fue esa aura de peligro, lo primero que notó al conocerlo. Gracias a Raven, ahora sabía que Bassil tenía amigos en los lados oscuros en los que no existía la ley gubernamental. Él era como un rompecabezas complejo y ella no era experta en encontrar piezas perdidas.

—La remuneración era generosa y la ruta, que ibas a trabajar, más corta que la anterior. Además, lo que ocurrió en Grecia, Aytanna —dijo esta vez acortando la distancia y hablando del elefante en el salón—, jamás debió suceder de ese modo. La forma en la que te traté no es la manera en la que suelo hacerlo con una mujer.

Cuando el jefe de la mafia escocesa le había pedido a Bassil que contratara a Aytanna en una ruta larga como azafata, él accedió sin hacer preguntas, porque así funcionaba su relación con Arran Sinclair. El vínculo de los dos era cordial y ambos se conocían desde hacía muchos años. Pero Bassil nunca imaginó que contratar a Aytanna representaría una distracción mental, en unos meses en los que necesitó enfocarse en cerrar un fructífero acuerdo con un empresario finlandés.

Él y Aytanna no tuvieron una relación, no hubo sexo entre ellos, sino solo un beso ardiente en las escalinatas de un hotel. Cuando Bassil probó esa boca, y supo que no sería suficiente, optó por apartarse. Usualmente no le importaban los sentimientos de terceros, pero podía reconocer que no fue su mejor momento.

—¿Eso lo decidiste antes o después de amanecer con Sadie? —preguntó sardónicamente. Notaba que él no estaba disculpándose, tampoco dándole explicaciones. Así que asumía que solo le exponía una conclusión de lo ocurrido, tal como cualquier científico podría comentar sobre las razones del cambio climático y la falta de acceso a servicios básicos—. Tú, fuiste un ítem laboral en mi agenda durante varias semanas, Bassil, así como de seguro lo fui yo en la tuya. Esto es agua pasada.

Él ladeó la cabeza con un brillo astuto en los ojos.

—Un ítem laboral —repitió con sorna, mirándole la boca—. Quizá estar en un país ajeno me incline a ser un poco más abierto, hoy, así que te diré que Sadie no salió de mi habitación en Atenas porque la follé —dijo con crudeza y sin mentir—. La eché cuando intentó desnudarse, luego de buscarme con un pretexto falso. La despedí al llegar a Escocia. Así que, si hiciste una interpretación correcta de un evento erróneo, no puedo contradecirte. No mezclo asuntos de trabajo con negocios —dijo extendiendo la mano y tocándole los labios con el pulgar. Ella se quedó estupefacta —. Sin embargo, besarte fue una excepción que rara vez me concedo.

Ella lo observó con suspicacia e hizo una negación, y le apartó la mano con suavidad. El cosquilleo en la piel que este toque le provocó, la desarmó. Su cerebro salió como un guerrero embravecido a echar por tierra esas sensaciones y le recordó de nuevo que estaba ante un hombre que tenía lazos con la mafia.

—Da igual, porque no volveremos a vernos —replicó con certeza. Este hombre no estaba mintiéndole, porque no tenía razones para hacerlo. No eran más que ex colegas de trabajo. Jefe y subalterna temporales. No quería analizar porqué se alegró de escuchar que no se había acostado con Sadie. «Este tiempo seguro se acostó con muchas otras», le dijo una sabia vocecita—. Adiós, Bassil —dijo marchándose.

Él tan solo sonrió de medio lado, sin insistir en la idea de cenar juntos, dejando que ella diera la media vuelta y se alejara. Aunque, eso sí, se quedó contemplando la forma en que se movían esas piernas perfectas y el contoneo del trasero al caminar, así como la manera en que el vestido definía una anatomía que él deseaba conocer, palmo por palmo. El ardor que sintió en las manos, por la necesidad de arrancarle esa puta prenda de ropa, era el mismo que lo impulsó a besarla aquella noche en Grecia.

Aytanna era sensual, chispeante y llena de un optimismo que él no lograba comprender, porque su propio mundo estaba marcado de gris. ¿Cómo podía ella sonreír con espontaneidad o entusiasmarse por cosas nimias, en un entorno plagado de acidez e inequidad? Eso salía de la capacidad de entendimiento del magnate.

En su vida diaria, Bassil no pedía, sino que ordenaba y obtenía lo que buscaba; tampoco se disculpaba, a menos que fuese estratégico para fines comerciales y solo si merecía absolutamente la pena, lo cual, hasta ahora, jamás había ocurrido. En el caso de sus amantes, estas solían ser mujeres independientes, exitosas por derecho propio, pues él no tenía intención de ser el salvador de nadie. No se ataba a otros, porque su corazón era una máquina que latía tan solo alimentado por la ambición de acumular más poder y autoridad. Mucho tiempo atrás, él había perdido su humanidad.

Por otra parte, Bassil tenía claro cuándo presionar y cuándo dejar que el camino se construyera poco a poco. Por experiencia, esta última era la manera en que se cosechaban mejor las recompensas. Aytanna podía tener cara de póker cuando quería, pero era evidente que se sentía afectada por su cercanía masculina. Que esto ocurriese en doble vía, le parecía a Bassil una ventaja que utilizaría en su beneficio.

—Buenas noches, señor Jenok —dijo el ama de llaves con una sonrisa, mientras él entraba al penthouse. Bassil era dueño de varias suites y penthouses en diferentes hoteles, así como de otra clase de propiedades en varios países. El penthouse del Baccarat Hotel incluía servicio de ama de llaves, chofer, masajista y chef, disponibles para cuando el huésped lo necesitara, las veinticuatro horas—. El chef Mourin está esperando sus órdenes para empezar a preparar la cena —sonrió.

—Dile que prepare una cena adicional. Esta debe enviarse a la suite 1118 y debe ser una réplica exacta de lo que voy a servirme, Lucinda. Asegúrate de que el chef incluya un Bone Dry Martini, pero sin demasiado alcohol, que lo haga ligero. Cuando el mayordomo traiga mi comida, no requeriré más tus servicios. Gracias.

—Por supuesto, señor —replicó antes de salir cerrando la puerta tras de sí.

Bassil se quitó la corbata, satisfecho porque, quisiera o no, Aytanna iba a cenar pensando en él. «Pequeños detalles que marcaban una diferencia cuando existía un objetivo de por medio». Dejó la chaqueta sobre el sillón blanco y se guardó las manos en los bolsillos del pantalón, mientras contemplaba las luces de la ciudad.

Él sabía negociar en ambientes hostiles. De hecho, llevaba años trabajando con personas que intentaban camuflar sus verdaderas intenciones, así que era hábil para detectar inconsistencias. El área del petróleo resultaba un ámbito brutal y Bassil era letal en la mesa de negocios para imponer sus términos con autoridad.

Para cementar su poderío empresarial, le hacía falta el último pináculo: fusionar Doil Corporation, su compañía petrolera, con Greater Oil. La anterior era la única empresa que trabajaba en conjunto con Arabia Saudita y poseía la distribución exclusiva de algunos productos derivados en varios mercados europeos. Uno de los cabos sueltos en el proceso de negociación con Greater Oil lo trajo a Nueva York, y poseía ojos verdes rodeados de tupidas pestañas, además de un espíritu rebelde.

No era coincidencia que él hubiera visitado la ciudad en esta precisa fecha.

Aytanna, sin saberlo, era una pieza importante para sus planes empresariales y él pensaba utilizarla. Pero un jugador reticente y hostil no podía funcionar en el tablero de negocios que Bassil tenía contemplado. Ese fue el motivo por el que le comentó a ella lo que había ocurrido con la tal Sadie. Bassil era estratega y sabía mover los hilos con pericia para que los escenarios, hacia su objetivo, fuesen menos escarpados.

Él tenía treinta y siete años, era mayor a Aytanna por doce, y su experiencia le había enseñado a cautivar a la mujer que deseara. Cuando cumpliera su meta con Greater Oil, cortaría sin remordimientos su vínculo con la belleza de cabellos dorados, para seguir enfocándose en lo que de verdad le importaba: la consolidación de su imperio de oro negro con apoyo de Arabia Saudita. Ningún vínculo humano, desde hacía once años, era más importante que su corporación. No cambiaría ahora.

Bassil contaba con la ventaja de que Aytanna nunca sabría las verdaderas motivaciones para que hubieran coincidido en Nueva York. Cuando todo acabara, él la compensaría muy bien. Bassil era inclemente en sus métodos, pero intentaba ser justo. Existía algo casi afrodisíaco ante el reto que Aytanna representaba, porque no la consideraba una mujer fácil, sino todo lo contrario. La idea de domarla lo excitaba.

Después de cenar y leer el informe de su gerente financiero entró a la ducha.

Al cerrar los ojos, mientras el agua caliente golpeaba sus músculos, no pudo evitar imaginarse cómo sería Aytanna desnuda y dispuesta a recibirlo entre los muslos, mojada y inflamada de deseo. Quería follarla desde atrás, agarrando la carne de esas nalgas tentadoras entre sus manos, mientras la veía sacudirse de placer. Quería descubrir el sabor de su sexo, succionarlo y lamerlo, hasta embriagarse.

Bassil empezó a masturbarse, pensando en ella. Al cabo de un instante eyaculó con una fuerza que dejaba claro que llevaba demasiado tiempo sin sexo. Con el ritmo de trabajo de los últimos dos meses, no tuvo espacio para follar. Pero esta noche, después de ver a Aytanna, su necesidad sexual se había sacudido, vehemente.

Llevar su imperio petrolero a la cúspide, ratificándolo como uno de los más sólidos del Reino Unido, ahora poseía un aliciente adicional en la forma de una mujer. ¿Qué podría perder cuando en su panorama existían solo beneficios?

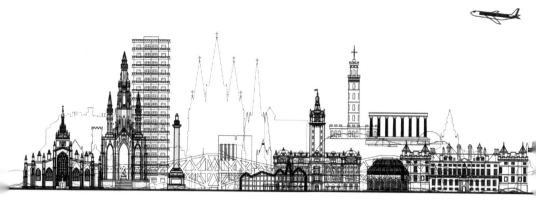

CAPÍTULO 2

Aytanna tenía algunas ventajas de ser sobrecargo, o azafata como la mayoría de la gente llamaba a su oficio, en la cabina de primera clase. Anualmente recibía un descuento hasta del ochenta por ciento en los boletos de avión, así como millas que podían ser canjeadas en resorts con los que la aerolínea tenía convenios. Ella no había tenido tiempo de hacer uso de esas opciones, tanto como le hubiese gustado, pero tenía la intención de encontrar el modo de aprovechar pronto esos privilegios.

Los pasajeros a los que atendía provenían de bagajes culturales diversos, pero era la opulencia el factor común entre ellos. Esos viajeros por lo general preferían no ser molestados, pero también había otros bastante parlanchines. Durante un vuelo, después de que Raven dejó de ser su compañera de piso, Aytanna conoció a Nathalie Woods. La señora le contó que uno de sus hijos ahora vivía en Grecia y que ella estaba ayudándolo a buscar un arrendatario para el estudio que él había dejado en Edimburgo. Cuando Aytanna le preguntó sobre el precio, la mujer le comentó que si estaba interesada le podría hacer un descuento, porque lo único que quería era librarse de esa responsabilidad para así continuar viajando con sus amigas.

Desde esa ruta, Belfast-Edimburgo, Aytanna sumaba siete meses viviendo en el número 11 de Bruntsfield Crescent, una zona de gente adinerada. Ella se había criado en ambientes humildes y también sobrevivió a épocas de pobreza que fortalecieron su carácter. De hecho, antes de conocer a Nathalie, vivió durante años en Muirhouse, un área de alta criminalidad. Pero, gracias a la desesperación de esa pasajera, ahora pagaba una renta bajísima por un sitio en el que jamás habría imaginado vivir.

Ella no se daba lujos, sino que usaba el dinero para cubrir necesidades urgentes: alquiler, servicios básicos, comida y transporte. Gracias a Raven, que le enseñó unos trucos de costura, porque era diseñadora de modas, Aytanna remendaba ropa que conseguía en tiendas de segunda mano. Le quedaban como nuevas, así que no necesitaba despilfarrar sus recursos para vestirse bien o para ocasiones específicas.

De vez en cuando, se permitía la indulgencia de comprar los cruasanes o dulces que vendían en una cafetería cercana. Los propietarios se habían convertido en buenos amigos. El matrimonio Moulin bordeaba la edad de los 30´s, por lo que tenían temas en común para charlar con ella y también solían invitarla a fiestas o cenas.

—¡Hola, Aytanna! Llevabas un tiempo sin visitarnos —dijo la chica detrás de la caja registradora en un acento francés. Amelié y su esposo habían abierto *Petite Fantaisie* seis años atrás—. ¿Cómo va todo en Virgin Atlantic?

—Un poco pesado, porque las rutas de esta semana fueron todas de más de cinco horas de vuelo —replicó llevándose un trozo de cruasán a la boca. Cerró los ojos y luego los abrió con alegría—. Echaba en falta esta delicia. Aunque me gustaría aprender a cocinar, lo cierto es que prefiero evitar la visita de los bomberos.

Amelié soltó una risa e hizo un asentimiento. La mujer era chef pastelera, aprendió en su natal Burdeos, en Francia. Su esposo, Milo, trabajaba en una compañía de construcción como el arquitecto en jefe. El capital de la cafetería era de ambos.

—No es tan difícil, pero nos agrada que seas una de nuestras clientas más leales —dijo—. Por cierto, uno de los amigos de mi esposo está soltero. Le hablé de ti.

Aytanna se echó a reír, mientras se limpiaba los dedos con la servilleta.

—¿Le dijiste que mis horarios son una locura y que trabajo como bartender en mis ratos libres? —preguntó de buen humor. Los Moulin eran buenas personas y desde que supieron que ella estaba soltera intentaban encontrarle pareja.

—Oh, pero Jean Pierre es un hombre paciente y podrías aceptar tomar algo con él, en esta misma cafetería, si te sientes más a gusto, pues te queda cerca de casa. ¿Qué tal si es el hombre de tu vida? —preguntó sacando el móvil y revisando sus archivos. Luego le mostró la pantalla y dijo—: Este es él. Creo que harían una estupenda pareja. Tiene treinta años, como mi esposo, y es profesor de política en la universidad.

Aytanna observó la foto del hombre de cabellos rubio oscuros, ojos castaños y sonrisa amplia. Estaba con un grupo de amigos, entre ellos los Moulin. Por cómo se ajustaba el jersey al cuerpo, lucía atlético. Los lentes de marcos negros, le daban un aspecto intelectual, bastante cliché, pero solo lo hacía interesante a la vista.

—Estas van a ser unas semanas complicadas, Amelié, porque los pocos días que tendré libres tengo turnos en Blue Snails —dijo al recordar que necesitaba reunir el dinero para pagarle al malnacido que la chantajeaba. Quería mantener una actitud positiva y creer que las propinas serían suficientes—. De hecho —miró el reloj y sonrió—, ya necesito ir a la parada del bus que me deja en la Royal Mile.

—De acuerdo, pero no descartes a Jean Pierre. ¿Sabes? Cuando él vio tu fotografía me pidió tu número de teléfono —dijo con un brillo conspirador en los ojos celestes—. Me negué a dárselo, porque primero quería consultarlo contigo.

—Gracias por tus buenas intenciones de conseguirme novio —rio y pagó el cruasán. Se ajustó la chaqueta negra sobre el uniforme del pub. Le quedaba margen de tiempo para hacer una parada ineludible. Aquella que agitaba su conciencia y era un constante recordatorio de sus errores—. Le puedes dar mi teléfono a Jean Pierre, pero no sé cuándo tenga tiempo de quedar con él. Esa es la verdad —dijo.

—Oh, el destino hará lo suyo —replicó la mujer de cabellos negros, mientras veía a su amiga salir para sumergirse en el frío del final de la tarde.

Aytanna quería encontrar el amor, sí, pero no estaba desesperada. Por ahora, su intención era sobrellevar el ciclo de chantajes que soportaba, pero que no podía combatir. Su chantajista era una persona con armas para destruir su existencia.

Lo más horrible de la situación era que Cameron McLeod entró en su vida, porque ella le dio la oportunidad cuando confió en él. Ni en sus más recónditas hipótesis consideró que un chico encantador se convertiría en un monstruo.

Se habían conocido en la fiesta de una fraternidad. Ella se sintió deslumbrada por la forma en que la cortejó: cenas en sitios bonitos, palabras cautivadoras y besos robados. A pesar de que era detallista, Aytanna a veces se sorprendía que, con tan poco tiempo de conocerla, supiera atinar con precisión a las cosas que ella quería, antes de que se las hubiera pedido. En alguna ocasión, bromeó diciendo que parecía como si él hubiese hecho una investigación antes de conquistarla. Cameron tan solo la había observado con intensidad y luego se rio dándole un beso.

Con el paso de las semanas, Aytanna encontró en la habitación de Cameron varias fotografías suyas, desde antes de que se conocieran en la fiesta. Las tomas eran de ella saliendo de la cafetería de la universidad o riéndose con sus amigas o en la biblioteca o simplemente en la parada de bus. «Ya nadie se tomaba el tiempo de imprimir fotos, pero al parecer Cameron sí. ¿El encuentro en la fiesta de la fraternidad fue planeado?». Ella lo había confrontado, confusa, y tuvieron una discusión.

—Siempre me gustaste, Aytanna —le había dicho, cruzado de brazos y con la mirada furiosa—. Te paseabas por el campus, tan etérea e inalcanzable, atrayendo las miradas de otros hombres, pero yo quería capturar tu esencia solo para mí. Así que tener fotografías tuyas no ha sido nada fuera de lo común —había explicado—. Además, ¿es que no te he demostrado que me importas de verdad y que no puedo estar sin ti? En lugar de hacer cuestionamientos absurdos deberías sentirte halagada.

Ella había enarcado una ceja por la arrogancia de Cameron.

—¿Halagada por una mentira? —se había reído con sarcasmo—. Me mentiste diciéndome que no sabías nada de mí, pero es evidente que conocías de mi existencia, ¿por qué no fuiste honesto? ¡Dios!

Todo este tiempo he sentido que siempre estás en los sitios a los que voy y ya no creo que sea coincidencia. Esto ya no me gusta...

Él se había acercado, hasta arrinconarla contra la puerta de la habitación.

—¿No te gusta? —había preguntado sonriendo de medio lado con suficiencia—. Solo intento cuidar de ti y que te sientas protegida donde sea que vayas.

—¡Estamos en una ciudad bastante segura y no necesito que me controlen! —había explotado dándole un empujón. Pero él fue más rápido y la detuvo.

—Tú eres mía, lo sabes —había replicado en un tono seductor, en lugar de violento—. No me gusta que otros hombres te miren o que ignores mis llamadas, porque de repente te parece más importante prestarle atención a tus amigas.

Ella se había quedado estupefacta por la osadía del comentario.

—Necesito que me des espacio, Cameron. Aprecio todo lo que haces por mí, pero siento que empiezas a absorber mi tiempo y yo detesto que corten mis alas. Soy un adulto y no tengo porqué dar explicaciones de lo que hago. Te debería bastar con confiar en lo que te digo, en lugar de esperarme repentinamente en diferentes sitios, como tratando de confirmar que no te he mentido. Que hagas malas caras o intentes ahuyentar a mis amigos es algo que detesto. Creo que es momento de que cambies tus actitudes —había contestado al intento fatuo de él de apaciguarla.

Cameron había respirado profundamente y luego elevó ambas manos dejándola libre para que pudiera marcharse si así lo deseaba. Aytanna tan solo lo había observado con suspicacia, porque no era de los que rendía con facilidad. Él era petulante e insistente, pero también encantador y gentil. La mezcla era confusa y también la razón por la que ella encontraba complicado abandonarlo. A veces, al hacer el recuento del tiempo juntos, notaba que eran más las buenas acciones que aquellas que los llevaban a discutir. Pero lo de las fotos y el control constante sí la había cabreado.

—Solo te quiero para mí, no me gusta compartirte —había confesado él—. Te puedo prometer que voy a cambiar estas actitudes por ti, Aytanna.

Ella había soltado una exhalación ante el tonto contrito de Cameron.

—No tienes motivos para estar inseguro. Necesito un poco de espacio, porque, en este momento, estoy contrariada —había dicho antes de marcharse.

Lo peor de todo era que al confrontarlo, él la hacía sentir como si ella estuviera dramatizando y sacando todo de contexto. Fue por ese motivo que Aytanna había ido a hablar con Raven, para contarle su preocupación. Su mejor amiga, que tampoco tenía pelos en la lengua, le dijo que no estaba bien que Cameron estuviese prácticamente acosándola y que era mejor que ella empezara a alejarse. Así que, con ese consejo, Aytanna lo llamó a los pocos días y le dijo que no quería seguir con él.

Le habría gustado mantenerse en una postura sólida, pero Cameron la buscó con un ramo de flores y que haría todo diferente. Se lo demostró, porque dejó de esperarla, sin ser invitado, en los sitios a los que ella le decía que iba a reunirse con amigas. No volvió a pedirle que dejara de usar minifaldas. Tampoco le exigió que solo saliera de fiesta si iba con él, aunque igual ella jamás le hacía caso. En pocas palabras, Cameron la había calmado y ella, a pesar de las protestas de Raven, regresó con él.

Pero, para su sorpresa, los celos e inseguridades de Cameron no tuvieron que ver con ella. ¿Acaso no decían que cada ladrón juzgaba por su condición? La relación de seis meses terminó cuando lo pilló besándose con otra chica y masturbándola, con la mano bajo la falda, en una reunión de amigos. Aytanna no tuvo reparos en decirle que era mentiroso, acosador, inseguro e infiel, y que no volviera a buscarla. Estuvo tan enfadada que no le interesó si los amigos de Cameron escuchaban la discusión.

Lo anterior había herido el ego masculino porque, después supo Aytanna, él era de los que se jactaba de ser quien dejaba a las mujeres cuando se aburría y nunca ocurría a la inversa. La chica de esa fiesta, al parecer, no había sido la primera con la que le era infiel. No solo eso, sino que supo por rumores en la universidad que Cameron parecía contento de compartir lo que sexualmente le gustaba a cada mujer que había follado. ¿Cómo pudo haber estado tan ciega todo ese tiempo?, se había preguntado.

Luego de esa escena en la fiesta empezaron los verdaderos problemas.

—Cometiste un terrible error al ponerme en evidencia frente a personas que son importantes para mí —le había dicho al día siguiente en el campus, después de una clase—. Me vas a pagar la humillación, Aytanna, y vas a lamentarlo.

—No me amenaces —había desafiado con altanería.

Él había soltado una risa cruel.

—Oh, no me subestimes, porque la única que perderá serás tú. ¿Acaso no crees que tengo suficiente información sobre ti para diezmar tu miserable existencia? Deberías sentirte agradecida de que un hombre como yo se fijara en alguien como tú.

—¿Alguien como yo? ¿Es decir inteligente, independiente y encantadora? —había preguntado en tono sarcástico.

—No —había replicado con expresión desdeñosa—. Una mujer que es bonita, pero que todos los hombres saben que es fácil convencerla de abrir los muslos.

—Eres un bastardo —había dicho con enfado e intentó abofetearlo, pero Cameron había sido más rápido y le agarró la muñeca con fuerza, deteniéndola.

—Y conocerás qué tanto puedo llegar a serlo y vas a arrepentirte. Sé muchas cosas sobre ti ¿te imaginas lo que pensaría la comunidad universitaria?

Aytanna comprendió hasta qué punto podría lastimarla y entró en pánico al saber lo ingenua que había sido, en especial, porque él fue al único a quien le dio pinceladas vagas de su pasado. Su consuelo fue no haberle contado su secreto al completo, pero Cameron parecía estar obsesionado y Aytanna no sabía qué tanto podría hacer en su contra para herirla. Su reacción de temor, en lugar de una de desinterés, pareció darle la munición necesaria para que se ensañara en su contra.

Desde ese instante no fue posible un punto de retorno.

Aytanna carecía de recursos económicos para obligarlo a dejarla en paz, pero, en cambio, él poseía conexiones para destruir su frágil equilibrio si se atrevía a pedir ayuda o denunciar el acoso. ¿Le harían caso a una chica de los barrios bajos o a un chico de familia influyente? La respuesta era triste e innegable para ella.

A pesar de las amenazas, él le insistía en que regresaran, una y otra vez. La llamaba de forma constante, la buscaba en la universidad, la esperaba a la vuelta de la casa, le enviaba ramos de flores, pendientes, pulseras; ella devolvía todos los obsequios. Raven le sugirió buscar un modo de imponer una orden de alejamiento, pero cuando Aytanna habló con un profesor de leyes de la universidad, para solicitar un consejo, este le aseguró que sin pruebas no existiría un caso en su favor.

—No puedo continuar pagándote, Cameron —le había dicho una tarde cuando él fue a buscarla, después de un turno en la cafetería—. Tengo que subsistir, no mantenerte. ¿Lo entiendes? ¡Quiero que me dejes en paz! No voy a volver contigo.

Él la había arrinconado contra una pared agarrándole el rostro con fuerza. A pesar de que le dejaba mensajes grotescos y le mandaba, para horror de Aytanna, las fotos íntimas que había hecho de ella sin su consentimiento amenazando con publicarlas en la red de la universidad, le decía que quería que le diera una segunda oportunidad. El hombre cruzaba la línea de obsesión, mezclada con desdén y deseo. Esa fórmula era tan mágica como verter ácido en el estómago.

—Pequeña perra, tú vas a hacer lo que yo te diga —le había respondido presionando su erección contra la tela del jean que ella vestía—. Soy el hijo de un miembro del parlamento escocés. ¿Quién crees que saldrá indemne?

—Quebraste mi confianza y vulneraste mi privacidad... ¡No te debo nada!

—Te negaste a continuar tu relación conmigo. No supiste valorar el privilegio de ser follada y estar con alguien como yo —había dicho deslizando la mano hasta agarrarle un pecho con fuerza. Ella trató de apartarlo sin éxito, porque él era mucho más fuerte—. A mí nadie me rechaza, así que me obligaste a tomar medidas para castigarte. Me gustaría violarte, ¿disfrutarías de esa fantasía que tengo? Creo que sí… Mmm, porque la forma en que gemías cuando te follaba lo daba a entender. ¿O quieres corazoncitos y declaraciones de amor? —se había burlado, aludiendo a las confesiones de Aytanna sobre la falta cariño de su madre y la ausencia de su padre.

—Me das asco —había dicho debatiéndose, asustada por la amenaza—. Y me arrepiento de haberte dado un segundo de mi tiempo. ¡Estás enfermo!

—Me pagarás, porque con tu dinero contrataré putas que sepan hacer una mamada en toda regla —había dicho con desprecio—. El dinero es una bagatela para mí, pero quiero que costees mis caprichos como penitencia, hasta que a mí me dé la gana de perdonarte por tu afrenta. Las burlas constantes de mis amigos, sobre cómo alguien como tú me dejó de lado, son tu culpa, así como el puñetazo que tuve que darle a uno de ellos en clase. Mi padre me restringió el acceso a ciertos privilegios, después de recibir la llamada del decano por el incidente. Tu culpa, nuevamente —había dicho y la soltó, pero no sin antes agarrarle el sexo sobre la tela del jean. Ella le dio una bofetada. Cameron se había reído con perfidia—. Pueden ser años o meses, hasta que sienta que has cumplido tu reparación. Depende de mi benevolencia.

—Busca otra persona, ¡joder, aléjate de mí, maldito bastardo!

—Te ofrecería que fueses mi puta, porque no mereces otra posición. Perdiste el privilegio de ser tratada de otra manera —había replicado—. Aunque, pensándolo bien, tu coño de barrio bajo de mierda podría contagiarme alguna enfermedad.

—¡Tú fuiste infiel, así que yo no tengo la culpa de tus acciones! ¡Me acosas, me chantajeas y me amenazas, maldito enfermo! —le había gritado, esta vez llamando la atención de un grupo de estudiantes que pasaba cerca, pero no le importó—. Jamás voy a volver a acercarme a ti. Si me tocas de nuevo, no voy a dudar en denunciarte a las autoridades de la universidad. Me darán igual las consecuencias.

Él se había carcajeado y luego la agarró con fuerza del brazo.

—Tengo más que solo fotos tuyas. ¿Te imaginas todo eso esparcido por el campus, pequeña zorra…? Salvo que quieras evitarlo, entonces seguirás pagando.

—¿Estás bien? —le había preguntado a ella uno de los chicos del grupo, interrumpiendo la escena al notar la actitud hostil de Cameron—. Si tienes problemas con este patán, entonces dímelo. Ellos —había señalado a los cinco chicos que iban con él y que miraban atentos—, y yo nos encargaremos de ayudarte.

Cameron, al verse en desventaja numérica, se había apartado y marchado.

—Sí, gracias —había contestado Aytanna, aliviada.

—Soy Hector York —se había presentado el chico—, ¿te acompañamos?

—Yo… No hace falta, pero gracias, Hector, por ayudarme.

—McLeod es conocido por ser un *bully*, así que no dudes en quejarte con las autoridades si lo necesitas —había contestado con una sonrisa amable.

—Gracias… —había murmurado sin poder explicarle que las municiones que poseía Cameron eran más fuertes que las palabras que pudiera decir ella ante otros. Además, el profesor de leyes ya le había dado el veredicto cuando pidió ayuda.

Desde esos años, Hector fue uno de sus amigos más cercanos, pero ahora vivía en Cambridge, Inglaterra, así que lo veía poco o nada. Aunque Cameron la dejó en paz durante un largo tiempo, porque tenía novia e incluso Aytanna se enteró que se había casado, la buscó de nuevo cuando ella tuvo la mala suerte de encontrárselo en un vuelo de Virgin Atlantic. Él se acercó para decirle que estaba más guapa y que si le interesaba retomar la relación ahora que eran más maduros y adultos.

Aytanna, lo volvió a rechazar y eso fue como agitar un avispero. Él dejó una reseña pésima y llena de mentiras sobre su servicio como azafata, en una encuesta de la aerolínea. Su jefa le comentó que tendría que enviar su desempeño a evaluación. Fue un instante aterrador para ella, ante la posibilidad de perder su ingreso fijo. Menos mal, el período de análisis pasó y todo volvió a la normalidad en su trabajo.

Después, Cameron le había enviado un correo electrónico con un video en el que ella estaba masturbándose en la ducha. Aytanna jamás accedió a dejarse grabar, así que él tuvo que haber instalado secretamente una cámara en el cuarto de baño y encenderla cuando él iba a visitarlo. ¿Cuántos videos más existían de su tiempo juntos? Contrariada, y aún al saber que él tenía acceso a su información de contacto, le dijo que no quería volver a verlo. La respuesta que tuvo él fue chantajearla de nuevo.

En esta ocasión, el chantaje no solo fue con las fotografías de juventud, sino con algo muchísimo más peligroso para ella: reabrir el caso sobre la situación más dolorosa de su vida; su secreto. Al leer el documento que él le adjuntó, Aytanna rompió a llorar. ¿Cómo habría llegado él a esa información? Solo podía asumir que a través de los contactos del círculo de influencia. ¿Por qué carajos el hijo de un hombre acaudalado necesitaba que ella le diera su dinero, otra vez? Fácil, porque no se trataba del dinero, sino que la estaba haciendo pagar, literalmente, su nuevo rechazo. No comprendía la obsesión con ella, menos cuando él estaba casado.

Aytanna no tenía ninguna prueba para denunciarlo, porque siempre la contactaba desde números desconocidos. Se sentía impotente, furiosa y acorralada. Que otros supieran la verdad de su pasado, la asustaba, porque acabaría con su vida tal y como la conocía. Si bien su existencia no era envidiable, pues no tenía otra, así que procuraba aplicar una óptica menos trágica para no sumirse en la penumbra.

Con una sensación inevitable de derrota, al recordar tantos esfuerzos realizados tan solo para que Cameron se llevara su dinero cuando le daba la gana, llegó a la estación de bus. La enfadaba no poder cumplir su anhelo de lograr el financiamiento para comprarse su propio apartamento en la ciudad. Además, añoraba la idea de trabajar en una compañía que le permitiera desarrollar sus capacidades como analista financiera de riesgos. Pero, los salarios que le ofrecían eran más bajos que los de la aerolínea y ella no podía permitirse un bajón en el presupuesto. Estaba sumergida en una dinámica tóxica con Virgin Atlantic, porque a pesar de que no era el sitio ideal para laborar, sí era el único a través del cual podía escapar, literalmente, de Edimburgo durante días u horas, dejando atrás los fantasmas que la rondaban.

La idea de Aytanna de comprar una propiedad era para que nadie pudiera echarla; quería un lugar que pudiese redecorar, organizar espacios, colgar cuadros, cambiar los materiales de construcción interior, sin tener que solicitar aprobación de terceros. Sentía la necesidad de tener un piso que tuviese la huella de sus recuerdos, en lugar de los de otros. Lo anterior tenía mucho que ver con su infancia.

No lograba olvidar la incómoda sensación de no pertenecer, porque desde pequeña, su madre y ella, se habían mudado en incontables ocasiones de casa, siempre buscando alquileres más bajos. Así que nunca tuvo la oportunidad de estrechar lazos duraderos con otros niños. En casa, la situación no fue distinta, porque veía poco a su madre. Esta la dejaba al cuidado de vecinos o de Clement, la única hermana.

El evento que la marcó fue cuando se enteró del motivo por el que jamás conoció a su padre: ella había sido el resultado de una relación extramarital. Su madre, Lorraine, tuvo una aventura con un hombre casado, pero este jamás quiso saber de la existencia de Aytanna o reconocerla legalmente. La única referencia que obtuvo sobre él, después de escuchar de forma accidental una conversación de Lorraine con su tía Clement, fue que era un banquero exitoso e inversionista. En aquella ocasión también supo que el verdadero trabajo de Lorraine era ser una escort de lujo.

Esos descubrimientos le sentaron fatales, en especial porque ocurrieron cuando ella tenía diecisiete años, una edad vulnerable. El resentimiento y enfado que experimentó contra su madre, al saber esa información y el hecho de que se la ocultó durante muchos años, fueron profundos. Recordó todas las veces en que se preguntó porqué su padre no la habría querido; por qué no iba jamás en navidades o sus cumpleaños; por qué nunca la buscó, y se sintió dolida. Ella había sido la niña que, en la escuela, solo tenía una respuesta instruida por Lorraine para explicar la ausencia de su padre: que estaba en el Cielo con otros angelitos.

Por muchos años, Aytanna también se creyó el argumento.

Cuando confrontó a Lorraine, ella no se disculpó al rehusarse a darle pistas para saber quién era su padre o quién era esa otra familia que compartía un poco de su ADN y a la que quizá pertenecía o si acaso tenía hermanos. ¡Lo que habría dado por saber si sus ojos, expresiones o aficiones, los compartía con alguien de su misma sangre! Fue entonces que su anhelo de encontrar a su padre aumentó, hasta el punto de obsesionarla. Las discusiones con Lorraine se volvieron tenaces, así como la vehemencia de Aytannna por llenar ese vacío que creía que la ayudaría a encajar.

En ese afán, que le duró varios meses, cometió una gran equivocación de juicio y temperamento, cuya consecuencia continuaba pagando. Fueron sus impulsos y desesperada añoranza de llenar el vacío de la presencia de su padre, los que le dieron la munición que un hombre como Cameron necesitó para chantajearla.

—Hoy no ha sido un buen día —le dijo la enfermera a Aytanna, cuando esta llegó al asilo en el que vivía su tía Clement, trayéndola al presente—. La señora tuvo una caída en la mañana, señorita Gibson. La llamé varias veces para informárselo.

Aytanna soltó una exhalación con pesar. Clement era frágil, no solo por la edad, sino porque sufría de una condición física llamada hemiplejia. La afectación había impactado en todo el lado derecho del cuerpo, paralizándolo, excepto el rostro. No podía vivir sola y requería cuidados especiales. Esa era la razón de que estuviera en una residencia para ancianos, Joy to Care, bajo el patrocinio de una ONG.

Sin embargo, las terapias físicas y las consultas médicas con especialistas que necesitaba, por su condición, no constaban en la lista de cobertura. Estos rubros tenían que ser asumidos por la familia, en este caso Aytanna era la responsable.

—Sí, lo siento, vi tarde su llamada y vine en cuanto pude —murmuró, mientras caminaba hacia la habitación de su tía—. ¿Necesita medicación adicional?

—Solo tiene un hematoma, pero ya le apliqué hielo y le di un analgésico.

—¿Es necesario que vaya a una consulta con el especialista para que le hagan un chequeo adicional, Simona? —preguntó con inquietud sentándose en el sillón junto a la cama—. Prefiero asegurarme de que está todo en orden.

Su tía era la hermana menor de Lorraine; nunca quiso tener hijos, sino mascotas. Clement había sido un espíritu libre y le enseñó a Aytanna a esconder la tristeza con sonrisas; los desastres con optimismo; a maquillarse para destacar sus ángulos; a amar la música y buscar experiencias de vida que la hicieran reír y vibrar de emoción.

Pero Aytanna le había fallado y el resultado era la hemiplejia a causa de un terrible accidente ocurrido mucho tiempo atrás. Por eso, al ver a Clement deambular en una silla de ruedas o requerir ayuda para moverse, cuando siempre fue independiente y llena de una agenda social activa, le partía el corazón.

Estas visitas le dejaban un sabor agridulce, porque adoraba a su tía y el poder hablar con ella. Pero, al verla, su conciencia también se agitaba en una corriente de remordimientos al haber sido la causante de que Clement estuviese con esa condición física. Su tía lo había dado todo por ella, incluso cuando no debió hacerlo.

—Los controles médicos anuales están próximos —replicó la enfermera acomodándose un mechón canoso detrás de la oreja—, pero para la caída de hoy no hace falta revisión. Lo confirmó uno de los doctores del centro. En general, ha estado de excelente ánimo e inclusive se apuntó de voluntaria para las clases de pintura.

—Esas son excelentes noticias —replicó, porque últimamente su tía estaba atravesando una época depresiva y ninguna actividad que organizaran en el centro, la entusiasmaba. Que hubiera aceptado tomar esa clase era un avance importante—. Ojalá las terapias en la piscina vuelvan a estar disponibles. Eso le hacía bien.

—Todo depende de que haya presupuesto para renovar el área. Además, su tía empezó a tomar antidepresivos, así que el efecto ya empieza a notarse. Me tengo que marchar a supervisar otra residente —dijo con amabilidad—, con permiso.

—Gracias por toda su ayuda, Simona —replicó—. Me alegra que sea usted la enfermera principal que se encarga de atender los requerimientos de Clement.

—Ella es una señora encantadora. No es difícil encariñarse con su personalidad —replicó—. Le avisaré si surge alguna novedad en la semana —dijo a salir.

En el exterior, la nieve caía sobre Edimburgo como una estela cauta que se hacía presente, pero aún evitaba hacerlo con demasiada fuerza. Una vez a solas, consciente de que le quedaba poco tiempo para tomar el siguiente bus e ir a trabajar, Aytanna aprovechó para revisar los turnos de los próximos vuelos que le habían asignado. Sintió un gran alivio al ver que ninguno era fuera del Reino Unido, porque de ser así, entonces no podría trabajar en el pub y reunir el dinero para Cameron.

—Siempre he podido saber cuándo estás alrededor —dijo Clement abriendo los ojos y mirando a su sobrina—, pero fingía estar dormida, porque no quería que Simona me viera despierta. La mujer intenta darme esas asquerosas vitaminas.

Aytanna soltó una risa que se mezcló con un sollozo.

—Oh, tía, me preocupé al enterarme de que habías tenido una caída. Ya sabes que no puedes tratar de levantarte sin ayuda. Entiendo que eres fuerte e independiente, pero un apoyo es necesario —murmuró inclinándose para darle un beso en la mejilla—. Simona solo busca tu bienestar. Esas vitaminas son importantes.

Los ojos azules de la mujer brillaron con burla.

—Patrañas, lo que necesito es un porro que me ayude a sentirme relajada. Como en los viejos tiempos. Debiste vivir en la época cuando yo tenía tu edad. A mis veinticinco años, cariño, yo tenía no solo una hilera de pretendientes, sino muchos viajes sicodélicos que me hacían pasarlo bomba —replicó, mientras Aytanna soltaba una carcajada—. La sociedad vibraba a base de la tendencia del *love and peace*.

—No creo que sea legal darte un porro, menos en una residencia —sonrió.

—Ayúdame a sentarme que no estoy muerta. Solo hago la siesta para descansar, pero no tengo interés en quedarme postrada aquí —pidió de buen humor. Una vez que estuvo cómoda, con almohadas, y apoyada contra el respaldo de la cama, soltó una exhalación—. Ahora estoy mejor. ¿Cómo van las cosas con la aerolínea?

—No tan bien como me gustaría —dijo, porque su tía parecía tener un detector de mentiras. Le podía ocultar ciertos detalles, aunque no la verdad al completo—. Aunque mi mejor amiga ya no trabaja en Blue Snail, ya sabes que ahora tiene otras responsabilidades, la verdad es que tengo algunas compañeras muy agradables. Además, en el pub me desconecto un poco de todo y disfruto de buena música.

—Ah, la bonita de Raven —sonrió—. Dale mis saludos cuando la veas. —Aytana asintió—. Cariño, esas horas que tienes en el pub como bartender, ¿incluyen ligar con hombres guapos que te hagan pasar un buen rato? —preguntó a bocajarro —. En mis tiempos, la vida fluía sin contratiempos, porque la tecnología no era un estorbo. Nos teníamos que ingeniar formas de divertirnos y el sexo era más libre.

—Tía —dijo riéndose—, mi récord de parejas no es muy bueno. Inclusive me dejaron plantada en el altar como bien sabes. Por ahora, mi interés es sacar el mayor provecho del trabajo. No existe nadie que haya logrado llamar mi atención lo suficiente —comentó, pero la imagen de un hombre sexy y de potentes ojos cafés se coló en su mente. La desechó de inmediato, porque él traía escrita la palabra *problemas* y *peligro* a leguas de distancia. Ella no quería recordar en cómo el simple toque de Bassil en los labios la había afectado—. Por ahora prefiero la calma —sonrió.

—Ah, sí, es que el tal Chris era un bueno para nada —dijo la mujer de setenta años y vibrantes ojos azules—. Pero, escucha bien, si un hombre no es capaz de sacudir tus sentidos, hasta dejarte sin respiración; si no te hace sentir la única mujer, aún con un sitio repleto de gente; si no te completa en una forma en la que tus defectos sean tan aceptados como tus virtudes, entonces no merece la pena. De lo único que me arrepiento, después de regresar de la iglesia aquel día, en el que ese baboso te dejó plantada, fue no haber contratado un sicario que le rompiera los huevos. Estoy parcialmente inhabilitada, mas no por completo —dijo con seguridad.

Aytanna soltó una carcajada que le recordó porqué Clement era tan especial. A pesar de cómo había cambiado la vida para su tía, la mujer continuaba siendo descarada, divertida y mantenía su tendencia a decir lo que se pasara por la mente. Suponía que esta última era una de las enseñanzas de Clement que más problemas le habían causado con otras personas, en especial figuras de autoridad, pero también la ayudó a levantar su voz en situaciones que consideraba injustas. Se preguntaba cómo habría sido si ella, su madre y su tía no hubieran salido esa fatídica noche…

—Ese es el pasado y no le guardo rencor —se encogió de hombros, porque era cierto—. Después hubo un par de chicos, pero no funcionó. En estos instantes tengo otros intereses —murmuró agarrándole la mano y dándole unas palmaditas.

—No quiero ser una carga para ti —dijo mirándola con seriedad—. Han pasado años, Aytanna, es momento de que dejes ir lo sucedido. Fue un accidente.

—Que te dejó en este estado —susurró con un nudo en la garganta—. Nunca lograré decirte cuánto me aflige que ya no puedas llevar la vida de antes; lo mucho que me duele que vivas en este asilo, pero te prometo que haré todo lo posible para que nunca te falten cuidados, tía —dijo soltando un suspiro.

—No puedes retroceder el tiempo y yo jamás te culparía, porque en los designios del destino, el ser humano es solo un títere que se amolda a las circunstancias para sobrevivir en el camino —dijo en un tono sincero apretándole los dedos—. Este es un buen lugar, me tratan bien; sí que he conocido personas con las que puedo hacer amistad. Aytanna, ya has hecho suficiente. Quiero que disfrutes tu vida, porque si no lo haces me sentiré muy decepcionada. ¿De acuerdo?

Aytanna se limpió las lágrimas e hizo un asentimiento.

—A veces me pregunto qué habría pasado si yo hubiera llamado solo dos minutos antes para pedir ayuda —dijo en un hilillo de voz—. Sé que el informe forense mencionaba que su muerte fue instantánea, pero…

—Lorraine cometió errores contigo al guardar tantos secretos debido a su doble vida como prostituta de lujo y recepcionista de un SPA —interrumpió Clement, porque sabía de quién hablaba su sobrina—, pero la mayor equivocación de ella fue llevarse a la tumba el secreto sobre quién era tu padre. No tenía derecho a privarte de la posibilidad de conocerlo, aunque fuese de lejos. Sobre esa noche —soltó una exhalació y miró a Aytanna con cariño—, llamaste en el momento en que recuperaste la conciencia. Necesitas dejar el pasado de lado, cariño, por tu propio bien.

«No cuando este me continúa persiguiendo con una amenaza aterradora», pensó Aytanna tomando una bocanada de aire. En el pasillo se escuchaban los murmullos de los demás residentes al pasar, algunas risas quedas y también la puerta de entrada que anunciaba la llegada de algún empleado o visitante. Joy to Care era un espacio limpio, decente, y contaba con implementos necesarios para darle una calidad de vida adecuada a sus residentes, así como cuidados médicos.

—He tratado de buscar entre las pertenencias de mamá algún indicio.

—Las escorts reciben joyas y dinero, Aytanna, mas no cartas de amor o devoción. Tu padre solo fue un cliente más en la lista de Lorraine, tesoro. Sé que soy cruda al decírtelo así, pero no hay otro modo. Tampoco supe si ella le habló a tu padre de ti o si lo escondió. Mi hermana era muy circunspecta con sus asuntos. Si tuviera información que pudiera ayudarte, entonces te la habría dicho tiempo atrás.

Aytanna soltó un suspiro y cerró los ojos un instante.

—Quizá si hubiésemos pasado un poco más de tiempo de lo que regularmente teníamos, mamá y yo, la pude haber convencido de que me diese alguna otra pista.

—¿Qué te parece si esta noche ligas con alguien en ese pub, eh? Quizá un poco de ejercicio en la cama te venga bien para despejar el estrés —le hizo un guiño—. Sé que me acabas de decir que te quieres enfocar en el trabajo, pero ¡vamos, Aytanna, eres una mujer preciosa y sé que pretendientes no deben faltarte! Sé que te esfuerzas en protegerte detrás de tu encanto natural, pero rompe tus esquemas. ¿Acaso no la pasaste bien cuando te impulsé a aceptar ese contrato en un jet privado? No me querías dejar durante esas semanas, pero ¡conociste varios países!

—¡Tía, por Dios! —dijo riéndose y meneando la cabeza. Al notar la hora se puso de pie. No le había hablado a Clement de su cretino ex jefe, porque no tenía sentido alguno—. No quiero ser como mi madre, así que soy selectiva, es todo.

—Pfff, no eres para nada como Lorraine. Ella era escort, tú vas a disfrutar el sexo por simple decisión con alguien que te merezca. Pero no habrá alguien si no empiezas a buscar de verdad, en lugar de conformarte con perdedores como ese Chris. Además, a diferencia de tu madre, tú tienes un corazón generoso y una ética personal admirable —replicó sonriéndole—. Te enseñé a bailar, disfrutar, sonreír, así que no quiero que eches a perder mis enseñanzas por tu necedad —dijo con cariño—. Ve a buscar al hombre más sexy que esté en el pub esta noche. ¡Aunque sea bésalo de tal manera que no sea capaz de olvidarse de ti! —le hizo un guiño.

Aytanna se inclinó para darle un beso en la mejilla a modo de despedida.

—Eres incorregible, tía, pero te adoro. Tómate las vitaminas, por favor.

—Puaaaj, qué desgracia no tener un jodido porro —farfulló, mientras encendía el televisor para ver una serie de Netflix que la tenía muy enganchada.

—Hasta pronto, tía Clement —dijo cerrando la puerta.

Durante el viaje en autobús apoyó la cabeza contra el vidrio de la ventana.

Las calles, arropadas en el mano de la oscuridad, iban pasando bajo su mirada sin formas definidas. Estaba tan cansada que no se sentía capaz de mantenerse en pie, porque tuvo un largo día. En la mañana estuvo en las oficinas centrales de la aerolínea, cerca del aeropuerto, para pedirle a Pixie que agilizara la devolución del dinero que gastó días atrás en Nueva York. La mujer le aseguró que estaba monitoreando el trámite personalmente. Después, Aytanna se acercó al refugio de animales, FurGood, en el que era voluntaria, para ayudar en las sesiones de baño de los gatitos y perritos.

Al volver a casa se dedicó a limpiar su estudio, hasta dejarlo inmaculado. Luego de la visita a Clement, que solía drenarla emocionalmente, estaba exhausta. Necesitaba hacer uso de todo su encanto para atender la barra esta noche, porque le hacían falta todavía dos mil quinientas libras esterlinas para completar el pago para Cameron. Ningún cliente iba a darle propinas a una bartender con cara larga o preocupada.

Abrazó la bolsa contra el pecho con ambas manos.

En días como estos, le apetecía poder encontrar refugio en una persona que la abrazara y la hiciera sentir que, a pesar de los vendavales, todo iba a estar bien. Siempre que volvía a casa, luego de dejar su mejor sonrisa y actitud en el exterior, una nube de soledad la embargaba. Sí procuraba ver el lado bueno de todo, pero llegaba un punto en el que se agotaba cuando los resultados eran nefastos. Hoy era uno de esos días.

Solo esperaba que en Blue Snails, entre la música, las risas y la adrenalina de preparar bebidas para entregarlas a tiempo, pudiera obtener buenas propinas, además de pasar un buen rato. Quizá iba a seguir el consejo de Clement. No la parte de tener sexo con un extraño, pero sí la de besarse con uno que fuese muy guapo. Tal vez, esa sería la solución para que lo que quedaba de la jornada mejorara por completo.

Con eso en mente, esbozando una sonrisa, bajó del bus.

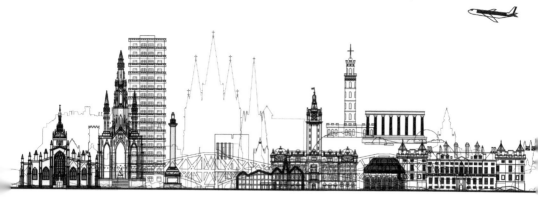

CAPÍTULO 3

Bassil no seguía órdenes de nadie, porque el éxito del que disfrutaba lo había trazado a base de puños, sudor, sangre y sacrificios. Estos últimos fueron demasiado grandes para equipararlos con los que realizaba el común ciudadano. A pesar de todo, estaba seguro de que si le diesen la oportunidad de regresar al tiempo en el que su mundo se hizo trizas, lo haría todo exactamente igual. Aún con las pérdidas dolorosas que tuvo que soportar. Él sació sus instintos de venganza que, si bien no aplacaron el aullido de su alma rompiéndose dolorosamente, le dieron un alivio necesario.

El recorrido de su vida había sido escarpado, pero el miedo que tuvo siempre, la carencia, ya no estaba más en su existencia. Bassil tenía suficientes inversiones y bienes materiales para disfrutar como se le diera la gana por el resto de su vida. Entre sus conexiones de negocios solía tener aliados que trabajaban en el marco de la ley y otros que no lo hacían. Él transitaba la fina línea gris de ambos mundos con fluidez y se sentía conforme con los resultados. Procuraba no deberle favores a nadie, porque ese era el enganche para tirar de hilos imposibles a cambio de una retribución.

Sin embargo, su relación con la mafia escocesa no cumplía estos últimos requisitos. Arran Sinclair, el sádico capo, había sido la razón por la que Bassil no solo logró vengarse de aquellos que destruyeron su vida, sino que operaba sus transacciones petroleras en Escocia con libertad de gestión. El vínculo entre los dos hombres ocurrió durante una situación inesperada que los llevó a combatir por un mismo frente. Desde entonces entre ambos existía un silencioso respeto, pero no tenían ninguna clase de trato más allá de una llamada telefónica si acaso Arran quería que algún barco de Bassil transportase mercadería específica. A él le daba lo mismo, porque, aunque el capo fuese un hijo de perra, este no traficaba personas.

Lo único que le interesaba a Bassil era mantener relaciones cordiales con todos los jugadores que se vinculaban, directa o indirectamente, en los territorios y áreas del negocio petrolero. Este último era complicado, porque no solo se trataba de procesos de extracción en condiciones complejas, inversión millonaria continua, extremas medidas de seguridad o alianzas estratégicas confidenciales, sino que Bassil también lidiaba con las normativas impuestas por los Gobiernos de otros países: la ley. En todos los procesos transaccionales existían trabas que se solucionaban con sobornos. La anterior era la parte que más cabreaba a Bassil, pero sabía que, sin importar qué clase de negocios tuviese, la corrupción siempre estaría presente. Por eso, su línea entre lo que era moral y aquello que no lo era, resultaba relativa y circunstancial.

En un entorno opulento como el que acompañaba al negocio petrolero, al que pertenecía la élite social mundial, era preciso mantener un perfil social activo. Bassil detestaba este aspecto de su trabajo y por eso solo asistía a aquellos eventos indispensables para mantener ciertas relaciones comerciales importantes. Le dejaba el resto de esas minucias a su vicepresidente ejecutivo, Cillian Atkinson. Este era propietario del cinco por ciento de Doil Corporation y su capacidad de decisión se limitaba a asuntos comerciales, pero siempre necesitaba la aprobación de Bassil.

Cillian y Bassil, junto a un equipo de expertos, crearon la propuesta de fusión operativa para Jonathan Crumbles, el CEO de Greater Oil. Después de la primera reunión, ocurrida semanas atrás entre los ejecutivos de ambas compañías, Bassil recibió la llamada de Jonathan en la que le solicitaba una conversación personal.

Los términos de la charla estuvieron relacionados con una condición específica, bajo estatus confidencial, para que la fusión se concretara. Si Bassil la aceptaba, él y Crumbles firmarían un documento ante un abogado, que pertenecía a una firma legal sin ningún vínculo previos con ambos o con las dos petroleras, para dejar una constancia que sería el respaldo mutuo. Ninguno de los ejecutivos vinculados a la propuesta de fusión sabría sobre lo acordado extraoficialmente.

En un inicio, la propuesta de Crumbles cabreó a Bassil, porque le pareció estúpido que este usara un asunto personal para condicionar una alianza multimillonaria. Sin embargo, cuando el enfado dio paso a la serenidad, analizó la situación con cabeza fría y mente pragmática. Los métodos y formas para cumplir con la condición de Crumbles estarían bajo el libre albedrío de Bassil, lo cual implicaba que el hombre no se metería en sus resoluciones. Con esa certeza en mente, él bosquejó un plan de acción beneficioso. Después, le pidió a un contacto que averiguase en qué ciudad estaba Aytanna y voló a Nueva York, porque necesitó conocer en qué condición se encontraba el frágil vínculo de ambos.

A pesar de que permitó que Aytanna se marchase del bar, Bassil reconoció que el proceso de conquistarla sería un reto interesante. La química sexual entre los dos implicaría una prometedora batalla que él iba a librar entre las sábanas con placer. Sin embargo, el precio colateral que supo que tendría que pagar, para cumplir su parte del acuerdo con Crumbles, no le agradó. Pero, era la única manera de convertirse en socio equitativo y aprovechar los beneficios de ser un accionista con poder de decisión. Sin lo anterior, no podría gestionar con libertad, ni cementar el pináculo de su reputación.

El tiempo no estaba a su favor, pues tenía cuatro meses para ganarse la confianza de Aytanna. Considerando que la mujer era como un gato montés con las uñas bien afiladas, Bassil tendría que ser muy astuto. Una vez cumplido el plazo y realizados los procesos, sobre los que ella no necesitaba enterarse, él continuaría su vida como siempre. Aytanna, al igual que tantas mujeres que pasaron por su cama, sería solo una anécdota más del pasado. Con la decisión tomada y la mente clara, Bassil llamó a Crumbles para firmar el documento que les concernía a ambos.

Esa era la razón de que estuviera en esos momentos en las oficinas de Greater Oil, en el despacho del CEO, ubicadas en el distrito financiero de Edimburgo, West End, a pocas calles de la central de Doil Corporation. El interior del edificio de Crumbles tenía una decoración industrial: elementos de hormigón, ladrillo, madera desgastada y toques rústicos. Predominaban los tonos marrón y gris. Los muebles eran multifuncionales, lo cual permitía tener espacios abiertos, amplios y fáciles de recorrer con rapidez. La iluminación era tan funcional como decorativa.

Bassil mantenía una expresión estoica, mientras escuchaba a Crumbles.

—El proyecto que nos presentaste a los integrantes del directorio fue excepcional. Fue aprobado a los pocos días de que estuviste aquí con tu equipo —dijo el hombre de ojos verdes y cabello negro. Su aspecto era intimidante y de expresión adusta, pero Bassil poseía un aura de peligro sin necesidad de emitir una palabra. Ambos chocaban por su vibrante energía masculina—. No quise comunicarme para comentártelo, porque antes requería saber tu decisión sobre la propuesta que te hice. Asumo que es la razón de que estás aquí —expresó.

—Jonathan, no incurras en el error de pensar que danzo al compás de tus intereses, pues es lo opuesto —dijo—. Hay aspectos que puedo concederte, pero si cruzas la línea, indistintamente de las implicaciones, vas a lamentarlo en el mercado.

El hombre hizo un leve asentimiento, porque sabía que Bassil jamás bromeaba. En los círculos sociales de Edimburgo se murmuraba que provenía de los barrios bajos y que las circunstancias que lo convirtieron en millonario eran turbias. Sin embargo, a Jonathan esos comentarios solo le servían para ser cuidadoso, pero no le interesaban lo más mínimo. Siempre que hubiera dinero, la manera en que se hubiera accedido a este carecía de importancia. ¿Es que acaso el público común era tan imbécil para creer que el éxito y la fortuna se cementaban con honestidad absoluta?

—No tengo interés en convertirte en mi enemigo, cuando eres un aliado —replicó—. Pero, antes de poder ejecutar la fusión operativa, requiero una contestación a la condición planteada en nuestra charla de hace un par de semanas.

La asistente de Jonathan, una mujer de mediana edad, entró con discreción en esos instantes para dejar dos tazas de café. Dejó también una fuente de almendras y pistachos. Aunque sabía que no iban a ser consumidos. Luego se marchó con sigilo.

—No me agrada que condicionen un contrato de trabajo con imbecilidades personales, Jonathan, eso, tenlo muy claro —replicó Bassil en tono acerado—. Así que vamos a modificar el acuerdo y agregaré un par de cláusulas porcentuales de beneficios adicionales para mí. No estás planteando que haga una negociación limpia, sino que le oculte la verdad a una mujer en el afán de obtener un beneficio. Mis escrúpulos los modifico a mi antojo, pero esto roza la línea de lo cuestionable. Tu interés por este acuerdo es igual de amplio que el mío, pero la diferencia es que tienes más que perder que yo si este no se concreta —dijo con convicción—. Vas a escuchar mis contrapropuestas, las vas a acatar y, solo entonces, firmaré contigo.

—Reconozco que la situación es poco ortodoxa, así como reconozco que fuiste astuto al anticiparte y comprar a mis hermanos sus acciones en Greater Oil. No sé cómo convenciste a esos tozudos, pero supongo que puedo atribuirlo a tu reputación empresarial —concedió con una inclinación levísima de cabeza. No era estúpido y también necesitaba a Bassil en el proceso para lograr su cometido personal. Este no era un acuerdo tan fácil, pero necesitaba ejecutarse—. No puedo permitir que desconocidos reciban beneficios inmerecidos como fruto de los errores de mi padre. Esa fue la razón por la que pensé que podrías aceptar la condición que te planteé.

Bassil acomodó la espalda en el sillón de la sala. Él siempre iba un paso por delante de otros; se anticipaba. Ambos empresarios tenían asuntos que ganar o perder con esta alianza paralela. Pero, Bassil le llevaba ventaja a Jonathan, en experiencia, conocimiento de campo y capacidad de visión a futuro en los negocios.

—Vicky y Damien recibieron una excelente compensación al venderme cada uno sus acciones, así que ahora poseo el treinta por ciento de tu empresa. Sin embargo, a mí me importa muy poco tu percepción emocional de los acontecimientos debido a ese testamento —dijo Bassil—. Mi enfoque es comercial. Quiero que actives el proyecto para iniciar la fusión operativa y maniobrar proyectos con Oriente Medio.

Jonathan hizo un asentimiento. Él fue nombrado como nuevo CEO, después de la lectura del testamento de su padre, pero también se enteró de situaciones que lo cabrearon y a las que quería poner fin. Esta fue la razón para querer una reunión privada con Bassil. Sabía que Jenok era un empresario hermético e impredecible, pero también ambicioso. Desde ese punto de vista ambos estaban cortados bajo un mismo estándar: cualquier objetivo empresarial en mente justificaba los medios.

—Para que eso ocurra requerirías mi firma como CEO y socio mayoritario —replicó bebiendo un trago de café. El diez por ciento de acciones, repartidas entre seis accionistas minoritarios de la junta directiva, no era tan importante. Jonathan poseía el cuarenta y cinco por ciento de Greater Oil y, ahora, Bassil el treinta—. La activación del proyecto de fusión solo será posible cuando consigas el quince por ciento restante de las acciones de la empresa. Esa fue mi condición, así que, ¿qué decisión has tomado? —preguntó con seriedad—. Las nuevas cláusulas que pidas agregar al contrato, las consideraré. Busco un acuerdo beneficioso, no sacar ventaja de ti.

—Porque antes de permitir que lo intentes —sonrió con perfidia—, te destruiría, Jonathan. Podemos ser aliados, pero no cruces la línea errónea.

Aunque Bassil ahora fuese accionista de Greater Oil, Jonathan no iba a tener ni una sola acción de Doil Corporation. Por eso el plan era exclusivamente de fusión de recursos operacionales, mas no de capitales financieros. Lo anterior no implicaba que Bassil dejase de proteger y blindar con barreras inexpugnables sus activos.

Para él, lo de Greater Oil tenía que ver con el desafío de negociar con otros jugadores poderosos y aguerridos en el tablero mundial petrolero; y ganarles. Jonathan tenía motivaciones similares, pero su enfoque era limitado. Bassil, en cambio, veía siempre un margen más amplio de acción y posibilidades tácticas efectivas.

Bassil había ido introduciéndose paulatinamente en el círculo social de Jonathan, tal como lo hizo, poco a poco, con la clase social poderosa e influyente del país. De esa misma forma lo estaba haciendo con Greater Oil y no pararía, hasta que el actual CEO no tuviera más remedio que venderle la empresa al completo. Lo anterior era una consideración a largo plazo que Bassil cumpliría, aunque no tenía prisas.

—Destruirme también disminuiría tu acceso a Arabia Saudita —replicó con Jonathan acritud—. No soy imbécil, así que tengo en consideración que tu corporación es más grande que la mía, aunque yo poseo caminos estratégicos más ágiles de desarrollo que otras empresas —se recostó contra el respaldo del sillón y lo miró con altivez—, así que, Bassil, fuera de nuestras mutuas capacidades de causarnos daño —dijo con una sonrisa—, ¿qué has decidido sobre mi propuesta?

Bassil observó con astucia a Jonathan y achicó los ojos. Después agarró la taza de café y dio varios tragos en silencio. Él sabía cuánto solía exasperar a la contraparte cuando existían silencios, porque estos solían ser estratégicos. Pocas personas estaban cómodas sin pronunciar palabras en períodos breves o extensos. A él le daba igual.

—Quiero recapitular un par de aspectos —expresó Bassil con estoicismo, mientras giraba entre sus dedos una pluma fuente Montblanc—. Aytanna Gibson es tu media hermana, pero ella ignora esa información, según lo que me comentaste la otra ocasión. —Jonathan asintió con una mueca—. Tu padre no la conoció, sin embargo, le heredó el quince por ciento de acciones de Greater Oil. La única forma de que tú las adquieras sería contactándola, para cumplir la voluntad de Ferran, y dándole explicaciones familiares que de seguro te solicitará. Luego querrás pedirle que te venda ese paquete de acciones, pero temes que rehúse hacerlo y quiera exigir un lugar en la junta directiva de la empresa. ¿Comprendí bien tu enredo existencial?

Jonathan apretó los puños por la pulla e hizo un asentimiento de nuevo.

—Es correcto. A causa del testamento me vi en la posición de proponerte que me ahorres ese dolor de cabeza. No voy a cumplir la voluntad de mi padre de buscar a su bastarda y entregarle el quince por ciento de las acciones que le dejó —dijo pasándose los dedos entre los cabellos—. Se estipula que si no la encuentro en seis meses, ya han transcurrido dos, las acciones pasarán a subasta pública y yo no podría comprarlas. Tú quieres la fusión, y yo las acciones en manos capaces. De cualquier forma en que quieras mirar esta circunstancia, la ganancia es mutua. Ella no va a enterarse de que es heredera de varios millones, porque no voy a decírselo, ni tú.

Bassil soltó una risa arrogante y guardó el bolígrafo en el bolsillo de la chaqueta.

—Si yo consigo las acciones me convierto en accionista equitativo, al tener ambos el cuarenta y cinco por ciento. Una vez que esté todo resuelto, tú, firmarás la ejecución inmediata del contrato de fusión operacional —exhortó Bassil—. También aumentarás el porcentaje de mis dividendos en utilidades, bajarás los precios de las materias primas que vendes para Doil Corporation, y crearás un fondo de educación para los obreros de más bajo rango que trabajen en las plataformas de ultramar.

—¿Un fondo de educación? —preguntó ceñudo, sin comprender.

—Ambos hablamos inglés y no me gusta repetirme —zanjó.

Jonathan asintió apretando los labios. Él tenía la ventaja de contar con la alianza única, en el Reino Unido, con el rey de Arabia Saudita. Sabía muy bien que esa era la principal motivación de Bassil para haberlo tolerado sin mandarlo a la mierda.

—Lo estipularemos en el contrato paralelo —dijo el CEO de Greater Oil.

—La única vía para tener esas acciones, y que Aytanna no se entere de ti ni de que recibió una herencia, es el matrimonio —dijo Bassil gélidamente, al decirle la conclusión a la que había llegado. No existía otra forma de acceder a esas putas acciones—. No te atrevas a presionar los hilos equivocados conmigo, Crumbles, porque mi capacidad de tolerancia es menor a cero —dijo en tono admonitorio.

El hombre hizo un leve asentimiento. Los métodos de utilizara Bassil con su hermanastra no eran su maldito asunto. Solo quería quitar del medio a esa mujer y preservar el legado Crumbles. «Lo que no se conoce, no se echa en falta».

—Los matrimonios también son contratos —dijo Jonathan con simpleza y mirando a Bassil con seriedad—. El tuyo sería uno más de la estadística, pues es la única vía para que te apropies, legalmente, de ese quince por ciento de las acciones. Ella no tiene idea de nada, así que no podrá exigir que se respeten sus bienes cuando no tiene ninguno —se rio con desprecio—. Puedes aprovechar en elaborar tu acuerdo prenupcial, blindarte y también estipular que dejarás una considerable cantidad de dinero, a modo de compensación, cuando te divorcies, si quieres. Son minucias.

Bassil estaba a punto de estampar un puñetazo en la jeta del hombre. La opinión de Jonathan no representaba ningún asunto importante. Además, el tema de las alianzas por intereses económicos era tan viejo como el mismo Diablo. Sin embargo, por una razón que no podía explicar, lo cabreaba que Jonathan hablase de forma despectiva de Aytanna, sin ni siquiera conocerla y basándose en que era la hija bastarda de Ferran Crumbles. No, Bassil no era hipócrita, porque lo que iba a hacer con ella era peor que el criterio de ese mequetrefe, pero no tenía por costumbre utilizar los orígenes de nacimiento de otros para decidir si merecían su consideración.

Él tenía planeado ocultarle la verdad a Aytanna, pues era el único modo de que todo funcionase sin contratiempos. Le quitaría algo que le pertenecía como legítima herencia, aunque el proceso sería técnicamente legal. Nada sería forzado ni ilícito. Aytanna tomaría sus decisiones y actuaría con criterio propio. Bassil era cínico, no hipócrita y eso, al menos para su conciencia moralmente gris, hacía la diferencia.

—No está en tu potestad explicarme, instruirme o sugerirme modos de actuar, Jonathan —dijo poniéndose de pie y mirándolo con irritación—. Considera este esfuerzo como parte de mi compromiso con Greater Oil —apoyó las palmas de las manos sobre el vidrio de la mesa de reuniones—, pero no te confundas. Las normas las dicto yo, y si se te ocurre echarte atrás o cabrearme, la penalización puede ser peor que la propuesta que me haces. ¿Te ha quedado claro mi punto de vista?

—Sin problema, Bassil. Haz lo que se te venga en gana, pero esa mujer no va a ver ni un centavo de mi fortuna ni a pisar estas oficinas —replicó.

—Según lo que me cuentas tan solo tienes una fotografía de ella, el nombre de la empresa para la que trabaja, el pub, y listo. Todo cortesía de una paupérrima búsqueda, probablemente en Google de tu padre y que dejó en el testamento —concluyó, burlón, aunque ya era tiempo de irse—. ¿Por qué te rehúsas a conocerla?

Jonathan frunció el ceño y se terminó el café.

—Porque representa un ejemplo de las tantas infidelidades de mi padre y las múltiples ocasiones que eso lastimó a mi madre. ¿Cuántos hijos bastardos más habrá tenido? —preguntó retóricamente—. Que solo recordara a una es un alivio.

—Cuando las acciones estén en mi poder volveremos a hablar.

—¿Qué crees que necesites para que ella confíe en ti? —preguntó Jonathan de repente y con curiosidad—. No te conoce de nada y son de mundos distintos.

Bassil esbozó una sonrisa de medio lado. No le contó sobre la relación laboral que tuvo con Aytanna. Ni lo haría. Él no era su amigo, sino solo un cretino con conexiones comerciales excelentes y que ahora era también su socio empresarial.

—No es tu asunto, así que guárdate los interrogatorios —zanjó.

Jonathan se relajó e hizo un asentimiento, mientras esbozaba una sonrisa.

—Aytanna ignora que tiene una herencia y ningún abogado le va a dar esa información o va a buscarla. Bajo las cláusulas del testamento solo podría hacerlo yo.

—Y no tienes intención de que ella lo sepa —afirmó Bassil.

—Correcto —sonrió con malicia—. Entonces, ¿te envío el contrato extraoficial a tu oficina para que lo firmes e iniciar esta fase? —preguntó con alivio.

Bassil contempló la mano de Jonathan y por una milésima de segundo dudó. Sin embargo, su lado más pragmático tomó la delantera. Le estrechó la mano.

—Sí —replicó con sequedad y luego salió de Greater Oil.

El viento frío de la ciudad lo impactó al salir del edificio. Después de la reunión con Jonathan, Bassil fue a su oficina y se enfrascó en el trabajo. Cuando creía que podría finalmente irse a casa para ducharse, le informaron sobre un derrame de petróleo en la costa del Puerto de Cromarty Firth, en las Tierras Altas. Bassil invirtió en llamadas, al menos cuatro horas, con varios de sus expertos, así como con el grupo de relaciones públicas que tenía que dar una declaración a la prensa. Una mierda.

Casi a las nueve de la noche, Bassil abandonó su despacho.

El chofer, Laos, lo esperaba con la puerta abierta del Rolls-Royce Ghost color gris. Uno de los caprichos del empresario era coleccionar coches de lujo en el garaje de su mansión, la cual estaba ubicada a veinte minutos de las afueras de Edimburgo. Le gustaba la propiedad, porque estaba rodeada de naturaleza. Su casa era un sitio al que solo acudían personas de su mismo círculo social. Lo anterior se limitaba a empresarios multimillonarios, además de Hutch Burton y la familia de este.

—Bassil, sé que lo hemos conversado varias veces hoy —dijo Hutch, mientras se subía junto a su mejor amigo al coche. El suyo estaba en el mecánico y con la nieve exterior no encontraría un taxi—, pero ¿estás completamente seguro de lo que vas a hacer con Aytanna? —preguntó. Su amigo era gerente de seguridad industrial de Doil Corporation; monitoreaba que se siguieran las políticas y protocolos para evitar accidentes. Se había casado cuatro años atrás con Molly Karedes, una guapa mujer de origen griego, e iban a ser padres por primera vez—. Suena un poco injusto…

Bassil lo miró cruzándose de brazos. Por supuesto que le había contado de sus planes a Hutch, porque era la única persona en la que confiaba de verdad. Además, juntos habían recorrido un largo tramo desde Aberdeen. Él era su único aliado.

—El contrato con Crumbles está firmado —dijo con simpleza—. Aytanna jamás se enterará de nada, porque en la dicha de la ignorancia no existe sufrimiento. —Huch hizo una negación de resignación ante la tozudez de Bassil—. En el pasado perdí todo lo que de verdad me importaba, lo sabes, y mi empresa fue la que me mantuvo cuerdo. Eso es todo lo que importa. Aytanna es solo un medio para obtener un fin. La compensaré económicamente cuando todo acabe. No hay injusticia.

Hutch soltó una carcajada incrédula.

—Creo que tantos golpes recibidos en ese puto ring de box te jodieron la cabeza —dijo con una mueca—. ¿Cómo crees que va a terminar todo esto para ti?

—¿Para mí? —preguntó con una carcajada—. De la mejor forma posible: fusionaré operativamente dos empresas, me nutriré de los beneficios y luego empezaré a negociar con Noruega y Canadá

—dijo con indiferencia—. Sumado a ello, en el proceso, follaré con una mujer tentadora que tiene en sus manos, sin saberlo, la clave para convertir mi imperio en uno de los más fuertes de la rama petrolera.

De los dos amigos, siempre fue Hutch el más inclinado a usar la serenidad antes que los impulsos. A diferencia de Bassil, él sí tenía una familia que continuaba viva y a la que trajo a vivir a Edimburgo; además de la que formó con Molly.

En cambio Bassil, además de los Burton, solo estaba acompañado de los informes de inversiones, una rutina en el gimnasio, interminables reuniones, viajes de trabajo, retos para demostrarse que continuaba siendo el mejor, placer a raudales, así como el pináculo de su ambición profesional al alcance de la mano. Su vida era próspera, aunque el camino para llegar a ella hubiese sido su destrucción.

Ambos amigos abandonaron Aberdeen, pero solo Hutch aprendió a perdonar y vivir sin cinismo. Él era quien había averiguado los días en que Aytanna tenía turno en Blue Snails, pero lo hizo al creer que el idiota de Bassil poseía un genuino interés, por primera vez, en una mujer como para tomarse la molestia de buscarla.

—La pretendes seducir y lograr que confíe en ti, después le vas a pedir que se case contigo. Ella no tendrá la más jodida idea del verdadero motivo —dijo con reproche—. Eres muy listo para controlar los números, Bassil, pero no sabes nada de emociones que estén alejadas de la manipulación, la ambición o la revancha. Así que, desde ese punto de vista, tu plan es volátil. ¿Le dirás la verdad alguna vez?

Alrededor las calles iban pasando, a través de la ventana, como simples borrones besados por la nieve. Estaban a punto de llegar a la casa de Hutch, luego, Bassil iría a darse una ducha, porque la anticipación de ver a Aytanna lo excitaba. Ella era una pieza en un mapa estratégico, pero eso no implicaba que no iba a disfrutarla.

—Los únicos sentimientos afectados serán los carnales y en eso no hay peligro —dijo sardónico, al pensar en la boca femenina que deseaba volver a probar—. No tiene sentido que le cuente la verdad, Hutch, y lo compensaré económicamente.

El coche se detuvo en una casa en el barrio de Stockbridge. Las luces estaban encendidas. Un leve eco del ladrido del perro de los

Burton se escuchó cuando Laos se bajó para abrir la puerta de los pasajeros. El hombre llevaba seis años trabajando para Bassil y era uno de los empleados más apreciados por el magnate.

—Lo explicas todo de forma muy clínica, porque no te has enamorado nunca —dijo riéndose—. Quizá la situación sea más complicada de lo que esperas. La química es interesante, pero a partir de eso no puedes conseguir confianza, sino solo un buen revolcón. Para que una mujer quiera algo más contigo, así como lo has planeado, primero tiene que estar enamorada. Y, considerando tus altos niveles de estupidez, lo más probable es que la alejes antes de acercarla.

—La atracción que hay entre los dos es un excelente inicio. Muchos matrimonios empiezan de esa manera, aunque la duración siempre es relativa. En todo caso, no voy a engañarla —replicó con cinismo—, tan solo no le comunicaré una información que no tiene porqué conocer, pues no forma parte de su vida.

Hutch se acomodó el cabello rubio y soltó una exhalación.

—Molly y yo te esperamos a cenar el domingo —dijo bajando del coche—. No le he contado sobre tus planes con Aytanna, a la que espero conocer en algún momento, porque sé que forma parte de un asunto corporativo confidencial. Sin embargo, si en algún momento llegases a necesitar un consejo, Molly es perfecta.

Bassil esbozó una sonrisa, y estrechó la mano de Hutch, desde el asiento.

—Creo que no necesitaré consejos, pero seguro vendré el domingo, gracias, y dale mis condolencias a Molly por soportarte —dijo antes de cerrar la puerta.

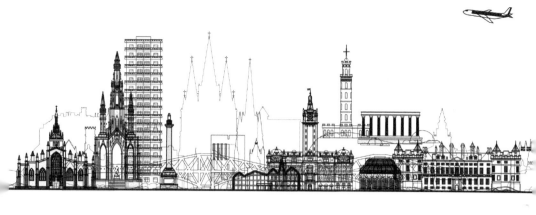

CAPÍTULO 4

Bassil no tenía que anunciar que haría una visita a la sala VIP de Blue Snails, ni esta noche ni ninguna otra. Él constaba entre las pocas personas que, directa o indirectamente, colaboraban con Zarpazos y tenían el beneplácito del capo. Sin embargo, no estaba para ver a Sinclair, sino a cierta mujer de ojos verdes.

Después del día en el que la buscó en Nueva York, tuvo un largo viaje a Sudáfrica por trabajo, así que no pudo adelantar su intención de buscarla. Luego, llegaron las negociaciones con Jonathan. El día que tuvo, en especial por el accidente petrolero, que se logró contener a tiempo, había sido un caos. La agitada dinámica de trabajo era lo usual para Bassil, pero cuando se unían demasiados frentes era brutal.

Entrar en un pub no era el ideal de un viernes por la noche para él, menos cuando tenía treinta y siete años, pues su preferencia habría sido el silencio de su mansión con un coño húmedo para follar sin interrupciones. No obstante, el único cuerpo que le interesaba estaba en Blue Snails. Además, el pub era el lugar en el que Aytanna estaría cómoda y del que no intentaría marcharse, porque eso implicaría dejar de ganar la paga del turno y las propinas. Bassil estaba ahora en la barra de la sala VIP, aunque todavía no había rastro de la sirena de cabellos rubios.

El área en la que se hallaba tenía una oferta de comida de diferentes partes del mundo y un surtido impresionante de licores en la barra. La distribución de las mesas dejaba espacio para caminar y bailar inclusive, si se quería, en la pista esquinera. Era evidente que en la decoración no se escatimaron recursos, pues la renovación había transformado a Blue Snails de un pub regular a uno de lujo con clientes más selectos.

En la planta baja se servía comida local y Mediterránea, pero lo que llamaba la atención era la pista de baile. Esta era más amplia que la superior, por asuntos de espacio, con un suelo iluminado alternativamente por un sistema electrónico. La vibra hedonística resonaba en cada rincón del sitio. Blue Snails era una invitación a dejar las inhibiciones de lado, así como mucho dinero sobre la barra y servicios de comida.

—Noté que estabas solo —dijo una mujer sentándose y girando el cuerpo ligeramente hacia Bassil para mirarlo. Ella no era la única que había puesto su interés en el atractivo espécimen masculino, pero sí la que se atrevió a acercarse primero e intentar saber si estaba disponible—. Tal vez, podamos hacernos compañía porque mis amigas tardarán todavía en llegar. Me llamo Gigi, ¿y tú? —preguntó.

Él dio un trago al whiskey que estaba bebiendo, Ardbeg Uigeadail Islay Single Malt. Este era considerado de los mejores del país. Después miró a la morena de cuerpo curvilíneo. El vestido rojo que llevaba era corto, le llegaba poco más arriba de medio muslo, y el escote dejaba entrever un par de pechos grandes y maduros.

—Bassil —replicó y estrechó la mano que la mujer le extendía. Si el idiota de Hutch se había equivocado, y Aytanna no tenía turno esta noche, iba a cabrearse.

—Ah, un nombre inusual —sonrió con coquetería y apoyó la mano sobre el antebrazo masculino decorado con tatuajes. El hombre llevaba las mangas arremangadas hasta el codo, dos botones de la camisa desabrochados y el cabello negro peinado hacia atrás. Ella, definitivamente, quería ligar esta noche—. ¿Estás soltero? —preguntó, apoyando el codo sobre la barra y el rostro en la mano libre.

—Sí, creo que es el estado más óptimo —dijo con una media sonrisa.

No estaba en horas de trabajo, así que su concentración podía darse un breve descanso. Además, ahora llevaba un atuendo más relajado. A lo largo de los años, para encajar y ser reconocido como un igual por sus pares empresarios, entendió la importancia de una prenda de ropa, la marca y el estilo. El lenguaje de los millonarios era variado, pero la apariencia resultaba siempre el más importante.

Ella soltó una risa suave y se acomodó, hasta inclinarse un poco más hacia él.

—Qué coincidencia entonces, pues pienso igual que tú, en especial porque me da la posibilidad de conocer hombres interesantes que suelen acercarse a mí —dijo en un ronroneo—. Sin embargo, hoy decidí tomar la iniciativa —sonrió.

—¿Debo considerar que estás concediéndome un trato especial? —preguntó con sarcasmo. No creía que esta Gigi fuese una clienta inusual, sino más bien de aquellas que buscaban un hombre para follar, sí, pero uno con dinero.

Durante sus primeros años como CEO, Bassil disfrutó de los excesos, sin contenerse. Pero su experiencia con mujeres, aunque satisfactorias casi todas, también implicó varios intentos de atribuirle un embarazo falso o el hijo de otro hombre. Él llevaba siempre sus propios preservativos y no aceptaba que una mujer los comprara para él o los ofreciera. Bassil había escuchado un par de historias de algunos empresarios que ahora eran padres porque hubo "fallas intencionales" en los preservativos. Bassil no quería tener hijos, así que prefería evitar errores.

—Absolutamente —contestó con coquetería, pero sin comprender el tono de voz masculino. ¿Cómo podría hacerlo si no entendía la naturaleza de Bassil?—. Entonces, ¿qué te parece si salimos de aquí y nos conocemos mejor? —preguntó, extendiendo los dedos para tocar el dorso de la mano masculina y que estaba apoyada sobre el borde de la barra—. Conozco algunos trucos que harán que merezca la pena.

—Estoy seguro de que así es —dijo él riéndose por la falta de originalidad.

En otros tiempos, cuando sus gustos eran menos selectivos a la hora de elegir compañera sexual, Gigi habría sido con la que hubiera terminado en la cama. Sin embargo, la experiencia le enseñó que un buen polvo también podía venir acompañado de una persona que pudiera decir unas cuantas palabras inteligentes. No porque le importasen las aspiraciones emocionales o intelectuales ajenas, sino que follarse un cascarón vacío era para los que no necesitaban esfuerzo. Y él, ahora, requería retos para sentirse vigorizado y excitado. Gigi no era un reto.

—Podemos ir al baño, que en esta área, suele estar despejado —dijo pasándose la lengua sobre los labios—. Eres grande —sonrió—, y seguro que en todas partes. ¿Sabes? —murmuró poniendo la mano sobre el muslo firme y jugueteando con sus uñas pintadas de laca roja—, soy muy flexible. Me gusta el sexo rudo, Bassil —ronroneó el nombre—. Si eres alguien que prefieres algo más privado —le hizo un guiño—, entonces me encantaría invitarte a mi apartamento. ¿Qué te parece?

Él la quedó mirando y se rio por lo bajo. Pidió al bartender otro whiskey.

La idea de tener citas con Aytanna le parecía interesante, pero lo que Bassil establecía generalmente eran acuerdos para follar. Las cenas o salidas no eran la antesala, sino una consecuencia sin importancia del sexo. Además, Aytanna tampoco aceptaría de buenas salir con él, porque era perspicaz y notaría que tener citas con mujeres no estaba en su naturaleza. Bassil sabía que la mejor táctica con ella sería ser fiel a sí mismo, en lugar de usar recursos que no estaban en su personalidad.

Por otra parte, lo que había observado en Aytanna, en el tiempo que compartieron la ruta europea, es que era muy buena trabajadora. Así que podría empezar ofreciéndole empleo en su jet privado o en la oficina de la compañía. Cualquier opción que lograra que ella lo mantuviese en mente era válidas.

Alrededor, la música del pub sonaba a tope y la gente estaba pasándola genial. Las camareras iban de un lado a otro, porque al ser el inicio del fin de semana solían estar más ocupadas que de martes a jueves. Ningún integrante del *staff* se preocupaba por la seguridad dentro del establecimiento, porque siempre habían guardias vestidos de civil que procuraban que nada se saliera de control. Muchos ignoraban que este pub era de la mafia y que los sistemas de vigilancia era insuperables.

—Creo que, por ahora prefiero disfrutar este whiskey, Gigi —replicó.

—Entonces, me gustaría acompañarte —dijo, insistente, haciéndole un guiño.

—Escocia es todavía un país libre, aunque no siempre de los ingleses —murmuró, mientras daba un trago largo a su bebida—. ¿Quieres un trago? —preguntó por cortesía más que por genuino interés. Si Aytanna no iba a aparecer, al menos pretendía dejarse todo el estrés del día de mierda con unas cuantas bebidas.

La expresión de Gigi se iluminó e hizo un asentimiento.

—Gracias, guapo —replicó creyendo que estaba de suerte.

Aytanna no llegó a tiempo, porque en su estado de agobio se había bajado en la estación que estaba más lejana de su trabajo. Así que tuvo que caminar bajo la nieve, al menos diez minutos y, nada más entrar en Blue Snails, organizar su casillero, después maquillarse. Johnson la retuvo, pidiéndole que cubriera la barra de la zona inferior, hasta que llegara Zoey. Después de veinte minutos su compañera se hizo presente, disculpándose por la demora. Aytanna tan solo le dijo que no pasaba nada y subió a la zona VIP. Esta era el área que ahora tenía adjudicada perennemente.

Ella estaba segura de que Raven, antes de dejar de trabajar en el pub, había intercedido de algún modo para que Johnson le asignara siempre la barra VIP en el segundo piso. Los camareros y bartenders pugnaban por trabajar en esta zona, porque las propinas eran mejores. Aunque los clientes solían ser más caprichosos y quejicas.

La mente de Aytanna estaba tratando de relegar los inconvenientes existenciales a un lado y concentrarse en la vibra divertida, despreocupada y pulsante. Pero apenas Everett, el bartender al que tenía que acompañar en el turno de ese viernes, le entregó las llaves de la bodega de reservas y la caja registradora, sus intenciones se nublaron. Creyó que sus ojos estaban teniendo problemas de enfoque, lo cual no sería nada extraño considerando su récord del día, pero no. Su visión no estaba engañándola.

El hombre que estaba en la barra riéndose, sí riéndose nada menos, con una mujer que parecía a punto de ponerle los pechos en la cara, era Bassil Jenok. Esta era la primera ocasión que lo veía en Blue Snails. Aytanna suponía que un hombre con tantos millones circularía en sitios muchísimo más costosos o ligaría mujeres más sofisticadas que esa que llevaba un vestido rojo y parecía haber perdido parte de la tela durante la confección. La mujer en cuestión, al verla entrar detrás de la barra, le hizo un gesto para que se acercara. Aytanna, porque era su trabajo, se aproximó.

Ella intentó enviar al fondo de la tierra esa horrible sensación que se apoderó de la boca de su estómago. «¿Qué carajos pasaba?», se preguntó, asustada, porque sería una completa idiotez que sintiera celos de ver a Bassil con la chica. No existía nada entre los dos, así que el hombre podía estar con quien se le diese la gana, así como también podría hacerlo ella. ¿Verdad que sí? Exacto, sí. Ni siquiera quería mirar a Bassil, porque temía que se diera cuenta de lo que ocurría en su cabeza. «Dios, eso sería verdaderamente bochornoso, porque ¡era por completo incoherente!».

—Buenas noches, mi nombre es Aytanna y estoy encantada de atenderla, ¿qué desea servirse? —preguntó sonriendo, en un tono que no dejaba entrever sus emociones y le entregó el menú de opciones con fluidez—. Hoy tenemos una oferta especial de tres mojitos o tres copas de champán por el precio de dos.

—Oh, gracias, suena estupendo. Este guaperas de aquí —dijo Gigi señalando al hombre que estaba a su lado—, me ha ofrecido invitarme un trago. ¿Acaso no es amable? —preguntó riéndose con suavidad—. Quisiera el champán, por favor.

Bassil apartó la mirada de Gigi y maldijo por lo bajo al ver a Aytanna. Esta era la última posición en la que hubiera querido que lo encontrase, en especial cuando no tenía interés, de ninguna clase, con la mujer del vestido rojo. «Mierda», pensó pasándose los dedos entre los cabellos. «Al menos, no es una situación insalvable».

—Estoy segura de que es muy amable —dijo con falsa dulzura—. Ya regreso con su copa, pero, mientras tanto, disfrute estas olivas con queso brie. Cortesía de la casa —replicó haciéndole un guiño y dándole la espalda para preparar la bebida. Por dentro tenía ganas de estamparle la copa a Bassil en la cabeza.

Una vez que estuvo lista y regresó a la barra se quedó con la bebida en la mano, porque la mujer ya no estaba alrededor. Frunció el ceño y la buscó con la mirada.

—Aytanna —dijo Bassil dándola toda su atención. El uniforme de ella consistía en una blusa y falda negra con el logotipo de Blue Snails. La ropa marcaba sus curvas delicadas; la combinación era sensual sin mostrar realmente nada. Aytanna llevaba el cabello recogido en una coleta, maquillaje impecable, los labios rojos y pendientes en forma de aros de plata. La mujer era hermosa, pero eso ya lo sabía—. ¿Cómo estás?

Ella dejó la copa frente a Bassil con suavidad. Si algo se rompía, lo pagaba, así que no estaba en condiciones de afrontar esa clase de accidentes.

—Estoy ocupada, pero si quieres algo de beber dímelo ahora o puedes pedirle a Everett otro whiskey —replicó con indiferencia—. La orden de champán seguirá disponible cuando tu acompañante regrese…

—No estoy, ni vine con ella —zanjó mirándola con intensidad—. Le invité una copa y le dije que no iba a ocurrir nada. —Aytanna se encogió de hombros, pero no dejó de alegrarle el comentario, aunque no lo dio a entender—. ¿A qué hora sales?

Ella apartó la mirada para atender a la persona que acababa de pedirle Cosmopolitan. Después llegaron siete órdenes seguidas, una tras otra, así que no se daba abasto más que para concentrarse en preparar cada cóctel con los ingredientes correctos. Un grupo de amigas llegó a pedir tequilas. Aytanna se movía con agilidad tras la barra y con tanto trabajo, mezclado con la música y charlas breves, perdió la noción del tiempo. Fue a recoger unos vasos y notó que Bassil no se había movido del asiento en el que lo encontró. ¿Habrían pasado veinte o treinta minutos?

—Bassil —dijo soltando una exhalación, mientras Everett continuaba preparando bebidas—, no tengo idea de qué estás haciendo en este pub, así que…

—Vine a verte, porque no me gusta dejar asuntos inacabados. Lo que ocurrió en Nueva York, después de que creyeras que podías marcharte sin más, Aytanna, es exactamente eso —dijo terminando el whiskey—. Blue Snails no es mi estilo de diversión de un viernes, después de un complicado día de oficina.

Ella no dejó que esas palabras le afectaran, así que procuró no darles importancia. Si no estuviera trabajando en un pub que tenía como propietario a un gánster, la frase *debería ser ilegal que un hombre al que apenas conocía le provocara súbita humedad entre los muslos con simple presencia*, quedaría muy bien.

—Bueno, Bassil, ya me viste, así que puedes marcharte, salvo que vayas a continuar bebiendo —replicó señalando el vaso vacío. No tenía tiempo para los misterios que poseía este hombre. Además, la forma en que la miraba, sin decir una palabra, le parecía más peligroso que estar de pie, desnuda, en la mitad de la Princess Street en plena jornada de compras navideñas—. Si prefieres algo de cenar, entonces mi compañera Kristy puede atenderte y acomodarte en una mesa. Ella es la encargada del menú de la comida. ¿Quieres que la llame? —preguntó en tono profesional.

Bassil soltó una carcajada y se inclinó sobre la barra, apoyando ambos codos. Aytanna notó los tatuajes, pero fingió no sentir curiosidad por observarlos de cerca.

—Tengo una propuesta de trabajo para ti —dijo—. Estaré esperándote cuando termines el turno. Mi coche de esta noche es un Bugatti negro.

—Tu coche de esta noche —repitió con una mueca—. No estoy interesada en tener conversaciones contigo ni tampoco en escuchar propuestas laborales. Ya tengo dos empleos. Además, hemos trabajado juntos y concluimos que no salió bien.

—Puedes poner en práctica tu título de experta en finanzas de riesgos. El salario es más alto que la media. Leí tu currículo cuando lo enviaste para ser azafata en mi jet privado —dijo incorporándose del asiento—. Está nevando y estoy seguro de que el bus que te lleva usualmente a tu casa, en la madrugada, no llegará a tiempo. Congelarte en Edimburgo no es la mejor forma de empezar el fin de semana.

—¿Y sí lo es acercarme a un extraño que finge tener una propuesta de trabajo? —preguntó soltando una risa incrédula y que ocultaba el interés que le provocó el comentario sobre el empleo—. He tenido un día complicado, Bassil —dijo meneando la cabeza—, y quiero buenas propinas, así que no puedo darte más mi atención.

Él extrajo del bolsillo la billetera y dejó la tarjeta American Express Centurión sobre la superficie de la barra. Le dio dos toquecitos y se la extendió a Aytanna.

—No intentes contarte esa historia de que soy un extraño, porque ambos conocemos la verdad. Ahora, por favor, cóbrame las bebidas de hoy —pidió.

Ella agarró el datafast y lo dejó sobre la superficie. Este era un procedimiento estándar para que cualquier cliente se diera cuenta de que el plástico no estaba siendo clonado ni existían cargos adicionales. Después agarró la tarjeta y la posó sobre el dispositivo para que hiciera la lectura. Una vez que digitó la cantidad, antes de que presionara el botón verde, la mano de Bassil se posó sobre la suya. Aytanna elevó de inmediato la mirada y el cosquilleo que le recorrió la piel no se hizo esperar.

Los ojos de él colisionaron con los suyos, provocando un zumbido en su sangre.

—Agrega la propina, porque no quiero que pierdas la posibilidad de sumar ingresos tan solo porque eres orgullosa —dijo con suavidad.

—Solo le serví champán a la mujer, así que…

—Treinta por ciento —dijo Bassil, mientras él mismo digitaba la cantidad, después presionaba el botón de aceptar. Luego extendió la mano y agarró el mentón de Aytanna. Ella se quedó estupefacta por el contacto—. Estaré esperándote.

Ella le apartó la mano con suavidad e hizo una negación.

—No voy a irme contigo —replicó entregándole el recibo y él lo guardó sin mirarlo—. Gracias por la generosa propina —murmuró con sinceridad.

Él hizo un leve asentimiento.

—Te seguiré en mi coche para asegurarme de que llegas a salvo —dijo.

—¿Por qué me buscas en realidad? —preguntó ella frunciendo el ceño—. Yo no creo en las coincidencias ni en que sea tan irresistible que decidiste buscarme.

Bassil sopesó sus opciones y optó por elegir la verdad matizada.

—Más que irresistible, Aytanna, eres una jodida tentación.

—Ella apretó la mano alrededor del trapo que usaba para limpiar la barra. No era justo que este hombre viniera a desequilibrar su precaria tranquilidad, agitándole los sentidos—. Así que, al respecto, tenemos asuntos por resolver —dijo, mirándola a los ojos con intensidad—. La oferta de trabajo empresarial es real. Un tema y otro son mutuamente excluyentes. Esa es mi respuesta —comentó manteniendo el contacto visual. No había sentido esta clase de excitación por tener a una mujer en un largo tiempo.

—Un millonario, como tú, no hace ofertas de trabajo en persona, sino que utiliza a su asistente, como la ocasión anterior —replicó con el corazón agitado, al sentir esa energía pulsante que se fortalecía cuando él estaba cerca.

Bassil esbozó una sonrisa de medio lado, le miró la boca un instante y sus ojos brillaron con deseo. Aytanna reprimió las ganas de pasarse la lengua por los labios.

—Tulisa, no tiene la potestad de hacer contraofertas y fue por eso que pudiste rechazar con facilidad la oferta de trabajo anterior. Yo soy el dueño de la corporación —dijo con autoridad—. Así que esta vez, tú y yo, vamos a negociar, Aytanna.

Ella hubiera querido tener un whiskey a la mano, pero no estaba autorizada a beber durante el tiempo que duraba su turno detrás de la barra. Enarcó una ceja.

—¿Qué te hace pensar que estoy interesada? —preguntó elevando el mentón.

Se sentía brutalmente atraída por Bassil; eso no había cambiado desde el día en que lo conoció. Lo deseaba de una manera que no era capaz de explicar, pero no podía tenerlo, aunque, más importante todavía, no quería desearlo. El hombre era como un camino peligroso y prohibido. No debería agradarle la maldita sensación de curiosidad que él le provocaba, pero era precisamente lo que ocurría: le gustaba.

—No estarías dedicándome tu tiempo si no lo estuvieras —zanjó.

Ella no alcanzó a darle una réplica rápida, pues, antes de hacerlo, Bassil ya estaba alejándose entre la gente. Aytanna meneó la cabeza y prefirió dedicarse a trabajar durante las siguientes horas. Necesitaba reunir dinero urgente, mas no distraerse. Le quedaban pocos días para cumplir el plazo de pago para Cameron. ¿Una óptica optimista? Con la propina de Bassil, más lo que pudiera recolectar el resto de su turno, podría llegar a las ochocientas libras esterlinas esta noche. Sería un gran alivio, pero, una vez que realizara ese pago, ¿cuándo llegaría la petición de uno nuevo? Era este ciclo tóxico y abusivo el que la mantenía en zozobra, además de casi en la quiebra. Ella necesitaba un ingreso más alto que le permitiera tener un respiro financiero.

Por otra parte, quería que esta jornada pasara más rápido, pero asumía que Bassil no era un hombre que se diese por vencido. Lo más probable es que estuviese cómodamente sentado en el Bugatti, con la calefacción, aparcado en el exterior de la calle transitable más cercana, esperándola. El hombre tuvo razón sobre la nieve.

Ella no había considerado que los buses tendrían problemas para llegar a tiempo y, puesto que el club estaba a reventar, no saldría antes de las dos de la madrugada. ¿Pedir un taxi? No, imposible, ese era un lujo para los que no tenían que pagar chantajes. Quizá podría pedirle a Everett que la acercara a casa, pues esa sería la manera de evitar a Bassil y también ahorrar dinero para llegar sin contratiempos.

Su compañero de trabajo era muy simpático, la hacía reír y cuando estaban de humor se ponían a bailar en los descansos. Everett O´Connor era ingeniero mecánico y tenía su misma edad, así como dos empleos. Su parecido al actor Alex Pettyfer provocaba que muchas de las clientas llenaran la barra para que él las atendiese.

En alguna ocasión, él le robó un beso y ella lo devolvió. La situación nunca se volvió incómoda, tampoco prosperó, y seguían llevándose bien. Ambos flirteaban y solían encontrarse en alguna fiesta con otros amigos, pero eso era todo, pues ella no le dio pie a creer que podría ocurrir un affaire o una relación romántica entre los dos.

Con la idea de que Everett la podría llevar a casa, librándola de Bassil, continuó trabajando. Horas más tarde conocería las sombras que, a veces, escondía la nieve.

CAPÍTULO 5

A las tres de la madrugada, Aytanna le entregó el reporte de caja y el inventario de bebidas al administrador, Johnson Peck. Este era un procedimiento estándar para los empleados que manejaban los cobros en efectivo o tarjetas de crédito. Aytanna también contó sus propinas y se quedó satisfecha con la cantidad reunida. Después de dejar limpia la barra y tomar una Coca-Cola fue hasta el área de los casilleros para cambiarse de ropa. Procuró ajustarse bien el abrigo largo, color azul, debajo del cual llevaba una bufanda, un vestido de mangas largas de algodón, leggins y botas altas.

De acuerdo a la aplicación del clima, la temperatura exterior había descendido a -1 grados Celsius, lo cual no era nada alentador, pero tampoco inesperado al vivir en Escocia. Aunque ese no era el mayor problema de Aytanna, sino que Everett no podría darle un aventón a casa, porque no llevó el automóvil esa noche. Aparte, unos amigos habían pasado por él, así que tampoco la acompañaría a la parada de bus.

Una vez que salió de Blue Snails, los copos de nieve empezaron a caer sobre ella. La calle parecía desierta, así que imaginó que Bassil se habría cansado de esperarla. Soltó una exhalación. No la sorprendía. Lo más probable era que se hubiera encontrado con alguna mujer y ahora estaría disfrutando una sesión de sexo. Aytanna agitó la cabeza e ignoró esos pensamientos absurdos, ya que no tenían importancia.

Ella apresuró el paso para tratar de mantener el cuerpo en calor, mientras los tacones de las botas resonaban contra el pavimento. En esos instantes le hubiera gustado sentarse en su propio coche, cómoda y segura, con la calefacción encendida, mientras iba a casa. Pero no siempre se podía tener lo que se deseaba. El bus N30 llegaría dentro de cuarenta minutos y era su único medio de transporte disponible.

Menos mal, las paradas de buses en la ciudad estaban recubiertas de vidrio, en ambos lados, y dejaban un espacio para entrar y salir, así que protegían del frío o la lluvia, aunque en los meses de verano resultaban infernales. Aytanna notó en una esquina a un grupo de hombres riéndose a carcajadas con cigarrillos en mano y también botellas de cerveza. Ella no podía tomar un atajo para llegar a la estación, así que la única manera sería caminar cerca del grupo. Avanzó con sigilo sin prestarles atención.

Pero, cuando pasó junto a ellos, estos empezaron a gritarle palabras soeces, lanzarle besos volados y hacerle propuestas grotescas. Uno intentó acercarse y Aytanna lo esquivó, mientras los amigotes soltaban carcajadas. Esta no era la primera ocasión en la que ocurría esta clase de incidentes, aunque ella sabía defenderse. O eso creyó, hasta que un tirón en el cabello la hizo gritar de dolor y perder el equilibrio.

—Hola, putita —dijo el hombre que la había atacado: calvo, barbudo y con ojos que lucían irritados. Agarró a Aytanna del brazo, mientras la otra mano le apretaba las mejillas con más fuerza de la necesaria—. ¿Quieres divertirte con nosotros? Es un poco tarde, así que nos vendría bien algo de calor húmedo. ¿Me entiendes?

Eran cuatro hombres, altos y bastante entrados en carnes. Llevaban ropa de cuero negro, botas de suela gruesa, así como una actitud beligerante. Moteros.

—¿Qué traes debajo de ese abrigo? —preguntó otro, cuyos ojos azules estaban llenos de malicia. Le quitó el gorrito de frío y el cabello dorado de Aytanna se desparramó bajo los hombros—. Pronto averiguaremos si tu coño es igual de rubito.

El terror cruzó el rostro de Aytanna y la desesperación se apropió de sus sentidos, pero sabía que no podía demostrar miedo, porque eso tan solo lograría que estos malnacidos se excitaran. A diferencia de su mejor amiga, ella no tenía entrenamiento en artes marciales. «Me habría gustado escuchar a Raven y aceptar ir las clases gratuitas de defensa personal en la universidad», pensó con angustia.

—Nos turnaremos —intervino uno de cabellos rojizos. El grupo no debía pasar de los cuarenta años en promedio—. Dame esto —le sacó la bufanda del cuello.

El calvo la había cambiado de posición, le tenía agarrada la garganta con la mano derecha y con la izquierda le sostenía el brazo detrás de la espalda, inmovilizándola. Le respiraba en el cuello, mientras sus amigos moteros la rodeaban y la observaban como si fuese un apetitoso plato que analizaban cómo empezar a disfrutar.

—¡Suéltenme, malditos sean, imbéciles! —gritó Aytanna encontrando su voz y batallando, mientras un motero de cabellos rubios empezó a tirar de los botones del abrigo—. ¡Auxiliooo! ¡Alguien que me ayude, por favor…! —gritó de nuevo, pero nadie acudió en su ayuda. Ya no se trataba de guardarse el miedo o la zozobra, porque presentía que daría igual lo que hiciera, ellos intentarían concretar sus intenciones: violarla. Ante sus gritos de ayuda, lo que escuchó fueron las carcajadas de sus captores.

—Ah, un vestido que será fácil de remover —dijo el pelirrojo. Luego miró a sus amigos—: Está nevando, pero podemos follarla en el callejón.

—¿Tienes el arma? —preguntó el calvo apretando más los dedos alrededor de la garganta femenina. Aytanna intentó respirar y moverse, pero era casi imposible—. Porque no creo que quede en buenas condiciones cuando acabemos —rio.

—¡Suéltame, cretino…! —exclamó ella e intentando que su cuerpo no temblara. Sus ojos le quemaban por las lágrimas sin derramar. Inevitablemente pensó en los horribles escenarios que podrían ocurrir si la llevaban lejos de este lugar. ¿Un arma? Iban a matarla, después de destrozar su cuerpo con una violación en grupo. «Dios, no, no permitas que esto me pase. Por favor…», pensó con desesperación.

—Tiene unas tetas interesantes —dijo el de ojos azules, mientras le abría el vestido y los botones salían volando, dejando a la vista el sujetador—. Sí… Ah, los pezones erectos. Te excita la posibilidad de ser follada en todos los orificios por cuatro machotes como nosotros

—extendió la mano con la intención de arrancarle el sujetador y luego agarrarle los pezones, sin embargo, el rubio le dio un manotazo.

Aytanna intentaba moverse, pero si lo hacía el calvo iba a cortarle la respiración. Su posición era precaria y estaba indefensa ante la fuerza de estos patanes. No lograba comprender cómo era posible que nadie alrededor asomara la cabeza para ver qué ocurría al oír sus gritos o llamar a la policía. ¿En qué instante la maldita sociedad se convirtió en una masa compuesta de indiferencia y anestesiada ante el dolor ajeno?

—No, nadie toca a la mujer, hasta que estemos en un sitio más privado —decidió el rubio y, a cambio, el tipo de ojos azules le dio un puñetazo—. ¿Qué te pasa cara de verga? —gritó, limpiándose la sangre del labio, y devolviendo el puñetazo.

—¡Hey, estúpidos, calma! —gritó el pelirrojo y recibió un golpe en la quijada.

Aytanna aprovechó el súbito descuido y elevó hacia atrás el talón del pie izquierdo para golpear con fuerza la entrepierna del hombre que la sujetaba. Este, ante el inesperado ataque, por simple instinto, aflojó la presión con una maldición. Los demás no se inmutaron, porque estaban liándose a golpes e insultándose.

Ella no esperó ni un segundo y de inmediato empezó a correr con todas sus fuerzas, alejándose. No le importó que sus pies le dolieran, menos el estado en el que podría encontrarse su ropa. Aytanna corrió y corrió sin mirar a ninguna parte, porque sus lágrimas le nublaban la visión. Solo sabía que tenía que escapar y marcar distancia. Las luces de las calles eran borrones. No era capaz de escuchar nada ni detenerse.

La nieve manchaba el pavimento. En dos ocasiones, las piernas cedieron al hielo y ella se cayó de bruces. Con un gemido de dolor, levantándose a toda prisa, volvió a ponerse en pie para avanzar. No podía parar, porque la adrenalina del miedo seguía en su cuerpo y no la abandonaba. La sensación de peligro continuaba latente.

Sentía la garganta seca, el corazón desbocado y no tenía idea en qué estado se encontraba. Parecía una mujer loca con el cabello alborotado, lágrimas que habrían hecho que el rimmel se corriera dejando manchas negras en su rostro, el abrigo abierto y el vestido desgarrado en un estado deplorable. Quizá habría corrido diez, veinte o treinta minutos sin parar, no sabía con exactitud, pero llegó un instante en el que sus piernas perdieron las fuerzas por completo y cayó de rodillas. Soltó un sollozo.

Por instinto de equilibrio apoyó las manos sobre el concreto, salpicado de nieve, y notó las manchas rosáceas en el hielo. Se miró las palmas y vio los ligeros rasguños fruto de las caídas sufridas en el trayecto. Miró por sobre el hombro, aterrada de que la estuvieran siguiendo esos hijos de puta, pero no. Nadie la seguía. «Respira, Aytanna. Respira», se dijo intentando recobrar el resuello. La calle estaba a oscuras.

Con las piernas temblorosas se incorporó, poco a poco, pero sin dejar de observar lo que sus ojos alcanzaban a vislumbrar: árboles, farolas eléctricas, casas silenciosas, botes de basura, nieve y uno que otro gato. El silencio era casi sepulcral. Su entorno parecía una zona residencial. Para saber con exactitud en dónde se encontraba era preciso que se acercase a algún lugar para ver el nombre de las calles.

Sí, conocía su ciudad, pero no estaba con sus sentidos por completo serenos para darle la orden a su cerebro de buscar información. Se arrebujó en el abrigo y cojeó un par de minutos, caminando con lentitud, mientras buscaba algún lugar en el cuál poder sentarse y descansar. No creía que la estuvieran siguiendo, aunque esto no implicaba que su imaginación dejara de crearle el escenario en el que alguien salía de entre las esquinas para intentar hacerle daño. Sin embargo, Aytanna rehusaba sucumbir al pánico de nuevo. Estaba sola y necesitaba tratar de serenarse.

Abrió la bolsa que, menos mal, no perdió en el forcejo. Rebuscó, hasta sacar un caramelo. Años atrás, cuando había estado en terapia, después de la muerte de su madre, aprendió que la manera de distraer el sistema nervioso de un inminente ataque de pánico era darle otras sensaciones. El sabor de un caramelo, pellizcos, ejercicios, lo que fuese necesario para conectar con el cuerpo, mas no con la imaginación. Así que esto era precisamente lo que estaba haciendo. Los sollozos entrecortados le parecían difíciles de detener, pero continuó comiéndose el dulce.

Le temblaban un poco las manos, mientras agarraba el móvil. Ella había perdido los guantes, la bufanda y el gorrito lana. Sopesó sus posibilidades. Si llamaba a Raven, su mejor amiga no dudaría en hablar con Sinclair para que fuese en su rescate, pero nada que proviniese del capo implicaba acciones pacíficas. Si el hombre sabía que habían intentado abusar de ella, tan solo porque Raven se lo pedía, peinaría Edimburgo para encontrar a los moteros y habría un baño de sangre. Aytanna no quería homicidios en la conciencia, aunque hubiese sido víctima de un asalto sexual. Lo que deseaba era darse un baño, tomar un calmante y acurrucarse en su cama.

No podía llamar a Clement, porque su tía no necesitaba malas noticias ni preocupaciones, además tampoco podría ayudarla. Everett estaba con sus amigos, así que lo más probable es que ni siquiera le respondería el teléfono. Los Moulin eran amigos, sí, pero no sentía adecuado llamarlos a esas horas de la madrugada. Toda la vida, Aytanna se las había ingeniado para sobrevivir y defenderse sola. Estaba agotada de usar un escudo que tenía tantas balas que parecía ya a punto de fragmentarse. Sin embargo, aún bajo esa perspectiva, claudicar no era una opción en su horizonte.

Deslizó el dedo sobre la pantalla y vio las dos llamadas perdidas de Bassil. Ambos tenían el número telefónico del otro desde el viaje de trabajo que hicieron juntos por Europa. La primera llamada había sido a las once y media de la noche. La última, a las dos de la madrugada. Ella se limpió las lágrimas de las mejillas.

Aytanna llegó hasta una de las casas de alrededor y elevó la mirada para leer la placa que tenía el nombre de la calle en la que se encontraba: Glen Street. No se sentía capaz de dar un paso más y sus opciones se limitaban a devolver las llamadas de la persona a la que menos habría esperado contactar en una situación de crisis o problemas. En situaciones desesperadas el orgullo no era bienvenido.

Al cuarto timbrazo, la voz varonil resonó del otro lado de la línea.

—¿Aytanna? —preguntó Bassil en tono ligeramente somnoliento.

—Lo sien… Lo siento, te devolvía la llamada, pero si interrumpo… —murmuró cerrando los ojos. Lo más probable es que él estuviera en la cama con alguien, tal como lo imaginó cuando notó que no había ningún Bugatti alrededor de Blue Snails. «No debí llamar llamarlo», pensó abochornada—. Igual ya es tarde, te dejo con…

—No cierres y no estás interrumpiendo —zanjó él en un tono más firme y despierto, mientras se incorporaba del sofá. Algo no iba bien, porque ella parecía ¿asustada? Eso era inusual pues, hasta hacía dos horas, Aytanna tenía fuego en sus palabras y el aplomo que la caracterizaba—. Te llamé para decirte que surgió una emergencia en la oficina y me marché —comentó—. La segunda ocasión, te contacté para decirte que no volvería a tiempo para hablar contigo como era mi idea. De hecho —dijo frotándose la sien y con el cuello tenso por la postura en la que se había quedado dormido—, todavía sigo en el despacho. Son casi las cuatro de la madrugada, ¿sigues en el pub? —preguntó, mientras observaba el reloj de pared.

—Yo… —susurró con un nudo en la garganta—. Gracias por avisarme, supongo —dijo distraídamente—. Que descanses… Adiós, Bassil —cerró el teléfono sintiéndose acobardada de repente, porque no sabía cómo explicar lo ocurrido.

Ella empezó a buscar un hotel que estuviera en los alrededos para quedarse en el lobby, hasta que amaneciera. Le dolían las pies así que, a medida que caminaba, cada paso era una tortura. Necesitaba sentarse para descansar las plantas de los pies, porque no creía posible que pudiera llegar a una estación de bus en esas condiciones.

En la bolsa tenía veinte libras esterlinas, pero el taxi a casa costaba al menos cuarenta. El teléfono empezó a vibrar en el bolso. Lo ignoró, hasta que encontró una banqueta y se sentó, mientras las lágrimas rodaban por sus mejillas. La adrenalina había dado paso a la realidad y todo los sucedido pareció engullirla en una ola.

—Aytanna, ¿dónde estás? —preguntó Bassil cuando ella respondió.

—Glen Street… —susurró tratando de que la voz no se le quebrara.

—¿Estás sola o hay alguien contigo? —preguntó en tono eficiente, porque Bassil estaba acostumbrado a resolver situaciones de crisis continuamente. La diferencia era que esta vez no se trataba de temas laborales. Aunque él siempre dejaba que cada cual resolviera sus problemas personales, Aytanna era un caso aislado—. Quiero que me digas qué ha pasado y si te encuentras en peligro. Si es así, entonces descríbeme el entorno. ¿Están amenazándote? —preguntó, mientras agarraba el abrigo negro del perchero de madera y se dirigía con rapidez hacia el elevador.

—Yo… —contuvo la respiración y tragó saliva—. No están amenazándome… Ya no, al menos. Ahora estoy sola, pero no estoy bien… Intentaron abusar de mí y estoy en una banqueta… —murmuró—. Estoy sentada y no hay nadie alrededor.

Bassil cerró los ojos un instante y dio un puñetazo contra el metal del elevador dejando una hendidura. Los nudillos se laceraron un poco, pero no le importó. Una furia ciega lo consumió, al pensar en lo que ella pudo haber vivido. Intentó alejar la bruma oscura que quiso traer los recuerdos de su pasado, pero fue imposible.

Esa sensación asesina que le había provocado el impulso de descuartizar con sus propias manos a los que lastimaron a su familia, lo atrapó en este instante. Fue como si la estela de una gota de tinta negra se empezara a expandir en agua cristalina. Sabía que no eran las mismas circunstancias, pero el trasfondo era muy parecido.

—Mierda… Mierda… —dijo apretando el teléfono contra la oreja y sintiendo el cuerpo rígido a causa de la cólera. Laos estaba esperándolo en el exterior—. ¿Puedes encontrar un sitio seguro a tu alrededor e ir hacia él, Aytanna? —preguntó.

—No, ya no puedo caminar más… —susurró sin ocultar su angustia.

Bassil se frotó el puente de la nariz, mientras el chofer conducía a toda velocidad. El distrito financiero, en el que se encontraba Doil Corporation, estaba a seis minutos de Glen Street. Bassil no era un hombre violento, ya no al menos, pero si lo ameritaba podría convertirse en uno muy letal. Pero prefería dejarle el trabajo de su seguridad a los guardaespaldas que discretamente lo protegían. Un hombre de su perfil empresarial, en un negocio que mezclaba política con dinero, no podía pasearse por las calles como si fuese un ciudadano común, porque nunca lo sería.

—Quédate conmigo al teléfono, ¿de acuerdo? —exigió con determinación, aunque procurando que su voz no sonara como una orden. No tenía idea del escenario que pudo experimentar o lo que podría detonar nerviosismo en ella.

—No me queda casi batería —murmuró y en ese instante se apagó el móvil.

Aytanna echó la cabeza hacia atrás y soltó una carcajada. No tenía más que ofrecerse a sí misma que reírse de las circunstancias, aunque en lugar de risa hubiese parecido el aullido de una loba herida en pleno campo traviesa sin posibilidad de escapar. Dejó el móvil en la bolsa. Se arrebujó en el abrigo, recogiendo las piernas contra el pecho, y se abrazó a sí misma. La nieve continuaba cayendo.

Al cabo de unos minutos, las luces de un coche la instaron a elevar el rostro. En el instante en el que la puerta trasera del Bugatti se abrió, ella soltó el aire que no sabía que había estado conteniendo. Bassil empezó a caminar con seguridad hacia la banqueta. Ella, con rapidez, procuró limpiarse los rastros de lágrimas. Tragó saliva.

—Aytanna —dijo mirándole el cabello enmarañado, los ojos irritados por las lágrimas, las mejillas manchadas de rimmel; las manos, que sostenían la parte frontal del abrigo, estaban con un par de raspones. Pero fueron esos ojos verdes, llenos de miedo, los que desataron un instinto protector que no solía aflorar regularmente en él; no desde hacía muchísimos años—, ¿cuánto tiempo llevas aquí? —preguntó, mientras abría la tapa de una botella de agua y se la extendía—. Por favor, bebe.

—Diez o quince minutos —murmuró dando varios tragos. No sabía cuánta sed había tenido, hasta estos instantes. Se acabó el contenido con rapidez.

—Tenemos que ir a un hospital y a la policía —expresó haciéndose cargo de la situación. Le quitó la botella vacía de las manos y la lanzó al bote de basura que estaba cerca—. ¿Puedes ponerte en pie? ¿Qué te duele, Aytanna? —indagó con suavidad.

—No voy a ir al hospital y tampoco a la policía —susurró, meneando la cabeza. La sensación de seguridad que la embargó al ver a Bassil fue inesperada. Él llevaba el cabello un poco despeinado, como si se hubiese pasado los dedos entre ellos reiteradas veces; el abrigo negro, que lo cubría, parecía una coraza dándole un aspecto más potente de lo usual. Inclusive, bajo este cielo negro y nevado, Bassil parecía dominar y controlar el entorno con aplomo—. Me duelen demasiado los pies… —dijo apartando la mirada, al recordar la razón de que tuviera ese padecimiento.

Él se quitó el abrigo y lo puso alrededor de ella para darle calor. Le tomó el rostro entre las manos, como si estuviese sosteniendo una delicada porcelana, mirándola para comprendiese que no estaba en riesgo. Que el peligro había pasado.

—Voy a llevarte conmigo. Me gustaría que me acompañes y me cuentes lo que ha ocurrido, en la medida que te sientas cómoda haciéndolo —expresó—. Si estás lastimada o herida, me vas a permitir que llame a un médico privado. Así como también vas a aceptar que pague. No vas a rechistar, quejarte o negarte a recibir mi ayuda —dijo retándola con su tono de voz directo, y su mirada franca, a que rehusara la oferta. Aytanna hizo una mueca, lo cual le dio a entender a Bassil que aceptaba a regañadientes—. Con eso definido, ¿puedo llevarte en brazos? —preguntó, porque sería incongruente imponer su fuerza física en circunstancias como esta.

Ella no tenía motivos para objetar, porque sus pies estaban lastimados. No estaba en condiciones de hacer berrinches. Se sentía demasiado cansada.

—Supongo que sí… —murmuró mirándolo—. Esta situación es confusa.

—Pronto estarás mejor —afirmó. Ella hizo un ligero asentimiento y cuando él apartó las manos de su rostro sintió la pérdida inmediata del confortable calor que la había rodeado por unos instantes—. No voy a dejarte caer. ¿De acuerdo?

—De acuerdo... —dijo.

Bassil la agarró con suavidad, como si no pesara nada, y ella aspiró el aroma a sándalo y limón que emanaban de él. Agotada, sin ganas de luchar o discutir, pero sobre todo agradecida de que él hubiera venido a por ella, apoyó la cabeza contra el hombro de Bassil. Se sintió más protegida entre la fuerza de esos brazos, que si hubiera tenido varias patrullas de policía alrededor ofreciéndole seguridad.

—¿Por qué no quieres ir al hospital o la policía?

—No me violaron, pero era la intención que tenían… —dijo en un susurro, mientras el automóvil se movía por las calles de la ciudad—. Yo escapé antes de que hubieran logrado lo que se proponían… —continuó con voz entrecortada—. Corrí con todas mis fuerzas, hasta que ya no pude seguir haciéndolo y me detuve. Pude haber buscado un taxi, pero… —carraspeó—. Solo actué por instinto.

Él cerró los ojos y soltó una exhalación de alivio al saber que no la violaron, pero que la hubiesen asaltado o tocado era igual de grave. Además, tampoco se le escapó el hecho de que ella hubiera hablado en plural, al referirse sobre el incidente.

—¿Cuántos eran…? —preguntó, mientras la calefacción los envolvía.

—Cuatro —murmuró sin abrir los ojos, sin moverse y permitiéndose, por primera vez en años, apoyarse en otra persona—. La dirección que constaba en mi currículo de hace meses, ya no es el sitio en el que vivo. Ahora tengo un estudio en…

—Mañana vas a poner una denuncia en la policía, Aytanna, y no es negociable —interrumpió—. No puedes permitir que esos hijos de perra queden libres y causen el mismo terror a otra mujer, que quizá corra con peor destino —dijo—. Después, me vas a contar en dónde queda tu residencia, pero, por ahora, vamos a ir a la mía.

—No, Bassil… —dijo abriendo los ojos.

Él le agarró el rostro con suavidad y lo elevó para que lo mirase.

—Acabas de vivir una experiencia traumática, estás cansada y no eres capaz de caminar. Si te quitas las botas, lo más probable es que tengas ampollas. Con todo lo que pasaste, ¿crees que tendrías la capacidad de cuidar de ti? —indagó.

—Lo he hecho toda mi vida —dijo con orgullo y desafío en la mirada.

—Hoy no será uno de esos días, Aytanna. Pero te voy a dar dos opciones solamente: el hospital o mi casa —replicó sosteniéndole la mejilla.

Las ganas que tenía Bassil de perseguir personalmente a esos cuatro hijos de puta eran fuertes, aunque no tanto como asegurarse primero de que Aytanna estuviera bien. Lo cabreaba que una mujer tuviera que pasar por circunstancias como estas.

—No puedo ir a un hospital —susurró pensando en el costo de una atención privada a la que, por supuesto, la llevaría Bassil. En el caso de la sanidad pública, lo más probable es que el gasto fuese inferior, pero tendría que esperar horas para que la atendiesen. Sus heridas físicas eran superficiales y sanarían. Las que eran invisibles, pues irían remitiendo con el paso de los días—. Pero no quiero ir a tu casa, sino a la mía. Acepté que quisieras llamar a un médico, aunque no será necesario. Y, si insistieras en hacerlo, encontraré la manera de pagarte. No quiero tu caridad.

Bassil la observó con una sonrisa de medio lado.

—No siempre conseguimos lo que queremos. Además, la caridad es para espíritus débiles, el tuyo requiere apoyo, porque es diferente —replicó, mientras Laos entraba en el garaje de la mansión—. Mi ama de llaves se llama Hillary y ya te preparó la habitación. —Aytanna enarcó una ceja—. La única opción siempre fue venir aquí.

—Estoy tan agotada, Bassil, que no tengo ni ganas de mandarte al Diablo…

Él se guardó una sonrisa, porque si quisiera debatirse, frágil o no, Aytanna ya se hubiera apartado de sus brazos. Pero parecía no solo cómoda con él sosteniéndola, sino confiada. Su ayuda había sido genuina y no tenía nada que ver con los planes empresariales que mantenía en firme. Sí que era ambicioso y calculador, pero inclusive los hombres más cretinos podían diferenciar una oportunidad de avanzar en los negocios de una en la que podían comportarse como un ser humano decente.

En el caso de Bassil, lo anterior era la excepción y no la regla.

—Probablemente sea algo bueno, porque discutir no va a conseguir que cambie de opinión —replicó, mientras Laos abría la puerta del coche para que salieran.

En la misma forma en que Bassil la trasladó, desde la banqueta hasta el interior del Bugatti, lo hizo para entrar en la casa. Ella no protestó, porque, jamás lo reconocería ante él, le gustaba la sensación de que la rodeara con sus brazos fuertes.

A medida que avanzaban, a Aytanna le parecía que la mansión tenía un aspecto señorial. Imaginaba que las cosas estaban relacionadas a la personalidad del dueño. En las paredes predominaba el beige con toques leves de terracota, lo cual creaba un ambiente acogedor, pero sobrio a la par. Ella se había colado en varias fiestas en casas de millonarios, porque le pareció divertido en su momento desafiar las normas y disfrutar durante unas horas de esos privilegios, así que estaba familiarizada con la opulencia, aunque no era su mundo. No había nada exagerado en la decoración de la casa de Bassil, sino que todo parecía funcional, organizado, limpio y comfortable.

Él subió con ella en brazos las escaleras, luego empujó con el hombro una de las puertas de madera oscura que estaba semiabierta.

Las luces tenían sensor de movimiento, pues se encendieron apenas entraron en la estancia. La dejó con cautela sobre la cama y Aytanna hizo una mueca cuando, por simple costumbre y para acomodarse mejor, apoyó las palmas de las manos con ímpetu sobre el edredón.

—¿Esos cabrones te hicieron daño físicamente? —preguntó Bassil, mientras agarraba el móvil con la intención de llamar al médico. Le parecía inesperado que ella estuviera en su casa, pero, en algún modo, también natural—. El doctor puede…

—No —susurró, interrumpiendo—. Por favor, en serio, no hace falta que me revise un médico. Solo tengo lastimadas las manos y los pies, pero fue a causa de las caídas en el asfalto. Además, el susto y el miedo que pasé fueron más que suficientes "heridas". —Bassil asintió y luego guardó el móvil—. Gracias por tu ayuda… —dijo quitándose el abrigo de él y dejándolo a un costado. Cuando lo escuchó contener la respiración recordó lo que quedaba a la vista—. Necesito estar a solas.

Bassil apretó la mandíbula, al notar el verdadero estado de Aytanna.

—Me dijiste que no te habían hecho nada —replicó al contemplar el abrigo manchado de suciedad, la marca de unos dedos en el cuello, el vestido hecho girones, y lo que único que la cubría eran los leggins negros, aparte del sujetador. Bassil estaba a punto de perder los estribos y llamar a sus contactos en la policía, pero no podía hacerlo si no tenía la descripción de esos malnacidos—. Carajo, Aytanna —dijo pasándose los dedos entre los cabellos—, no vas a volver a trabajar en ese puto pub. Que salgas tan tarde en la madrugada es un peligro, pero que lo hagas sola, peor.

Ella soltó una carcajada, mientras se arrebujaba en su abrigo mugriento. Apartó la mirada, porque era consciente de la impresión que de seguro le habría causado. Ni siquiera ella tenía ganas de mirarse al espejo, pues probablemente se echaría a llorar. Detestaba sentirse frágil y perder de vista la armadura que siempre la acompañaba.

—Te agradezco que me trajeras a un sitio seguro, pero no puedes dictar lo que hago con mi vida, menos en dónde trabajo, Bassil. Es ridículo y fuera de lugar —expresó—. No necesito dolores de cabeza discutiendo contigo. Solo quiero calma…

Bassil contuvo la rabia e hizo un asentimiento, pero tan solo porque pretendía darle el espacio necesario, hasta que hablaran de la propuesta de trabajo que tenía para ella. Después se acercó señalando las botas en un gesto silencioso, ella asintió, y Bassil le empezó a quitar cada pieza con cuidado al saber que tenía los pies lastimados.

—Si no necesitas un médico y, puesto que no puedes curarte a ti misma, lo voy a hacer yo —dijo enfáticamente—. Primero, tienes que quitarte los leggins.

—¿Tú? ¿Qué puede saber de primeros auxilios un millonario que solo firma cheques o se pasea en Bugattis por la ciudad, mientras sus minions hacen el trabajo? —preguntó con enfado, sin motivo alguno, y apartando la mirada. No sabía porqué acababa de reaccionar de este modo con alguien que solo la estaba ayudando.

La mirada de Bassil relampagueó, pero antes de actuar de un modo impulsivo, como besarla para que se callara de una buena vez, fue hasta el cuarto de baño. Abrió una de las puertillas del gabinete y sacó un kit de primeros auxilios. Por regla general, quizá también porque era una costumbre desde Aberdeen, en todos los baños de su portafolio de propiedades había un neceser con implementos de curación simple.

—Todavía sigues con los leggins —dijo señalándola. Ella tenía los pies sobre la alfombra. Con una mano se sostenía el abrigo, cubriéndose el cuerpo, mientras la otra reposaba, ligeramente doblada para evitar rozar las magulladuras, sobre el edredón.

—No voy a quedarme en bragas frente a ti —replicó tragando saliva.

—Créeme, lo harás en algún momento, pero, ahora mismo, lo único que me interesa es que estés cómoda y que las heridas que puedas tener estén curadas.

—Presumido y ridículo —farfulló poniendo los ojos en blanco—. Date la vuelta, Bassil. —Él contó mentalmente hasta cinco, mientras Aytanna hacía lo que le había pedido. Ella se quitó los leggins y luego acomodó el abrigo largo para cubrirse los muslos, pero no podía hacer mucho—. Bien, ya puedes voltear.

—Gracias —dijo con sarcasmo y se sentó junto a ella, hombro con hombro. Aytanna enarcó una ceja—. Gira tu cuerpo, hasta dejar ambos pies sobre mis piernas. Si te hace sentir más cómoda, entonces apoya las manos en puños sobre el edredón para sostener tu peso o coloca unos almohadones detrás de tu cabeza para que te recuestes —indicó. Aytanna usó dos almohadones para descansar el cuello y desde esa posición, no del todo acostada, podía ver lo que hacía él—. Bien. ¿Cómoda?

—Sí… —murmuró, consciente de que sus piernas desnudas, parcialmente cubiertas por el abrigo y los girones del vestido, estaban expuestas al tacto de Bassil.

—No es tan grave, aunque es normal que te duela tanto —dijo él revisándole ambos pies con cautela—. Hay tres ampollas en el derecho y dos en el izquierdo, una de esas es un poco grande. Las otras son de tamaño mediano. Sanarán pronto.

Ella tan solo tragó saliva y trató de no quejarse demasiado del dolor, mientras Bassil aplicaba agua oxigenada para desinfectar, después untaba una crema que, según le dijo, era para evitar infecciones. Luego le puso unas gasas en cada ampolla. Aytanna notó que en ningún momento las manos de Bassil dudaron sobre cómo proceder, tal como habría hecho alguien que estaba habituado a tratar esta clase de detalles.

—¿Dónde aprendiste a curar heridas de forma tan rápida? —preguntó con curiosidad. Él apartó la mirada de sus pies—. No es una crítica —susurró.

—Hace algún tiempo liarme a puñetazos, con los que me cabreaban o provocaban mi enfado, era lo habitual —dijo de forma vaga, mientras aplicaba ligera presión con la yema de los dedos en los arcos de los pies de Aytanna. Ella soltó un gemido suave y cerró los ojos. Al notar que se relajaba, él continuó el movimiento de sus dedos—. Así que aprendí a curar y a suturar mis heridas —concluyó.

Aytanna lo miró en silencio, hipnotizada por la manera en la que él tocaba los puntos de tensión en sus pies. Lo hacía con una suavidad impropia de un hombre tan fuerte. Contuvo las ganas de pedirle que no se detuviera cuando Bassil así lo hizo.

—Entiendo —murmuró. La posición en la que se encontraban era más íntima que si hubiesen estado desnudos. Un escalofrío recorrió de repente la piel de Aytanna al pensarlo. Su reacción súbita hizo que Bassil cortara la breve conversación, al malinterpretarla como incomodidad a su toque—. Supongo que ahora tendré que esperar un par de días, hasta sentirme por completo bien y caminar como siempre…

—Supones bien, ahora, dame tus manos —pidió con eficiencia e intentando ignorar la suavidad de la piel femenina. Aytanna se apartó de los almohadones para adoptar una postura erguida y dudó un poco—. Una por una, por si crees que voy a aprovecharme de intentar mirar tu cuerpo con una intención sexual —dijo enfadado.

—Bassil, no es eso, sino que… —susurró, apenada por su presunción—. Solo me siento un poco vulnerable, pero no amenazada por ti. ¿De acuerdo? No quise insultar tus intenciones —dijo con sinceridad. Él soltó una exhalación.

—Una mano a la vez, Aytanna, no voy a tardar —replicó con un asentimiento.

—Está bien… —murmuró extendiendo la mano derecha.

Bassil aplicó el mismo procedimiento que en los pies. La mujer era una muñeca con piel de alabastro y unos ojos verdes hechiceros. Que otros se hubiesen atrevido a intentar violentarla, lo hacía despertar los instintos asesinos que alguna vez, más de una década atrás, puso en práctica. Las manos de Aytanna solo requirieron limpiarlas y aplicar desinfectante, pero no una gasa o tirita. Así que terminó con rapidez.

—Listo, Aytanna —replicó dejando de tocarla. Su intención de llamar a un médico continuaba en firme, pero no podía ir contra la voluntad de una persona.

—Me siento mejor, gracias —dijo con sinceridad mirándolo a los ojos. A pesar del hermetismo y peligrosidad que emanaban de Bassil, no se sentía en peligro estando a solas con él. Todo lo contrario y eso la asustaba un poco.

—De nada —replicó rompiendo el contacto visual. Se puso de pie, porque tenía una llamada con un grupo empresarial de Seúl dentro de treinta minutos—. No tengo ninguna pomada para las marcas que tienes en el cuello —dijo apretando la mandíbula, pues en la piel tersa esas huellas eran una afrenta—. Se desvanecerán pronto, porque no veo que hayan dejado rastros profundos.

—Lo sé, pero de todas formas no me duele —dijo tocándose el cuello.

—Bien. En el cuarto de baño hay todo lo que puedas necesitar. Lo único que no tengo es ropa de mujer para que puedas cambiarte.

—¿Ni de tu novia? —preguntó antes de pensar lo que estaba diciendo.

Él esbozó media sonrisa y ladeó la cabeza ligeramente.

—Si es tu forma de preguntar si estoy saliendo con alguien, la respuesta es no —dijo Bassil. Aytanna se encogió de hombros y apartó la mirada con una mueca por su idiotez—. Voy a instruir a Hillary que ordene algo para ti —dijo cambiando el tema por completo—. Llámala al despertar marcando en el teléfono, el 11, y dale tus tallas. La ropa sucia también puedes entregársela, asumo que no la quieres de regreso. —Aytanna hizo una negación—. Ella se encargará de que tengas las prendas apropiadas. Para dormir solo te puedo ofrecer una de mis camisas. ¿Estás de acuerdo?

—Sí… —dijo perdida en esa mirada que, en estos momentos, era su ancla. Esta noche recibió de Bassil lo que ningún hombre le ofreció en acciones: protegerla y ponerla en primer lugar. Aunque fuese por circunstancias trágicas y específicas, le daba igual, era la intención—. No era necesario todo esto, pero lo aprecio.

Él tan solo hizo un breve asentimiento.

—Mañana, tú y yo, vamos a tener esa conversación pendiente, Aytanna. No solo por la denuncia a la policía, sino por lo que hablamos en Blue Snails. Por ahora, toma un baño caliente, intenta dormir y descansar, hasta la hora que lo necesites.

—Mmm, mañana tengo que ir a los Países Bajos —dijo preocupada, porque era imposible que pudiera hacer su trabajo como azafata en esas condiciones. Usar tacones sería complicado, menos tener una actitud alegre—. No tengo cargador para el móvil, así que necesito contactar a mi jefa para avisar que…

—Le diré a Hillary que te traiga un cargador —interrumpió.

—Eso estaría bien, gracias —dijo y asintió—. Creo que me daré una ducha.

Bassil dio un paso atrás, porque su mente debía concentrarse en la reunión que tendría por Tottem, un software de videoconferencia de alta seguridad, con Sakura Ling. El contacto era a las cinco y media de la mañana; le quedaba menos de treinta minutos para conectarse. Su vínculo con Aytanna tenía que terminar por ahora.

—Espero que logres descansar —dijo con su habitual frialdad, porque si los ojos verdes continuaban mirándolo con calidez o agradecimiento, él iba a hacer algo inapropiado, debido al contexto, como besarla—. Hasta mañana, Aytanna.

Ella tan solo hizo un asentimiento, porque la súbita indiferencia de Bassil la tomó desprevenida. Más le valía recordar que la gentileza de este hombre se dio bajo escenarios inusuales y que, en realidad, no eran amigos. Además, su prioridad en estos instantes no era pensar en otro ser humano, sino en sí misma. Necesitaba dormir.

Aytanna entró en la ducha, usó dos gorritos de baño a modo de cobertores sobre los pies para no mojar las pequeñas gasas, y se restregó todo el cuerpo. Quería sacarse la suciedad, el recuerdo amargo y la sensación de impotencia vividos. Se lavó varias veces con ímpetu, mientras el agua caliente relajaba sus músculos. Una vez que terminó y puso un pie fuera de la regadera soltó una larga exhalación.

Con una toallita de mano quitó el vaho del espejo y se contempló un instante.

Las ojeras estaban marcadas, pero ya el rostro estaba limpio. Las huellas del cuello no eran tan notorias, ella suponía que se desaparecerían pronto. Instantes atrás, a causa del estado vulnerable que experimentó, le quiso pedir a Bassil que no la dejara sola, pero, ahora que se sentía menos atribulada, se alegraba de haberse quedado callada. Ella no era una persona dependiente de terceros y prefería continuar así.

Hoy había conocido un lado más cercano de un hombre al que consideró perennemente insufrible. Que era arrogante y mandón, por supuesto, pero, tal vez, bajo esas capas de indiferencia, Bassil era una persona que solo mostraba su verdadera naturaleza a aquellos más cercanos a él. Se sentía intrigada por saber quién era realmente, ¿cuál era su historia? Por ejemplo, el acento no era de Edimburgo. ¿De qué ciudad era originario y qué lo trajo a la capital? ¿De qué conocía a Arran Sinclair?

No iba a obtener respuestas esta noche y no estaba segura de que quisiera saciar su curiosidad, pues su cabeza ya tenía suficientes problemas por resolver. Agarró el secador de cabello y cuando estuvo satisfecha con el resultado, lo apagó. Una vez que salió del cuarto de baño, envuelta en una toalla, caminó despacio sobre la alfombra.

En la cama encontró la camisa de Bassil, negra, y también un cargador de iPhone. Dejó caer la toalla y se puso la prenda limpia. El roce de la tela sobre su piel desnuda, consciente de a quién pertenecía, le estremeció la piel y tensó sus pezones. Toda esta situación era demasiado compleja para asimilar. «Mi cuerpo reacciona incoherentemente», pensó, mientras conectaba el móvil para escribirle a Pixie.

Le explicó a su jefa que debido a una situación personal iba a usar unos días de las vacaciones que tenía acumuladas, desde hacía dos años, en la aerolínea. Se disculpó por avisarle de último minuto. Después de enviar el email dejó el móvil a un lado.

Ahora que estaba serena pudo contemplar de verdad la habitación en la que se hallaba. Paredes blancas con toques de dorado oscuro, el mobiliario sólido y moderno, su cama era queen-size, y la alfombra tenía un color beige. El entorno parecía, más que una casa regular, sacado de una revista de decoración profesional.

Aytanna apartó el edredón de la cama para acomodarse debajo.

Sus niveles de energía eran casi nulos. Soltó un bostezo. No sabía de dónde sacaría el dinero restante para Cameron, pues este horrible evento la dejaba contra las cuerdas. No podía trabajar en el pub ni en la aerolínea, hasta sanar sus pies. Serían pocos días, pero para ella implicaban dejar de tener una remuneración. Aunque los días de vacaciones fuesen pagados, no era suficiente. Tampoco iba a contactar al hijo de perra para pedirle más tiempo. Se frotó las sienes y contuvo las ganas de gritar.

«Todo estará bien, todo está bien», se repitió. Intentó pensar en ideas creativas para generar ingresos extras en pocos días, pero su mente se negaba a cooperar. Ahuecó la almohada, acomodó su cuerpo en la posición más cómoda, y cerró los ojos. Al instante, el sueño la atrapó regalándole la certeza de que estaba a salvo.

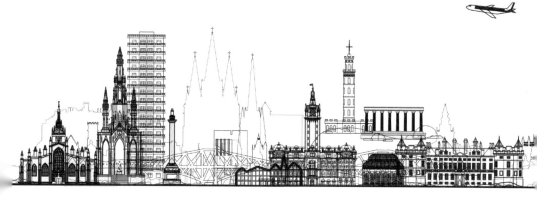

CAPÍTULO 6

Aberdeen, Escocia.
Años atrás.
Bassil.

*L*os pagos de Leah se realizaron puntualmente, así que Bassil no solo dejó las peleas callejeras, como tuvo previsto cuando la rubia le hizo la oferta inicial, sino que pagó el resto del alquiler a su casera para los siguientes ocho meses. Además, le compró a su madre un colchón ortopédico, una lavadora y una secadora; también la llevó a comer, por primera vez en años, a un restaurante bonito de comida italiana que era la preferida de todos en casa. Olivia se quedó sorprendida y emocionada al recibir esos gestos de su hijo mayor, porque siempre vivían ajustados y el salario de Bassil no era tan bueno en el puerto. Él le explicó que consiguió un trabajo extra como entrenador físico por el que estaban pagándole muy bien. Al respecto, Bassil no necesitó ocultarle la procedencia de los fondos.

En el caso de Hannah, ella lo había abrazado, agradecida, cuando la llevó de compras a un Primark para que eligiera ropa nueva y zapatos. Ese no era un almacén de grandes marcas, pero adquirir algo nuevo, después de años de remendar las prendas que tenía en el clóset, fue lo más parecido al lujo para la adolescente. Él también le regaló a Hannah la portátil que tanta falta le hacía para hacer las tareas de la escuela, así como trescientas libras esterlinas para que las ahorrara.

Ver el rostro de alegría, alivio, y ese toque de ilusión, en ambas, fue suficiente recompensa para Bassil. Por otra parte, él había optado por renunciar a hacer horas extras en el puerto, porque estaba adelantando las asignaturas de su profesión en la universidad. Aspen insistía en que Bassil aceptara una pelea adicional con un tipo al que apodaban Thunder. Lo llamaban así porque si alguien le lanzaba un cuchillo desde el público, lo cual siempre ocurría, él, con un brutal rapidez, degollaba a su oponente. Las peleas contra el hombre pagaban siete mil libras esterlinas al ganador.

El ego de los posibles oponentes los impulsaba a aceptar el reto de intentar vencerlo. Bassil no era suicida, así que le dijo a Aspen que estaba completamente fuera de las peleas clandestinas.

—¿Te gustaría quedarte a cenar con nosotros? —preguntó Leah con suavidad. Bassil apartó la mirada de la caminadora, en la que Timothy estaba entrenando, y la clavó en los ojos azules que lo observaban expectantes—. Hay comida italiana y también un vino de buena cosecha —sonrió.

Esta era la penúltima semana de preparación de Timothy, en el contrato de tres meses acordado entre Leah y Bassil. El muchacho había ganado fuerza y agilidad, porque había sido sometido a rutinas de ejercicios intensas. No hubo quejas por el rigor de las sesiones, sino aceptación de que esta era la única manera de salir vivo al enfrentar a Gregor McGarth, el oponente irlandés. Para las peleas que Bassil había librado durante meses, él se entrenó viendo YouTube y también porque Aspen lo guio, así que estaba tratando de aplicar sus conocimientos para que Timothy pudiera defenderse bien. El tema del uso de armas y trucos sucios en el ring no era nada difícil de enseñar.

—No me pagas para hacerte compañía ni para cenar contigo, sino para que tu hermano procure no morirse en la lona la próxima semana —dijo con simpleza.

—Después de la otra noche… —susurró mordiéndose el labio inferior—, yo pensé que podríamos empezar a ser amigos de verdad, Bassil.

—Al parecer tienes demasiado tiempo libre para pensar —replicó con una mueca.

—Bassil —dijo en un tono conciliador y que contrastaba con la hostilidad de él—, no te juzgo, jamás lo haría, y ahora que comprendo mejor de dónde vienes y las razones por las que estuviste peleando, pues tan solo quisiera que no te marcharas del todo cuando Timothy gane ese combate, porque he visto sus avances, y sé que lo conseguirá. ¿Podríamos seguir viéndonos?

Bassil apretó los puños. La mujer era persistente de un modo casi inocente, como si encontrase en él características redimibles, en lugar de un hombre pobre que había tenido que matar para sobrevivir. Leah poseía una vulnerabilidad que despertaba ganas de confiar en ella, así que fue esa la razón de que, varias noches atrás, después de uno de los entrenamientos de Timothy, se hubiera quedado más tiempo del necesario en la mansión Doyle. Rechazó cenar, pero aceptó un whiskey.

Ella le había preguntado las razones que lo impulsaban a poner su vida en riesgo al pelear en sitios clandestinos. Bassil, en tono distante, le había mencionado escuetamente sobre la muerte de su padre, las necesidades de su familia, así como la preparación académica que él llevaba a cabo para graduarse de la universidad. Durante la charla, Leah no lo había observado con compasión ni pena, sino con atención. Como si cada palabra que salía de su boca mereciera ser escuchada.

Eso había sido una novedad para Bassil. Con su mejor amigo y compañero de piso, Hutch, charlaban cuando era necesario, pero eran básicos y muy pegados a su naturaleza masculina: escuchaban, asentían o no, decían un par de palabras, y luego cada cuál volvía a lo suyo; sin complicaciones emocionales o largos discursos. En cambio, Leah, le brindó un espacio extraño de confianza en el que, a pesar de no haber profundizado en sus recuerdos o sentimientos, hablar con ella resultó fácil. Bassil solo conocía mujeres para follar y otras con las que tenía un vínculo cordial, porque trabajaban en oficinas del puerto o eran sus compañeras en la universidad. Leah no era ni lo uno ni lo otro. A la chica de ojos azules podría definirla como una acólita en los negocios. Pero, ahora, ella parecía querer un estatus que él jamás había dado a alguien del sexo opuesto: una amiga. Lo anterior era el equivalente a pedirle que construyera un platillo volador.

—No. Fue un error haber tenido esa conversación contigo —*zanjó. Luego miró a Timothy* —: ¡Aumenta la velocidad y la inclinación, Doyle! *Cuando termines el calentamiento empezamos con los puños. A ver si en esta ocasión aprendes a resguardar tu cara de niñato para evitar que te rompan la jeta la próxima semana. ¿Te queda claro?* ¡No seas blandengue!

—¡No me van a romper la cara! —*exclamó Timothy haciendo lo que le decía. Tenía el rostro sudoroso. A su cuerpo le había tomado tiempo acostumbrarse al entrenamiento, porque Bassil no tenía compasión para hacerle exigencias extremas con los ejercicios. Con cada demora que tuviera o reproche o expresión de que no era capaz de continuar, recibía como orden el hacer todavía más repeticiones—. Me estoy sacando la mierda para ganarle a ese irlandés. ¡No me van a quebrar!*

—*Si lo hacen no será mi problema, pero tu hermana te tendrá que ir a buscar con algunos de sus guardaespaldas buenos para nada* —*replicó con desinterés.*

Timothy no le hizo la seña con el dedo medio, porque sabía que implicaría que Bassil lo molería a golpes en el entrenamiento. No solo como lección por faltarle el respeto, sino para que entendiera que McGarth no estaría jugando, y él tampoco. Se estaba jugando la vida.

—*Bassil* —*murmuró ella apoyando la mano sobre la de él, tomándolo totalmente desprevenido*—, *no te he contado mi historia, pero si la supieras entenderías cuánta falta me hace un amigo de verdad. Me rodea mucha gente, aunque nadie es sincero, porque están a la caza de los privilegios que mi fortuna puede darles. Bueno, la mía y la de mi hermano. En cambio, contigo, ahora sé qué te motiva a estar alrededor y también me doy cuenta de que cumples tu palabra.*

Él posó su mirada en el rostro de piel blanca y nariz respingona.

Leah era muy bonita y con tendencia a realizar imprudencias para proteger a su mellizo. Se vestía con elegante provocación, aunque jamás insinuaba que quería algo más allá de conversar o tener la certeza de que su hermano iba a sobrevivir a McGarth. Lo anterior no era una garantía que podría ofrecerle Bassil, pero estaba haciendo lo que podía para que Timothy saliera vivo.

—¿*Interesarme en seguir viéndote? ¿Es que crees que tenemos una relación amorosa o alguna de esas fantasías de tu cabeza, Leah?* —*preguntó riéndose sin alegría*—. *Entiende bien mi propósito cuando acepté tu oferta: me interesa el dinero que tienes que pagarme. Punto* —*replicó apartándole la mano con aburrimiento*—. *Tu historia no me importa en absoluto. Ahora, silencio.*

Ella apretó los puños sobre el regazo y lo miró tratando de no darle una bofetada.

—*No tengo fantasías de ninguna clase contigo, no te halagues* —*replicó*—. *Pero, ¿acaso no te has preguntado por qué dos hermanos de veintidós años viven solos en una mansión, en uno de los barrios más costosos de Aberdeen, y los demás adultos son empleados y guardaespaldas?* —*preguntó sin callarse, porque ella no recibía órdenes. Leah sabía que Bassil era un hueso duro de roer, sin embargo, tenía la certeza de que bajo esa coraza existía alguien en quien podía* confiar. Lo anterior, dadas las circunstancias que estaba viviendo, más allá del asunto de Timothy, era crucial.

Estaba intrigada de que él, a pesar de haber visto todos los lujos que la rodeaban, no le hubiese hecho preguntas sobre su vida. Desde que lo contrató, lo invitaba a compartir la mesa con ella y Timothy, pero Bassil siempre rehusaba. Intentaba aproximarse a él, aunque eso era igual a tratar de no pincharse con un puercoespín. Era curioso que considerara más confiable a este extraño de pocas palabras y modos hostiles, que a cualquiera en su círculo de asesores, en especial su tío Laurence.

—Ya me dijiste que eres huérfana —replicó con dureza y encogiéndose de hombros, pero notó que los ojos de Leah estaban llenos de lágrimas sin derramar. Soltó una exhalación. Meneó la cabeza. La mujer no le había dado razones para ser un bastardo, así que se frotó la nuca con la mano—. Vine a hacer un trabajo y procuro hacer lo mejor que está en mis capacidades. No tengo relaciones de amistad con mujeres —la miró—, salvo que sea para follarlas en el culo o el coño.

Leah, que sabía que estaba tratando de amedrentarla con su crudeza. Ignoró el comentario.

—Comprendo tu punto —replicó con amabilidad. Él apretó los dientes—. Pero, ¿acaso no tienes una profesión que estás a punto de terminar, según me contaste, ¿verdad?

—¿Y? —preguntó enarcando una ceja.

—Quizá, yo pueda ayudarte a obtener un empleo fijo. ¿Salvo que quieras trabajar durante años en el puerto, llevando cajas o haciendo mandados, hasta que llegue la oportunidad que te permita demostrar tu valía en una empresa sólida? —preguntó con una sonrisa y seguridad en la voz.

Él se cruzó de brazos y la observó con expresión suspicaz. Sus bíceps se tensaron contra la tela de la camiseta negra. Ella fingió no sentirse afectada por el físico de Bassil, pero claro que la impactaba. No solo era muy atractivo, sino que, al haberlo escuchado decir que hacía esfuerzos para tratar de que Olivia y Hannah estuvieran bien, también tenía un corazón generoso. Claro, lo anterior estaba protegido por la actitud de hostilidad y rebeldía, pero Leah veía tras esa apariencia.

—No me digas, ¿vas a sacar dinero de tu fideicomiso y crear una compañía, porque resulta que estás desesperada por tener un amigo? —preguntó, burlón.

Leah borró la expresión alegre de su rostro.

Esta era la oportunidad que necesitaba para exponer el tema al que llevaba semanas dándole vueltas en su mente. De hecho, para ser más concreta, desde que él le comentó que estaba a punto de recibirse como ingeniero en geología de petróleo. La situación encajaba muy bien para Leah.

—Mis padres, al morir, nos heredaron a Timothy y a mí, millones de libras esterlinas, así como una importante compañía —empezó a explicarle—. La mitad de la empresa le pertenece a mi tío, Laurence Doyle. La otra mitad, a nosotros. Sin embargo, él ha puesto a la junta de directores en nuestra contra; nos quieren fuera de la empresa. Utilizan argumentos absurdos y pruebas falsas que nosotros desmontamos constantemente. Los empleados que fueron leales a papá, nos han apoyado de manera incondicional, y gracias a ellos nos enteramos de que Laurence está usando nuestros barcos para transportar mercadería prohibida: droga o armas —dijo soltando una exhalación—. No sabemos a qué escala, pero da igual, porque mancha el legado de mi padre y mis abuelos. La situación es peligrosa, porque ignoramos el alcance y los hilos que ha tejido Laurence, antes, durante y después de la muerte de nuestros padres —susurró con angustia—. Mi hermano sospecha que es el culpable de que muriesen en ese "accidente" de helicóptero. Yo, también, pero no tenemos pruebas.

Bassil contempló a Leah y notó el miedo que habitaba en sus ojos. El relato era brutal y ahora comprendía la situación. Lo que no resultaba posible asimilar para él era cómo Leah podía actuar con amabilidad o inclusive generosidad, después del accidente, o asesinato como sospechaban los hermanos Doyle, de sus padres. El panorama que pintaba sobre esa empresa familiar era complicado. Sin embargo, ante la sinceridad de ella, la cautela que Bassil procuró mantener estas semanas se desvaneció. Se pasó las manos entre los cabellos y luego se apretó el puente de la nariz.

—¿Esa es tu historia y la razón por la que vives en esta fortaleza? —preguntó, finalmente, interesándose por conectar con otro ser humano aparte de su familia y de Hutch. Lo anterior no era un hábito, aunque podía hacer excepciones. Como era este el caso—. ¿Encierro con barrotes de oro?

—No estamos encerrados, porque si así hubiera sido no habría podido encontrarte en esa horrible calle. Timothy y yo vivimos resguardados, lo cual es diferente.

—Aún así, el idiota de tu hermano se las ingenió para cabrear a alguien de la mafia.

Leah soltó una risa suave e hizo un asentimiento.

—*Los hermanos se protegen entre sí. Esa es la razón de que estés aquí, ahora, Bassil* —*replicó señalando a Timothy*—. *Por otra parte, en esta casa hemos vivido desde que tengo memoria* —*sonrió mirándolo, al reconocer su victoria ante la hostilidad que él acababa de dejar de lado*—. *Aunque es demasiado grande, mi hermano y yo rehusamos venderla. No es una fortaleza, salvo que lo digas por la cantidad de guardaespaldas y equipos de seguridad desplegados.*

—*Solo les faltaba meterme el dedo en el culo, la primera vez que vine, para cerciorarse de que no traía un arma y habría sido interesante el desenlace* —*dijo en su forma cruda.*

Leah soltó una carcajada, la cual era diáfana y melódica. Ese era un sonido que Bassil disfrutaba escuchar, a regañadientes lo reconocía, cuando estaba alrededor.

—*Tu actitud no es precisamente la de una persona accesible* —*expresó Leah y sonrió.*

—*Es lo que hay* —*replicó encogiéndose de hombros.*

—*Quizá no es así, pero te has creído esa idea* —*dijo. Él no rebatió*—. *En todo caso, sí, la que te acabo de mencionar es en resumidas cuentas mi historia. Nada bonita, lo sé.*

—*¿Qué sacas con contarme todo esto, Leah?* —*preguntó.*

—*Me gustaría que trabajaras en la compañía de mi familia y te ganaras la confianza del gerente general, Richard Manaccor. Él es el consejero principal y la persona a la que siempre escucha mi tío Laurence. Si lo haces, podrías saber qué clase de negocios tienen y contármelos.*

Bassil soltó una carcajada incrédula.

—*Leah, eres muy ingenua, ¿mágicamente voy a aparecer en esa compañía, acceder a información privilegiada y dártela?* —*preguntó meneando la cabeza con expresión sarcástica*—. *Ese es un plan muy estúpido que no va a resultar. No voy a arriesgar mi pellejo. Busca otra persona.*

Leah se puso roja como un tomate a causa del enfado.

—*No soy ingenua, maldito seas* —*dijo incorporándose de la silla de metal del gimnasio*—. *El trabajo sería con el equipo que genera los informes que dan soporte a las investigaciones previas a la toma de decisiones finales* —*explicó gesticulando con las manos, apasionadamente, como solía hacer cuando quería dejar sus opiniones en firme*—. *En mi compañía, la información de campo es la más valiosa. Esta es recolectada por los mandos bajos, procesada por los mandos medios y usada por los mandos altos, incluyendo propietarios* o accionistas, para decisiones basadas en el plan estratégico de negocios anual. Sin esa información nada se puede gestionar. Hay dos vacantes en la empresa y una de ellas es como asistente en el laboratorio —dijo agitada—. Es la que te ofrezco.

Bassil se puso de pie, sobrepasándola en altura, y la observó con arrogancia.

—¿Qué oferta sería esa? —preguntó. Luego miró por sobre el hombro a Timothy—: ¡Doscientas lagartijas, doscientas abdominales y luego subes al ring, Doyle! —le ordenó—. Espero que hayas comido suficiente proteína para sostenerte, pero no tanto para vomitar como el otro día.

Timothy apagó la caminadora, secándose el sudor, y fue hasta la colchoneta. El gimnasio siempre había estado bien equipado, pero ahora era cuando estaba dándole verdadero uso.

—He ganado suficiente masa muscular con los batidos protéicos y la comida del nutriólogo que contraté —replicó antes de empezar las lagartijas, olvidándose de Leah y Bassil.

—Te ofrezco la vacante que te mencioné, el salario regular de esa posición, y los beneficios de la corporación. Sé que sería mucho menos de lo que has ganado entrenando a mi hermano, así que te adiciono una bonificación de mil libras esterlinas al mes, firmado con mi abogado de confianza y sin el conocimiento de la empresa, para que aceptes —dijo ella ignorando el intercambio—. Considerando que aún no te gradúas, no tienes experiencia y te estoy pidiendo que espíes para mí, la oferta que estoy dándote es mejor que cualquier empleo que pudieras conseguir en tu nivel inicial.

Bassil ladeó la cabeza y agarró el mentón de Leah con firmeza.

—¿Esta oferta está sujeta a que tu hermano gane o pierda?

—Timothy va a ganar —dijo intentando convencerse de que era así—. La oferta no está relacionada a la pelea o lo que ocurra durante o después de ese evento.

—¿Por qué no le pides a otra persona que haga el trabajo sucio para ti?

—Porque todos tienen lazos con los amigos de mis tíos. No confío en nadie. Tú, en poco tiempo, has demostrado que estás dispuesto a todo por obtener dinero, pero eres leal a tu palabra. Si no quisieras continuar trabajando para mí, en lugar de traicionarme, me dirías a la cara tus motivos y te largarías sin pensártelo demasiado —expresó sorprendiendo a Bassil por su confianza.

—Me abruma lo observadora que eres —dijo con un tono de respeto—. ¿Qué harás cuando tengas la información sobre esos negocios clandestinos? —preguntó con interés.

—La corroboraré con mis asesores y abogados personales, luego la entregaré a las autoridades —dijo con convicción—. Después, reuniré un consejo extraordinario con los directivos y abogados de mi empresa. Una vez que todo esté aclarado, entonces utilizaré el estatuto, me quedaré con las acciones de mi tío y lo echaré, a él y a sus acólitos, antes de que pueda destruir el legado de mis padres. Por eso, Bassil, tiene que ser algo sigiloso. Sé que puedes cuidar de ti y que no eres un bocazas.

«El sentido de honor y ética de Leah tenían un listón muy elevado», pensó Bassil mirándola. La propuesta de trabajo era muy beneficiosa. Él no tenía nada qué perder y todo por ganar. Gracias a su experiencia en el puerto, su capacidad de juzgar el carácter de otros, así como el sigilo con el que solía ir de un sitio a otro, le daban el perfil idóneo para lo que ella buscaba.

—Eres una princesita con un cerebro maquinador —dijo con una media sonrisa y ella le devolvió otra, pero más amplia—. Creo que podríamos tener un acuerdo.

—¿Sí…? —preguntó en tono esperanzado y tocándole la mano—. ¿Y eso significa que también podrás dejar de negarte a aceptar la posibilidad de ser amigos?

Bassil observó la pequeña mano sobre la de él. Su instinto fue apartarla, pero se contuvo.

—Dime a qué se dedica tu empresa y cómo se llama —pidió a cambio—. ¿Acaso crees que voy a trabajar en una compañía fantasma tan solo porque obtendría un buen salario?

Ella soltó una risa de alivio e hizo una negación.

—La compañía se dedica al negocio del petroleo. Se llama Doil Corporation.

—Ah, la inicial de tu apellido y la palabra oil. Poco original, pero interesante —replicó.

—Bueno, no se lo puse yo —sonrió—. Entonces, ¿aceptas?

Bassil apretó los labios e hizo un asentimiento.

Lo siguiente que ocurrió fue que Leah soltó una risa de alegría y le rodeó la cintura con los brazos. Él, porque se sentía muy extraño por esta espontaneidad, se tomó un tiempo en devolver el abrazo. Aunque Olivia y Hannah eran afectuosas con Bassil, él prefería que esa clase de gestos solo se mantuviesen entre la familia. No comprendía esta reacción de Leah al mostrar sus emociones cuando tenía más razones para ser hermética que comportarse de manera cálida y genuina.

Cuando ella se apartó y salió del gimnasio, no sin antes reiterarle la invitación a cenar, la cual él rechazó nuevamente, Bassil subió al ring. Timothy no lo defraudó, pero todavía le faltaban un par de movimientos para ganar seguridad. Así que procuró trabajar en el gancho de la derecha y el equilibrio, así como practicar el uso de un cuchillo. Ya no estaba haciendo esto solo por el dinero, sino porque de verdad creía que los hermanos merecían sobrevivir a la mierda en la que se habían metido.

¿Si acaso era altruismo? No, él no hacía nada sin esperar algo a cambio, pero tampoco podría decir que ahora los Doyle eran simples desconocidos. Bassil había encontrado en este par de hermanos una compañía inesperada, cuya naturalidad al hablar u ofrecerle lo más simple, como un vaso de zumo, no venía acompañado de malicia. Esto contrastaba con su mundo cotidiano en el que las argucias, los subterfugios y las traiciones eran la moneda diaria de convivencia.

Bassil, con solo veintidós años, solo podía prepararse para enfrentar los eventos, que estaban próximos a suceder, con una actitud decidida y pensando en que, al final de todo, las únicas beneficiadas serían Hannah y Olivia. Los involucrados en el tablero estratégico, tanto en la pelea de Timothy como en Doil Corporation, eran de una liga muy distinta a la que él conocía. Pero a él no le faltaban cojones para abrirse paso ante cualquier reto que le plantease la vida. Bassil tenía la convicción de que tan solo con entereza y convicciones honestas era posible ganarle a la adversidad.

Al menos eso fue lo que creyó, hasta que la calamidad arrasó con sus últimos vestigos de humanidad, dejándolo desnudo frente a un escenario de horror y vernganza.

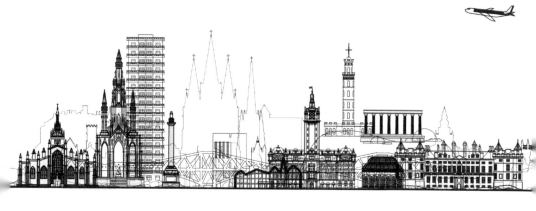

CAPÍTULO 7

Presente.
Edimburgo, Escocia.

Después de la videoconferencia con Ling, en la que logró importantes acuerdos para la renovación de los sistemas de seguridad internos de Doil Corporation, Bassil solo había logrado dormir tres horas. Lo anterior no disminuía la capacidad de estar alerta y ser eficiente, aún con una agenda de trabajo bastante copada por atender.

En los próximos días tendría el evento de inauguración de su nueva planta de ensamblaje de paneles solares, Earth Lighting. Esta compañía de energías renovables la había creado dos años atrás con la finalidad de abarcar un rubro económico totalmente opuesto al del petróleo, pero en crecimiento y muy rentable. Así podía buscar un equilibrio con lo mejor de ambas clases de recursos de la naturaleza.

Sus principales clientes eran ganaderos y agricultores que usaban los paneles solares de Earth Lighting como fuente de ahorro energético para las granjas. La planta ensambladora estaba en las afueras de Lanark, en las Tierras Bajas. El viaje de Bassil hacia esa zona era inminente. Sin embargo, no podía descuidar uno de sus principales objetivos que consistía en obtener las acciones de Aytanna en Greater Oil.

El tiempo máximo estipulado para lograr su meta con ella era de cuatro meses, aunque podría ser menos. Por ese motivo, Bassil tenía una propuesta de trabajo para Aytanna que serviría para dos propósitos. El primero, no perderla de vista y empezar a crear un vínculo de cercanía entre ambos; esto implicaría saciar su deseo por ella, pues lo excitaba como ninguna otra mujer en su vida. El segundo, darle la certeza de que la buscaba por sus capacidades profesionales, como azafata y analista financiera, genuinamente. Lo anterior era cierto. No subestimaría a Aytanna.

A pesar del horrendo incidente que ella había vivido en la madrugada, él era consciente de que este también propició un acercamiento inesperado entre ambos. Indistintamente de lo anterior, Bassil no iba a quedarse indiferente ante el asalto que Aytanna había sufrido. Por ese motivo, instantes atrás, había llamado a sus contactos en la policía. Todo lo que ocurriese en esa investigación sería en el marco de la legalidad, aunque las ganas de romperles el cuello a esos cuatro cabrones fuesen muy fuertes. Bassil ya no se ensuciaba las manos, desde hacía años, porque entendió que existían otras maneras de obtener resultados rápidos: la cantidad correcta de dinero.

Ahora, en la sala del comedor, Bassil terminó de revisar los titulares financieros, como hacía cada mañana. Su chef había preparado dos desayunos continentales y varias opciones de zumos. En su caso, prefería el café negro. Se llevó a los labios la taza del líquido oscuro y estuvo a punto de escupir el contenido cuando vio a la persona que estaba en el umbral de la puerta. Vestida tan solo con su camisa negra, un cinturón -también suyo-, las infames botas, el cabello recogido en una coleta y el rostro sin una gota de maquillaje, estaba Aytanna. Su expresión era cautelosa.

—¿Dónde está tu ropa? —fue lo primero que salió de la boca de Bassil. Ninguna mujer había llevado mejor una camisa suya, como Aytanna esta mañana—. Le di instrucciones a Hillary para que estuviera atenta a tu llamada —continuó—. La consigna era que ella pidiera un atuendo para ti que fuese adecuado para el frío.

—Buenos días a ti también —dijo con simpleza y un toque sarcástico en su voz—. Tu ama de llaves fue muy amable conmigo, pero solo le pedí lo que de verdad necesitaba —se señaló a sí misma—. Todo lo que me facilitó, lo devolveré, incluyendo este abrigo —elevó el brazo en el que reposaba la prenda oscura.

Bassil ignoró el comentario, se levantó y se dirigió hacia la silla que estaba junto a la de él para apartarla. Le hizo un gesto a Aytanna para que se acercara.

—No has dormido lo suficiente y considerando la situación que viviste, me parece que deberías regresar a la cama. Además, está nevando, por si no lo notaste. No puedes salir con tan poca ropa —dijo apretando con más fuerza de la necesaria la madera que tenía bajo sus manos, hasta que los nudillos se pusieron casi blancos.

—Bassil —murmuró, meneando la cabeza—, lo que estoy usando está bien. En todo caso, mi móvil ya tiene batería, así que podré llamar un Uber para ir a casa —dijo. Una mirada a este hombre y era imposible no capturar la esencia de su poder, fuerza y virilidad abarcando todo con autoridad. Él vestía trajes de diseñador con el dominio de un guerrero en plena Roma del emperador Marco Aurelio—. Solo pasé a despedirme y agradecerte por haberme ayudado en una situación complicada. Pero ya estoy bien, así que no hace falta que extienda más tiempo mi presencia aquí.

—Siéntate, Aytanna —replicó en un tono que no daba pie a réplicas, mientras tamborileaba los dedos en el respaldo—. No vas a marcharte sola.

Ella se cruzó de brazos y no fue consciente de que eso provocó que la tela de la camisa, que parecía un mini vestido, se subiera un poco sobre las rodillas. Tampoco notó la forma en que Bassil abría las aletas de la nariz, como esos toros arrinconados, en un intento de mantener el control y evitar arrancarle la ropa para explorarla.

—Eso es algo que tengo que decidirlo yo —replicó elevando el mentón.

—Ya que pareces tan dispuesta a debatir la más mínima sugerencia y tienes tanta energía para ello, entonces será mejor que te sientes. Desayuna conmigo —dijo.

Ella hizo una mueca, porque su estómago eligió ese momento para gruñir.

El último bocado de comida lo había consumido horas antes de su turno en el pub. Al ver la apetitosa comida ante ella, Aytanna se acercó con lentitud hasta Bassil. La colonia masculina, aquella que ahora evocaba seguridad y protección, la envolvió por completo instándola a aspirar el aroma. Ella sintió un inequívoco pálpito de deseo entre los muslos. Bassil era sexualidad cruda en un traje de diseñador, pero Aytanna sabía que su cerebro tenía razón al decirle que era mejor marcar distancia inmediata. Sin embargo, sus hormonas y su cuerpo pensaban de otra manera.

El miedo que vivió horas atrás, ahora había dado paso a la necesidad súbita de reivindicar que estaba en control; que nadie podía arrebatárselo ni amedrentarla, menos tocar su cuerpo si ella no estaba dispuesta a permitirlo o incitarlo. La única clase de hombre que podría darle esa reivindicación era uno enérgico, sensual y que exudara entereza; seguro de sí mismo para entender lo que ella podría requerir y concedérselo. Bassil era esa clase de hombre. Aytanna había escuchado decir que cuando se jugaba con fuego, este quemaba. Pero, ¿qué ocurría cuando la posibilidad de ese fuego resultaba fascinante? Podía destruir al temerario. Sin embargo, la necesidad de restablecer su equilibrio era mucho más fuerte e importante que la cautela.

—¿Es esta una invitación? Porque sonó más a una orden —replicó con altivez y elevó el rostro, porque Bassil era mucho más alto. Aunque no estaban tocándose, a pesar de la cercanía, Aytanna sentía la piel vibrando de eléctrica anticipación. Ella tembló de forma imperceptible como si él pudiese mirar su desnudez bajo la ropa.

—Aytanna —dijo en un tono profundo como el de un barítono—, mi paciencia tiene un límite. Puedes tomar mis palabras del modo en que mejor te plazcan, pero no vas a marcharte de aquí sin haber desayunado y hablado conmigo.

—¿Y qué vas a hacer cuando tu paciencia se acabe, Bassil? —preguntó, mirándole la boca. Era una locura provocarlo, pero también le parecía inevitable.

—Perdería el propósito si te lo dijera —replicó soltando el respaldo de la silla. Primero, le quitó el abrigo que sostenía sobre el brazo, y lo lanzó hacia el otro lado de la superficie de la mesa. Después, le agarró el cuello con la mano—. ¿No lo crees?

La forma en que Aytanna acababa de decir su nombre, en un tono de necesidad, sumada a la cercanía física, sacudió sus sentidos. Notó cómo el pulso femenino vibraba bajo sus dedos, mientras le acariciaba la piel, y ella contenía la respiración. No había miedo, sino una expresión desafiante. Su miembro viril despertó como un rayo súbito, con furia, al ver reflejado en los ojos verdes su propio deseo.

—Ah, porque eres un hombre de pocas palabras, al menos cuando quieres…

—Precisamente —replicó conteniendo a duras penas la vorágine de lujuria, pero también muy consciente del antecedente que había llevado a Aytanna a su mansión —. Hay temas que quiero delimitar contigo y que van a ser de mutuo beneficio —dijo sin dejar de mover el pulgar sobre el sitio en el que vibraba el pulso—. Pareces algo agitada —expresó estudiando cada reacción—, ¿prefieres que me aparte?

Aytanna se humedeció los labios y él siguió el rastro del gesto con la mirada. Ella sabía que Bassil leía muy bien las señales de una mujer, en su caso no sería diferente; no obstante, notaba que estaba conteniéndose de hacer algo más que solo tocarle el cuello. El gesto en sí era controlador, pero al mismo tiempo inofensivo.

Detrás de esa pregunta de Bassil existía un significado más amplio y ella lo comprendió muy bien. Él quería saber si se sentía insegura o en una posición de desventaja en estos instantes, pero, en especial, si de verdad le parecía bien que la hubiera abordado físicamente de este modo, tocándola. Ella lo miró a los ojos.

Se sentía a salvo con él y esa era una verdad certera. Más allá de la reputación empresarial de éxito, el estatus de millonario y el hecho de que había cuidado de ella, el aura de peligro de Bassil era una advertencia silenciosa. Una advertencia que Aytanna prefería desoír, porque los instintos eran siempre más fuertes que la razón.

—No, pero quiero recuperar el control que estuvieron a punto de robarme… —El dedo pulgar de Bassil se detuvo de repente. Aytanna extendió la mano apoyándola sobre la muñeca masculina e hizo una negación—. Lo que quiero decir es que necesito que me dejes tomar las riendas unos instantes. Es algo que no me atrevería a pedírselo a otro hombre, pero sabes lo que me sucedió y puedes… —carraspeó y tragó saliva, de repente, nerviosa—. Puedes ayudarme a que mi recuerdo reciente de una interacción con alguien del sexo opuesto no sea violenta.

La expresión de Bassil se oscureció, como si una tormenta se hubiese empezado a fraguar en el horizonte, pero no era de peligro, sino de anticipación. Ella estaba abriéndole un poco la puerta a su confianza. Indistintamente de los motivos secretos que hubiera tenido para buscar a Aytanna en Nueva York y en Blue Snails, lo cierto era que Bassil se sentía honrado de lo que estaba pidiéndole ahora. Él esbozó media sonrisa y acortó más la distancia, hasta que las caderas de Aytanna estuvieron contra el borde de la mesa. Bassil soltó el cuello, pero a cambio apoyó las manos, una a cada lado de la mujer, sobre la superficie de madera. Le dejó espacio para moverse si era lo que le apetecía. Comprendía muy bien lo que ella necesitaba.

—¿Y qué es lo que piensas hacer si lo permito? —preguntó mirándola. Él la había considerado una belleza tentadora, pero fue la mezcla de su valentía y vulnerabilidad que la volvieron totalmente cautivadora—. Cuéntame al respecto.

Aytanna se mordió el labio inferior y ladeó la cabeza ligeramente. No debería sucumbir a crear una circunstancia como la que tenía ante ella, pero no encontraba otro modo de aplacar la idiota necesidad de tocarlo. Además, Bassil le daría lo que ella acababa de pedirle. Sabía que un hombre como él, habituado al dominio y el poder, podría ceder solo un poco, pero lo suficiente para que ella tuviera su reafirmación.

—Bassil —murmuró extendiendo la mano y posándola sobre la mejilla recubierta de una barba que llevaba tres días sin afeitar; una barba pulcra—, ¿si te beso corro el riesgo de que te apartes como hiciste en Atenas o de verdad vas a permitirme tomar el control? —preguntó, mientras le recorría el labio con el dedo.

—No existe un motivo para cometer una estupidez como aquella —replicó con voz ronca—, así que aprovecha estos breves instantes al mando. Muy breves. Estoy a punto de contar cada segundo por reloj y creo que terminaré antes de que tú empieces. Si eso ocurre, tu oportunidad de llevar las riendas se habrá perdido —dijo, ignorando hasta qué punto podría dejarla avanzar, sin que su autocontrol explotase por los aires y lo impulsara a hacer lo que anhelaba: lamerle el sexo sin restricciones.

—¿Qué harás cuando tengas el control de regreso…?

Él esbozó media sonrisa, arrogante. Se inclinó hacia adelante y le mordió el cuello. Le recorrió con la lengua el sitio en el que había dejado una ligera marca, para luego mordisquearle despacio el lóbulo de la oreja. Ella soltó un gemido quedo.

—Voy a probar un tipo de mermelada especial. Si te das prisa, tal vez descubras de qué se trata y quieras compartirla conmigo —dijo en tono bajo y gutural. Apartó las manos de ella y las dejó sobre la mesa. El mensaje era claro y alto.

Aytanna no quiso preguntar a qué se refería con esas palabras, porque su enfoque estaba en besarlo. La boca de Bassil aceptó gustosa la de ella. Sorprendida por el fuego que surgió entre ambos, Aytanna abrió los labios, mientras sus lenguas se entremezclaban. Ella sentía los labios ardientes, la piel en llamas y el vientre tenso.

Apretó los muslos, porque su humedad necesitaba tener los dedos o el sexo de Bassil penetrando su carne. Quería estar de rodillas, en la muestra más contradictoria de autoridad estando en una posición de sumisión, y conocer la dureza que presionaba contra el pantalón negro. Deseaba recorrerlo, lamerlo, succionarlo y escucharlo estar bajo su control; lo quería gimiendo. No recordaba una ocasión en la que alguien hubiera causado esta clase de reacción tan visceral y arrebatadora.

—Joder, tu boca, tu jodida boca pecaminosa, Aytanna —dijo en tono torturado—. Necesito tocarte de alguna manera —gruñó.

—Hazlo —murmuró mordiéndole el labio inferior—, pero cuando te pida que te detengas, espero que así lo hagas; y cuando te pida que vuelvas a tocarme, igual.

Bassil sonrió contra la boca femenina, porque para él era muy sexy cuando una mujer recordaba que en el placer la regla más importante era dar, pedir y sentir.

—Eso no está en duda —replicó con un gruñido, extendiendo la mano y enterrándole los dedos en la melena sedosa del color del sol. Sostuvo los cabellos femeninos con firmeza en un puño y ella profundizó más el beso.

Él se moría de ganas por darse un festín con esta belleza que poseía la llave de su éxito empresarial, pero también la que dejaba en jaque la muralla que en este momento contenía su deseo. Reconocía que Aytanna estaba tratando de recobrar lo que estuvieron a punto de arrebatarle: su capacidad de exigir o entregar placer, con la libertad, sin ser coaccionada, amenazada o vulnerada de ninguna manera.

—Bassil —susurró mordisqueando el labio inferior, saboreando en él rastros de café: un toque dulzón entremezclado con la ambrosía de su boca—, besarte es…

—El preámbulo de lo que voy a hacer contigo a continuación —completó él, arrasándole la boca, mientras ella lo guiaba en la forma en que necesitaba que la besara. Aytanna le acarició el rostro, después le echó los brazos al cuello, sus pechos presionaron contra el torso duro y luego lo instó a que la sentara sobre la mesa. Él accedió sin dudarlo. Al instante, las piernas femeninas le rodearon la cintura, mientras el beso continuaba con absoluta demencia lujuriosa—. ¿Puedes comprender la magnitud de todo lo que me haces sentir en estos instantes con tus besos?

Ella estaba mojada y en esta posición, con la pelvis de Bassil pegada a la suya, podía sentir la fricción del miembro erecto contra su sexo. Él solo tomaba lo que le ofrecía, pero magnificaba las sensaciones con su pericia. Bassil mantenía las manos en los cabellos rubios, porque Aytanna no le decía que podía hacer algo distinto.

Escuchar los gruñidos de placer de él, la envalentonaron. Sabía, instintivamente, que su tiempo de intentar controlar la situación estaba agotándose; así como también sabía que este hombre podría contenerse, hasta el límite, si ella se lo pedía.

Poco a poco, en la forma en que sus bocas colisionaban y sus dientes chocaban ante la desesperación mutua, Aytanna experimentó la certeza de que todo estaría bien. Que el poder de decidir era suyo y nadie tenía ningún derecho a arrebatárselo. Que podía pedir placer y que eso no implicaba que iban a tomar ventaja de ella. Que podía entregar el control sin estar ofreciendo la oportunidad a un hombre de dañarla.

—Sí, lo comprendo —susurró aferrándose con los dedos a los brazos fornidos—. ¿Sabes qué me gustaría ahora mismo…? —preguntó entre jadeos.

Quería que la devorase, pero también sentir la calidez y la seguridad que provenía de la fuerza de ese cuerpo fornido: un metro ochenta y seis centímetros de puro músculos. Sabía que este paréntesis de su realidad concluiría al salir de esta mansión, pero, hasta entonces, prefería aferrarse a sentir y disfrutar de Bassil.

—Mi cerebro solo registra una necesidad y esa consiste en que me des el control para devorarte entera, Aytanna, así que piensa bien lo que dirás a continuación —dijo apartando la boca de la de ella y mirándola a los ojos con irrefrenable crudeza sexual.

—Bésame, Bassil, y comparte el control conmigo —susurró con una sonrisa en un rostro por completo libre de sombras.

—Finalmente… —replicó y le agarró el cuello con una mano, mientras con la otra le sostenía el rostro para profundizar el beso con determinación.

Él se dio un festín con la boca de Aytanna y cuando ella soltó una exhalación queda, él se apropio de sus sentidos. Con los ojos cerrados, el sexo palpitante, la piel vibrante, los pezones erectos, los pechos ligeramente pesados y las terminaciones nerviosas en alerta, Aytanna quería más de lo que él estaba ofreciéndole.

—Bassil… —murmuró—. Yo…

—Quiero probarte —dijo con sensualidad, mientras sus manos se deslizaban bajo la tela de la camisa, acariciando la tersa piel de los muslos—. ¿Se siente bien la idea? —le preguntó al oído en tono gutural. La sintió temblar bajo su cercanía.

—Más que bien… —dijo, mientras él la posicionaba justo sobre el borde de la mesa y le arrancaba las bragas. Después le separó los muslos y le subió los bajos de la camisa hasta la cintura, dejándola por completo expuesta—. Oh…

—No vas a marcharte sola y cuando sientas mi ropa sobre tu cuerpo al caminar, e inclusive cuando estés desnuda, vas a recordar lo que ocurrió sobre esta mesa —dijo instándola a recostarse sobre la superficie. Ella apoyó los codos en el vidrio que recubría la madera, porque deseaba mirar lo que estaba a punto de suceder—. Qué coño tan perfecto —dijo abriéndole los pliegues bañados de deseo con los dedos.

—Bassil… —gimió echando la cabeza hacia atrás cuando él la penetró con un dedo, luego con dos; entró y salió de su sexo. La húmeda fricción reverberaba entremezclada con sus respiraciones aceleradas. Pronto esas manos fuertes le agarraron las nalgas, separándole las carnes ligeramente, antes de posicionarle el sexo como él la quería—. Oh, por Dios… Sí… —susurró al sentir el primer lengüetazo recorriéndole la abertura de arriba abajo. Él tenía el completo control y ella estaba muy cómoda por habérselo entregado—. Se siente tan bien, Bassil…

—Deliciosa —murmuró él, apretando los firmes glúteos con los dedos, con la intención de dejar una huella en ellos, mientras su boca succionaba cada labio íntimo y lamía el clítoris con decadente insistencia. Le gustaba escuchar los gemidos que emitía Aytanna con cada caricia que le prodigaba. Ella tiró de sus cabellos, arqueando la espalda levemente, pidiéndole más e instándolo a acelerar el ritmo.

Después la lamió entera, recorriéndole las ingles, cada labio íntimo y luego profundizando en el mar de terminaciones nerviosas que era el sexo femenino. Los sonidos de gusto de Aytanna lo estimularon a continuar el ritmo. Le dio pequeños mordiscos, leves, antes de cubrir la carne de nuevo con la lengua, calmándola y excitándola. La mujer poseía unas piernas fabulosas, pero un coño perfecto que tenía toda la intención de penetrar con su miembro, pronto. Por ahora, eran su boca y sus dedos los que devoraban esa exquisitez delicada. Ella soltaba quejidos de abandono.

Bassil sacó las manos de debajo de las nalgas y le agarró las piernas, las llevó a sus hombros para exponerla aún más ante él. La penetró con un dedo primero, luego dos, entrando y saliendo, usando también la lengua para succionar. Podría quedarse horas escuchando los gemidos de Aytanna y perdido en la ambrosía de ese coño.

—Estoy tan cerca, ¿por qué te detienes? —le preguntó frustrada, manteniendo los muslos abiertos y entre jadeos, cuando él se apartó de repente, dejándola alborotada y ansiosa. Lo vio ir hasta el lugar en el que estaba dispuesto el desayuno —. Pero, ¿qué…? —se quedó con la pregunta en los labios, porque pronto Bassil regresó a su lado y la silenció con un beso duro que ella devolvió.

—Te preguntaría si querrías compartir una jalea especial conmigo —dijo untando con el dedo, sobre la vulva y el sexo de Aytanna, mermelada de fresas—. Supongo —la miró con ardor en una mirada que era más oscura que nunca—, que no vas a negarte ese placer… ¿O sí? —preguntó abriéndole más los muslos, si acaso era posible, contemplando cómo las gotas de mermelada se esparcían en el sexo.

—Eres perverso —susurró pasándose la lengua sobre los labios.

—No tienes idea cuánto —replicó antes de empezar a lamer la mezcla especial que había creado en el sexo de Aytanna—.

Dulce y salado, joder. Eres una exquisitez —dijo lamiéndola incansablemente como lo haría un adicto que descubre una nueva fórmula para ampliar la intensidad de los efectos de una droga.

Aytanna era receptiva, sensible y no contenía las reacciones que su cuerpo necesitaba dejar explotar. Los dedos de Bassil no se quedaron quietos, porque entraban y salían del centro mojado y sensitivo en un ejercicio que emulaba lo que pretendía hacer con su miembro. No hoy, no ahora. Primero, la necesitaba saciada y relajada, además de satisfacer su propia necesidad de saquear ese coño con su boca como había deseado desde la primera jodida vez que la vio subir a su jet privado.

—Voy a correrme —gimió ella apoyando la palma de la mano izquierda sobre el vidrio, mientras con la derecha enterraba los dedos entre los cabellos masculinos, asiándolo para que la lamiese más rápido; pidiendo algo que no sabía cómo verbalizar, pero que Bassil le entregaba sin necesidad de escucharla expresárselo—. Dios…Oh.

—Explota y déjate ir —ordenó con una última y fuerte succión.

Ella se dejó caer hacia atrás con suavidad, soltando un largo gemido, sintiendo la lengua caliente limpiando su sexo y los dedos ágiles que seguían penetrándola. El ritmo de las acometidas, a medida que su orgasmo remitía, iba disminuyendo poco a poco; como si Bassil estuviera acompañándola en cada instante. Para Aytanna este era el mejor sexo oral que había recibido. Respirando entrecortadamente, con su sensible centro devastado de pecaminosas caricias, se quedó laxa sobre la mesa y con los ojos cerrados. Pronto sintió cómo Bassil la limpiaba con suavidad y lo dejó hacer.

—Aytanna —dijo en un tono profundo—. Siéntate.

Ella abrió los ojos y vio la mano extendida de Bassil. La tomó y se sentó, consciente de que su sexo estaba sobre el vidrio; sentía el frío de la superficie, pero también el calor por lo que acababa de suceder. Antes de que pudiera decir algo, Bassil le sujetó el rostro y unió sus labios con los suyos. La instó a probarse a sí misma, mientras le agarraba los pechos sobre la tela de la camisa, apretándole los pezones, haciéndola gemir contra su boca. Aytanna no recordaba haber tenido un clímax tan intenso, pero es que ningún amante había sido tan atento y experto como este.

Al cabo de un instante, Bassil se apartó y apoyó la frente contra la de Aytanna, tratando de ralentizar su propia respiración. Necesitaba penetrarla, pero no podía hacerlo sobre la mesa, porque no le bastarían unos minutos. Quería más de ella, anclarse en las profundidades de su cuerpo, mapear cada centímetro. Eso solo sería posible en una cama primero, luego, en cualquier otra superficie, pero sin interrupciones de la rutina diaria. En este caso, su tiempo se acortaba para ir a la reunión para aprobar un presupuesto millonario. Además estaba esperando a que llegara el jefe de la policía porque era preciso que tomara la declaración de Aytanna.

—Ahora has compartido una mermelada exótica —dijo él con sensualidad.

—Quiero también que tú sientas placer —replicó, sonrojada, deslizando las manos, hasta tocar la dureza sobre la tela del pantalón. Al hacer el intento de desabrochar el botón, él le sostuvo la mano con firmeza. Ella lo miró sin comprender.

—Esta mañana no se trata de mí —explicó—. Tampoco me malinterpretes, porque quiero entrar en tu cuerpo, hasta que me sientas tan profundo que el dolor te excite tanto como el placer y grites de gozo —dijo, explícito y rotundo. Ella tragó saliva—. Hoy era importante que recuperases aquello que te hacía falta.

Ella cerró los ojos un instante y al abrirlos le sonrió con un asentimiento leve.

—Jamás te tomaría por una persona altruista… —murmuró.

—No lo soy —replicó con más sinceridad de la que Aytanna jamás podría comprender. La agarró de la cintura para bajarla de la mesa y así se apoyara en el suelo alfombrado de la estancia—, pero créeme que hacerte sexo oral es egoísta.

Ella se acomodó la ropa. Su sexo estaba saciado, aunque no así sus ganas de agarrar el miembro de Bassil, conocer su textura, y darle placer con su boca.

—¿Por qué…? —preguntó elevando la mano y recorriéndole el labio con el dedo. Le gustaba la boca de Bassil, ahora mucho más al saber de lo que era capaz.

—Porque puedo hacer lo que me apetezca contigo, mientras tú lo permites, y reafirmar mi ego al escucharte jadear en éxtasis —dijo con absoluta convicción. Ella tan solo meneó la cabeza por el razonamiento tan neandertal y posesivo—. Ahora que he desayunado —expresó en tono gutural—, tú y yo vamos a hablar.

Ella podría negarse y exigir que Bassil le diese lo que le apetecía en esos momentos: tenerlo en su interior o hacerle sexo oral a él. Sin embargo, quizá por la falta de sueño o por la laxitud, después del orgasmo, estaba somnolienta y sin ánimos de discutir. Si él prefería quedarse sin llegar al clímax, entonces no era su problema.

—La mesa —susurró mirando la huella de lo que había ocurrido. Él, con simpleza agarró una servilleta de papel y limpió con eficiencia—. Mmm, bien —dijo Aytanna súbitamente inquieta. La expresión de él había regresado a la seriedad propia de un hombre de negocios; lo único que daba a entender que la deseaba era la erección que seguía presionando contra el pantalón—. Supongo que nadie sabrá que... —soltó una exhalación—. No tengo tanta experiencia con esta clase de situaciones cuando no estoy en una relación con una persona —confesó con sinceridad—. Así que, si no te parezco sofisticada como podrías esperar, esa es la verdadera razón.

Bassil frunció el ceño, porque era una confesión que contrastaba con la personalidad de una mujer que solía atraía a los hombres como abejas al panal. No asumiría que ella había tenido muchos amantes, porque la idea le provocaba unas irracionales ganas de encontrarlos para darles una golpiza, pero Aytanna tenía veinticinco años, una edad en la que esta clase de encuentros era bastante usual.

—Tu sofisticación o no me tiene sin cuidado. Aquí no hay otras mujeres, ni otros hombres; solo tú y yo —replicó con un gruñido agarrándole el rostro con una mano, suavemente, para que lo mirase—. ¿Queda claro? —Ella tan solo hizo un asentimiento y Bassil la soltó, a regañadientes, para sentarse en la silla junto a la que había dejado apartada para Aytanna antes de hacerle sexo oral—. Ahora, ¿hay alguna otra razón para no conversar conmigo? —preguntó enarcando una ceja.

Ella podía lidiar con esta versión de Bassil, aquella que no estaba incendiándola con besos, caricias o miradas profundas. La tensión sexual no había desaparecido, pero en su caso ya no era tan excruciante como al inicio. Tomó una inhalación.

—No existe razón que me impida hacerlo, Bassil —replicó—, pero tampoco puedo quedarme más de lo necesario... Tengo algunos pendientes por resolver, además de que necesito sanar por completo mis pies —explicó con simpleza.

Bassil se recostó contra el respaldo de la silla. Le hizo un gesto para que agarrara el plato de frutas. Aytanna no necesitó que le insistiera, porque estaba con hambre. Así que empezó a comer, en silencio, pues parecía que él pretendía mantenerse callado, hasta estar satisfecho de que ella hubiese desayunado. Esta era para Aytanna la situación más erótica, extravagante y también interesante en mucho tiempo. Todavía podía sentir las reminiscencias del toque de Bassil en su sexo, pero no iba a pedirle que la poseyera contra la superficie más cercana por más que lo deseara.

—Ahora que has desayunado —dijo él limpiándose la boca, luego de terminar un cruasán que no sabía tan delicioso como el coño de Aytanna bañado de jalea—, y considerando que trabajar de madrugada en un pub no es lo más seguro…

—Lo he hecho durante años y sé cuidarme sola —interrumpió con altivez.

—No lo he puesto en tela de duda —dijo—, pero lo que te ocurrió es un ejemplo de que la ciudad no es tan segura como debería ser. Por ganar dinero no puedes arriesgarte a pasar por una experiencia amarga que podría tener peores consecuencias —expresó con simpleza—. En mi empresa hay plazas laborales —dijo retomando el tema sobre el que ella había interrumpido instantes atrás.

—Se llama sobrevivir, porque no todos tenemos tus privilegios, Bassil. Así como me arriesgo para lograr pagar mis cuentas, lo hacen miles de mujeres.

—Este no es un debate feminista sobre la capacidad de las mujeres para cubrir sus necesidades o desenvolverse solas. Y no tienes idea de lo que he hecho para poder estar sentado en una mansión como esta y dirigir los negocios que me pertenecen, así que no intentes aleccionar cuando ignoras los antecedentes —replicó con dureza. Ella apretó los puños sobre la mesa y apartó la mirada por un instante, al reconocer que él tenía razón; lo estaba juzgando y no era quién para hacerlo, en especial considerando sus propios antecedentes—. Aytanna —continuó Bassil con seriedad—, no doy ningún paso en mis negocios sin que estos posean una motivación. Así que tengo una propuesta laboral para ti y de la que yo puedo beneficiarme: tu experiencia como azafata y tu preparación universitaria en el área de finanzas. Dos vacantes en una.

Ella tomó una inhalación y volvió a mirarlo.

—¿De qué se trata? —preguntó, pensando en el chantaje, así como en los pagos que tenía que hacer para subsistir, además de los concernientes al bienestar de su tía Clement. Estaba económicamente más ajustada que nunca—. No estoy reacia a escuchar sobre posibilidades nuevas de trabajo, aunque ya tenga uno —expresó.

Él se llevó la taza de café a los labios, observándola un instante. Asintió.

—Además de mi corporación petrolera, poseo una empresa que se dedica a ensamblar paneles de energía solar, Earth Lighting. El plan es expandirme al resto del país. El equipo de trabajo en la oficina es pequeño, así que necesito un profesional que comprenda de gestión de riesgos financieros para trabajar remotamente. Requiero un principiante para formarlo bajo los estándares que se manejan en mis empresas.

—¿Y esa sería yo? —preguntó. Él asintió—. Mi experiencia en el campo administrativo se limita a un par de meses en una cadena local de boutiques de ropa, pero luego tuve que dejarlo, porque Virgin Atlantic me hizo una mejor oferta.

—Primero tendrás un entrenamiento en las oficinas centrales de Earth Lighting y darás varias pruebas, porque ser principiante no implica que admitiré errores en la gestión —expresó en tono que usaba para sus pares en los negocios—. Una vez que estés familiarizada con el software de finanzas empezarás en el cargo de jefe de cabina. Por eso son dos empleos en uno y el salario es más competitivo.

Ella frunció el ceño y ladeó la cabeza. Sabía que pasaría cualquier prueba laboral que le pusieran en el camino, porque era una mujer muy inteligente. En alguna ocasión, Pixie le había dicho que estaba sobrecalificada para ser azafata y que, con su coeficiente intelectual, bien podría trabajar en un banco o corporación.

Aytanna no podía contarle que la razón de que prefiese ser azafata, en lugar de trabajar en horario regular en una oficina, era para escapar de su realidad. La aerolínea le daba días libres, obligatorios para los tripulantes, que ella aprovechaba para visitar a

Clement. Esa clase de flexibilidad no era algo que un trabajo común le ofreciera.

—¿Por qué no contratas dos profesionales diferentes...? —preguntó.

—Porque en cabina necesito alguien que sea agradable con otros seres humanos, algo que no está entre mis habilidades. —Aytanna contuvo una sonrisa, porque él no estaba diciéndolo en broma, sino con convicción—. En los próximos viajes, algunos de los empresarios con los que me interesa crear vínculos para Earth Lighting irán con sus amantes o esposas en la cabina de mi jet privado. No me interesa tener empatía con ellas, sino dedicarme a hablar de negocios. Tu rol sería atenderlas, hacerles conversación y mantenerlas entretenidas —expresó con fluidez.

—Exactamente lo que hago en las cabinas de primera clase de la aerolínea.

—Sí, por eso te hago esta oferta. Mis usuales tripulantes de cabina no han tenido esa experiencia, sino solo en jets privados; la tuya es más integral —dijo procurando no pensar en las ganas de besarla de nuevo—. En mis viajes, Aytanna, recibo informes financieros de mis gerentes y no tengo tiempo de analizarlos de inmediato, porque estoy coordinando otros proyectos durante esos vuelos. Así que tu trabajo sería dar una interpretación inicial de los datos con tu visión personal: ahorrarme tiempo.

—Seré azafata y al mismo tiempo, si se requiere en esos vuelos, analista financiera. Me pagarás por ambos. —Él hizo un asentimiento—. Al trabajar remotamente, despacharía desde el avión o cualquier otro sitio. ¿Lo comprendí bien?

—Sí, tu rol principal sería como azafata, el de analista es secundario. El salario te lo informaría mi asistente, así como los lineamientos empresariales, por correo electrónico. Los días en los que no tengas vuelos asignados, trabajarías con el equipo financiero en las oficinas centrales de Doil Corporation, pues es el mismo edificio en el que están las de Earth Lighting. Puedes trabajar remotamente siempre que reportes tus horas. No hay pases de preferencia ni tratos especiales para nadie.

Aytanna sabía que Bassil pagaba muy bien a la tripulación de cabina, así que no dudaba de que la oferta que recibiría en esta ocasión sería estupenda. Sin embargo, otro tema sí la tenía súbitamente inquieta y no podía dejar de comentárselo.

—Lo que acaba de suceder hace unos instantes, ¿de qué forma afecta todo esto? —preguntó elevando la mirada y notando el brillo de lujuria en Bassil. Ella apretó de manera instintiva los muslos, porque la humedad no se había borrado.

—No existe política de no-confraternización en mi compañía. Te hice sexo oral antes de que habláramos de trabajo, así que no tiene ningún vínculo condicional con la oferta que estoy haciéndote. Jamás te insultaría de ese modo —expresó.

Pudo haber follado a Aytanna sobre la mesa del comedor, porque ella no le habría dicho que se detuviera, pero optó por no seguir sus instintos. Solo anclaría su miembro viril en la mojada cavidad femenina cuando Aytanna le pidiera que la penetrara y la hiciera vibrar de placer. La elección tenía que ser de ella.

Estratégicamente era más conveniente que la contraparte, a pesar de ser inducida hacia un camino específico, creyera que tenía la posibilidad de elegir. El deseo por ella era inequívoco, pero fue su ambición de tener las acciones de Greater Oil que lo llevó voluntariamente hasta Aytanna. Él seguía claro en su objetivo.

—De todas formas, no vamos a repetir lo ocurrido, en especial porque no seré parte del cliché del jefe-empleada —dijo meneando la cabeza y poniéndose de pie.

Él soltó una risa profunda que la instó a mirarle la boca.

—Ese cliché solo funcionaría si hubiésemos tenido una aventura la primera vez que trabajaste para mí, Aytanna —dijo bebiendo de la taza de café—. En esta ocasión es diferente, porque acabé de follar tu delicioso coño con mi boca por el simple placer de hacerlo. Eso sienta un precedente que marcaría una gran diferencia.

—No he decidido que voy a aceptar esa oferta de trabajo, Bassil.

Él esbozó una sonrisa de medio lado sobre el borde de la taza de porcelana.

—¿Porque primero quieres que ensanche tu sexo con el mío? —preguntó con un brillo lascivo en la mirada y marcando cada palabra perezosamente.

Aytanna abrió y cerró la boca. No sabía qué le impedía rechazar el comentario, así que le dio la espalda y empezó a caminar con paso ágil para salir del comedor.

—Un agente de policía vendrá con un dibujante para que le describas las características físicas de los hombres que te atacaron —dijo Bassil.

Él le había pedido a su asistente que retrasara dos horas todas sus citas para recibir a Luke McDermont, el jefe de la policía local, en casa. El oficial era honrado y estaba agradecido con Bassil, porque este le había dado al hijo mayor un empleo bien remunerado en una de las plataformas de ultramar de Doil Corporation.

Ella se detuvo abruptamente y se giró con lentitud de nuevo hacia Bassil.

—N-no, Bassil —murmuró asustada, porque eso implicaría que buscarían dentro del sistema los datos de la persona que hacía la denuncia: ella, para registrarlo en el informe. Eso implicaría desempolvar asuntos que estaban mejor en el fondo de los asuntos de la policía escocesa. Sería desentrañar una pesadilla y que era la precisa razón por la que Cameron la chantajeaba—. M-me marcho. Adiós —dijo.

—Aytanna —dijo incorporándose y yendo hacia ella. La alcanzó antes de que abriera la puerta principal, le agarró el codo, girándola para que lo mirase. Al notar que estaba pálida, maldijo por lo bajo y le sostuvo el rostro entre las manos—. ¿Por qué no quieres hablar con la policía? —preguntó sin comprender la reacción.

—Yo… —tragó saliva—, simplemente no quiero recordar lo ocurrido. Prefiero dejarlo en el pasado. Por favor, no insistas y no me obligues. Ya estoy bien, gracias a ti, y la situación no pasó a un ámbito en el que tenga que sufrir a mayor escala… —dijo apoyando la mano sobre el pectoral de Bassil. No podía decirle la verdad, pero podía utilizar esta excusa muy válida para disfrazar sus motivos reales—. ¿Vale?

Él soltó una exhalación, cabreado, porque tenía que respetar esa decisión.

—Tengo amigos en la policía que pueden revisar las cámaras de seguridad en la ciudad e identificar a quienes te asaltaron, ¿podrías permitir lo anterior, al menos, porque creo que es necesario que tengan un castigo? —preguntó mirándola.

Aytanna, aliviada de que él dejara el tema, hizo un asentimiento. Además, el comentario de que tenía "amigos" en los sitios correctos, le recordaba que este era un hombre de alto perfil empresarial, pero su amistad con la mafia no había que perderse de vista. Quedaban muchos cabos sueltos en relación a Bassil y ella quería conocerlos. Pero, al menos por el resto del día, ya había tenido suficiente con lo qué lidiar.

—Sí, Bassil, estaría bien… Gracias —replicó.

Él asintió y sacó el móvil del bolsillo. Llamó a McDermont para cambiar de petición y solicitar que revisara las cámaras de seguridad de la calle en la que ocurrió el incidente. Le dio todos los detalles pertinentes. Después, llamó a Laos.

—Mi chofer —dijo agarrando el abrigo que tenía Aytanna, que era suyo y no pretendía que se lo devolviese, para ayudarla a ponérselo—, te llevará a casa. Quiero una respuesta a la propuesta laboral. ¿Queda claro? —preguntó.

—Virgin Atlantic tiene conmigo un contrato indefinido, ¿qué tiempo duraría el tuyo? —preguntó mirándolo. La propuesta era de las mejores que había recibido porque comprimía lo mejor de dos mundos para ella.

—El contrato será indefinido, Aytanna, a partir de que lo firmes y cumplas los requisitos de ley. Solo se terminará cuando tú decidas renunciar o si cometes una falta, grave o no, que implique llegar a la decisión de ejecutar tu despido —replicó.

No podía contarle que esta era solo una estrategia para mantenerla cerca, al ofrecerle en bandeja de plata lo que ella deseaba profesionalmente, hasta atraparla en un breve matrimonio, al que le seguiría un lucrativo divorcio para ambos. Él se iría con las acciones de Greater Oil y expandiría su poder, después de haber disfrutado en la cama con una amante magnífica; y ella, tendría suficiente dinero en la cuenta bancaria que no necesitaría trabajar por el resto de su vida. Ganancia mutua.

—Tendré que pensarlo unos días —replicó arrebujándose en el abrigo.

—Haz eso, así como también asegúrate de que incluyes en esa ecuación la certeza de que lo que ocurrió en esa mesa —señaló con el dedo hacia el comedor—, es tan solo el principio de todo aquello que tú y yo vamos a compartir.

Aytanna sentía el calor y la energía de Bassil. Su cuerpo estaba súper alerta al de él, ahora que conocía el placer que su boca y sus dedos eran capaces de crear.

—¿Y si no estoy interesada en cruzar esa línea de nuevo? —preguntó, altiva—. Si llegase a aceptar la oferta de trabajo, la relación será estrictamente profesional.

Bassil esbozó una sonrisa arrogante.

—Las mentiras no se te dan bien —replicó mirándole la boca.

Ella fue a replicar, pero Laos se acercó en ese momento con una sonrisa amable, la saludó, y le pidió que lo acompañara al automóvil. Aytanna decidió ignorar a Bassil, porque poseía una intensidad que agitaba sus sentidos y ella estaba demasiado exhausta para aceptar un impacto como aquel en estos instantes.

Cuando estuvo dentro del coche, cómoda en los asientos de cuero y con la calefacción, cerró los ojos y soltó una larga exhalación.

La única solución para mantener la cordura sería evitar cualquier contacto íntimo con Bassil, es decir, si acaso aceptaba el empleo. Sabía que él era un enigma, pero también que le había dejado ver un lado distinto de su personalidad y su sentido protector con alguien que, como ella, era un extraño. «¿Qué tan terrible podría ser confiar en la buena fe de Bassil Jenok y su oferta de trabajo?», pensó, mientras le enviaba un mensaje a su mejor amiga para verse en los próximos días.

Raven era la persona que siempre podría ayudarla y escucharla sin juzgar. Además, desde que se había casado con el capo de la mafia escocesa, también era la única que lograría despejar la duda más importante que tenía sobre Bassil.

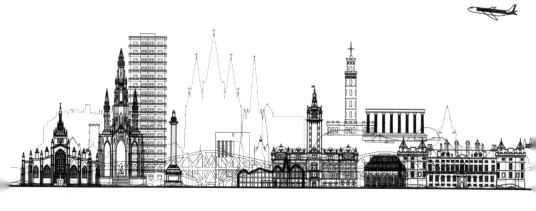

CAPÍTULO 8

L a Princess Street era una de las arterias principales de
tráfico en la que propios y extraños disfrutaban de
pequeñas tiendas, cafeterías y también restaurantes con
gastronomía variada. La mezcla era encantadora, porque combinaba
las estructuras antiguas de la ciudad con interiores de ensueño que se
adaptaban al concepto de cada local. En este caso, Ganesh, era una
cafetería en la que se servía té de diferentes partes del mundo, pero
en especial de la India; los bocaditos que ofrecían eran deliciosos.

Aytanna y Raven llevaban un buen rato disfrutado del sitio, así
como compartiendo cotilleos. Cuando se juntaban, el tiempo pasaba
con más velocidad de la que quisieran. Lastimosamente, Raven ahora
también viajaba mucho o pasaba gran parte del día en la oficina de su
fábrica de ropa, en las afueras de la ciudad, así que la comunicación
entre las amigas era con videollamadas o WhatsApp. Lo anterior,
hasta que ambas lograban que sus horas libres coincidieran, como
ocurrió esta mañana.

—A pesar de que ha pasado algún tiempo, no me acostumbro
todavía a ver todo este despliegue de seguridad a los sitios a los que
vas —dijo Aytanna a Raven frunciendo el ceño, mientras observaba
de reojo a los guardaespaldas—. Al menos tuvieron la decencia de
vestirse de civiles, pero esos rostros de mercenarios son imposibles

de ocultar. Me pareció exagerado que reservaras toda la cafetería. ¿En dónde quedó mi mejor amiga sencilla y que prefería darle un puñetazo al que se lo mereciera, en lugar de usar todo este ejército? —preguntó con humor en la voz.

La mujer de cabellos negros y ojos grises soltó una carcajada. Llevaba un vestido rojo y una chaqueta negra, botas de diseñador y maquillaje impecable. Siempre había sido guapa, pero ahora lucía más radiante, porque se exponía al mundo con el orgullo de ser solo ella misma y sin las sombras de su vida antes de Arran Sinclair.

Aytanna se sentía feliz de que Raven hubiera encontrado al hombre que la complementaba en su totalidad. Daba igual si el susodicho era el amo del mundo de la mafia escocesa o el banquero más honrado, porque en su retorcida manera había conseguido ahuyentar para siempre los fantasmas que, durante largos años, atormentaron a Raven. Aytanna ahora conocía, luego de una larga y dolorosa conversación entre amigas, todo lo que había padecido la pelinegra. Sinclair, a pesar de su corazón negro y complejos manejos de negocios, era el único que la merecía.

—Créeme, ni yo, pero sé que es importante por las implicaciones que tiene mi matrimonio —replicó con simpleza, mientras bebía una taza de Chai y en su dedo brillaba un anillo de diamantes con zafiros, esmeraldas y ópalos. Una mezcla espectacular que demostraba su indiscutible estatus de casada y la opulencia que la rodeaba—. Lo único que me aflige es que él tenga que estar en las sombras. Hay tantas cosas que me gustaría compartir a la luz del día —se encogió de hombros y soltó un leve suspiro, mitad frustración, mitad ensoñación—, pero lo he aceptado.

Aytanna esbozó una sonrisa e hizo un asentimiento.

—Al menos cuando llegas a casa tienes sexo salvaje, ¿verdad? Por cierto, no me has contado tus últimos *kinks*, porque yo sé que en esa mansión, recluída del mundo, arden las sábanas —le hizo un guiño para aliviar la expresión de pesar de su amiga.

Raven meneó la cabeza por las frases que salían de la boca de Aytanna.

—Eres incorregible, no sé porqué caigo en el error de contarte ciertas cosas —dijo riendo por lo bajo—. Nunca creí que pudiera encontrar a un hombre como Arran, porque en su oscuridad liberó la mía. Aunque en ocasiones me dan ganas de ahorcarlo, no cambiaría nuestra historia. Incluso la sangre y las lágrimas que la preceden nos fortalecieron para llegar a donde estamos —dijo con orgullo.

—Si fuese otra persona la que te escuchara, lo más probable es que te enviaría a un manicomio o te propondría hacer una historia gótica de tu vida —expresó—. Nadie espera conocer a un capo de la mafia que, en el primer encuentro, te masturbe con los dedos, hasta que no seas capaz de reconocer lo que te pasó —se rio a carcajadas al notar el sonrojo de Raven—. El momento más épico fue cuando me contaste sobre aquella tarde con lo de la cera caliente y lo de…

—¡Shhh! —exclamó mirando alrededor—. Baja la voz. No quiero que ninguno de mis guardaespaldas escuche esa clase de cosas. Por Dios, no cambias.

Aytanna se encogió de hombros sonriendo. Hoy era su último día de las vacaciones que pidió en la aerolínea, así que necesitaba tomar una decisión sobre la oferta de Bassil. Esa era una de las razones de que estuviera con su mejor amiga.

—Ya sabes que me gusta ser un poquito curiosa —dijo comiendo un trozo de cake de limón que estaba sobre la mesa—. Mmm, esto está realmente delicioso.

—Aytanna —dijo Raven en tono quedo—, quiero saber qué es lo que está pasando contigo, porque odias el cake de limón. De hecho, quien pidió ese dulce fui yo, porque tú acabaste de decir que querías el té y el brownie con helado —enarcó una ceja—. Solo comes como una autómata cualquier cosa que te pongan delante cuando estás preocupada. ¿Qué ha pasado? —preguntó con inquietud.

Aytanna soltó la cucharilla con lentitud y la dejó sobre el platillo con filos dorados. Después recostó la espalda contra el respaldo de la silla y se limpió los labios. El sonido de la música hindú, las acompañaba. Miró un instante, a través de la ventana, los transeúntes que pasaban. Luego agarró la taza de té y bebió unos sorbos.

—Mmm, hay un pequeño detalle que quería conversar contigo —murmuró—. Hace muchos meses atrás, cuando tú apenas estabas saliendo con nuestro gánster favorito, yo empecé a trabajar para cierta persona que al parecer es amigo de tu esposo. Por coincidencias o mala suerte —sonrió sin alegría—, no lo sé, reapareció en mi vida durante un viaje que hice con la aerolínea en Nueva York.

—¿Bassil Jenok? —preguntó Raven con los ojos abiertos de par en bar.

—El mismo —dijo con suavidad—. Han ocurrido ciertos eventos que implicaron que tuviésemos un acercamiento bastante personal. —Raven enarcó una ceja y esbozó una media sonrisa. Se inclinó hacia adelante y apoyó los codos sobre la mesa, luego la barbilla sobre el dorso de las manos, mirando a Aytanna—. Se portó de un modo diferente al que hubiera esperado y me ayudó cuando fui asaltada…

—Aytanna —interrumpió Raven con preocupación—, ¿asalto sexual…?

—Sí, pero más que darme un gran y horrible susto, no lograron nada —sintió un ligero temblor en el cuerpo al recordarlo—. Bassil me curó las heridas, porque me caí al correr, mientras huía, y también me lastimé las plantas de los pies. Él fue atento… —bajó la mirada un instante—. Me mostró un lado diferente al que hubiera imaginado de alguien como él, Raven. La forma en que se comportó fue opuesta a la indiferencia y frialdad que lo caracterizan —expresó—. Me ofreció un empleo que es realmente interesante. Sin embargo, para tomar una decisión final necesito tener una respuesta que solo tú puedes darme —dijo con un tono inquieto.

—Aytanna, debiste llamarme cuando todo ocurrió. Sabes que eres como una hermana para mí —dijo consternada—. Además, Arran habría acudido…

—Tú y yo sabemos cómo él resuelve ciertos asuntos —interrumpió con suavidad—. Aunque hayas hecho las paces con sus modos o simplemente aceptes que la mafia es parte de tu vida, la verdad es que yo no sería capaz de lidiar con algo así... —murmuró—. Aparte era muy tarde cuando todo sucedió y Bassil fue mi opción más rápida. Por favor, no te resientas conmigo, tomé la decisión que creí que era la mejor considerando mis circunstancias —explicó mirando a Raven a los ojos.

—No estoy resentida —dijo con sinceridad—, pero me aflige recién enterarme hoy de lo que te pasó. Pudiste llamarme, al día siguiente al menos, y quedarte conmigo. Sé que Arran es sobreprotector, pero él sabe que mi amistad contigo es una línea que no tiene derecho a cruzar y cualquier ayuda que le pida para ti es como si la pidiese para mí —extendió la mano y agarró la de Aytannna con preocupación—. ¿Estás bien? ¿Necesitas algo? Por favor, sabes que puedes decirme con total confianza.

Aytanna apretó los dedos de su amiga e hizo un asentimiento.

—Mi estado emocional no estaba en su mejor momento, así que por eso solo te escribí diciéndote que quería que nos viésemos. Eso cuenta, ¿cierto? —preguntó y Raven asintió—. Ahora ya estoy bien, lo prometo —expresó con cariño—. Además, Bassil dijo que iba a encargarse de que la policía encontrara a los que me ultrajaron.

—Qué curioso cómo un hombre puede reivindicarse, después de un encuentro fortuito en Nueva York —sonrió—. Supongo que le dijiste todo lo que te habías guardado todo este tiempo sobre su actitud en Grecia, ¿verdad? —Aytanna esbozó una sonrisa complacida y asintió—. Bien por ti. En todo caso, me alegro de que él haya acudido en tu ayuda con el incidente del asalto, porque eso demuestra que no es tan cretino como creíamos —dijo con sinceridad—. Pero dime, ¿qué respuesta podría tener yo para que aceptes o no esa propuesta de trabajo de Jenok, Aytanna?

La rubia entrelazó los dedos de las manos sobre la mesa de mantel blanco.

—Ambas sabemos que Bassil es un contacto de Arran, pero, a diferencia tuya, yo no poseo esa capacidad de involucrarme en un mundo tan denso —dijo con sinceridad. Raven asintió—. Para aceptar el empleo con Bassil, yo tendría que dejar la aerolínea y los turnos en Blue Snails. Antes de dar ese paso tan grande necesito saber si él trabaja enviando a la gente al mundo de los muertos como tu esposo o qué clase de relación de negocios tiene con Zarpazos —preguntó con inquietud.

Raven frunció el ceño tratando de recordar alguna conversación con Arran. Aunque su esposo era jodidamente hermético con los temas de la mafia, a veces, cuando algún asunto no era peligroso para su seguridad, solía conversarlo con ella.

—Solo sé que en ocasiones acepta llevar mercadería de Zarpazos, pero es algo puntual y esporádico. No es a lo que se dedica y su relación con mi esposo es cordial. Lo cual es bastante decir —se rio por el humor negro tras esa realidad—, así que los negocios de Bassil están en el margen de la ley. Al menos es lo que tengo entendido.

Aytanna soltó el aire que no sabía que había estado conteniendo.

—¿Qué clase de mercadería? —quiso saber frunciendo el ceño.

—No lo sabría con certeza —dijo en voz muy baja, porque prefería que los idiotas de sus guardaespaldas no lograran escuchar nada de su charla—. Pero si te sirve de algo, en Zarpazos no se hace tráfico de personas. Eso no es aceptable.

—Me sirve, sí —murmuró. Si su amiga le hubiese dicho que Bassil estaba de lleno en el negocio de la mafia, eso habría implicado cortar toda comunicación con él, así como rechazar la oferta de trabajo que le hizo días atrás—. Quizá esta es la oportunidad que he estado pidiéndole al universo —sonrió—. Aunque es un riesgo.

—Nuestras vidas, querida amiga, siempre han estado basadas en decisiones complicadas, pero, dime, ¿ahora te cae un poco mejor Bassil? —preguntó con humor.

—Mmm, pues digamos que el hombre sigue siendo insufrible y arrogante —dijo torciendo el gesto—, pero también es estúpidamente guapo. Además —se encogió de hombros y se rio—, tiene ciertas habilidades con la boca muy interesantes.

Raven echó la cabeza hacia atrás con una carcajada.

—¿Qué vas a hacer con esa oferta laboral? —preguntó, mientras el camarero les llevaba la cuenta. En esta ocasión, Raven insistió en cubrir el pago.

—Lo más conveniente para mi economía y currículo es aceptarla.

—Una vez me dijiste que Jenok era tajante, distante y que no sabía apreciar un buen servicio abordo. Tú, en cambio, vibras en una onda de alegría y la gente que te conoce tiende a orbitar a tu alrededor, porque les contagias optimismo. ¿Vas a ser capaz de lidiar con él como jefe? Porque si mis interpretaciones son correctas, lo que veo es un affaire a la vista —expresó ladeando ligeramente la cabeza—. ¿Cómo piensas equilibrar algo más personal, en caso de que ocurra, con lo profesional?

—Cuando me ofreció el trabajo como jefa de cabina, lo hizo mencionando mi habilidad para empatizar con las personas, así que reconoció ese mérito en mí —afirmó—. Sobre Bassil en un plano más personal, pues, aunque su cercanía es abrumadora y sexual, lo mejor será ignorar ese aspecto —dijo con seguridad.

Raven sonrió de medio lado.

—¿Y cómo pretendes hacer esa maravilla? —preguntó en tono burlón—. Porque si alguien como él tiene vínculos con hombres como mi esposo, te aseguro que, si tú eres lo que quiere, entonces hará todo lo posible para tenerte.

—Él puede hacer lo que se le dé la gana, pero la decisión final siempre será mía —le hizo un guiño—. Además se trató solo de un encuentro puntual, la otra mañana. Aunque fue increíble no hubo ni hay promesas ni expectativas. Así que él puede buscarse alguna otra persona, tanto como yo puedo hacerlo —dijo. La imagen de Bassil haciéndole sexo oral a otra mujer le provocó rabia, aunque prefirió ignorarla por completo. No necesitaba esa clase de idioteces en su cabeza—. En mis días libres iré de fiesta y conoceré otros prospectos que puedan entretenerme. ¿Acaso no es una solución brillante? —preguntó con una sonrisa, mientras se terminaba el brownie.

—No lo sé, Aytanna, pero, ¿consideras a Bassil peligroso de alguna forma? —preguntó con incredulidad—. Por que tú no eres de las que huyen ante la posibilidad de tener un affaire o unos magreos con alguien si te gusta tanto. Sé que con este magnate te ocurre algo distinto a los hombres con los que has salido; parece más intenso.

La sonrisa de la rubia se apagó lentamente. Se frotó el puente de la nariz, sintiéndose un poco mal por no aclararle que en su vida tenía menos amantes de lo que daba a entender y que los magreos existían, pero no eran frecuentes. Pero ya había decidido que no quería ser la persona que amargara la existencia de otra con sus culpas, menos cuando Raven ya había tenido suficiente terror emocional en el pasado.

—Nunca me había sentido tan atraída por un hombre, así que, desde esa perspectiva, Bassil, es peligroso para mí —dijo con sinceridad y jugando con la pulsera que llevaba en la mano izquierda—. Prefiero conocer otras personas, en lugar de mezclar emociones personales con la persona que me paga el salario —susurró.

—Tú eres la que me enseñaste a vivir el día a día. Disfruta la oportunidad de hacer lo que siempre quisiste profesionalmente y ve analizando, poco a poco, la química con Bassil —dijo Raven con una sonrisa—. Si te conviene dar pie a algo entre los dos, sigue tus instintos, pero, si no es así, entonces continúa la idea de encontrar otras personas yendo a pubs o fiestas o cualquier otra actividad social.

—Prefiero salir con otras personas —murmuró.

En ese instante sonó el móvil de Raven, y Aytanna notó cómo cambiaba por completo la expresión de su rostro: pasó de serena alegría a interés y anticipación. No necesitaba ser un genio para deducir quién acababa de llamarla ni preguntárselo.

—Sin importar lo que ocurra —dijo Raven guardando el móvil—, quiero que me llames a cualquiera hora y pidas mi ayuda si la necesitas. Quisiera quedarme contigo el resto del día para conversar o ir a algún otro sitio, pero tengo irme.

—¿Orgasmo a la vista? —preguntó haciéndole un guiño y su amiga miró alrededor a ver si no había escuchado nadie el comentario—. De acuerdo, me calmo y bajo la voz —dijo riéndose y elevando las manos en señal de paz.

—Dios, Aytanna —dijo meneando la cabeza. Luego se incorporó y le dio un gran abrazo a su mejor amiga—. Si vas a salir con alguien que no sea Jenok, entonces, por favor, invítalo a mi cena de cumpleaños. Sé que todavía quedan unos meses, pero es preciso tener todo controlado —sonrió—. Te enviaré la información del sitio y la hora, porque necesitaré que me confirmes tu asistencia. Ya sabes, seguridad.

—Si, dama de la mafia —replicó Aytanna con una venia burlona, mientras Raven le daba un codazo suave, riéndose—. Procuremos vernos más seguido. ¿Sí?

La pelinegra hizo un asentimiento y luego ambas salieron de la cafetería.

—¡Con este nuevo empleo podrás comprarte el coche que siempre has querido! —sonrió, mientras el guardaespaldas le abría la puerta del BMW negro con vidrios antibalas—. ¿Estás segura de que no quieres que te lleve a casa? —preguntó Raven.

—Estoy segura —replicó con una sonrisa—, porque primero tengo que presentar mi renuncia en Virgin Atlantic. Además, sé que si no llegas pronto a casa te van a castigar, ¿verdad? —preguntó haciéndole un guiño—. ¡Quiero los detalleees!

—¡Arrrggg, Aytanna! —exclamó sonrojándose, negándose a responder, porque sabía que su mejor amiga no iba a conformarse con los detalles superficiales que solía darle—. Nos vemos pronto y no hagas algo de lo que puedas arrepentirte.

—Ese consejo debería aplicártelo —se rio Aytanna—, ¡saludos al gánster!

Una vez que estuvo sola y el BMW se mezcló entre el tráfico, Aytanna perdió la sonrisa. Las ganas de comprar un coche no tenía que ver con un anhelo desesperado o porque conducir le hiciera ilusión. No. Estaba relacionado con la sugerencia que le había hecho una psiquiatra, años atrás, para que enfrentara el miedo que más la paralizaba: conducir un coche. Las pesadillas vinculadas a la última vez que estuvo tras el volante, la solían despertar en las madrugadas. Ella se removía entre las sábanas, bañada en sudor frío, y le costaba recuperar la calma. Sabía que necesitaba vencer ese miedo, pues un coche le permitía movilizarse con más seguridad a cualquier hora. Además, le daba independencia para hacer lo que se le diera en gana.

Relegó los recuerdos del pasado al fondo de su mente, porque tenía asuntos más importantes que resolver, antes de que acabara el día. Fue hasta la estación de bus y tomó la ruta que la llevaba hacia las oficinas centrales de Virgin Atlantic. Se tardó casi una hora en llegar, porque hubo un accidente de tránsito que obstruyó la circulación y el conductor del bus utilizó una vía alterna más distante. Al llegar a la empresa, la asistente de Pixie la incluyó en la agenda de reuniones, a pesar de que no tenía cita.

Su jefa aceptó la renuncia y le aseguró que los valores pendientes de devolución, así como la liquidación salarial final, se realizarían lo antes posible. Luego le pidió que firmase los documentos formales respectivos con el área de recursos humanos.

Una vez que concluyó el proceso, Aytanna se quedó con una mezcla de inquietud, por el riesgo que estaba asumiendo al aceptar la propuesta de Bassil, e ilusión, porque tenía la oportunidad de acabar con su estrechez económica. Antes de ir a casa pasó por el supermercado para hacer la compra de la semana.

Al llegar a casa se dio una larga ducha. Era curioso que la posibilidad de escuchar esa voz de barítono le causara anticipación. Cuando estuvo relajada agarró el móvil.

—Buenas noches, Aytanna —dijo Bassil, mientras se dirigía hacia el elevador. Estos días estuvo muy ocupado, pero no perdía de vista su meta con Greater Oil.

—Te llamaba por la oferta de trabajo…

—Tulisa me informó que la aceptaste, lo cual repercutirá, tal como te comenté, en un acuerdo de beneficio mutuo —interrumpió—. Bienvenida a Earth Lighting y Doil Corporation. Dime algo, ¿te gusta el champán? —preguntó.

—Champán… Sí, pero no sé qué tiene que ver con el empleo —dijo.

—Nada con empleo y todo con la idea de adherir otro sabor al paladar. Aunque la jalea de fresas es realmente exquisita, al menos desde la última vez que la probé con un toque muy exótico, creo que lo que requiere esta ocasión es el champán.

Aytanna tragó saliva y sintió un ligero pálpito entre los muslos. La voz del otro lado del teléfono era baja y profunda. Ella cerró los ojos imaginándose cómo sería volver a tener la boca de Bassil en su sexo y lamiendo champán de su cuerpo.

—No estoy interesada en probar champán, Bassil —dijo en un tono que dejaba dudas de su convicción—. Prefiero enfocarme en temas laborales.

—¿Estás tratando de convencerme a mí o a ti misma? —preguntó, burlón, saliendo del elevador para ir directo a la sala de juntas. Este era el último punto de la agenda, en los asuntos del día en Doil Corporation—. El champán será, entonces, para la próxima ocasión en que decidas ser honesta contigo misma y aceptar que devorarte el sexo sobre la mesa del comedor de mi mansión fue solo el principio.

—Pues llama a otra persona, porque yo no estoy interesada —replicó con frialdad. La respuesta de él fue una varonil carcajada. Aytanna sintió cómo cada poro de la piel se erizó y le provocó un cosquilleo. Necesitaba conocer a alguien, urgente.

—Quizás lo haga —replicó, sin saber que su respuesta cabreó a Aytanna—. ¿Completaste la ficha adjunta al email con tus datos domiciliares actualizados? —preguntó cambiando de tema, porque no quería entrar a la reunión con una erección.

Ella frunció el ceño ante la pregunta tan distinta a lo que estaban hablando.

—Sí, ¿por qué…?

—Le diré a Laslo que te lleve el uniforme que utiliza mi equipo de cabina regularmente. La persona de recursos humanos estará esperándote para que firmes el contrato y empieces tu entrenamiento. El itinerario de vuelos te los enviará Tulisa.

—¿Laslo le lleva siempre los uniformes a la tripulación que trabaja en tu nómina? —preguntó, mientras se acostaba de espaldas sobre el colchón. Cansada.

—No, Aytanna, tan solo a la persona a quien me interesa quitárselo pieza a pieza —replicó, antes de sentarse a la cabecera de la mesa—. Nos vemos pronto. Descansa.

—Gracias, supongo —murmuró con el pulso agitado, cuando él ya había cerrado la llamada, consternada porque el comentario de Bassil era una promesa.

Años atrás.
Edimburgo, Escocia. Reino Unido.
Aytanna.

Aunque el verano no era la época que más disfrutaba, la aprovechaba para utilizar vestidos ligeros e ir a la playa y tomar el sol con sus amigos. Cuando salían todos de fiesta conocían turistas de diferentes países, en especial españoles. Ella tenía cierta afinidad por esos morenazos de acento encantador. Aunque no les entendía nada, las sonrisas o flirteos eran suficiente lenguaje para pasarla bien y bailar.

Sin embargo, este verano era muy distinto a otros, porque rechazó todas las invitaciones para ir a paseos y fiestas. Ella tenía otro asunto que le causaba dolor y esperanza al mismo tiempo: encontrar a su padre biológico. Después de haberse enterado de que él no estaba muerto, como la mentirosa de su madre le hizo creer durante tantos años, no solo quedó destrozada, sino llena de rabia.

En su vida siempre habían estado Lorraine y Clement, pero esta última optó por no tener hijos y se dedicaba de lleno a su trabajo como contadora de una mediana empresa farmacológica. Así que Aytanna tampoco tenía primos; y sus abuelos maternos habían muerto. Si bien Lorraine había sido la amante de un hombre casado, destruyendo probablemente un hogar o creando un grave conflicto en esa familia, no tenía derecho a privar a su hija de la información de sus orígenes y a mentirle.

—¿Por qué no le hablaste de mí? —le había gritado Aytanna el día en que escuchó, accidentalmente, la infame conversación entre las hermanas—. ¿Por qué no lo buscaste para decirle que yo existía? ¡Me has mentido todo este tiempo, madre!

Lorraine, con su cabello rubio brillante y una figura en forma de reloj de arena, era realmente hermosa. Su única hija había sacado esos rasgos delicados. La única diferencia eran los ojos, porque la mujer los tenía azul topacio y Aytanna, verdes.

—Son temas que ya no recuerdo, así que no tengo una explicación —había replicado con desdén e incluso enfado al ser confrontada, no solo por el asunto sobre su examante, sino porque Aytanna también se enteró de que en las noches trabajaba como escort—. Deberías estar agradecida de que tienes un plato de comida sobre tu mesa, ropa e implementos suficientes para que cumplas tus tareas académicas.

—¿Agradecida? —le había preguntado con rabia—. Eres una prostituta y tuviste el descaro de engañarme todos estos años. Menos mal, ha sido siempre la tía Clement quien vela más por mí, porque ahora me siento avergonzada de que seas mi madre.

Lorraine se había levantado del sofá y le dio una bofetada.

—Mocosa desagradecida —había dicho furiosa—, todo lo que he hecho ha sido para que puedas llevarte un bocado al estómago. Tengo dos empleos para cubrir la renta de esta casa, la cuota del coche, los servicios básicos y tu maldita educación. Cuando quedé embarazada de ti, la vida me cambió y no tenía a quién recurrir por ayuda, así que hice lo único que podía para no tener que darte en adopción.

—Me golpeas por decirte la verdad —había replicado Aytanna tocándose la mejilla, incrédula por la violencia de Lorraine, mientras Clement observaba horrorizada—. Qué hipócrita eres, madre. Si hubieras elegido un hombre soltero, en lugar de meterte con uno casado, la historia hubiese sido diferente. La culpa es tuya.

—¡Fuera de mi vista, Aytanna! —le había gritado.

—Quiero que me digas todo lo que recuerdas de mi padre —había exigido con lágrimas de enojo y decepción rodándole por las mejillas—. ¡Lo merezco!

—*No mereces nada, muchachita inconsciente. Tu padre fue una aventura. Si estaba casado o no, el problema no fue mío. Ese episodio con él está olvidado.*

—*Pero para mí no, madre, ¡dime la verdad, dime algo!* —había gritado, pero Lorraine tan solo la ignoró y salió de la casa para ir a encontrarse con sus clientes.

Desde esa noche habían pasado dos meses, pero el enfado de Aytanna seguía intacto, así como la frustración. Clement le había asegurado que no tenía la más remota idea de la identidad de su padre y ella le creyó, porque su tía no era una embustera. Así que, ante la falta de información, decidió empezar a rebuscar entre los objetos personales de su madre. Lo hacía cuando ella se marchaba a trabajar al SPA, en el que ejercía de recepcionista durante el día, para intentar hallar alguna carta, objeto particular o algún indicio que hiciera mención de alguna pareja significativa.

Pero, a pesar de sus minuciosas revisiones, no encontró nada valioso.

Su usual actitud amable y la forma de vestir, con tonos claros y alegres, había dado un vuelco. Ahora optaba por el color negro e inclusive se hizo un piercing en la nariz, la oreja y el ombligo. Su maquillaje era oscuro, aunque no fue tan arriesgada para tinturarse el cabello de morado o azul como lo hacían algunas amigas suyas de la onda punk. Las ganas de ser todo lo opuesto a Lorraine, que se arreglaba con mimo para salir a ejercer de prostituta, cuidándose en las comidas y buscando ropa que pareciera costosa para crear una imagen impecable ante otros, eran más fuertes que el sentido común. Se sentía asqueada por todo lo que ahora sabía de su madre.

Aytanna estaba saliendo con un chico al que jamás habría prestado atención si su estado emocional no fuese tan volátil. Connor parecía encapsular la misma rabia por el mundo que ella llevaba dentro, aunque por motivos distintos. Conocerlo fue como encontrarse con su propio espejo de frustraciones, enojos e impulsos.

Iban juntos en motocicleta a recorrer la ciudad y pasaban horas escuchando música o visitando ruinas históricas o tonteando. A ella no le importó haberle entregado su virginidad, porque fue su acto de rebeldía contra sí misma y sus propios estándares. Estaba en un espiral en el que necesitaba desafiarse, aún a costa de no sentirse por completo segura de ciertas decisiones. El sexo con Connor también se convirtió en su punto de escape y en aprendizaje de su propio cuerpo.

Por otra parte, ella no dejaba de pelear con su madre, porque era imposible que una mujer no recordase al hombre que la había dejado embarazada.

Lorraine continuaba diciéndole que buscara un empleo que no fuese en cafés de mala muerte, sirviendo mesas, y Aytanna le respondía que prefería eso a abrirse de piernas a cambio de unas cuantas libras esterlinas. Su madre intentó abofetearla otra vez, pero Aytanna la había esquivado. Clement trataba de ser mediadora, pero madre e hija parecían estar decididas a no ceder ante la otra. El panorama familiar pintaba muy caótico.

—*¿Vendrás conmigo al concierto en Usher Hall?* —*le preguntó Connor capturando la atención de Aytanna por completo*—. *Se presenta mi grupo favorito.*

Ella giró la cabeza para mirarlo. Estaban desnudos en la cama de él. Los padres de Connor trabajaban en las afueras de la ciudad, así que no llegarían hasta tarde.

—*No, gracias* —*dijo, mientras empezaba a vestirse*—. *Me quedaré en casa.*

—*Podemos follar en un sitio recluido sintiendo la energía alrededor y las notas musicales. Así puedes gritar sin que nada más te importe* —*sonrió extendiendo la mano y pellizcándole un pezón rosáceo*—. *¿Qué dices, nena?*

Aytanna agarró el sujetador y se lo puso. Después se inclinó para besarlo.

—*La próxima ocasión, porque no me apetece escuchar rock…*

—*¿Tampoco que mi verga esté en tu coño y correrte?* —*preguntó soez.*

Ella sintió como si le hubiese caído un balde de agua fría encima. Llevaba tres meses con Connor, pero estaba cansada de que le hablase de ese modo. Sus palabras no le parecían excitantes, sino denigrantes por el tono con que se las decía. No estaba esperando amor, sino algo de empatía y también adrenalina. Se terminó de vestir.

—*Aunque hemos tenido sexo al aire libre, lo hicimos en sitios abandonados. No soy exhibicionista y tampoco me gusta que sigas hablándome como lo haces* —*expresó ajustándose la bolsa al hombro*—. *No me interesa seguir viéndonos.*

Conno soltó una carcajada y se agarró el miembro.

—*Entonces le daré esto a otra persona esta misma noche* —*replicó.*

—*Pues con tantos hombres en el mundo, no será difícil para mí encontrar alguien mejor que tú. Gracias por las experiencias, Connor* —*dijo antes de salir.*

Una vez que estuvo en el bus de regreso a casa, Aytanna rompió a llorar. Ni siquiera tenía que ver con haber terminado la relación con Connor, sino con ese desencuentro consigo misma y el sentirse no solo traicionada por Lorraine, sino avergonzada de saber que su mamá era prostituta de lujo. Se limpió las lágrimas con el dorso de la mano y caminó con la sensación de llevar un gran peso en los hombros.

La casa estaba todavía vacía, así que subió a su habitación y se despojó de toda la ropa para entrar en la ducha. Se quedó un largo rato bajo el agua caliente, sin importarle cuánto saldría la planilla de consumo. Cuando creyó que había tenido suficiente y que la piel de los dedos estaba arrugada salió y luego se miró en el espejo de cuerpo completo. Estaba desnuda ante sí. Soltó una exhalación.

«Quizá era momento de olvidarse de las emociones encontradas que implicó dejar a Connor». Se vistió y se acercó a la ventana de su cuarto. Esta noche de final de verano tenía tintado el cielo más oscuro de lo normal. El viento que anunciaba el otoño fresco movía las ramas de los árboles. Aytanna estaba harta de suplicar por respuestas que no lograba obtener, así que decidió que la única vía para olvidarse de sus problemas, ahora que no tenía a Connor, era impulsarlos al olvido.

Bajó a la sala y abrió la repisa en la que Lorraine guardaba las botellas de whiskey, ron y vodka. La edad legal para consumir alcohol en Escocia era dieciocho años, pero ella tenía diecisiete. Al estar en casa, no importaban las leyes. Aytanna podía diferenciar a nivel básico, como cualquier ciudadano escocés de a pie, las marcas costosas de whiskey de las baratas. La sorprendió encontrar entre los licores de Lorraine un Macallan añejo de 30 años, Sherry Oak Single Malt. El precio de una botella de esas rondaba la seis mil libras esterlinas. Una cantidad muy alta.

Lo máximo que gastaba Lorraine eran cuarenta libras para un vino en Navidad, y eso ya podía considerarse un lujo en la casa Gibson. Con curiosidad, Aytanna giró la botella entre las manos y vio una pequeña inscripción en la base. Frunció el ceño al ver la insignia de un banco local, Royal Bank of Scotland, y las iniciales F.J.C. En la racha que llevaba, le pareció lo más lógico ahogar sus emociones en alcohol.

Con una sonrisa, al ser consciente de que cabrearía a Lorraine al beberse ese preciado whiskey, destapó la botella. Encendió el reproductor de música y luego se sentó en el sofá. El primer trago la hizo toser y le quemó la garganta. El segundo pasó con menos escozor. Pero, los siguientes, fueron muy fáciles de beber. Poco a poco, su visión empezó a volverse menos nítida, aunque le daba igual. Ella cantaba a toda voz, las canciones que iban saliendo por los altoparlantes, hasta que se silenciaron.

Ella giró la cabeza hacia el umbral de la entrada de la sala.

—¿Qué mierda estás haciendo con esa botella? —le preguntó Lorraine, vestida elegantemente y luciendo un maquillaje impecable. Estaba lista para reportarse a la agencia que le conseguía los caballeros de clase alta y que pagaban muy bien por su tiempo en la cama—. ¡Este whiskey es un lujo, niñata tonta! —dijo arrancándole la botella que tenía ya solo un cuarto de líquido. Soltó una maldición.

Clement entró en ese instante, pues era la que solía quedarse con Aytanna, cuando Lorraine salía a trabajar. Esto ocurría cuatro veces por semana.

—Aytanna —dijo Clement acercándose y dándole una palmadita en el hombro—, cariño, venga, deja esta bobería y vete a la cama. ¿Sí?

—Deja de consentir a esa majadera —expresó Lorraine consternada, porque esta botella era un obsequio que había recibido años atrás.

—¿Quiénes follan mejor, madre, los banqueros —le arranchó la botella de las manos— o los de otras profesiones? —preguntó riéndose—. Aquí hay una inscripción —giró el vidrio oscuro—, con unas iniciales. ¿Qué significan?

Lorraine se inclinó para quitarle de nuevo la botella, pero Aytanna la hizo trizas al lanzarla con fuerzas contra la pared. Después elevó el mentón desafiante.

—Todo este numerito que haces tiene que ver con tu padre, ¿verdad? —preguntó burlonamente y meneando la cabeza—. Pues acabas de destruir la única oportunidad de que pudiera darte algún indicio sobre él —dijo señalando la botella.

Aytanna no comprendía, primero, porque estaba bastante ebria. Segundo, porque ni siquiera recordaba de qué le estaba hablando. «¿Estoy viendo doble?», se preguntó mirando alrededor. Sin embargo, esto no implicaba que las palabras de su madre no hubieran resonado en ella. La miró con resentimiento y empezó a llorar.

—¿Por qué me niegas la oportunidad de saber de él? —preguntó rabiosa.

—Porque tiene una maldita familia y tú no eres bienvenida. Somos de clases sociales diferentes, entiéndelo. Él fue una aventura de unos cuantos meses. ¿Crees que te aceptarían si alguna vez te presentas en casa de ellos? ¿Crees que les importaría tu existencia? ¡Por supuesto que no, niña ingenua y soñadora! Aterriza de una buena vez y deja de leer esos libros estúpidos de romance. A la gente como nosotras no nos tocan los finales felices —dijo con sinceridad y apretándose el puente de la nariz.

—¡Eso tengo que decirlo yo! —exclamó—. No el tema del amor, pero sí sobre mi padre. Me da igual el tiempo que haya transcurrido, ¡tengo el derecho de conocerlo! —dijo, mientras se dirigía al sitio en el que su madre dejaba las llaves del Renault de segunda mano—. Te exijo que me lleves al sitio en el que vive.

Clement abrió de par en par los ojos, porque Aytanna no solo estaba bajo los efectos del alcohol, sino que el dolor que reflejaba en su expresión era desgarradora. Se acercó para intentar quitarle las llaves de la mano, pero la chica era ágil. Lorraine también llegó a la carga, pero muchacha las esquivó y corrió hacia la calle.

—¡Detente, Aytanna! —exigió Lorraine corriendo hasta el coche, mientras su hija encendía el motor. Ella tenía licencia de conducir, pero no estaba en condiciones de sentarse tras un volante—. Cálmate y regresa a la casa. Vamos a hablar.

—No quiero hablar, quiero que me lleves a conocer mi otra familia —dijo en tono beligerante—. ¡Deja de mentirme, por favor! —expresó en un tono desesperado.

Clement cerró la puerta de la casa y corrió para acomodarse en el asiento del copiloto, porque no iba a dejar sola a su sobrina. Aytanna empezó a presionar el acelerador, así que Lorraine no tuvo más remedio que abrir la puerta del pasajero y sentarse con rapidez para no quedarse de lado. La incertidumbre palpitaba.

El carro inició un recorrido sin rumbo en la ciudad. Aytanna conducía a velocidad media, porque no tenía tanta experiencia, pero mantenía todos los protocolos, a pesar del alcohol. El whiskey la había envalentonado, pero también agitado emociones diversas. El problema no era ese, sino su visión deficiente.

—Por favor, hija, aparca el coche —pidió Lorraine, asustada—. Necesito ir a trabajar, no puedo quedarle mal a la agencia, y no quiero que te pase nada. No quiero continuar esta pelea contigo. Tampoco te hace bien saber sobre tu padre, porque lo que te dije es cierto: nuestras clases sociales son contrapuestas. No recuerdo mucho de él, Aytanna —dijo con nerviosismo—. Ya deja este tema. No merece la pena.

Aytanna se limpió las lágrimas con el dorso de la mano izquierda. El movimiento hizo que perdiera el control por unos instantes, mientras su tía y su madre gritaban.

—¡Muchacha, detén este coche, ahora! —ordenó Clement, preocupada, porque de repente el automóvil cobró una inusitada velocidad. Menos mal no era época de lluvia—. ¡Aytanna Gibson, obedece! —exclamó en vano.

—No, hasta… —sollozó la chica—, hasta que Lorraine me lleve a la calle en la que vive mi padre. ¡Necesito saber el otro lado de mi historia! ¿Es que no lo entiendeees? —preguntó a gritos, mirando a su madre por el retrovisor—. Guíame hacia su casa o su oficina o donde sea que esté, mamá —dijo llorando. Inclusive sentía ganas de vomitar. Apretó con fuerza los dedos alrededor del volante.

—¡Fue hace mucho, ya no lo sé, carajo, ya no lo sé! —exclamó Lorraine.

En ese instante, unas luces potentes alumbraron desde la izquierda. La intensidad luminosa cegó a Aytanna, que de por sí tenía los sentidos alterados por el alcohol, y soltó un grito desesperado al perder el control del Renault. En esos brevísimo segundos intentó desviarse para no estrellarse. Pero fue demasiado tarde, porque el otro automóvil iba a más velocidad. El impacto fue inevitable.

Aytanna escuchó los gritos de su madre y su tía, pero no era capaz de reaccionar. A través del parabrisas veía el humo saliendo del capó, así como una imagen desdibujada del automóvil que había golpeado el suyo. Clement le quitó el cinturón de seguridad y ese contacto de su tía, la instó a espabilar. La miró y se asustó.

—Estás herida —susurró entre sollozos desesperados al ver la sangre en el rostro de Clement. Por primera vez reparó en los vidrios rotos. Después miró hacia atrás y notó que Lorraine estaba en una posición extraña—. Tía —murmuró—, mamá no se mueve —dijo con el corazón latiéndole desbocadamente.

—¡Abre la puerta! —gritó un hombre aporreando la puerta del conductor y aturdiendo a Aytannam ella parpadeó, pero no miró al desconocido—. Imprudente de mierda, ¡ibas en contravía! Me pudiste haber matado —volvió a gritar con furia.

Aytanna dijó su atención hacia atrás y se sentía desubicada. Lorraine continuaba bocabajo y los cabellos rubios estaban cubiretos de una mancha oscura. Ella le gritó para que se moviera o le diera alguna señal si algo le dolía, pero no hubo respuesta. No podía ver con claridad, primero, porque estaba ebria; segundo, porque en el interior del coche no había suficiente luz, pues la única provenía a duras penas de la calle, así como del carro con el que había impactado. Clement hizo una mueca de dolor y se quitó el cinturón de seguridad, temblorosa, y preocupada.

—Aytanna… Mírame —exigió sin importarle el hombre que estaba amedrentando a su sobrina con justa razón—, quiero que cambies de lugar conmigo. Ese hombre no te ha visto el rostro… Lo cual es bueno. No discutas.

Está oscuro y necesitamos aprovechar la situación, antes de que sea un desastre mayor para ti.

—Tía… —sollozó—. Pero, mamá está… —susurró.

—¡Hazme caso, maldición! —exclamó sin saber la extensión de sus heridas o qué era lo que provocaba ese lacerante dolor en su cuerpo. Necesitaba aprovechar la adrenalina y el shock para actuar, antes de ser consciente y entender el alcance de sus posibles magulladuras. Al cabo de pocos minutos se escucharon las sirenas de policía bastante cerca. El hombre del otro coche seguí golpeando y pateando la puerta de Aytanna, generando nerviosismo—. Estoy mal herida, muchacha. No tengo casi fuerzas. Por favor… —farfulló—. Muévete y cámbiate de lugar conmigo y ayúdame a hacerlo… Ese hombre acaba de llamar a la policía y si llegan a verte detrás del volante, entonces irás detenida… No importa si me escuchas quejarme de dolor, porque tienes que forzarme a sentarme en tu sitio… Es la única forma de que te salves. No puedo permitir que se arruine tu vida… ¿Comprendes?

—Lo siento tanto… —susurró con desconsuelo y empezó a moverse con manos temblorosas —. Oh, Dios mío, tía… —lloró, mientras hacía lo que Clement le había pedido, a pesar de los gemidos de dolor de la mujer. Todo parecía una pesadilla, en lugar de la realidad. Su mente estaba confusa y la adrenalina estaba tan a tope que le impedía ser consciente de su propio cuerpo o inclusive del tiempo.

Después de excruciantes minutos, Aytanna estuvo en el sitio de Clement, y su tía en el del conductor. Respirando de forma agitada, bajó la mirada y vio las palmas de sus manos llenas de sangre y rastros de vidrio enterrados en sus brazos. Con los dedos temblorosos se tocó el rostro. Lo tenía húmedo y al apartarlos vio también sangre en ellos. Sintió que se le bajaba la presión. Luego todo se volvió negro.

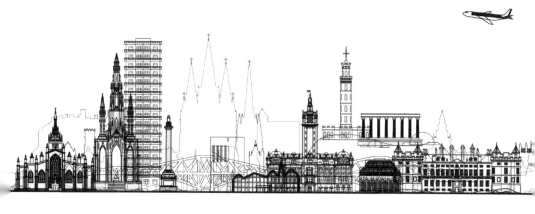

CAPÍTULO 9

Bassil ya había sido informado de que Aytanna estaba recibiendo las instrucciones de Lenny Eastwood, el director del área financiera de Earth Lighting, sobre el manejo del software de la empresa. Las oficinas de esa compañía estaban en el piso nueve, y las de Doil Corporation en el once. No obstante, Bassil no estaba en Edimburgo, sino que tuvo que volar de urgencia, días atrás, a Aberdeen.

Lo anterior significó no ver a Aytanna y eso lo enfadó, porque, si bien la proximidad y la oferta laboral eran parte de un plan, no recordaba haberse sentido tan excitado ante la perspectiva de seducir a una mujer como ahora. La química sexual era una ventaja innegable, en especial en este panorama premeditado de ambición y poder, pero sabía que no bastaría para ganarse la confianza de ella.

Por eso, conocerla más allá del ámbito sexual era indispensable, pues solo así podría entender qué la fortalecía y qué la hacía débil. Con esa información lograría crear una base de cómoda intimidad y convertirse en alguien que ella buscaría tener a su alrededor de forma natural. Él no podría filtrarse bajo las defensas de una mujer independiente y testaruda como Aytanna, si ella no creía que estaba actuando y tomando decisiones con libre albedrío. Además, Bassil sabía que una vez que pasaran los meses necesarios, para establecerse como socio con las acciones de Greater Oil, acostarse con Aytanna perdería la novedad y el divorcio sería solo una transacción, entre las muchas que coordinaba día a día en sus empresas. Después de todo, él había aprendido con dolor que, en su vida, aparte del poder y el dinero, nada permanecía.

Bassil dejó de lado esos pensamientos, porque estaba en la rústica oficina que solía usar cuando visitaba la plataforma de ultramar. Un viento frío y fuerte golpeaba contra las ventanas de sólido vidrio reforzado desde las que solo se veía el mar.

Estaba reunido con los empleados de mayor rango, que trabajaban en la plataforma, en la que había ocurrido una explosión cuarenta y ocho horas atrás. Este accidente era la razón de que estuviese en Aberdeen. En el recuento de los daños había ocho trabajadores con heridas leves y dos con quemaduras de segundo grado, estos últimos estaban hospitalizados. La pérdida económica era de diez millones de libras esterlinas, sumados a los cientos de miles, que aumentaban cada hora que el área afectada no estaba operativa y que había falta de equipo humano adicional.

—Señor Jenok —dijo Witman, el jefe del sistema de operaciones—, le acabamos de enviar el informe del peritaje interno sobre lo ocurrido. Aunque todavía queda esperar el que realicen las autoridades locales. Se confirma mi teoría inicial: el área confinada, en la que ocurrió la explosión, tenía los sistemas de ventilación faltos de mantenimiento. Los gases inflamables acumulados, al no filtrarse hacia el exterior, propiciaron la explosión cuando surgió una chispa. Los dos ingenieros que están en el hospital eran los encargados de mantener limpios los ductos de ese sector. Pero dejaron pasar el tiempo máximo exigido. La culpa no es de la corporación.

El magnate hizo un asentimiento.

—Fue negligencia e irresponsabilidad de ellos —afirmó Bassil pasándose los dedos entre los cabellos y con expresión irritada. Estaba esperando a que las autoridades determinasen que Doil Corporation no incurrió en mala práctica laboral y la deslindara de cualquier responsabilidad. Además ya había hablado con los abogados para frenar cualquier intento de los dos ingenieros hospitalizados de entablar una demanda. Bassil los iba a demandar y a despedir, porque habían puesto en riesgo la vida de los demás empleados—. A más tardar esta noche, el área afectada tiene que estar funcional al cien por ciento. Sin demoras —dijo con énfasis.

—Estamos haciendo todo lo posible —intervino Alvin, el jefe de planta, un hombre barbudo y corpulento que llevaba trabajando para la corporación varios años.

—Eso no es suficiente, así que hay que incrementar el ritmo laboral para lograr el objetivo de esta instalación. Hay metas que cumplir. Estos accidentes, que pueden evitarse si cumplen los lineamientos a rajatabla, me retrasan —replicó Bassil incorporándose de la silla de metal—. Tendrán que doblar las horas de trabajo —miró a los cinco ingenieros—, y serán bien remuneradas como siempre. Están a cargo de un total de ochenta empleados, así que quiero resultados inmediatos.

—Necesitamos que lleguen pronto los reemplazos de los hombres que están de baja —dijo Witman rascándose la cabeza—. Aunque doblemos las horas, la plataforma solo estará operativa al completo esta noche si contamos con más apoyo.

Bassil agarró el abrigo que había dejado en la percha, al ver el helicóptero aterrizando. Esta es la vía de transporte más rápida que utilizaban todos, por la ubicación geográfica del área laboral, para ir y venir desde tierra firme, hasta la plataforma. Aunque también había barcos a disposición, pequeños y grandes, para emergencias y entrega de suministros. Los turnos de trabajo eran semanales. Por eso, cuando ocurrían estos jodidos accidentes, la situación no era fácil de manejar. El negocio petrolero era uno de los más complejos en logística y seguridad.

—Eso está solucionado, Witman, ayer aprobé la contratación de nuevo personal que reemplazará al que está de baja y también a los dos ingenieros. Ahora —miró a todos—, encárguense de volver productiva esta plataforma. No es posible se retrasen más tiempo los procesos. Es inadmisible. ¿Queda claro? —preguntó con seriedad. Por lo general, en los casos de accidentes de esta naturaleza era Cillian, el vicepresidente ejecutivo, quien se encargaba de visitar el sitio. Sin embargo, dada la magnitud e implicaciones, Bassil sabía que era imposible delegar en su colega.

—Sin problema, señor Jenok, le reportaré las novedades —expresó Witman, mientras extendía la mano para estrechar la de su jefe. Los demás también se despidieron de Bassil con un asentimiento, mientras el magnate se marchaba.

El regreso a esta ciudad removía recuerdos agridulces, pero la cantidad de actividades profesionales a ejecutar le impedían caer en reminiscencias. Bassil había vendido, años atrás, la casa que compró en Aberdeen cuando fue nombrado CEO y recibió varios millones de libras esterlinas. Así que durante sus visitas se hospedaba en The Marcliffe Hotel, porque era el mejor hotel cerca del puerto y del aeropuerto.

Sin embargo, en las noches que llevaba en la ciudad, a causa de la gravedad del accidente, había dormido en los alojamientos de la plataforma. Estos eran utilizados por los empleados que vivían de lunes a domingo, en turnos rotativos, en la estructura en mar abierto. Él sabía que vivir en una estación petrolera debía ser complicado, al desconectar por completo de cotidianidad y la familia, así que como CEO obtenía la lealtad de sus hombres al ser justo en sus condiciones laborales, ofreciendo un buen salario, alojamiento y comida. Para Bassil, el haberse alojado en la plataforma, en lugar de un hotel, fue la única manera de constatar los daños por sí mismo.

Además de lidiar con temas de abogados, logística y economía, esta clase de accidentes de mierda, que no eran infrecuentes, implicaban también a la prensa. Bassil creyó que la situación pasaría desapercibida, porque no hubo derrame de petroleo como días atrás, pero se equivocó. Un familiar de uno de los ingenieros hospitalizados, al parecer tenía un amigo periodista, habló del suceso acusando a Doil Corporation de negligencia. Esto cabreó a Bassil, pero sus abogados estaban encargándose del proceso en general. El manejo de la prensa, en cuanto a las publicaciones que realizaron, estaba bajo responsabilidad de los ejecutivos de Five Crowns, la agenda de relaciones públicas con la que trabajaban sus empresas.

Finalmente, después de nueve días, las autoridades exoneraron de responsabilidad de la explosión en ultramar y el estado médico de los dos ingenieros, a Doil Corporation; no emitieron multas. Con ese antecedente, Bassil organizó su regresó a Edimburgo. El vuelo fue tranquilo, sin mayores turbulencias, y aprovechó para ducharse y cambiarse de traje en la cabina privada de su jet. Al aterrizar, le pidió a Laos que lo llevara a las oficinas del West End. Le daba igual que fuese día viernes y el horario regular de trabajo hubiera concluído dos horas atrás. Además, como CEO, consideraba sus descansos como algo relativo, porque siempre había un correo por responder, archivos por leer o videollamadas que atender de otros países.

—Bienvenido de vuelta, señor Jenok —dijo Tulisa con una sonrisa. La mujer era competente y sabía anticiparse a sus requerimientos. Además recibía un pago extra exhorbitante por las horas adicionales y por acoplarse al ritmo de trabajo que imponía Bassil. Él no era un jefe fácil, pero tampoco injusto—. Sobre su escritorio están los documentos y el plano actualizado del proyecto en el que estaba interesado.

Él hizo un asentimiento y se ajustó la corbata, luego de quitarse el abrigo. En el exterior no estaba nevando, pero la lluvia volvía más frío el clima nocturno.

—Buenas noches, Tulisa. Gracias —replicó haciéndole un gesto para que se sentara en una de las sillas, aunque él permaneció de pie mirando los archivos.

Tres semanas atrás, le habían hecho la propuesta para ser uno de los accionistas del club de golf más grande que iba a construirse en Escocia. El proyecto se llamaba Smash Champ. Él aún no tomaba una decisión al respecto, porque primero quería analizar bien los números. Además, le interesaba saber quiénes serían los otros inversionistas. No quería mezclar su apellido con cualquier mequetrefe, le daba igual si la empresa constructora pertenecía a uno de parlamentarios del país. Lo anterior no garantizaba que los otros inversionistas tuviesen prestigio o que pudieran ser buenos aliados estratégicos. Le quedaría esperar a las próximas novedades al respecto.

—Todos los requerimientos que me solicitó desde el avión ya fueron despachados. Su asistente en las oficinas de Aberdeen actualizó los documentos que usted trabajó durante su estancia. Tengo el sistema al día, señor Jenok —dijo ella.

Bassil hizo un breve asentimiento complacido por la eficiencia.

—¿Cuándo es la subasta benéfica de la ATP? —preguntó, refiriéndose a la Asociación de Tenis Profesional. Cada año realizaban un evento en el que las estrellas de ese deporte subastaban un artículo exclusivo para causas diversas.

—Cinco semanas —replicó, mientras tomaba notas en el iPad—. Necesito que, por favor, me confirme si estará o no presente para coordinar con los organizadores. Además, el miércoles en la mañana es la entrega de resultados de utilidades de su empresa turística en Irlanda, Force, por teleconferencia. Les notifiqué que usted no podría asistir, porque su jet privado está en mantenimiento y, por supuesto, no viaja en aerolíneas comerciales. —Bassil asintió—. El siguiente evento pendiente será en Londres. Se trata de la fiesta de cumpleaños de la señorita Celeste Mountbatten-Wells —dijo refiriéndose a la dueña de Five Crowns, la agencia de relaciones públicas que asesoraba a las empresas de Bassil—. Aún falta tiempo, pero quería comentárselo, porque sus actividades estarán bastante ajustadas en las próximas semanas.

La experiencia profesional de Celeste no solo provenía de la exitosa gestión de la agencia, con sede en Londres, Edimburgo y Belfast, sino del conocimiento sobre el funcionamiento de los círculos sociales a los que había estado expuesta desde su nacimiento. Ella era una socialité de la *crème de la crème* británica, así que en temas de cuidado de imagen profesional, asesoría, y redes de contactos era la mejor.

Celeste se encargaba de hacer sugerencias a la agenda social de Bassil, pero este generalmente solía vetarlas todas, porque estaba demasiado ocupado. Las habilidades de la mujer no solo eran buenas en el ámbito corporativo, sino también en la cama. Bassil lo sabía muy bien. Al vivir en ciudades distintas no había sido ningún inconveniente tener una aventura sexual, tampoco conflicto de intereses, porque los asuntos empresariales que manejaban eran distintos. Ella vivía en Londres y visitaba muy poco Edimburgo, así que los encuentros habían sido más bien esporádicos.

A pesar de haber visitado la capital inglesa en varias ocasiones, él ya había dado por terminado cualquier vínculo carnal con la pelirroja. Pero eso no implicó que Celeste no hubiese hecho sutiles insinuasiones de que quería ser su amante de nuevo. Para Bassil, ese cumpleaños implicaría solo motivos empresariales, porque necesitaba un nexo inicial con Arabia Saudita. Celeste estaba rodeada de amigos aristocráticos y uno de los asistentes sería el príncipe saudí, Siban bin Assad Al-Maguad. Ella se lo había confirmado cuando lo llamó para invitarlo a la fiesta, semanas atrás.

La reunión sería la ocasión idónea de Bassil para tener un acercamiento con Siban en un contexto casual y relajado. De ese modo, cuando tuviera en su propiedad las acciones de Greater Oil, y se reuniese con el príncipe, así como con otros contactos petroleros saudíes, en un ámbito solo de negocios, ya existiría un antecedente de haberse conocido previamente. Lo anterior, aminoraría la rigidez protocolaria.

—Acepta la invitación para la fiesta de Celeste, compra un regalo en Bvlgari y envíaselo. Cancela la gala de la ATP, pero dona una generosa suma de dinero en nombre de la empresa —ordenó—. El día lunes quiero un informe de rendimiento de la plataforma donde ocurrió el accidente. Llama a los encargados para que hagan una correlación estadística y luego coordina una videollamada. Además, asegúrate de que me envíen un reporte de cómo evoluciona la salud de los ocho empleados que quedaron heridos debido a la explosión. —Tulisa asintió—. Procura que la teleconferencia con Force sea a las once de la mañana. Por cierto, ¿cómo se ha ajustado Aytanna Gibson a su trabajo de analista junior de riesgos financieros?

Tulisa se ajustó el marco de los lentes y apoyó el iPad sobre las piernas.

—Le asignaron las credenciales electrónicas de autorización de entrada y la tarjeta para acceder a la cafetería. Después de la inducción del director financiero de Earth Lighting, ella pasó las pruebas en menos del tiempo esperado. El otro día coincidimos en la hora de almuerzo —sonrió—. Me pareció una mujer encantadora.

Bassil no refutó el comentario, porque sabía que Aytanna se comportaba de ese modo con las personas en general. Al único a quien parecía darle un trato mordaz, cuando le apetecía, era a él. Durante estas casi dos semanas llenas de tensión, a Bassil le bastó evocar el sabor del sexo de Aytanna para aliviar su erección. Pero nada compensaría la experiencia cara cara, así que pretendía remediar la situación.

—¿Le entregaste la tarjeta de crédito corporativa? —preguntó.

Las tarjetas de crédito empresariales solo se ofrecían a los gerentes y directores para viajes de trabajo e ítems vinculados a la compañía. Todos los consumos tenían que tener soportes de facturas y justificación. Si alguien abusaba de los privilegios no solo tenía que devolver el excedente, sino que era despedido de la compañía.

—Sí, y también le expliqué que tenía que utilizarla para pagar los taxis de ida y regreso a la oficina, no solo durante los días de la inducción y pruebas iniciales, sino todo el tiempo en el que no estuviese utilizando el modo remoto de trabajo —expresó—. Aunque usted me pidió que revisara el movimiento de consumos personalmente, en lugar de dejárselo a recursos humanos, no ha existido ninguno. La razón es que la señorita Gibson me devolvió la tarjeta de crédito, porque dijo que ella podía utilizar el bus a cualquier hora —dijo con cautela, al notar cómo la expresión de Bassil empezaba a cambiar de estoica y distante a una furiosa.

—A cualquier hora —repitió Bassil en tono gélido—, y ¿debo asumir que ha venido todos los días a trabajar, en lugar de hacerlo en remoto? —Tulisa asintió—. Ya veo… —con el índice dio varios toques sobre el escritorio—. ¿A qué hora ha estado saliendo del edificio? —preguntó. Él había ordenado que le dieran la tarjeta para prevenir circunstancias de inseguridad como las que ella vivió semanas atrás.

—Sobre las siete de la noche, a diario —expresó revisando el iPad y frunciendo el ceño, porque no comprendía el enfado de su jefe. Pero, Tulisa era discreta, en especial en esta situación que parecía un asunto personal —dijo con cautela.

—¿Aytanna continúa en la oficina? —preguntó mirando el reloj de pared.

—Sí, señor Jenok —replicó comprobando en el iPad, el software de registro de entradas y salidas de los empleados de las empresas de Bassil. A esta herramienta tenía acceso recursos humanos y el CEO, pero era ella quien revisaba estas minucias.

—Eso es todo, Tulisa —dijo apretando los dedos alrededor del borde de madera de su escritorio—. Llama a Laos y dile que tenga mi automóvil listo en la entrada.

La mujer hizo un asentimiento y cerró la puerta tras de sí, antes de salir.

Una vez a solas, Bassil revisó con rapidez los planos de Smash Champ y dejó apuntadas algunas observaciones. Después, porque era impostergable, llamó a Cillian, su vicepresidente ejecutivo, para pedirle que analizara la apertura de dos nuevas rutas marítimas para transportar, con más rapidez, petróleo crudo de la compañía a las terminales de almacenamiento. Cillian le aseguró que se encargaría de todo. Luego hablaron sobre temas coyunturales y tomaron decisiones específicas. Al cerrar la llamada, Bassil se quedó más tranquilo de que los incidentes laborales, al menos de momento, ya hubieran sido aplacados. Ahora, tenía que atender otro asunto.

Agarró el abrigo y bajó al piso nueve con determinación.

Cuando las puertas del elevador de Earth Lighting se abrieron, él notó que ya todos los cubículos estaban vacíos y solo quedaban pocas oficinas con las luces encendidas. Saludó a los diseñadores gráficos y a los expertos en IA, pues eran los que estaban trabajando en el rediseño de la página web de la empresa. Avanzó hasta el final de uno de los pasillos y que llevaba al área financiera. Él esperó encontrar a varios ejecutivos trabajando con rapidez sobre el teclado, entre ellos a Aytanna.

Pero, al llegar al umbral de la puerta, lo recibió una carcajada femenina y varias masculinas. La escena estuvo a punto de lanzar por los aires cualquier posible autocontrol. Ahora entendía qué carajos hacía Aytanna yendo al edificio, cuando podía trabajar en remoto, quedándose horas adicionales al horario regular: se dedicaba a hacer vida social y flirteaba. Bassil apretó los puños a los costados para contener las ganas de avanzar y besarla para establecer un precedente. No obstante, sabía que no era propicio que un CEO tuviera esa clase de comportamientos primitivos, además de que avergonzaría a Aytanna. Lo anterior la dejaría en entredicho como profesional y le restaría la posibilidad de que la respetaran por su capacidad intelectual, porque asumirían que se acostaba con el jefe y que ahí radicaban todos sus méritos.

Si bien Bassil la contrató por razones mezquinas, la inteligencia de Aytanna no estaba en duda. De hecho, cuando le mencionó que integrarla en la nómina de empleados de sus empresas sería una ganancia mutua, él no había mentido. La mujer era lista. Esa misma mujer que ahora estaba sentada con las piernas cruzadas y mantenía una postura relajada. Llevaba un vestido verde y botas negras, pero la falda de la prenda estaba ligeramente subida y ofrecía un vistazo de la piel de los muslos. Los muslos firmes que Bassil ya había recorrido con las manos y ligeros mordiscos, antes de sumergirse en las sensibles terminaciones nerviosas de la húmeda vagina.

Él notó cómo Aytanna sonreía de manera amplia y explicaba, con gestos de las manos, una anécdota de un viaje a Belfast, mientras dos idiotas la observaban como si ella supiera el secreto del Santo Grial. Bassil conocía de forma referencial a todos sus empleados y este ese par no era la excepción. Soros Jackson y Mercury Salvat, ambos de menores de treinta años, era excelentes ejecutivos e implementaban estrategias de cobertura para proteger a la compañía de potenciales pérdidas económicas. Pero, si continuaban comiéndose con los ojos a Aytanna, las estrategias que implementarían serían para encontrar otro empleo, cuando Bassil los despidiera.

—No sabía que pagaba a mis empleados para conversar, hasta pasadas las ocho de la noche —dijo Bassil a modo de saludo con expresión hostil. Guardó las manos en los bolsillos, porque no quería que, accidentalmente, tomaran acciones por cuenta propia—. Pero es interesante adquirir nuevos conocimientos cada día.

Al instante, las risas se apagaron y las expresiones alegres se volvieron cautas.

—Señor Jenok —dijo Mercury en un tono de voz de disculpa, mientras apartaba la silla del pequeño triángulo que había formado con Aytanna y Soros—, no estamos reportando tiempo extra, jamás haríamos algo inescrupuloso. Tan solo nos quedamos conversando un poco —miró el reloj de pared—. Ya habíamos apagado todo —señaló la pantalla negra del ordenador—. Pero, si hace falta algo urgente, por supuesto, lo resolveré en este instante —dijo, porque la empresa pagaba muy bien las horas extras. No era inusual que los ejecutivos quisieran alargar la jornada. El departamento de auditoría y el de recursos humanos se encargaban de verificar que todo el tiempo adicional de trabajo que se reportaba estuviese justificado.

—No —replicó en tono cortante. El chico tragó la saliva y recogió sus pertenencias con rapidez, luego murmuró un "hasta el lunes", antes de abandonar la estancia—. ¿Qué hay de ti, Soros? —preguntó, ignorando a Aytanna a propósito.

—Reporté solo una hora extra, pero —señaló la pantalla apagada del monitor—, tal como comentó Mercury, nos quedamos charlando —dijo. Su aspecto físico se asemejaba al de un *quaterback*, si jugase fútbol americano. Las mujeres en la oficina sabían que Soros no iba en serio con ninguna, pero no les importaba, porque resultaba era encantador—. Quisimos conocer un poco más sobre Aytanna —sonrió, ignorando que estaba a punto de ser agarrado del cuello y echado de esa gigantesca oficina como si fuese un traste—. Aunque tiene breve tiempo con nosotros, ella es muy lista. La verdad es que ha aprendido con rapidez la dinámica del trabajo. Nos ha asistido y ayudado a lograr los objetivos diarios. Es una gran adhesión al equipo.

—Me alegra conocer tu opinión, tal vez quieras extendérsela a la jefa de recursos humanos. Ahora, ¿hay algo más que te impida disfrutar tu fin de semana, Soros, aparte de tu usual sentido de la integración entre compañeros de trabajo? —preguntó con sarcasmo, mientras el otro hombre se abotonaba el abrigo de color gris.

Soros creyó que Bassil estaba interesado en escuchar más de sus comentarios.

—No, nada, señor Jenok —dijo agarrando el maletín con sus pertenencias—. Creo que es importante que los nuevos compañeros se sientan a gusto —sonrió.

—¿Desde cuándo el departamento financiero se mezcló con las tareas de comunicación interna? —preguntó enarcando una ceja y sin perder el sarcasmo—. Además, tienes pendiente enviarme el resultado del cálculo de la pérdida máxima probable para la apertura de la otra planta de ensamblaje en Inverness.

—Oh, bueno —dijo frunciendo el ceño—, ese estudio era para el jueves.

—Llevas cuatro años en esta empresa, pero parece que necesitas que te recuerde que no les pago para ser Señores Simpatía, sino para discenir, definir y analizar data —lo aleccionó—. He cambiado de opinión. Quiero el informe el lunes. Eso es todo.

Ante la reprimenda, el rubio de ojos azules pareció darse cuenta de que se había extralimitado en su intento de ser amigable con el CEO. Se acomodó la bufanda.

—El lunes, por supuesto —dijo con nerviosismo, porque eso implicaba que, ahora sí, tendría que trabajar horas extras—. Hasta pronto —miró primero a Aytanna, quien se limitó a sonreírle, luego al CEO, y después se marchó.

Cuando la estancia quedó libre de otras personas, la potencia de la atención de Bassil se centró finalmente en Aytanna. Él apoyó el hombro contra el marco de la puerta, cruzó un pie sobre el otro y también se cruzó de brazos, mirándola. No era nada raro que Mercury y Soros hubieran preferido quedarse a conversar con Aytanna, porque la risa de ella era suave y cantarina, así como el tono de su voz, sereno y atrayente. Sin embargo, Bassil no estaba en capacidad de presenciar una escena como esta y tolerarla, menos si ocurría dentro de su propia compañía.

Sus instintos posesivos eran más fuertes que aquellos vinculados a la razón. Lo anterior no tenía que ver con ignorar cómo usar la asertividad para diversos escenarios, porque en eso él era un experto, sino con la mujer involucrada.

—Aytanna —dijo él en tono sospechosamente sedoso—, qué interesante que apliques tus capacidades sociales cuando no estoy pagándote por ellas.

—Mercury y Soros, al igual que el resto del equipo, se han comportado muy bien conmigo. No tengo que darte explicaciones siempre que mi jefe directo te informe que he cumplido con todas las tareas que me asignó —replicó, mientras se incorporaba de la silla. No le gustaba esta posición física de desventaja. Agarró el abrigo blanco de Salvatorre Ferragamo que había encontrado en un mercadillo y lo readecuó, hasta dejarlo en óptimas condiciones. Se puso la prenda sobre el vestido.

Bassil esbozó una sonrisa de medio lado, nada alegre. La miró de arriba abajo como si fuese la pieza de un museo de arte contemporáneo de exquisitas cualidades y él quisiera conocer cada recodo. Aytanna tragó saliva, porque esos ojos sobre ella, en un gesto de apreciación masculina, causaban que su cuerpo respondiera a él casi de modo automático. Su centro, su piel y su sangre parecían despertar de la aburrida rutina existencial. Podía sentir las manos, la boca y esa lengua otra vez, sin que la tocara. Deseaba la boca de Bassil de formas que no debería permitirse anhelar.

—Da la casualidad —expresó apartándose del marco de la puerta—, que me encontré con un inconveniente: órdenes mías no se han cumplido. Así que tomé la decisión de confrontar a la persona que las ha ignorado —dijo enarcando una ceja.

—Mmm, qué extraño lo que me comentas —replicó agarrando la cartera, porque el halo de tensión que se cocía en este lugar era demasiado fuerte—. Quizá puedas darme una explicación, porque esto de los rompecabezas me quitan tiempo.

Él avanzó varios pasos, hasta quedar frente a ella. Aytanna elevó el mentón.

—Tu trabajo es remoto si no estás viajando en el jet conmigo —dijo dando otro paso, hasta que la espalda de Aytanna chocó contra la pared más cercana—. Flirtear y socializar, pasadas las horas de trabajo, no se considera ser productivos en esta compañía —dijo en tono duro—. Leí el reporte que Lenny me remitió sobre tu desempeño profesional. Él elogió tu capacidad para comprender las exigencias del departamento y la rapidez de resolución de tareas, a pesar de ser principiante. ¿Por qué te has estado quedando todos los días haciendo horas extras, si ya conoces muy bien cómo funciona el software? —preguntó tomándole el mentón entre con la mano.

Aytanna sintió un cosquilleo bajo el toque de Bassil. El aroma de limón y sándalo evocó la sensación de protección de la noche en que él la cuidó, semanas atrás. Pero esto solo era un ligero engaño de sus sentidos, porque su cerebro era consciente de que el peligro esta vez era la potencia de la cercanía de Bassil.

—Preferí venir a la oficina, porque estoy habituada a trabajar en entornos profesionales con otros seres humanos, en lugar de confiscarme en casa —dijo con seriedad. Bassil ladeó la cabeza mirándole la boca, ella inconscientemente se pasó la lengua sobre los labios. Él soltó un ligero gruñido, pero se contuvo de actuar en consecuencia—. Además, estaba conversando con Mercury y Soros, no flirteando. Lo que sucede es que alguien de tu edad —dijo refiriéndose a que Bassil era doce años mayor a ella—, quizá, ya no tiene la capacidad de comprender a otras generaciones.

La mano de Bassil se deslizó desde el mentón, hasta la garganta delicada. No la apretó. Un destello de furia destelló en sus ojos cafés. Después se inclinó hacia ella.

—No agites un estandarte de guerra si no estás dispuesta a sobrellevar las consecuencias, señorita Gibson —le dijo al oído, complacido al sentirla temblar ligeramente. Se apartó, sin quitar la mano del cuello, y la miró a los ojos—. Estaré encantado de demostrarte tu terrible falta de tino al emitir un comentario como aquel. ¿Sabes de qué manera? —preguntó acercando su pelvis a la de Aytanna.

—Reconociendo que no estoy tan alejada de la verdad —dijo provocándolo.

Bassil esbozó una sonrisa leonina.

—Tu descaro va a tener consecuencias, Aytanna, y también algunos gemidos frustrados cuando no puedas correrte en el momento en que más lo necesites —replicó y al instante rompió la conexión con ella apartando la mano del cuello. A cambio, apoyó las manos contra la pared, una a cada lado de la cabeza de cabellos rubios. Que Aytanna creyera que podía jugar la carta de la diferencia de edad en esta partida, lo cabreó, pero iba a hacerla pagar. Pronto. Ella no volvería a ser capaz de pensar en la experiencia de un orgasmo, sin asociarlo a él—. Ahora, responde mi pregunta sobre las horas extras —exigió en tono que no admitía evasión—. No solo eso, sino el porqué de tu negativa a usar la tarjeta de crédito.

El cambio súbito de tema la desconcertó, porque fue como mezclar una corriente fría con una caliente para crear un brevísimo shock. El comentario sexual, por otra parte, la dejó boquiabierta, pero sus labios permanecieron cerrados brevemente, ante la mirada felina y la expresión carnal en Bassil. Las neuronas de Aytanna parecían haberse chocado entre sí e intentaban reorganizarse.

—Lenny me encargó un proyecto, en conjunto con mis dos compañeros, a los que acabas de echar con tu actitud hostil, y solo quise asegurarme de que mi parte estuviese correcta. Preferí comprobar los resultados varias veces, porque soy lista, no infalible —replicó con sinceridad. Si él se acercaba solo un poco más, aunque no la estuviera tocando, sus labios quedarían a pocos centímetros de distancia. Procuró no mirarle la boca—. Aparte, no me siento bien usando una tarjeta de crédito ajena, menos con el tiempo tan corto que tengo aquí. La hora a la que he salido estos días es normal y hay transporte público; las calles no están desiertas. Al final, ¿por qué tengo ese privilegio que sé que otros compañeros no poseen? —preguntó.

Aytanna no podía contarle la verdad: ella le había pedido al director que la incluyera en un proyecto y le diera trabajo extra.

Cuando Lenny le preguntó si podría abarcar tanto con eficiencia y en poco tiempo, ella le había respondido con convicción que sí. Con esas horas extras y las extenuantes jornadas, a las que se sometió por necesidad, pagó por completo el monto del reciente chantaje de Cameron. Estaba libre, pero no tenía idea de cuándo volvería a saber de ese reverendo idiota.

—No es un privilegio, Aytanna, sino una medida de prevención —dijo mirándola con enfado por la necedad de ella—. Además, tampoco puedo permitir que te ocurra algo, como lo de aquella madrugada, porque ahora estás bajo mi responsabilidad al trabajar en esta compañía. Apenas he tenido un minuto de respiro en Aberdeen, así que al regresar a Edimburgo y saber lo imprudente que has sido, me he cabreado. Ese es el motivo de que viniera a pedirte explicaciones —dijo en tono inflexible—. Mis órdenes están para obedecerse en esta empresa. *Usa la tarjeta.*

Aytanna lo miró silenciosamente y trató de asimilar sus palabras.

—Salgo a las ocho y media, máximo —murmuró—. ¿Acaso velas por la seguridad de cada uno de tus empleados como estás haciéndolo conmigo? Porque si es así, entonces esas tarjetas de crédito deberían pagar los taxis de todos.

—Soy un magnate capitalista, no un retrasado mental socialista, así que cada quién tiene lo que se merece y se gana lo que trabaja, no recibe nada gratis. Esas tarjetas las usan los altos mandos corporativos, pero te estoy dando una a ti, porque viviste un antecedente de inseguridad. Por eso, me enfurece que expongas tu integridad física imprudentemente por un orgullo absurdo y prefieras el transporte público en la noche, cuando tienes la opción de un taxi gratuito. ¿Te ha quedado todo más claro? —preguntó con sus labios casi tocando los sensuales de Aytanna.

Ella tragó saliva e hizo un ligero asentimiento.

—Sí, puedo entenderlo —murmuró agarrando la tarjeta que él le entregó y guardándola en el bolsillo del abrigo. La fiereza del comentario de Bassil removió en ella una parte que jamás había sido tocada por otra persona, porque nunca permitió que así ocurriese. Sabía que él quería acostarse con ella, y no negaba que era mutuo, pero también notaba que las intenciones de protegerla eran genuinas—. Gracias…

Ella siempre se había valido de sus propios medios para sobrellevar las complejidades de sus problemas diarios, sin ayuda. Pero este hombre le estaba demostrando que no pasaba nada por permitirse aceptar que otro le tendiera la mano; que daba igual si se trataba de una relación de amistad, romántica, erótica o laboral. Esto era una novedad para Aytanna, porque ni siquiera a Raven le había hecho notar cuando necesitaba ayuda. En el caso de Bassil parecía como si las circunstancias se hubiesen dado de forma natural para que todas las piezas llevasen a esta realización.

—Bien. Entonces, deja de enfrentarte a mí durante estos minutos, porque estoy a punto de perder el control y follarte en la primera superficie disponible, si es que no lo hago contra esta pared. Podría hacerte gritar de éxtasis y así te escucharían los últimos empleados que quedan. Pero, ¿sabes qué? —Ella abrió la boca, no salió ningún sonido, así que volvió a cerrarla—. Tus gemidos y orgasmos son míos.

—Pecas de arrogante, porque para que eso ocurriese yo tendría que desearte, pero no es el caso. Además, estoy saliendo con alguien, Bassil —dijo a bocajarro.

Cuando ella había ido a devolver la tarjeta de crédito a Tulisa se enteró de que Bassil estaba de viaje de negocios en Aberdeen. En ese tiempo, su móvil no sonó o recibió mensajes de texto de él. Esto le pareció contradictorio a las palabras que guardaron una promesa sensual, que ella secretamente deseaba que él cumpliese, y que fueron expresadas por el millonario empresario la última vez que se vieron.

En el afán de olvidar la existencia de Bassil, y fiel a su idea de separar el trabajo de su vida personal como le dijo a Raven, había aceptado ir a tomar un café con Jean Pierre, el amigo de Amelié y Kirk. El profesor universitario no solo fue todo un caballero, sino que supo capturar su atención al contarle anécdotas divertidas. Otro detalle fue que, durante toda la velada, su sistema nervioso tomó un descanso, en lugar de provocarle taquicardia como le ocurría cuando cierto CEO la miraba. Eso debería ser un signo de que Jean Pierre era lo que necesitaba, en lugar de Bassil, ¿verdad?

—¿Y te hace mojar las bragas cuando te dice lo que pretende hacer contigo o no tiene los cojones suficientes para contártelo abiertamente? —preguntó en tono peligroso, ante la mención de otro hombre cerca de Aytanna, en una cita nada menos. Apartó la mano de la pared y la movió hasta tocar los bajos del vestido verde. Empezó a subir los dedos, contemplando cada reacción del rostro de ella, acariciándole la piel—. Si llego a tu centro, lo más probable es que estés húmeda, ¿o vas a mentir?

Ella hizo una negación leve, pero fue suficiente.

—Esto va a traer problemas —susurró más para sí misma que para él—. Oh, Dios —gimió cuando Bassil siguió mirándola, pero esos dedos le separaron la tela de las bragas y le acariciaron el sexo. Sí, estaba más que húmeda, empapada. Él trazó círculos en sus labios íntimos y le dio ligeros golpecitos con las yemas de dos dedos. En su sexo había una llamarada que necesitaba que él apaciguara.

—Tus gemidos, Aytanna, no olvides a quién pertenecen —dijo penetrándola con un dedo y luego dos. Ninguno rompió la conexión visual—. ¿Permitiste que él te tocara como estoy haciéndolo yo ahora? —preguntó en tono asesino.

Ella se mantuvo en silencio y Bassil detuvo sus movimientos.

—Yo…—murmuró Aytanna, moviendo la pelvis para instarlo a seguir.

—Dime la verdad —exigió mordiéndole el labio inferior.

—N-no, no me ha tocado como lo estás haciendo tú, joder… —dijo cabreada por sentir este deseo que la consumía viva. Le habría gustado mentirle, pero la necesidad de que él le brindase alivio sexual fue más fuerte—. No te detengas.

Él sonrió y retomó las penetraciones con los dos dedos, luego agregó un tercero, y atrapó la boca de Aytanna con la suya para beberse los gemidos que emitía. La acarició, le devoró los labios y la sedujo, hasta que ella estuvo a punto de correrse. Sin embargo, abruptamente se detuvo por segunda ocasión. Aytanna protestó.

—¿Vas a volver a verlo? —preguntó notando cuán agitada estaba. Ella soltó un gemido de frustración y le dio un puñetazo suave contra el hombro—. Responde.

Por varios segundos, Aytanna intentó resistirse, pero él giró la yema del dedo entre sus pliegues. El movimiento fue deliberado y breve, justo para atormentarla.

—Le dije que lo llamaría, así que no lo sé… —dijo ella a regañadientes.

—Inténtalo otra vez —contestó Bassil usando el dedo medio, en el centro del sexo, jugueteando con la humedad, pero sin crear presión para empezar a aliviarla de verdad como sabía que ella necesitaba—. ¿Volverás a verlo? —preguntó de nuevo.

Ella le agarró el rostro y le mordió el labio inferior con enfado.

—No, maldito seas —replicó. Ni bien terminó de responder, Bassil retomó el movimiento de sus dedos con un gruñido y también devolvió el ardor del beso.

Aytanna se encontraba en un estado febril de deseo, mientras él saqueaba su boca, su lengua, todo de ella, en un beso prolongado, rápido y a ratos lento, tan delicioso que debería estar prohibido. Sintió los dedos de Bassil agarrándole el cabello, mientras la otra mano continuaba creando fuego entre sus pliegues. Le parecía una locura intentar que esto se detuviese, así que se entregó al placer que él le prodigaba.

Pronto, sus paredes íntimas empezaron a contraerse alrededor de los dedos Bassil. Pero, ella deseaba que fuese el miembro viril el que estuviera en su interior, ensanchándola y colmándola. Cuando el orgasmo llegó, barriendo todo sentido de conciencia y raciocinio, Aytanna gimió contra la boca de Bassil, mientras él continuaba acariciándole el sexo, hasta que los espasmos remitieron con perezosa lentitud.

Poco a poco, avergonzada por haberse mentido a sí misma y fracasado en su intento de matenerse alejada de este hombre, abrió los ojos. Ella hubiera esperado encontrar un brillo triunfal en la mirada de Bassil, pero solo percibía un autocontrol brutal, además de una expresión de territorialidad imposible de ignorar.

—Bassil… —dijo meneando la cabeza—, esto no puede…

—No intentes negarlo, porque es inútil —interrumpió acariciándole la mejilla—. Cuando penetre tu cuerpo, Aytanna, será porque me lo pidas. En esta oficina no lo has hecho. La ocasión anterior estaba basada en circunstancias diferentes. —Ella tragó saliva—. Es poco original salir con otros hombres como excusa para negar lo evidente: lo que existe entre ambos no va a quedarse sin resolver.

Aytanna, aún sensible por el orgasmo, intentó que su voz sonara firme.

—Puedo salir y conocer a cuantas personas me apetezcan —replicó con rebeldía—, porque no eres mi dueño para dictar mis pasos. Además, aunque conozca a otras personas, no tengo interés en un affaire. Lo que busco ahora es una conexión diferente —dijo, porque sabía que cualquier hombre con el poder, los círculos sociales y la experiencia de Bassil no buscaba nada serio y huía del compromiso.

«Decirle que no quería solo una aventura sexual, lo haría desistir de seducirla, y así, ella podría recuperar la cordura», pensó, aunque al instante, Bassil echó por tierra sus teorías. Él le dedicó una sonrisa que la desconcertó. ¡Una sonrisa! Aytanna estaba esperando a que le dijese que la única oferta que tenía para ella era la de un affaire.

—¿Qué te parece si cenamos juntos? —le preguntó haciéndola creer que estaba conforme con el comentario—. Después, te iré a dejar a casa con Laos.

Aytanna frunció el ceño. Se cruzó de brazos y lo observó con suspicacia.

—Estás cambiando por completo de tema. ¿Por qué habría de cenar contigo?

—Porque es tarde y no he comido todavía, así como sé que tú tampoco. Además, hemos coincidido en un tema muy personal esta noche —dijo llevándose los dedos, con los que la había masturbado, a la boca, lamiéndolos, mientras la miraba con intensidad—. Aparte, ¿de dónde sacaste la idea de que lo único que busco contigo es un revolcón o un affaire? —preguntó ladeando la cabeza.

—Pero…

—Te espero en el automóvil, Aytanna —dijo mordiéndole el labio inferior.

Ella se quedó en shock, porque sentía que acababa de entrar, definitivamente, en una dimensión desconocida. «¿Qué carajos había hecho?».

CAPÍTULO 10

Aytanna no tenía problemas para adaptarse a entornos de lujo por lo que se sintió cómoda en el *Restaurant Martin Wishart* de la Shore Street. El lugar servía comida francesa. Durante toda la velada, Bassil se comportó como si estuviese en una reunión importante, pero en la que no se trataban negocios, sino temas relajados y sin polémica. Esta versión civilizada hacía parecer como si él hubiera olvidado que masturbó y acarició a Aytanna con destreza, hasta hacerla jadear de placer. De hecho, en ningún instante de la cena hizo alusión nuevamente a cuánto la deseaba.

En cambio ella, aún cuando procuraba concentrarse en la conversación de Bassil, quien le mencionó sobre la explosión en Aberdeen, no había dejado de experimentar anticipación por lo que podría suceder entre ambos. Aytanna trataba de apreciar el sabor del pato en salsa de cerezas con col, pero su cuerpo tenía más interés en la necesidad de conocer a Bassil íntimamente, en sentir su boca recorriéndola, su cuerpo llenándola y en escuchar los gemidos que él emitiría al correrse.

Estaba en una situación inusual, porque con otros hombres era ella quien tenía clara la ruta hacia la cuál quería llevar las circunstancias. Además, podía decidir sus límites, pues sus parejas eran bastante predecibles. Pero Bassil era una fuerza sobrenatural que no le daba pie a mentirse a sí misma, así como tampoco a descifrar qué era lo que estaba planeando, a menos que ella frontalmente se lo preguntase.

Durante el trayecto a casa, en el Aston Martin, Aytanna había sentido cómo su cuerpo zumbaba de deseo, mientras su mente parecía ir en una montaña rusa de hipótesis sobre los riesgos de rodearse de este apuesto y arrogante hombre, en un ámbito íntimo. Un ámbito que sería de vulnerabilidad, pues hacía un tiempo que no se acostaba con nadie. En el camino no pudieron hablar, porque él recibió una llamada de negocios. Aytanna se alegró por esa distracción, pues le sirvió para tratar de serenar sus sentidos, a pesar de que era complicado en un espacio pequeño, con la deliciosa colonia de Bassil en el ambiente y percibiendo la fuerza viril que él irradiaba.

Una vez que Laos aparcó el automóvil, en la calle principal, Aytanna se sintió decepcionada de que fuese el final de la noche. La situación que experimentaba era ridícula y contradictoria. Quería a Bassil enloqueciéndola de éxtasis, pero no sabía realmente qué terreno estaba pisando. Por eso prefería tratar de mantener la distancia, a pesar de las protestas de sus instintos. No obstante, destacaba una certeza muy importante y era que Bassil no le había dado ninguna razón para desconfiar.

Además, él era frontal al expresarse y tenía coherencia entre sus actos y sus palabras. Ella solía tener parejas que eran máximo cuatro años mayor a ella. En el caso de Bassil, él rompía todos los moldes previos de su vida romántica, porque, a diferencia de sus ex, era un hombre con un mundo profesional estable y definido, además poseía la madurez suficiente para saber lo que quería e ir a por ello. Esto no solo era novedoso para Aytanna, sino que le parecía muy atractivo. Con Bassil se sentía protegida, pero, ¿quién iba a protegerla del alud que él implicaba?

Antes de bajar del coche, ella le hizo un gesto de despedida con la mano, porque la llamada de negocios continuaba. A modo de respuesta, él extendió los dedos y le acarició la mejilla, después la sorprendió haciéndole un guiño. Antes de que la mente de Aytanna pudiera divagar y su cuerpo reaccionar, Laos abrió la puerta del pasajero.

Aliviada por el escape, empezó a subir las escaleras del edificio. Fue hasta la primera planta, en la que estaba su estudio, mientras sentía emociones encontradas. Necesitaba relajar la mente, así que dormir era la única solución. Aytanna estaba a punto de introducir la llave en la perilla de la puerta cuando alguien tocó su hombro. De inmediato, se sobresaltó y su primer instinto fue gritar para pedir ayuda, pero al ver que se trataba de Bassil cerró la boca. Lo miró con expresión de confusa.

—¿Qué haces aquí…? Yo dejé cerrada la puerta de la entrada del edificio… Tú, estabas en una llamada de negocios cuando me bajé del automóvil —dijo buscando una explicación—. De hecho, creía que ya te habrías marchado…

—Quizá no sea el caballero que podrías imaginar, pero no soy patán —expresó recorriéndole boca con la yema del pulgar, después lo apartó—. Si estoy con una mujer, la acompaño a la entrada de su casa —dijo—. Creíste que la puerta se cerraría automáticamente, pero Laos la sostuvo para mí, antes de que se activara el seguro.

Ella soltó una exhalación e hizo un asentimiento.

—Ah, un perfecto acompañante —dijo con indiferencia—. Supongo que tienes mucha experiencia en estos asuntos con mujeres —comentó entrando en su estudio. Sabía que no tenía ningún sentido pretender que no quería hablar con Bassil. Ella quería dejar aclarados dos puntos importantes, porque vivir el placer, mientras la mente lo cuestionaba todo no era su ideal de satisfacción—. Por favor, entra y procura descalzarte —dijo ella, quitándose las botas y dejándolas en la zapatera de la entrada. Después se quitó el abrigo y lo dejó en el perchero. Él hizo lo mismo con el suyo—. Prefiero que hablemos aquí, porque son las once de la noche y no me agradaría incomodar a mis vecinos con nuestros murmullos.

—La intimidad es importante —dijo en un tono intencionalmente sexy.

—Dependiendo de las circunstancias y las personas involucradas, sí —replicó. Bassil soltó una risa suave y profunda—. ¿Te ofrezco algo de beber?

—Lo que me apetece es algo diferente, así que no, gracias, Aytanna.

Ella sonrió, porque el hombre que estaba descubriendo era diferente al que otras personas aparentemente conocían. Sí, Bassil era arrogante, pero también era amable y protector. La contradicción resultaba peligrosa si se sumaba a ella el sex appeal.

Bassil era el primer hombre que entraba en este lugar, al que Aytanna consideraba un refugio, porque ella no había conocido a alguien a quien le hubiera interesado invitar. Lo anterior también tenía que ver con que estaba soltera desde la época en que firmó el contrato de alquiler, con la señora Woods, unos ocho meses atrás. Aytanna se esmeró en darle su toque personal al estudio y había elegido, para la decoración, muebles de madera clara y paredes blancas con adornos vistosos, la mayoría traídos de sus diferentes viajes por Europa, Canadá y Norteamérica. A pesar de haber crecido en condiciones de escasez, ella pudo conocer varios países gracias a su trabajo como azafata. Estaba orgullosa de sus logros, pequeños o grandes, porque eran fruto de su propio esfuerzo. Además de los recuerdos de los viajes, ella tenía fotografías de los momentos especiales de su vida sobre una estantería.

—No suelo tener visitas —comentó ella de repente, un poco a la defensiva, al notar que él observaba el entorno con interés. Aunque no estuviera juzgándola, una parte de ella, la que cuidaba celosamente de su vida privada, se sintió incómoda—. Es un poco extraño tener a alguien en mi espacio, en especial a estas horas.

—Tienes un lugar muy bien organizado y bonito —dijo Bassil con sincera apreciación, mientras miraba alrededor. El estudio invitaba a sentirse a gusto.

—Seguramente te preguntas cómo alguien con el salario de azafata y bartender pudo costear un lugar como este en Bruntsfield Crescent —dijo, mientras permanecía a una distancia prudencial y necesaria de Bassil. Si no lo hacía, entonces sus neuronas volverían a tener un accidente entre ellas y no lograrían funcionar bien.

Él la observó unos instantes con ligero enfado.

La gente que lo rodeaba, salvo Hutch y Molly, creía que era igual de imbécil que los millonarios que despreciaban a los que no contaban con la misma cantidad de dinero que ellos. Inclusive creían que la actitud de superioridad de Bassil estaba basada en el portafolio de propiedades a su nombre. Pero todos ignoraban que esa superioridad provenía del conocimiento de lo que implicaba matar para sobrevivir, levantarse al alba para llevar cajas en un puerto a cambio de salarios miserables, haberse sobrepuesto a una experiencia desgarradora y, aún así, triunfar.

Bassil era agresivo e implacable en asuntos de negocios, en donde sí importaban los contactos profesionales, la reputación y el dinero. Fuera de esas aguas infestadas de tiburones, que buscaban sangre para destrozar a los otros competidores sin piedad, a él no le importaba cómo conseguían subsistir los demás. ¿Qué autoridad moral podría tener él para juzgarlos con la clase de pasado que llevaba a cuestas? Ninguna.

Que Aytanna incurriese en la misma equivocación de otros, lo cabreó. Sin embargo, no podía culparla, pues él no le había dado razones ni indicios que la instaran a cuestionar esa imagen preconcebida. Una imagen que Bassil no se molestaba en rebatir, porque los resultados de sus gestiones eran lo que de verdad contaba para él. Sin embargo, en esta ocasión sí iba a hacer unas aclaraciones.

—Contrario al estereotipo que pudieras haber creado sobre mí —expresó mirándola con seriedad—, no soy snob. Me gustan las comodidades, sí, pero eso es diferente a tener el mal gusto y la indigna arrogancia de fijarme en lo que otros hacen para sobrevivir. He conseguido lo que poseo, después de transitar un camino lleno de hiedras y espinas. Sé lo que es un mundo de inequidades y también la gloria de la recompensa. Además, lo que me interesa de ti eres tú —dijo en tono más sutil—. Mis palabras sobre este lugar han sido honestas. La forma en que manejes tus finanzas para pagar un alquiler, en cualquier sitio de esta ciudad que elijas, no es mi asunto.

Aytanna hizo un asentimiento leve con una expresión de disculpa.

Era evidente que había tocado una fibra sensible y esto la impulsaba a desear saber más de él. «¿Cómo podría conocer un magnate petrolero lo que era la inequidad, cuando formaba parte del privilegiado 1% de la población?», se preguntó. Aunque podría recurrir a Raven para ahondar en el pasado de Bassil, le parecía deshonesto hacerlo cuando podía preguntárselo directamente a él. Claro, si se lo permitía.

—No suelo estar a la defensiva y no debí asumir algo así sobre ti —expresó mirándolo con calma—. Sin embargo, eres un enigma, Bassil, y conozco muy poco sobre ti. Aunque soy una persona curiosa, mi vida tampoco está llena de burbujeantes sonrisas, así que no tengo tiempo de descifrar misterios ajenos. Pero imagino que ese lado tuyo, el hermético y distante, es el que consigue que las mujeres se sientan intrigadas —dijo encogiéndose de hombros—. La verdad es que tendrás que empezar a compartir aspectos sobre ti, si quieres evitar ser juzgado erróneamente por mí.

—Creo que es justo lo que comentas, lo arreglaremos —comentó.

—Supongo que sería un inicio —replicó Aytanna con indiferencia.

Bassil esbozó una de esas sonrisas que, cuando se trataba de esta belleza rubia, parecían volverse más frecuentes. Con otros, por supuesto, eran casi inexistentes.

—Y ya que traes a colación el tema de otras mujeres. —Aytanna hizo una mueca inconscientemente. Él se acercó más a ella—. Tengo experiencia, porque te llevo doce años de ventaja en el mundo. Lo que he aprendido solo tendría buen uso y coherente propósito si lo aplico en alguien que de verdad me interesa, hasta el punto de que esa persona redimensione mi percepción del placer —dijo mirándola con ardor.

Ella tragó saliva y continuó fingiendo desinterés.

—Tal como lo he comentado antes, el asunto de la diferencia de edad puede jugar en contra tuya. De pronto, te apetece alguien de tu generación —dijo.

Bassil soltó una carcajada ronca ante el tono mezquino y desdeñoso. La iba a hacer pagar por sus intentos de lanzarle esta clase de pullas para cabrearlo. Lástima que el mesón de la cocina no luciera tan resistente, pues, de no haber sido así, él ya habría subido a Aytanna a la superficie para follarla. Y, con cada gemido de gozo, ella entendería que todos los imbéciles que pudo haber conocido antes eran unos peleles.

—No puedes estar celosa del pasado, Aytanna —replicó acariciándole la mejilla—, pero me agrada saber que te afecto lo suficiente, hasta ese punto.

—Qué absurdo comentario —dijo, pero no le apartó la mano, porque el calor que sentía cuando él la tocaba era adictivo—. Así que no te halagues a ti mismo, porque no tengo razones para estarlo. Si las tuviera, pues daría igual, porque aparte los celos no se aplican a los fantasmas del pasado —comentó con altivez.

—Estás equivocada —dijo enterrando ambas manos entre los cabellos sedosos y masajeándole el cuero cabelludo. Ella cerró los ojos y soltó un suspiro de gusto por lo bien que se se sentía—. Cualquier hombre que se atreva a poner un dedo sobre ti —se inclinó susurrándole al oído—, fantasma o no, se va a llevar un puñetazo. Así que confiemos en que no necesitaré usar mis puños ni romper algunas costillas.

Aytanna agradeció tener los ojos cerrados, pero eso no impidió que la furia de esa voz le recorriese la piel como si estuviese dibujándole trazos con adrenalina. Durante varios segundos, los dedos de Bassil continuaron masajeándole la cabeza con lentitud y ella sintió que se relajaba. Cuando él se detuvo, ella abrió los ojos.

—¿Mejor? —preguntó con sensualidad. Ella tragó saliva e hizo un asentimiento Los dedos de Bassil peinaron los cabellos rubios, luego le enmarcó el rostro entre las manos—. Aytanna, en la cena estuviste algo meditabunda. Si el sitio no era de tu agrado o la comida no te gustó, lo pudiste haber mencionado. No habría tenido ningún inconveniente en marcharnos a otro lugar —comentó.

Bassil tenía claro que la mujer estaba debatiéndose entre ceder al deseo o rehusar sucumbir por completo a él. No creía que ella fuese una persona que hiciera algo a medias tintas, en especial en el ámbito personal, así que su plan de colarse bajo las defensas de Aytanna iba bien encaminado. Una vez que la tuviera entre sus brazos, el fuego de ambos iba a deshacer las barreras de acero que ella aún erigía.

—La comida estuvo deliciosa, Bassil. Tan solo que mi mente ha tenido unos días complicados para adaptarme a un cambio de rutina profesional —replicó sintiendo cómo la energía dominante que emanaba de él, la envolvía con fuerza.

Los sentidos de ella respondían con vergonzosa facilidad a Bassil. Que le estuviera acariciando las mejillas con delicadeza, mientras la apegaba a su cuerpo, poco a poco, era suficiente tortura para que sus pobres ovarios perdieran la cordura.

Sin embargo, un par de neuronas, las que no la traicionaban, le exigían recordar el motivo por el que le había pedido que entrara a su estudio. No era el placer, sino su necesidad de obtener respuestas a las dudas, sobre él, que permanecían en ella.

—¿Esa fue la única razón? —preguntó en un tono de voz sensual y retándola con la mirada a que le mintiera sobre el verdadero motivo detrás de su distracción.

Ella hizo una negación y el cabello rubio se agitó con el movimiento.

—Este deseo —dijo señalándolo a él y luego a sí misma—, me crea más cuestionamientos que certezas. Durante mucho tiempo quise tener la posibilidad de ejercer mi profesión, así que ahora que ha ocurrido no quiero echarla a perder. He dejado un empleo de varios años en la aerolínea e incluso los turnos nocturnos en Blue Snails para comprometerme de verdad y formar parte de Earth Lighting.

Bassil apartó las manos del rostro de ella lentamente.

—Tu trabajo está desligado de las situaciones que puedan ocurrir en términos personales entre tú y yo —dijo con firmeza—. Lenny es tu jefe inmediato y yo trabajo en otro piso. No tendríamos que vernos salvo que sea fuera del edificio o que, como hoy, incumplas órdenes directas y yo no tenga otra opción que bajar a pedir explicaciones. —Ella se sonrojó y puso los ojos en blanco—. Te quedarás en Earth Lighting siempre que cumplas las normas que se aplican a todos los empleados, así como también será tu potestad seguir o no en la empresa o buscar otro trabajo.

Aytanna había escuchado murmuraciones en la empresa sobre el respeto que tenían sus compañeros por la ética profesional de Bassil. Aunque al parecer lo consideraban inclemente en su forma de conducir los negocios, y arrasar con aquellos que se interponían en su camino, también se referían a él como un jefe que pagaba lo justo a cada empleado y no aceptaba mierdas de nadie. Bajo estas referencias, que menos mal ahora tenía, Aytanna confiaba en lo que él acababa de decirle.

Sin embargo, no solo escuchó comentarios sobre el aspecto profesional del CEO. De hecho, una tarde mientras ella estaba en el aseo de mujeres, lavándose las manos, varias ejecutivas cotilleaban que si les dieran la oportunidad de follarse al dueño de la compañía, lo harían sin pensárselo, porque tenía un físico atractivo y un aura muy sexy. Pero no solo era lo que otras mujeres decían, sino cómo parecían querer comérselo con los ojos, tal como ocurrió esta noche.

Él, no obstante, las había ignorado como si esa clase de asuntos fuesen tan comunes que solo lo aburrían.

Si alguna de esas mujeres supiera que ella estaba cuestionándolo todo, en lugar de solo dejarse llevar, le dirían que era idiota. Pero Aytanna ya había sido decepcionada demasiadas veces, así que era precavida y necesitaba unas cuantas respuestas, como la que acababa de escuchar, para sentirse más segura. Esto no era un flirteo para ella, menos si él le dijo que no estaba buscando solo un revolcón de una noche.

—De acuerdo, Bassil, me alegra tener eso muy claro —dijo con un asentimiento—. Pero eso no es todo. —Él le rodeó la cintura con una mano y mantuvo la otra sobre la mejilla, acariciando la tersura con el pulgar—. Además —dijo tratando de mantener la concentración, mientras él la tocaba sutilmente—, eres demasiado esquivo cuando se trata de tu vida personal. Los temas sobre los que hablas son cotidianos con toques empresariales, pero jamás se tratan de algo privado.

Bassil consideró válidas las dudas de Aytanna. Estaba tratando de llegar a ella, pero olvidó mantener en el camino la consigna más importante, aunque también la más complicada para él: contar algo personal para obtener la misma reciprocidad. Tal vez, esta era la razón de que ella, en su parte más racional, continuase reacia a tomar una decisión, libre de cualquier velo de aprensión, y se dejara llevar sin recelos.

—Puedes preguntar lo que quieras saber, aunque debes recordar que será recíproco. Por cada respuesta que busques, yo tendré el mismo derecho a buscar una sobre ti —dijo mordiéndole el labio inferior. Porque no estaba mintiéndole. Quizá no podría mencionarle cierta información específica, pero haría lo posible para apegarse a ser lo más honesto posible con sus respuestas—. ¿Quieres saber ahora, por ejemplo, qué tan duro estoy por ti? —preguntó con una sonrisa de medio lado.

—Bassil —dijo riéndose cuando las manos de él empezaron a deslizarse hasta sus nalgas, agarrándosela con ímpetu—, lo puedo sentir, así que no necesito saberlo —replicó al notar la erección contra su cuerpo. Él la instó a que le rodeara la cintura con las piernas. Ella accedió y luego también le rodeó el cuello con los brazos para sostenerse. Estaba mojada y necesitaba que él entrara en su interior—. Pero este no es un juego o un tablero de negociación. No hay ganadores. Esto es en serio.

—Tan en serio como el hecho de que no vas a acostarte con otros hombres, Aytanna —dijo, en tono fiero, moviéndose con ella hacia la habitación.

—Eso también tiene que ser recíproco —expresó mirándolo a los ojos con brutal honestidad. Después de mucho tiempo, ella estaba apostando por darse una oportunidad para disfrutar con un hombre en una relación exclusiva. La certeza más importante era que estaban explorando un camino sin promesas vacías.

—Lo será —zanjó. Luego no hubo más palabras, porque ya se habían dicho suficientes. Bassil capturó la boca de Aytanna con una intensidad que la hizo gemir.

Fue un beso sensualmente agresivo y poseía la fuerza que hubiera empleado el amo de un vasto territorio para subyugar una rebelión. Sus bocas se movían con desesperación, mientras él le apretaba las nalgas. Aytanna contoneaba las caderas sobre la erección, presionando con necesidad. La lengua de Bassil todavía poseía ligeras notas del vino que había consumido durante la cena y la combinación con el sabor natural de sus bocas fue embriagadora. Los labios de ambos se retaban a devorarse con más fervor cada vez. Este era un intercambio de gemidos en medio de una danza en la que sus lenguas intercalaban toques dulces, afrodisíacos y picantes.

Ella enterró los dedos entre los cabellos oscuros, tirando de ellos, arañando y consumiéndose en este frenesí. Él dejó que Aytanna bajara de su cuerpo, al llegar al interior de la habitación, con deliberada lentitud, hasta que los pies de ella tocaron la alfombra. Las manos de Bassil vagaron por las curvas femeninas dejando un delicioso rastro cálido. Le apretó los pechos sobre la tela, con codicia, y ella le mordió el labio inferior. Sus bocas, juntas, eran una droga potente e incontrolable.

—Bassil, tómame —susurró en un tono que era mitad súplica y mitad rendición.

En ese instante, él tenía la aceptación y entrega voluntaria de Aytanna. Bassil empezó a quitarle el vestido, ella lo ayudó en el proceso, hasta que la dejó en bragas y sujetador. La contempló con posesión y lujuria descarnadas. Ella representaba el significado del verdadero concepto de lo que era el erotismo. La ropa interior azul resaltaba la piel de alabastro en unos pechos de tamaño mediano y perfecto. Le quitó el sujetador azul con ansias y prácticamente le arrancó las bragas de seda.

—Joder, Aytanna, eres un pecado que quiero cometer reiteradas veces, tus tetas son magníficas —dijo inclinándose para llevarse un pezón rosáceo, en forma de botón alargado, a la boca. Lo chupó con fuerza y ella soltó un jadeo, enterrándole los dedos en el cabello. Con la mano, Bassil agarró el otro pecho, amasándolo y jugueteando a ratos con el pezón. Intercaló las caricias, succionado, apretando y mordisqueando.

Aytanna observaba la avidez con la que él la acariciaba y le parecía una perspectiva visual muy erótica. Pero necesitaba que tocara su sexo, así que, a regañadientes, le apartó la cabeza de sus pechos. Bassil la miró como lo haría un hombre adicto: con expresión frenética porque le quitaron el placer de los labios.

—Tienes mucha ropa —dijo ella, al tiempo que lo instaba a desvestirse con rapidez, hasta que las prendas quedaron sobre al alfombra—. Tu cuerpo es hermoso, Bassil —murmuró con apreciación y extendiendo las palmas para recorrer los abdominales marcados. Después le agarró el miembro erecto con ambas manos; no lo abarcaba solo con una. Con la yema del dedo esparció las gotas de excitación alrededor del glande. El pene de Bassil era grueso y se agitaba entre sus dedos.

—Hermosa eres tú —replicó con un gruñido apartándole las manos de su miembro, porque si continuaba tocándolo él iba a correrse en sus dedos, en lugar del sitio en el que deseaba. La agarró en volandas y la dejó sobre el colchón.

—Eso es verdad —dijo ella con aplomo y él soltó una carcajada ronca.

Bassil la cubrió con su cuerpo, separándole los muslos con los suyos, pero sin penetrarla. Bajó la cabeza y la besó con hambre, enredando sus lenguas en una batalla campal de lascivia; le recorrió los costados con la mano, moldeándole los pechos, pellizcando los pezones con dureza y complacido de escucharla jadear.

Después llevó su mano al sitio más íntimo y con tan solo tocar los labios vaginales superficialmente sus dedos se mojaron. Empezó a frotarle el clítoris primero, después subió y bajó a lo largo de la abertura, lubricándola por completo.

—Voy a disfrutar poseyéndote, hasta que solo recuerdes que yo estuve aquí —dijo enterrando en ese instante sus dedos en el interior resbaladizo, usó el pulgar al mismo tiempo para estimular el clítoris—. Estás tan húmeda —gruñó excitado.

Rompió el beso y le lamió el cuello para luego mordisqueárselo, consciente de que iba a dejar una marca. No sabía qué carajos se había apoderado de él, porque con ninguna otra amante le había interesado que tuviera un recuerdo físico suyo en la piel.

Al menos tenía la certeza de que esta vorágine, que ardía entre ellos, bajaría de intensidad cuando él se saciara de ella. Todo tenía un tope de impacto en su vida. Por ahora, sin embargo, devoraría cada trozo de esta piel de seda, hasta que sus cuerpos no pudiesen soportar más placer. Bajó la cabeza y ancló los dientes en uno de los pechos, mordisqueando los contornos, luego chupó el pezón y lo haló con fuerza.

Ella gritó de placer y agitó las caderas cuando él, deliberadamente, removió los dedos del pasadizo. Bassil trazó con su mano el contorno de la cadera, las costillas, los muslos, como si los estuviera dibujando y al mismo tiempo memorizando. Con la mano libre, le tomó las muñecas y las apoyó sobre la cabeza de ella, en la almohada.

—Deja de atormentarme, por Dios, y suéltame las manos, Bassil —exigió sin mucha convicción y agitó la pelvis pidiéndole silenciosamente que la tomara, mientras emitía gemidos de ansias. Su pulso latía desbocado. La sensación del cuerpo de Bassil, grande, fuerte y con cada músculo definido, sobre el suyo era magnífica.

—Creía que para ti —hundió los dedos en ella, mientras le mordisqueaba la boca y la miraba—, alguien que te lleva doce años de diferencia, en edad, no comprende a tu generación. Pero, me queda la duda al respecto —sonrió con perfidia—. ¿A ti te continúa pareciendo —giró los dedos entre los pliegues y jugueteó con el clítoris— que de verdad es así, Aytanna? —preguntó en un tono burlón.

—Qué infame eres… —dijo con el pecho subiendo y bajando, agitado.

—Responde —ordenó introduciendo un tercer dedo.

Ella gimió y arqueó la espalda con abandono.

—Me parece que comprendes bien a mi generación… —dijo ella, antes de devorarle la boca a Bassil con ansias, hasta que él rompió el contacto y sonrió triunfal. «Aytanna podía sentir la dureza del pene contra su cadera, pero no era el sitio en el que quería tenerlo, endemoniado hombre», pensó con frustración ante este tormento erótico que él le provocaba—. Quiero mis manos libres —exigió de nuevo, con convicción esta veez, mientras disfrutaba la sensación de la barba masculina contra su piel—, y a ti en mi interior de inmediato —dijo mordisquéandole el labio inferior.

En el instante en el que Bassil le soltó las muñecas, ella enterró las manos en los cabellos oscuros y los haló con firmeza. Él gruñó por el ligerísimo dolor.

—Tengo preservativos en el abrigo…

—Estoy tomando la píldora —interrumpió, mirándolo.

—Mierda, Aytanna, nunca follo sin preservativo —dijo con un gruñido—, pero no estar dentro de ti piel con piel, en toda la extensión de los sentidos, sería desperdiciar un privilegio —le mordió el cuello, luego la miró—: Estoy limpio.

Ella hizo un asentimiento y movió las caderas sugerentemente.

—Entra en mí, Bassil —le dijo con picardía y necesidad en su tono de voz.

El tiempo de atormentarla había terminado para Bassil, así como también la posibilidad de conservar el autocontrol. Se apartó de ella un instante para apoyarse mejor en las rodillas y luego se agarró el miembro viril con la mano para ubicarlo en el vértice sensible. Entró en Aytanna con un empellón, ensanchándola de inmediato, ella abrió la boca en una perfecta O, mientras le rodeaba las caderas con sus piernas.

Ella se sostuvo de los hombros firmes, apoyando las manos en ellos, mientras ondulaba las caderas para salir al encuentro de cada embestida, una más intensa que la otra. Estaba tan mojada que Bassil entraba y salía de ella con exquisita facilidad, a pesar del tamaño portentoso del miembro. Sus cuerpos se movían a un ritmo que solo ellos eran capaces de marcar. Los gemidos y jadeos acompañaban el sonido de la humedad de sus sexos chocando, en una fricción desesperada por lograr el éxtasis.

Aytanna sabía que este hombre iba a arruinarla para cualquier otro. Le clavó las uñas en la espalda cuando él bajó la cabeza y empezó a succionarle los pechos. Ella presionó con los talones las nalgas de Bassil instándolo a que llegara aún más profundo, en una demanda desesperada por encontrar alivio. Se mecieron con desesperación, besándose, acariciándose en un espiral de erotismo incomparable.

Bassil sentía cómo el sexo estrecho lo apretaba. Se movió dentro de Aytanna asegurándose de que ella sintiera cada centímetro de su miembro viril colmando esas paredes sensibles. Las uñas femeninas en su espalda iban a dejar marcas, estaba seguro, pero no le importaba, porque ocurriría lo mismo con la huellas de los mordiscos que le había dejado, él a ella, en los pechos y en el cuello.

Parecían dos animales irracionales buscando la mejor forma de domar al otro, aunque supieran que el fuego individual no era manipulable y que la única salida, para alcanzar la cúspide, era dejándose quemar en un ardor conjunto. Sus cuerpos tenían pátinas de sudor, sus labios estaban inflamados por los besos devastadores que se prodigaban mutuamente; sus miradas eran febriles. Bassil casi podría asegurar que esas gemas verdes le habían lanzado un hechizo de lujuria y él no quería que se rompiera, porque la forma en que Aytanna respondía a sus toques era increíble.

—Bassil... Voy... —jadeó echando la cabeza hacia atrás—. Oh, Dios...

—¡Mírame, Aytanna! —demandó, posesivo—. Mírame cuando llegues al clímax y así recordarás a quién le pertenecen todos tus orgasmos de ahora en adelante.

Ella lo miró y le agarró las mejillas, mientras seguían moviéndose.

—Y tú... —dijo entrecortadamente—, recuerda... —Él volvió a embestir con dureza. El movimiento provocó que los pechos de Aytanna se bambolearan y los pezones, abusados por las caricias de

Bassil, crearan sensaciones de dolor y placer—. Recuerda también que soy la única mujer a la que pertenecen los tuyos…

Bassil no alcanzó a replicar, porque en ese momento sintió cómo las paredes de Aytanna empezaron a ondularse alrededor de su miembro. Las piernas de ella se aferraron más a sus caderas como si no quisiera dejarlo ir, hasta que estar segura de que él también era consciente del deseo que estaba robándole la razón. Para Bassil no existía nada más erótico en esos momentos que tener el cuerpo curvilíneo de Aytanna bajo el suyo, apretado, caliente y mojado, mientras ella empezaba a desintegrarse en espasmos de placer. La forma en que Aytanna emitía gemidos guturales y respondía a sus caricias y sus besos iba a convertirse en su obra de arte preferida.

—Joder… —masculló Bassil cuando el orgasmo lo alcanzó al mismo tiempo en el que Aytanna se contraía por última vez a su alrededor. Echó la cabeza hacia atrás y se abandonó a la lujuria de sentir cómo su pene se agitaba en espasmos líquidos.

Después de que el rayo de éxtasis barriera por completo los sentidos de Aytanna, lanzándola a una deliciosa placidez, ella sintió cómo la consecuencia tibia del orgasmo masculino se vertía en su interior. El cuerpo de Bassil se sacudió en un clímax que para ella fue un absoluto espectáculo erótico al ver cómo él se deshacía en gozo.

Bassil apoyó el rostro contra los cabellos rubios y le mordió el lóbulo de la oreja.

—Eres absolutamente deliciosa —le dijo al oído. Luego se apartó para mirarla, apoyando el peso de su cuerpo en los brazos, sin salir de ella.

Que la hubiera follado sin ninguna barrera había sido muy estimulante y un lujo que él jamás se daba con otras mujeres, porque no quería que lo intentaran atrapar con un embarazo "accidental". En el caso de Aytanna, él era el responsable de que estuvieran juntos ahora, así que sabía que no existía malicia premeditada en ella. Aytanna estaba sonrojada e inflamada por sus besos, pero eran esos expresivos ojos los que denotaban una mezcla de saciedad con un brillo de picardía subyacente.

—Tú no estás nada mal, Jenok —dijo en tono juguetón y le acarició la mejilla.

Él soltó una risa varonil y la agarró de la cintura para que se acostara sobre su cuerpo. Aytanna apoyó ambas manos en los pectorales y luego lo miró, mientras sentía que, con este movimiento, el sexo de Bassil empezaba a abandonar la laxitud.

Antes de que él pudiera responder, la alarma de su móvil empezó a sonar.

—Carajo —murmuró, porque tenía que entrevistar a un norteamericano experto en logística de transporte en ámbitos petroleros para decidir acordar una oferta salarial. El puesto de trabajo implicaba el traslado desde Estados Unidos, hasta las oficinas de Doil Corporation en Glasgow. En estos momentos todavía era de tarde en Houston, Texas—. Me jode la interrupción, Aytanna, pero tengo que hacer una videollamada en diez minutos —dijo besándola con avidez.

—Mmmm —murmuró rompiendo el beso con suavidad. Se sentó sin cubrirse con la sábana, porque se sentía bien con su propio cuerpo. Además, ¿qué iba a ocultar del hombre que acababa de darle el mejor orgasmo de su vida?—. Adicto al trabajo.

Él se inclinó y le lamió un pezón, antes de salir de la cama; ella gimió.

—Te lo compensaré, porque al hacerlo será una recompensa para mí también —dijo agarrando la camisa—. Este es solo el principio —afirmó haciéndole un guiño.

—No pasa nada —replicó con una sonrisa, mientras lo observaba recogiendo las prendas de la alfombra para vestirse. Al verlo desnudo, a distancia y en plenitud, el deseo de tocarlo y llevarse la semierección a la boca, para volverla dura de nuevo, la excitó. Bassil tenía uno de esos perfectos, duros y redondos traseros masculinos que estaban reservados para los atletas de élite. No existía ni una onza de grasa en él.

Una vez que estuvo vestido, él se acercó y le tomó la barbilla entre los dedos.

—No puedo hacer esta videollamada en el coche. ¿Tienes algún problema si la hago desde tu sala? —preguntó acariciándole el labio inferior con el pulgar.

—Ninguno, úsala —dijo con un bostezo—. Quizá deberías considerar tomarte unas vacaciones de vez en cuando. ¿Quién en su sano juicio acepta llamadas de trabajo durante el tiempo para descansar? —preguntó meneando la cabeza.

—Los que tenemos que contratar a los mejores profesionales, aún si estos están en Texas y la diferencia horaria interrumpe una noche de sexo fabulosa.

Ella se echó a reír con suavidad e hizo un asentimiento.

—Que vaya bien… —murmuró, mientras él bajaba la boca para besarla.

—Estaré en la sala —le hizo un guiño y salió.

Los besos de Bassil eran una mezcla de rudeza con dulzura y electricidad. Aytanna empezaba a creer que los labios de ese hombre estaban hechos para que deseara besarlo hasta que exhalara su último aliento, porque la forma en que se amoldaban a los suyos era adictiva. Antes de acostarse a dormir, Aytanna fue a darse una ducha. Cuando terminó y se miró al espejo, notó el chupetón que le había dejado Bassil en el cuello. También tenía dos en el pecho izquierdo. «Y yo le dejé mis huellas en la espalda de seguro. Como si fuésemos dos animales territoriales», pensó.

Luego de apagar la luz se acostó en la cama. El sonido leve de la voz de Bassil que le llegó desde la sala la hizo sonreír, complacida de tenerlo alrededor. Exhausta, después del largo día, y sensualmente saciada, después de mucho tiempo sin sexo, se acomodó boca abajo abrazando la almohada. Aytanna se durmió profundamente.

Al cabo de un rato, ella empezó a soñar. No se quejaba de que fuese un sueño erótico, en especial cuando era Bassil el que estaba mordiéndole la oreja, arrancándole la sábana del cuerpo y acariciándole las nalgas, las caderas y la espalda. Tampoco se quejaba de sentir besos húmedos a lo largo de su columna vertebral.

—En cuatro apoyos, hermosa —le dijo la voz de Bassil al oído.

Aytanna se despertó, porque ella no tenía sueños lúcidos. Aunque la humedad entre sus muslos era muy vívida. Además, su cuerpo fue consciente de que las manos que la tocaban no estaban en el mundo de Morfeo. Aytanna emitió un gemido cuando los dedos masculinos le agarraron un pecho y le apretaron el pezón.

—¿Bassil…? Mmm —susurró, esta vez con sus sentidos muy despiertos y sus instintos en alerta—. ¿Qué haces aquí? —preguntó, mientras extendía la mano para encender la lamparilla de su mesa de noche. Luego miró por sobre el hombro.

Ella intentó girarse por completo, pero Bassil no se lo permitió.

—No voy a repetirme —dijo sin responder las preguntas y dándole un azote en el trasero. Ella jadeó ante el contacto inesperado, porque su sexo vibró—. Hazlo.

Aytanna se puso en cuatro apoyos sin protestar, porque esa voz escondía promesas sensuales que ella esperaba que cumpliera. Tener sexo con Bassil parecía haber encendido la flama del erotismo, que ella había dejado descansar tantos meses, pero la potencia con la que llameaba ahora era impetuosa. En la semioscuridad sus sentidos estaban igual de alertas. Bassil se apartó para desnudarse, pero regresó pronto a la cama, hundiendo un poco el colchón con su peso. Se ubicó detrás de ella.

Le acarició el sexo con el glande, atormentándola y sin penetrarla, después se inclinó para besarle el centro de la columna vertebral. Le agarró los pechos, desde atrás, empezó a amasarlos, pellizcándole los pezones con dureza, hasta que ella soltó un gemido largo. Aytanna contoneó el trasero para sentir el calor y la dureza que él mantenía presionados contra su cuerpo, pero sin entrar en su canal íntimo.

—Bassil… —susurró, cuando él le agarró las nalgas con ambas manos y las amasó con dureza, después se las separó ligeramente y le dio un lametazo a su sexo —. Oh, Dios… —murmuró al experimentar cómo la devoraba con la boca.

—Tienes un trasero muy tentador —dijo y le dio un mordisco, luego lo azotó. Ella elevó más la caderas hacia atrás y soltó un gemido—. Salí hace menos de una hora, Aytanna, no sé qué te dio la idea de que habíamos acabado —gruñó.

Cuando él había abierto la puerta de la habitación creyó que Aytanna continuaría despierta, pero la luz de la sala iluminó parcialmente la cama y supo que no era así. Al verla, desde el umbral, con la sábana dejando la mitad de su cuerpo al descubierto, con el cabello rubio y sedoso esparcido, la erección de Bassil se volvió dolorosa. Si él hubiese sido fotógrafo, entonces, esa postura plácida y sensual de Aytanna, habría quedado para siempre registrada con su lente y sus archivos privados.

—Asumí que luego de tu llamada te irías… —susurró ella.

—Conmigo —dijo azotándole el trasero de nuevo—, no asumas nada, Aytanna.

A continuación la penetró lentamente, pero una vez que estuvo anclado en lo más profundo, el ritmo se volvió vertiginoso. Ella movía las nalgas hacia atrás con ansias, saliendo al encuentro de las embestidas de él, marcando un ritmo enloquecido. Aytanna jamás había recibido azotes durante el sexo, pero mentiría al negar que la excitaban, en especial cuando venían acompañados de las órdenes de Bassil y seguidas de su boca en su sexo o su miembro viril penetrándola con lujuriosa fuerza.

Antes de que Aytanna alcanzara el orgasmo, Bassil cambió de posición, hasta que la tuvo bajo su cuerpo. Entrelazó los dedos con los de ella, llevando las manos de ambos sobre la cabeza de Aytanna, a cada lado de la almohada, y continuó sus acometidas. Ella separó más los muslos, mientras sus pechos se agitaban al compás de los movimientos de las acometidas. Bassil y Aytanna encontraron al mismo tiempo el punto en el convergían la lujuria liberada y el etéreo nirvana sexual.

Poco a poco, respirando con menos agitación, él desenlazó los dedos de ambos y se dejó caer con cuidado sobre la suavidad del cuerpo femenino. Aspiró el aroma de rosas y almendras del cuello de Aytanna, lo besó y mordisqueó. La sintió temblar, porque aplicó la caricia en el mismo sitio en el que dejó el chupetón momentos atrás.

Aytanna soltó un suspiro quedo y le acarició la espalda con perezosa lentitud. Bassil se incorporó con los brazos, le dio un beso rápido en los labios. Ella le quiso preguntar por los tatuajes que tenía en los pectorales y en el antebrazo izquierdo, pero prefirió tan solo quedarse disfrutando de esta placidez. Momentos después, Bassil empezó a salir del interior de ella. Sin decir más palabras se levantó para vestirse.

Ella contempló esa anatomía magnífica con apreciación y deseo. Por un instante cruzó por su mente la idea de invitarlo a pasar la noche, pero prefirió usar la cordura y quedarse a solas para asimilar todo lo que había sucedido con Bassil. En esta ocasión, Aytanna no iba a hacerse ilusiones, sino que disfrutaría de cada momento, hasta que las piezas se unieran para formar la figura del puzzle que estaban llamadas a crear.

—Aytanna, usa la tarjeta de crédito si no vas a trabajar remotamente —dijo desde el umbral de la puerta—, y si esos idiotas de la oficina vuelven a flirtear contigo, y yo me entero, entonces los podrás considerar como excompañeros de trabajo.

Ella lo miró con incredulidad y luego se rio meneando la cabeza. Se incorporó de la cama, esta vez cubierta con la sábana, para acompañarlo a la salida.

—Usaré la tarjeta, pero sobre Mercury y Soros eres ridículo —dijo, mientras le abría la puerta principal de estudio con una sonrisa. De repente sintió curiosidad por un detalle, entre muchos, que quería conocer de él—. Bassil, tengo una pregunta…

Él enarcó una ceja y se ajustó la bufanda.

—Cuéntame —replicó mirándola.

Esta noche había sido brutal para él, porque acostarse con Aytanna rebasó cualquier fantasía que hubiera tenido con ella. Sin embargo, después de que la bruma de éxtasis se aplacó, su mente pragmática volvió al ruedo. No había disfrutado el sexo con una mujer tanto como con Aytanna, lo cual era un privilegio. Pero en su horizonte, la única constante y estabilidad seguían siendo sus empresas.

No iba incurriría en el error de sucumbir a las emociones, tal como hacían muchos hombres que encontraban de ese modo su ruina, así que, cada vez que fuese posible, él hallaría la manera de ratificar su objetivo con Aytanna: Greater Oil. Esto lo conseguiría marcando distancia, pero, por ahora lo que necesitaba era lo opuesto, con la finalidad de crear momentos que le dieran a ella la certeza de que él iba en serio.

—¿Por qué no te quedaste a vivir en Aberdeen y optaste por venir a Edimburgo? Al fin y al cabo, en la otra ciudad es donde está la central de Doil Corporation.

Él la quedó mirando un instante y decidió darle la versión abreviada.

—Porque, aunque tenía la empresa petrolera, perdí todo lo que alguna vez fue importante y tuvo sentido para mí —replicó—.

Así que decidí abrir una central de oficinas en Edimburgo y enviar ejecutivos especializados que se encargaron de las visitas en Aberdeen durante un tiempo. Desde entonces, mis negocios se convirtieron en mi motor de vida y el centro de mis objetivos más importantes.

—¿Perdiste a alguien cercano? —preguntó en un susurro, al notar el tono lúgubre de esas palabras, porque encerraban algo muy parecido a la resignación.

—A todas las personas que alguna vez amé —replicó con serenidad, algo que jamás hubiera ocurrido antes, al hablar de ese tema. Recordaba que, cuando ya vivía en Edimburgo, empezó a buscar peleas clandestinas. Lo hacía cuando los recuerdos y el sentimiento de culpa se volvían intolerables. Hasta que Hutch, al darse cuenta de que en realidad quería que lo mataran, lo hizo entrar en razón y salvó su vida.

—Oh, cuánto lo siento —murmuró extendiendo la mano, pero al notar la expresión distante de Bassil la bajó con suavidad—. Yo…

—Fue hace mucho tiempo —replicó mirándola con intensidad.

—Supongo que por eso las empresas son tan importantes para ti, porque existe la ambición. Pero la ambición no es una emoción noble. Si pierdes o ganas daría igual, pues siempre habrá alguna otra cosa que cause interés. A diferencia de las personas —susurró al notar que había adquirido una parte del rompecabezas que era Bassil.

—Quizá debiste ser psiquiatra —dijo con una risa sin alegría.

Ella frunció el ceño por el tono duro. Soltó una exhalación.

—Solo estaba haciendo una pregunta… No quise…

Él extendió la mano y posó los dedos sobre los labios de Aytanna.

—Ahora ya conoces algo más de mí —dijo Bassil, luego de dio un beso rápido en la boca y bajó hacia la calle. El viento helado lo recibió despejando su mente por completo. Una vez que Laos puso en marcha el automóvil, Bassil apoyó la cabeza contra el respaldo del asiento. Cuando cerró los ojos, los recuerdos de Aberdeen de hacía once años, lo asaltaron como si fueran las pirañas del Amazonas.

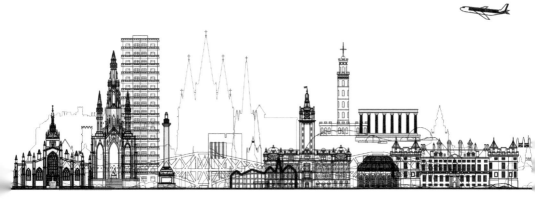

CAPÍTULO 11

Aberdeen, Escocia.
Años atrás.
Bassil.

*H*annah Jenok no era rebelde, pero, últimamente, parecía estar rodeándose con chicas que la instaban a comportarse de una forma ajena a sus maneras usuales: cariñosa, considerada y responsable. Olivia ya se había quejado al respecto con su hijo mayor, pidiéndole que la hiciera entrar en razón, porque no le gustaba la actitud desafiante de Hannah y tampoco que no cumpliera con la hora de regreso a casa. Bassil le había contestado que su hermana solo estaba tratando de disfrutar un poco de la vida y que, así como le ocurrió a él, esa etapa pasaría más pronto que tarde.

En estos meses, desde que trabajaba entrenando a Timothy, Bassil no había podido hablar con Hannah como solía hacerlo: durante un largo rato y escuchando las reflexiones de ella. Sí, era cierto que ahora parecía más esquiva, pero él lo atribuía a que intentaba buscar una identidad con personas de su misma edad. Antes de que Bassil tuviese más solvencia económica, Hannah ni siquiera podía ir con sus amigas al cine, porque no les alcanzaba el dinero. Así que era normal que ahora, que sí tenía la posibilidad de socializar un poco, prefiriese encajar entre sus pares.

—¿Me estás escuchando? —preguntó Leah, chasqueando los dedos frente a él—. Te he estado hablando un largo rato y tú pareces perdido en el horizonte.

Bassil apartó la mirada del agua y la volvió a posar sobre la muchacha de ojos azules. Estaban en la mansión de campo de los Doyle, a dos horas en coche desde Aberdeen, que tenía un gigantesco terreno con un lago y caballerizas. La casa contaba con ocho habitaciones, SPA, gimnasio, piscina, jacuzzi, sala de cine, pub privado con todos los licores inimaginables, y una zona de bosques para salir a caminar. Era en esta área en la que se encontraban ahora. Bassil estaba empezando a considerar que haber aceptado esta invitación era un error. «Leah y su maldita idea de ser amigos».

—Quieres saber si tu hermano tiene posibilidades de ganar mañana. Te acabo de decir que sé que le irá bien. Ha entrenado fuerte y sus pies se mueven con rapidez —replicó mirándola. Ella llevaba el cabello recogido en una coleta. Un vestido morado que ceñía a sus curvas amplias, destacándolas. Él no estaba ciego y Leah era muy bonita, además de que tenía un cuerpo tentador—. ¿Conforme? —masculló.

—Sí, pero no comprendo porqué te sigues mostrando hostil conmigo —dijo con el ceño fruncido—. He sido puntual en mis pagos y siempre tengo una excelente actitud. Además, ahora tienes un trabajo adicional en Doil Corporation. Somos inclusive colegas de trabajo, aunque en la empresa sea un secreto que nos conocemos para que así puedas ayudarme —sonrió haciéndole un guiño. Él puso los ojos en blanco y ella se echó a reír—. Creo que no encontrarás una mejor amiga que yo.

Ella ladeó la cabeza. El viento corría de un lado a otro agitando las hojas de los árboles durante el final de la tarde. Leah le había insistido a Timothy que era preciso que también desconectaran de la ciudad, porque ya tenían suficientes asuntos complicados por resolver, además de la pelea, y necesitaban hacerlo con mente fría.

Su hermano, a regañadientes había llamado a Bassil para preguntarle si podrían entrenar, el último día previo al combate, en otro sitio. Leah sabía que si ella hubiera llamado al terco de Bassil, este hubiese dicho tajantemente que no, pero sí aceptó la invitación de Timothy. Así que esa era la razón de que estuvieran ante este magnífico entorno que los aislaba de la realidad y que tenían el privilegio de recorrer.

—No me interesa ser mejores amigos —replicó cruzándose de brazos y tratando de ignorar cómo el escote del vestido dejaba entrever el valle de los pechos. Ella siempre se vestía con elegancia, pero provocativamente. Bassil no tenía la intención de tocarla, porque solo la arruinaría. Leah era pureza y sinceridad. Además, las personas de sus clases sociales no se mezclaban. ¿Qué podría ofrecerle a una chica que lo tenía todo? Prefería mantener su actitud hosca—. Tengo otras cosas por las cuáles necesito enfocarme, en lugar de cultivar relaciones interpersonales, Leah.

Ella soltó una risa suave. Sabía que bajo la apariencia gruñona de Bassil existía alguien que tenía principios y lealtad, bajo estándares poco comunes. En algunas ocasiones, él entrenaba a Timothy en el gimnasio durante más tiempo del que habían pactado en el acuerdo. Bassil creía que ella no se daba cuenta de esa clase de gestos, pero entre hermanos no se ocultaban información importante. De hecho, los mellizos acordaron que le darían una bonificación sorpresa al final de los tres meses. Leah mantenía la convicción de que Bassil era una buena persona, pero con circunstancias económicas adversas que lo habían impulsado a tomar decisiones complicadas.

Ahora conocía un poco de la historia de la familia Jenok, porque Bassil, aunque no entraba en detalles, había empezado a hablar más abiertamente con ella de ciertas parte de su vida. Leah consideraba que él era mejor partido que aquellos idiotas que tenía como pretendientes y que no le provocaban ninguna emoción especial. Ella no juzgaba el hecho de que Bassil hubiera peleado para sobrevivir, porque las razones detrás tenían que ver mucho con los lazos de familia. Sí, se trataba de una contradicción moral, pero Leah no creía que él fuese menos digno por eso.

Ella había visto más allá de actitud bravucona y la hostilidad; ella había visto en Bassil el reflejo de su propia vulnerabilidad, al tener que enfrentarse al mundo para ayudar a su familia, para mantener sus derechos y para no dejarse avasallar por el entorno. Los escenarios de vida de los dos eran financieramente opuestos, pero el trasfondo de la esencia era el mismo: luchar por los seres queridos y ser leales.

—Solo intentas alejarme a propósito, pero sé que sí me consideras tu mejor amiga, aunque nunca lo reconozcas —replicó acercándose a él—. De hecho, tus acciones han sido elocuentes. Las dos ocasiones en que te conté que iría con unas amigas a un pub, tú estabas con tu amigo Hutch, a la salida, esperándome. ¿Por qué?

Bassil se sentía en una encrucijada. En la casa de Aberdeen, él podía largarse cuando la tensión que sentía al estar alrededor de Leah era demasiado fuerte, pero aquí era imposible alejarse, porque el único modo de salir era en coche.

—Fuiste al mismo sitio, en ambas ocasiones, y yo conozco el área, porque hay una mujer con la que follo regularmente que vive en los alrededores —agarró una piedra y la lanzó al agua, rebotó tres veces—, y llamé a Hutch, porque cuando *estás alrededor, al parecer creas siempre problemas. ¿Satisfecha?* —*preguntó mirándola.*

Leah dejó pasar el comentario de la mujer y dio otro paso hacia él.

—*Te voy a contar un secreto* —*dijo poniendo la mano en el pectoral de Bassil. Él apretó los dientes*—. *Sé que no te gusta contarme los tuyos, pero yo confío en ti.*

—*No soy un jodido sacerdote católico para escuchar confesiones* —*dijo furioso, porque ella estaba demasiado cerca*—. *Apártate de mí, Leah.*

—*Bassil* —*dijo su nombre en un susurro, aunque nadie los escuchaba*—, *a veces, en las noches, me acaricio pensando en ti.* —*Él empezó a respirar con dificultad y apartó el rostro intentando buscar, inútilmente, un modo de alejarse sin cometer una acción súbita de la que pudiera arrepentirse*—. *¿Haces tú lo mismo?*

—*No* —*zanjó agarrándole el rostro con una mano*—, *porque cuando tengo necesidades sexuales, las mujeres que follan conmigo las resuelven.*

Leah lo miró con expresión sonriente, porque sabía que él estaba asustado. Claro, no tanto como ella que estaba abriendo por completo sus emociones.

—*Aunque he tenido la posibilidad de tener sexo con un par de chicos, la verdad es que jamás sentí la confianza ni la química para acceder a esa experiencia.*

—*Yo he tenido muchas amantes que saben como chuparme la verga…*

Leah le puso la mano en boca con fuerza para que se callara.

—*Bassil, puedes decir todos los comentarios soeces que quieras, pero eso no va a cambiar el hecho de que confíe en ti* —*bajó la mano y le acarició la mejilla*—. *No va a modificar la certeza que tengo de que quiero que tú seas mi primera vez.*

—*Joder, Leah* —*dijo agarrándole el rostro con ambas manos*—. *Estás loca.*

—*No, tan solo me gustas mucho* —*murmuró con valentía*—. *Hazme el amor, Bassil, en este campo en el que nadie puede interrumpirnos. En el que puedo aprender de ti, gemir a gusto y disfrutar de las sensaciones maravillosas del orgasmo. ¿Me vas a decir que de verdad no te atraigo ni un poquito?* —*preguntó en tono vulnerable.*

Bassil soltó una maldición y apoyó la frente contra la de ella. Su sexo estaba duro y él no tenía la capacidad de restringir sus instintos más tiempo.

—*Estarías dándome algo que no merezco. Estas manos* —*le sacudió el rostro ligeramente con ellas*—, *están manchadas de sangre. ¿Por qué habría de interesarte? No soy un capricho para que una niñata rica se satisfaga sexualmente.*

Leah lo miró a los ojos con intensidad e inocente sinceridad.

—Eres la persona más leal que conozco a mi alrededor. No eres un capricho, Bassil —susurró—, pero si me rechazas, entonces buscaré a alguien que esté dispuesto a aceptar mi franqueza, mis irreverencias y mi virginidad.

—No vas a ir donde ningún tarado que de seguro va a lastimarte —dijo antes de bajar la boca para atrapar la de Leah con un beso ansioso y curioso.

Empezaron a desnudarse mutuamente y la ropa fue cayendo con rapidez sobre el césped formando una manta improvisada. Ambos se acariciaron con avidez y un deseo que mezclaba la tosca experiencia juvenil de Bassil y la inocencia de Leah. El entorno de la naturaleza se prestaba para darles este paréntesis de la realidad en la que habitaban. Al poco rato, él se hizo cargo de la situación y detuvo la mano de Leah.

—¿Lo hice mal? —preguntó, sonrojada soltándole el miembro.

—No —dijo entre dientes y tragó saliva—, eres demasiado bonita y perfecta, Leah, así que tus caricias me hacen perder el control y no quiero arruinarlo.

—Oh —murmuró por el cumplido, pues eran escasos en él—. Tú, eres tan guapo y tu cuerpo de músculos definidos es increíble —le tocó el abdomen y luego le recorrió los labios con la yema de los dedos—. Pero no voy a romperme. Así que no quiero que te contengas y pienses que soy frágil. ¿Puedes hacer eso? —preguntó.

Él sonrió de medio lado y asintió con arrogancia.

—Supongo que va a dolerte cuando te penetre, Leah, así que debes decirme si voy muy rápido —dijo en tono firme, mientras extendía la mano y pellizcaba un pezón de tono del capuchino. Ella asintió entre gemidos—. Ahora, acuéstate en el césped.

—Vale… —murmuró con una sonrisa y movimientos torpes.

El viento les erizó la piel y el ligerísimo choque del agua contra la orilla era la melodía de la naturaleza que los acompañaba. Bassil se posicionó en la entrada virgen, pero antes se aseguró de humedecerla con la lengua y la hizo llegar de ese modo al orgasmo. Leah lo miró con una expresión de saciedad y confianza.

—Hazlo… Por favor —sonrió extendiendo la mano y tocándole la mejilla.

—Es la primera vez que defloro a alguien —confesó apretando los dientes—. Siento si te hago daño —murmuró. Ella arqueó las caderas y le rodeó el cuello con los brazos para sostenerse—. Dime que lo comprendes, por favor.

—Sí… —susurró, pero no iba a pedirle que se detuviera.

Después de quitar todo rastro de inocencia, con la menor brusquedad posible, los dos se besaron. Sus cuerpos se acoplaron con facilidad al otro. En medio del campo sereno, los gemidos de ambos quebraban el manto de silencio. Bassil y

Leah entraron en aquel rincón específico que solo dos personas que unían sus cuerpos o los tocaban tan íntimamente disfrutaban. Cuando regresaron del éxtasis, ella soltó una risa de gusto. Él la abrazó de forma instintiva, como si necesitara de repente protegerla, pero no sabía si de sí mismo o si acaso era de la corazonada de que este instante podría ser de los pocos a su lado, antes de que algo terrible ocurriese.

El barrio, en el que iba a llevarse a cabo el encuentro entre Timothy y Gregor, era uno de los peores de Aberdeen. En los alrededores predominaba la población irlandesa, así como el grupo de la mafia de ese país. Bassil era precavido, así que llamó a Aspen y le pidió que lo ayudara enviándole a algunos de sus matones a la pelea. El objetivo era que sirvieran de protección durante el evento para él, Leah y Timothy. Bassil no logró que ella desistiera de ir a la pelea, pues la chica argumentó que no dejaría solo a su hermano en un momento tan crucial. Él tan solo le dijo que tendría que usar la ropa más holgada, y fea, así como cualquier modo de ocultar su belleza.

—¿Es que me consideras tan guapa? —le había preguntado, juguetonamente, cuando él se rehusó a llevarla—. Porque la verdad es que tú me gustas un poquito.

Él la había agarrado de los hombros y la sacudió con suavidad.

—Te considero una persona cabeza de chorlito por querer arriesgarte, yendo a esos barrios, en especial cuando te acabo de decir que lo tengo todo controlado.

—Timothy es mi familia, la única de verdad, porque el tío Lawrence es una mierda, ¿comprendes? —le había preguntado retóricamente, furiosa—. Voy a ir a esa pelea y si tengo que vestirme de espantapájaros para pasar desapercibida, lo haré.

Él tan solo había asentido, porque sabía que con ella no podía ganar.

Así que ahora estaban en el interior de una bodega gigante en una fábrica abandonada. Timothy estaba más callado de lo habitual, pero Bassil le había dado una charla breve para motivarlo, antes de llegar, y asegurándole que todo estaría muy bien siempre que no perdiera la concentración ni se dejara intimidar. En estos tres meses, el chico había adquirido más masa muscular y sus reflejos al moverse eran óptimos.

Los organizadores no eran amigos de Bassil, pero Aspen conocía al parecer a uno de los guardaespaldas de Gregor McGarth y le comentó que más le valía tener armas de fuego a la mano. Así que, bajo esa consigna, los hombres que el viejo cascarrabias envió para acompañarlos no solo habían recibido la mitad del pago inicial acordado, sino también un dinero adicional para comprar cada uno, una 9mm. El dinero salió de las arcas de los hermanos Doyle, por supuesto.

—Sé que ya te di las gracias, Bassil, pero quería hacerlo nuevamente —dijo Timothy, mientras se acercaban por un costado del ring discretamente.

Nadie los conocía, así que no era necesario que Timothy se diera a notar con antelación entre un público hostil y peligroso. De hecho, la gente estaba eufórica alrededor. La pestilencia que se filtraba en el aire era una mezcla de marihuana, sudor, grajo y tabaco. Él jamás había experimentado algo tan asqueroso en su vida. Sin embargo, no se arrepentía de haber defendido a su hermana cuando tuvo que hacerlo. El vínculo de nacimiento al ser mellizos era más fuerte que quienes no lo eran, además, al no tener padres ni familia en la cual confiar, solo se tenían el uno al otro.

—Tu hermana me pagó muy bien —replicó sin tocar a Leah, pero consciente siempre de que ella estaba a su lado. La protegería con su propia vida si hacía falta.

Timothy esbozó una sonrisa de dientes blancos y perfectos. Bassil imaginaba que, si era listo, no perdería el protector bucal y, por ende, conservaría los dientes.

—Los vi besándose anoche en el jacuzzi —dijo riéndose—, y también sé que intentas ser un hijo de perra como esta gente, pero tú eres mejor que eso.

Bassil se encogió de hombros y Leah meneó la cabeza. Ella no podía reaccionar ni reírse, porque sabía que, aunque había mujeres en este espacio asqueroso, predominaba la presencia masculina. Considerando que eran personas sin escrúpulos y que pertenecían, muchos de ellos, a la mafia, pues era mejor pasar desapercibida.

—No sé si soy mejor que nada, Timothy, pero, gracias por la confianza. Lo que importa es que voy a cuidar de Leah —dijo—. Pero, ella, es una persona muy quejica, así que procura noquear rápido a McGarth para que sigas tolerándola.

Leah le dio un codazo, pero él no se inmutó y solo esbozó una sonrisa breve. Timothy miró a su hermana y le hizo el guiño que siempre intercambiaba cuando, cualquiera de los dos, iba a enfrentarse a un reto. Ella lo había abrazado con fuerza en el coche, antes de llegar, pero tuvo que reprimirse de darle otro abrazo ahora.

—Ganaré, Leah, y regresaremos a casa. Seguro que tendré un par de magulladoras o moratones, pero todo estará bien —le dijo a su hermana.

Ella quiso llorar, así que tan solo tragó saliva e hizo un breve asentimiento.

Cuando el sitio se terminó de llenar, hasta que fue muy complicado moverse a otro lado, Gregor McGarth subió al ring, en medio de ovaciones y silbidos. El hombre tenía casi la misma altura de Timothy, pero era más corpulento y la barba rubia lo hacía parecer un nativo vikingo, en lugar de escocés. Las voces de la gente gritando su nombre retumbaron entre las paredes de cemento y las vigas de metal.

Eran escasos los que estaban a favor de Timothy, pero eso daba igual. Por otra parte, Bassil ya le había explicado que no podría estar cerca de las cuerdas del ring para guiarlo o darle luces de qué hacer, porque esta no era una pelea convencional. Sin embargo, insistió en recordarle que no se dejara amedrentar por el entorno, los gritos o insultos, menos por las provocaciones o crueldades verbales de Gregor. También le aseguró que los hombres de Aspen estarían dispersos para controlar cualquier incidente y realizar una extracción en caso extremo. El combate empezó cuando el árbitro, en realidad era alguien que simulaba serlo, sonó una campana.

Leah quiso gritar cuando Gregor le dio el primer puñetazo a su hermano y la nariz de Timothy empezó a sangrar. Ella estaba haciendo un esfuerzo gigantesco para no llorar. Odiaba no poder abrazarse a Bassil y tener que mantener la cabeza baja, porque algunos integrantes del círculo de ese irlandés podrían reconocerla.

—Saldrá adelante —dijo Bassil en un susurro fuerte solo para ella, pero ya no estaba tan seguro. A pesar del gentío que los rodeaba, él podía sentir cómo Leah emanaba desesperación a su lado—. Está preparado para esto, muñeca, ¿lo entiendes?

Ella hizo un asentimiento sin mirarlo.

A medida que transcurrían los minutos, la rapidez de Timothy parecía disminuir, porque estaba sangrando. A pesar de que sus movimientos eran coordinados y los golpes certeros, Gregor no solo le había roto la nariz, sino también el labio y la ceja. Los puñetazos fueron sistemáticos, pero Timothy sí dio batalla. Bassil se sintió orgulloso del chico. Timothy trataba de limpiarse la sangre para ver mejor, pero el otro hombre aprovechaba para golpearlo más fuerte. Repentinamente, Bassil vio con horror cómo Gregor agarraba en el aire una pistola que le lanzaron del público.

—Maldito hijo de puta —gritó Leah sin poder contenerse, pero su voz fue ahogada por completo, ante los cánticos que clamaban por la muerte de su hermano.

Bassil quiso subir al ring, pero Leah quedaría sin protección alrededor y los hombres de Aspen tardarían en llegar a ella. Continuó atento al ring. No tenía idea cómo, pero, súbitamente, Timothy sacó fuerzas y se abalanzó contra Gregor con un grito embravecido e impregnado de valentía. El público bramó de enfado y gritaba insultos en gaélico. El barbudo perdió el equilibrio por el sorpresivo impacto, pues estaba confiado de que su contendiente no lograría reaccionar rápido, y cayó de espaldas como saco de patatas. Tim le asestó un golpe tras otro como un poseso.

El irlandés parecía estar inconsciente. El público estaba rabioso y confuso por la paliza que estaba recibiendo ahora el que era su luchador favorito. Gregor ya no era capaz de defenderse, así que Timothy hizo lo que Bassil jamás hubiera esperado.

En una ágil torción del cuerpo, el hermano de Leah se inclinó para agarrar la pistola que su contrincante había dejado sobre la lona, segundos atrás. No hubo dudas en las manos de Timothy cuando presionó el gatillo y con un disparo acabó con la vida de quien había intentado quitarle la suya primero. El estruendo pareció silenciar y dejar atónitos a todos, inclusive a Bassil que agarró la mano de Leah con firmeza.

Timothy había ganado la pelea y defendido el honor de su melliza.

—Ganó… —susurró Leah, pero su cuerpo temblaba. Estaba en shock.

A los pocos segundos, tres irlandeses, que Leah reconoció, subieron al ring con rapidez. Uno era Daniel McGarth, el hermano del ahora occiso, los otros eran amigos y parte del grupo que estuvo aquella noche, tres meses atrás, en el pub. En lugar de acercarse al cuerpo inerte de Gregor fueron hasta Timothy. No le concedieron el triunfo, porque, ¿qué clase de mafiosos serían si aceptaban la deshonra de perder, ante un hombre que ni siquiera era otro mafioso, sino un ciudadano "común"?

—¡Bassil! —gritó Leah cuando comprendió la intención de esos tres.

Timothy intentó defenderse, pero ahora eran tres contra uno. Bassil les hizo un gesto, que ya habían pactado si una emergencia surgía, a los hombres de Aspen. Estos de inmediato sortearon la muchedumbre y se abrieron paso hacia el ring. Aunque no lo hicieron con la suficiente rapidez para evitar que Timothy cayera en la lona y fuese prácticamente masacrado a golpes. Los disparos empezaron a escucharse desde todas partes, la gente gritó de miedo y también de sádico gusto al ver el caos.

—Leah, muñeca —dijo él agarrándola de los hombros—, lo siento…

—No, ¡no! —gritó y empezó a moverse para ir a hasta el ring. *Nadie le estaba prestando atención, porque buscaban mantenerse a salvo o disfrutar del sanguinario espectáculo. Las armas seguían disparándose como fuegos pirotécnicos al cielo.*

—¡Quiero ver a Timothy! ¡Quiero ver a mi hermano! ¡Suéltame! —gritó, mientras él la apretaba contra su cuerpo, reteniéndola e impidiéndole moverse.

—Los hombres de Aspen están ahí —le dijo con dureza al oído—, dándose de golpes con los irlandeses e inclusive con otros más que acaban de subirse al ring. Eso implica que tu hermano ya no está siendo agredido. Timothy sigue vivo. Confía.

—Bassil… —dijo ahora en un susurro que nadie podía escuchar, ni él. Empezó a temblar, pero los brazos fuertes del apuesto escocés la cubrieron con fuerza.

Las sirenas de los coches de policía se empezaron a oir bastante cerca. Los disparos de seguro habrían asustado a algún morador cerca del área y este se vio en la necesidad de llamar y pedir ayuda. Ante el alboroto de la presencia de las autoridades, el caos de por sí existente se acrecentó. En el ring, los irlandeses intentaron acuchillar no solo a los que les hacían la contra, que osadamente se habían subido para reclamarles que fuesen malos perdedores, sino también a los hombres de Aspen. Pero estos últimos ya conocían estos eventos, así que las heridas fueron mínimas y leves.

Entre gritos y jaleos, el hermano de Gregor, Daniel McGarth, les exigió a sus acompañantes que se encargaran de agarrar el cadáver de su hermano. Uno de ellos se echó el cuerpo a la espalda y empezó a bajarlo de la lona. Alrededor, todo era un griterío y correderas para salir rápido de esas instalaciones abandonadas. Además, también estaba el conflicto del cobro de las ganancias de esta noche.

Los hombres de Aspen agarraron a Timothy y lo bajaron del ring como pudieron. Él les había pagado bien, así que no iban a dejarlo de lado. Leah, abrazada a Bassil, avanzó, con el corazón en la garganta y con una desazón brutal, entre la gente para tratar de llegar a la salida. Sin embargo, antes de que Leah llegara al exterior, los ojos celestes de Daniel McGarth se cruzaron con los suyos. El mafioso la reconoció de inmediato y luego miró a Bassil. Les dedicó a ambos una sonrisa siniestra.

El contacto visual se rompió casi de inmediato, porque los gritos de los policías, que empezaron a llegar al interior de la fábrica, resonaron en las inmediaciones. McGarth se movió con rapidez, luego se perdió con sus amigotes y sus acólitos.

—¡Vámonos al hospital de inmediato! —gritó Leah, cuando estuvieron en el coche, mientras la cabeza ensangrentada de su hermano yacía sobre su regazo. Timothy tenía pulso, pero su rostro era una mezcla de colores, sangre y

partes hinchadas—. ¡Ponte en marcha, maldición! —exigió al chofer, en un tono impropio de ella. Pero es que no le importaba nada que no fuese salvar a Timothy.

Bassil no veía a Timothy con buen pronóstico. Se sentía impotente, porque no había nada que pudiera hacer. El único punto positivo era que el hermano de Leah no tenía una herida de bala, porque si hubiera sido así, entonces ningún hospital lo habría recibido sin exigir una explicación. Los médicos, porque era su obligación, llamarían a la policía para que conocieran la situación detrás del herido.

—Cuando lleguemos al hospital —dijo Bassil tratando de ser la voz de la razón, porque Leah estaba descontrolada y en shock—, la versión que debes dar a los médicos de emergencias es que tu hermano fue asaltado en un callejón. Debes decirles que él no vio nada ni a nadie, porque lo tomaron desprevenido cuando estaba de espaldas. No puedes dar más detalles, ¿de acuerdo, Leah? —preguntó.

Ella tragó saliva, mientras las lágrimas bañaban su rostro.

—S… Sí… —murmuró.

—Estaré contigo, muñeca —le dijo acomodándole un mechón de cabello detrás de la oreja —. No voy a dejarte, así que me voy a encargar de lo que necesites.

—Gracias, Bassil… —susurró entre lágrimas. Luego apartó la mirada de él y la posó sobre su hermano—: Hey, Tim —dijo llamándolo con ese apodo cariñoso—, mira que has ganado la pelea. No solo defendiste mi honor, sino que demostraste que tienes las agallas para enfrentarte a los integrantes de una mafia y ganar. ¿Qué tal con eso, eh, Tim? —preguntó con un sollozo, pero sabía que no habría respuesta.

Su hermano no se movía. Estaba inconsciente y grave, pero ella ignoraba hasta qué punto y eso la desesperaba, porque necesitaba respuestas, ayuda, calma y sosiego. Además, sentía que el coche no se movía lo suficientemente rápido para llegar al hospital o quizá ella estaba percibiendo el tiempo pasar más lento de lo normal.

—Leah —intervino Bassil—, procura no mover tanto a Timothy.

Ella hizo un leve asentimiento, pero no lo miró. Solo quería hablar con Tim.

—También le disparaste a ese abusón de Gregor… —continuó con un nudo en la garganta, al recordar la traumática escena que jamás se le borraría de la mente—. Confiemos en que este trauma en mí sane algún día y que tú olvides que lo hiciste. No te culpo de nada, eso quiero que lo sepas. Te quiero, Tim. Te quiero mucho… Recuerda que solo estamos los dos en el mundo. No te atrevas a dejar de luchar…

Al cabo de dos minutos más, finalmente, llegaron al hospital.

Bassil fue el soporte constante de Leah, en especial cuando Timothy ingresó a la sección de emergencias. Al ser un hospital privado, la atención fuese más ágil.

Después de un largo rato, el doctor Aburaya Macansello habló con ellos.

Les informó que el paciente tenía fracturadas las dos fíbulas y cuatro costillas, una quinta costilla estaba rota. Además, tenía una grave contusión en el lado derecho de la cabeza y había sufrido un traumatismo craneoencefálico que provocó hinchazón y presión en el cerebro. Iba a necesitar una cirugía exploratoria para las heridas internas y así poder conocer el alcance del daño causado por este episodio.

—Oh, por Dios, no… No… —dijo Leah hecha un mar de lágrimas.

—Doctor —intervino Bassil, abrazando a Leah y acariciándole los cabellos, mientras ella sollozaba contra su pecho—, ¿qué pronóstico de recuperación tiene?

—Imposible saberlo ahora, porque lo más urgente es estabilizarlo para considerar en cuánto tiempo podría entrar al quirófano, pero antes hay que bajar esa inflamación cerebral. En este momento solo puedo darles datos preliminares, porque hay otros especilistas que están con el señor Doyle, examinándolo —explicó—. Necesitamos varios análisis todavía. El paciente es muy joven, así que contemos con eso como un referente de que su cuerpo podrá resistir lo que queda por delante.

—Pobre, Tim —murmuró ella y se apartó de Bassil, limpiándose las lágrimas con el dorso de la mano—. Por favor —le dijo al doctor—, sálvelo. Ayúdelo.

—Mi equipo médico es muy competente, así que puede tener la seguridad de que haremos lo mejor por él. El paciente quedará ingresado desde hoy.

—¿Puedo verlo…? —preguntó ella en un hilillo de voz.

—No, lo siento, el área en la que se encuentra es restringida —dijo el doctor con amabilidad—. Tendrá que esperar a que una enfermera, autorizada, la contacte y le avise cuándo sería posible que el señor Doyle reciba visitas.

—Me quedaré con él —dijo Leah al doctor.

—Su hermano está sedado por ahora, así que le aconsejo lo mismo que a los familiares de otros pacientes que han pasado experiencias similares: Vaya a casa, intente descansar, porque los siguientes días serán de toma de decisiones importantes. Así que siempre es mejor discernir con la mente descansada.

—Por supuesto, doctor —dijo Bassil, adelantándose a Leah que quería protestar. El médico hizo un asentimiento y se marchó a atender otras emergencias.

—*Quiero quedarme* —dijo Leah entre sollozos.

—*No, tú vas a hacer lo que yo diga, Leah Doyle, y eso es ir a tu casa, cenar, ducharte y dormir. Tu hermano no querría verte aquí, llorando y agotada, con la ropa manchada de sangre.* —Ella se miró a sí misma por primera vez, desde que entró al coche, y abrió los ojos de par en par—. *Estaremos atentos a cualquier novedad. Mañana en la mañana podremos venir a comprobar cómo evoluciona Timothy.*

—*¿En plural…? Tú, tienes una vida Bassil y aparte te espera el empleo en la empresa…* —Él le puso los dedos en los labios e hizo una negación—. *¿Hmm?*

—*Leah, me voy a quedar contigo, te guste la idea o no* —dijo y apartó los dedos de los labios de ella—. *No dejaré de ir a la empresa, pues sé cuán importante es lo de Lawrence, no solo para ti, sino para Timothy. Además, una vez que doy mi palabra, la cumplo. Por ahora, primero, vamos a quitarnos la mugre de esa jodida pelea. Después, vamos a comer y a dormir* —dijo—. *No vas a hacer nada impulsivo.*

—*No es impulsivo querer ver a mi hermano…* —dijo, agobiada.

—*Leah, suficiente* —zanjó en tono firme—. *Vas a tener que tomar decisiones importantes sobre la salud de Timothy. El cansancio no va a ayudarte.*

Ella contuvo un sollozo e hizo, finalmente, un asentimiento. Bassil soltó una exhalación y le rodeó los hombros con el brazo para ir hacia la salida. Los guardaespaldas de los Doyle estaban alrededor y los escoltaron al coche.

CAPÍTULO 12

Aytanna no recordaba haber tenido tantos orgasmos como en las últimas semanas, ni una vida sexual tan llena de ardor y espontaneidad. Bassil era un amante atento y su nivel de ambición empresarial se extendía al dormitorio. Si él creía que ella no estaba saciada, hasta el punto del agotamiento, entonces la moldeaba con sus manos, la besaba con frenesí y la penetraba con ímpetu, hasta conseguir su objetivo. En general, ambos eran de naturaleza muy apasionada. El fuego que los consumía, cuando estaban juntos o se besaban, resultaba adictivo de avivar, una y otra vez.

Sus encuentros eran salvajes e intensos, aunque también tenían pizcas de calma y suavidad. Bassil solía notar, con rapidez, los detalles que la excitaban. Pero esa capacidad de percepción iba más allá de las sábanas. Él había estado muy atento a las palabras y detalles que notaba sobre ella. Así supo que el color preferido de Aytanna era el azul; el sabor de helado que más le gustaba era el de chocolate con trocitos de brownie; que compraba ediciones diferentes de un libro, que ya tenía, solo por el diseño de la portada; que escuchaba a Taylor Swift; que le enfadaba cuando la gente escuchaba a los músicos callejeros y no dejaba propinas; y que adoraba los animales.

Ella, en cambio, ya había tenido varias semanas para conocer detalles sobre él, la primera vez que trabajo como jefa de cabina del jet, meses atrás. Aytanna sabía que Bassil era hermético, responsable, dictatorial, dominante y que no toleraba la incompetencia. Pero las facetas que iba descubriendo, poquito a poco, ahora que estaban juntos, incluían que era generoso, tenía un sentido de humor negro, disfrutaba un buen whiskey más que el vino, sentía amor y odio por las filosofías de Nietzsche, y la única familia que tenía era su mejor amigo, Hutch Burton, y la mujer de este, Molly. En su caso, la única familia que tenía eran Raven y Clement. ¿Y el esposo de su mejor amiga? Ese caso era tan especial como debatible, pero Arran le caía bien.

Por otra parte, en este tiempo juntos, además de cenar en lugares de comida exquisita e ir a un par de degustaciones de whiskey en destilerías locales, Bassil la había invitado a una exposición de inmersión multimedia del pintor Gustav Klimt. Se trató de un evento solo para los patrocinadores y también para personajes reconocidos de la sociedad, además del alcalde. La experiencia fue memorable para Aytanna.

Le causó gracia encontrarse con uno de sus excompañeros de la aerolínea, Lazlo. Con él solía colarse en las fiestas de gente adinerada de la ciudad o conseguir pases especiales para acontecimientos exclusivos. Cuando le preguntó qué rayos hacía en una exposición de arte, Lazlo le dijo que estaba acostándose con la hija de una de las organizadoras. Aytanna había soltado una carcajada y charló con él brevemente. Al cabo de un rato se despidieron con la promesa de verse en alguna otra ocasión, para tomar un café o comer algo, con otros excompañeros de Virgin Atlantic.

—Interesante saber que la estás pasando tan bien, Aytanna —le había dicho Bassil con expresión seria, atractivamente vestido con un traje de Brioni y oliendo a promesas de lujuria, mientras le sujetaba la parte baja de la espalda. El toque se había sentido como una llama tibia, pero que amenazaba con volverse abrasadora.

El tono de voz masculino había sido similar al de un sultán que acababa de ser desafiado a una batalla. Ella lo miró con una sonrisa, mientras bebía champán. Esa noche se había puesto un vestido color violeta con un escote marcado, pero que, al moverse, parecía tan solo una ilusión. El diseño había sido un obsequio de su mejor amiga. Raven tenía una marca de vestidos de noche, RSC, y Aytanna, en un par de ocasiones, había desfilado algunos de sus trajes en un par de eventos de moda.

—La pasaré mejor cuando estemos piel con piel, Bassil, porque la persona con la que me gusta estar eres tú —le había contestado haciéndole un guiño—. Además, no hace falta que le rompas las costillas ni la cara a Lazlo, porque es solo un amigo.

La respuesta de él había sido agarrarla de la mano con suave firmeza, llevarla a un punto ciego, en el que nadie los podría encontrar, y apoyarla contra la pared. Después le había subido el vestido hasta la cintura, arrancándole el tanga de seda negra, y guardándoselas como si fuese un *souvenir* en el bolsillo, antes de penetrarla con ímpetu. Ella había hecho un gran esfuerzo para ahogar sus gemidos. Él no se había detenido, hasta que Aytanna tembló de éxtasis, solo entonces también se corrió.

—Tus orgasmos siguen siendo míos, así que ahora procura que tus sonrisas luminosas también lo sean —le había dicho saliendo del interior con lentitud.

—Tan solo si me das suficientes razones para que pueda considerarlo —había replicado, mirándolo, en un tono desafiante, mientras se acomodaba la ropa.

Bassil le había agarrado el mentón entre los dedos con expresión seria.

—Pocas personas ven mis sonrisas sinceras, una de ellas eres tú —le había respondido con simpleza, dejándola boquiabierta. Aytanna no tuvo tiempo de reaccionar, porque al salir de ese espacio discreto se encontraron con un grupo de personas que eran conocidas de Bassil. El momento entre ellos se había disuelto, pero no así el efecto en Aytanna, pues su corazón continuó galopando alocadamente.

Ese evento había ocurrido dos días atrás.

Ella sabía que la diferencia de edad le daba a Bassil la experiencia, madurez y seguridad de saber con certeza quién era y qué quería de la vida. Esos doce años que le llevaba, lo convertían para Aytanna en alguien aún más interesante. Uno de los aspectos que destacaba era que él sí la escuchaba, en lugar de pretender hacerlo. Es decir, valoraba sus opiniones y respondía en consecuencia. Si acaso Bassil estaba en desacuerdo, porque ambos tenían posturas férreas sobre ciertos temas, no intentaba menoscabar la opinión de ella, sino que dejaba claro el motivo por el cual disentía.

En estos instantes, mientras llenaba el formulario médico tratando de que no le temblara la mano, le hubiera gustado que él estuviera alrededor. Le habría ayudado escuchar esa voz masculina que la instaba a serenarse y sentir los brazos fuertes que, cuando estaban juntos, la resguardaban del caos exterior. Sin embargo, prefirió no llamarlo, porque sabía que aún estaba en una reunión en las afueras de la ciudad.

Aytanna no quería entrar en pánico y necesitó recordarse, varias veces, que era capaz de resolver cualquier situación, tal como lo había hecho toda la vida: sin ayuda de nadie. Esto le dio el impulso que necesitaba para reafirmar su capacidad de enfrentarse a momentos complicados, tal como el que estaba viviendo ahora. Además, no quería convertirse en una carga para otras personas y depender de estas.

Aunque ella y Bassil eran sexual e intelectualmente compatibles, en el plano emocional Aytanna no quería apresurarse a sacar conclusiones. Él era un hombre que no andaba con medias tintas, y si no le correspondía se lo haría saber; le rompería el corazón. ¿Cómo se regresaba de algo así? Imposible. Así que necesitaba guardar sus sentimientos, hasta que estuviera segura de que Bassil no la rechazaría. Mejor todavía, podría continuar negándose a sí misma la verdad: empezaba a enamorarse de él.

El sonido de la sirena de una ambulancia la instó a regresar su atención al sitio en el que se encontraba: un hospital. Necesitaba controlar sus nervios.

—Señorita Gibson, termine de llenar el formulario, por favor —dijo la enfermera, en un tono que daba cuenta de que no tenía mucha paciencia.

Aytanna hizo un asentimiento e esbozó una sonrisa de disculpa.

—Sí, claro —murmuró estampando su firma en el documento—. ¿Me puede decir en qué momento me van a permitir ver a mi tía? —preguntó, mientras dejaba el bolígrafo a un lado. Tenía la garganta seca y un nudo en el estómago.

—Cuando los encargados de emergencias la llamen por altoparlante —replicó la mujer acomodándose un mechón de cabello negro detrás de la oreja—. Ya he registrado su nombre como familiar y responsable de la señora Gibson. Ella está siendo atendida, pero el doctor le dará los detalles pertinentes cuando lo estime necesario. Hoy tenemos más concurrencia de lo habitual. Por favor, tome asiento.

—De acuerdo, gracias —murmuró con resignación y fue a la sala de espera.

Simona la había llamado, una hora atrás, para informarle que Clement tuvo un accidente en las instalaciones del centro, y su condición no podía ser tratada en Joy to Care. Por eso, la habían derivado al hospital Royal Infirmary of Edinburgh, pero necesitaban la presencia de un familiar para que cumplimentara ciertos datos.

Aytanna detestaba visitar hospitales, así como el olor a desinfectante que se filtraba desde los ductos de aire. Le tenía pánico a las salas de emergencias y a ver a los médicos corriendo por los pasillos. El escenario al completo le solía provocar ataques de ansiedad. Después de la experiencia del accidente de coche, en el que iba con su madre y su tía, años atrás, en su inconsciente persistía una huella de miedo.

La sensación de que podría desmayarse, o que estaba reviviendo sus pesadillas existenciales, duraba hasta cuando lograba racionalizar sus temores y controlar la respiración. Todo lo anterior lo experimentaba recurrentemente cuando le tocaba acompañar a Clement a realizarse exámenes especiales y rutinarios. Sin embargo, en esta ocasión no era capaz de lograr serenarse con la rapidez que hubiera necesitado. La circunstancia actual era una condenada emergencia y Aytanna estaba asustada.

Simona le había dicho que no estuvo presente cuando ocurrió el jaleo, pero que una de las enfermeras le informó que Clement y otra señora, Magda, habían discutido en la sala de juegos. Al parecer, Magda quiso agredir a Clement y esta última, en un intento defenderse, se había impulsado hacia adelante. Pero perdió el equilibrio cayéndose de la silla de ruedas y dándose de bruces contra el piso. La directora de Joy to Care ordenó llamar una ambulancia para que Clement fuese llevada de emergencia a un hospital, porque al tener hemiplejia necesitaba cuidados especiales.

Aytanna no podía creer que su tía hubiese actuado tan impulsivamente. «¿En qué estaba pensando?», se preguntaba horrorizada por la imprudencia de ella, mirando con insistencia el reloj de pared, pero este parecía avanzar a paso de tortuga. Le tocó esperar casi tres horas, comerse varias chocolatinas y beberse al menos dos vasos de café, que compró en la maquinita expendedora, antes de que la llamaran por altoparlantes. Cuando caminó hacia la sala de emergencias, lo hizo con aprensión.

—Buenas tardes, señorita Gibson, soy el doctor Mike Brennan —dijo el hombre de cabellos negros y ojos del color de la miel. Llevaba una barba pulcra y tenía un parecido al doctor Derek Shepherd de Grey´s Anatomy, pero con acento irlandés—. Estuve a cargo del equipo médico que atendió a la señora Clement Harriet Gibson.

Aytanna estrechó con suavidad la mano que él le extendió.

—Buenas tardes… —murmuró mirando la sala impoluta en la que se hallaban—. Por favor, dígame qué es lo que ha pasado con mi tía.

El hombre hizo un breve asentimiento.

—Seré concreto. En primer lugar, su tía está fuera de peligro y eso es importante que lo sepa. —Aytanna soltó una exhalación de alivio—. La paciente llegó con una ceja rota, la suturamos. La presión estaba alta y ya la controlamos. Pero lo complicado es que la cadera derecha se fracturó severamente por la caída, así que se sugiere realizar un reemplazo de la prótesis lo antes posible —dijo con eficiencia.

Aytanna bajó la mirada. Esa operación sería costosa, en especial la prótesis. Solo esperaba que el seguro médico cubriera la mayor parte de los gastos. Ella intentaría encontrar el modo de financiar los costos adicionales que incluirían seguramente terapias físicas. «Al menos tenía un empleo estable y eso le daba gran tranquilidad».

—Si no se hace el cambio de la prótesis, ¿no le puede dar el alta?

Él hizo una negación con una expresión de pesar.

—Sería negligente de mi parte darle el alta, porque el grado de movilidad de su tía está más limitado de lo habitual. En una residencia de ancianos no tienen los implementos para ayudarla. Si usted desea llevársela, entonces tendrá que firmar un documento asumiendo toda la responsabilidad de lo que ocurra con la paciente fuera del hospital —explicó con sensatez—. ¿Es lo que desea? —preguntó.

Aytanna cerró los ojos un instante, al abrirlos hizo una negación.

—Usted tiene razón, doctor... —soltó una exhalación—. Tan solo estoy pensando de forma egoísta, porque no me gustan los hospitales. Sin embargo, sé que mi tía entenderá que es necesaria una intervención quirúrgica —murmuró.

—Es la mejor opción para ella —dijo el doctor, mientras le mostraba los Rayos X de la cadera—. El implante actual está fracturado y podría causarle daños si permanece de ese modo. Primero, esta prótesis rota podría lastimar el hueso, si acaso no lo hizo ya con la caída. No podremos saberlo, hasta que operemos. Segundo, podría existir una infección. Tercero, la paciente estará en constante dolor y el golpe que sufrió ocurrió en el sitio que no está afectado por la hemiplejia —comentó.

—Oh, Dios —murmuró apretando los labios. Esto implicaba que la limitada movilidad de Clement afectaría más su cuerpo—. Hablaré con ella primero, pero en lo que a mí respecta estoy totalmente de acuerdo en que se haga la operación. Solo quiero que mi tía esté bien y recupere el ritmo de vida al que está habituada.

Mike se apartó de la pantalla en la que había expuesto los Rayos X, y le hizo un gesto de la mano a Aytanna para que lo siguiera por el pasillo.

—Por supuesto —replicó con una sonrisa y la guio, hasta Clement. Cada cama de la sala de emergencias estaba separada de la otra, a través de cortinas gruesas—. He recomendado que, bajo los protocolos regulares en estos casos, se traslade a la señora a una habitación privada para estar veinticuatro horas en observación.

En Escocia, el gobierno cubría el tratamiento y atención de emergencia de cualquier persona en hospitales, sin importar si contaba o no con seguro médico. Esto último no contemplaba medicación especial. En el caso de las operaciones específicas, como la que Clement necesitaba, cada paciente tenía que hacerse cargo del costo.

Cuando el doctor hizo a un lado la cortina, Aytanna sintió alivio de ver a su tía.

La intravenosa estaba conectada en la muñeca derecha, la ceja herida estaba cubierta con una gasa pequeña y tenía un ligero moratón en el rostro. Aparte de eso, ella lucía como una pacífica anciana que no aplastaría ni a una mariquita ni alzaría la voz. Aytanna contuvo las lágrimas de emoción al comprobar que estaba bien.

—Buenas tardes, señora Gibson. ¿Cómo se siente? —preguntó Mike.

La anciana abrió los ojos, primero miró a su sobrina, segundo, al doctor.

—Estaría mejor si esa vieja idiota no hubiera hecho trampas —replicó con desafío y tosiendo—. Magda es una tramposa de mierda. ¡Deberían echarla de la residencia! Esa falta de honor me enfada, ¡ella es la que debería estar en el hospital!

El doctor soltó una risa por lo bajo y la ayudó a beber agua. Aytanna se llevó la mano a la boca, porque su tía parecía haber despertado en modo tornado.

—Hoy, al parecer, ha tenido mucha suerte. Pudo haberse golpeado la cabeza, hasta el punto de tener una contusión o algo peor. Sin embargo, tal como le comenté hace un rato, usted tendrá irremediablemente que pasar por el quirófano para hacer un cambio de prótesis —dijo Mike, controlando el monitor y los signos vitales.

—Como si tuviera tiempo para estar durmiendo en un quirófano —farfulló. Luego miró a su sobrina—: Estoy de una pieza, cariño, soy invencible —se rio.

—Tía… —murmuró meneando la cabeza—, eres imposible.

Aytanna dejó escapar las lágrimas que estaba conteniendo y se acercó para abrazar, con suma cautela, a su tía. La anciana le rodeó la espalda, dándole unas palmaditas cariñosamente, con la mano en la que no tenía la vía. Alrededor se escuchaban gritos de dolor, una persona vomitando, médicos dando órdenes, personal de limpieza que entraba y salía, enfermeras yendo de un lado a otro.

—Lo siento, cariño, no quise preocuparte. Les dije que no era necesario que te llamaran —dijo Clement en tono afligido, porque era consciente de que los hospitales le causaban ataques de ansiedad a Aytanna—. Tan solo perdí el equilibrio y eso causó unos ligeros inconvenientes físicos. Un golpecito por aquí y otro por allá.

Al cabo de un instante, Aytanna se apartó y se limpió las lágrimas.

—Las enfermeras están en la obligación de llamarme, te guste a ti o no —dijo mirándola con amor—. Tú, eres mi única familia, por favor, no me des estos sustos otra vez. El doctor dice que un especialista tendrá que hacerte un cambio de la prótesis de la cadera, porque o si no tendrás dolores o podría generar daños al hueso.

—Estaba en la obligación de defender mi honor —replicó.

—Nadie te atacó… —dijo Aytanna acariciándole la mano.

—Esa vieja idiota de Magda se atrevió a llamarme ignorante, porque la descubrí queriendo hacer trampa en el Ajedrez —replicó, en tono indignado, al recordar la situación—. Estábamos apostando diez libras esterlinas a la que ganaba. Así que cuando le dije que yo no jugaba con tramposas, me insultó.

—Vaya, haciendo apuestas…—murmuró con humor, porque era clásico de Clement ir contra las reglas y organizar sus propios enredos.

—Es dinero bien ganado y le da emoción a los días —se defendió—. Salvo que exista una compañera de juegos como Magda —dijo en tono indignado.

—No estoy juzgándote —sonrió—, pero cuéntame cómo acabaste aquí, tía.

—La bruja esa intentó arañarme la mano que no puedo mover. Esa fue una movida ruin —dijo y Aytanna hizo un asentimiento—. Acomodé mi cuerpo sobre la silla de ruedas para darle un empujón a Magda. Pero calculé mal, perdí el equilibrio, y me caí de bruces, no sin antes haberle dicho que era una bufona y mediocre —contó con orgullo. Aytanna puso los ojos en blanco—. Supongo que en este hospital no tienen como opción medicinal natural un porrito, ¿o sí? —preguntó frunciendo el ceño—. Creo que las personas de mi edad deberían tener derecho a un jodido porro, en el momento en el que se nos dé la gana. Hemos soportado bastante del mundo.

Aytanna miró al doctor, que observaba el intercambio con una sonrisa, y ella murmuró una disculpa silenciosa por el comportamiento de su tía. No tenía idea de porqué Clement tenía esa manía de pedir siempre un porro. A veces, se preguntaba si algún residente en Joy to Care tenía visitantes que llevaban sustancias como esta y su tía había conseguido que la compartieran con ella. No dudaba de las argucias de la que era capaz, porque su movilidad era limitada, pero su cerebro estaba afinado.

—Lo siento, mi tía es un poco liberal —dijo Aytanna—. Nunca le damos marihuana, pero todavía tiene la convicción de que estamos en los años *hippies*.

—Mi información está en la hoja del informe médico, pero si llegase a necesitar algo adicional —dijo Mike en tono amable e ignorando el comentario, porque le daba igual. Sacó una tarjeta de presentación del bolsillo—: Este es mi número de contacto.

—De acuerdo, seguro que voy a llamarlo, gracias —murmuró.

—Disculpe, doctor —dijo Clement de repente—, ¿cuántos años tiene usted?

—Treinta años —replicó Mike frunciendo el ceño—, pero le aseguro que me he preparado muy bien para poder trabajar aquí. Sin embargo, si requiere una segunda opinión de su estado físico, así como de la operación que he sugerido realizar cuanto antes, estaré más que dispuesto a sugerirle a algunos de mis colegas —afirmó.

Clement hizo una ligera negación con la cabeza.

—No, no, doctor —interrumpió al comprender que la había mal interpretado—. Le pregunto, porque mi sobrina está soltera. Tiene veinticinco años. Usted es guapetón y educado. ¿Qué le parece si, mientras hablamos de lo aburrido que será cuando tenga que operarme, aprovecha y me cuenta si también está soltero?

Aytanna quería que se abriera la tierra y la tragara.

—Tía, por favor, compórtate —dijo abochornada.

Mike le dedicó una sonrisa a Clement y sacó un anillo de oro del bolsillo.

—Si no estuviera felizmente casado, lo más probable es que invitaría a salir a su atractiva sobrina —dijo con amabilidad y listo para visitar a su siguiente paciente.

—¿No tiene algún amigo…? —empezó la anciana.

—Doctor, qué pesar, no tome en cuenta los comentarios de mi tía —interrumpió Aytanna, sonrojada. Miró a Clement—: Antes de que el doctor se marche, quiero que decidas sobre tu operación. No tenemos mucho tiempo, tú no puedes estar con dolor y yo necesito coordinar con tu seguro médico.

Clement se enfurruñó, pero sabía que era lo correcto.

—Sí, supongo que tendré que operarme —dijo sin ganas—. Sé que será un proceso estresante para ti, así que me disculpo con anticipación, cariño. Apenas tengas la aprobación del seguro, entonces acepto hacerme la operación. Esta semana.

Aytanna soltó una exhalación suave al notar que Clement no presentaba batalla sobre el cambio de prótesis. Por un lado, eso era fabuloso, porque no tendría que crear argumentos para convencerla de que operarse era lo mejor para ella. Por otro, eso implicaba que Clement sí estaba con dolor, porque, generalmente su tía era reacia a realizarse cualquier tratamiento médico, quirúrgico o no, pues sus argumentos eran que el cuerpo se curaba por sí solo o que ella no tenía tiempo para esas tonterías.

—Los médicos de este hospital son muy buenos en sus áreas de especialidad, así que estoy seguro de que el profesional que elijan para la operación hará un gran trabajo —dijo Mike con una sonrisa—. Ahora me tengo que ir a pasar visita a otros pacientes y luego vendrá otro doctor a relevarme en la guardia —concluyó.

Una vez a solas con Clement, Aytanna se sentó en la silla que estaba junto a la cama. De repente, todo el peso de las últimas horas cayó sobre sus hombros y se sintió extremadamente agotada. Iban a ser unos días con mucho movimiento.

—Tía —dijo Aytanna—, no intentes buscarme novio, por favor.

Clement tan solo abrió un ojo para mirarla. Luego lo volvió a cerrar. Amaba a esta muchachita. Las circunstancias del pasado no cambiaban ese amor. La anciana pagaba gran parte de sus gastos médicos con los ahorros y con lo que recibía mensualmente de su retiro laboral. Sin embargo, Aytanna, desde que tuvo su primer empleo de medio tiempo, a los diecisiete años, siempre aportó lo que más podía para cubrir la compra de comida y ayudas para Clement. Ahora, que ya poseía ingresos más sólidos y consistentes, cubría todos los gastos médicos extras de su tía.

—Aunque adoro a la bonita de Raven, ella, ya tiene a su esposo. Yo, me iré de este mundo en algún momento, en especial si tengo que defenderme de idiotas como Magda. —Aytanna soltó una carcajada, porque su tía era irreverente—. Pero, tú, mi adorada muchacha, no tienes a nadie. Si decides no tener hijos está perfecto, aunque, al menos, intenta estar con una pareja estable que te ame y te acompañe en el camino. Yo, a mi edad, solo me arrepiento de no haberme casado con el hombre que tanto me gustaba —sonrió al recordar esas épocas—, pero fui demasiado soberbia para reconocer que necesitaba su compañía y su cariño. Lo rechacé.

Aytanna ladeó la cabeza y decidió hacerle una confesión.

—Estoy saliendo con alguien —dijo con una sonrisa cuando Clement la miró con ávido interés para cotillear—. Por eso no quiero que me busques un…

—¡Cuéntame! —interrumpió. Aytanna le habló de toda la historia, menos los aspectos íntimos o información que solo era para ella—. Ohhh, qué interesante. Pero, ¿si no me hubiese dado de puñetazos, entonces no me habrías dicho de tu romance con Bassil Jenok? —Aytanna se carcajeó por el melodrama de Clement—. ¿Eh?

—Te lo habría contado, sí —dijo con sinceridad—, pero sé que sueles hacerte un montón de ideas en la cabeza. No quería imaginarme escenarios fantasiosos —se encogió de hombros—, ya sabes que no me han llevado por buen rumbo.

Clement la miró con sagacidad.

—¿Por qué ese hombre, dueño de un imperio como mencionas, no está aquí? —preguntó—. Si tiene minions que hagan su trabajo, y si sabe de mi existencia…

—No le he hablado de mi pasado —interrumpió con suavidad, inclinándose hacia adelante en la silla, apoyando los codos sobre las rodillas—. Así que no sabe de ti, porque si te conociera, entonces me haría preguntas que temo responder. Me siento paralizada ante la posibilidad de contarle sobre el accidente…

—Fue un error, Aytanna, todos cometemos errores —dijo con seriedad—. Han pasado muchos años, así que no puedes vivir torturándote el resto de tu vida. Si el tal Bassil es el hombre para ti, entonces no va a juzgarte. Salvo que él sea el nuevo Jesucristo, lo más probable es que también tenga sus propios monstruos.

—Es diferente —susurró en un hilillo de voz—, porque yo soy una asesina…

Clement la observó con pesar e hizo una negación. A veces, no había manera de quitarle esas ideas a su sobrina, pero, sin importar lo que pasara por esa cabecita, la anciana adoraba a Aytanna. El pasado estaba en un punto inalcanzable, porque ya no existía. Lo único posible y tangible era el aquí y el ahora. Clement esperaba que su sobrina no dejara que un error amargara su vida, porque estaba demasiado joven.

—Eres una mujer especial con aspectos complejos, cariño. Eso es todo.

Aytanna tan solo bajó la mirada. No tenía más qué decir en su defensa.

Esta era la primera ocasión en que Aytanna no respondía a sus llamadas ni tampoco los mensajes de texto. Él no solía insistir, porque había aprendido a respetar el tiempo de otras personas, pero con ella era diferente. Las ganas de verla rebasan sus estándares regulares y que solía aplicar a sus amantes. En el caso de estas últimas, Bassil estilaba quedar en hoteles discretos y lujosos; jamás iban a su casa, menos a su cama. No le gustaba crearles la percepción de que tenían un espacio en su vida personal más allá de un intercambio físico. De hecho, una vez que terminaba la faena entre las sábanas, él perdía las ganas de buscarlas, hasta una próxima ocasión.

En el caso de Aytanna, aunque fue él quien maquinó el reencuentro de ambos, las circunstancias propiciaron que ella estuviese no solo en su casa y en su cama, sino también en sus jodidos pensamientos. Esa había sido la razón de que la última vez que se vieran hubiera sido dos días atrás, en la exposición de Klimt.

Cuando la había visto riéndose con el tal Lazlo, su sentido de posesión surgió como un monstruo incapaz de quedarse quieto. Lo único que impidió que agarrara a ese tipejo del cuello, y lo estampara contra el suelo, fue un resquicio de sentido común y la seguridad de que la policía lo habría detenido. Esto se hubiera visto terrible para sus negocios, en especial si entre los invitados estaba el alcalde de Edimburgo. Bassil era despiadado e implacable en los negocios, pero no era un suicida empresarial.

Sin embargo, cuando ella lo tentó con sus palabras diciéndole que solo lo quería a él, piel con piel, todo autocontrol se fue de paseo. Bassil no follaba en público, pero la necesidad de marcar a Aytanna, y recordarle a quién pertenecía, fue tan fuerte que no había podido evitarlo. Resultó una suerte que hubiera encontrado un espacio recóndito, en medio de la exposición, para así poder desatar su anhelo por ella.

Fue esa noche que supo que necesitaba marcar distancia, porque ninguna otra mujer había impulsado que sus instintos estallaran y amenazaran con controlarlo a él, en lugar de ser lo opuesto. Había estado a punto de poner en riesgo su reputación, porque un imbécil la hizo reír y se atrevió a tocarle el brazo desnudo, además de abrazarla como si tuviera algún derecho a saludarla efusivamente. Pero, también iba mucho más allá de los inesperados deseos de tener a Aytanna solo para él; más allá de la pasión sin parangón que disfrutaba a su lado y los besos incandescentes.

Se trataba del optimismo, la espontaneidad y empatía que ella derrochaba y que parecían ser como un riachuelo de agua fresca que amenazaba con abrirse paso en los ennegrecidos cimientos emocionales de Bassil. Fue por eso que optó por pedirle a Laos que condujera la hora y media desde Edimburgo hasta Lanark, la ciudad en la que estaba la planta de Earth Lighting, cuarenta y ocho horas atrás. Su intención fue enfocarse con más profundidad y sin distracciones en sus objetivos. Por supuesto, lo anterior tenía en su lista de prioridades todo el proceso pendiente de Greater Oil.

Sin embargo, esa distancia física había provocado todo lo opuesto, porque más de una vez se imaginó la sonrisa de Aytanna y sus absurdas frases optimistas, pero también sus besos. La forma en que lo recorría con los labios, en especial cuando le hacía una felación, parecía como si estuviera conjurando un embrujo sensual en él. Pero Bassil se temía que su atracción por ella empezaba a ampliarse a otros aspectos que nada tenían que ver con el sexo. Eso le pareció evidente, el día que ella insistió en que fueran a la función de un nuevo circo itinerante, The Revel Pickle Circus.

Bassil rehusó tajantemente, porque no le apetecía mezclarse con la muchedumbre. Sin embargo, ella lo había mirado con desafío y lo llamó incoherente. Le preguntó que cómo podría ser un esnob intelectual y apoyar solo a las artes que se llevaban a cabo en un entorno bonito, pero rechazaba las de uno más rústico. Así que fue ese el detonante que lo había llevado a ir a un jodido circo en Edimburgo.

—¿Qué opinas? —le había preguntado ella, sonriente, mientras estaban sentados en una de las escalinatas y unos acróbatas hacían piruetas en el aire.

—Que tienen buen equilibrio y me están aburriendo —había replicado, gruñón. El exceso de gente lo fastidiaba, en especial los mocosos que estaban detrás de ellos. Los críos gritaban de alegría ante el más mínimo gesto que hacían los artistas vestidos de azul y negro en el escenario de arena—. Pero lo más importante es que deberían llevarse su circo a otra ciudad. Al parecer, en Edimburgo, hay una mujer que no mide los peligros de salir sola a las funciones nocturnas en las zonas menos seguras.

Ella había soltado una carcajada desenfadada y agarró un manojo de popcorn y se los lanzó juguetonamente a la cara. Él había fruncido el ceño enarcando una ceja.

—Deberías sonreír un poco más, Bassil, tienes una sonrisa muy atractiva —había dicho haciéndole un guiño—. Yo creo que esto es muy divertido.

Él había hecho una mueca.

—Probablemente, porque tus estándares de exigencia son muy flexibles —había replicado, mientras notaba de repente cómo los ojos verdes perdieron la alegría. Bassil se giró por completo hacia ella—. ¿Te ofendí con mi comentario? —preguntó.

Aytanna había agarrado el refresco y bebió dos tragos largos. Alrededor la algarabía por un gimnasta que dio tres vueltas en el aire resonó en el interior de la carpa. Unos niños lloraban a lo lejos. Otras personas se reían a carcajadas. El juego de luces creaba un extraño ambiente que parecía sacado de una película de fantasía.

—Los recuerdos que tengo de mi madre son agridulces —le había dicho con la mirada baja, y él tan solo permaneció quieto—. Mis orígenes son humildes, Bassil.

—Aytanna, no lo dije porque…

Ella había elevado la mano y le puso el dedo índice sobre los labios para que hiciera silencio. Él soltó una exhalación e hizo un asentimiento.

—Mi mamá y yo siempre estábamos cambiándonos de una casa a otra para tratar de conseguir el sitio con el alquiler más bajo. Encontrar amistades era muy difícil para mí, porque no había un entorno fijo en el que viviésemos demasiado tiempo. Así que aprendí a utilizar una máscara de constante alegría y accedía a unirme a cualquier actividad que implicara tener un grupo de niños de mi edad que me aceptara. Sin embargo, en una de esas mudanzas nos quedamos en una zona en la que había un circo itinerante —había dicho con una sonrisa de nostalgia—. Mi madre no me dio permiso para ir, pero me escapé con unos amigos. Yo tenía diez años.

—La necesidad de pertenencia a esa edad es complicada —había murmurado al sentirse identificado con lo que ella estaba diciéndole, porque sus orígenes eran similares en carencias económicas—. ¿Qué pasó cuando llegaste al circo?

Ella había esbozado una sonrisa. En ese instante, Bassil se dio cuenta de que las sonrisas genuinas en Aytanna eran inusuales, porque las que entregaba a otros eran diseñadas para agradar y encajar, pues era el aprendizaje de su niñez. Bassil se había sentido regocijado al reconocer que las sonrisas de ella, para él, eran reales.

—Cuando se abrió la carpa y empezó el espectáculo me embargó una alegría que no podría explicar: libertad de reírme de verdad, gritar de rabia cuando el espectáculo iban mal, llorar ante las teatralidades de los payasos en sus actos dramáticos, sentir que estaba rodeada de personas que sentían igual que yo y que no les importaba más que ese momento frente a los artistas. No necesitaba encajar, porque solo el hecho de entrar en esa carpa me hizo parte de algo —había expresado con los ojos llovidos, mientras en el escenario se anunciaba un show con caballos bailarines—. Cada ocasión que un circo itinerante viene a Edimburgo, sin importar lo que haga, voy a una función. Así que no tengo estándares de exigencias, sino estándares para escoger lo que me ofrece más libertad de ser simplemente yo.

—Aytanna —había dicho Bassil apoyando la frente contra la de ella—, lo siento. Definitivamente merezco el título de idiota de la noche.

Ella había esbozado una sonrisa y se encogió de hombros.

—Creo que puedo pensar en una manera de que lo compenses —le había dicho haciéndole un guiño, luego apoyó la cabeza sobre su hombro y se dedicó a observar el espectáculo con la misma ilusión, sonrisas y emoción que una niña de diez años.

Después de esa noche, Bassil supo que estaba en problemas, porque, en lugar de controlar hasta qué punto se involucraba para lograr sus objetivos con Greater Oil, ahora buscaba conocer más de Aytanna. Para hacer esto último, las piezas de sí mismo que tendría que entregar a cambio no podrían ser superficiales. Ningún vínculo de confianza florecía sin que hubiese una dosis alta de autenticidad.

Bassil consideraba que no era difícil conquistar a una mujer, lograr que confiara y se enamorara de él, si poco o nada le importaban los aspectos profundos de la personalidad o emocionales en ella. Pero, conseguir el mismo objetivo, resultaba muy complejo si la mujer le ofrecía un vistazo de su esencia auténtica y, aparte, esa misma escencia empezaba a tener similitudes con la de él. Esto era una bomba de tiempo.

Ahora, él quería conocer más de Aytanna y explorar los aspectos que definían su naturaleza auténtica. No quería la versión manufacturada que ella les entregaba a los demás, no. Bassil deseaba destruir todas las capas que le impidiesen llegar a los monstruos y a los seres fantásticos que conformaban a la verdadera Aytanna. Él había pensado que el continuo optimismo de ella tenía que ver con su personalidad, pero, después de ese día en el circo, comprendía que era una forma de protegerse. Así que en lugar de sentir indiferencia por indagar más en su pasado, le ocurría lo opuesto.

Esas realizaciones lo llevaron a aprovechar un rápido viaje de trabajo, que hubiera sido solo de ocho horas a otra ciudad, y convertirlo en uno de dos días. El destino fue Lanark, en donde estaba la planta de ensamblaje de Earth Lighting. Él aprovechó el tiempo para tener un respiro de la abrumadora compulsión de ver y besar a Aytanna. Las montañas y el campo, en las afueras de Lanark, lo ayudaron a recuperar el control y recalibrar sus objetivos. Aunque no sabía cuánto duraría.

Él le había dicho a Aytanna que, cuando regresara a Edimburgo desde Lanark, la quería invitar a cenar en The Kitchin, un restaurante de alta cocina escocesa. Ella se había mostrado entusiasmada, porque el local era famoso y tenía excelentes reseñas. La cita de ambos había sido acordada para las ocho de la noche. Sin embargo, ahora, sentado en la mejor mesa del restaurante, Bassil contemplaba su reloj Chopard. Las manecillas de oro marcaban las nueve y media de la noche. La tardanza no era un comportamiento habitual en Aytanna, menos dejar de responder el teléfono.

Ella le había comunicado, en el último mensaje que le envió a las cuatro de la tarde, que estaba trabajando en un documento y que prefería que se encontraran directamente en el local para no perder la reserva. A regañadientes, él aceptó no ir a recogerla, pero le pidió a Laos que estuviera alrededor para que ella tuviera la opción de elegir, si quería gastar dinero en un taxi o ir en un coche privado y cómodo.

Pero Laos le había dicho, minutos atrás, que él seguía debajo el estudio de Aytanna y que las luces estaban apagadas; le aseguró que estaba esperándola desde las siete de la noche. Bassil llamó a Tulisa para que le buscara información del proyecto en el que estaba trabajando Aytanna. Cuando su asistente le comentó que la rubia se había desconectado del sistema, exactamente a las cuatro y media de la tarde, y que pidió permiso por una emergencia personal, Bassil salió del restaurante.

Él estaba a punto de llamar al hacker que sabía cómo rastrear la ubicación de alguien, sin importar si la persona tenía o no activados los sistemas de permisos de localización. Sin embargo, antes de vulnerar la privacidad de Aytanna, y agregar más pecados a su gran mentira con ella, decidió hacer un último esfuerzo.

Llamó a hermosa rubia por cuarta vez. Al sexto tono, ella respondió.

—Bassil, yo…

—En la oficina me informaron que pediste permiso por una emergencia personal —interrumpió a modo de saludo y apretando los dientes—. ¿Lo que tú y yo tenemos no te parece lo suficientemente personal como para responder mis mensajes o llamadas y decirme que tienes una jodida emergencia? —preguntó furioso—. ¡Soy tu pareja, Aytanna, aunque seas independiente, no puedes dejarme fuera en algo así!

—Oh, lo siento muchísimo —susurró ella, porque su tarde y noche habían sido caóticas. Lo último en lo que pensó fue en revisar el teléfono. Sí, efectivamente tenía llamadas perdidas y varios mensajes de Bassil—. Tan solo reaccioné cuando…

—Quiero saber en dónde estás y si estás bien —gruñó con enfado, mientras se sentaba detrás del volante del Rolls-Royce Boat Tail, un coche de veintiocho millones de libras esterlinas, su favorito—. Estoy aún en el área en donde se encuentra The Kitchin, así que dame una dirección para ir a buscarte. Dime si necesitas algo.

Aytanna miró a Clement que estaba plácidamente dormida, después de haber armado un jaleo cuando la quisieron acomodar en una habitación sin ventanas. Su tía les había dicho a los enfermeros que si tenían complejo de trabajar en un manicomio, entonces estaban en el lugar equivocado, porque ella necesitaba la luz del día, no estar encerrada en paredes blancas para aprender a controlar su mente en un encierro.

—Te dejé plantado… —murmuró avergonzada y se frotó el puente de la nariz con los dedos. Estaba realmente agotada por el día que tuvo—. Lo lamento.

—Aytanna, mi paciencia se agotó hace un largo rato. La maldita cena no es el tema que estoy discutiendo —dijo apretando el volante con la mano derecha, mientras con la izquierda sostenía el móvil—. R-e-s-p-o-n-d-e a mis jodidas preguntas.

Ella jamás lo había escuchado tan enfadado.

—Estoy bien —tragó saliva—. Estoy en el Royal Infirmary of Edinburgh. No estoy herida, no tengo ningún problema de salud, así que no hace falta que traigas nada. De hecho, tampoco tienes que venir, porque todo está controlado —murmuró, porque si Bassil iba a verla, ella no sabría qué ocurrencias sacaría Clement al conocerlo. Su tía podría salir con cualquier disparate, porque era impredecible.

—Tú y yo, vamos a redefinir ciertas reglas.

—Lo que sucede es que…

—Te veo en diez minutos —dijo, enfadado, y cerró la llamada.

Aytanna se quedó mirando el móvil en la mano y meneó la cabeza. Saber que él estaba de regreso en Edimburgo, y que sus brazos pronto le darían el confort que necesitó en esta jornada, la alegraba. Pero también se sentía abochornada por haber olvidado la cena, aunque no iba a culparse por ello; acababa de pedirle disculpas.

Por otra parte, lo que la atemorizaba era saber que el tiempo de guardar su secreto sobre el accidente llegaba a su fin. Bassil era muy suspicaz, así que solo necesitaría la cooperación de Clement, un par de preguntas, y Aytanna no tendría más remedio que abrir las compuertas de su infierno personal. Si de verdad quería que su relación tuviera futuro tenía que ser sincera. Porque ella sí confiaba en Bassil.

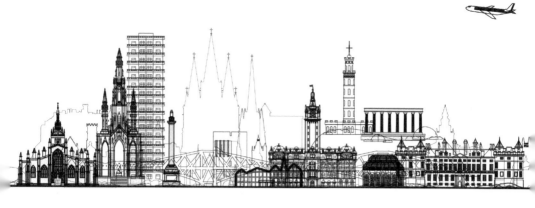

CAPÍTULO 13

Bassil constaba en el registro de una lista de varios hospitales como uno de los filántropos locales que realizaba grandes donaciones de dinero anualmente. El Royal Infirmary of Edinburgh era uno de ellos. Así que, cuando él entró demandando información sobre la persona registrada en el sistema y que tenía vínculos con Aytanna Gibson, la recepcionista, primero, lo quedó mirando, embobada por lo guapo que era el hombre. Segundo, finalmente, ella reaccionó y le expresó que no se daban datos de pacientes. Bassil tan solo le dio su nombre, en un tono que no admitía más dudas sobre quien estaba en realidad a cargo de la situación. Al reconocer quién era él, la mujer amplió todavía más la sonrisa, batiendo las pestañas con embeleso, y le dejó saber lo que necesitaba. Luego, Bassil fue con rapidez a los elevadores.

Él no tenía ni puñetera idea de quién era Clement Harriet Gibson, porque nunca tuvo interés en enviar a investigar a Aytanna, a fondo, tal como solía hacer con otras personas. La razón inicial fue simple: ella no representaba ningún riesgo y él no sentía inclinación en ahondar sobre los secretos de esa mujer. Ahora, todo era diferente.

No sabía si estaba enfadado con Aytanna por no haberlo llamado para pedirle ayuda o con él mismo por haberse permitido sentir interés, más allá del sexo, hacia ella. El tiempo para cumplir los cuatro meses, señalados en el testamento de Ferran Crumbles como tope para que Jonathan no perdiera las acciones, empezaba a acortarse. Por ende, el calendario de Bassil también se estaba estrechando.

Cerró los dedos girando la perilla de la habitación 411 y la abrió con suavidad, porque no era un animal silvestre sin modales, al menos cuando le convenía. Además, no solo que estaba en un hospital, sino que ignoraba la naturaleza de la situación. Su mirada escaneó con rapidez la estancia y encontró a Aytanna de inmediato. En lugar de dos días, le parecieron dos semanas sin verla, lo cual era una completa idiotez.

—Buenas noches, Aytanna —dijo en tono firme, aunque bajo, consciente de que había una persona que estaba durmiendo en la cama del hospital—. Al menos, no me mentiste y estás de una sola pieza. ¿Has cenado algo decente? —preguntó, porque no tenía idea de cuánto tiempo llevaba Aytanna en este sitio.

Ella se incorporó de la silla y se acercó. Bassil estaba vestido elegantemente, el cabello lo llevaba peinado hacia atrás y la barba llevaba cuatro días sin afeitarse. Toda la jornada de mierda que ella había pasado pareció desvanecerse al verlo, pero notaba que la energía que emanaba de él era una mezcla de enfado, autoridad y cautela.

—Buenas noches —respondió con suavidad. Menos mal su tía se había quedado dormida y, aunque la voz de Bassil era profunda y fuerte, él estaba hablando en tono consideradamente bajo—. Estoy bien, sí, pero no he tenido tiempo de comer nada, porque tuve que realizar varios trámites. Han sido unas horas bastante agotadoras…

Bassil dio un paso hacia ella y le enterró los dedos entre los cabellos. Le elevó el rostro, mirándola fijamente. Aytanna tan solo se quedó en silencio, pero casi podría jurar que su torrente sanguíneo estaba creando una sinfonía sutil a toda velocidad.

—De eso vamos a hablar en un instante, pero ahora tengo algo importante que hacer —dijo, sin darle opción a preguntarle a qué se refería con su comentario.

Él bajó el rostro para besarla con la misma desesperación que utilizaría un hombre que acababa de encontrar agua, después de una larga travesía en la sequía desértica. Bassil era ese hombre que, en muchas formas, había deambulado durante años en tierras áridas sin sentir nada, pensando que solo tenía la ambición del dinero y el poder como estandarte en su horizonte; creyendo que no tenía forma de encontrar otra manera de vivir y que estaba cómodo siendo el guerrero de ese desierto.

Al menos, ese era su pensamiento, hasta hacía un tiempo atrás; hasta que se encontró un oasis. Aytanna. Un oasis del que quería beber, sentirse saciado, pero sin embrigarse de esa agua cristalina que podría ahogarlo sin remedio. Por ahora, él estaba tan solo en la orilla de ese remanso de líquido fresco, así que podría disfrutar con avidez, pero siempre consciente de que, más pronto que tarde, tendría que apartarse.

La esencia de Bassil llenó las fosas nasales de Aytanna, y ella finalmente se dejó caer en esta red de seguridad y deseo que calmaba sus miedos. Su lengua se enredó con la de él en un frenesí de sonidos guturales quedos. A medida que el ritmo iba *in crescendo*, todo lo que no fuesen las bocas de ambos poseyéndose se desvanecía.

Ella le rodeó la cintura abrazándose a él, por debajo del abrigo largo, sintiendo los músculos responder a su toque. Sentía ansias de tocar su piel. Bassil iba acomodando la postura de sus cuerpos al compás de la intensidad del beso. Parecía como si un cerillo hubiera caído en un terreno lleno de ramas secas. El fuego era voraz en el interior de ambos. Aytanna arqueó la espalda ligeramente, mientras él le mordisqueaba el labio inferior y deslizaba las manos para sujetarla de las nalgas.

O al menos lo intentó, porque la voz desde la cama los interrumpió.

—Si quisiera una suscripción a PornHub, ya la habría pagado —dijo Clement.

De inmediato, Aytanna rompió el beso como si le hubieran echado un balde de agua fría e intentó apartarse, pero Bassil no se lo permitió. Él se mantuvo en su sitio y con las manos férreamente apoyadas en la cintura de la sensual mujer que tenía entre los brazos. Elevó el rostro, en una actitud digna de un rey, y miró hacia la cama.

—Tía, por Dios, qué susto me acabas de dar, ¿cuánto llevas despierta? —preguntó Aytanna, sonrojada, porque se había olvidado de la realidad apenas los labios de Bassil tocaron los suyos. No debió confiarse en que la pícara de Clement permanecería dormida demasiado tiempo. Tampoco es que la presencia de Bassil fuese silenciosa, pero al menos él hizo el esfuerzo de mantener la voz baja.

—Apenas empezaba a abrir mis hermosos ojitos cuando vi a este guaperas intentando tocarte las nalgas. Estaba protegiendo tu virtud, así que deberías estar agradecida —replicó enarcando la ceja sana y en un tono sarcástico—. ¿Quién es él? —preguntó a bocajarro. A su edad no se andaba con tonterías ni diplomacias.

Aytanna meneó la cabeza riéndose, pero de repente se sintió nerviosa. No tenía idea de cómo introducir a Bassil, porque jamás habían mencionado una etiqueta para identificar al otro en esta relación que tenían desde hacía semanas. Agarró la mano que él mantenía en su cintura y lo instó a caminar con ella hasta la cama.

—Tía, él es Bassil Jenok —dijo rogando para que ella no hiciera ningún comentario con sus usuales ocurrencias. Después miró a Bassil—: Esta dama tan chispeante y de comentarios ingeniosos —sonrió—, es mi tía, Clement Gibson.

—Lamento que nuestra introducción haya sido tan poco ortodoxa. Me habría gustado conocerla en otras circunstancias más favorables para su salud, señora Gibson —dijo Bassil con sincera amabilidad y extendiendo la mano hacia la anciana.

—Ah —comentó ella con una sonrisa de medio lado—, tú eres el magnate que tiene minions que le resuelven la existencia y también el hombre sobre el que mi sobrina me ha estado conversando esta tarde, ¿eh? —preguntó estrechando la mano.

Bassil soltó una risa queda e hizo un asentimiento.

—Qué interesante que le haya conversado de mí, porque ella jamás me mencionó que tuviera una tía con tan peculiar sentido del humor —sonrió—. Aunque otra curiosidad es que ella no le hubiera mencionado que soy su novio, no solo el hombre con el que tiene citas —dijo, porque esta era una certeza súbita para Bassil.

Llamar a Aytanna como su novia era más bien reclamar la etiqueta pertinente a lo que ocurría entre ambos. De hecho, le parecía estupendo que se le hubiera ocurrido en estos instantes, porque así dejaba sentado un precedente. Ella no volvería a creer que podía ignorar el puto teléfono, en especial si tenían una cita y no aparecía en el lugar ni a la hora pactada. Él no se había interesado antes en definir una relación con una mujer, hasta que esta rubia desordenó, sin proponérselo, su controlado mundo.

Aytanna, al escucharlo mencionar esa palabra, lo miró con expresión admirada, porque esto le daba un matiz diferente a la relación de ambos. Ella no creyó que Bassil tuviera interés en definir el vínculo que tenían con etiquetas, pero siendo coherentes, no existía otro modo de concebirse el uno al otro. Él ya le había dicho que no buscaba solo un revolcón, lo cual era mutuo. Así que en la relación que llevaban compartían momentos más personales que no tenían que ver solo con estar piel con piel. Sin embargo, que él estuviera verbalizándolo le provocó un cosquilleo en la panza.

—Sería inusual que me lo hubiera mencionado con esa especificidad, en especial considerando que ha tenido un historial de novios idiotas —replicó Clement, enfurruñada al recordar las expresiones afligidas en Aytanna cuando un tarado la lastimaba—. Aparte del imbécil que se atrevió a dejarla plantada en el altar.

Bassil sintió un ramalazo de celos, al pensar en que ella estuvo comprometida con otro. Eso lo instó a recordarse que necesitaba darle un anillo lo antes posible, aunque, esta vez, su instinto no estaba vinculado a los negocios. Pero le daba igual, porque estaba seguro de que todas estas sensaciones de posesión se desvanecerían cuando la conquista de su objetivo, Greater Oil, hubiera sido consolidado.

La única diferencia era que, en esta ocasión, no se trataba solo de una meta empresarial, sino que incluía la tentación de las curvas de una mujer en medio de la ecuación. «Es un escenario diferente, Bassil. Nada permanece en tu vida. Ella, tampoco lo hará», se dijo, devolviéndose la certeza de que, sin importar todos los secretos que pudiera descubrir de Aytanna, cuando se separaran daría igual.

—Esa es una información que desconocía, al igual que muchas otras —dijo Bassil mirando esta vez a su novia—, aunque planeo remediar la situación.

—Eso estaría bien para variar, muchacho —expresó Clement con una sonrisa—. Mi sobrina merece un hombre que la aprecie de verdad. Si tuviera una 9mm y fuese parte del M16, claro si no tuviese mis impedimentos de movilidad, les hubiera atravesado el cráneo con una bala a esos idiotas —hizo una mueca—, pero, al ser yo la única familia que tiene mi Aytanna, tengo que evitar la cárcel —le hizo un guiño.

Bassil se rio, absorbiendo la información que la anciana dejaba caer. Clement no necesitaba un arma para disparar a alguien. Las palabras también tenían la capacidad de destruir y esta señora, entre verdades adornadas de ironías y sarcasmos desafiantes, podía plantar una duda o una certeza equivalente al daño de una bomba.

—En realidad —intervino Aytanna, mirando primero a Clement, para advertirle silenciosamente que dejara de ser bocazas, y luego a Bassil—, no deberías tratar de congraciarte tan pronto con mi tía, porque no es tan bondadosa como parece. De hecho, esta tarde trató de que yo ligara con el doctor que la atendió. Para que dejara sus intentos de casamentera de lado, le mencioné que estaba saliendo contigo.

—El doctor Mike era muy amable —dijo Clement a la defensiva.

—Mi querida tía es impredecible, así que puede que hoy se sienta inclinada a hacerme caso y evitar buscarme pareja, pero, mañana, quién sabe —explicó riéndose y mirando a Bassil, mientras acomodaba la almohada de Clement.

—Señora Gibson, le acabo de quitar una gran responsabilidad de encima —dijo Bassil mirando a la anciana con expresión divertida. Ella lo observó con intriga—. Imagino que durante mucho tiempo se preocupó de que Aytanna no estuviera sola. —Clement hizo un asentimiento—. Pues ya no lo estará, porque estoy yo.

Aytanna esbozó una sonrisa, porque Bassil estaba siendo encantador con su tía, pero también dejando claro de un modo educado que no apreciaba que intentara buscarle pareja. El tono que utilizaba era suave y directo, como si estuviera acostumbrado a tratar a personas complejas y astutas como lo era la anciana.

—Llámame Clement, jovencito. Después de verte agarrar a mi sobrina como si fuese tu única ancla a esta Tierra, lo menos que puedes hacer es tutearme y llamarme por mi nombre —dijo la mujer. Bassil se rio por lo bajo—. Puede que deje de buscarle pareja a Aytanna, pero si lastimas a mi sobrina te las vas a ver conmigo.

—Estoy seguro de que será así, por lo que prefiero tenerla de aliada, Clement —replicó con sinceridad, pues su plan no incluía que Aytanna sufriera a propósito. Sería un efecto colateral, mas no intencional. No era semántica, sino un hecho.

Clement lo observó un instante y luego a su sobrina. Frunció el ceño, pero pronto hizo un asentimiento. Lo que sea que hubiera notado se lo quedaría para sí.

—Bien, ahora quiero dormir —dijo con un bostezo—. Me tengo que operar de la cadera pasado mañana, así que requiero de mis horas completas de reposo.

—¿Esa es la razón de que ingresara por emergencia hoy? —preguntó Bassil, mientras rodeaba a Aytanna de la cintura para apegarla a su cuerpo. Él no era adepto a mostrar, ante otros, gestos íntimos con sus parejas, porque solo solía follarlas y mantener un acuerdo frívolo. Pero tocar a Aytanna resultaba algo bastante natural.

—Hubo un pequeño incidente y se cayó de la silla de ruedas —expresó Aytanna, mirando a su tía, a ver si la bribona se atrevía a corregirla. Cuando no lo hizo, ella quiso reírse, porque era evidente que no quería que Bassil supiera que había estado peleando con otra señora, tramposa o no—. Hay que reemplazar la prótesis de la cadera. Por eso estuve tan ocupada las últimas horas. Me dediqué a coordinar con el seguro médico todos los procesos para que la puedan operar lo antes posible.

—Earth Lighting tiene un seguro médico que incluye a la familia directa de los empleados —dijo Bassil mirando a Aytanna—. ¿Te lo informó Kristin Flemour, la gerente de recursos humanos, cuando firmaste el contrato de trabajo?

—Sí, pero eso es en el caso de que algo me suceda a mí. La tía Clement…

—También incluye a tu tía, Aytanna —mintió, porque no era así. Quería ayudarla, pero sabía que ella no aceptaría algo como aquello y él no quería discutir. Bassil notó que Clement lo observaba de reojo con suspicacia—. Así que llamaré a Kristin para que haga efectivo el proceso, inmediatamente. Busca el cirujano traumatólogo que quieras y el seguro de Earth Lighting lo va a cubrir.

Aytanna frunció el ceño, porque usualmente solía fijarse mucho en los beneficios corporativos al firmar un contrato. Pero, claro, no era perfecta y quizá comprendió mal el asunto del seguro médico. Se alegraba de lo que estaba escuchando, porque le quitaba de encima el estrés tan grande con el que había lidiado. Soltó una exhalación e hizo un asentimiento. Le dedicó a él una sonrisa radiante.

—Gracias por decírmelo, Bassil, qué descuido el mío —dijo con suavidad—. La verdad no hace falta que llames, porque yo puedo escribir un email explicativo.

—He dicho que yo voy a encargarme, Aytanna —zanjó él—. No estoy haciéndote una consulta sobre cómo resolver asuntos de mi compañía.

Ninguno de los dos vio la sonrisa discreta que esbozó Clement.

—Pero… —murmuró Aytanna frunciendo el ceño.

—Qué bueno que las compañías de hoy en día tengan tan buenos seguros médicos —interrumpió Clement en un tono suspicaz y mirando a Bassil—. Me alegra que el de tu empresa, jovencito, incluya una extensión para la familia no-inmediata.

Bassil miró a la anciana y notó que sabía que él estaba mintiendo.

—Procuramos cuidar de nuestro equipo humano, Clement —replicó con absoluta calma. Imaginaba que, en sus años más jóvenes, esta mujer que ahora lo observaba con sabiduría y perspicacia, habría sido una persona imparable. Por otra parte, él tenía algunas preguntas para Aytanna, pero las guardaría para más tarde.

—Espero que no pierdas esa política laboral —dijo la mujer. Después miró a su sobrina—: Simona está a punto de llegar, así que ya puedes ir a casa, mi niña.

Aytanna no obedeció a su tía, sino que se dispuso a esperar a que llegara la enfermera de Joy to Care. Simona había aceptado quedarse a cuidar a Clement, a cambio de una paga especial para cumplir con este trabajo fuera de sus responsabilidades regulares. Aytanna podría quedarse en el hospital, sí, pero el precio era retrasarse en los requerimientos que hicieran a diario en la oficina. Ella no quería dar pie a comentarios sobre su desempeño o que pedía permisos al poco tiempo de haber empezado a trabajar. Así que el pago a la enfermera estaba justificado.

Durante quince minutos esperaron a Simona, mientras Bassil escuchaba las anécdotas que le contaba Clement de la residencia de ancianos y también algunas de juventud. Cuando finalmente llegó la enfermera, Aytanna le dio instrucciones específicas sobre los que ocurriría los próximos días con su tía. Despues, se despidió de

Clement y esta le prometió que estaría bien, que era como estar en la residencia, pero con una decoración cutre. Aytanna tan solo se echó a reír y le dio un abrazo.

—Nos vemos mañana, tía —dijo, antes de salir con Bassil.

La mansión estaba silenciosa, así como lo estuvo su propietario durante todo el camino desde el hospital. Aytanna no quiso hacer ninguna clase de pequeña charla, porque no la consideró necesaria. De hecho, se quedó dormida por el cansancio. Por otra parte, en general, ella estaba satisfecha con los silencios, aunque lo que hubiera vibrado entre ambos, en el interior del Rolls-Royce, hubiese tenido tintes más allá de la tensión sexual. Se trató más bien de un enfado que se había mantenido aplacado, por la presencia de Clement y las circunstancias, pero que, al parecer, había resurgido en Bassil. Ella no comprendía las razones, pero sabía que iba a descubrirlo pronto.

Una vez que entraron, él la tomó del cuello y la besó, larga y posesivamente. Los gruñidos que emitían la garganta de Bassil eran los ronroneos de un león que estaba rodeando y probando a su presa, pero que aún lo daba el mordisco más contundente para dominarla. Aytanna saboreó en ese beso un sinnúmero de emociones, aunque no podía definir ninguna en particular. No se molestó ni se interesó en intentar descifrar detalles, porque sus sentidos se dejaron envolver por el ardor de contacto.

Los labios de Bassil eran firmes y devoradores. Ella se plegaba al fuego que iba moldeando el suyo. Tocar y besar a este hombre era lo más natural que jamás había hecho. Sus lenguas se encontraron y Aytanna tembló entre los brazos que la sostenían de la cintura. Bassil le agarró la pierna para que le rodeara la cadera, presionando su erección contra el centro, ella gimió y se apegó a la dureza que necesitaba desnuda en su sexo. Pero, antes de que la situación se volviese incontrolable, él se detuvo.

—Primero, vamos a cenar —dijo con las pupilas dilatadas y la respiración agitada, dejando que la pierna de Aytanna se deslizara hasta el piso. Se moría de deseo por ella, pero era necesario poner un alto ahora o no iba a llegar a aclarar lo que hacía falta—. Salvo que quieras ir a un restaurante, entonces comeremos aquí. Tienes la opción a escoger —la miró frotándole el labio inferior con el pulgar—. Siempre.

Ella tragó saliva. No le apetecía ir a ningún sitio en el que pudieran ser interrumpidos. Sabía que Bassil continuaba enfadado, pero el autocontrol de él era más fuerte que el suyo. Aytanna no habría detenido el beso, ni siquiera para cenar, porque sus ganas de dejarse abandonar al gozo que este hombre le daba era sin igual.

—Creo que podemos cenar aquí —dijo con un asentimiento.

—Bien —replicó caminando hacia el área de la cocina.

Bassil no volvió a hablar, porque empezó a sacar varios ingredientes del frigorífico, ante la mirada de Aytanna. Picó varios vegetales y los dejó en un bowl, luego les echó lo que parecía ser una vinagreta. Posteriormente, sacó cortes de pechuga de pollo, les agregó especies; luego vertió aceite de oliva a la sartén hirviendo y frió dos pedazos grandes. Después extrajo las papas de la olla, en donde las había puesto a cocinar momentos antes, las peló, las partió, agregó leche, mantequilla y sal; majó el contenido e hizo un puré. Luego sacó una botella de zumo del frigorífico y procedió a servir lo que era una cena casera para dos personas.

Ella quería comprender el trasfondo real del enfado de Bassil y la súbita distancia con la que estaba comportándose, en especial, después del beso que acababan de darse. La actitud que él tenía en estos instantes, mientras Aytanna lo veía moverse con cómoda diligencia entre la estufa, el frigorífico y el mesón de mármol, se parecía al Bassil que había conocido cuando fue jefa de cabina en el jet, muchos meses atrás.

—No sabía que cocinabas —dijo ella finalmente, mientras lo observaba actuar con eficiencia. Le parecía sexy que un hombre cocinara, esto no tenía que ver con el feminismo o el machismo, simplemente, esa era su percepción y gusto personal. Hillary no se encontraba ese día en casa—. Es una cualidad interesante.

Él le sirvió un plato y un vaso de zumo de naranja. Luego se sentó a comer.

—Hay muchas cosas que no sabes de mí —replicó con simpleza, mirándola. El enfado por lo ocurrido, horas atrás cuando la había esperado en The Kitchin, había regresado, porque el trasfondo era un recordatorio de su propio pasado. Bassil quería que ella comprendiese el motivo de que se hubiera mostrado tan contrariado y la única manera era contándole los antecedentes. Con eso también lograba dar un paso adicional en su intento de labrar más profundamente la confianza de ella en él, al compartir, tal como sabía que era preciso hacer, aspectos genuinos de su vida.

—Háblame de alguna de ellas —pidió—. No tengo la lámpara de Aladino para cumplir deseos, ni una bola de cristal para adivinar el futuro o el pensamiento.

Bassil esbozó la primera sonrisa desde que había subido al coche.

—Aytanna, debes recordar que no olvido los acuerdos a los que llegamos —dijo con convicción y haciendo alusión a la noche en que le comentó que por cada pregunta personal que ella le hiciera, él tenía derecho a preguntarle de regreso.

Ella cayó en la cuenta de a qué se refería. Asintió con suavidad. Sabía que él iba a preguntarle por la historia de Clement. Aytanna sabía que no necesitaba entrar en todos los detalles, sino en retazos de su pasado. Técnicamente no mentiría, sino que entregaría información de manera selectiva para no ser vulnerable. Sabía que Bassil no era como Cameron, pero la inseguridad que le provocó ese error, que aún pagaba, la impulsaban a no permitirse abrir por completo ese capítulo a Bassil. Sin embargo, una parte de sí misma le gritaba que dejara caer todas sus barreras y fuese libre.

—Estoy segura de que un hombre de negocios exitoso como tú no haría planteamientos que, después, olvide —replicó, mientras terminaban de cenar.

—Cuando era pequeño, al igual que tú, yo tampoco tuve muchas posesiones —expresó mirándola y en tono serio, casi renuente. Ella hizo un leve asentimiento—. Mi madre fue una excelente cocinera y nos enseñó a mi hermana y a mí a preparar algunos platos; a economizar los ingredientes. Ella, las llamaba clases de supervivencia —dijo esto último con nostalgia—. Llevar comida a la mesa requería sacrificios, así que nada se desperdiciaba. Daba igual si te gustaba o no, cierto vegetal o proteína. Desde que soy multimillonario, aunque podría cocinar, prefiero que otros lo hagan.

Ella asintió con suavidad. Podía empatizar con la estrechez económica que impedía comprar todos los alimentos deseados y, a cambio, tener que ser selectivos. Con Lorraine fue un desastre siempre, al menos, hasta que empezó a trabajar como prostituta de lujo y todo mejoró, solo un poco. Clement también las ayudaba.

—Me alegro de que tu mamá haya sido un ejemplo para ti y te enseñara el valor de la comida y también a cocinar —murmuró, porque en su caso Lorraine había sido todo, menos un referente de probidad y compostura—. Pero, ahora dime, ¿cuál es la razón de tu enfado conmigo esta noche, Bassil? —preguntó con suavidad.

Él apretó los puños unos instantes por lo que iba a contar, luego los relajó.

—En la zona de Aberdeen que vivíamos, el peligro era inminente a cualquier hora del día, pero en especial durante la noche. Una tarde, mi hermana menor, Hannah, avisó que se marcharía con sus amigas al cine. Mi madre no puso objeción. Yo no estaba enterado de la salida, porque en esa época tenía veintidós años y ya no vivía con ellas. Sin embargo, cuando dieron las diez de la noche, Hannah llevaba más de ocho horas en la calle sin dar señales de vida, no respondía el teléfono, y mi madre me llamó, frenética, porque no sabía el paradero de mi hermana. Fueron las horas más miserables que pasamos. Buscamos en todos los sitios en los que creíamos que podía estar. La desolación de mi madre fue brutal para mí. Consideramos ir a la policía.

—Oh, Bassil —murmuró extendiendo la mano y tocando la de él, comprendiendo de qué iba el enfado de esa tarde. Bassil no rechazó el gesto de cariño y a cambio le apretó los dedos con los suyos—. Puedo imaginarme la desesperación que vivió tu madre y también la tuya —dijo con pesar—. ¿Qué pasó luego?

—Encontramos a mi hermana a las doce de la noche, riéndose con sus amigas, ebria, en un parque. Cuando la confrontamos, sacándola prácticamente a rastras de ese sitio, Hannah le gritó a mi madre que no la necesitaba, que solo se había dejado el móvil en casa, que ella era autosuficiente y que podía con cualquier reto que le lanzara la vida. Se equivocó, porque meses después, su rebeldía no cesó, y la secuestraron.

Aytanna sintió los ojos llovidos. No hacía falta que él terminara ese relato, porque ella podía imaginarse el desenlace al escuchar el tono atribulado de Bassil.

—¿Imaginaste que me pasó algo como lo de Hannah y por eso no te respondía el teléfono...? —preguntó, triste, al haber activado sin querer esos recuerdos en él.

Bassil se pasó los dedos entre los cabellos e hizo un asentimiento. Esta estrategia de compartir ciertos aspectos personales, para lograr lo mismo a cambio y afianzar la confianza de Aytanna, no era de su agrado. Él jamás abriría las compuertas de su pasado, pero cuando se trazaba un objetivo, los métodos para lograrlo no importaban.

Le quedaba pendiente la fiesta en la que conocería al príncipe saudí, Siban bin Assad Al-Maguad, en Londres. La capital inglesa era su siguiente destino. El viaje iba a definir muchos aspectos, pero, en especial, el curso de su relación con Aytanna. Hasta ahora estaba compartiendo más tiempo con ella del que solía pasar con otras mujeres. La parte que lo cabreaba de este asunto era que, cuando la tenía alrededor, su toque o su cercanía parecían avivar la sensación de que un toque de humanidad aún sobrevivía en él. Bassil no necesitaba esa clase de emociones, ni ninguna otra.

Aytanna era para él una contradictoria mezcla de luces brillantes y nubes grises. Su interés por rasgar la superficie y llegar al fondo de sus secretos no tenía relación con Greater Oil. Quizá, este último aspecto, era el que más lo desconcertaba y lo instaba a desatar su deseo, pero también a retener cualquier otra emoción distinta a la lujuria. Aún así, la mujer lograba descontrolarlo en ciertos instantes. Bassil sabía que ella se plegaba a sus caricias y las devolvía con igual ímpetu, pero era consciente de que todavía quedaba algo que impedía que se entregara por completo. Pero, después de conocer a Clement, él comprendió que la anciana había sido la pieza que le faltaba para indagar en el punto preciso sobre Aytanna. Esta noche no iba a permitirle que continuara escondida en lo que sea que manchaba de oscuridad esos ojos verdes.

—Tú, ya tenías un antecedente —dijo apartándose y recogiendo la mesa, mientras ella, en silencio, lo ayudaba. Luego, ambos se quedaron de pie, frente a frente. Sus miradas eran una amalgama de cautela, deseo, atracción, curiosidad, suspicacia, altivez y algo innombrable que vibraba como un volcán despierto—. Creerte autosuficiente está perfecto, pero si estás con una pareja puedes pedir ayuda. Mi hermana jamás la pidió, sino que se rebeló contra esa posibilidad.

—Yo no actué en aquella ocasión de manera imprudente, Bassil. No me arriesgué a propósito. Solo tomé la ruta que solía caminar para ir a la estación de bus…

—Ese antecedente fue la razón de que hubieras terminado en esta casa, esa madrugada. La diferencia con Hannah es que tú saliste indemne y estás viva —expresó en tono oscuro, impregnado de notas de frustración, pesar y tormento. Hubiera deseado poder tener la capacidad de cambiar las líneas de tiempo para alterar los desenlaces que lo dejaron sin su familia—. Al menos en ambas ocasiones, los culpables pagaron por sus pecados —dijo acercándose, hasta atrapar a Aytanna con su cuerpo, al apoyar cada mano sobre el mesón de mármol, a los costados de ella.

—Lo siento tanto, Bassil, no fue mi intención alarmarte …—dijo tragando saliva y elevando el mentón para mirarlo—. La verdad es que confiar en otra persona fue algo que prometí que jamás haría de nuevo —confesó—. Por eso intento mantener mi independencia y ser autosuficiente; confiar no es algo fácil para mí.

—¿Por el imbécil que te dejó plantada en el altar? —preguntó con furia, al pensar en otro hombre tocándola, escuchando sus gemidos, bebiendo su placer y escuchando su risa cantarina. Pero su mayor cabreo era que ese tarado logró ganarse el corazón de esta mujer al punto de haber recibido un "sí, acepto". Esa era una respuesta que el lado neandertal de Bassil sentía era solo para él, no le importaba ni razonaba sobre las circunstancias o el contexto en que ocurriese—. ¿Quién fue?

—Entre otras experiencias ácidas, sí, mi ex —dijo en tono bajo—. Pero no tiene sentido quién fue o qué hace, ocurrió hace más de un año, lo he superado.

Él la observó con posesión y fiereza. No le importaba que su lado racional intentara decirle que estaba sobrepasando el límite de la mesura con ella. Y que su objetivo principal no era cercarla, como si fuese su propiedad, sino ganarse su confianza para lograr que accediera a llevar su anillo y así él quedarse con las acciones. Pero su jodido instinto parecía querer liderar sus modos de proceder.

—Eres mi novia, Aytanna, ¿lo escuchaste bien? —Ella abrió y cerró la boca—. No me estaba echando un farol con tu tía al decírselo, porque no me interesa ganarme la aprobación de otras personas. Ninguna mujer ha tenido esa etiqueta al estar conmigo. De ahora en adelante, la autosuficiencia no está por encima de la seguridad. La tuya. ¿Te ha quedado bastante claro? —dijo agarrándole el mentón y sacudiéndolo ligeramente—. Intenta responder con palabras.

Ella sabía que Bassil era posesivo, pero lo que veía detrás de esa fiera exigencia y sus modos de tocarla, firme y con determinación, era miedo. Como si temiese que la historia de su hermana se repitiese. Quería ahondar más en ello, pero creía que por esta noche ya había llegado lo suficientemente lejos sobre este tema de su familia.

—Me queda claro, así como también que voy a seguir haciendo lo que se me dé la gana, pero tendré la cortesía de comunicarte al respecto si considero que podría haber un riesgos, los cuales nunca asumo a propósito, para mi seguridad. ¿Conforme? —replicó enarcando una ceja. Él sonrió de medio lado como si planeara algo con lo que iba a cobrarse sus desafíos—. Porque si tú tienes estipulaciones, yo tengo las mías.

Bassil soltó una risa breve y profunda.

—No lo dudo. Pero dentro de un rato solo vas a escuchar las que tengo para ti —dijo acercándose más e inundando los sentidos de Aytanna con su masculinidad.

—Bassil —dijo tratando de ignorar el cosquilleo que la recorría entera—. ¿A qué te referías al decir que en ambos casos pagaron los culpables? —preguntó en un susurro, retomando el tema que habían comentado tan solo instantes atrás.

El color de los ojos de Bassil se volvió más denso y penetrante. Parecía como si esa mirada fuese capaz de encontrar el camino hacia el fondo del alma de Aytanna. La fuerza que los empujaba a los brazos del otro era férrea y contundente.

—Los asesinos de mi familia están muertos —dijo con simpleza, porque no iba a explicarse. Esta no era la noche para hacerlo—. En tu caso, los cuatro hombres que te amedrentaron y asaltaron en esa calle, no solo perdieron sus empleos y negocios, sino que la policía encontró antecedentes de vandalismo e intimidación. Llegaron otras denuncias en contra de ellos, así que fueron condenados a cinco años de prisión, cada uno —sonrió con perfidia al recordarlo. Con el dinero necesario para el juez y otro tanto para la policía, la justicia obraba maravillas—. Eso les dará una lección.

Ella lo observó con suspicacia y también incertidumbre.

—¿Qué hiciste? —preguntó en un susurro, al recordar los vínculos de Bassil con la mafia. Este era un momento crucial para ella, porque deseaba a este hombre como a ningún otro, pero jamás se pondría en riesgo a sí misma por otra persona.

Si la respuesta no la satisfacía, aunque su corazón empezara a danzar con ansias cuando Bassil estaba alrededor, ella terminaría esta relación. No podría vivir con la conciencia de que el dinero de las corporaciones de Bassil era sucio. Se había avergonzado de que Lorraine fuese una prostituta de lujo, pero los negocios de muerte y vicio de la mafia ya estaban en otro nivel de moral más putrefacto. Inaceptables.

—Tiré de los hilos necesarios y recolecté unos favores que me adeudaban —dijo con simpleza. No había incurrido en la tentación de pedirle al jefe de la policía local que le diera unos minutos, con cada uno de esos cuatro imbéciles, para molerlos a golpes—. La información correcta es siempre una ventaja. Eso fue todo.

Aytanna lo quedó mirando un instante, inquieta. Él acababa de reabrir la puerta a una duda que ella había pretendido despejar con Raven, semanas atrás.

—Bassil —dijo tomando una profunda respiración, extendió la mano y la apoyó en la mejilla de él. Le acarició levemente con los dedos la barba—, ¿eres de la mafia?

Él esbozó una sonrisa y luego soltó una larga carcajada. Ella frunció el ceño.

—No sé de dónde sacas esas ideas —dijo mirándole la boca—. Pero, si yo fuera uno de ellos, ¿eso te haría desearme menos de lo que lo haces ahora? ¿Eso te impulsaría a querer salir en este instante de mi mansión y no volver a verme?

—No tiene que ver con el deseo, sino con la moral —replicó al ser consciente de que una electricidad palpable empezó a recargar el ambiente. El corazón se le aceleró y sus latidos parecían un tambor que tocaba melodías de anticipación—. Y no has respondido a mi pregunta —dijo—. Lo que necesito es seguridad, no peligro.

Bassil contempló el miedo en esos ojos verdes e hizo un asentimiento.

—Lo que ocurrió con esos cuatro hijos de puta, no tuvo relación con la mafia y todo con mis vínculos en los sitios adecuados, en especial la policía. Me llevo muy bien con las personas que ostentan poder en esta ciudad, Aytanna, sin duda. Pero, si lo que quieres saber es si hago negocios con Arran Sinclair, el esposo de tu mejor amiga, la respuesta es complicada de explicar —dijo acercando la boca a la de ella.

Los hombres, que en algún modo se vinculaban entre los círculos de poder a varias escalas, fuera o dentro de la ley, conocían que Sinclair se había casado con una belleza de cabellos negros. La mujer era intocable. Nadie mencionaba su nombre en público, salvo para referirse a su trabajo como diseñadora de modas, porque o si no algún miembro de Zarpazos hacía una visita nada amistosa. Sinclair era un sanguinario territorial hijo de puta. Bassil podía convertirse en uno, pero prefería ser civilizado.

—Bassil —dijo en tono quedo apoyando ambas manos contra los pectorales firmes—, no importa qué tan complicada sea la verdad, quiero saberla… Mi vida ha tenido incidentes demasiado complicados, así que ahora solo busco calma —dijo tomando el rostro masculino con ambas manos—. Por favor, no me mientas.

Él consideró el escenario. No podría revelar la verdad, porque eran asuntos que no le competían a ella ni a nadie. Ni ahora, ni nunca. Esa clase de secretos morían con la mafia. Pero sabía que, si esto era importante para Aytanna, entonces sí podría decirle la parte que no estaba atada a la confidencialidad de Arran o Zarpazos.

—Sinclair y yo, tenemos una relación cordial. No me fastidia la existencia con las demandas habituales que hace a otros petroleros o a quienes cruzan terrenos de sus dominios por temas de negocios. Podríamos decir que, inclusive, es un vínculo de mutuo respeto —dijo agarrando a Aytanna de la cintura y sentándola sobre el mesón de la cocina, así quedaban sus rostros casi a la misma altura—. Lo conocí hace muchos años, en Aberdeen. Si existe algún problema logístico a nivel marítimo, algo que ocurre rara vez, Sinclair me llama para usar alguno de mis barcos y trasladar su mercadería. Contrabando de antigüedades o piezas de arte. —Aytanna lo escuchó atentamente, pero no emitió comentarios—. En ninguno de esos traslados cobré. Así que no tengo negocios con la mafia, no soy parte de ella, pero me llevo bien con el capo.

Ella bajó la mirada por unos segundos y tomó una respiración. Lo miró.

—Supongo que no puedes hablarme del motivo por el que le haces favores sin cobrarle —dijo con suavidad. Él hizo un asentimiento—. ¿Estás en peligro?

—No, no lo estoy —replicó—. Creo que has hecho demasiadas preguntas por hoy, Aytanna —dijo agarrándola de las nalgas para levantarla del mesón. Ella le rodeó las caderas con las piernas; y el cuello con los brazos para sostenerse mejor—. Además, me has cabreado al no haberme llamado para ir a buscarte al hospital.

—Fue un lapsus —murmuró arropada por la sensualidad y la fuerza de él.

—Todo tiene una consecuencia —dijo en tono mordaz y amenazante.

Aytanna lo quedó mirando, mientras intentaba sin éxito mantener la respiración equilibrada. Su cuerpo pedía a gritos el de Bassil. Sabía lo que vendría a continuación y no se trataba solamente de un asunto erótico. Lo que iba a ocurrir podría cambiar para siempre la percepción que él tuviera de ella, aunque fuese cautelosa en lo que compartiese. No sabía si estaba preparada para contarle los detalles de su pasado.

CAPÍTULO 14

Subieron las escaleras juntos y al llegar a la habitación de Bassil, él empujó la puerta con el zapato. Aytanna se inclinó hacia un lado para encender la luz. La estancia era amplia, la cama king-size, los muebles de alrededor eran de madera oscura. El suelo era semialfombrado. Ella ya había estado aquí varias veces y era un espacio que le gustaba mucho, primero, porque era el sitio más personal de Bassil. Segundo, porque tenía unas vistas preciosas al jardín trasero de la mansión. Tercero, porque la cama era perfecta para disfrutar con él durante horas entre sus brazos.

En estos instantes, la mirada de Bassil no solo quemaba de ardor, sino también con posesión, mientras avanzaban hasta el baño principal. Este era del tamaño de dos estudios como en el que vivía Aytanna. El diseño era elegante y moderno con vidrio brillante para la ducha. Además, tenía una sala de sauna adjunta. Los azulejos eran impecables y combinaban con los gabinetes de madera oscura y toques dorados. La estancia era digna de un rey o, en este caso, un magnate con el mundo a sus pies.

Bassil la dejó en el piso y le quitó la blusa por la cabeza; sus movimientos eran firmes, pero rápidos. Aytanna le desabrochó con ansias los botones de la camisa y cuando quedó el torso desnudo ante ella, le recorrió la piel ávidamente con las manos. La fascinaba el físico de este hombre, porque el placer de poder recorrerlo, apropiándose de su textura y sabor, no tenía comparación con sus experiencias previas. Ella no se habría acostado con él si, más allá de la contundente atracción, no hubiese algo más sutil subyaciendo. No podría definirlo con certeza, pero sí era consciente de que iba más allá de un simple *crush*. Bassil se estaba ganando un espacio más allá de las ilusiones románticas que Aytanna siempre había albergado. Lo que experimentaba por él era más fuerte de lo esperado y temía darle un nombre, pero también sabía que su nivel de resistencia al respecto estaba al borde del colapso.

Se quitaron los zapatos y los dejaron de lado.

Cuando la última prenda que los separaba del otro quedó en el piso se miraron con ardor, desnudos ante el otro. Bassil había tenido muchas amantes, los cuerpos femeninos que conquistó eran atléticos, esbeltos y elegantes. Aytanna era la mezcla ideal para ser el sueño húmedo de cualquier hombre, pero el único que contaba ahora era él. Ella poseía una mezcla de vulnerabilidad y valentía en partes iguales que, mezcladas con un físico tentador, la volvían más peligrosa que cualquier droga.

Cuando el pasadizo de ese cuerpo exquisito lo apretaba, contrayéndose alrededor de su virilidad, lo que propiciaba su orgasmo era escuchar a Aytanna gimiendo la melodía más dulce: el éxtasis. Solo entonces, Bassil rompía por completo el control. Esta mujer lo volvía loco. Mirarla tan solo, con o sin ropa, lo cautivaba.

Bassil se inclinó para agarrar un pecho con la mano; su tamaño era perfecto y esos picos erectos, delicadamente alargados y redondeados, eran su debilidad. Podría pasarse horas mamándole las tetas, porque, además, sabía cuán sensibles eran para Aytanna. Él le amasó el pecho, mientras su boca se afianzaba a un pezón, chupándolo y mordiéndolo con dureza. Ella echó la cabeza hacia atrás y soltó un grito de gozo.

—¿Te he dicho cuánto me encantan tus tetas? —preguntó él con un gruñido, succionando y lamiendo con voracidad—. Fueron creadas para enloquecerme…

Aytanna solía exigirle a sus amantes qué hacer para complacerla, pero ninguno pareció realmente comprender la consigna: cuánto tiempo y cuánta presión en cada sitio. En cambio, este magnífico descendiente de algún Dios del sexo, poseía la intuición suficiente para complacerla sin que ella tuviera que darle tantas indicaciones. Con él solo necesitaba disfrutar, entregarse, y ofrecerle placer sin restricciones.

—Sí, chúpalos así, Bassil… Siempre sabes cómo lograr que me vuelva loca de deseo… Me encanta lo que haces conmigo… Oh… —jadeó con abandono, en especial cuando él soltó un pecho para deslizar la mano y acariciarle el sexo.

—Tan húmeda como siempre —murmuró con gusto hundiéndole un dedo en el interior, mientras su boca lamía un pecho. Después aplicó la misma caricia al otro, sin dejar de masturbarla. La combinación alternada de estos toques los excitaban a ambos—. ¿Qué sientes cuando te toco? —dijo frotándole el clítoris. Ella sollozó moviendo las caderas, pero él no aumentó el ritmo. Aunque Bassil sentía el miembro viril dolorosamente erecto, en esta ocasión pretendía llevar al límite a esta belleza de ojos verdes para darle una lección—. ¿Qué sientes cuando te penetro con mi dedo? —preguntó, haciendo precisamente eso—. ¿Eh, Aytanna? ¡Contéstame! —ordenó.

Ella estaba tan perdida en las sensaciones que solo quería correrse. Pero se obligó a responder en el instante en el que él empezó a detener las caricias y a dejar de succionarle las tetas. Dios, le encantaba cada vez que Bassil ponía su boca en ella, daba igual en qué parte de su anatomía lo hiciera; él era endiabladamente hábil.

—Me siento viva, Bassil…Como si mi cuerpo estuviera ardiendo —susurró entre gemidos, cuando él retomó el movimiento de sus dedos y volvió a aplicar la avaricia de esa boca en sus pechos. Siempre que tenían sexo, ella permanecía durante un par de días con marcas de la barba de Bassil en las ingles, chupetones en el cuello y en las tetas, así como con la impronta de los dedos en la piel de las nalgas. El hombre la marcaba con su cuerpo y sus gestos. ¿La verdad? A Aytanna le encantaba—. Y cuando me besas… Todo mi ser parece a punto de entrar en combustión…

Él le dio la vuelta y la apoyó de cara contra la pared.

—¿Crees que mereces tener un orgasmo? —le preguntó al oído dejando un reguero de besos desde la nuca y bajando por la columna vertebral.

La sintió temblar, porque a medida que su boca descendía, también lo hacían los movimientos de sus manos, acariciándole la piel; agarrándole los pechos y pellizcándole los pezones. Ella contoneaba las caderas, impulsándolas hacia atrás, intentando pedirle en silencio que se diera prisa. Pero él tenía otros planes.

Se acuclilló y le mordió una nalga, mientras con un dedo entraba en el sexo mojado. Ella soltó un jadeo entrecortado. Bassil mordió la otra nalga, dejando la huella de sus dientes en la piel blanca e introdujo dos dedos en el sexo femenino. Entró y salió con rapidez, la escuchaba jadeando, y él sonreía complacido. Pero, al instante se detuvo. Después, extrajo los dedos y uso ambas manos para separarle la carne del trasero con suavidad, luego se inclinó y lamió el sexo con anhelo. Succionó los contornos, lamió los labios y luego empezó a paladear el dulzor del deseo en ella.

Bassil sintió cómo su pene soltó ligeras gotas de líquido preseminal. Solo bastaría que ella lo tocara, un simple toque de sus dedos o su lengua, y él explotaría con fuerza. Continuó haciendo uso de su autocontrol, porque extender el momento de alivio valdría la pena para ambos. Él era un hombre que prefería el trasero a las tetas de una mujer, pero con Aytanna lo deseaba todo en igual medida.

Ella era francamente exquisita; cada recodo de piel era como la seda al tacto y su coño era la gloria. No obstante eran aquellas gemas verdes, que se oscurecían de deseo o se volvían más claras cuando ella sonreía de verdad, que lo tenían hipnotizado. Cuando Aytanna llegaba al éxtasis, justo antes de cerrar los ojos para perderse en un mundo intangible, él obtenía un ligero vistazo de cómo refulgían brillantes su ojos en el momento previo. Muchos decían que las auroras boreales eran magníficas, pero es que no conocían a Aytanna Gibson antes de llegar al orgasmo.

—¡No has respondido! —dijo mordiéndole uno de los labios íntimos con fuerza. Luego se detuvo por completo. Ella gimió y gritó. Dolor y placer.

Aytanna intentaba que sus neuronas recordasen en dónde estaba y qué demonios era lo que él estaba preguntándole. Aturdida de deseo y frustrada, miró hacia atrás. Bassil estaba de cuclillas, regio e imponente en esa posición, observándola.

—Sí, sí merezco este orgasmo —gimió, muy sensible y estimulada, cuando entendió al fin qué era lo que él quería saber—. Dios, Bassil, no te detengas.

Él le dio un azote en las nalgas y ella gritó. Luego calmó la piel con su lengua.

—Respuesta equivocada —dijo Bassil, luego le chupó el sexo con fuerza e introdujo tres dedos al mismo tiempo. La mano libre la usaba para abarcar la piel y la carne desnuda que tuviera deseos de tocar, apretar y acariciar. Le dio un azote con fuerza y apartó la boca de ella—. Inténtalo de nuevo, Aytanna. ¿Mereces un orgasmo?

Ella recogió los dedos en un puño y golpeó, frustrada, la pared con ellos.

—¿N-no…? —preguntó jadeante. Este hombre iba a enloquecerla. La manera que tenía de tocarla, y comandar su cuerpo, tan solo le ratificaba que nunca podría pensar en sexo sin asociarlo al nombre de Bassil Jenok—. ¡No sé qué decirte!

Bassil se incorporó y le dio la vuelta para que ella apoyara la espalda contra la pared, mirándolo. Le agarró la pierna derecha, instándola a que le rodeara la cadera, abriéndola para él. Con la mano libre sujetó su miembro y lo posicionó en el vértice mojado, sin entrar. Se inclinó para morderle el cuello y luego besarlo con suavidad.

—Quiero una respuesta acorde a lo que hiciste hoy, Aytanna —dijo mirándola a los ojos. Luego se introdujo un poco en el pasadizo empapado, mientras ella intentaba que lo hiciera por completo. Pero él era quien controlaba la situación, así que irían a su ritmo y bajo sus dictámenes—. ¿Te pareció simpático que te hubieras desaparecido por horas y que cuando te llamé no respondieses, porque no consideraste que podría estar interesado en saber lo que te estaba ocurriendo?

Ella soltó un gemido de frustración, porque su entrada estaba ensanchada, pero quería que él se siguiera abriendo paso entre sus pliegues, hasta el fondo. Le clavó las uñas en los hombros y con la mano libre le atrajo el rostro para besarlo. No fue un beso suave, sino mordaz. Él gruñó contra su boca, porque el contacto de Aytanna en esta ocasión era de posesión. Ella reclamaba los gemidos de Bassil e intentaba dominarlo. Sus lenguas se enroscaron en una batalla de autoridad y predominio.

El contacto fue primal y ardiente. Sus cuerpos pegados al del otro, en la antesala de la locura, estaban apenas contenidos por las ganas de doblegar a su contraparte en el placer. Cuando Aytanna se dio cuenta de que Bassil no iba a ceder ni un ápice de terreno, le mordió con fuerza el labio inferior, hasta sentir el sabor de la sangre.

Él rezongó y se apartó, mirándola con una expresión de alguien que había sido inyectado con un chute de adrenalina mezclado con lascivia sin satisfacer. Esta versión de Aytanna, descarnada y casi salvaje, le gustaba, porque reafirmaba que los dos se tenían ganas por igual. Bassil tenía planes para ella y estaba al mando. No al revés.

—Odio cuando me privas de ti y dejas de tocarme o de besarme, Jenok —dijo, llamándolo solo por el apellido como solía hacer cuando estaba enfadada. Él soltó una carcajada ronca y profunda. En respuesta, ella le dio un puñetazo en el hombro y soltó un gemido frustrado, mientras movía las caderas, pero Bassil permanecía quieto. El golpe no le hizo más que solo cosquillas a un hombre tan fuerte como él.

—No respondes a mis preguntas, entonces la frustración será tu acompañante, Aytanna —replicó agarrándole un pecho y amasándolo, mientras el pulgar movía el pezón—. Con las ganas que tengo de penetrarte de nuevo, pero puedo esperar…

Ella lo miró con fastidio, porque Bassil era un manipulador.

—Me he valido por mí misma toda la vida, así que permitirle a otra persona intervenir, aunque sea ayudándome, me resulta bastante difícil —expresó, airada—. ¿Satisfecho? —Bassil tan solo enarcó una ceja y esperó a que ella continuara—. Pero reconozco que esta noche no fue mi mejor momento. Ni siquiera te di la posibilidad de decidir si podrías o no acompañarme, así que te dejé de lado. Si los papeles hubiesen estado invertidos, y tú me dejabas fuera, yo me habría enfadado bastante —dijo esto último haciendo un acto de humildad y reconocimiento de sus fallos, pero su vagina estaba muy necesitada, así que las palabras le salían a trompicones.

Bassil esbozó una sonrisa sensual y se inclinó para morderle el cuello.

—Ah, señorita Gibson, ahora lo va comprendiendo —dijo y entró, solo un poco más, en el interior cálido, aunque no lo suficiente para que ella se sintiera satisfecha —. Puedes hacer lo que te apetezca en la vida, pero si necesitas ayuda, me vas a llamar —expresó, no como una sugerencia, sino como una orden—. Siempre.

—Sí… —susurró respirando agitadamente—. Si necesito ayuda, entonces voy a llamarte —dijo en un tono desesperado de anhelo y necesidad física, mirándolo.

—Esta es una regla no negociable. Llamar a la persona con la que compartes tus besos —dijo besándola con dureza, hasta dejarla jadeante—, tu cuerpo —subió la mano y le acarició desde la cintura, pasando por los pechos, hasta llegar a las mejillas —, y tu sexo —entró con fuerza, hasta lo más profundo de ella—, es un acto lógico de coherente respeto. ¿Lo llevas claro ahora, Aytanna? —dijo deteniendo los movimientos de su pelvis. Estaba torturándose a sí mismo, pero no le importaba.

—Joder, sí, Bassil… Entiendo tu enfado, ahora lo entiendo, en especial cuando acabas de contarme la verdadera razón detrás de él —murmuró tratando de menear las caderas para que se moviese en su interior, pero él mantenía un férreo control y no cedía. Su cuerpo vibraba, sus sentidos estaban en máxima alerta y sus paredes íntimas estaban inflamadas al buscar alivio con desespero—. No volverá a pasar…

—Me alegra tener un acuerdo —dijo, antes de empezar a embestir con rudeza, escuchando la mezcla de los sonidos de sus jadeos con la fricción húmeda de sus cuerpos. Aytanna lo besó febrilmente, enredándole los dedos entre los cabellos, halándolos, mordiéndole los labios. Bassil entró y salió de ella con pasión.

Estuvieron acariciándose, moviéndose con el otro, en un vaivén cuyo ritmo lo controlaba Bassil. Cuando ambos estaban a punto de llegar al clímax, Bassil salió sorpresiva y completamente del interior de Aytanna. Ella se quedó boquiabierta.

—¿Por qué te apartas…? —preguntó en tono agudo e intentando recuperar la conexión de sus cuerpos—. ¿Qué carajos haces, Bassil? —preguntó, frustrada.

Él esbozó una sonrisa de medio lado, porque tenía otros planes.

—No te mereces un premio, sino darme una recompensa —dijo haciendo un gesto hacia el piso—. Tómalo, hasta el fondo de tu garganta —señaló su miembro —. Si me complaces lo suficiente, entonces puede que te penetre, hasta que, mañana, seas incapaz de despertar sin sentirme en cada pequeño nervio de tu vagina.

Aytanna lo miró con una sonrisa. Él, por lo general, no le hablaba de esta manera. Pero sabía que estaba tratando de sublimar la rabia con el placer. No le parecía en absoluto mal, porque si algo disfrutaba era haciéndole sexo oral. Además, en esta ocasión iba a saborearse a sí misma en él. Le parecía afrodisíaco, sucio y perfecto.

—Es verdad, mereces la recompensa —dijo con picardía y se agarró ambos pezones entre los dedos, halándolos y gimiendo, sin romper el contacto visual con el apuesto CEO—. Mmm —susurró y luego se acuclilló entre los muslos de Bassil.

El pene estaba orgullosamente erecto y presionando contra las abdominales definidas. Aytanna lo agarró con la mano para egullirlo, poco a poco, hasta el fondo de su garganta. Lo chupó varias veces y jugueteó con la lengua alrededor del grosor.

Él maldijo en voz alta y le agarró el cabello con fuerza, sin presionarla a tomarlo más profundo, mientras sentía el calor de esa boca envolviéndolo. Aytanna lo soltó, pero con la intención de lamer la base y luego hacer lo mismo con los testículos. Se demoró jugando en una combinación de caricias de su lengua y sus manos.

—Joder, Aytanna, no me provoques tanto que no pienso correrme en tu cara, sino en tu interior, como debe ser… Después me correré en tus tetas… —gruñó.

—La recompensa te la ofrezco bajo mis reglas, no las tuyas —replicó. Pero antes de que él pudiera protestar, le succionó el glande con fuerza. Eso lo silenció.

Las caderas de Bassil se movieron hacia adelante, en el instante en el que Aytanna ahuecó las mejillas para chuparlo con fuerza, y él soltó un gemido gutural. Ella procuró controlar el reflejo de la garganta, porque el miembro era portentoso. Aytanna empezó a acariciarlo usando levemente los dientes, creando círculos con la lengua y succionándolo al llegar a la punta roma, antes de volver a engullirlo con glotonería, hasta lo más profundo que podía. Sentía su propio sexo resbalosamente húmedo, sus pechos pesados, los pezones doloridos y su boca inflamada. Que este hombre, poderoso y arrogante, estuviera bajo su control, le provocaba euforia.

Ella entró en un ritmo de movimientos de sus labios y sus manos que hizo que Bassil le follara la boca. Esto último no lo hacía de forma salvaje, sino casi moderadamente para no lastimarla; estaba al borde de la locura, aunque mantenía un resquicio de conciencia. Aytanna incrementó la succión con intensidad y, al poco rato, Bassil soltó un gemido profundo, haciéndole saber que estaba a punto de eyacular.

Ansiosa por escucharlo en éxtasis, Aytanna le sujetó las caderas con firmeza y siguió cometiendo placeres pecadores con la boca. Se embriagó con el sabor dulce y salado, recorriendo las formas del pene glotonamente, disfrutándolo. Después llevó las manos hacia las nalgas de Bassil, apretándoselas con la misma avaricia que él tocaba las suyas cuando lo deseaba, y creó un compás de movimientos rítmicos. Mientras su boca lo succionaba y su lengua lo paladeaba, sus manos lo atraían más hacia ella para controlar la profundidad, hasta lo máximo que su garganta podía tomarlo.

Pronto, el miembro se sacudió, vibrando contra el paladar femenino, y ella extrajo hasta la última gota de éxtasis. Hasta el final, sus succiones no se detuvieron, tan solo disminuyeron el ritmo. Cuando terminó de degustarlo, detuvo sus caricias y soltó el miembro. Luego, lamiéndose los labios con una sonrisa, miró a Bassil.

Él de inmediato la sujetó de los brazos y la agarró en volandas.

—Condenada mujercita —dijo de gusto en un tono gutural.

—¡Bassil! —exclamó cuando la dejó en el interior de la ducha y abrió el frigo para equilibrar la temperatura—. Solo quise…

—Te dije que me iba a correr en tu interior y después en tus tetas, así que eso haré, Aytanna. Que te tragaras mi simiente es una de las cosas más jodidamente calientes que he visto —interrumpió, mientras el agua caía sobre ellos.

La impulsó hacia adelante, apoyándole la mano en la mitad de la espalda, para que se doblara lo más posible y se sujetara con ambas manos del borde del asiento interior de la ducha. Aytanna no protestó, porque sabía lo que deseaba.

—Te necesito dentro de mí —dijo ella, mirándolo por sobre el hombro, porque en la postura que estaba, completamente doblada hacia adelante, su sexo y su trasero estaban expuestos a la vista plena de él—. Compensar mi mal comportamiento me dejó excitada… Estoy tan mojada que si no entras en mí, ahora, voy a cabrearme.

Él soltó una carcajada, pero no habló, sino que tan solo comprobó que la entrada de Aytanna estuviera húmeda. Lo estaba, por supuesto. Se agarró el pene y lo guio al centro femenino, luego con una embestida se ancló en ella. Le gustaban las nalgas de Aytanna, así que no creía que fuese a cansarse alguna vez de acariciarlas.

La embistió varias veces con fogosidad y desesperación. Al estar tan abierta y expuesta, él entraba mucho más profundo en su interior. Sus gruñidos se mezclaban con las gotas de agua que caían, así como con los jadeos y gritos de placer de ella. En la postura en la que se hallaba, él tenía el control completo de la situación.

—¿Alguien te ha tocado aquí? —le preguntó introduciendo levemente su dedo en la abertura más estrecha—. Piensa bien si vas a decirme o no una mentira.

Ella se estremeció bajo su toque. Su sexo vibraba.

—No, pero quiero que lo hagas tú —confesó, porque era cierto. Si alguien iba a iniciarla en el sexo anal, algo por lo que siempre había sentido curiosidad, era Bassil—. Solo intenta ir despacio… Porque si mi vagina apenas puede recibirte por completo, entonces mi trasero lo hará con menos facilidad… —murmuró.

—Mierda, cuando hablas así me la pones más dura —expresó inclinándose para besarle la espalda baja. Le deslizó un dedo en la vagina y con los fluidos lubricó la entrada del ano, en círculos suaves y lentos, luego introdujo el dedo hasta el primer nudillo—. ¿Cómo sientes esto? —preguntó controlando sus movimientos.

—Oh, Bassil, se siente diferente… —dijo, al experimentar el ligero ensanchamiento. La invasión no era dolorosa, sino excitante. Su experiencia en la cama no era ilimitada y jamás había probado el sexo anal, porque con ninguno de sus compañeros de alcoba se sintió tan cómoda para darles la confianza de algo como esto. Pero con Bassil sentía que podía entregarse por entero—. Quiero más…

—Joder, me matas —gruñó, mientras su dedo avanzaba hasta el segundo nudillo. Ella gimió con abandono. Bassil empezó a mover sus caderas, entrando y saliendo de la sensible vagina, mientras su dedo igualaba un ritmo similar en el trasero Aytanna—. Muy pronto no será mi dedo el que entre aquí —dijo empujando el último nudillo. Ese fue el detonante para un orgasmo fue delirante.

Bassil expulsó hasta la última gota de su simiente en el interior de Aytanna, mientras ella se contraía alrededor de su miembro. Los gritos, jadeos y murmullos de placer de ambos se fusionaron y las cotas de éxtasis los catapultaron a un punto irreconocible, en el que solo era permitida la *petite morte*. Solo delirio. Juntos.

Ese fue el preámbulo de lo que ocurrió en la siguiente hora.

Tal como Bassil le aseguró que haría, luego se corrió sobre los pechos de ella. El vaho del agua caliente los rodeaba y también la bruma de un deseo abrasador que fluía por las venas de ambos. Ella se quedó exhausta entre sus brazos, porque cada partícula de su ser había sido tocada por el eléctrico placer que implicaba ser sexualmente cautivada por Bassil. Las únicas fuerzas que le quedaron fueron solo para permitir que él la enjabonase y lavara con perezosa calma. A medida que cada trozo de piel quedaba limpia, Bassil se la besaba o mordisqueaba con suavidad. Ninguna parte de su cuerpo se quedó sin que la hubiera tocado, atendido y acariciado.

En el camino, por supuesto, la masturbó con los dedos, hasta que Aytanna le dijo que ya no podía más. Él tan solo se rio y la besó largamente.

Aytanna se sintió complacida de que Bassil no se hubiera rehusado a cederle el control, un breve instante, al dejar que ella también lo enjabonase y bañara. Fue un momento erótico, pero no primitivo como todo lo que hicieron anteriormente. El contacto esta vez fue casi romántico, por la forma en que él la besaba con suavidad y le acariciaba el cabello, mientras ella se abrazaba a su cuerpo, dejando que el agua rompiera el silencio. Permanecieron en ese estado varios minutos. Pero, al cabo de un instante, Aytanna elevó la mirada con una sonrisa de confianza, saciedad y picardía.

Le agarró la erección y empezó a masturbarlo con la mano, mientras ambos se enzarzaban en un beso arrollador. Bassil le sostuvo el rostro entre las manos, mientras le mordisqueaba la boca con gusto y ella devolvía la acometida con la suya, sin dejar de acariciarlo. Ella aceleró los oscilaciones de sus manos; con una presionaba el miembro de arriba abajo y con la otra acariciaba los testículos de la manera en que sabía que a él lo volvía loco. Conocer el cuerpo de Bassil, tal como él conocía el suyo, le permitía llevar a este macho alfa a rendirse al son que ella marcaba. Al menos cuando se lo permitía y dejaba de lado, por unos minutos, su lado dominante.

Pronto, Aytanna sintió cómo el pene empezaba a vibrar con los primeros espasmos. Sus labios se bebieron los gemidos del orgasmo masculino con la misma avaricia con la que él solía absorber los suyos. Las manos de Bassil la sujetaron de los hombros, hasta que su miembro se vació del todo. Luego, él apoyó la frente contra la de ella. El agua se llevó la evidencia de lo que acababan de disfrutar juntos.

—Me encanta tocarte, Bassil —susurró mirándolo.

Él esbozó una sonrisa e inclinó la cabeza para dejar la boca en su oreja.

—Más que tocarte, Aytanna, me gusta poseer y saquear cada trozo de ti.

Ella sintió la piel cosquilleándole por el tono de voz e hizo un asentimiento.

—Porque eres insaciable…—murmuró con una sonrisa.

—Contigo, al parecer nunca es suficiente —dijo en tono sensual.

Aytanna soltó una risa suave, mientras empezaban a secarse para ir a la cama.

Lo que acababa de suceder era para Bassil el preámbulo, uno muy sexy y arrollador, antes de obtener lo que necesitaba de Aytanna: la verdad. Así que la instó a que se acomodara de lado, mirándolo, mientras él hacía lo mismo. Estaban muy cerca del otro. Bassil los cubrió a ambos con la sábana, después apoyó la mano sobre la cadera de Aytanna. Era mejor que las deliciosas curvas estuvieran ocultas, porque o si no, lo que menos haría él sería concentrarse en el tema que necesitaba tratar.

Por otra parte, Aytanna se sentía en una nube de saciedad y seguridad. Bassil, parecía saber hasta dónde era ella capaz de llegar en el sexo. La instaba a forzar sus límites instándola a redescubrirse y redimensionar su placer con destreza.

Sin embargo, más allá del placer, eran las formas que él tenía de mirarla, como si de verdad ella significara algo importante, las que la desarmaban. Los pequeños gestos cuando estaban en la calle, y él se aseguraba de que, al cruzarla, no hubiese riesgo para ella; cuando iban a un restaurante y quería saber si acaso tenía alguna alergia a algún ingrediente; cuando había ido a caminar a la playa y él hizo que

Hillary preparara un termo con café para llevar por si le apetecía a ella a causa del frío.

Los detalles anteriores podrían parecer una tontería para cualquier persona, pero Bassil Jenok no era cualquiera, sino un hombre que infundía temor y respeto con su altiva indiferencia y brutal inteligencia. Cuando Bassil se mostraba considerado lo era multiplicado por cien y echaba por tierra la determinación de Aytanna de evitar reconocer sus emociones por él. No porque ella tuviese miedo, sino porque una vez que dejara que el muro que contenía la presa de agua emocional se rompiera, ya no habría retorno. Estaría completamente a merced de sus sentimientos por Bassil.

Aytanna todavía estaba tratando de amortiguar la caída en libre, porque de un hombre del carácter, apariencia y poder de Bassil no se escapaba indemne. Lo cierto era que nadie había hecho latir su corazón con tanta desesperación como él. Esto había ocurrido desde el día en que lo vio por primera vez, meses atrás, en el jet.

—Eres muy bella y receptiva a mis caricias —dijo en tono serio—. Aunque podría pasar todo el día entre tus muslos y asaltando tu boca, lo cierto es que hay motivos por los que no estoy haciéndolo en este instante.

—Supongo que si los hay, pues más vale zanjarlos de una buena vez.

Bassil hizo un leve asentimiento y le agarró la mejilla derecha con la mano.

Aytanna era muy consciente de que él no olvidaba fácilmente su acuerdo previo: una pregunta por otra. El inconveniente era que ella había hecho más de una, en esas largas semanas, mientras Bassil parecía haber permitido que sus opciones de preguntarle de regreso se acumularan. Aytanna, ahora que lo conocía mejor, sabía que Bassil no hacía nada a medias. Así que finalmente comprendía que, al haberle permitido indagar sobre su vida, él preguntaría cuanto quisiera y ella no podría negárselo. Lo anterior fue confirmado cuando Bassil hizo su primera pregunta.

—Hoy, estuviste sola lidiando con una situación en la que pudo haber otros familiares involucrados. Pero solo eran tú y tu tía. ¿Qué rol juega Clement en tu vida? —preguntó mirándola con atención, mientras la veía tragar saliva.

—Ella es mi única familia viva —replicó—. No tenemos a nadie más alrededor. Aunque considero a Raven mi mejor amiga y mi familia, ella no lleva mi sangre.

—¿Qué le ocurrió a Clement para estar en esa condición física? —indagó con suavidad. Al notar cómo los ojos de Aytanna se volvían cautelosos, casi aterrados, Bassil consideró en dejar pasar la pregunta, pero no lo hizo. Ya no estaba en la etapa en que podía permitirse extender el tiempo—. Me dijiste que tenía hemiplejia.

Ella cerró los ojos unos instantes.

El arrepentimiento de lo ocurrido años atrás la sacudió como la marea a una barcaza que había estado demasiado tiempo serena. Sentía temor de la reacción de Bassil, porque después de que la escuchara, probablemente, dejaría de estar interesado en continuar esta relación. ¿Quién querría seguir pasando tiempo con una persona que había segado la vida de otra? No cualquier vida, sino la de su propia madre. La perspectiva de no volver a ver a Bassil, la afligió, pero le debía la verdad, porque había un compromiso mutuo de por medio de responder a las preguntas del otro.

—Hace algunos años, cuando yo tenía diecisiete, estaba muy enfadada con mi madre —empezó a contar con voz queda, mirándolo—. Mi bagaje familiar no es muy encomiable —dijo en tono bromista, pero no había nada de alegre.

—No voy a juzgarte —replicó Bassil apartándole un mechón de cabello de la mejilla y colocándoselo detrás de la oreja—. Quiero saber de ti.

Ella bajó la mirada y tomó una respiración profunda. Asintió con suavidad.

—Me enteré de que mi madre era una escort de lujo, así como también que mi padre jamás estuvo muerto como ella me hizo creer. Esa vez descubrí que, en realidad, él no sabía de mi existencia y que lo que tuvo con Lorraine fue una aventura. Estaba casado —hizo una mueca—. Ella se negó a darme información o pistas para encontrarlo. Para hacerle saber que tenía una hija —murmuró con dolor al recordar ese episodio—. Yo, envidiaba a mis compañeras que tenían a sus padres juntos; envidiaba tener esa protección y esa seguridad que solo te la daría un papá. No tuve nada de eso y Lorraine se negó a decirme quién era él. El dolor que tenía era inexplicable, porque me sentía traicionada. Fue un verano horroroso.

—Quizá, la relación con tu padre no fue buena, y ella trató de protegerte…

Aytanna soltó una risa amarga e hizo una negación.

—Lorraine solo estaba interesada en el dinero, así que las emociones le eran ajenas —replicó—. La única constante era siempre Clement. Mi tía no quiso tener hijos, mis abuelos estaban muertos, así que yo era la única adición a la familia. Ella siempre me consentía y cuidaba de mí cuando mi madre se iba a sus "trabajos". Pero una noche, yo estaba cansada, resentida y muy furiosa con Lorraine. Me embriagué —dijo cerrando los ojos—. Le exigí que me dijera quién era mi padre; le grité; peleamos. Clement intentó intervenir, pero fue inútil. Yo no estaba en mis cinco sentidos y nada me habría hecho entrar en razón. La necesidad que tenía de saber mis orígenes, conocer al resto de quienes eran mi familia, fue excruciante. Me dolía tanto no tener un padre —susurró—. Habría dado cualquier cosa por conocerlo…

—Mi padre murió cuando yo tenía menos de veinte años —se escuchó Bassil confesando, ella elevó la mirada con empatía—, así que tuve que hacerme cargo de mi familia. No fue fácil lidiar con la muerte de papá, pero nos las apañamos.

—Por eso eres tan protector —susurró mirándolo, al comprender que desde joven se tuvo que responsabilizar por su madre y su hermana. Se preguntaba porqué alguien habría querido asesinarlas, tal como le dio a entender Bassil horas atrás, y cómo él habría vengado sus muertes. Pero no era su turno de hacer preguntas.

—No particularmente. Tú, eres una de las excepciones —replicó con sinceridad pensando en Leah y en cómo, a pesar de que la intentó proteger, todo se había salido de sus manos con un desenlace brutal—. ¿Pasó algo la noche en la que te embrigaste? —preguntó, porque esta vez no era su vida la que estaba en la palestra.

Bassil empezaba a unir las piezas de este recompecabezas, entre el relato escueto que escuchó de Jonathan y ahora el de Aytanna. La tal Lorraine le había mentido por partida doble a su hija, primero, al decirle que su padre estaba muerto; segundo, al decirle que jamás le había hablado de su existencia. Era evidente que Ferran Crumbles supo que había una niña con sus genes en algún sitio de Edimburgo, pero no se molestó en buscarla personalmente, aunque le dejó una herencia millonaria.

Ahora que conocía a Aytanna, lo que subyacía bajo la imagen social de la rubia chispeante con perenne optimismo y una vida divertida por doquier, se sintió como un canalla. Porque esa imagen anterior fue la que lo impulsó a tratar de manera una actitud clínica y desapegada ante el plan de casarse con ella, quedarse con las acciones de Greater Oil, divorciarse, y luego darle una buena compensación económica para que viviese la vida cómodamente. Pero, la realidad era muy diferente. No solo por el relato que estaba contándole, sino porque ella era distinta a lo que la gente creía.

Ella lo miró con expresión contrita, consciente de lo que llegaría a continuación.

—Sí —murmuró con un nudo en la garganta, mientras él la observaba en silencio—. Esa noche me subí al coche con la intención de que Lorraine me dijera en dónde vivía mi papá. Estaba desesperada por tener alguna pista, un indicio, un detalle del hombre que creía que había muerto, pero que estaba de seguro feliz viviendo con una familia que, en cierto modo, era también mía —dijo en tono apagado y triste. Le dolería muchísimo si encontraba desprecio en la mirada de Bassil, pero, al menos, sabía que él no la chantajearía como el hijo de puta de Cameron.

—¿Condujiste en estado de ebriedad? —preguntó con suavidad, al atar cabos en la mente. Se temía cuál podría ser la razón de la condición de Clement, pero no la verbalizaría a menos que Aytanna le ofreciera voluntariamente esos detalles.

Ella cerró los ojos y dejó escapar un par de lágrimas. Bassil extendió los dedos y las limpió con suavidad. Luego esperó a que le dijera si quería continuar el relato o si prefería cerrar la puerta que llevaba a ese rumbo de recuerdos. Podría revisitar este capítulo más adelante, pues no iba a presionar si Aytanna prefería callar.

—Conduje como una loca, gritándole a mi madre, exigiéndole que me dijera dónde había conocido a mi padre, si recordaba la oficina en la que trabajaba o la casa en la que vivía. Porque para mí, las amantes saben bien dónde están y viven los hombres con los que andan —expresó—. Clement iba a mi lado. Me decía que detuviera la marcha. Pero yo no atenía a razones, además iba en contravía. De repente, un coche salió de la nada. Quise evitar el choque, aunque ya era muy tarde…

—¿Desde entonces no tienes una buena relación con tu madre? —preguntó.

Aytanna cerró los ojos, porque no podía mirarlo.

—Maté a mi madre esa noche —dijo en un tono bajísimo. Si no hubiera sido porque estaban solo ellos dos, en silencio, él jamás la habría escuchado—. Mi tía Clement quedó mal herida. Ella… —sollozó—, me pidió que me cambiara de asiento, porque el conductor del otro coche había llamado a la policía.

—Lamento la muerte de tu madre —replicó con sinceridad y le acarició los cabellos. Ella hizo un asentimiento—. Clement cambió de lugar en el coche, ¿no?

—Sí… Asumió la culpa. Los que siguieron fueron días horribles en el hospital. Por eso hoy me sentía agobiada y no era capaz de tomar decisiones pensando en otras personas ajenas a mi tía. Estaba paralizada, pero sabía que tenía que actuar —comentó—. El sepelio de mi madre fue de las situaciones más aterradoras de mi vida, porque la culpa me perseguía. Luego llegaron los tratamientos médicos de Clement. El diagnóstico de la parálisis —dijo con pesar y arrepentimiento—. Después, empezó el juicio… —meneó la cabeza—. El otro conductor estaba empecinado en que fuésemos a la cárcel, pero el abogado que conseguimos era bastante decente y nos ayudó, porque lo que pedía el demandante era ilógico. No hubo daños más que materiales, ni tan graves, al otro coche. Las pérdidas humanas fueron de mi lado —dijo con la voz entrecortada—. La tía Clement era amiga del juez que tomó nuestro caso. Debido a la condición en la que ella quedó y la amistad de por medio, el magistrado tuvo clemencia, así que solo la obligó a indemnizar al otro conductor.

—¿Alguien cambió el testimonio de que tú eras quien conducía? —preguntó de repente. Él conocía muy bien el sistema judicial escocés, aunque no fuese abogado. Sus corporaciones tenían querellas cada dos por tres, así que había ido aprendiendo sobre la marcha la manera en que ciertos aspectos funcionaban en material legal.

Ella apretó los labios, porque este hombre había deducido con rapidez lo ocurrido, en lugar de llegar a la bajeza de Cameron de haberla enviado a investigar. El malnacido de su ex estaba tan dolido y resentido, porque ella lo abandonó, que utilizó la breve información del accidente para hurgar a ver si hallaba algo adicional. Y vaya si lo encontró, porque su ex usó contactos de su poderoso padre y llegó a los archivos de la policía. Alguien en el sistema de registros no borró el informe original, aquel que se ordenó que fuera reemplazado a petición del juez. Cameron lo leyó.

Aparte de los videos íntimos, la gran amenaza que pendía sobre ella era ir a la cárcel si su ex abría la bocaza. El caso podría ser reabierto, gracias al influyente apellido McLeod, y la podrían acusar de homicidio, a su tía como cómplice y obstructora de la justicia, además de que podrían destituir al juez que llevó el caso y que seguía trabajando activamente en la profesión. Todo era una cadena de desastres si Cameron la exponía. Por eso, para evitar que él hundiera su vida y la de otros involucrados en aquel accidente, Aytanna le seguía pagando. No quería alterar a su tía Clement y remover antiguos pesares. Ella prefería aceptar los chantajes.

No le hablaría a Bassil al respecto, porque no tenía ningún sentido. Ella hallaría la manera de encontrar algún trapo sucio de Cameron, en algún momento. Por ahora, no la había vuelto a contactar, así que Aytanna se sentía todavía a salvo, antes de que volviese el agobio de sacar dinero de donde fuese para lograr pagarle otra vez.

—Sí, el juez hizo que el informe preliminar se reemplazara por el que decía que fue Clement quien iba al volante, no yo, una chica ebria de diecisiete años que pudo haber ido a la cárcel por homicidio —dijo llorando sin contenerse—. Clement, pagó por mi imprudencia y mis berrinches. Ella es todo lo que me queda, lo daría todo por ella y por mantenerla a salvo. He hecho lo que he podido todo este tiempo… Con respecto a mamá, pues… Me arrepiento cómo terminó todo… Me arrepentiré siempre… Soy una asesina Bassil… —elevó la mirada finalmente y conectó con la de él—. Tengo un aspecto muy bonito, pero por dentro estoy rota —susurró.

Él sintió cómo su propia alma se identificaba con la de Aytanna. La agarró de la cintura y la acomodó para que estuviera sobre su cuerpo. La sostuvo entre sus brazos y la dejó que llorara. Le acarició la espalda durante todo el tiempo que hizo falta, hasta que, poco a poco, el llanto de ella empezó a perder fuerza y se disipó. Habrían pasado cinco o quince minutos, daba igual, pero este instante lo cambiaba todo.

—Aytanna —dijo en tono empático. Ella apartó el rostro de su hombro para mirarlo de nuevo. Él le limpió las lágrimas que quedaban con el pulgar—. Siento muchísimo todo lo que tuviste que experimentar, los momentos complicados y las decisiones equivocadas. Pero, lo que te define no es tu pasado, sino las acciones que tomaste para sobrellevarlo, superarlo y salir adelante. Tú, has logrado lo que tienes por tu propia cuenta, no le debes favores a nadie. Si bien lo de Clement es lamentable, al menos creo que tu tía es una mujer sabia y seguro jamás te echó la culpa.

Ella hizo un asentimiento leve, porque, a pesar de los momentos difíciles, el dolor, la falta de recursos, Clement jamás la machacó. La anciana no le reprochó nada. Lo que hacía era darle consejos, amor e impulso para vivir a mil y seguir adelante.

—No sé cómo sigues abrazándome, en lugar de pedirme que me marche…

Bassil le tomó las mejillas entre las manos, le frotó los pómulos con suavidad.

—No estás rota, Aytanna Gibson —dijo con certeza en su tono de voz. Le habría querido decir que su propio pasado era atroz y, en comparación, ella era un ángel. Pero no estaban hablando de su vida—. Todos tenemos graves equivocaciones que nos marcan y destrozan. Pero, ¿rota? No, no lo estás. Una mujer rota no es capaz de sentir empatía con otros; tener tiempo para dedicarse a organizar eventos en un refugio de animales del que se ha hecho voluntaria; una mujer rota no es capaz de entregar lo mejor de sí, aunque por dentro quisiera esconderse, pero se obliga a ser valiente para intentar comerse el mundo. Así que no estás rota —afirmó.

Aytanna se quedó perdida en esa mirada café y lo supo de inmediato. Esas palabras calaron profundo y se colaron por las grietas de su alma como una amalgama que iba sellándolas con sutileza. Durante estas semanas, ella hizo esfuerzos para protegerse, porque sabía que Bassil tenía el poder de reclamar su corazón. Pero la necesidad de perderse en él había sido más fuerte que la cautela, lo seguía siendo.

Así que ahora, mirándolo a los ojos, después de exponer el episodio más doloroso de su vida, entendía que estaba enamorada de Bassil. Ella pudo romper el acuerdo y negarse a compartir su pasado, pero tenía honor y también confiaba en él. Esta era la gran verdad. Bassil la había escuchado sin juzgar y ahora la estaba abrazando y sosteniendo. Protegiéndola. El corazón de Aytanna soltó una exhalación de alivio como si, al fin, después de tanta búsqueda, hubiera encontrado su lugar.

—Bassil… —susurró, mientras volvían las lágrimas a rodar por sus mejillas—. ¿Es que no escuchaste que maté a mi madre por estar ebria y ser una majadera?

Él hizo un asentimiento. «De un asesino a otro, en circunstancias clandestinas y diferentes, te entiendo», le habría querido decir, pero no era tiempo de contar su pasado ni sus oscuras vías que, sin saber, lo convirtieron en CEO.

—Alto y claro, así como me escuchaste decir la verdad de lo que pienso al respecto. Creo que has vivido todos estos años guardando tanto dolor que crees que es imposible de que te perdone la persona más importante: tú misma —dijo deslizando las manos, hasta dejarlas sobre la espalda de ella, le acarició la piel en círculos para calmarla y reafirmarle que no estaba juzgándola. Él no podría jamás decirse un discurso como este a sí mismo, porque en su caso había asesinado con premeditación para sobrevivir; y su familia murió por su culpa. Era distinto.

—Es bastante complicado perdonarme, aunque gracias a Clement he estado trabajando en conseguirlo… Al menos, las pesadillas son menos frecuentes…

—Hay que tener cojones, Aytanna, para salir del foso en el que caíste —dijo.

Él no excusaba lo que hizo ella de más joven, pero no iba a emitir un criterio moralista. «¿Cómo podría equiparar los demonios de una persona con los de otra?». Eso sería arrogante, pero desde una perspectiva estúpida. El dolor y la culpa no se medían por la grandeza o pequeñez del incidente, sino por cómo afectaban a cada persona. Así que era imposible de comparar una realidad con otra.

—El gruñón e indiferente Bassil Jenok es capaz de tener un poquito de empatía con otros mortales —susurró, bromeando con dulzura y extendiendo la mano para apoyarla en el sitio que latía el corazón de él—. Gracias por… —meneó la cabeza—. Jamás le había contado esto a nadie… La única vez que intenté hacerlo salió terriblemente —murmuró acordándose de Cameron, pero no iba a mencionarlo—. Así que, desde entonces, procuro guardar todo esto conmigo. Ni siquiera mi mejor amiga sabe sobre esta parte de mi vida, porque me avergüenzo… —concluyó.

Ella no era capaz de verbalizar que estaba enamorada, porque tampoco quería asustarlo. No tenía idea si él sentiría algo parecido por ella. Así que se daría tiempo a sí misma de asimilar todas estas emociones, antes de considerar decírselas.

Cuando se marchara a casa, él tendría tiempo de volver a pensar en esta conversación, quizá, inclusive, podría cambiar de opinión sobre ella. Aytanna se sentía vulnerable, como si estuviese en carne viva, pero las manos de este hombre, su aroma y su calor, tenían la capacidad de ser esa cobertura que aplacaba los peligros.

—Aytanna, cada persona tiene derecho a un pasado —dijo—. Punto. Además, intentas hacer lo mejor que puedes con lo que tienes y ayudas a Clement en todo. Deberías estar orgullosa de que eres resiliente y valiente. Aparte —sonrió por primera vez desde que ella había empezado a responder a sus preguntas—, eres una trabajadora muy competente en Earth Lighting y te estás ganando el respeto, poquito a poco, de tus colegas de trabajo. El CEO de la empresa ha recibido excelentes reportes y cree que contratarte fue un acierto para el departamento financiero. —Ella sonrió y Bassil supo que Aytanna creía en sus palabras—. ¿Qué tal con eso?

Esta belleza era una mujer sencilla, inteligente, inexperta en muchos aspectos y más ingenua de lo que aparentaba, pero también poseía una dulzura propia de alguien que llevaba cicatrices invisibles, aunque las disimulaba con una sonrisa. Él no podía cambiar los motivos por los que se había acercado a ella, ni tampoco lo que existía de fondo: un negocio multimillonario y mayor campo de producción, cuando se convirtiese en propietario de las acciones de Greater Oil. Sin embargo, tenía la potestad de enfocar todo este escenario desde otro ángulo. Se preguntaba si alguien, alguna vez, habría tenido la fortuna de ver bajo las aparentes luces, que ella proyectaba constantemente, para encontrar todo lo que en realidad era Aytanna.

—Creo que estamos a la par con las preguntas… —murmuró ella cerrando los ojos—. Ha sido un día muy… No sé como definirlo. La próxima vez hablaremos de ti, si, en el camino, todavía tienes interés en dejarte corromper por mí.

Bassil esbozó una sonrisa por la ingenuidad del comentario.

—Ha sido un día interesante desde todo punto de vista —replicó extendiendo la mano para apagar la luz de la mesita de noche. Cuando la habitación quedó a oscuras, apoyó a Aytanna en el colchón y la abrazó desde atrás. Hundió el rostro en el cuello femenino aspirando su aroma—. Hora de dormir —le dijo al oído.

Ella sonrió aunque él no la podía ver, sintiendo el calor que la cubría, y asintió con suavidad. «Todo estará mejor de ahora adelante», se dijo. Luego, su mente colapsó, aunque su corazón estuviera más despierto que nunca.

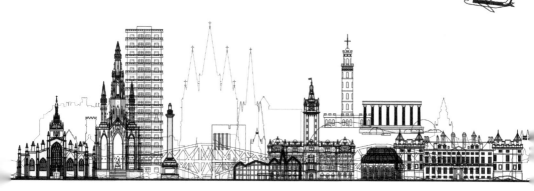

CAPÍTULO 15

Aberdeen, Escocia.
Años atrás.
Bassil.

*T*imothy estaba en coma, así que la vida de Leah transcurría entre ir a la oficina, las visitas al hospital y las noches que pasaba abrazada a Bassil. No era capaz de comer lo suficiente y había perdido toda ilusión, porque sentía que una parte de sí estaba atada a esa cama de hospital en la que yacía su hermano desde hacía nueve semanas. Era demasiado tiempo y, a medida que pasaban los días, perdía la esperanza de que él fuese en algún momento a recuperar la conciencia. Ella intentaba hablarle al oído mencionándole todas las circunstancias que estaban sucediendo en la empresa. Le contaba cosas optimistas, le recordaba anécdotas que habían vivido y le decía también cuánto lo echaba de menos. Le pedía, casi rogaba entre lágrimas, que no se atreviera a dejarla sola.

—Leah, concéntrate en lo que estoy diciéndote —dijo Bassil sujetándola de los hombros para que lo mirara. La sacudió ligeramente. Ella enfocó la mirada en él y dejó por unos instantes sus pensamientos vinculados a Timothy de lado—. He encontrado la prueba que estabas buscando sobre Lawrence. ¿Comprendes?

Ella abrió los ojos de par en par y sonrió de verdad, por primera vez, en semanas.

—Oh, Dios, eso es increíble —dijo llevándose ambas manos a la boca—. Quiero que me cuentes todo. Esta terraza está libre de micrófonos, además hay *demasiado viento para que se pueda escuchar con claridad conversaciones dichas en susurros —sonrió, alegrándose de haber contratado un IT externo para que revisara si había micrófonos ocultos en el edificio. No los había. Menos mal.*

El muchacho de cabellos oscuros hizo un breve asentimiento.

La relación de ambos iba un poco más lenta, aunque igual de cercana. Pero ninguno parecía tener demasiadas prisas. Bassil pasaba más días a la semana en la casa Doyle que en la que rentaba con su mejor amigo. Leah y Bassil tenían que sobrellevar asuntos tanto financieros como personales. En el caso de Bassil, estaba tratando de sobrellevar dos temas diferentes. El primero, intentar que su hermana menor, Hannah, dejara de darle dolores de cabeza a la madre de ambos, Olivia. El segundo, sobresalir en Doil Corporation, lejos del papel de espionaje que, empíricamente, estaba ejecutando a pedido de Leah. El ajetreo laboral no impedía que él siguiera siendo atento, de hecho, había dejado de lado su habitual hostilidad.

Desde la pelea, Bassil prefería mantener la distancia física con Leah en público, especialmente en la compañía, porque no quería dar pie a murmuraciones absurdas, crear sospechas o ponerse en riesgo. Espiar a otras personas sutilmente, hacer preguntas y tratar de encajar en ámbitos que le eran ajenos por completo, en especial al ser nuevo en la empresa, no eran actividades que se hicieran con descuido.

Él sabía cómo mezclarse entre la gente, porque lo había aprendido para sobrevivir en el puerto, aunque ahora, al tratarse de temas corporativos, la dinámica cambiaba de forma radical. Quería ser lo más objetivo posible y cuidarse las espaldas. En sus manos tenía el voto de confianza de Leah, así como las esperanzas de ella para hallar indicios de que Lawrence sí usaba a Doil Corporation para negocios ilícitos. Leah necesitaba entender qué diablos estaba haciendo su tío, detenerlo y sacarlo de la empresa de manera urgente. Afortunadamente, Bassil iba por buen rumbo.

—Cuando escuché a Saddie, la chica de recepción, confesar en susurros que estaba follándose al "tío de los chicos millonarios", es decir, tú y Timothy, supe que era la persona con la que tenía que crear un lazo amistoso. La confesión no me la hizo a mí, sino a una compañera que estaba cerca en el momento que yo me encontraba alrededor —expresó, mientras el cielo gris los cubría en la terraza en la que se encontraba. Este era el sitio en el que se solían reunir cuando había alguna urgencia, como ahora—. Saddie es amante de tu tío desde hace ocho meses. Le he hecho creer que estoy interesado en conocerla mejor y la invité a salir —sonrió al notar la expresión ácida de Leah—. No me he acostado con ella —

aclaró—, *porque si algo sale mal con Saddie, yo perdería acceso a la información y arruinaría el propósito de que me hubieras dado este empleo en primer lugar. Así que voy a tratar de tontear con ella un poco y hacerle creer que me gusta de verdad* —comentó mirándola.

Leah se frotó las sienes. No tenía tiempo para reclamarle nada a Bassil. Aunque le gustaba un montón y estaba enamorada de él, su prioridad era la empresa.

—*¿Qué descubriste aparte de eso?* —preguntó acercándose.

—*Saddie se quejó de que Lawrence, nada más acabar la faena sexual, se desentiende de ella para dedicarse a trabajar. La portátil que usa él es la de la compañía, Leah, por eso es que Saddie me comentó que le cabreaba que siguiera pegado a los asuntos de Doil Corporation* —dijo él—. *Nadie tiene autorización de llevarse las portátiles de la empresa, hasta donde tengo entendido, salvo que hubiera un permiso especial y una justificación.* —Leah asintió—. *Así que tu tío ha usado sus privilegios para hacer lo que se le da la gana y nadie lo controla o lo cuestiona* —comentó.

—*A veces es bueno tener recepcionistas bocazas* —dijo haciendo una mueca —. *El único modo de llevarte instrumentos de trabajo de la compañía es con una justificación de recursos humanos y con un permiso del jefe inmediato, por lo general debido a viajes de trabajo. Pero, claro, Lawrence no necesita nada de eso, porque es uno de los propietarios* —soltó una exhalación—. *De hecho, las portátiles son sometidas a procesos de auditorías ocasionalmente. Supongo que en el caso de mi tío, jamás se ha aplicado algo así* —murmuró—. *Necesitamos auditar esa portátil…*

Bassil esbozó una sonrisa y le hizo un guiño.

—*Tengo mejores noticias que esas, Leah. Cuando hablé con Hiroshi, el chico de IT que contrataste, él me dio instrucciones de cómo conectar un dispositivo de rastreo en la oficina de tu tío para acceder a cualquier aparato electrónico que hubiera en el despacho. Los datos que captó Hiroshi asocia lo negocios de Lawrence con la mafia.* —Leah se llevó la mano al corazón, consternada—. *De hecho, buscó en la darkweb y logró romper los códigos para acceder al origen de los pagos.*

—*Oh, demonios, qué bastardo e hijo de perra que es mi tío…*

—*Sí, al parecer el pago más antiguo data de hace tres años. Están usando los barcos de Doil Corporation, pero es imposible saber qué mercadería negocian. Eso no se menciona, claramente, sino solo los pagos. El dinero llega directo a las cuentas de Lawrence en las Islas Caimán* —explicó—. *Hiroshi consiguió rastrear el mapa de ruta que han estado usando, la frecuencia y los horarios usuales. Todo esto ha sido mantenido fuera del radar de registros de la corporación. Este Hiroshi es un genio.*

Leah asintió y se apretó le puente de la nariz con los dedos. El hacker e IT que ella contrató formaba parte de MENSA, la organización para personas superdotadas de Estados Unidos, así que esto de hallar información era pan comido para él.

—Tres años es mucho tiempo... —dijo consternada e imaginando que lo más probable era que su padre hubiera sabido al respecto y Lawrence lo hubiese enviado a matar. No tendría jamás las pruebas, pero su corazonada no estaba mal encaminada—. Lawrence está metido de narices en todo ese negocio y, por ende, nuestro apellido salpicado de la mierda que es esa corrupción —dijo empezando a caminar de un lado a otro, mientras el viento soplaba con brío—. Tiene que tener cómplices y voy a necesitar los nombres de todos ellos. Las pruebas. Todo.

Bassil la detuvo, sosteniéndole los brazos, para que lo mirase.

—Creo que dio resultado escuchar atentamente alrededor y también fue un golpe de suerte encontrarme con Saddie —expresó—. He ganado tiempo y gracias a Hiroshi podremos recabar pruebas contra Lawrence. Pero no puedes extralimitarte ni dar a entender que tienes conocimiento de esta situación. Necesitas hablar con las autoridades de tus sospechas. Si ellos comprenden que está la mafia de por medio y, además, les brindas indicios de la información que has encontrado, entonces podrías conseguir que abran una investigación. Inclusive habría agentes encubiertos si la magnitud de estos negocios lo amerita. No puedes tardar más tiempo, Leah.

Leah hizo un asentimiento leve.

—¿Es la mafia de Zarpazos la que está involucrada? ¿Hiroshi pudo saberlo revisando la darkweb? —preguntó asustada. Sabía que Duncan Sinclair, el capo, era sanguinario. Decían que su hijo, el heredero al trono oscuro, también era similar.

Bassil soltó una exhalación y se pasó los dedos entre los cabellos.

—No, Leah, es la mafia irlandesa —murmuró.

—Dios... —dijo cerrando los ojos unos instantes—. Es bien sabido que las aguas escocesas las domina Zarpazos. Si sospechan que Doil Corporation tiene asuntos con la mafia irlandesa, va a ser un desastre. No sé cómo Lawrence ha logrado burlar los controles que hace la gente de Duncan Sinclair durante tres años... —susurró aterrada—. Esto es una pesadilla... No podemos confiar

en nadie. *Papá siempre nos enseñaba a mi hermano y a mí cómo funcionaba el negocio, así como el lado oscuro. Nos inculcó que jamás le hiciéramos favores a la mafia. Pero, en especial, que no nos cruzáramos en su camino. Lawrence, sin embargo, se lanzó a los brazos del Diablo.*

—*Aún tienes la oportunidad de hablar sobre tus sospechas con las autoridades* —razonó Bassil—. *Esa es la única manera de que logres desenmascarar a Lawrence.*

—*Tengo miedo de todo esto, pero sé que debo hacerlo* —murmuró.

—*Ya empezamos esta travesía. No podemos dejarla inconclusa. Estaré a tu lado en todo momento, Leah, así que no tengas miedo. Si confías en algún integrante de la junta directiva, entonces comparte lo que acabas de descubrir. Si no es así, el mejor camino sigue siendo hablar con las autoridades de manera discreta y darles la potestad de que realicen las investigaciones pertinentes* —comentó mirándola con sinceridad—. *Aunque supongo que algunos policías estarán en el rol de pagos de la mafia, lo cierto es que también existen buenos elementos. Confiemos en ellos.*

Leah hizo un asentimiento y se abrazó de la cintura de Bassil.

—*Gracias, brick* —dijo de modo juguetón, al llamarlo por un apodo que él ya no utilizaba—. *No sé qué haría sin ti* —dijo Leah con dulzura.

Él esbozó una sonrisa.

—*Fastidiar a otra persona, eso, seguro* —replicó, mientras ella se reía.

Semanas más tarde, Lawrence Ayrich Doyle, cinco ejecutivos e inclusive Saddie Levorne, fueron detenidos por lavado de dinero y tráfico de sustancias prohibidas. Las pruebas conseguidas, gracias a los agentes encubiertos que se infiltraron en Doil Corporation y a la información recabada fueron irrefutables. Dentro de la empresa se realizó una investigación adicional para descartar más vínculos de corrupción.

El escándalo dejó el nombre de Doil Corporation en los principales titulares de la prensa nacional durante varios días. Fue una pesadilla. Los periodistas esperaron sin éxito, en el exterior de las oficinas, obtener declaraciones adicionales al discurso oficial emitido por la oficina de relaciones públicas de la compañía

La junta directiva le dio a Leah la posición de vicepresidenta de la corporación, pero convocaron a un concurso externo para tener, en lugar de CEO, un consejero delegado que ejerciera esas funciones, hasta que ella tuviese *más experiencia y pudiera tomar el mando al completo. Leah lo aceptó de buena gana, porque, si bien comprendía al revés y al derecho el negocio, era necesario que hubiese alguien con más años de experiencia en el manejo de una corporación como la de su familia.*

Por otra parte, Lawrence amenazó a su sobrina con tomar represalias, el mismo día en el que salió esposado de las oficinas junto a sus acólitos. Leah ignoró esas palabras y también los insultos. Los abogados se harían cargo no solo del tema judicial, sino también del proceso para despojar a Lawrence de cualquier vínculo y beneficio con la empresa de los Doyle. Además, desde la cárcel no podría hacer daño.

Leah se desentendió de la existencia de su tío. Se enfocó en renovar la imagen de la empresa ante la opinión pública y sus aliados de negocios. Contrató un nuevo equipo de marketing y relaciones públicas. Además, trajo a Doil Corporation a los mejores asesores para que trabajaran con ella y la ayudaran a consolidar una visión empresarial más versátil y realista. Les iba a demostrar a todos que la edad, cuando existía voluntad y preparación, no definía un cargo ejecutivo. Adquiriría experiencia, sin duda, pero cuando fuese CEO ya estaría muy bien preparada para la posición.

Ella no se guiaba por las emociones para asignar cargos en la compañía, menos con la traición de Lawrence, pero Bassil, por su alta capacidad analítica y agilidad numérica, fue reubicado y ahora tenía el cargo de asistente de investigación y desarrollo para la explotación del petróleo. Ese departamento era uno de los más importantes, porque no solo combinaba números con datos cualitativos, sino que era una fase medular del negocio al sugerir en dónde realizar o no extracciones. Bassil se acababa de graduar de la universidad, así que podría enfocarse en crecer profesionalmente en Doil Corporation durante el tiempo que le apeteciera.

La empresa había sufrido una profunda restructuración. Entre sus políticas de mejora, depuraron la plantilla de empleados. Se realizaron pruebas y exámenes para determinar quiénes estaban realmente aptos para continuar en el rol de pagos, sin importar la edad ni el tiempo que llevaran en la compañía. La junta directiva, bajo la sugerencia de Leah, empezó a contratar empleados jóvenes en cargos operativos y ascender a los que llevaban años sin la oportunidad de ocupar un mejor puesto.

A la par de esta modernización, meses después de que Lawrence fuese condenado a quince años de prisión, empezaron a llegar amenazas de muerte. La policía no solo había capturado al tío de Leah, sino a varios narcotraficantes irlandeses que estuvieron involucrados en el caso. Ella empezó a sentirse paranoica y con miedo, porque esas amenazas que no solo eran mensajes de texto o correos electrónicos, sino también sobres con fotografías de ella saliendo de la compañía, yendo de compras, riéndose en la casa o entrando al hospital. La estaban siguiendo y por eso decidió contratar más guardaespaldas y redoblar la seguridad en su casa y en las oficinas.

Las fotografías que recibía en los sobres eran la peor parte. Se trataban de partes del cuerpo femenino mutilado, en diferentes poses. Otras fotos eran de una vagina ensangrentada con una botella de vidrio rota, clavada. Eran espeluznantes. Hiroshi le decía que lo único que era capaz de afirmar era que la ubicación del remitente correspondía a Escocia, pero quien sea que estuviera detrás poseía una pared de protección tecnológica muy fuerte que ni él ni sus amigos hackers lograban pasar.

—Pero, tú eres un genio, Hiroshi, ¿cómo es posible que no puedas encontrar el sitio exacto e inclusive la identidad de donde provienen las amenazas? —le había preguntado una tarde, sentada en su oficina, mientras la lluvia golpeaba el vidrio.

—La tecnología que están utilizando ellos es superior a la media, pero no infalible. Esto solo nos da un indicio de que es un grupo con recursos ilimitados. El problema es que necesitaría varias semanas para romper el código y sé que la situación es bastante urgente —había dicho él—. Lo siento, Leah, pero hago lo que puedo.

—Tengo miedo de que algo me pase —había contestado con sinceridad.

—Estoy trabajando con mis amigos hackers en todo este asunto. Espero conseguir esa información, antes de lo esperado. Te prometo que resolveré todo esto lo más rápido posible, Leah —había contestado con solemnidad.

—Gracias, Hiroshi… Sé que lo conseguirás —había dicho mirándolo.

Leah no se dejaba amedrentar y tampoco le hablaba a Bassil de sus miedos, sino que intentaba mostrar entereza. A veces, miraba a su novio como si él tuviese la solución a sus problemas en las manos, porque su presencia era sólida y le daba seguridad. Pero, la verdad, no era justo dejar tanta carga emocional en sus hombros. Por eso, prefería callarse los miedos que la carcomían por dentro y pretendía que se sentía optimista de que pronto sabría quiénes estaban detrás de esas amenazas.

Ella era consciente de que Bassil tenía bastantes líos con la rebeldía de Hannah y con las usuales complicaciones laborales. Por eso intentaba enfocarse en lo que podía controlar: su seguridad, contratando más guardaespaldas; su profesión y posición en la empresa, preparándose más; su relación con Bassil, disfrutándola, aprendiendo a su lado y pasándola bien juntos. Pero todo se desvanecía y dejaba de importar cuando visitaba a su mellizo. Si todo el dinero que poseía hubiera podido ser el precio para que él despertase, ella lo habría entregado sin pensarlo.

Tal como en esta ocasión, en sus incontables visitas su hermano, él tampoco respondía. Ni siquiera existía algún tic en los dedos o indicios de esperanza. Nada. Ella había decorado la habitación para darle un aspecto menos clínico. Claro, tuvo que pagar muchísimo dinero para que le permitieran hacer algo así en el hospital.

—¿Qué crees que deberíamos hacer? —le preguntó Leah a Timothy, acariciándole la mano, mientras las máquina registraba los signos vitales—. El asunto de la compra de tres barcos nuevos es una inversión muy grande. ¿No te parece?

Aunque solía venir todos los días, a raíz de las amenazas de muerte de la mafia irlandesa, ahora prefería no tener un momento o día específico de visita. Prefería cambiar su rutina y despistar. Además asignó dos guardias para que estuvieran fuera de la suite de su hermano de manera perenne, porque era mejor ser precavida.

—Ya te he contado los meses horrendos que he tenido que vivir, pero tú todavía continúas sin despertar. Te necesito, Tim, no puedo seguir sin ti —continuó.

—Nena, es tiempo de irnos —interrumpió Bassil desde el umbral de la puerta de la suite. Estaba de mal humor, porque el día anterior Hannah se había largado de nuevo a un jodido parque a fumar y a beber con amigas; él tuvo que sacarla a rastras. Su madre estaba afligida por ese comportamiento—. Déjalo descansar.

—Lo echo de menos —murmuró—. Siempre hablábamos y cuando no lo hacíamos, nuestras mentes estaban prácticamente conectadas —sonrió con nostalgia—. Supongo que es un tema muy sutil entre gemelos y también mellizos.

Bassil no entendía ni mierda de esos asuntos, así que solo asintió.

—Nos queda esperar a que despierte en algún momento, pero no ha sido un proceso fácil físicamente para Timothy —expresó él mirando con pesar cuán delgado estaba el chico y también entendía la frustración de Leah al no hallar otro modo de ayudar a su mellizo. La mujer había contratado todo tipo de terapias: música, reiki, masajes, cuencos tibetanos, meditaciones budistas. Cualquier método místico existente y alternativo, ella ya lo había aplicado a

su hermano. Sin éxito—. Algunas personas dicen que quienes están en coma poseen la capacidad de escuchar. Estoy seguro de que él sabe que, una vez que despierte, tú estarás a su lado para que se recupere por completo y se reintegre a Doil Corporation —expresó.

Ella miró a Bassil con dulzura e hizo un asentimiento breve.

—Lo sé… —murmuró—, pero no es fácil verlo así… Me arrepiento de haber ido a ese bar aquella noche, porque si hubiéramos optado por quedarnos en casa como era el plan inicial, viendo la nueva película de Fast and Furious, entonces nada de esta mierda hubiera ocurrido —soltó una exhalación—. Qué desastre.

—No tienes la culpa de que esos cretinos intentaran propasarse contigo. Tu hermano, reaccionó como cualquier hombre a tu lado lo haría: defendiéndote. Así que deja de machacar tu mente y hacer que tu corazón sufra más, Leah. ¿Vale?

—Vale… —dijo con una exhalación resignada.

Se incorporó de la silla y le dio un beso en la mejilla a Tim. Le susurró al oído que lo amaba y que esperaba que pronto estuviera de regreso a su lado. Después agarró la mano de Bassil y salieron del hospital en silencio. El trayecto a la casa de Olivia y Hannah lo hicieron escuchando música, mientras el chofer conducía.

Esta no sería la primera vez que Leah interactuaba con la familia de Bassil. De hecho, a ella le caían muy bien las dos mujeres y se alegraba de que ahora alquilaran una casa más cómoda, gracias a que Bassil ganaba un salario mucho más alto que antes. Los Jenok eran unidos y le recordaban a Leah lo que era tener una familia con la cual contar. De alguna manera sentía que ellas también eran parte de su vida. Leah adoraba a Bassil, aunque sabía que él no era un hombre proclive a ser emocional o decirle si acaso la quería. Pero, lo más importante era que él le demostraba con acciones lo que las palabras rehusaban verbalizar. «No puedo tenerlo todo».

—¿Estás seguro de que quieres que venga contigo? —preguntó Leah, porque él le había comentado de los problemas entre Olivia y Hannah—. No creo que visitarlas, hoy, sea la mejor decisión —murmuró mirándolo—. Tu hermana va a intentar ponerme en contra de tu madre o darle la razón. Sería un poco incómodo mediar.

Para Bassil presentar a Leah, como su pareja, ante su familia fue lo más lógico. Además, gracias a los Doyle su vida profesional había cambiado y también su estatus. Él no era millonario, ni de coña, pero ya no estaba preocupado para llegar a fin de mes y que les alcanzara la comida, pagar internet, la renta, ropa e inclusive televisión por cable. Bassil aún continuaba viviendo con Hutch en el *vetusto apartamento que rentaban, pero le daba igual. Para él, lo importante era la comodidad de su familia.*

—No quiero que vengas conmigo para mediar ni mucho menos, aunque agradezco las dos ocasiones en que lo intentaste hacer —dijo agarrándole la mano y mirándola—. Tan solo creo que tu presencia evitaría que se enzarcen en una pelea grotesca que lastimaría más a mi madre. ¿Crees que podrías quedarte a dormir en casa con ellas? Tal vez, cuando a Hannah se le pase la pataleta, le haga bien una amiga que la escuche. De hecho, ella no estará en casa, hasta dentro de una hora que regrese de su clase de atletismo. Si lo hace bien, le pueden dar una beca cuando vaya a la universidad —expresó con sinceridad—. De charlas de mujeres no entiendo…

Ella no veía problema en la petición de Bassil. Además, hubo un par de noches en las que sí se había quedado con Hannah. La chica le caía bien, además poseía una mente creativa y una forma graciosa de contar las cosas. Salvo por su etapa de rebeldía, que volvía loco a su hermano y a su madre, Hannah era una dulzura.

—No les podemos contar el motivo de que tenga más guardaespaldas que cuando me conocieron, ¿de acuerdo? —preguntó con preocupación.

Él hizo un asentimiento y esbozó una sonrisa.

—Por supuesto, pero esta casa es bastante segura. Además, nadie sabe que vienes aquí de visita o quiénes viven aquí —dijo con convicción.

—Supongo que es así, pero todo esto es tan ridículo, Bassil…

—Lo sé, muñeca, pero te olvidas de algo importante —dijo mirándola—. La mafia escocesa es la "dueña" de ciertas rutas marítimas, aéreas y terrestres. Si algún empresario o corporación se mete en negocios sucios, pero lo hace con la mafia irlandesa, entonces está elevando una bandera de guerra contra Zarpazos. Tú, no hiciste eso, sino tu tío Lawrence. Públicamente ya es conocido su nombre, así como el de sus acólitos, por lo que esas amenazas estúpidas de muerte deben ser un truco de algún amigo de tu tío para intimidarte —dijo muy seguro de su razonamiento.

Leah soltó una exhalación e hizo un asentimiento leve.

—Hiroshi no logró desencriptar esos mensajes…

—Ya ha transcurrido una semana desde la última amenaza. Además, el grupo élite de seguridad que tienes contigo es uno de los mejores que pudiste contratar —dijo en tono optimista—. No puedes vivir con miedo, muñeca, no es justo. Eso es lo que yo procuro hacer, porque no podemos retroceder el tiempo. Tu empresa está avanzando, retomando la fuerza que Lawrence le quitó. Lo harás bien, Leah.

Ella hizo un leve asentimiento y le acarició el cabello.

—Odio que exista una ridícula mafia creyéndose la mandamás en este país, en especial cuando existe la policía y esta debería hacer bien su maldito trabajo.

Bassil le agarró le mentón y la instó a mirarlo.

—Si los de Zarpazos van a retaliar será contra los irlandeses. *Quizá le paguen a algún interno de la cárcel, en la que están Lawrence y sus acólitos, para darles una golpiza. Sigamos nuestras vidas, Leah. Yo he protegido a mi familia siempre. Te protegeré a ti también —dijo mirándola con la convicción propia de un chico idealista de veintidós años y demasiado seguro de sí mismo—. Enfócate en mantener tu empresa con los mejores estándares. Ya has contratado nuevos profesionales de diferentes ramas y agregaste nuevos empleados para las plataformas de ultramar. Todo va a estar bien, Leah. Sé que toda esta bruma oscura va a desaparecer.*

Leah hizo una afirmación lenta, aunque no muy convencida.

—A veces, suelo experimentar un mal presentimiento, pero intento ser pragmática —dijo mordiéndose el labio inferior—. Todo esto me causa angustia. Han sido meses demasiado complicados, Bassil. Me alegro de que estés conmigo —dijo.

Él tan solo hizo un breve asentimiento.

—Todo va a estar bien, Leah —le reiteró, sonriéndole, cuando el coche se detuvo frente a la casa de dos pisos de su familia—. Venga, que mamá ha preparado su famoso Scotch Broth. Se enfadará si no vienes a disfrutarlo esta noche.

Ella decidió hacer caso a Bassil y esbozó una sonrisa. Se relajó.

—De acuerdo —replicó—. Le diré al ama de llaves que me envíe ropa para quedarme a dormir con Hannah esta noche. Trataré de convencer a tu hermana que deje de hacer idioteces —le tomó el rostro entre las manos—, porque no me gusta que su hermano esté enfadado —le dio un beso en la boca y sonrió—. ¿Qué tal eso?

—Creo que me gusta la forma que tienes de comunicarte conmigo.

Ella soltó una risa suave y él le hizo un guiño.

Empezaron a bajar del coche, pero apenas pusieron un pie en la calle el sonido de las balas empezaron a irrumpir en la noche. Bassil agarró a Leah en brazos, como si no pesara nada, mientras corría al interior de la casa de su madre. Los guardaespaldas empezaron a disparar también para protegerlos. Se armó un caos.

Olivia y Hannah, aterradas, empezaron a gritar con desesperación. En el exterior se escuchaba un estruendo, gritos, balas e insultos. Bassil intentó calmar a las mujeres más importantes de su vida. No importaba cómo había llegado Leah a su camino, pero se había convertido en alguien muy significativa para él. Su madre subió las escaleras para esconderse. Leah y Hannah corrieron hasta la cocina, porque había una alacena lo suficientemente grande para poder resguardarse. Pero Bassil permaneció en la sala y sacó el arma que solía llevar, desde que supo de las amenazas a Leah.

Él no era capaz de comprender qué mierda estaba ocurriendo.

Al cabo de pocos minutos rompieron la puerta principal de la casa. Los siete hombres que entraron estaban encapuchados. Ninguno de ellos pertenecía al equipo de seguridad de los Doyle, eso seguro, así que lo más probable es que estos hubieran muerto. Bassil elevó el arma y uno de los encapuchados se echó a reír sin humor.

—Vaya, el famoso Brick ya no se dedica a las peleas —dijo el hombre acercándose y apuntándole con el cañón del arma en el tercer ojo—. Ahora, se ha convertido en un empresario. ¿Recuerdas a nuestro amigo, Ethiene? El pobre murió por tu culpa, pero —le dio un cachazo a Bassil con el arma, en la frente, haciéndolo sangrar de inmediato—, lo dejamos pasar, porque el hombre no era muy buen soldado. Sin embargo, que hubieras participado en la pelea de mi hermano…

—¿McGarth? —preguntó Bassil, al reconocer a Daniel, el hermano de Gregor. Este último fue el hombre al que Timothy mató de un disparo.

Daniel esbozó una sonrisa y le dio una patada a Bassil en el plexo solar haciéndolo perder el equilibrio. Después le apunto de nuevo con el arma. Le hizo un gesto a sus hombres para que se dispersaran por la casa, mientras Bassil sentía que se le iba el alma al suelo. Esto no terminaría bien, así que tenía que pensar en una salida.

—Me llevó un tiempo averiguar todo sobre el idiota que le disparó a Gregor. Ojalá se muera pronto o tendré que llamar a algunos amigos que lo ayuden a reunirse con mi hermano en el otro lado —dijo con desdén y una sonrisa cruel. Bassil respiraba con rapidez y no hizo notar su temor, no por él, sino por las tres mujeres que estaban en la casa—. Pronto supe que todo estaba conectado —sonrió con malicia. Se quitó el pasamontañas, porque no hacía falta—. ¡El famoso Brick era el entrenador de Doyle, y además se follaba a la hermana de este! Por si fuera poco —dijo dándole otro cachazo a Bassil, esta vez en la nariz—, también trabajas en Doil Corporation. El negocio que tenía mi capo, el jefe de la mafia irlandesa, Declan Claussen, con Lawrence Doyle se echó a perder, porque Leah metió a las autoridades

en este asunto. Así que me ofrecí a ejercer un poco de justicia. Ojo por ojo. Licencia poética.

—*¿Qué quieres?* —*preguntó Bassil con expresión férrea. Eso le costó una patada en el estómago. No tenía sentido elevar el arma, porque demasiados contra uno*—. *Mátame si es lo que buscas para aliviar tu ego. Lo que le pasó a tu hermano fue en una pelea ilegal, él sabía que el destino era solo uno* —*dijo con rabia en la voz. Estaba aterrado por su familia, pero si era él quien moría, le importaba muy poco.*

—*¡No te pedí tu maldita opinión!* —*exclamó dándole un puñetazo en la cara.*

Bassil reaccionó por simple instinto y le devolvió el golpe. De inmediato dos de los hombres, que se quedaron en la sala, lo agarraron de los brazos y lo obligaron a arrodillarse, mientras le apuntaban con las armas. Daniel lo miró con fastidio.

—*El precio que vas a pagar por meterte con la mafia irlandesa es bastante interesante* —*dijo sonriendo de medio lado con vileza. Luego se escucharon gritos en la parte superior de la casa y también desde la cocina*—. *¡Traigan aquí a esas perras!*

Bassil se debatió entre los brazos de esos malnacidos, pero estos eran más fuertes. La impotencia que sentía no tenía comparación con ninguna otra que hubiera podido experimentar. Quería poner una bala en cada uno de estos hijos de puta.

—*Si quieres vengarte, entonces llévame a mí. Déjalas a ellas en paz* —*dijo gritándole. Daniel se echó a reír, parecía un maniático. Le dio un puñetazo a Bassil que le partió la ceja; otro que le partió la boca y una patada en el abdomen que hizo que se doblase ligeramente hacia adelante. Después dio la orden de que lo ataran.*

Bassil escuchó los gritos de su madre, de Leah y de Hannah. Se debatió contra las cuerdas que ataban sus manos a la espalda y los pies. Estaba de rodillas con dos cañones apuntándole, uno en cada sien. Su hermana no debía estar en la casa a esta hora, sino en un entrenamiento nocturno de atletismo, pero había desobedecido. «Hannah pudo haberse salvado de vivir este incidente», pensó Bassil desesperado.

—*Tráiganlas aquí* —*dijo Daniel. De inmediato, entre cuatro hombres arrastraron prácticamente a las mujeres, que se debatían y gritaban y lloraban. Las dejaron frente al jefe con desdén*—. *Bien, hoy vamos a hacer algo muy entretenido.*

Bassil notó con horror cómo Leah tenía el labio partido y la marca clara de que la habían abofeteado. Su madre tenía el cabello despeinado, pero el rostro y la ropa intactas. Hannah tenía el rostro bañado en lágrimas y su expresión era desoladora. Esas imágenes se quedaron grabadas en la retina de Bassil con fuego. El nivel de dolor y consternación que lo corroía por dentro era inexplicable. Nadie iba a ayudarlos.

—¡Malditos hijos de puta! ¿Qué mierda quieren? —gritó Bassil—. Ellas no han hecho nada para que las metan en este jodido asunto, cabrones.

—Vas a sufrir lo que sufrió mi madre cuando supo que su hijo mayor había muerto —dijo Daniel apuntándole en la cabeza a Olivia. La señora, con absoluta dignidad, permaneció en silencio. Bassil se debatía contra las cuerdas y sentía la piel magullada, así como humedad en las muñecas; sangre, por supuesto—. La misma angustia, las lágrimas de desconsuelo y sentir que tu mundo se acaba, Brick.

—Zarpazos está retaliando y pronto te toca tu turno —dijo Bassil, porque había escuchado que luego del asunto de Lawrence, cuando salió a flote que la mafia irlandesa estaba metiéndose en terreno escocés, Zarpazos estaba "limpiando" las calles de Aberdeen—. Estás amedrentando gente en zonas lideradas por ellos.

Daniel soltó una carcajada y le pateó las costillas. Bassil no soltó ninguna queja, pero se curvó un poco debido al jodido dolor, mientras su madre, Leah y Hannah gritaban. La sala parecía sacada de una escena de una película de Tarantino. La única diferencia era que nadie iba a gritar "corten", sino que la pesadilla continuaría.

—Te sorprenderías lo que encontré esta tarde —dijo en tono arrogante como si guardara un secreto—. Quizá, pronto te enteres que la mafia escocesa va a perder a uno de sus más importantes elementos. Y tú, a tus seres queridos. Los irlandeses somos una raza superior —comentó moviendo el cañón de la pistola de una mujer a otra, como si estuviera pensando a quién le daría el primero tiro.

—¡Déjalas en paz, bastardo! —se agitó

Daniel se giró hacia uno de sus hombres.

—Hay que enseñarle a este cabrón una lección como la que él aplicó a tantos en el ring —dijo con una mueca cruel y procedió a moler a golpes a Bassil, mientras este, aunque lo intentaba, no podía defenderse debido a las cuerdas que lo ataban.

—¿Qué hacemos con estas tres, jefe? —preguntó uno de los hombres.

Bassil no dejó de recibir golpes, en ningún instante. Su mente intentaba mantenerse despierta, pero el dolor era demasiado para soportar. La capacidad de resistencia de su cuerpo era alta, aunque en esta ocasión sentía que decaía.

Lo único que lograba sacudirlo era la necesidad de saber si su familia seguía alrededor.

—Llévenselas al coche con destino al galpón —ordenó Daniel confiado de que Bassil no se lograría levantar. En su voz existía una retorcida alegría por lo que estaba a punto de hacer, así como también por la golpiza que estaba dándole a Brick.

La tortura no se detuvo, puñetazos, patadas y cachazos con el arma se sucedieron uno tras otro, hasta que Bassil estuvo en un estado de seminconsciencia. Pero, aún así, escuchó los gritos de su familia, porque Leah también era parte de ella.

La mujercita se había convertido en alguien importante para él en todos estos largos meses. Bassil luchó, hasta que no fue capaz de sostenerse y su cuerpo quedó agotado en el piso. Lo último que sintió fue una bala atravesándole el brazo. No sabía si Daniel falló el tiro en el intento de largarse lo antes posible o si acaso quería limitar sus posibilidades de caminar para siempre. No era capaz de razonar con lógica.

Los aullidos de dolor de Bassil se mezclaron con el estruendo de alrededor. Él veía todo borroso, porque tenía el rostro ensangrentado; la cabeza de latía del dolor a causa de los golpes, así que era imposible pensar a derechas sobre qué hacer o cómo romper las cuerdas que lo ataban de pies y manos. Pero su forcejeo acabó en el instante en que se quedó inconsciente en el piso y todo se volvió oscuro.

Cuando recuperó la conciencia, ya habían pasado seis horas desde que secuestraron a su familia. Pero Bassil ya no estaba atado, sino en lo que parecía ser una superficie blanda bajo su cuerpo libre. Abrió, poco a poco, los ojos y se encontró con una mujer de sonrisa amable que le estaba ofreciendo agua. Él frunció el ceño.

—¿Quién…? ¿Dónde estoy? —preguntó con la voz rasposa.

—Soy Mabel, amiga de tu mamá, vivo a pocas calles. Los vecinos nos alarmamos cuando escuchamos el estruendo de la balacera —murmuró—. Cuando todos esos coches se alejaron, dejando un reguero de sangre y cuerpos inertes en la calle, le pedí a mi hijo que entráramos a ver si Olivia y Hannah estaban bien. No las encontramos, pero te hallamos a ti, Bassil. Qué lástima conocernos en estas circunstancias.

—Dios… —murmuró tomando un poco de agua—. Necesi… Necesito…

—No te esfuerces, calma, muchacho —dijo la señora—. Estás en mi casa y a salvo. La policía está en la casa de tu madre. Mi hijo es médico, así que fue quien te curó las heridas y extrajo la bala. Necesitas dormir y recuperar fuerzas.

«Lo que le hacía falta era largarse de ese sitio y buscar a su familia», pensó.

—Tengo que irme de inmediato —murmuró haciendo un esfuerzo por levantarse. Miró el reloj que estaba en la pared de la habitación y se quedó atónito. Había pasado demasiado tiempo desde el secuestro—. Ayúdeme a salir…

En ese instante entró un hombre delgado y de expresión amable.

—Soy Vladimir, el hijo de Mabel, te aconsejo que descanses unas horas…

—No tengo tiempo. Necesito salir de aquí… Tengo que ir al puerto… —dijo sentándose en la cama. En el sitio en el que debería estar su camisa, llevaba un vendaje—. ¿Puedes llevarme, por favor? Quizá me serviría si pudieras darme una chaqueta o algo para cubrirme mejor y enfrentar el clima —le dijo al hombre.

Vladimir intercambió una mirada con Mabel, y esta se encogió de hombros.

Bassil llamó a Hiroshi y le pidió que rastreara las cámaras de seguridad de la ciudad. La ropa que Vladimir le había prestado le quedaba algo chica, pero era preferible a deambular con ropa ensangrentada. Tenía vendadas las muñecas y la ceja suturada, tal como si hubiera estado en una de las peleas, pero, en este caso nunca tuvo la oportunidad de contraatacar, menos de defenderse en condiciones adecuadas.

Él había recordado que Daniel le dijo a sus hombres que fueran al galpón. Hiroshi le confirmó que había visto dos coches grandes que salieron hacia el puerto de Aberdeen; en la parte exterior de esa zona solían concentrarse la mayor cantidad de galpones. Ese era el rumbo al que se dirigía con Vladimir, en el coche de este, pero antes hicieron una parada para recoger a Hutch. Bassil no se sentía en condiciones físicas de pelear, pero lo haría sin dudarlo si fuese necesario. Por otra parte, el apoyo y presencia de su mejor amigo era un puntal importante en esta complicada noche.

—Vaya mierda, Bassil —farfulló Hutch, después de escuchar a su amigo relatarle el resumen de lo ocurrido—. Solo traje una pistola y dos cuchillos. No sé qué tanto pueda servir si esos hijos de la gran puta están armados hasta los dientes.

—No me importa lo que tenga que hacer, yo soy todo lo que ellas tienen… Les fallé… —dijo con remordimiento—. Ha pasado demasiado tiempo… Espero… Mierda, Hutch, espero encontrarlas con vida a las tres —dijo en tono trémulo.

—*Deja de decir mierdas, Jenok —zanjó—. Además, no eres un superhéroe de Marvel, sino un simple mortal y pueden rematarte si te capturan. En especial, si me dices que este tal McGarth tiene el cerebro tostado y busca vengar, tardíamente, a su hermano. Imagino que Zarpazos está involucrado con lo de la petrolera y la mafia irlandesa... —dijo meneando la cabeza—. Vaya líos los tuyos, hermano.*

—*Todo es demasiado complicado y empezó con aceptar un simple trabajo para Leah. Mira hasta dónde me ha traído esa rubia —meneó la cabeza, pero no lo decía con resentimiento. Quizá, ella era una de las experiencias más bonitas que recordaba. Pureza e inteligencia combinadas. El problema era él, porque su mundo estaba manchado de muerte, desidia y un montón de eventos desafortunado. Como hoy.*

—*Me pareció una buena persona... —murmuró, al recordar las veces en que había ido a la casa de los Doyle y cuando quedaban a comer.*

—*De aquellas inolvidables y un dolor en el culo —dijo al recordar con afecto cómo ella se logró hacer un espacio en su vida—. Pero, mi hermana y madre, Hutch —dijo con la voz quebrada—, Dios. Espero que esos tipos...*

—*Basta, no te tortures así, necesitas la mente clara —dijo interrumpiendo.*

—*Lo sé —se pasó los dedos entre los cabellos—. Carajo, ¡joder!*

Su plan era encontrar el galpón en el que estuviera su familia y hallar la forma de sacarlas con vida. Incluso necesitaba saber la ubicación exacta para llamar a la policía y dar la alerta. No podía perder el tiempo dándoles datos imprecisos, porque sabía lo negligente que era la fuerza pública. El cielo no tenía estrellas esta noche, pero Bassil trataba de no tomarlo como un presagio, a pesar de que las tierras británicas estuvieran bañadas de leyendas y un sinnúmero de supersticiones. Cuando todo llegara a su final, él iba a compensar de alguna manera a Mabel y Vladimir.

—*¿Hacia dónde vamos? —preguntó Vladimir deteniendo el coche en una zona alejada de la parte principal del puerto—. Aquí hay muchos galpones, pero...*

—*¡Mierda! —gritó Bassil al ver cómo salía humo de uno de los depósitos a lo lejos—. Conduce hacia allí, Vladimir, a toda prisa —dijo con el corazón acelerado.*

Los hijos de perra le habían prendido fuego al maldito almacén. Intentó que las imágenes de su madre, Hannah y Leah no fuesen catastróficas en su mente, pero a medida que el coche avanzaba por las calles a toda velocidad, esto era inevitable.

—Demonios —farfulló Hutch abriendo los ojos de par en par.

—No puedo avanzar más, Bassil —dijo el conductor al notar el camino cortado, porque habían entrado por el lado contrario. Para llegar hacia el almacén necesitaban dar la vuelta y perderían tiempo—. La única manera es a pie, pero tú estás herido.

Bassil abrió la puerta y salió con rapidez, aguantándose el dolor. Hutch le puso un brazo al hombro para que se apoyara y caminaron en medio de la oscuridad. El camino estaba ligeramente húmedo. Ambos estuvieron a punto de darse de bruces, pero continuaron el paso ágil, mientras las llamas se volvían más fuertes.

Al llegar al perímetro más cercano notaron que en el exterior del galpón no había nadie custodiando. Parecía como si jamás hubieran esperado que alguien acudiera y dieran ya por perdida la vida de quienes estaban en el interior del almacén. Además, este sitio en el que estaban era el más distante de todo el puerto. Si alguna persona quisiera llegar para brindar apoyo, le tomaría muchísimo tiempo hacerlo.

«Malditos bastardos», pensó Bassil, porque prácticamente daban por hecho que él no tendría idea de cómo ni dónde buscar a su familia. Para cuando estuvieron en las inmediaciones, las llamas eran demasiado fuertes. Las sirenas de los bomberos se escuchaban a lo lejos, pero Bassil no tenía tiempo. Se metió con su mejor amigo en medio de las llamaradas y la escena que lo recibió lo destruyó. El fuego había consumido gran parte del galpón y continuaba expandiéndose con celeridad.

En el piso había cuchillos ensangrentados y también un par de armas 9mm. Esto último era curioso, porque ¿para qué necesitaban defenderse de tres mujeres desarmadas? En la parte en la que el fuego ya había causado estragos había dos sillas y los cuerpos estaban calcinados. Bassil supo de inmediato que eran su madre y Hannah, porque Leah estaba colgada de una viga. Lo que le habían hecho a su cuerpo desnudo no tenía nombre. Primero fue hasta donde estaban los cadáveres de su madre y su hermana; las mujeres que conoció desde que llegó a este mundo.

Con las lágrimas corriéndole por las mejillas, Bassil soltó un grito desgarrador a todo pulmón. Se dobló hacia adelante incapaz de respirar, incapaz de contener la desazón y dolor que lo invadieron, agarró el pequeño aro de oro que estaba junto a la silla de su madre. Era el anillo de matrimonio que, a pesar de ser viuda, jamás se quitó. Bassil lo agarró, conmovido, y lo guardó en el bolsillo. Su hermana no solía llevar joyas, así que de ella no quedaba nada que él pudiera guardar. *Todo el escenario era crudo. Después se apartó y soltó algo parecido a un aullido de un lobo herido. Le pidió a Hutch que lo ayudara a bajar a Leah de la viga de la que pendía con una soga al cuello.*

Una vez que ella estuvo entre sus brazos, la sostuvo con fuerza. Sin importarle que el fuego empezara a volverse más voraz lloró por la injusticia y vileza que había sufrido. Se quitó la chaqueta y la cubrió. Le pidió perdón por no haber sido capaz de protegerla, por haberla llevado esa noche a casa y por no haberle dicho que la quería y que sí que era su mejor amiga. Bassil lloró también por todos los años en que tuvo que ser fuerte para ayudar a su familia, soportar humillaciones por ser un simple cargador de cajas, por quitarle la vida a otros hombres para él poder mantener la suya, por haber entrenado a Timothy cuando pudo haber rechazado ese trabajo, porque si lo hubiese hecho los Doyle continuarían a salvo. Fue un momento de catarsis que explotó en su pecho de repente.

Nada en su vida duraba para siempre. Nada permanecía. Ni su familia.

—Bassil… —*dijo Hutch tocándole el hombro*—. *Los bomberos están cerca… Los resto de Hannah y Olivia… Lo siento, hermano* —*apretó los dedos sobre el hombro un par de veces, porque el escenario era macabro*—. *Lo siento mucho. Lo que han hecho es una bajeza animal.*

Fue entonces que se dieron cuenta de que, en realidad, no estaban solos. Bassil giró el rostro a un costado, en el extremo, y vio a un grupo de hombres amordazados y atados entre sí. Como en un círculo. Acomodando a Leah con dulzura en el suelo avanzó con celeridad. Era evidente que no se trataba de irlandeses. Le quitó la mordaza al primero que encontró, mientras Hutch usaba el cuchillo para desatarlos.

—¿Están bien? Necesitamos salir de aquí… —*dijo Bassil tosiendo*—. ¿Vieron lo que ocurrió…? —*preguntó, porque no necesitaba explicar a qué se refería.*

—Hijos de perra —*farfulló el desconocido*—. *La van a pagar caro…* ¿Quién eres tú? ¿Cómo sabías que estábamos aquí? —*preguntó, mientras los otros hombres empezaban a incorporarse y quitarse las cuerdas de los pies con ayuda de Hutch.*

—No lo sabía —*dijo Bassil. Hizo un gesto hacia las sillas*—, secuestraron a mi familia y… —*señaló el cuerpo de Leah*—, me la quitaron para siempre.

Entre todos, cuando estuvieron seguros de que no eran ni enemigos ni culpables de lo ocurrido, salieron con rapidez. Los otros hombres estaban golpeados, pero, aún así, ayudaron a Bassil y a Hutch a llevarse los cuerpos, antes de que llegaran las autoridades. Destrozado, lleno de un deseo de venganza que jamás creyó posible que habitara en su alma, Bassil abandonó ese galpón como si fuese una persona totalmente diferente. Sus emociones y los últimos resquicios de humanidad le habían sido arrebatados cruelmente. Su vida ahora, más que antes, le daba igual. Si estos tres hombres, a los que él y Hutch acababan de rescatar, los querían matar, le parecía bien.

Los bomberos, ambulancias y policías estaban a pocos kilómetros de distancia del galpón. Se dieron prisa en alejarse, porque si no tendrían que dar explicaciones y eso no parecía ser una opción para ninguno. Bassil suponía que estos hombres que rescató eran de la misma calaña de Daniel McGarth, peligrosos, sin duda; aunque no tenían acento irlandés, sino escocés. Llevaban pocos minutos lejos del galpón cuando este explotó con un estruendo que se elevó en llamas al cielo.

Todos empezaron a sortear caminos en la oscuridad.

El cuerpo de Olivia y el de Hannah tuvieron que ser introducidos en dos sacos vacíos que encontraron. Bassil sintió que el corazón se le partía en mil trozos, mientras llevaban los cuerpos. Estaba cargando la culpa de su negligencia. El cadáver de Leah estaba envuelto no solo en su chaqueta, sino en la de Hutch. Los otros hombres le ayudaron dándoles también las suyas para que pudiera envolverla por completo. Bassil caminaba con dificultad, porque la herida del balazo que había recibido de Daniel, en la pierna, le impedía ser más ágil. Por eso, la ayuda de Hutch resultaba crucial en este caos. La adrenalina de la situación lo hacía menos consciente del dolor físico.

Al cabo de varios minutos de una larga caminata apareció una caravana de coches. Se detuvieron abruptamente. De cada automóvil bajaron cinco hombres y los rodearon.

Bassil y Hutch se miraron, resignados a su suerte. No eran de los que se amedrentaban ante un reto, pero el despliegue de poder ante ellos, en especial estando sin recursos para defenderse, los intimidó. Estaban cansados. El humo inhalado, el calor de las llamas, el horrendo y desgarrador escenario, y luego la explosión del galpón, justo cuando las autoridades acababan de llegar, les parecía un conjunto de sucesos demasiado nefastos para soportarlos en una misma noche. Si estos hombres los acribillaban, pues Bassil lo consideraría una salida perfecta a esta desgracia.

El hombre al que desataron primero en el galpón se giró para mirar a Bassil. Su expresión era hostil y parecía contemporáneo en edad. Tal vez, unos años menor. Aunque esas apreciaciones eran nimiedades, porque, para Bassil, el hombre podría ser el próximo mesías y a él le importaba una mierda. Sostuvo con más fuerza el cuerpo sin vida de Leah, mientras Hutch llevaba los restos de Hannah y Olivia. Bassil estaba emocionalmente destrozado y se mantenía en pie de milagro.

—Sigues sin saber quién soy —dijo el hombre ladeando la cabeza.

—Después de lo que vivido me es indiferente —replicó Bassil—. No somos irlandeses si acaso no te has dado cuenta todavía —hizo un gesto con la cabeza para señalar a Hutch—. Tampoco buscamos problemas. Solo quiero largarme de aquí para enterrar a mi familia y buscar venganza. ¿Cómo terminaron ustedes en ese mismo galpón? —preguntó de repente, en tono cansado.

—Un traidor, pero cuando lo atrapemos no verá la luz del siguiente día. Sufrirá una muerte lenta —replicó siniestramente. Luego extendió la mano—: Soy Arran Sinclair.

Bassil reconoció el nombre de inmediato. El hijo del capo de la mafia escocesa.

—Zarpazos —dijo a modo de comprensión.

—Entonces sí has escuchado de mí —dijo con arrogancia, mientras Bassil le estrechaba la mano de regreso—. Tú y tu amigo, salvaron mi vida y la de mis hombres. Lamento lo que hicieron a tu familia. No me gusta deber favores, así que te voy a pagar de dos maneras. Primero, te daré la oportunidad de vengarte de Daniel McGarth. Segundo, cuando mi padre deje la posición de capo y yo asuma el mando, no tendrás problemas con Zarpazos. Da igual a qué te dediques. Sin embargo, cuando yo tenga una orden para ti, la debes cumplir sin rechistar. ¿Tenemos un acuerdo?

Bassil quiso reírse, porque no era un pago de gratitud, sino un chantaje. Tampoco podía esperar algo parecido a la justicia si se trataba de la mafia escocesa o no; en esas organizaciones no existían reglas. Pero le vendría bien tener un aliado en el lado oscuro de Escocia. No estaba nada mal.

—Lo tenemos —asintió, porque le estaba ofreciendo lo que añoraba en esos instantes: venganza—. Mi nombre es Bassil Jenok. Y él —señaló a su amigo—, es Hutch Burton. No creo que tengas interés en la historia de mi familia…

Sinclair le hizo un gesto a los hombres que acababan de llegar para que no avanzaran y lo dejaran hablar con Bassil. Los irlandeses habían alcanzado un punto demasiado osado en su territorio, así que él iba a retaliar con todas sus fuerzas. Su padre, Duncan, era un malnacido sanguinario, así que se alegraría cuando supiera lo ocurrido. Lo anterior le daría la motivación adicional perfecta para buscar venganza y derramar sangre irlandesa, porque este era el pasatiempo favorito de Duncan.

—Me interesan los negocios, no la familia. Háblame —exigió Arran.

Bassil le hizo un resumen rápido de lo ocurrido con Lawrence, algo que el hijo del capo pareció comprender. Después, le mencionó sobre las peleas clandestinas.

—Eso es interesante —dijo Arran—. Bien. ¿Te llevamos a alguna parte? —preguntó señalando a uno de los gigantescos Hummer color negro.

—Sí, al sitio en el que pueda organizar el sepelio y registro de la muerte de mi familia —replicó con un nudo en la garganta por lo que se avecinaba: desolación.

—Bien, Jenok —replicó caminando hacia uno de los coches.

—Gracias, Sinclair —dijo. El otro hombre solo asintió.

La versión de los sucesos de la muerte de sus familiares fue elaborada por la gente de Zarpazos. De ese modo no dieron oportunidad a indagaciones extras de la prensa ni la policía. Ellos sabían mover los hilos con precisión. Arran no lo hizo como favor a Bassil, sino porque había estado en el galpón y no se veía bien que alguien hubiera traicionado al hijo del capo, al punto de que este hubiera terminado atado en un viejo almacén, golpeado y listo para incinerarse. Sinclair y Jenok habían logrado una extraña alianza. Pero Bassil sabía que cualquier gestión sería cobrada a futuro de la forma en que Arran estipulara.

Una semana después de haber enterrado a su familia, Bassil supo que Timothy falleció en el hospital. Él encontró solaz en la bebida y volvió a pelear, pero no por dinero. Hutch estuvo a su lado todo el tiempo intentando hacerlo entrar en razón. A la cuarta semana de un espiral de autodestrucción, lo llamaron de las oficinas de Doil Corporation, a la que él había renunciado, porque nada era igual sin Leah.

—Señor Jenok —dijo el abogado personal de los hermanos Doyle—, gracias por venir. Lamento las circunstancias que nos reúnen. Lo hubiera citado en otro lugar, pero esta compañía es terreno neutral que mi clienta hubiera deseado.

—Corte la mierda, abogado —dijo Bassil con hostilidad. Tenía los ojos inyectados de sangre, porque apenas dormía; su compañera era la botella de whiskey.

El hombre de cabellos entrecanos hizo un asentimiento.

—Lo hemos estado tratando de localizar durante varios días, porque la señorita Leah Doyle dejó un testamento. —Bassil frunció el ceño—. Al parecer, *ella tenía temor de que algo pudiera ocurrirle debido a las amenazas de muerte que recibió, después del caso de Lawrence. Como su hermano estaba en coma, la única manera de proteger el patrimonio familiar, si algún evento trágico llegaba a sucederle a ella, era tener un testamento. Así que aquí tiene una copia —le extendió un documento—. Pidió que si llegaba a fallecer, sus restos quedaran junto a la tumba de sus padres. Esa voluntad ya se cumplió, al igual que con el joven Timothy —dijo con pesar, porque esos chicos realmente eran buenas personas, además de excelentes clientes—. No sé cómo llegaron sus cuerpos a esos destinos finales, pero le agradezco que haya sido usted el encargado de todo, así como de hacerlo discretamente.*

Bassil no tenía tiempo para esta pérdida de tiempo.

—¿Y qué hago yo aquí? —preguntó de mala gana.

—Leah, al tener potestad sobre los derechos de ella y de su hermano, dejó el noventa y cinco por ciento de las acciones de Doil Corporation a su nombre. Usted, señor Jenok, es el propietario de la compañía para hacer con ella lo que le apetezca. El cinco por ciento restante está distribuido en mínimas cantidades entre los integrantes de la junta de accionistas. El petróleo es un negocio multimillonario.

Bassil enterró el rostro entre las manos sin poder creer la locura de Leah.

—No puedo aceptarlo…

El abogado exhaló con pesar, porque él no comprendió tampoco la decisión de su antigua clienta al elaborar el testamento y delegar a Bassil como la persona indicada para mantener vivo el legado de la familia Doyle. Pero su trabajo no fue objetar, sino brindarle el panorama al completo de opciones y acoger la voluntad de Leah.

—La señorita Leah, al parecer previó que esto podría ocurrir, así que estipuló que si usted no acepta las acciones, así como el portafolio de propiedades de los hermanos Doyle, la plantilla al completo de Doil Corporation será despedida.

—Condenada Leah… —farfulló meneando la cabeza.

El abogado esbozó una sonrisa, porque ella había previsto todos los ángulos.

—Puede tomar posesión de la empresa luego de firmar un par de documentos, señor Jenok. Si la señorita Leah confiaba en usted es porque realmente merece lo que le ha entregado en herencia. Ella tenía gran criterio para elegir con quiénes rodearse.

—Supongo que no puedo despedir a todas esas familias. Necesitaré un ejército de asesores —murmuró frotándose el puente de la nariz.

—Lo que haga falta. La empresa es suya. Firme aquí —dijo señalando un espacio en el primero de varios documentos.

Cuando acabaron la reunión, Bassil era el nuevo CEO de Doil Corporation. Poseía millones de libras esterlinas en activos y propiedades. Sin embargo, para él el bien más preciado e importante seguiría siendo el anillo de su madre que logró recuperar el día del incendio en el galpón. Ese anillo representaba lo que una vez tuvo y que el destino le había arrebatado con crueldad: su familia.

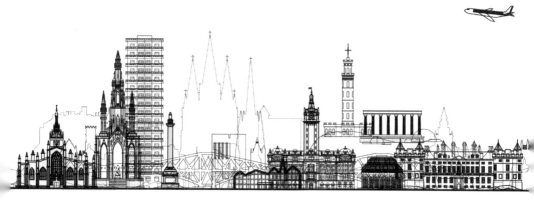

CAPÍTULO 16

El único motivo por el que Aytanna había volado a Londres con Bassil fue porque la operación de Clement resultó exitosa, además era parte de su trabajo ser jefa de cabina del jet privado. Sin embargo, sabía que él le hubiera permitido quedarse en Edimburgo si ella le decía que estaba preocupada por el estado de Clement. No obstante, su tía, aunque se había quejado incansablemente de los terapeutas físicos, el clima, la comida, la falta de suficientes series en Netflix y de cualquier tema que se le cruzara por la mente, estaba llevando muy bien el proceso de recuperación.

Aytanna estuvo con ella en el día de la operación, así como los tres días posteriores, hasta que le dieron el alta médica y la llevaron de regreso a Joy to Care. Fue una suerte que el seguro médico de Earth Lighting cubriera el costo de una enfermera adicional para Clement, en la residencia de ancianos, hasta el momento en el que ella se recuperara por completo de la intervención quirúrgica. Bassil había acompañado a Aytanna al hospital, trabajando desde la portátil, porque argumentaba que no iba a dejarla sola cuando los hospitales le traían tan malos recuerdos.

Era imposible no estar enamorada de un hombre como él. Aunque, después de la emotiva y aterradora confesión que le hizo, temía que, en algún momento, Bassil lo pensara mejor y decidiera que no quería continuar a su lado. Aytanna intentaba alejar de su mente esas inseguridades, en especial ahora que tenía la oportunidad de disfrutar unos días en Londres con él. Este viaje combinaba el trabajo, el cual acababa una vez que el jet aterrizaba en el aeropuerto, y el placer, que empezaba con una mirada territorial de Bassil. Una mirada exactamente como la que él estaba dedicándole ahora.

Se estaban hospedando en el emblemático Hotel Ritz, en la suite Green Park. Esta, más que una habitación, parecía un apartamento e incluía servicio de mayordomo, chef y una ama de llaves a disposición. El lugar parecía sacado de una revista que mezclaba la época de la Regencia inglesa con las comodidades del siglo XXI. Pero en esta primera noche en Londres, ellos no iban a quedarse disfrutando de las instalaciones del hotel, como les hubiera gustado, sino que irían a una fiesta.

La anterior era la razón por la que Aytanna llevara un vestido de alta costura, confeccionado con seda y organza, en tono azul medianoche. La tela caía suavemente en pliegues fluidos que acogían cada una de sus curvas con sutil sofisticación. Solo tenía una manga, mientras el otro hombro quedaba desnudo. El escote delantero era en V y seductor, pero sin exponer demasiada piel. La parte trasera tenía una cola breve que le daba un toque de dramatismo y majestuosidad al caminar. El vestido era un diseño exclusivo de la colección RSC, bajo la firma de Raven Sinclair.

—Joder, ¿cómo se supone que voy a estar contigo en esa fiesta y controlar mis ganas de follarte? —preguntó él, cuando la vio salir del *walk-in closet*. La mujer era una visión exquisita y lucía inalcanzable. Él, porque era un simple mortal, no se sentía merecedor de tener una Diosa como esta en su cama, ni de llevarla del brazo. Pero era un bastardo egoísta y consideraba suya a esta belleza—. Ven aquí, Aytanna.

Ella soltó una risa suave y se acercó. Los zapatos de tacón alto que había elegido la hacían lucir más alta. Bajo la ropa llevaba bragas de seda color melocotón y sujetador a juego. Quería que estos días en Londres fuesen memorables. Esta era una ciudad que había visitado con frecuencia, debido al trabajo como azafata, pero jamás tuvo la oportunidad de explorarla. Pretendía remediar esa situación y aprovechar el tiempo que ambos tuvieran disponible para conocer sitios emblemáticos.

—Hola, guapo —dijo ella sonriendo y rodeándole la nuca con los brazos—. Siempre he creído que un hombre en un traje hecho a medida es muy atractivo, pero tú, con este increíble esmoquin gris oscuro, la corbata roja y tu impecable forma de moverte en una estancia, harás palidecer a cualquier otro. Me encantas, Bassil.

Él soltó una carcajada, porque no era habitual en Aytanna ser tan frontal en su forma de hacer cumplidos, o hacerlos en general. A Bassil le gustaba sentirla así, más espontánea. Cuando estaba a su lado, no solo parecía que sus tribulaciones desaparecían, sino que lo invadía la sensación de no necesitar demostrarse, con cada objetivo que se trazaba y alcanzaba, que era merecedor del legado de los Doyle.

De hecho, junto a Aytanna, lo que ahora buscaba era que ella sonriera, porque así continuaba pintando, sin saberlo, su mundo gris de tonos vívidos. Para un hombre cínico y ambicioso como él, lo sacaba de su zona de confort el aceptar que las razones para conquistar a Aytanna dejaron de ser, semanas atrás, un asunto de negocios.

—Qué interesante escucharte decir algo así —murmuró bajando la cabeza, hasta que sus labios estuvieron en el delicado cuello. Le dejó un reguero de besos, luego sus manos le recorrieron la espalda, hasta dejarlas sobre las nalgas firmes. Acercó sus labios al oído y le dijo—: Pero, tú, más que encantarme, me tienes bajo un hechizo que parece imposible de romper, Aytanna —le mordió el lóbulo de la oreja—. Así que esta noche procura alejar a los idiotas que crean que tienen el derecho a bailar contigo —se apartó para mirarla a los ojos—. Tú, señorita Gibson, eres mía.

Un ligero temblor recorrió el cuerpo femenino. Le gustaba que él fuese posesivo, porque no lo era de un modo opresivo, sino solo territorial. Ella también se sentía de la misma manera, pues no le gustaba cuando notaba que otras mujeres flirteaban con Bassil, aunque él no les prestara atención ni les diese apertura.

—Tuya, ¿huh? —preguntó con coquetería y moviendo la pelvis contra la de él, a propósito—. Me gusta esa idea, tanto así que prefiero que me lo demuestres haciéndome el amor, Bassil, en lugar de ir a esa fiesta —susurró deslizando la mano, hasta agarrar la dureza que presionaba contra el pantalón. La apretó—. ¿Qué opinas? —indagó para tentarlo, porque sabía que este evento era ineludible para él, además de ser la razón principal en la agenda del viaje a Londres—. ¿Te interesa la idea?

—Demonios, mujer —dijo con un gruñido y le sujetó la mano—. No podemos llegar tarde, porque estarán algunos políticos y también varios príncipes de casas reales europeas. Pero recuerda —agarró la tela del vestido y lo subió con rapidez, hasta que quitó de su camino lo que le impedía el acceso a las bragas—, que este dulce coño —le apartó la seda que cubría el pubis y le introdujo un dedo—, tan deliciosamente mojado —adhirió otro dedo y empezó a entrar y salir de ella—, va a tener una noche muy intensa —murmuró, mientras la veía contonearse y gemir en sus brazos.

—Bassil… —dijo en un quejido, cuando el orgasmo barrió sus sentidos, sosteniéndose de los hombros masculinos, ondulando las caderas y sintiendo cómo sus paredes se contraían. Cuando abrió los ojos, él la observaba con hambre—. Yo…

Él sabía que no aliviaría su erección a tiempo, porque implicaría destrozar el vestido de Aytanna ante su desesperación por poseerla; lo excitaba llevarla al éxtasis. Así que hizo acopio de todo el autocontrol que tenía disponible, pero no podría garantizar que lograría mantenerlo a lo largo de la noche. Se llevó los dedos con los que la había masturbado a la boca y los chupó, mientras la miraba.

Ella abrió y cerró la boca, porque Bassil era puro ardor, pasión y fuerza. Aytanna se sentía fascinada por la manera en que él había logrado que su cuerpo se amoldase a sus caricias, así como a los estímulos que le provocaba para hacerla vibrar.

—Aunque me gustaría llevar tu aroma en mis manos —dijo yendo con ella, hasta el cuarto de baño para lavarse los dedos—, este es solo para mí. Podría comerte el coño sobre este mesón de mármol, pero no me gusta apresurarme. No contigo.

Ella esbozó una sonrisa pícara. Le encantaba la colonia que Bassil usaba, porque no solo era masculina, sino que su fragancia escondía toques de algo prohibido. Pero también le gustaba la manera cruda en la que a veces le hablaba. Entre ambos habían logrado un equilibrio silencioso en la cama, pero también fuera de estas.

—Yo, solo tendría que retocarme el labial si me dejases tomarte con mi boca —murmuró en tono sensual, provocándolo a propósito—. O, tal vez, en esa fiesta estés tan aburrido que solo tengas en mente encontrar un sitio, como ocurrió en la exposición de Klimt, para tener sexo conmigo —le recorrió los labios con el pulgar, mirándole la boca, pero luego conectó su mirada con la de él—. ¿Mmm?

Los ojos de Bassil relapampaguearon ardorosamente, pero se contuvo de actuar en consecuencia. Le dio un nalgada y ella esbozó una sonrisa traviesa.

—Cuando regresemos, vamos a disfrutar mucho de esta noche en Londres. Y estarás tan mojada, excitada y necesitada de tenerme dentro de ti, que vas a rogarme para hallar alivio —le dijo haciéndole un guiño, mientras la guiaba hacia la puerta—. Porque es momento de que ese trasero exquisito reciba mi sexo profundamente.

—Espero que sea una promesa —murmuró Aytanna sonriéndole.

—Que no te quepa duda al respecto —replicó en tono gutural.

Ella siempre había aceptado, desde que se conocieron, que Bassil era un espécimen masculino que redefinía el concepto de lo que era ser guapo. Sin embargo, esta noche, él eclipsaría a cualquier otro hombre que pudiera estar en los alrededores. ¿Cómo podría ella resistirse a la profunda, natural y agresiva sensualidad que de él emanaba? Aytanna se había contado argumentos para convencerse de que era posible huir de la atracción que la consumía por él, pero las circunstancias le habían demostrado que esa nunca fue una opción y que dichos argumentos eran falsos.

Aunque sus encuentros iniciales fueron agridulces, él había permitido que conociera, en este tiempo juntos, varios matices que lo definían como persona. Los retazos que ella iba uniendo, le provocaban más curiosidad. Si bien la mente de Bassil era fascinante y su cuerpo una condenada obra de arte hecha para disfrutarse, lo que más le importaba era conocer las emociones que lo conmovían. Lo anterior era difícil de lograr con alguien habituado a mostrarse hermético. No tanto con ella, al menos ahora, así que era un gran avance y también lo sentía como un privilegio.

Pero Aytanna todavía mantenía la certeza de que existía una parte en Bassil que ella necesitaba conocer y era lo que le impedía acceder a un aspecto más medular sobre él. No negaba que ahora era muy diferente del hombre que ella conoció en un inicio, pero también sabía que existía algo más profundo que lo había convertido en el empresario de acero de gran renombre en el Reino Unido.

Ella siempre tuvo la ilusión de estar con alguien que pudiera marcar todos los ítems de su lista de requisitos de lo que era su pareja ideal, fallos incluídos, pero jamás habría elegido a Bassil Jenok. Al menos no, hasta que de verdad empezó a conocerlo. Él le había demostrado que completaba su lista de exigencias en una pareja, pero también agregó otros aspectos importantes que ella no sabía que necesitaba. Todos tenían secretos y él no podría ser la excepción de esa regla. Aytanna esperaba que hubiese algún momento en el que Bassil decidiera exponerse a ella completamente.

—La persona del cumpleaños, ¿de qué te conoce? —preguntó de repente, mientras bajaba del coche. Cuando llegaron a la fiesta, los recibió un vestíbulo espacioso, así como dos camareros amables que los guiaron al interior de la casa.

—Es la relacionista pública de mis empresas —replicó con simpleza.

Ella frunció el ceño y lo miró de reojo. No era usual que un CEO fuese de una ciudad a otra para atender una fiesta de cumpleaños de su relacionista pública.

—¿Y qué tiene de particular para que hayas decidido venir? —preguntó con curiosidad por saber quién era esta persona que lograba que Bassil utilizara su jet privado, moviera los puntos en su agenda, para viajar por un cumpleaños.

—Celeste es una mujer con muchos contactos en esferas sociales que el dinero podría garantizar que se conecten conmigo, pero estas personas en particular son aristocráticas y solo se mezclan entre sí. Una invitación directa es la manera más rápida de entrar en un círculo tan reservado. Estoy aquí solo por asuntos de negocios —dijo, mientras ponía la mano en la espalda baja de Aytanna y caminaban juntos.

Ella tan solo frunció el ceño e hizo un asentimiento.

La casa era preciosa y estaba ubicada en Belgravia, uno de los barrios más acaudalados de Londres. La arquitectura combinaba lo clásico con el lujo moderno. Los pisos eran de mármol pulido, los techos altos y con detalles de molduras ornamentadas. Ciertamente había sido restaurada de una forma que dejaba en evidencia que llevaba generaciones entre los propietarios. Grandes puertas de vidrio daban paso al jardín exterior, en el que había algunas mesas altas, mesas bajas con sillas, la pista de baile con luces y también un bar bien decorado y muy surtido.

En la gran sala interior había detalles que la adornaban en colores dorado, blanco y turquesa, porque eran los tonos elegidos para toda la fiesta. En sendas mesas largas había un menú variado de bocadillos exóticos. Además, había un pastel de cumpleaños gigante, color blanco, en una esquina y tenía velas con el número 33.

Las personas invitadas parecían vestir el equivalente al producto interno bruto de algún país pequeño, como Suiza, en ropa y joyas. Al parecer, Bassil y Aytanna habían llegado un poco tarde, porque la mansión estaba bastante concurrida y el ánimo era más dinámico que cuando recién empezaba una reunión. Esto lo sabía ella porque, durante una temporada, ir de fiesta en fiesta había sido casi un hobby.

Una vez que entraron en el área en la que se congregaba la mayor parte de personas, Aytanna notó un ligero cambio en Bassil. Fue algo muy sutil, pero lo percibió con facilidad. Ya no estaba relajado, sino que parecía de repente algo tenso. Él le acababa de decir que estaban allí por asuntos de negocios, así que Aytanna supuso que eran temas que lo agobiaban y por eso ella decidió que iba a dedicarse a pasarla bien. Además, optó por interesarse en las conversaciones con las personas que Bassil iba presentándole con fluidez. Recordar nombres se le daba muy bien.

Aytanna estaba sonriente, hasta que vio a una mujer despampanante acercándose con una expresión de absoluta felicidad. Lucía un vestido verde oscuro que se pegaba a unas curvas discretas, el cabello rojizo caía en ondas por debajo de los hombros y tenía ojos azules. Parecía que hubiera sido extraída de un diseño especial de IA y puesta en el mundo real. El inconveniente no era que la mujer fuese sensual o estuviese alegre, sino que su sonrisa estuviese dirigida a Bassil.

En varios instantes, desde que llegaron, Aytanna la había pillado dedicándole miradas de soslayo e interés a Bassil. Pero la pelirroja no se acercó, porque había estado constantemente rodeada de grupos de invitados, charlando. A Aytanna no le hizo ni un poco de gracia cómo la tipeja, ahora, iba abriéndose paso entre la gente y caminaba a paso rápido, contoneando las caderas, con el enfoque fijo en el CEO.

Con una expresión de cautela y desinterés, la vio llegar hasta ellos.

—¡Oh, Bassil, hola! Qué alegría que hayas venido —expresó la anfitriona. Se acercó y le dio un efusivo abrazo, luego le dedicó una sonrisa—. Tulisa, me hizo llegar tu obsequio —elevó la muñeca en la que llevaba la pulsera—. Gracias por recordar que Bvlgari es mi casa de modas preferida —dijo en tono alegre y conspirador.

Aytanna contempló el intercambio sintiendo una furia indescriptible al reconocer las implicaciones de ese saludo, porque dejaban claro que Celeste y Bassil se conocían más allá de una simple relación laboral. Los celos no eran una emoción que sintiera con sus novios, pero con Bassil se sentía territorial. Tragó con dificultad, pues de pronto la saliva le supo a bilis y la acidez le corroyó las entrañas.

—Feliz cumpleaños, Celeste —dijo devolviendo el abrazo sin efusividad. No le gustaba cuando otros pretendían una cercanía física con él, salvo que fuese Aytanna. Pero tampoco podía comportarse como un idiota con Celeste por razones obvias—. Estoy seguro de que Tulisa tiene buen gusto —replicó con seriedad.

—Sí, claro que lo tiene, pero tú también —dijo acomodándole la corbata—. Recuerdo los sitios que elegías para salir a cenar cuando nos veíamos en Edimburgo. Tengo estupendas memorias de esas épocas que serían interesantes repetir.

Aytanna sintió ganas de ahorcarla, pero mantuvo una expresión neutral.

—Estoy aquí por un asunto específico, Celeste —dijo Bassil en tono severo—. He tenido la cortesía de asistir a tu cumpleaños y de enviarte un obsequio, porque es lo correcto, pero no te olvides que sigues en mi rol de pagos y los contactos que tienes en esta fiesta son parte de tu trabajo como mi relacionista pública —replicó apretando los dientes—. Además, no tengo interés en recordar algo que dejó de importar.

Celeste hizo una mueca breve, pero no se acobardó ante el claro rechazo. Este hombre era uno de los mejores amantes que recordaba haber tenido nunca. Aparte, ambos se movían en círculos sociales similares y solo era un asunto de encontrar la situación adecuada para retomar su affaire. Algo de un par de noches: divertido, sin complicaciones y, cuando terminaran, todo volvería a estar bien. Como ahora.

—El príncipe Siban bin Assad Al-Maguad, ya está aquí —dijo acomodándole un mechón de cabello a Bassil detrás de la oreja. Él le apartó la mano con firmeza y la miró con una expresión de advertencia—. Ven conmigo para presentártelo...

Aytanna no iba a soportar esta clase de situación. «¿Y es que acaso el idiota de Bassil no tenía sentido común para recordar que estaba a su lado?», pensó colérica. Pero ella había aprendido a mostrar una expresión amable en momentos incómodos. Quizá podría enviarle una carta a su antigua jefa por haberla entrenado bien. Lidiar con gente tarada era una especialidad, sin duda, y la pelirroja estaba en esa categoría.

—Buenas noches, feliz cumpleaños —intervino Aytanna con una sonrisa, la misma que usaba cuando un pasajero de primera clase actuaba como un majadero. No solo estaba celosa, sino absolutamente cabreada. «¿Cómo se atrevía a tocarlo? Y él, ¿por qué no le decía con claridad que se apartara?», pensó irritada—. Tú, debes ser Celeste, la dueña de casa, ¿verdad? —preguntó retóricamente. Aytanna no sabía qué clase de relacionista pública actuaba como una estúpida en su vida personal.

La pelirroja frunció la nariz y miró a la rubia de ojos verdes. Le pareció poca cosa para un hombre como Bassil y por eso la había ignorado a propósito.

—Sí, soy la homenajeada —dijo con altivez, porque era evidente que la rubia no pertenecía a su círculo social—. Tu rostro no me resulta familiar, pero si vienes con Bassil eres bienvenida a disfrutar de la fiesta —sonrió con hipocresía.

Él se cabreó por el desaire de Celeste y la miró furiosamente. Pero, antes de que pudiera decirle que iba a terminar el contrato con su empresa, Aytanna se anticipó.

—Te agradecería que no vuelvas a tocar a Bassil del modo en que lo has hecho. Primero, él detesta que otras personas se acerquen demasiado a su espacio personal. Segundo, no solo vengo con Bassil, sino que soy su novia —interrumpió con una dulzura que no sentía. «¿Miembros de los BAFTA Awards, están viéndome?», pensó, porque su actuación estaba siendo prodigiosa—. El problema es que, en ocasiones, su mente está demasiado enfocada en los negocios que se olvida de los buenos modales. Pero, ¿para qué estamos las novias, sino para ayudar a que los hombres dejen de ser tan distraídos? —preguntó con una sonrisa, pero en tono acerado.

—¿Novia? —preguntó como si la OMS acabara de declarar la existencia de un virus mortal—. Pero, Bassil nunca ha querido tener una pareja estable, de hecho…

—Celeste —zanjó él, porque trató de ser cordial, pero al parecer esto había sido tomado del modo equivocado—. Le has faltado el respeto a Aytanna al tratar de menoscabar su presencia, así como también cruzaste una línea al tomarte libertades conmigo que no te corresponden —dijo en tono duro—. Mi visita por tu cumpleaños era una deferencia, pero, a partir del día lunes, Five Crowns dejará de ser la agencia oficial de relaciones públicas de mis empresas —dijo poniendo la mano en la cintura Aytanna y pegándola a su lado. La sintió tensarse, pero él no la soltó ni se apartó.

—Bassil, mi trabajo es impecable y siempre he cumplido con todas las consignas que me has ordenado —dijo Celeste en tono consternado, porque perderlo como cliente repercutiría en habladurías y ella jamás podría explicar el verdadero motivo.

—Pero no eres indispensable y siempre habrá alguien mejor que tú. Si intentas retaliar contra mí por este incidente, me encargaré de que no encuentres clientes, no solo en mis círculos empresariales, sino inclusive entre tu propia gente. No me tomará trabajo mover los hilos correctos —dijo amenazante—. Así que haz un último trabajo bien hecho, Celeste, y preséntame de inmediato al príncipe Siban —exigió.

La pelirroja sabía que este hombre poseía contactos peligrosos, mientras los suyos, aunque eran influyentes, no pertenecían al mundo bajo. Bassil Jenok no era un individuo al que la gente querría tener como enemigo y ella no era la excepción.

—Por supuesto —replicó con una sonrisa, esta vez, genuina. Después miró a Aytanna con una expresión de disculpas—: Lamento si te incomodé con mi comportamiento. Espero que esto no impida que disfrutes el resto de la velada. Me gusta festejar mi cumpleaños y no quiero que este impasse cambie la dinámica. Hay suficiente comida, bebidas y el mejor DJ de Londres para que la pases bien.

Aytanna seguía enfadada por la tardía respuesta de Bassil, pero también se sentía celosa y esto no le sentaba nada bien. Ponerle rostro a una mujer del pasado de Bassil le agriaba su habitual optimismo, pero, verla en el mismo espacio, frente a frente, y atreviéndose a tocarlo como si tuviera el derecho a hacerlo, la fastidió. Así que optó por mostrar una expresión aburrida e indiferente, la misma que le dedicaba a los clientes de Blue Snails cuando estaban ebrios, pero insistían en tomar otra copa.

—Lo haré, gracias —replicó Aytanna con frialdad.

En ese instante, algo distrajo a la pelirroja y la instó a mirar hacia un costado.

—Oh, qué bien, el príncipe y su comitiva se acercan hacia acá —sonrió al ver avanzar al hombre de rasgos exóticos y que, a diferencia de otros jeques árabes, prefería usar el traje de gala de Oriente Medio, en lugar de uno occidental como era la costumbre cuando se visitaban países que no eran de la Liga Árabe—. Es el momento perfecto para que lo conozcan. Realmente es encantador —dijo Celeste.

—Iré al tocador de mujeres —interrumpió Aytanna, antes de que el príncipe se aproximara. No le gustaban las confrontaciones y sus ganas de pasarla bien se habían evaporado. Miró a Bassil—: Espero que sea una charla fructífera. Te veo al rato.

—Aytanna —dijo él en tono bajo para que solo ella escuchara, mientras Celeste miraba con una sonrisa hacia el sitio por el que avanzaba el billonario saudí—, quiero pasar la velada junto a ti y continuar presentándote a las personas que conozco.

—Los jeques árabes tienen una política machista de comportamiento y no estoy dispuesta a tolerar otro desaire. Si se atreviese a hacer algún comentario estúpido, le diré en sus narices en dónde podría metérselo. Así que, Bassil, no estoy interesada y tampoco voy a arruinar esa conversación para ti. Al fin y al cabo, ¿no fue venir a la fiesta de tu ex amante tu gran interés de este viaje? Pues aprovéchalo bien —replicó sin poder evitar el tono resentido en la voz, luego le dio la espalda y se alejó.

Bassil maldijo por lo bajo, pero no pudo detenerla, porque en ese instante el jeque estuvo frente a él. La escena con Celeste fue incómoda e inapropiada, Bassil lo tenía muy claro, así como también tenía la certeza de que si la situación hubiera sido a la inversa, él no habría sido tan diplomático como Aytanna. De hecho, habría destrozado la cara del que hubiera usado tocarla, sin importarle las consecuencias.

Pero, aunque quisiera ir a buscar a su sirena de ojos verdes, no podía desairar a un jeque. Lo anterior implicaría una fractura en las relaciones comerciales que intentaba crear y sentaría un mal precedente en sus negocios. No se trataba de qué era menos o más importante, sino de que cada situación tenía un tiempo. La charla con este hombre árabe marcaría la diferencia en su nueva visión empresarial.

Por otra parte, después de la confesión de Aytanna sobre su pasado, la forma en que la vio llorar, el dolor de sus palabras y la desesperación por no haber conocido a su padre biológico, Bassil decidió que quitarle lo que por derecho le correspondía, lo supiera ella o no, era una canallada. En un principio, cuando sus concepciones sobre quién era Aytanna estaban matizadas por la imagen superficial que asumió sobre ella, le dio igual. Ahora era diferente. Por eso se reunió con su equipo de estrategas. Juntos crearon vías alternas para concretar su ambición de tener una conexión con Oriente Medio y aumentar su poder comercial petrolero, pero sin utilizar a Greater Oil como puente de vinculación. De hecho, Bassil descartó a la empresa del todo.

Así que en una movida calculada, aunque muy impropia de su carácter, vendió las acciones que ya tenía de Greater Oil entre varios empresarios. Para hacerlo, no necesitó de la aprobación de la junta directiva de esa empresa. De ese modo zanjó todo lazo con el testamento de Ferran y rompió cualquier negocio asociado a esa familia. Lo anterior implicó echar por tierra largos meses de negociaciones, millones de libras esterlinas en potenciales ganancias, pero, en especial, la cancelación del proyecto de fusión comercial acordado con Jonathan Crumbles.

El anterior había sido un proyecto que Bassil ambicionó concretar por mucho tiempo. Sin embargo, le pareció más importante evitar seguir el camino que lo llevaría a traicionar y lastimar a Aytanna. El motivo detrás de esa decisión era bastante sencillo, pero demasiado fuerte para verbalizarlo Sabía que tenía que sincerarse con Aytanna, pero no quería que fuese apresurado. Por eso había trazado un plan.

El proceso de venta de acciones y cese de transacciones de Bassil con Greater Oil estuvo marcado por largas reuniones, sendos papeleos, abogados incluidos, así como la rabia de Jonathan, que lo acusó de echar a perder negocios que ya tenía previstos. Pero a Bassil le importó una mierda la opinión o los asuntos de Crumbles.

El nativo de Aberdeen rediseñó su estrategia de expansión y decidió que su reunión con el príncipe y jeque saudí, Siban bin Assad Al-Maguad, sería para proponerle abrir un camino comercial nuevo, más ágil y menos costoso, con Doil Corporation. De esa manera, Bassil sería un competidor agresivo y fiero de Greater Oil, en lugar de continuar siendo parte del grupo de accionistas. Además, tenía pensado hablar con Aytanna sobre la herencia, así como la identidad de su padre biológico. Esas acciones de Greater Oil eran la merecida compensación por los años de mentiras de Lorraine y la culpa que Aytanna llevaba en la conciencia por el accidente de tránsito que caotizó su mundo siendo tan joven. Bassil hablaría con ella sobre todos estos asuntos cuando volvieran a Edimburgo. Le parecía lo mejor.

Sin embargo, en estos momentos, mientras el jeque le explicaba con interés el proceso que podrían iniciar, no pudo concentrarse lo suficiente. Menos cuando vio, con el rabillo del ojo, que Aytanna estaba conversando con una persona que jamás hubiera esperado ver en Londres. «¿Qué carajos hacía Jonathan Crumbles en la fiesta?», se preguntó desconcertado. Bassil había revisado la lista de invitados que le envió Celeste, porque así fue como definió quién podría interesarle como nuevo contacto. Pero en ese listado no había constado el nombre del CEO de Greater Oil.

—Ha sido interesante esta conversación —dijo el jeque con solemnidad—. Le ordenaré a mi asistente que coordine una cita para vernos en Edimburgo, señor Jenok. Mis coterráneos creen que pueden abarcar todo el negocio petrolero, pero vamos a demostrarles que un jeque joven y visionario puede rebasar sus previsiones —sonrió—. Estoy dispuesto a darle acceso a Doil Corporation a realizar la extracción petrolera en mis tierras y encargarse de ampliar la distribución de ciertos productos, en nuevas rutas, porque así seremos más competitivos —expresó—. Pero requiero que, ante mis asesores regulares, exponga el plan al detalle. Abogados incluídos.

Bassil hizo un asentimiento, pero parte de su atención estaba en el otro lado del salón, cerca del jardín, en el que Jonathan conversaba con Aytanna. No podía ver la expresión de ella, porque estaba de espaldas. No sabía qué juego se traía Crumbles, pero iba a darle un puñetazo si encontraba a su novia con el rostro consternado.

—El plan está diseñado para tener éxito. Los fallos no son parte de mi vocabulario empresarial —replicó en tono solemne. El jeque era un hombre de pocas palabras y aparentaba tener alrededor de cuarenta y cinco años—. Los procesos iniciales serán lentos, pero le aseguro que Doil Corporation vencerá todos los retos.

Una vez que se despidieron, Bassil fue hasta el lugar en el que estaba Aytanna.

CAPÍTULO 17

Aytanna fue al jardín para buscar una bebida que la relajara, en especial cuando salió del tocador y notó que Bassil, aunque ya no estaba con Celeste, continuaba hablando de manera concentrada con el susodicho príncipe. No le apetecía vincularse a conversaciones de negocios, a pesar de que fuese este el motivo aparente por el que estaban en esta fiesta, y tampoco iba a interrumpir a Bassil, mientras él estaba en su elemento: analizando, maquinando y gestionando posibilidades. Le gustaba escucharlo hablar con autoridad, la forma que poseía de comandar una estancia con su presencia, y también disfrutaba las réplicas agudas que solía tener con otros.

Pero, como aún estaba enfadada con él, decidió ignorar lo atractivo que se veía a la distancia o el recuerdo de su cuerpo recorriendo el suyo con pasión. Aytanna fijó su atención en la breve charla que estaba teniendo ella con el bartender. El hombre tenía una sonrisa encantadora y era muy agradable. Al tener la habilidad de hacer cócteles como tema en común, la conversación entre ambos fluyó de manera entretenida. Esto la hizo sentir un poco menos tensa, así como el alcohol que empezó a correr por su sistema. Su experiencia pasada con el licor no había sido buena, así que ya conocía sus límites con las bebidas alcohólicas. Hoy no era diferente.

Esta velada debió ser un momento divertido en el que incluso la posibilidad de bailar abrazada a Bassil, por primera vez en público, habría sido un momento interesante. Pero la perspectiva se había arruinado por esa idiota de cabello color zanahoria y actitud de bruja barata de Disney. ¿Si estaba celosa todavía? Claro que sí, la irritación continuaba, y esa era la razón de que llevara tres Boulevardier. Este cóctel era un Negroni, pero que cambiaba el gin con whiskey. La dulzura del bourbon balanceaba a la perfección el exquisito sabor, así que la mezcla era más potente.

Ella y Bassil no iban a fiestas juntos, porque las clases de actividades con él consistían más en cenas en bellísimos restaurantes, paseos en la playa, salidas en yate, viajes en jet privado, reuniones discretas, pero no celebraciones como esta. Aytanna sabía que él tenía una personalidad discreta, aunque no por eso carecía de gestos especiales que la conmovían profundamente, cuando los demostraba. En alguna ocasión, mientras cenaban en su estudio una noche, ella le había pedido que bailaran. Fue un momento que llevaba en el corazón, porque no hubo música, sino que él la tomó en brazos y le tarareó una canción al oído, mientras se movían juntos. Habían permanecido de ese modo varios minutos, pero no hubo sexo, sino que él se quedó a dormir con ella, la abrazó con fuerza contra su cuerpo y la besó largamente.

—Pareces un poco aburrida, ¿llevas bastante tiempo en la fiesta? —le preguntó de repente un hombre de cabello negro y aspecto elegante. Su acento era escocés.

Ella dejó el vaso vacío sobre la barra de pub improvisada en el exterior, mientras la música sonaba a todo volúmen y en la pista algunas parejas bailaban animadas. El ambiente era entretenido, no así la actitud de Aytanna, pues solo quería marcharse.

—Un rato, ¿tú? —preguntó por simple inercia y dándole la espalda al salón principal del interior de la casa. Estaba más interesada en contemplar la pista de baile—. No tienes acento inglés, así que debo asumir que quizás estás de paso.

Él esbozó una sonrisa e hizo un asentimiento.

—Soy de Edimburgo y creo que tú igual —replicó. Ella asintió—. No vivo aquí, pero mi mejor amigo es primo de la cumpleañera, así que decidí venir de último momento. ¿De qué conoces a Celeste? —preguntó con una sonrisa.

Aytanna soltó una exhalación y se contuvo de pedir otro cóctel. Ya estaba relajada, que era lo que había buscado, así que optó por un vaso de agua.

—No es amiga mía ni la conozco, pero sé que tiene vínculos de negocios con mi novio —replicó sin entrar en detalles, porque no iba a dar información a un desconocido—. Este lugar es bastante interesante. Me gusta el estilo de decoración.

—Celeste hace excelentes fiestas —dijo—. Por cierto, soy Jonathan Crumbles —extendió la mano y ella se la estrechó—, un gusto conocerte —sonrió.

—Igualmente, soy Aytanna Gibson —replicó con simpleza.

—Me dedico al negocio petrolero y esta noche hay muchos empresarios que tienen temas en común. De seguro conozco a tu novio, ¿cómo se llama?

—Bassil Jenok y también se dedica a temas de petróleo —dijo frunciendo el ceño, porque Jonathan le parecía conocido, aunque era la primera vez que lo veía. Poseía esa clase de familiaridad que instaba a preguntarse en dónde lo habría visto antes, pero, como en sus años de trabajo en el pub y como aeromoza conoció muchísimas personas, lo más probable es que él hubiera sido una de ellas.

—Lo conozco, claro. Su reputación empresarial lo precede —dijo ocultando el desdén que sentía por esta mujer por el simple hecho de que existiera—. ¿Y tú también estás involucrada en el negocio petrolero? —preguntó con cinismo.

—No, para nada —murmuró ella con indiferencia—. Mi campo laboral es muy diferente. Me dedico al análisis de riesgos financieros y también soy azafata —dijo.

Él no había planeado venir a esta fiesta, pero Harrington, su mejor amigo, le insistió en que la pasaría bomba. Lo último que hubiera esperado era ver a Bassil. De hecho, se sorprendió de encontrarlo esta noche, porque el hombre no era adepto a las reuniones sociales. Celeste era muy discreta con su lista de clientes, así que solo podría asumir que era ella la relacionista pública de las corporaciones de Jenok.

Cuando Jonathan había reparado en la presencia del otro magnate, notó que el hombre no parecía mirar a Aytanna como si fuese un asunto de negocios o con la habitual indiferencia por la que era famoso. No fue difícil deducir quién era la mujer rubia. Eso acicateó su desdén por el otro CEO, pues el acuerdo prestablecido había sido claro: quitarle las acciones a esa rubia idiota y luego fusionar sus compañías.

El hijo de perra había arruinado sus negocios al negarse a seguir con la fusión y sin darle una explicación coherente. Tampoco es que Jenok hiciera aclaraciones, pero, esta noche, después de ver la forma en la que parecía territorial con Aytanna, lo comprendió. La mujer se había convertido en el Talón de Aquiles de ese imbécil.

Quedaban tres semanas para que se cumpliera el plazo para que las acciones de su hermanastra, a la que por primera vez tenía enfrente en estos instantes, no se perdieran. Aytanna era la prueba de las sórdidas aventuras de su padre y que tanto sufrimiento le causaron a su madre. Si Bassil se casaba con ella, entonces el idiota se quedaría con ese porcentaje de acciones y las vendería a quien se le diera la gana.

De ser así, Greater Oil se tambalearía al existir demasiados accionistas que dividirían opiniones y retrasarían procesos. Si Jenok no se casaba con ella, las acciones simplemente se perderían. Esto último era algo que Jonathan no iba a consentir, pues cualquiera de los dos escenarios eran perjudiciales personal y profesionalmente.

—¿Qué haces aquí, Crumbles? —preguntó Bassil interrumpiendo, hostil.

No le gustaba que este hombre estuviera hablando con Aytanna. Por suerte, según comprobó, ella no lucía agitada o incómoda, lo cual era un buen idicio de que Crumbles no había abierto la bocaza para soltar imbecilidades. Bassil no quería que ella se enterase del entramado que motivó que ambos se reencontraran. Él le hablaría al respecto bajo sus términos y en el momento que considerase apropiado.

—A mí también me da gusto verte, Jenok —dijo Jonathan con sarcasmo, al notar la forma en la que Bassil sostenía de manera protectora a su hermanastra de la cintura. Este era un detalle impropio de su carácter, porque Jenok parecía hecho de hielo y acero. Al parecer, Aytanna significaba para él algo más que negocios. Con este pequeño detalle de información inesperada, Jonathan podría crear un interesante plan—. Qué casualidad que yo encontrara a tu novia. Justo hablábamos de ti.

Bassil apretó los dientes, porque el encuentro de Aytanna con Crumbles no le gustó en absoluto. Celeste ya no era su relacionista pública, pero una hora atrás, antes de despedirla, seguía trabajando para sus corporaciones. Si ella no le habló de la presencia de Jonathan, entonces fue porque esta fue inesperada también para la pelirroja. No había sido premeditado. «Maldita suerte la mía», pensó irritado.

—No tengo tiempo para ti, Crumbles. Te aseguro que no querrás experimentar los métodos a los que estaría dispuesto a llegar si vuelves a mirar en su dirección o hablar con ella —dijo en un tono de voz tan cruel y hostil que inclusive Aytanna se sorprendió, hasta el punto de no protestar por la hipocresía de sus actitudes, en especial después del incidente con la boba de Celeste—. No tientes tus opciones.

El otro empresario no se amedentró y agarró un copa de champán.

—Que lo pasen bien —dijo Jonathan con una sonrisa burlona antes de alejarse.

Una vez que la pareja estuvo sola, en medio de los invitados que iban de un lado a otro, Aytanna se apartó para que él dejara de tocarle la cintura y empezó a caminar hacia la salida para dejar atrá la fiesta. No le apetecía discutir y solo quería prepararse para dormir, porque al siguiente día tenía la intención de ir al London Eye y a la Torre de Londres. Nada ni nadie iba a arruinarle su paso por la capital inglesa. Menos los ridículos incidentes de esta noche. «Al amanecer, todo estará mejor», pensó.

Estaban doblando el pasillo cuando Bassil la agarró de la mano y empezó a tirar suave, aunque firmemente, de ella. Aytanna quiso zafarse, pero no tuvo éxito, así que se dejó guiar a regañadientes. Cuando él encontró la primera puerta sin seguro, la abrió y entraron. Bassil no necesitó encender la luz para darse cuenta de que se trataba de una sala de música, pues había un ventanal amplísimo desde el que entraban vestigios de luz proveniente del jardín. Esa tenue iluminación permitía observar, no con nitidez, lo suficiente para identificar las características básicas de la estancia.

Aytanna se soltó de Bassil y fue hasta la ventana. Contempló a la gente bailando, riéndose, bebiendo y conversando. El ambiente era de alegría y excesos. Ella estaba habituada a estas clases de celebraciones, pero esta noche no estaba disfrutándola. El tal Jonathan le había parecido amable, aunque algo en él le provocó desconfianza. No era capaz de identificar los motivos y lo consideró como una simple corazonada.

—Supongo que conoces bien esta casa para encontrar justo la biblioteca, un lugar que está lejos de la gente y en donde puedes conversar o hacer cualquier otra cosa —dijo abrazándose a sí misma, aún dándole la espalda—. ¿Te quedas aquí cuando vienes a Londres? ¿O ella suele ir al Ritz para encontrarse contigo?

Él esbozó una sonrisa y se acercó, hasta dejar sus manos en la cintura de Aytanna. Sentía una estúpida satisfacción de saber que estaba celosa, porque, después de cómo dejó a Celeste callada, le demostraba que era tan territorial como él.

—Entré aquí por casualidad, pero pude haber elegido cualquier otra estancia, porque no podía esperar a ir al hotel para hablar contigo, Aytanna. Por otra parte, jamás había venido a la casa de Celeste. Lo que pasó entre ella y yo fue hace algún tiempo —dijo Bassil. Él no daba explicaciones a nadie, pero no podía evitar hacerlo, cuando era necesario, con su sirena rebelde—. Muchísimo antes de conocerte.

—No me gusta que otras mujeres te toquen —murmuró con renuencia, pero en un intento de ser sincera—. Tampoco que me humillen como ella lo intentó hacer. Sin embargo, lo que más me enojó fue que no la detuvieras de inmediato.

Él la giró con suavidad para que apartara la atención del jardín y a cambio lo mirase. Aytanna elevó el rostro y sus ojos contenían desafío. Pero también tenían un toque de vulnerabilidad que desarmó a Bassil. Apoyó la frente contra la de ella.

—Lamento no haber reaccionado con más rapidez para detener las osadías de Celeste y para presentarte como mi novia —dijo acariciándole la mejilla.

Ella hizo una mueca y se encogió de hombros.

—Además, fuiste grosero con ese tal Jonathan Crumbles de una manera casi agresiva. Él no estaba haciendo nada conmigo. Solo conversando. Además, después de tu escenita con Celeste, eres la última persona con la autoridad para enfadarte por una conversación inocua —replicó apartándole la mano con firmeza.

Bassil no iba a hablarle esta noche de quiénes eran los Crumbles, porque esto causaría más perjuicio, en especial porque no era el contexto adecuado. Él tenía otras ideas por hacer en Londres con ella, mucho más importantes y no iba a arruinarlas.

—Porque tenía un negocio con él y acabó en malos términos —replicó acariciándole el cabello y peinándolo entre sus dedos hacia atrás. Ella no volvió a rechazarlo, lo cual le daba un margen de ventaja para zanjar este *impasse*—. Jonathan no es una persona a la que puedas considerar un potencial amigo, porque es una víbora. Yo temía que pudiera decirte algo fuera de lugar y que te hiciera sentir mal.

Ella frunció el ceño sin comprender de qué manera ese hombre podría tener la capacidad de incomodarla, en especial cuando no la conocía de nada.

—Tan solo me comentó que estaba aquí, porque su mejor amigo es primo de la dueña de la casa —dijo rehusándose decir el nombre de Celeste. Al darse cuenta de eso, Bassil reprimió una sonrisa—. No se comportó mal. De hecho, fue amable.

—Aytanna —replicó, porque no quería seguir hablando de otras personas—. No sé si te has dado cuenta de que la única mujer que me interesa eres tú. La única que me excita, en la que pienso más de lo que debería permitirme, la que me impulsa a querer ser una mejor versión de mí mismo, la que me fascina fuera y dentro de la cama —murmuró frotando la nariz contra la de ella—. Puede que se aparezcan frente a mí un sinnúmero de mujeres, pero mi atención siempre va a estar en una: tú.

Ella se mordió el labio inferior y lo miró con dulzura, pero no era capaz de pronunciar las palabras que tenía atoradas en la garganta. Palabras que su corazón sabía que eran ciertas y que, una vez dichas, no podrían retirarse jamás. Él no tenía por costumbre hacer esta clase de confesiones, así que la esperanza en Aytanna de que quizá Bassil le correspondiera se incrementó. Su pulso empezó a acelerarse.

—¿Es esa tu manera de pedirme disculpas por lo de Celeste? —preguntó ella.

Bassil esbozó una sonrisa que mezclaba sensualidad y determinación.

—No, belleza, es mi forma de decirte que eres la única para mí. Eso implica que las Celestes del mundo son simples motas de polvo en el camino de mi pasado.

Aytanna hizo un asentimiento y tomó una decisión osada. Mirándolo a los ojos, consciente de que cualquiera podría abrir la puerta de la biblioteca, empezó a deslizar el cierre lateral del vestido hacia abajo. La expresión de Bassil cambió de una sensual a una de incendiaria lascivia. Ella movió ligeramente las caderas y los hombros al mismo tiempo. El vestido azul cayó a sus pies en un *fru-fru*. Le siguieron el sujetador y las bragas. Se quedó completamente desnuda salvo por los zapatos de tacón alto.

—Me alegra saber que solo te intereso yo, Bassil —dijo agarrándose los pechos con ambas manos y pellizcándose los pezones frente a él—. Ahora, compénsame y convénceme con actos, lo que tus palabras están diciéndome. Hazme sentir única.

—¿Qué tal si alguien abre la puerta? —preguntó con una media sonrisa, aunque era consciente de que estaban bastante alejados de la parte central de la recepción.

—Es la adrenalina del riesgo, señor Jenok —murmuró sonriéndole.

—Pronto vas a sentir esa adrenalina triplicándose y con más riesgo —dijo en un tono que sonaba a amenaza, pero era una promesa con tintes eróticos voraces.

—Me gusta la idea —murmuró gimiendo, mientras se apretaba los pechos.

Él esbozó una sonrisa de medio lado. Se acercó y la besó con desesperada lujuria. Ella le devolvió el gesto suspirando contra su boca, mientras las manos de Bassil la recorrían, tocando, acariciando, amasando y jugueteando con su cuerpo como si fuese una arcilla y él, el maestro alfarero. No le importaba dónde se encontraban en esos instantes, Aytanna lo deseaba desesperadamente e iba a tenerlo.

Bassil se puso de rodillas y le tomó una pierna, elevándola, para ponerla sobre su hombro, antes de hundir el rostro en el sexo desnudo y completamente depilado. Esta mujer era su ruina, pensó, mientras deslizaba la lengua a lo largo de la abertura sensible, de abajo hacia arriba, hasta llegar al clítoris. La succionó con glotonería.

—Oh, Dios, ¡Bassil! —siseó y sus rodillas se doblaron ligeramente.

Él la sostuvo de las caderas, mientras le besaba el interior de los muslos, para luego regresar a devorar la vagina. Los dedos de Aytanna le agarraban el cabello con fuerza, mientras emitía gemidos quedos de necesidad y lo urgía a continuar. «No existe mayor delirio que este hombre tomándome con su boca», pensó excitada.

—Podría chuparte el coño todo el día —murmuró deslizando las manos hacia las nalgas perfectas y apretando la carne con dureza, hundiendo los dedos, marcándola como un salvaje—, porque tu sabor es adictivo —dijo, mordisqueando los labios vaginales. Ella susurraba su nombre como si fuese una plegaria; un ruego.

Bassil cubrió el clítoris y jugueteó con él, una y otra y otra vez, hasta que sintió que ella empezaba a temblar de gozo. Aytanna estaba a punto de llegar al orgasmo.

—Voy a llegar pronto… —susurró con un jadeo, ondulando las caderas, echando la cabeza hacia atrás, y confirmándole a Bassil lo que ya sabía. Pero antes de que alcanzara el Nirvana, en ese punto determinante, él se apartó. Aytanna soltó un quejido frustrado y le haló los cabellos a modo de protesta—. ¡Bassil, por Dios!

—Tu orgasmo será conmigo en tu interior, Aytanna, en ningún otro sitio —exhortó en tono demandante, girándola para que ella mirase hacia la ventana, mientras él se bajaba el pantalón y luego el bóxer, acercándose desde atrás—. Vas a seguir mis instrucciones —le dijo al oído y le gustó escucharla contener la respiración—. La primera instrucción es que avances, hasta lo más cerca que estés de la ventana.

—Nos pueden ver… No es lo mismo tentar a la suerte y que alguien pueda abrir la puerta de esta sala, porque estamos en un área apartada de la fiesta… Pero… Bassil, en la ventana es diferente —dijo nerviosa, porque una cosa era desnudarse en la estancia en la semi penumbra y otra acercarse a una ventana, desde la que cualquiera de los invitados a la fiesta podría elevar la mirada para ver lo que ambos estarían haciendo—. ¿Qué van a decir…? —preguntó en un susurro quedo que mezclaba la curiosidad con adrenalina y desafío de sus propias normas. Esto era una locura.

—Eso no es lo que importa —murmuró, mientras ella accedía a lo que él acababa de pedirle—. Lo que cuenta es si confías en mí, belleza. ¿Lo haces?

Ella inhaló con nerviosismo.

—Sí —expresó con convicción.

—Posiciónate muy cerca del vidrio. Bien, así —le dijo al oído—. ¿Te he dicho lo hermosa y sensual que eres? —preguntó, al tiempo que se sujetaba el pene con la mano derecha y apoyaba la mano izquierda sobre la cadera de Aytanna—. Ahora quiero que te agarres las tetas con ambas manos, amasándolas con lujuria, tal como te gusta que lo haga yo o como lo haces tú cuando no estoy alrededor —murmuró.

—Bassil… —susurró con la piel vibrando de deseo.

—Hazlo —le mordió el lóbulo de la oreja y ella tembló—. Bien, así me gusta —dijo cuando Aytanna accedió y empezó a acariciarse—. Ahora quiero que entre los pulgares e índices te aprietes los pezones y juegues con ellos. Tira de ambos. Sí, así —expresó mirando, desde atrás, cómo ella movía las manos—. Sin soltar tus tetas presiónalas contra el vidrio frío y genera movimientos circulares, así los pezones sentirán la fricción de la superficie. Ahora muévelas de arriba abajo. Eres tan jodidamente ardiente, mujer —expresó con un gruñido apretándole el trasero.

—Oh… —dijo al sentir el contraste del frío en sus pezones tibios. Podía ver a la gente bailando y riéndose, mientras ella estaba desnuda y sentía el pene de Bassil contra la espalda baja—. Esto es una absoluta locura, pero al mismo tiempo me gusta… ¿Crees que puedan vernos? —preguntó en un susurro quedo.

—Dijiste que confiabas en mí, entonces es momento de que solo disfrutes, en lugar de cuestionarlo todo, ¿no te parece? —dijo mordiéndole el hombro.

—Sí, confío en ti… Totalmente —murmuró con un jadeo. Estaba por completo inmersa en obedecer los comandos de Bassil, porque era excitante y placentero.

—Me alegro, hermosa —replicó entre dientes, mientras le separaba las piernas y le penetraba el sexo, desde atrás, con una embestida firme—. Sigue frotando los pezones en el vidrio, hasta que estén inflamados, hasta que el dolor llegue a arder y estés tan excitada y necesitada de alivio que te corras conmigo dentro de ti.

Bassil le besó el cuello, mientras mantenía afianzadas las manos en las curvas de las caderas femeninas, embistiendo con fuerza. Le encantaba la manera en que ella lo acogía en su interior; la estrechez y humedad del sexo de Aytanna eran adictivos.

Ella gimió y echó la cabeza hacia atrás ligeramente sin dejar de frotar los pechos contra el vidrio. Ya no le era posible continuar mirando a la gente del jardín, porque estaba concentrada en las sensaciones para llegar al orgasmo. Lo último en lo que quería pensar era si alguien estaba o no siendo testigo de esta osada experiencia.

—Bassil… —gimió cuando sus paredes empezaron a contraerse.

—Me encanta cómo tu cuerpo succiona mi sexo —gruñó, apartando las manos de ella de los pechos, para agarrárselos y apretarlos él—. Una noche de estas noches, Aytanna, voy a dedicar horas a mamarte estas magníficas tetas, acariciándolas, hasta que solo con chuparlas y lamerlas llegues al orgasmo —dijo excitado ante la idea.

—Eso… Eso me gustaría…—gimió, pero su gemido se convirtió en un grito extasiado cuando sus ondulantes caderas y las penetraciones de Bassil, la catapultaron a un sitio etéreo en el que existían colores imposibles de describir para las sensaciones que provocaban en cada recodo de su piel. Bassil gruñó contra su cuello, al tiempo que se vertía en el delicado interior, llenándola del cálido fruto de la lujuria sublime.

—Deliciosa y tan jodidamente receptiva como siempre —dijo saliendo del interior con lentitud, escuchándola soltar un suspiro plácido con el acto.

Bassil se subió los pantalones y luego abrazó posesivamente el cuerpo sensible y desnudo de Aytanna. La instó con suavidad a que se girara entre sus brazos, hasta que quedaron frente a frente. Aytanna apoyó el rostro contra sus pectorales en el sitio en el que latía su corazón. Él sonrió y le acarició la espalda de arriba abajo.

—¿Y si alguien nos vio…? —susurró ella de repente. Le gustaba estar rodeada del aroma natural y la costosa colonia varonil—. Jamás había hecho algo como esto…

Bassil esbozó una sonrisa y la apartó para que lo mirara.

—Te expresé claramente que tus orgasmos, tus sonrisas y toda tú, son míos. Hace un instante dijiste que confías en mí. Aytanna, yo protejo lo que me pertenece. Solo quería que sintieras la adrenalina, ante la posibilidad de que otros vieran lo que hacemos. Pero estas ventanas no permiten ver desde el exterior hacia dentro, pero sí desde el interior hacia fuera —explicó, porque en su mansión tenía los mismos tipos de vidrios para preservar su privacidad—. Jamás dejaría que otras personas fuesen testigos de lo magnífica que eres desnuda, mucho menos de lo adictivo que es mirarte llegar al clímax —expresó en un tono de voz que mezclaba lujuria con sinceridad.

Ella dejó escapar una risa incrédula. «Este hombre es un caso especial».

—Eres imposible, pero aún así te... —carraspeó y detuvo a tiempo la confesión que estuvo a punto de hacer. Se sintió acobardada de repente—. Bassil —le tocó la mejilla—, ayúdame a vestir. Quiero regresar al hotel, porque me hiciste una promesa.

Las manos de Bassil se deslizaron hasta las nalgas de Aytanna, le separaron ligeramente las carnes y presionó con un dedo la entrada más estrecha. Ella contuvo la respiración, mientras el primer nudillo entraba para luego salir con lentitud.

—¿Estás segura? —dijo él jugando ahora con los contornos.

Ella hizo un asentimiento, mordiéndose el labio inferior.

—Contigo siempre estoy segura, Bassil —afirmó, antes de besarlo un largo rato.

Cuando se apartaron, jadeantes, él murmuró una maldición, porque necesitaba a esta mujer otra vez. La había follado como un hombre fuera de sí, rápido, agitado, intenso y rudo. Como si al tener sexo con ella, las grietas grises de su alma recuperaran el brillo que alguna vez tuvieron, y por eso le parecía imperioso perderse en ella.

Él siempre había disfrutado el sexo intenso, brusco en ocasiones, pero jamás hasta el punto de querer tener solo una amante de manera indefinida. O que solo una mujer fuese capaz de provocar en su mente la asociación de sexo con sosiego. La realización era aterradora, pero también gloriosa en partes iguales. Bassil sabía que nunca encontraría a otra mujer que lo pudiera satisfacer como Aytanna.

Bassil la ayudó a vestirse, pero en el camino le robó varios besos, haciéndola reír. Mientras ella se ponía una prenda, él se la quitaba.

Finalmente, Aytanna le dio un empujón suave para que dejara de provocarla o no iban a marcharse nunca. A regañadientes, Bassil mantuvo las manos quietas. Esto, para él, sí que fue una proeza. Quizá su adicción a Aytanna tenía que ver con el hecho de que ella había roto la coraza que, cuidadosamente, erigió desde el asesinato de su familia. De hecho, él ya no era el mismo hombre que fue antes de besar y acostarse con ella por primera vez.

Una vez que salieron de la biblioteca, la primera persona a la que se encontraron en el pasillo más cercano fue a Celeste. Ella los miró, reparando en el cabello un poco alborotado de Aytanna y los labios inflamados, así como la sonrisa satisfecha de Bassil. Una expresión de fastidio, que rápidamente enmascaró, se adueño de su rostro aristocrático. Aytanna le dedicó una sonrisa y enlazó el brazo con el del magnate.

—Nos tenemos que marchar, pero gracias por la excitante velada, Celeste —dijo ella, reafirmando la sospecha de la mujer de que los dos acababan de tener sexo en su casa, nada menos—. Que sigas disfrutando tu cumpleaños.

Él se rio por lo bajo y meneó la cabeza, porque Aytanna era magnífica.

Una vez que llegaron al hotel, Bassil cumplió su promesa sensual.

El turismo no era algo que le interesara al apuesto CEO, al menos si este no implicaba ingresos para su empresa, Force. Sin embargo, sabía que Aytanna jamás había tenido la oportunidad de conocer los sitios clásicos de Londres. Por eso, después de dedicarse varias horas a gestionar asuntos de trabajo, al igual que lo hacía ella con Earth Lighting, salían a recorrer la ciudad. Aytanna llamaba a diario a Clement para saber cómo evolucionaba, pero la anciana tan solo le decía que dejara de incordiar y se dedicase a pasarla bien en Inglaterra. Así que su sobrina seguía el consejo. Bassil también hablaba, brevemente, con la anciana y le había tomado aprecio.

En esos días, la pareja escocesa había establecido una rutina bastante dinámica. Desayunaban juntos, en ocasiones Bassil elegía su mermelada favorita para comerla directamente del sitio que le ofrecía el sabor más exótico: el sexo de Aytanna. Luego seguía un apasionado interludio bajo los chorros de agua de la ducha. Si eso no les bastaba, lo hacían en cualquier otra superficie cercana y que estuviera cerca. Una vez que lograban apartar las manos del otro, algo bastante difícil, empezaban a trabajar desde sus portátiles conectándose, durante horas, a sus asuntos laborales.

Para evitar la tentación de dejarse llevar por la lujuria, Bassil y Aytanna habían acordado que trabajarían por separado en diferentes áreas del hotel. Cuando tenían un descanso, que no era tan frecuente, en especial en el caso de él, almorzaban en renombrados restaurantes de Londres o iban a ver una obra de teatro. Inclusive recorrían algún pueblo que no quedara lejos de la ciudad y aprovechaban para explorarlo.

Algunas tardes, si podían, las dedicaban a ir a los museos. Pero, la parte que más le gustaba a Aytanna eran las caminatas en Hyde Park. Inclusive consideraba un éxito haber convencido a Bassil de subirse al London Eye y hacerse varias selfies. El hombre era demasiado gruñón para hacer turismo y renegaba de cada atracción "demasiado mundana", como él las llamaba, a las que ella sugería que se unieran.

Pero Aytanna acababa con ese ceño fruncido a punta de besos, y Bassil accedía a participar en las actividades que ella le sugería. La tarde que recorrieron la Torre de Londres, así como la visita a Hampton Court Palace, la morada y residencia final del Rey Enrique VIII, fue interesante. Aytanna se sintió gratamente sorprendida del conocimiento que tenía Bassil sobre la historia de las guerras de conquista del Imperio Británico, así como la de otras casas reales de Europa y sus alianzas mutuas. El hombre era una caja de sorpresas y a su lado nunca faltaban temas de conversación.

—¿Estás seguro de que no eres secretamente profesor de historia en alguna universidad de Edimburgo? —le había preguntado ella, mientras recorrían el exterior de The Globe Theatre y él le explicaba que este era una reproducción casi exacta del teatro original, en el que Shakespeare interpretó una de sus obras más memorables: Romeo y Julieta. El teatro había sido devorado por un incendio en el 1613, pero reconstruido en el 1977—. Ni siquiera el guía turístico sabía tanto como tú.

Bassi la había observado con una sonrisa.

—Cuando estudiaba en Aberdeen, los libros que eran solo de carácter numérico o vinculados a mi carrera me aburrían un poco. Así que opté por extraer algunos tomos de la biblioteca con temáticas de historia, y me servían de escape. Aunque, si tanto te interesa conocer ciertos datos históricos específicos —había dicho tomándola de la cintura y sonriéndole con picardía—, quizá quieras escabullirte conmigo en una biblioteca y follar teniendo en mente la fantasía de que tú eres mi entusiasta alumna. Puedo enseñarte algo más que hechos bélicos, conquistas y traiciones legendarias.

Aytanna había soltado una carcajada. Apoyó ambas palmas de las manos sobre los pectorales fuertes y elevó el rostro para mirarlo a los ojos.

—¿Te excitaría esa fantasía? —había preguntado ella, enarcando una ceja.

—Cualquier ambiente, situación o momento del día, Aytanna, que implique tener mis manos sobre tu cuerpo, o mi sexo en lo más profundo de tu ser, me excita —había replicado, antes de bajar la cabeza para besarla, sin importarle la gente que iba pasando o aquellos que les silbaban, al verlos tan perdidos en el otro.

A medida que pasaban los días, los besos de Bassil poseían un toque que ya no era solo de lujuria, sino que tenían pizcas de rendición, posesión, dominación, entrega y dulzura. Una noche estuvieron caminando por Picadilly Circus, Oxford Street y Mayfair. Esta última zona la eligió ella, porque recordaba que siempre la mencionaban en los libros de romance histórico, aquellos que su madre le confiscó para donarlos, argumentando que eran imbecilidades de pura mierda llenas de mentiras que solo amargaban. Pero Aytanna no dejó que esas palabras le agriaran el paseo y disfrutó su paso por Mayfair. Ella y Bassil también recorrieron Covent Garden. El sitio brindaba a los visitantes una oferta de diferentes ramas de comercio: artesanías, tiendas de moda, artistas callejeros, gastronomía, cafeterías, así como la magia del entorno.

Uno de los detalles que más enternecía a Aytanna era cuando Bassil, en los paseos de a pie, entrelazaba los dedos de ambos. Cuando él estaba desprevenido, ella le robaba un beso y lo hacía reír. Cuando ella estaba desprevenida, porque Bassil era pervertido, le rozaba los pezones sobre la ropa y fingía que era sin intención. El granuja inclusive se atrevió a apoyarla contra la pared de un callejón poco transitado, menos mal, para acariciarla, devorarle la boca y penetrarle el sexo húmedo con los dedos, a plena luz del día, hasta que ella llegó al clímax. Después, besó con suavidad. Pero, antes de apartarse, le susurró al oído que Londres no merecía ser testigo de una mujer tan bella llegando al orgasmo, pero que el hotel les quedaba muy lejos.

Por otra parte, Bassil no había perdido de vista sus negocios con el príncipe saudí. De hecho, tuvieron una videollamada bastante productiva y ratificaron una próxima reunión en las oficinas centrales de Doil Corporation. Ahora que Bassil había roto sus vínculos con Greater Oil, a pesar de que esto implicaría iniciar desde cero la construcción de los cimientos estratégicos, para sus ambiciones profesionales con Arabia Saudita, no se arrepentía de haber elegido no traicionar a Aytanna.

En todos los aspectos posibles, el viaje a Londres estaba resultando muy fructífero para Bassil. Sin embargo, el punto más importante de esa travesía estaba en este último día, antes del regreso a Edimburgo. Le quedaba por cubrir el que consideraba el aspecto medular de su itinerario y que no tenía relación con asuntos de poder, ambición o trabajo. Por esa razón era también el más desafiante. Para salir de la incertidumbre, esto era algo por completo ajeno a su habitual estado mental porque jamás la sentía, Bassil había invitado a Aytanna a comer en *The Lecture Room and Library at Sketch*, un restaurante de tres estrellas Michelin y ubicado en Mayfair.

Lo que él tenía en mente ahora era lo más complicado que recordaba haber planeado nunca. Esto tenía que ver con el hecho de que sus estrategias siempre estaban marcadas por el dinero y el poder, pero en esta ocasión solo tenían vínculos con la parte emocional. Una parte que para él era una dimensión desconocida, pero que, con Aytanna, había sido imposible evitar vivirla. Bassil había aprovechado los momentos en los que ella estuvo distraída para planear esta tarde juntos. De la forma en que reaccionara Aytanna, a lo que él tenía que decirle, dependería su cordura.

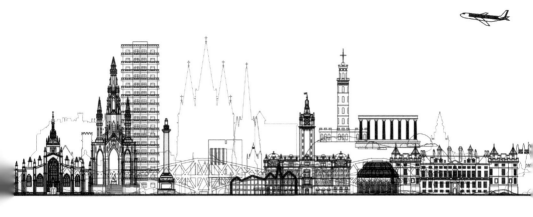

CAPÍTULO 18

Aytanna había disfrutado la comida del restaurante, pero notó que Bassil parecía de repente distante. Su conversación, que hasta horas de la mañana fue fluida y desenfadada inclusive, ahora parecía casi cautelosa. Ella no comprendía el motivo, pero imaginaba que algún asunto de trabajo lo habría contrariado. El hombre parecía no comprender lo que implicaba tomarse un descanso. A veces, cuando ella se despertaba en la madrugada, porque no sentía el calor de sus brazos sosteniéndola, lo encontraba muy concentrado trabajando en la portátil en el escritorio de la suite. Aytanna lo llamaba a la cama, pero él le pedía solo unos minutos antes de regresar. Esos minutos eran imposibles de contar, porque ella se volvía a quedar dormida.

Esperaba que ahora, mientras caminaban por el Millennium Bridge, que llevaba hacia St. Paul´s Cathedral, él apreciara la hermosa vista y se relajara de nuevo. A ambos lados de la estructura, construida de acero, hormigón y aluminio, se podía apreciar la ciudad. El famoso río Támesis, testigo de tantos cambios en la historia, corría debajo en calma. Cuando llegaron a la mitad del camino, él se detuvo y apoyó ambos brazos sobre la barandilla. Sus manos colgaban en el aire, mientras observaba el horizonte.

Ella se acercó y se quedó junto a él. Alrededor eran escasos los transeúntes. No era usual que el puente estuviera tan desolado a esas horas del día, pero esto contribuía a no tener que soportar que algunos extraños tropezaran con otros, lo cual era de agradecer. Tampoco era la época de mayor apogeo turístico, porque no era verano.

El sol del final de la tarde ya había tintado el cielo de tonalidades naranjas, amarillas, moradas y grises; una mezcla interesante que convertía el cielo en un espectáculo a esa hora del día. No importaba el país en el que estuviera, la hora preferida de Aytanna era y siempre sería el ocaso. Le apoyó la mano en la nuca a Bassil y se la masajeó unos segundos, luego apartó la mano para imitar la postura de él, apoyando los antebrazos sobre la baranda color azul y contemplando el escenario.

—¿Qué ocurre, Bassil? —preguntó con suavidad.

Él giró el rostro para mirarla y luego volvió la vista al horizonte.

—Mi pasado, al igual que el tuyo, está teñido de dolor y sangre. En tu caso, la situación fue un desafortunado accidente —empezó en tono neutral, aunque por dentro experimentaba desazón ante la posibilidad de que ella, después de escucharlo, no quisiera volver a verlo. Sin embargo, Aytanna tenía que saber la clase de hombre que él era en verdad—. En el mío, lo que ocurrió fue premeditado.

Ella se quedó estupefacta por el súbito comentario, consciente de que no sería una conversación fácil, pero también de que esta era una prueba de confianza. No sobre lo que él podría confesarle, sino si ella sería capaz de reaccionar como lo haría alguien que lo juzgaría por lo que ya había conocido de él, mas no por lo que Bassil pudo o no hacer en el pasado. No sabía que esperar de lo que podría contarle, pero sí estaba segura de que no se trataría de un asunto nimio ni fácil de digerir.

Él era un hombre de poder y y ella casi podría jurar, por la fortaleza que recubría su energía, que estaba hecho de acero. Pero, bajo toda esa muralla sólida existían heridas que parecían no haber sido descubiertas por nadie, tampoco tomadas en consideración, porque, probablemente, él jamás las había dejado ver. «¿Por qué ahora sí? ¿Por qué con ella?», se preguntó, mientras observaba las ondas de agua en el río.

—¿Esto tiene que ver con tu familia...? —pregunto con suavidad.

Él tomó una profunda inhalación. Hizo un asentimiento, mientras el viento primaveral removía ligeramente sus cabellos oscuros y también le llevaba a las fosas nasales el tenue aroma del perfume de Aytanna. Esa fragancia que lo sosegaba.

—Yo trabajé en el muelle de Aberdeen como cargador varios años, durante mis veintes. Mi padre había fallecido y con él se fueron los ingresos más consistentes que ayudaban a mi familia —dijo al recordar aquellas épocas rudas—. Mi madre limpiaba casas y mi hermana aún estaba en el instituto. Necesitábamos dinero —apretó los dientes—, así que un reclutador me ofreció ser luchador de peleas ilegales.

Aytanna tragó saliva e hizo un asentimiento que él no podía ver, porque la atención de Bassil estaba puesto en algún punto en el horizonte londinense. Los tonos de grises en el cielo empezaron a opacar los naranjas, violetas y amarillos.

—Oh... —susurró preparándose para lo que venía a continuación.

—La consigna era sobrevivir y no existía honor, aunque yo intentaba adherirme a mi propio código. Pero considerando que lo que estaba en juego era mi vida, y el dinero, entonces tenía que hacer lo que estuviera en mis manos para mantenerme a flote en ese ring —tomó una larga inhalación—. La opción que estaba a la mano era rendirse, pero los hombres con los que peleaba eran salvajes y la palabra rendición hería el ego, así preferían mantenerlo intacto, en lugar de precautelar sus propias vidas. En tres ocasiones no tuve otro remedio... —apartó la mirada de la ciudad y giró el rostro para mirar a Aytanna—. Mis manos están manchadas de sangre. Maté a esos hombres sobre el ring... A golpes... Vi cómo la vida se extinguía de sus cuerpos y luego me quedé con el dinero ganado —dijo frotándose el puente de la nariz—. Fueron las horas más turbulentas y bajas a las que llegué para ayudar a mi familia...

Aytanna estaba estupefacta ante el brutal relato. Sentía dolor por lo que él tuvo que hacer para sobrevivir. Quizá otra mujer ya habría dado la media vuelta, asqueada o consternada, para alejarse de él. Pero ella jamás sería como otras, porque su conciencia también estaba teñida de culpas y porque sabía que Bassil era un buen hombre. A ella, le tomaría toda la vida hacer las paces con su pasado, pero el Infierno que de seguro habitaba en la conciencia y los pensamientos de Bassil eran peores. Los pantanos que habían atravesado, por separado, no eran tan diferentes en el fondo.

—¿Qué habría pasado si no los matabas a ellos? —le preguntó con suavidad, al notar el tormento en los ojos cafés; la amargura que vio en ellos la entristeció. Ella no estaba ciega tampoco al razonamiento. Sabía que existía una inmensa diferencia entre matar premeditadamente y causar una muerte por un error, en un accidente.

—Estaría muerto —expresó, mirándola, esperando encontrar asco y desdén en Aytanna hacia él, pero se quedó estupefacto al encontrar empatía.

—Entonces, lo que hiciste fue sobrevivir, tal como mencionaste que era la única posibilidad. Elegiste los caminos y opciones que te dio el destino para lograr ayudar a tu familia. El mundo en el que naciste fue rudo, así que actuaste en consecuencia. En una pelea, los dos contrincantes saben a qué se atienen. No los estafaste, ni los llevaste a ese ring en contra de sus voluntades. Lo hicieron ellos solos —dijo. Lo que sentía era una profunda angustia por ese Bassil que, siendo tan joven, había hallado una manera dolorosa de ganar más dinero poniendo en riesgo su vida y seguridad.

—Es lo más parecido a todo lo que desprecias —dijo apoyándose de costado contra el barandal, manos en los bosillos, mirada atormentada y expresión hermética.

—Desprecio el maltrato, el crimen y el asesinato. Mas no desprecio una historia de supervivencia y esa es la que acabo de escuchar —replicó con sinceridad.

Bassil se rio con incredulidad. «Definitivamente no se merecía a esta mujer».

—Podrías aprovechar para regresar al hotel, empacar y dejarme. No te lo tomaría en cuenta y tampoco repercutiría en tu contrato laboral, Aytanna.

Ella acortó la breve distancia, al notar la expresión torturada. Se preguntó cuántos años habría utilizado esta información para recriminarse a sí mismo; para construir esas barreras impenetrables y no interesarse de verdad por nadie.

—¿Es esta solo una parte de tu historia? —preguntó con suavidad. Porque el cielo londinense no solo estaba más oscuro, sino que amenazaba con llover.

—Lo es… —dijo apretando los dientes. Sentía un curioso alivio de haber pasado esta primera fase con ella, pero le quedaban todavía dos.

—Entonces, sí, Bassil —extendió la mano, sonriéndole con dulzura. Él, dudoso, la tomó—, me gustaría aprovechar este instante para regresar al hotel. Quiero escuchar el resto de esa historia de tu vida y todo cuanto tengas que decirme. Además si decidiera empacar y abandonarte, ¿me dejarías hacerlo? —pregunto mirándolo, porque sabía muy bien la respuesta y necesitaba que él la recordase. Sin importar qué tan complicados fuesen sus caminos, ella no dejaría que Bassil volviese a erigir murallas entre los dos. Sabía que ninguno tenía un pasado libre de pecados.

Bassil afianzó los dedos alrededor de los de Aytanna.

—Siempre será tu decisión lo que quieras hacer, pero eso no implicará que yo dejaré de tomar acciones para encontrarte —dijo con convicción en su voz.

Ella lo observó con una mezcla de emoción y determinación.

—Sin importar qué tan horrible haya sido tu historia y qué tan compleja sea lo siguiente que vayas a contarme, Bassil, quiero saber todo de ti —dijo, mientras empezaban a carminar hacia el coche que estaba esperándolos en la calle, al otro lado del puente. Pequeñas gotas de agua empezaron a caer, así que apresuraron el paso. Conversar en exteriores ya no era posible, porque el cielo desataría pronto una inminente y fuerte lluvia—. Cuando yo te conté del accidente en el que murió mi madre, tú, no me recriminaste. ¿Qué derecho tendría yo de juzgar tu pasado y no querer escucharte? —preguntó con sensatez—. Sería hipócrita de mi parte.

—Has roto los estereotipos que me hice de ti en un principio… —murmuró Bassil—. No tienes la más jodida idea de cuánto me alegro de que así haya sido.

El camino de regreso al hotel Ritz, lo hicieron en silencio.

Aytanna podía percibir cómo la tensión en Bassil no disminuía, sino que, con cada milla que avanzaban en el coche, se incrementaba. No era capaz de imaginar qué otras confesiones podrían ser más preocupantes que las que él acababa de hacerle o si acaso las próximas serían más crudas. Aytanna no podría decir que el relato de Bassil no la había afectado profundamente, porque lo hizo. Pero no fueron las muertes de otros seres humanos, lo que impactó en ella, sino el dolor de entender hasta qué límites una persona era capaz de llegar para proveer a su familia y subsistir.

Por otra parte, ella jamás se había sentido tan protegida como cuando él estaba alrededor. Por eso, sabía que la agresividad o violencia que pudieran existir en Bassil no saldrían jamás a la luz para ponerla en peligro, sino para cuidarla. Él le había demostrado que era un protector innato, no un destructor. Y cuando la tocaba, lo único que sentía era sensualidad, pasión y reverencia. Lo que compartían eran placeres furtivos, pero ahora poseían un toque diferente, más profundo e intenso. Ella amaba a Bassil, lo amaba con todo su corazón, y la certeza tan fiera resultaba liberadora.

No estaba siendo cobarde al no verbalizar sus sentimientos por él, sino que prefería esperar el momento adecuado para mencionarlos. Las emociones de Bassil por ella rebasaban el plano sexual, lo sabía, pero no tenía idea hasta qué niveles. O si acaso era un cariño que no llegaba a ser amor. Si fuese así, la destruiría, porque lo que ella sentía por él era profundo. Por lo anterior, Aytanna prefería retrasar el tiempo de abrir sus sentimientos completamente. Pero otro factor era que no quería ser de nuevo la ingenua que se creaba ilusiones por un hombre y luego de dar el primer paso, en confesar sus emociones más sensibles, este la traicionaba o no le correspondía. Estas inseguridades eran consecuencia del historial romántico que ella arrastraba.

Cuando entraron en la suite del hotel, a diferencia de lo que Bassil solía hacer una vez que estaban en privado, él no la tomó de la cintura para llevarla a la cama. Tampoco la apoyó contra la superficie más cercana para follarla o solo abrazarla y luego hundirle el rostro en el cuello, aspirando su aroma, antes de besarla. Él tan solo se quitó la chaqueta y la ayudó a quitarse la de ella con suavidad. Luego dejó ambas prendas con descuido en un sillón. Después fue a prepararse un whiskey, mientras ello lo contemplaba con el ceño fruncido. Él bebió todo el contenido en un trago.

Él sabía que si bien Aytanna lo sorpendió brindándole empatía y pragmatismo, ante la confesión sobre las peleas ilegales, en esta ocasión podría ser distinto. La segunda parte de su historia no tenía que ver con el asesinato por supervivencia, sino por venganza. Esto era por completo diferente, porque la situación había sido premeditada y sanguinaria, hasta el punto de haberlo hecho sentir un éxtasis mórbido.

Si este segundo tramo de su relato no salía bien, no existiría un modo de llegar a una tercera etapa del plan previsto. Aunque le había confesado que siempre la buscaría si ella decidía marcharse, Bassil creía que terminaría dejándola en libertad para desvincularla de él: un hombre con un pasado reprochable. Aytanna ya tenía suficiente carga emocional, y de conciencia, al haber provocado la muerte de Lorraine y la condición física de Clement en aquel penoso accidente de tránsito. No necesitaba compartir la carga tan pesada de otra persona; lo que requería era liviandad.

—¿Bassil? —preguntó ella en un susurro, al verlo de repente más taciturno—. Por favor, no me tengas en suspenso más tiempo. Háblame… —susurró.

Él dejó el vaso vacío sobre una de las mesillas de alrededor. Después se acercó y le enmarcó el rostro entre las manos. Apoyó la frente contra la de ella y aspiró su aroma con los ojos cerrados. Pero no la besó, sino que a los pocos segundos se apartó y fue a sentarse en la cama. Se pasó los dedos entre los cabellos apretando los labios.

Aytanna se quedó en silencio e inquieta por esta actitud tan impropia en él, pues lucía casi resignado. «¿A qué se está resignando antes de tiempo?», se preguntó con una sensación de temor por lo que podría decirle. Agarró una silla cercana y la acomodó frente a Bassil, porque quería mirarlo de frente, no de perfil. Esta posición sería la única manera de leer en su rostro, lo que las palabras no alcanzarían a expresar.

Bassil elevó la mirada franca, determinada e intensa.

—Después del día en que mi familia fue asesinada, la mafia y yo trabajamos en conjunto. Fue un asunto puntual, breve. A partir de entonces creamos un vínculo que, tal como te comenté anteriormente, perdura bajo condiciones de mutuo respeto —dijo—. En esa ocasión tampoco se trato de temas de negocios. No hubo dinero.

Ella analizó las palabras de Bassil. Lo notaba tenso, como si esta fuera la primera vez en la que hablaba con alguien sobre esos recuerdos. Quizás así era.

—¿Qué tenía que ver la mafia con tu familia? —preguntó con suavidad.

—Con ellas, nada; con los asesinos, todo.

—Bassil… —susurró dándole a entender que estaba lista para escuchar.

Poco a poco, en un tono monótono, él empezó a hablarle sobre su relación con los Doyle. Le mencionó a Leah, pero nunca sobre los detalles de lo que ocurrió entre ambos, sino superficialmente, porque no consideraba que Aytanna querría escuchar su vínculo con otra mujer, aunque él nunca la hubiera amado. Le explicó sobre los meses de preparación que tuvo Timothy, así como el resultado de la pelea.

También le habló del vínculo de Lawrence Doyle con la mafia y cómo todo, en conjunto, detonó en un desastre que implicó la muerte de su familia. Le ahorró los detalles escabrosos de cómo encontró los cuerpos de Leah, Olivia y Hannah en el galpón, y también omitió el secreto de Arran: que había sido traicionado por uno de sus hombres y secuestrado por la mafia irlandesa en territorio escocés. En conclusión, le habló de todo aquello que jamás le había mencionado a otro ser humano, salvo a Hutch, incluyendo cómo llegó a convertirse en el CEO de Doil Corporation.

Aytanna no pudo evitar que las lágrimas se deslizaran por sus mejillas, porque esta era una historia cruel, injusta, ruin y dura, desde todo punto de vista. Su propia tragedia familiar palidecía en comparación a la barbarie que él tuvo que pasar a manos de terceros. Ella había identificado, en la voz de Bassil, toques casi imperceptibles de las heridas y golpes del pasado que parecían haber calado profundo en su alma. Él era uno de los rompecabezas humanos más complejos que estaba terminando de armar. Lo que estaba en la superficie no era nada comparado con lo que yacía bajo las herméticas capas a las que, en este tiempo juntos, Bassil le había permitido acceder.

La sirena de cabellos dorados se levantó de la silla y fue hasta Bassil, acomodándose a horcajadas sobre sus piernas, luego lo abrazó con fuerza de los hombros y le enterró el rostro en el cuello. Esa fue su manera de darle un silencioso confort, amor y empatía, porque no creía que existieran palabras que aliviaran un recuerdo tan desgarrador ni que apaciguaran la clase de monstruos con los que lidiaba Bassil. Pero, pronto, notó que él no estaba abrazándola de regreso. Aytanna no sentía dolida ni ofendida al respecto, porque sería tonta al pretenderlo cuando él estaba abriendo una parte de sí mismo que no solo era compleja, sino muy ruda. Se apartó con lentitud, apoyando cada mano en cada hombro de Bassil, y lo miró a los ojos.

—Después del sepelio —dijo él tomando una respiración y apretando los labios para poder seguir contándole el resto a Aytanna—, y de asumir la propiedad de la empresa, la oportunidad de vengarme llegó a mis manos. La mafia irlandesa había jodido varios negocios de la mafia escocesa, además de ir tras sus espaldas metiéndose en territorios que no les correspondía. Los asesinatos de mi familia ocurrieron en áreas vetadas para los irlandeses y los culpables fueron secuestrados por Zarpazos. Sinclair supo cómo ocurrió todo. Me llevaron a un sótano en el que tenían a esos hijos de perra y me ofrecieron retaliar de la forma en que quisiera. Venganza y muerte.

—¿Cómo se enteró Arran de lo ocurrido? —interrumpió en un susurro.

—Eso jamás podré decírtelo, pero no es algo que tenga importancia en mi historia —replicó sintiendo cómo de Aytanna brotaba una energía de dulzura, en lugar de rechazo. No comprendía porqué carajos esta mujer no estaba apartándose, sino que, a cambio, parecía más aferrada a él—. No maté a ese grupo de malnacidos con un disparo en la cabeza a cada uno —dijo en tono complacido al recordar lo que hizo con todos ellos, cinco en total—. Los torturé durante horas, golpe tras golpe, y los mutilé con saña. Al final, estando vivos y conscientes, los sumergí en ácido. Desaparecieron de la faz de la Tierra. Así cumplí mi venganza, no para sobrevivir, sino porque me arrebataron a todas las personas que eran importantes en mi vida…

El pulso de Aytanna era tan fuerte como la vibración de un trueno. Ella reconocía que este era el Bassil Jenok crudo y real, el que nadie lograría conocer. Porque no se descubría dos veces el tesoro escondido bajo una pirámide egipcia, y Aytanna acababa de llegar al fondo de un misterio que sabía que, indistintamente de la barbarie, solo ella conocía. Estos eventos drásticos y demoledores habían causado tanto dolor en él que era imposible sentir decepción o rechazo. ¿Cómo un hombre surgido entre la violencia era capaz de proteger tan férreamente? ¿Cómo un hombre marcado por esta clase de dolor podía tratarla con intensa pasión y hacerla sentir que, siempre que estuviera entre sus brazos, obtendría placer y seguridad?

Las posibles respuestas le provocaban un aleteo en el corazón. Bassil no era un asesino ni un mafioso, sino un hombre que hizo justicia cuando tuvo la oportunidad. ¿Cuántas personas a quienes les arrebataron de manera cruel a su familia o lastimaron a sus seres queridos, irreparablemente, no hubieran actuado igual que Bassil si hubiesen tenido la opción de hacerlo? Aytanna dudaba que los moralistas se hubieran quedado de brazos cruzados, porque siempre era más fácil condenar las acciones de otros cuando no se conocía en carne propia la zozobra y el asedio del destino.

—Bassil —susurró con un nudo en la garganta, mientras lo obligaba a mirarla, en lugar de fijar la atención en un punto esquivo de la suite—, no sé qué palabras podrían aliviar el tormento, el dolor, las injusticias y las acciones de tu pasado.

Él mantenía las manos a los costados. Se había permitido tocarla demasiadas veces, pero, en esta ocasión, después de sacar a la luz los monstruos de su pasado y contarle lo que sus manos eran capaces de hacer a otro ser humano, no podía rozarla con su piel. Que ella pareciera indiferente a la barbarie que él había perpetrado, por necesidad y luego premeditadamente, lo dejaba confuso y desarmado.

—No soy la clase de hombre que merece una mujer como tú, pero tampoco podía mantener todo esto guardado en mí por más tiempo, al menos no, si considero que tengo la oportunidad de que entiendas que hacerte daño no es mi intención —dijo muy consciente de que, antes de mencionarle el motivo por el que se reencontraron en Nueva York, necesitaba explicarle quién era él y cuál era su verdadera procedencia, así como la de su fortuna—. ¿Sabes que es así verdad?

Bassil quería que ella comprendiese que la ambición fría y calculada había sido su faro guía por más de una década. Pero cuando sus labios la besaron a ella por primera vez, ese faro se tambaleó hasta que, tal como ocurría ahora, la única capaz de recargar la luz para que él pudiera ver era Aytanna. Después de hoy, entonces tendría que buscar la manera de hablarle de la familia Crumbles y de Greater Oil.

—Oh, Bassil, lo sé, por supuesto que lo sé —sonrió con dulzura. Le agarró la mano y la llevó a su mejilla—. En esta tarde finalmente sé de dónde vienes y las motivaciones detrás de muchas de tus actitudes hostiles y distantes, pero, lo más importante ha sido descubrir que, a pesar de todo, jamás me has puesto en peligro. Todo lo opuesto. Tú, eres la persona en la que más confío. Conozco ahora tu lado hermoso y aquel que es oscuro. Entiendo la dualidad en la que transitas y jamás te condenaría por tus decisiones. Gracias por confiar en mí, algo tan importante de ti.

Él bajó la mirada y apoyó la frente contra el cuello de Aytanna, aspirando el aroma calmante que mezclaba las almendras y los pistachos. Sintió los dedos que le acariciaban los cabellos con ternura, en movimientos suaves, apaciguándolo. Luego se apartó lentamente, mientras sentía ese músculo oxidado que latía en su pecho por completo libre de las cadenas corroídas que se habían negado a romperse. Pero solo había bastado que esta magnífica y sensual mujer tocara su vida para cambiar todo.

—Aytanna —dijo tomando la decisión final, la que no tenía un punto de retorno; ni él quería transitarlo—, abrir las compuertas a mi Infierno personal no es un invitación agradable, menos una placentera, pero es parte de lo que soy y que nadie, salvo tú, ahora, conoce completamente. Eres más de lo que podría haber esperado, porque, mis ideales siempre estuvieron enfocados en el trabajo, hasta que tú llegaste. Lo último en que hubiera pensado era que una mujer lograría atravesar mis defensas… Creí, durante tanto tiempo, que mi humanidad estaba perdida en el pasado, pero, gracias a ti, he ido recuperándola paulatinamente, hasta sentirme vivo de nuevo.

Ella esbozó una sonrisa dulce y vio reflejada en los ojos de Bassil, sin brumas de falsedades ni secretos, la misma verdad que guardaba desde hacía semanas. Todo su ser se sacudió como si hubiese recibido una descarga renovada de aquella esperanza que siempre mantuvo; la que conseguía que no cejara en su intento de hallar esa otra parte que complementaba a la perfección todo lo que ella era y lo que anhelaba ser.

—¿Acaso pensabas que, después de todo lo que me contaste, y todo lo que ya sabes de mí, yo me habría apartado…? —preguntó ladeando la cabeza.

Él, al fin, la volvió a tocar y ella se sintió revitalizada, porque eso era lo que provocaba Bassil con el más mínimo toque. Él le sujetó el rostro con ambas manos, le acarició las mejillas y su expresión era honesta e impregnada de admiración.

—No es como si hubiera robado un banco, cariño —dijo este término afectuoso por primera vez y ella sintió que el corazón empezaba a galopar con furiosa rapidez contra su pecho—. No creo que haya otra mujer en este mundo capaz de usar la empatía y devolverme mi humanidad como has hecho tú, a lo largo de estos meses. Solo una mujer con tu entereza, valentía e integridad podría haberse quedado, después de escucharme… Eso, belleza mía, te hace única y especial. Tú, eres mi igual.

—Oh, Bassil —dijo en un susurro, sonriéndole, con lágrimas sin derramar—. Las palabras que dices calan tan hondo en mí… Tanto que yo… —meneó la cabeza —. He escuchado tantas palabras bonitas y halagos, pero nada se compara con saber que lo que me dices proviene de un lugar que jamás alguien ha tocado —dijo mirándolo a los ojos y posando una mano donde latía el corazón de Bassil—. Aquí.

Él no era una persona que expresaba sus emociones, pero, en estos instantes, era imposible contener las palabras que jamás le había dicho a otra mujer. Eran palabras que llevaban atascadas desde siempre, en sus inseguridades y miedos más profundos, pero que Aytanna había sido capaz de liberarlos, hasta lograr sanarlos.

—Cada beso, caricia, sonrisa y gemido tuyo, me ha ido sacando, poco a poco, del maldito foso gris en el que habité durante tantos años —dijo sintiendo su propio pecho expandiéndose con esta emoción que, al reconocerla, se volvía reconfortante —. Inclusive durante nuestras discusiones, los desencuentros y diría que también cuando domarte es todo un reto, porque eres demasiado rebelde —le acomodó un mechón de cabello detrás de la oreja—, no puedo resistirme a ti, Aytanna.

—Te gusta que sea capaz de poner un alto y diga lo que pienso —murmuró.

—Me encanta que lo hagas, cariño —dijo frotando la nariz contra la de ella—. Aytanna —dijo con seriedad y también toques de una inusual dulzura en su voz—, eres la primera mujer de la que me he enamorado; la primera que me interesa lo suficiente para que mis negocios pasen a segundo plano; la única que tiene la habilidad de ponerme, literal y figurativamente, de rodillas. Tuviste la oportunidad de marcharte cuando escuchaste la primera parte de mi historia y también la segunda, pero decidiste quedarte. No voy a dejarte marchar ahora, porque te amo y eres mía.

Solo entonces, al escuchar es confesión, ella sollozó de alegría. Bassil recorrió los costados de Aytanna con las manos, hasta dejarlas en la cintura con firmeza.

—Me alegro escucharlo —dijo con lágrimas rodando por las mejillas—, porque yo también te amo, Bassil —se inclinó y le dejó un reguero de besos suaves en todo el rostro, luego lo volvió a mirar a los ojos—: He tenido grandes decepciones en el amor, pero, a pesar de todas esas experiencias amargas, nunca dejé de creer que era posible que alguna vez pudiera encontrar a alguien que me amara tanto que fuese capaz de mirar más allá de mi físico. Alguien que pudiera destruir los monstruos de mi pasado, pero, en especial, que me quisiera con mis faltas y mis aciertos… Tú, Bassil Jenok, eres la respuesta más inesperada, aunque maravillosa, a esas ilusiones. Te amo tanto que cuando estoy contigo siento que soy invencible —sonrió—. Y saber que me correspondes me hace feliz, y también me vuelve posesiva. No comparto, señor Jenok —dijo con un suspiro—. Así que eso tenlo muy claro de ahora en adelante.

—¿Acaso no lo he tenido claro siempre? —preguntó con una sonrisa, porque era la primera vez, desde que su familia se marchó cruelmente, que respiraba sin el peso de los pecados del pasado, sin las culpas del dolor y sin el vacío de la soledad.

—No lo sé… ¿Es así? —preguntó con picardía.

Bassil soltó una risa profunda y agarró a Aytanna, con suavidad, para dejarla en el centro del colchón. Pero él no la acompañó, sino que permaneció de pie.

—Espera aquí un instante, belleza —dijo yendo hacia el *walk-in closet*.

—No sé de dónde sacas esa terrible costumbre de apartarte de mí cuando menos lo espero —dijo frustrada, y lo escuchó riéndose. Aytanna se sentó, doblando las piernas y apoyando las nalgas sobre los talones, esperando a que Bassil regresara.

—A veces, eres impaciente, cariño —replicó, acercándose a la cama y subiendo al colchón. Se sentó imitando la misma postura que tenía ella. Estaban frente a frente—. Ningún otro hombre va a tocar lo que me pertenece, Aytanna.

—No existe nadie que me interese —susurró ella—. Después de ti, no.

Él hizo un asentimiento y se sintió complacido con esas palabras.

—Pero, yo necesito que otros entiendan lo que tú y yo acabamos de acordar, mi amor —dijo mirándola con absoluta adoración y el corazón de Aytanna tembló de alegría—. Quiero que seas mía —expresó sacando el anillo que había enviado a diseñar a un conocido joyero londinense y que tuvo guardado en la caja fuerte de la suite del hotel—, en todas las formas posibles. Esta vez, quisiera tener el privilegio de llamarte mi esposa. Aytanna, te amo más de lo que este negro corazón algún día creyó que era posible, no quiero estar sin ti, porque perdería la luz que guía mi horizonte. ¿Me harías el honor de casarte conmigo? —preguntó extendiéndole el anillo.

De rodillas, frente a frente, esta era una petición de amor, pero también la propuesta de un igual a otro para amarse bajo el respeto de sus historias individuales, y para encontrar la manera de crear una nueva, juntos. Bassil no era dado a hablar demasiado, menos de sus emociones, pero con Aytanna las palabras fluían. Ella, en cambio, se sentía tan conmovida que su usual capacidad de expresarse con rapidez, sobre todo lo que estaba sitiendo en estos instantes, parecía haberse ralentizado.

—Sí, Bassil —murmuró con la voz temblorosa y rebosante de amor, mientras él deslizaba el anillo de esmeraldas, diamantes y toques de zafiros, en el dedo—. Será la mayor alegría de mi vida casarme contigo y poder llamarte mi esposo.

Él se inclinó para besarla, lleno de una sensación de euforia, porque esta mujer lo amaba, aún con su oscuridad. Su boca se cernió sobre la de Aytanna, devorándola, pero no con la usual primitiva necesidad de marcarla, sino con una dulzura intensa que envolvía agradecimiento, amor y lujuria. Ella le mordió los labios, después sus lenguas danzaron juntas, explorándose, bajo la certeza del amor correspondido.

Bassil le haló el labio inferior con una sonrisa, luego se lo mordió, después aplacó el leve dolor lamiéndolo, antes de volver a perderse en sus besos. En esta ocasión, no separaron sus labios, ni dejaron de recorrerse el cuerpo con las manos, hasta que ambos estuvieron sin aliento, retorciéndose por dentro de deseo, y empezaban a sentir que no podrían contenerse más tiempo sin tocarse piel con piel. Él le quitó la blusa y luego ella le removió la camisa. Respiraban agitadamente.

Sus miradas eran incendiarias, pero ahora poseían el fuego de un amor que flameaba con la fuerza de todo el cinturón de fuego volcánico. Bassil le quitó el sujetador y las tetas de Aytanna quedaron libres, sus pezones erectos y rosáceos, ante él. Deslizando la mano desde el cuello, hasta los pechos, él le tomó una teta y la amasó con reverencia. Luego hizo lo mismo con la otra. Con su barba le acarició la piel desnuda, creándole un cosquilleo, mientras le besaba los hombros y bajaba, hasta recorrerle la piel de los pechos. Mirándola a los ojos, le frotó los pezones con los pulgares y ella soltó un gemido. Él sonrió, porque tocar a Aytanna implicaba crear una partitura, cuya última nota siempre conseguía explotar en un éxtasis musical.

—Pon tu boca en mis pezones, tal como me gusta, Bassil… —gimió.

—Tus tetas me vuelven loco, mi amor —dijo bajando la cabeza hasta que agarró uno de los picos rígidos y lo chupó con tanta fuerza que ella gritó, apoyándole las manos sobre los hombros para sostenerse. Él apaciguó el asalto, lamiendo y succionado con más suavidad las exquisitas protuberancias sensibles. Le gustaba escucharla jadear y moverse para guiarlo hacia donde lo necesitaba.

—Hazme el amor, Bassil, no me hagas esperar —le susurró.

—Contigo nunca ha sido solo sexo —dijo en un tono suave, pero también ardiente, apasionado y oscuro con toques de posesión tan propios en él.

Ella solo hizo un asentimiento, porque la emoción le impedía hablar. El resto de prendas fueron desapareciendo poco a poco de sus cuerpos. Bassil tocó cada parte de su cuerpo, mientras Aytanna le devolvía las caricias. Pero, aunque ambos se deseaban con un hambre que resultaba voraz, estaban llevando este encuentro domando la pasión. Al hacerlo todo se volvía mucho más intenso. Él se ubicó sobre Aytanna, le separó los muslos y apoyó los antebrazos a cada lado del cuerpo de ella.

—Estoy tan enamorada de ti, Bassil, y te deseo tanto —dijo dedicándole sus sonrisas genuinas, aquellas que él valoraba, porque sabía que eran especiales.

—Soy muy competitivo, cariño, así que vas a tener que demostrarme todo lo que tienes en ti para que puedas ganarme en este ámbito —replicó con un gruñido, cuando ella extendió la mano para tocarle la punta roma del pene y esparcir la gota de líquido preseminal alrededor del glande—. ¿Vas a jugar sucio, eh? —preguntó.

—No… —murmuró haciendo un guiño.

Él soltó una risa gutural que fue acompañada del movimiento de sus caderas para empezar a anclarse en Aytanna, pero, a diferencia de otras ocasiones, se deslizó con deliberada lentitud. La llenó profundamente y ella gimió su nombre, le rodeó la cintura con las piernas para sentir todo su grosor y extensión ensanchándola.

Bassil y Aytanna mantuvieron el contacto visual, a medida que sus cuerpos se movían al unísono, en un ritmo consistente, pero con una desesperación que estaba siendo domada para extender el alivio y maximizar el placer final. Se besaron y acariciaron, mientras Bassil embestía una y otra vez. Él sabía que Aytanna estaba muy cerca del abismo del éxtasis, porque se había memorizado las respuestas silenciosas de su cuerpo, los gemidos y sensibilidades, así como la forma en que sus músculos íntimos se agitaban alrededor de su pene cuando el orgasmo era inminente.

—Estar dentro de ti es jodidamente magnífico, hermosa…

—Oh, Bassil —jadeó cuando él hizo una rotación con las caderas, provocando que su miembro también se moviera en el interior de ella, alcanzando partes que solo él conseguía sensibilizar—. Se siente tan, tan, bien… Me gusta cómo me llenas…

«La palabra "bien" no alcanzaba a describir la experiencia de estar meciéndose con el otro en este vaivén erótico y lleno de emociones recién confesadas, pero tan profundamente ancladas. Lo que podría describir el acto entre ellos era la frase *jodidamente divino*», pensó él. No existía un punto medio. Esto era experimentar el cielo, en esos instantes, en esa cama de uno de los hoteles más costosos de todo Londres.

Él se fundió en ese coñito exquisito de la que era su prometida, la mujer con la que pretendía pasar el resto de su vida. Porque sin ella, su existencia solo era una gama de grises y él se había enamorado de los colores que Aytanna aportaba con candidez. Bassil continuó entrando y saliendo del pasadizo mojado, mirando a la dueña de su corazón en todo momento. La conexión que existía ahora, al enlazar sus miradas y sus cuerpos, era más potente y más significativa que nunca.

Bassil sintió un levísimo cosquilleo en la base de la espina dorsal, el placer empezó a contraer sus músculos. Deslizó las manos para agarrarle las nalgas y ubicarla mejor para anclarse mejor en ella, penetrándola con dureza, mientras Aytanna le arañaba la espalda y elevaba las caderas para salir al encuentro de sus acometidas.

Aytanna gimió con abandono y gritó con libertad cuando él bajó la cabeza para morderle el cuello, luego la besó, acallando sus jadeos. Ella estaba a punto de llegar con él al orgasmo, apretándolo y succionándolo con sus paredes íntimas, mientras emitía ruiditos entrecortados de satisfacción que volvían loco a Bassil. Aytanna sintió cómo una corriente de fuego le recorría la columna vertebral y creaba explosión entre sus paredes íntimas. Su vagina se empezó a contraer con firmeza, su cuerpo empezó a temblar, y cuando Bassil embistió con fuerza una última vez, ella se dejó ir.

—Aytanna… —gritó cuando el líquido caliente de placer salió de su cuerpo para llenar la húmeda abertura sensible que seguía convulsionando a su alrededor, en unos segundos que eran una locura, y al mismo tiempo transmutaban toda la energía en un propósito único: el orgasmo bañado de un amor inconmesurable.

—Bassil… —gimió abrazándolo, mientras sentía cómo él se corría en su interior. Las pulsaciones de su propio sexo la enloquecieron, nublaron su capacidad de pensar racionalmente, pero se mantuvo anclada al único hombre al que jamás dejaría marchar, el único que la amaba tal como siempre anheló ser amada.

Cuando ambos descendieron, poco a poco, de esa ola magnífica salpicada de cientos de partículas de emociones dispersas, se quedaron unidos en el cuerpo del otro. Bassil tan solo apartó el rostro del cuello de Aytanna, en el que había necesitado descansar unos segundos, después del increíble orgasmo. Él se apoyó en los antebrazos y sus ojos cafés, bullendo de amor y lujuria saciada, se mezclaron con los de esta bellísima hechicera, cuya poción sutil lo había conquistado completamente.

—Hola, cariño —dijo Bassil con una sonrisa satisfecha y sensual.

Aytanna soltó una risa suave, porque este hombre hermético había abierto todas la vertientes más crudas de su vida para que ella decidiera si lo aceptaba a su lado. Esa fue una declaración de confianza y también humildad, esto último era algo impropio en un hombre dominante, poderoso y con una personalidad que tenía tendencia a querer controlar todo lo que estaba en su entorno. Por eso, ella sabía que su corazón estaba con el hombre correcto. Bassil le había dado la opción a elegir y Aytanna escogió quedarse, aún en los momentos más cruentos del relato junto a él.

—Hola, Bassil, me gusta esta versión de ti —murmuró acariciándole la mejilla.

—¿Ardiente y penetrando tu cuerpo? —preguntó haciéndole un guiño.

—Sí —dijo sonriéndole—, pero también sin más barreras ni secretos.

Él hizo un leve asentimiento mirándola con amor.

Bassil sabía que todavía le quedaba pendiente sincerarse sobre la verdadera identidad de Jonathan Crumbles, así como el plan que estuvo detrás. Pero la vida ya le había robado tantos momentos de satisfacción que él no quería arruinar el único que aún conservaba la pureza, inocencia y entrega de una mujer como Aytanna. Cuando llegaran a Edimburgo, entonces tendría que sentarse y decirle toda la verdad.

Aunque se hubiera desvinculado de Greater Oil, porque se dio cuenta que amaba a Aytanna y no podría hacerle daño, las acciones seguían perteneciéndole a ella. Quedaban tres semanas para que se cumpliera el tiempo del testamento de Ferran Crumbles y Bassil quería que ella tuviera la herencia que le correspondía. Él no contaba con mucho tiempo para tener esa conversación. Aunque sabía que decirle la verdad le causaría incomodidad, Aytanna le había demostrado que lo quería de verdad al haber permanecido a su lado, después de confesarle las debacles de su pasado.

Por primera vez, Bassil se atrevía a dejar el cinismo de lado para creer que, en esta ocasión, las personas que amaba permanecerían en su vida. Además, le acababa de confesar a Aytanna algo que jamás le había dicho a ninguna mujer: que la amaba y estaba enamorado. Estaba seguro de que ella se enfadaría cuando supiera la verdad de Greater Oil, pero lograría entender que él recapituló a tiempo y todo estaría bien.

—Sabes de mí mucho más que cualquier otra persona, Aytanna. Hay algo que quiero mencionarte más adelante sobre ese hombre que conociste en la fiesta, Crumbles, para que comprendas mi hostilidad hacia él. Pero lo hablaremos más adelante en Edimburgo, así como cualquier otro tema que necesites aclarar o que te genere curiosidad. Lo tienes todo de mí, cariño, siempre —dijo con franqueza y mirándola con amor—. Por otra parte, no pienso esperar a que pase ni uno ni cinco meses, hasta que te cases conmigo. Quiero que seas mía lo antes posible y que todo el que vea este anillo en tu dedo —dijo agarrándole la mano con suavidad—, así como el segundo que pondré en él cuando estemos en la iglesia, lo lleve claro —expresó en tono posesivo—. Haremos la boda que quieres, pero en el tiempo que yo decida.

Aytanna soltó una carcajada e hizo una negación.

Ella haría lo que se le pegara la gana, porque sería su boda. La única que pensaba tener, porque sabía que, esta vez, el novio no la dejaría plantada. No solo eso, sino que Bassil era el único al que había amado de verdad. Por otra parte, Aytanna ahora entendía mejor de qué iba la necesidad de control de Bassil: temía que ella, al igual que la calamidad que sufrieron Olivia, Hannah y Leah en Aberdeen, también desapareciera de su vida. Pero Aytanna iba a demostrarle que esta vez era diferente.

—Bassil —dijo acariciándole la boca con el dedo—, te amo, pero no lo suficiente para permitir que arruines mi matrimonio con el hombre de mi vida.

El corazón de él se ensanchó de júbilo ante esas palabras, pero fingió enfado.

—Ya veremos —murmuró bajando el rostro para besarla con fiereza.

Aunque la felicidad era efímera, ambos lo sabían, ninguno de los dos imaginó que otros jugadores, en este tablero de sus vidas, fuesen a desequilibrar las complejas batallas que individualmente tuvieron que librar para, al fin, encontrar a su media perfecta: el otro. Los esperaría un Edimburgo que los desafiaría a ratificar si haberse despojado de las armaduras emocionales había merecido la pena o si dejarían que las sombras del pasado les quitasen las posibilidades de amarse en libertad.

El tiempo no sería un aliado. De hecho, lo tenían en contra.

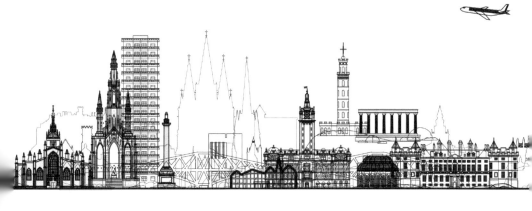

CAPÍTULO 19

Mudarse de su estudio a la mansión de Bassil, cuando él se lo propuso apenas el jet tocó tierra en Edimburgo, una semana atrás, fue parte natural del proceso de ambos como pareja. Además, tampoco le apetecía continuar intercalando los días que compartían en la casa del otro. Quedarse con él también implicaba estabilidad. Ella había aprendido que, junto a Bassil, no dejaría de ser independiente ni autosuficiente, porque pedir apoyo o permitir que él la ayudara no significaba ser menos capaz.

Lo que todavía le costaba aceptar era que todo cuanto poseía Bassil, la fortuna, los coches, el acceso a sitios con trato VIP, los privilegios y el estatus social, también serían parte de su vida. Ella solía llevar una rutina bastante sencilla, así que habituarse a considerar que tendría acceso a ese estilo de vida la abrumaba un poco.

Tampoco iba a convertirse en una esposa trofeo ni en una mantenida. No porque la elección que pudieran hacer esas mujeres, que preferían vivir del dinero de sus esposos, estuviera bien o estuviera mal, sino porque no era compatible con su personalidad. Ella había luchado tanto para ser capaz de afrontar sus propios gastos; roto la adversidad de la carencia; estudiado para poner en práctica sus habilidades con los números, que sentiría vergüenza de dejar de ser fiel a sí misma y sus sueños.

El amor no la cegaba, sino que la volvía más fuerte. Además, su fortaleza interior radicaba en la capacidad de levantarse y sostenerse por sí misma, aunque ahora pudiera apoyar parte del peso de los avatares del destino en el hombre que amaba. Aytanna quería crecer profesionalmente y sentirse realizada. Ese fue el motivo de que le hubiera dicho a Bassil que no iba a renunciar a Earth Lighting, ni quería un cambio de jefe o compañeros o estatus. De hecho, le exigió que la trataran, y midieran sus resultados, bajo los mismos estándares que sus colegas de la compañía.

La respuesta de Bassil fue abrazarla y decirle que podía elegir el camino que considerara más idóneo para su profesión, pero que él se encargaría siempre de protegerla en otros aspectos. En un inicio, no comprendió a qué estaba refiriéndose, pero, pronto tuvo la respuesta cuando la llevó a ver a Clement para decirle, personalmente, que iban a casarse. No fueron a Joy to Care, sino a Lancaster Branch.

La anterior era la residencia privada más costosa de Escocia. No solo ofrecía servicio de enfermería personalizada a los adultos mayores que lo necesitaban, sino también había ama de llaves, chofer, terapeuta físico y un psico-gerontólogo. Bassil, mucho antes de que Aytanna hubiera aceptado casarse con él, había movido sus contactos para trasladar a Clement, hasta este exclusivo lugar. La anciana había mantenido esa importante información muy bien guardada, a pesar de que Aytanna le preguntó varias veces si tendría novedades que quisiera compartir con ella.

—Así que los dos se confabularon, ¿eh? —había preguntado, sonriéndole a Clement, mientras su tía contemplaba el anillo de compromiso con emoción.

—El muchacho tuvo la decencia de pedirme tu mano en matrimonio y cuando no quise venir a esta nueva residencia —había mirado a Bassil con resentimiento—, me advirtió que pondría a Magda como mi vecina en Joy to Care. ¿Tú crees que iba a tolerar quedarme con esa vieja infame? —había preguntado indignada—. Así que no solo tuve que aceptar mudarme a este sitio y seguir la rehabilitación física, sino que él me obligó a mantener el secreto de que quería casarse contigo. No sabía que la pedida sería en Londres, pero me alegra que hayas aceptado. Esta clase de hombres no aparecen con frecuencia en la vida, aunque sea un poco mandón —rezongó.

Aytanna había mirado a Bassil con los ojos llenos de amor y lágrimas sin derramar, mientras se reía de los comentarios de Clement. Él le había ofrecido a la anciana, aún sin saber cómo reaccionaría Aytanna a la confesión de su pasado, la posibilidad de vivir en un lugar con la mejor infraestructura y cuidados que el dinero pudiera proveer. Para él, no ayudar a la persona más importante en la vida de la mujer que invadía sus pensamientos y emociones, hubiera sido imperdonable.

—Es un poco mandón, sin duda —había acordado Aytanna, abrazándolo de la cintura, mientras miraba a su tía—. Pero creo que te cae bien, ¿verdad? —había preguntado en tono juguetón, porque Clement era dulce, pero también sagaz.

La anciana había mirado a Bassil con una sonrisa.

—Siempre que tenga mis series favoritas en la televisión y una sala de juegos en la que me permitan apostar sin problemas, el muchacho puede ser tolerado. Tal vez, un poco de whiskey de vez en cuando no me vendría mal —había expresado.

Bassil se había reído y luego hizo un asentimiento.

—El asunto del whiskey lo necesitarás consultar con tus médicos. Solicitaré que tengan para ti las aplicaciones para ver las series que quieras, Clement —había dicho Bassil mirando a la anciana—. Pero también debes prometer que no vas a darle sustos a Aytanna desobedeciendo al personal de este lugar. ¿Estamos de acuerdo?

—Pfff, yo no tengo culpa de que en este mundo haya gente inepta y que me intenta obligar a hacer cosas en contra de mi voluntad. Tengo que defenderme cuando lo necesite —había replicado—. Tú, muchacho, solo preocúpate de hacer feliz a mi Aytanna. Que tengo movilidad limitada, sí, pero cuando un ser querido está sufriendo, los recursos que se encuentran para ayudar o castigar a los que provocan el sufrimiento resultan ingeniosamente abundantes. ¿Estamos de acuerdo, Bassil?

—Tía…

—No esperaría menos de ti, Clement —había interrumpido él con seriedad.

Esa visita había ocurrido al segundo día que regresaron a Edimburgo.

La siguiente persona a la que Aytanna le habló de su inminente matrimonio, incluidos los detalles, hasta el viaje a Londres, aunque omitiendo todos los datos privados que él le había confiado, fue Raven. La conversación fue una videollamada, porque su mejor amiga estaba ultimando los detalles de la nueva colección de vestidos de gala en Milán. Solo volvería a Edimburgo para la cena de cumpleaños que había organizado con varios meses de anticipación. Aytanna le aseguró que estaría feliz de celebrar con ella y que su cita de esa noche sería su flamante prometido.

El único detalle que Aytanna detestaba de ir a visitar a Raven, y por eso prefería que se encontraran en algún café o inclusive en su estudio, consistía en todo el protocolo de seguridad que venía incluido. No tenía la más remota idea de cómo llegar a la mansión Sinclair, porque el paranoico de Arran enviaba a por ella en un coche de alta gama, vidrios tintados y discretos guardaespaldas. Estos últimos le ordenaban que usara una capucha y solo le permitían quitársela al llegar a la casa del capo.

La cena de cumpleaños tendría lugar en los próximos días.

—¿En qué piensas, belleza? —le preguntó Bassil, trayéndola al presente.

Estaban en un evento de lo que sería, en unos meses o años, un prominente club de golf. Se planeaba construir una cancha de golf, una casa club con piscina, un área para fiestas, así como un coliseo para conciertos medianos. En pleno inicio de la primavera, la naturaleza ofrecía un espectáculo magnífico en el amplio terreno de los alrededores. Los potenciales inversores al fin podían tener un vistazo del lugar y con ese precedente, los datos económicos y explicaciones pertinentes, tomar decisiones.

Ella esbozó una sonrisa y lo miró con dulzura.

—Pronto será la cena de cumpleaños de mi mejor amiga —dijo, mientras caminaban hacia una zona en la que se habían dispuesto varias mesas y sillas para la barbacoa. Pero los invitados, al parecer, preferían estar reunidos en grupos pequeños que iban rotand para tertuliar—. Sé que tu relación con Arran es distante, pero Raven es importante para mí, así que me gustaría que me acompañaras. ¿Puede ser?

Él se rio con suavidad y le rodeó la cintura con la mano.

—Sinclair y yo somos civilizados, no tienes que preocuparte por esa clase detalles —dijo haciéndole un guiño y ella puso los ojos en blanco—. Pero, claro que voy a acompañarte. Supongo que ellos formarán parte de nuestra vida social.

—Una bastante nula considerando que solo Raven es sociable y dulce, porque la forma de comunicación de Arran es un cuchillo o una 9mm —dijo en voz baja, riéndose—. Por cierto, ¿por qué quieres invertir en un club de golf? Que yo sepa, a ti el asunto de los deportes sin adrenalina no te generan ningún interés.

Él sonrió de medio lado. En esta semana, tuvo más reuniones de trabajo que de costumbre y su mente estuvo en agobiada con la cantidad de asuntos por resolver. Siempre había épocas de mayor volumen de trabajo y esta era una de aquellas. Lo cabreaba llegar a la casa pasada la medianoche, cuando Aytanna ya estaba dormida. Sin embargo, ambos compensaron y saciaron en estos días su anhelo del otro, cuando llegaba el amanecer, brindándose el placer que necesitaban con voraz pasión.

—No me interesa como deporte, exactamente —replicó—. Pero, si los otros potenciales inversores cumplen con el perfil de los empresarios que podrían beneficiarme, a modo de contactos en un futuro, y la proyección de ganancias me termina de convencer, entonces podría asociarme. Caso contrario, no —explicó.

El sitio en el que se hallaban estaba ubicado en las afueras de la ciudad, a treinta minutos de distancia en coche. No había todavía ningún cimiento inicial construido del proyecto. Para ingresar al terreno, lo tuvieron que hacer a través de una bonita casa de una sola planta. Les informaron que allí estaban los baños, así como un salón que sería utilizado en el caso de que cambiara el clima y empezara a llover.

Puesto que la reunión estaba llevándose a cabo al aire libre, Aytanna había optado por un maxi-dress estampado y sandalias bajas. El cabello lo llevaba recogido en una coleta. Su aspecto era muy *chic*, pero tuvo que retocarse antes de salir de casa, porque Bassil estuvo más interesado en quitarle el vestido que llegar temprano.

—Hay al menos unas cincuenta personas. El proyecto parece popular —murmuró Aytanna—. Quizá no sea tan mala idea formar parte de este club —dijo, mientras contemplaba brevemente los frondosos árboles del entorno.

—Ya veremos, cariño —replicó acariciándole la espalda con suavidad. Cuando vio a Jonathan Crumbles, entre los invitados, se cabreó—. Procura no creer ninguna de las sandeces que este idiota que viene hacia aquí te pueda decir, ¿de acuerdo?

Aytanna frunció el ceño por el súbito tono ácido y el comentario.

—No me hablaste de tus motivos para sentir animadversión por él —dijo con curiosidad—. Más allá de que hicieron negocios juntos. ¿Qué pasó?

Bassil mantuvo su expresión impasible, porque jamás perdía la compostura en público. Le debía una gran verdad a Aytanna. «Maldito sea el escaso tiempo que tuve esta semana para ordenar mi cabeza y no hallar el modo de contarle sobre Greater Oil». Pero en esos instantes él, ya no podía hacer nada. Más le valía al hermanastro de su prometida no hablar de más, porque Bassil perdería todo rastro de mesura.

La presencia de Jonathan lo contrariaba, aunque no lo sorprendía del todo. La lista de nombres de los inversores invitados a participar se había mantenido en el anonimato, por razones de seguridad probablemente, pero el perfil era muy obvio, al tratarse de una construcción multimillonaria. La única forma para saber quiénes integraban esa lista era asistiendo a esta barbacoa. Bassil conocía a casi todos los empresarios y herederos que estaban alrededor, así como ellos a él. El círculo de la clase social alta de Edimburgo era extremadamente reducido. Si Bassil no reconocía a algún hombre o mujer de negocios era porque venían de otras ciudades.

—Fuimos socios durante un par de años, pero tomé la decisión de acabar con un proyecto para fusionar nuestras empresas hace poco, porque entendí que el valor del dinero jamás podrá comprar el valor de la integridad y el bienestar —explicó—. No finiquitamos negocios en buenos términos. No sé de qué manera pueda intentar retaliar, pero su ruina empresarial está garantizada si intenta alguna estupidez.

Ella lo miró e hizo un asentimiento con el ceño fruncido. No comprendía esa sedienta necesidad de conquistar y dominar de

Bassil en los negocios, pero imaginaba que tenía que ver con su personalidad competitiva. Doil Corporation era su herencia, entonces de seguro para él era importante mantener el éxito de ese legado. Además, si Jonathan intentaba fastidiarlo, después de lo que ella había escuchado mencionar en Earth Lighting sobre su prometido, sabía que Bassil lo haría pagar con creces.

—¿Como una venganza, porque te saliste del proyecto? —preguntó.

—Algo así, cariño —replicó con voz tensa.

Al cabo de pocos segundos, la conversación de ambos fue interrumpida. Bassil había tratado de dejar un precedente informativo para Aytanna. No era ni la más mínima parte de lo que iba a conversar con ella, lo antes posible, pero se aproximaba a un resumen, bastante escueto y reduccionista, sobre sus razones con Crumbles.

—Vaya, qué gusto encontrarlos —dijo Jonathan. Al notar el anillo en el dedo de Aytanna, y luego mirar a Bassil, esbozó una sonrisa maliciosa—. Imagino que mi enhorabuena viene justo a tiempo —expresó haciendo un gesto con la mano y señalando el aro de oro que brillaba bajo la luz del sol—. Felicitaciones a ambos.

—Oh, muchas gracias —murmuró Aytanna, ajena a la mirada de advertencia que relampagueó en los ojos de Bassil contra Jonathan—. ¿Cómo estás? —le preguntó en un modo diplomático, porque la tensión era palpable y a ella no le gustaba estar en medio de un fuego cruzado. Sabía que sería más fácil que Jonathan se alejara pronto, si solo encontraba amabilidad, en lugar de razones para cabrear a Bassil.

—Hoy, mejor que nunca, gracias. ¿Ya tienen fecha para el feliz enlace? —preguntó. Ambos hombres sabían que el tema central, tras ese comentario, eran las acciones de Aytanna y el tiempo que quedaba para que las cláusulas del testamento entraran en efecto. Aunque no tuvieran un acuerdo de negocios en firme, Bassil continuaba teniendo la mano ganadora en esa partida, porque al casarse con la rubia de sensuales curvas, las acciones serían para él y haría lo que se le viniera en gana con estas. Lo anterior era lo que cabreaba a Jonathan, porque no quería perder el control de su empresa; estaba frustrado—. Me parece que es una verdadera proeza casarse en estos tiempos. Muy poca gente se compromete de verdad —sonrió—. De hecho, algunas personas, al menos en nuestros círculos sociales, solo se casan por dinero.

Aytanna se echó a reír y apoyó la cabeza sobre el hombro de Bassil.

—Oh, Jonathan, en ciertas parejas, tal vez. Pero nosotros no formamos parte de esa estadística, te lo puedo asegurar —dijo con una sonrisa, al considerar que este ingenuo hombre creía que ella, por estar con Bassil, también era multimillonaria—. Sobre la fecha de la boda, pues es un secreto —expresó, porque ella y Bassil iban a casarse dentro de siete días. La ceremonia sería muy discreta y se llevaría a cabo en una preciosa casa, cerca de la playa, que Aytanna había elegido con ilusión.

Para la ocasión habían invitado a los Burton, los Sinclair, Clement y no podían dejar fuera a la enfermera de turno que estuviera ese día atendiendo a la anciana. Aytanna decidió que, al igual que Bassil, no quería esperar para casarse y compartir una vida juntos. Ambos llevaban a cuestas historias personales muy complicadas, así que preferían que uno de los instantes más significativos de sus vidas fuese una decisión sencilla, llena de alegría y sin contratiempos. No existían motivos para esperar largos meses y establecer una fecha de matrimonio. La ceremonia sería un detalle especial, pero no cambiaba lo que sentían. Tenían lo más importante: al otro.

Jonathan esbozó una sonrisa pérfida y ladeó la cabeza.

—Ah, el hermetismo y los secretos —dijo con falsa empatía—. Creo que eso hace honor a la personalidad de Bassil. ¿Vas a dedicarte ahora al negocio petrolero, Aytanna? —preguntó, pero era una pulla sutil que no estaba dedicada para ella.

—No es un dato que te interese, Crumbles, así que no tientes a tu suerte —intervino Bassil—. Te conviene más mezclarte con otros asistentes —advirtió.

Jonathan sonrió de medio lado y dio un trago al whiskey que tenía en mano. «Este iba a ser un día muy interesante», pensó, e iba a volverlo más entretenido todavía. Pero no sería en este preciso momento, sino que dejaría pasar un rato.

—¿Sabes qué, Jenok? Tienes razón. Lo mejor será conversar con otros pares y hallar alianzas interesantes. Después de todo, el único motivo por el que me acerqué a saludar fue porque tu prometida me pareció muy simpática en Londres, y compruebo que mi primera impresión no ha cambiado —dijo esto mirando a Aytanna, ella tan solo le sonrió educadamente—. En cambio tú, colega —expresó mirando a Bassil—, eres un coñazo —dijo en lo que pareció una genuina broma.

—Eso es porque conoces mi lado más simpático —replicó Bassil, sarcástico.

—Tal vez, en un futuro hacer negocios juntos pueda funcionar —intervino Aytanna, intentando apaciguar la tirantez, porque era demasiado fuerte. Ella prefería los ambientes calmados, pero imaginaba que tendría que habituarse, no solo a esta clase de reuniones, sino a encontrarse con personas que no apreciaban a Bassil y tendrían la tendencia de lanzar comentarios groseros, sarcásticos o desdeñosos.

Jonathan se rio de buena gana. Su hermanastra era una estúpida, pero pronto iba a ayudarla, aunque no lo hacía por ella, sino por él, a abrir los ojos a la realidad.

—No retrocedo en mis decisiones —dijo Bassil con amabilidad mirando a Aytanna, ella parecía confusa por el intercambio de amenazas y comentarios velados—. Así que Crumbles y yo mantendremos esta distante cordialidad.

—Oh… —murmuró ella e hizo un asentimiento.

—Al parecer, esto de encontrarnos en reuniones o fiestas será una dinámica constante, en especial ahora que estás por casarte con Jenok, Aytanna. Aunque ya no hago negocios con él —expresó con una media sonrisa—, tal vez, tú yo podamos hacerlos. Tengo en mente un estupenda idea que podría compartírtela.

Aytanna no sabía qué decirle, porque el comentario era bizarro. Suponía que, otra vez, el hombre creía que ella tenía mucho dinero y que trabajar era un hobby.

—De pronto, en otra ocasión, Jonathan —dijo ella, apretando los dedos alrededor de los de Bassil para evitar que él perdiese los estribos—. Estoy segura de que un colega de negocios como Bassil es complicado de reemplazar, pero pronto hallarás la manera de llenar ese espacio con algo más lucrativo e interesante.

Jonathan se echó a reír por la ingenuidad de la mujer. Era evidente que Jenok no le había confesado las razones por las que llevaba ese anillo en el dedo. Pero, ahora, él tenía la respuesta de lo que Bassil pensaba hacer: casarse con Aytanna y quedarse con las acciones para venderlas a tantos empresarios como quisiera. Jonathan tenía una sencilla solución a ese desastre, pero tendría que ser a solas con la mujer.

—Oh, créeme, lo haré —expresó él—. Ha sido un verdadero gusto verte.

—Vete a la mierda, Crumbles —dijo Bassil, mientras llevaba a una sorprendida Aytanna a otro lado del área para seguir el camino y para saludar a otras personas.

—¿Bassil…? —murmuró ella en tono curioso por esa actitud.

—Cuando salgamos de aquí, cariño, hay algo importante que necesito conversar contigo y que he tenido que postergar por razones ridículas —dijo en tono determinado. El tiempo se le había agotado—. No quiero que se tergiverse o se mal interpreten las circunstancias, así que prefiero que escuches la versión real: la mía.

Ella se sintió inquieta por ese comentario y lo miró con intriga.

—¿La versión real de qué, Bassil?

Él se pasó los dedos entre los cabellos. Estaban rodeados de gente, aunque no podrían escucharlos, así que no era el sitio ideal para hablar de algo tan delicado.

—Sobre la razón por la que me reencontré contigo en Nueva York, belleza —dijo tratando de anticiparle algo que no implicara desarrollar toda la historia. Aún.

—Bueno, pero eso es simple, ya me lo contaste: negocios —dijo, consciente de que lo más probable era que, justo previo a ese viaje, los dos petroleros hubieran terminado sus acuerdos o alianzas. De seguro, Crumbles solo quería echar lodo a la reputación de Bassil, pero con ella no iba a conseguir que cambiara de opinión sobre quién era la persona con la que iba a casarse—. Pero, si quieres hablarme al respecto, Bassil, claro que voy a escucharte —sonrió con despreocupación.

—Sí, pero, el asunto es… —empezó él, pero no terminó la frase, porque algunas personas que lo reconocieron se acercaron a saludar.

—Luego habrá tiempo —murmuró ella sonriéndole al cabo de un rato.

—Después hablaremos, belleza —le susurró al terminar la charla con una mujer que tenía la distribuidora más grande de cervezas en grandes superficies del país.

—No pasa nada —replicó ella, mientras la bruma de la tensión con Jonathan se disipaba y era reemplazada por las conversaciones que tenían otras personas.

Ella notó que los asistentes en general se interesaban por la opinión de Bassil y la tomaban en serio. Parecía como si la decisión que tuviera él, sobre este proyecto, pudiese condicionar la del resto. Esto podría significar que Bassil era el potencial capitalista más importante entre todos y si él votaba en contra de apostar por el club de golf, la mayoría se plegaría a esa idea. Aytanna suponía que a él solo le importaría decidir en base a sus beneficios, sin importar si les convenía o no a los otros.

Todo pareció fluir con buen rollo en los siguientes minutos, hasta que la dinámica cambió de repente. Ella creyó ver un holograma, pero no era posible, porque esa tecnología aún no estaba implementada en la cotidianidad. Bassil estaba a su lado, aunque inmerso en una conversación de la que también la hizo partícipe, pero Aytanna en esos momentos tenía el cerebro confuso y perdió el hilo del asunto principal que estaban dialogando animadamente. Ella mantuvo una sonrisa, en modo casi automático, como había aprendido si se presentaban situaciones que no le parecían agradables o eran incómodas. Pero, esta circunstancia era aterradora.

Sintió que empezaba a sudar frío, la presión de repente le gritaba que fuese a buscar un poco de azúcar para reanimarse, sus piernas estaban temblorosas, y una oleada de miedo la recorrió. Todo el dolor de los años de chantajes, frustraciones, injusticias, vejación y humillación, la inundó como lo harían aguas putrefactas en un lago impoluto. Se aferró al brazo de Bassil, porque era su única ancla, a pesar de que lo más deseaba era hacerse un ovillo en el suelo y desaparecer por el resto del día.

Habían pasado años, literalmente, desde que vio al hombre que había convertido su vida en una miseria constante de incertidumbre y abusos. Los mensajes de texto, los correos y las llamadas, no eran nada en comparación a verlo otra vez. A veces, los monstruos más crueles se escondían bajo capas de belleza y encanto disimulado. Le habría gustado tener la capacidad de chasquear los dedos y regresar a casa.

—Cariño —dijo Bassil, sacándola de su estado de estupefacción—, quiero presentarte al ministro Remington McLeod y a su hijo, Cameron, ellos son los promotores de este proyecto que, además de tintes comerciales, posee toques ecológicos. —Luego los miró a ellos—: Señores, ella es Aytanna, mi prometida.

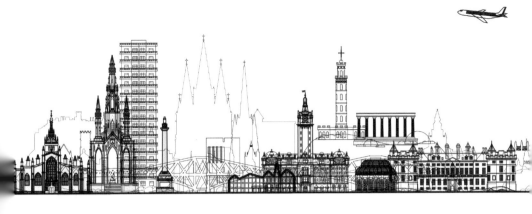

CAPÍTULO 20

Cameron era alto, ahora llevaba el cabello bastante corto y lucía corpulento, pero no de un modo distinguido, sino con un ligero exceso de peso. Su expresión de reconocimiento, y también sorpresa al ver a Aytanna, pronto se tornó calculadora y lasciva. Esta última fue tan rápida que solo ella fue capaz de notarla; su reacción inmediata fue apretar los dedos con más fuerza de la usual en el brazo de Bassil. Él, aún sin comprender lo que ocurría, le cubrió los dedos con la mano y le acarició la piel del dorso con el pulgar. El gesto la ayudó a regular la respiración, anclándola a la seguridad de saber que él estaba a su lado. Bassil poseía la capacidad de calmarla, pero no de quitarle el miedo al encontrarse frente a frente con su verdugo y tormento.

Aytanna ignoraba si Remington estaba al corriente de la clase de sabandija que tenía por hijo y de cómo utilizaba los recursos y privilegios para vulnerar la privacidad de otros. En el pasado, cuando eran novios, le había contado a Cameron que se sentía afligida por el accidente de tránsito en el que murió su madre y en el que su tía quedó hemipléjica. Nunca ahondó en detalles. Sin embargo, después de que ella rompió la relación, él utilizó todo el arsenal de datos que poseía y buscó en el sistema la información al respecto. Fue así como empezó a chatanjearla, amenazándola con sacar a la luz el caso, para reabrirlo, y destruirle la vida si no hacía lo que él quería.

No solo arruinarla a ella, sino también a Clement y al juez que hizo cambiar el informe inical, porque el infame de Cameron había encontrado el parte original del oficial que estuvo en el lugar del accidente. Ese maldito documento era peligroso. Y ahora, su presencia ponía del revés su realidad y la llenaba de inseguridades.

Ignoraba qué podría esperar o cuánto dinero le pediría ahora que sabía que ella estaba comprometida con un hombre multimillonario. No solo eso, sino que Aytanna se sentiría por completo destrozada si Cameron utilizaba los vídeos y fotografías que tenía de ella, así como la información del accidente, para afectar la reputación de Bassil o sus negocios, en especial este del club de golf. No creía que podría recuperarse de algo así, porque ni siquiera importaba ella, sino su querido Bassil. Ese hombre que ya había tenido suficiente mierda de la vida y no merecía un desastre adicional.

—Encantado de conocerla —dijo el Ministro del Parlamento Escocés. El hombre tenía una barriga prominente, calvicie y barba. Su modo de vestir era impecable, así como sus modales—. Enhorabuena por su compromiso matrimonial.

—Gracias —replicó Aytanna en un tono de voz cordial, pero ausente.

—Vaya, qué interesante noticia, felicitaciones. Unos se casan y otros, como yo, celebramos nuestro feliz y reciente divorcio —dijo Cameron riéndose, en un tono que Aytanna sabía que era de falsa amabilidad—. Tu prometido es un hombre muy conocido en las esferas empresariales del Reino Unido. Imagino que te ha contado todo sobre este proyecto que la constructora de mi familia ha diseñado.

—Algunos detalles, pero apenas estoy aprendiendo, hoy, al respecto —respondió sin mirarlo a los ojos, porque no se merecía su atención; así que ella, al hablar, observaba a algún punto diferente en los alrededores. Recordaba que esto era algo que cabreaba a Cameron, pero le daba igual—. El lugar se ve bien.

—Bassil —dijo Remington—, ¿ha tomado una decisión sobre sus intenciones de inversión en este gran proyecto privado y futurista para la ciudad? —preguntó.

—He conversado con la persona encargada de las proyecciones financieras, hace unos treinta minutos, pero me di cuenta de que estas, no están a la altura de mis expectativas —expresó de forma directa, pues no era dado a los ambages. No iba a invertir, porque su cerebro ya había realizado los análisis basándose en algunas conversaciones, hojas informativas que leyó antes de venir a este evento y, en especial, luego de recabar puntos de vista de algunos millonarios de alrededor—. Aunque me parece que será una interesante construcción, mi capital no formará parte de esta.

Aytanna notó la expresión de furia y frustración de Cameron. Remington, por otra parte, se rascó la barba como si estuviera analizando las palabras. El ministro parecía un hombre calmado y que sabía cómo sobrellevar cualquier clase de conversación, fácil o compleja. En algo tendría que ver su larga trayectoria política.

—¿Habría alguna manera de que cambie de opinión, Bassil? —preguntó el ministro con amabilidad. Este era un hombre de mundo y habituado a negociar—. Podríamos realizar un reajuste de los porcentajes de ganancias para usted. Reorganizaríamos la tabla de conversión y añadiríamos beneficios especiales.

Alrededor, algunas personas que pasaron cerca de ellos escucharon la negativa de Bassil a invertir. Los murmullos, discretos, se esparcieron creando un clima de duda. Cameron lo notó también y apretó los puños a los costados; frustrado.

—Remington, mis decisiones no están sujetas a cambios —replicó Bassil. Esta era la primera ocasión en la que veía al hijo del ministro, pero le repelía. Se trataba de la misma sensación que tuvo cuando vio a Daniel McGarth, después de la pelea de Timothy: hostilidad y resentimiento. Bassil no lograba entenderlo, porque Cameron no tenía motivos—. Así me son indiferentes los argumentos para rebartir.

—Gracias por haber venido, Bassil, comprendo que eres un empresario de pocas palabras y poco tiempo —replicó el hombre—. Seguro en un futuro cercano podremos hablar de otros temas que puedan resultar en una alianza —dijo. Sabía que iba a costarle mucho trabajo convencer a los otros inversores, al menos ahora que algunos acababan de escuchar que Bassil Jenok no invertiría.

—En otra ocasión, probablemente, volveremos a hablar —dijo. Su intención era largarse, porque necesitaba hablar con Aytanna. La notaba inquieta y lo cabreaba no poder ayudarla, al no tener idea de qué era lo que estaba incomodándola.

—El negocio puede ser menos consistente en un inicio, Bassil —intervino Cameron con expresión dura—, pero, la constructora de mi familia te garantiza mejores ganancias, a medida que se cumpla la cuota de socios que se adhieran.

Bassil soltó una risa que no era de alegría, sino de mofa por completo. Notaba que este hombrecillo era un hijo de papá e ignoraba que no estaba tratando con un amigote o compañero de juergas, sino con una persona con más poder que un ministro. Le parecía confianzudo. Lo miró con expresión condescendiente.

—Cameron, no estoy interesado en mejorar la constructora de la que eres el consejero delegado, y presidente honorario, usando mi dinero —expresó, porque, Bassil estaba al corriente de los datos financieros y quehacer empresarial de Cameron McLeod—. No tengo inconveniente en explicarte en dónde están, con exactitud, las falencias del plan que hiciste llegar a mi oficina. Imagino que también a la del resto de los cincuenta y tantos invitados que están dispersos en este evento. Pero, para darte una cátedra de cómo hacer un buen trabajo tendría que cobrarte —dijo con una sonrisa falsa y sintió que Aytanna se tensaba a su lado. No comprendía la razón de que a ella le afectara este punto de quiebre—. No creo que tenga un espacio en mi agenda para ti, así como tampoco que puedas pagar lo que vale mi tiempo.

—Disculpen —dijo Aytanna, no podía continuar en esa conversación, necesitaba aire y un poco de espacio. Luego, le pediría a Bassil que fueran a casa. Quizá, cuando estuviera más calmada, porque no habría otro remedio, le hablaría de Cameron—. Aunque quisiera seguir charlando creo que iré al interior de la casa de recepción a refrescarme un poco —murmuró, sin mirar atrás, alejándose.

Una vez que llegó a su destino, Aytanna fue al baño y contempló su rostro en el espejo. En el silencio, y distanciada de la gente, ella soltó una larga exhalación.

Había notado la manera en que Cameron se empezaba a enfurecer con Bassil, aunque este lo dejó callado al humillarlo sin contemplaciones. Sin embargo, fue la mirada de su exnovio, impregnada de veneno y advertencia contra ella, luego de las palabras de Bassil, que la sacudieron de un modo que le heló la sangre. Sabía que más pronto que tarde llegaría el mensaje de texto o el correo electrónico en los que regresarían los chantajes y ella no tenía idea de cómo podría hablar con Bassil al respecto. «Dios, necesito salir de aquí», pensó lavándose las manos.

Cuando abrió la puerta del baño, no había nadie alrededor, así que consideró pedir un Uber y enviarle un mensaje a Bassil para decirle que no se había sentido del todo bien. Le diría también que prefería no interrumpir su reunión y que lo esperaba en casa. Empezó a caminar hacia la salida, en donde habría mejor señal móvil, cuando una mano le cubrió la boca y otra la agarró de la cintura para llevarla a una sala. Ella gritó, pero fue imposible que resonara en alguna parte, porque la presión sobre su boca era dura. Aytanna quién estaba detrás de este asalto. Su estómago se revolvió.

Cameron la soltó, empujándola hacia adelante, mientras cerraba la puerta. La sala era pequeña, estaba bien iluminada y tenía unas pequeñas ventanas que daban al lado opuesto del sitio en el que se encontraban todos los invitados. Nadie podría saber lo que estaba ocurriendo. Aytanna respiraba con dificultad y buscó con la mirada algo que pudiera servirle como utensilio de defensa. La mirada enardecida y viciosa de Cameron era realmente aterradora. Nadie iba a ayudarla si este idiota la atacaba.

—¿Qué carajos quieres, Cameron? ¡Me has jodido la vida durante años! —le gritó, como si algo en ella se hubiera desatado de repente—. Apártate de esa puerta.

Él la miró de arriba abajo. En cuanto pudo librarse de Jenok, al notar el camino que ella había tomado, decidió seguirla para exigirle seguir algunas instrucciones. La mujer seguía siendo igual de sensual que cuando la conoció, pero había madurado; las curvas eran más marcadas y lucía más sofisticada inclusive. Él, desde que se casó con otra mujer, no tuvo interés en perseguir a esta rubia, sino solamente en atormentarla. Sin embargo, ahora el escenario era totalmente diferente. Ya no estaba casado, Aytanna era bellísima, y la iba a utilizar en su beneficio. Jonathan quería que el CEO petrolero invirtiera en su proyecto del club de golf. Aytanna le serviría de carnada, hasta lograr que Jenok cambiara de opinión. «Más le valía a ella obedecer».

—Oh, tantos años sin vernos, pero, es como si no hubiera pasado el tiempo, porque siempre hemos estado en contacto, ¿verdad? —preguntó con mofa, mientras se acercaba y la rodeaba, pero ella se alejaba con agilidad—. Siempre has sido muy puntual con tus pagos, pero en esta ocasión quiero algo diferente.

—Eres una desgracia de ser humano, me has robado mi tranquilidad y también mi dinero, porque nunca fuiste capaz de aceptar que eres poca cosa para mí —expresó con todo el enojo reprimido por años de silencio y represión—. Qué suerte la de tu exesposa, por haberse divorciado, me alegro que pudiera librarse de un alimaña como tú —continuó, porque no creía que pudiera callarse—. No voy a permitir que sigas arruinando mi vida. ¿Quieres exponer mis fotografías? ¡Hazlo, malnacido! ¿Quieres publicar mis videos, tomados sin mi consentimiento, Cameron? ¡Hazlo, también! Y si también tienes interés en reabrir el caso de mi familia, pues no te tengo miedo. Encontraré todos los recursos necesarios para revertir la situación y ponerte, a ti, contra las cuerdas. ¿Qué te parece eso, hijo de puta? —preguntó a gritos.

Cameron la sorprendió avalanzándose sobre ella, hasta que la tuvo contra la pared, apretándole el cuello. La miró con una mezcla aterradora de lujuria y desdén. Ella respiraba de manera agitada, pero estaba dispuesta a arrancarle los ojos con las uñas, patearlo y golpearlo, hasta que sintiera que toda la rabia acumulada se diluía.

No tenía lágrimas por derramar, porque habían sido demasiadas las ocasiones en las que, sintiéndose derrotada, lo hizo. Pero, no más, todo se acababa aquí y ahora. Estaba enfrentándose al responsable de que sus pesadillas jamás hubieran podido abandonar su mente y el miedo de perder lo poco que conseguía, la persiguiera. Este era el momento de usar su optimismo para ver esta situación como una oportunidad que estaba dándole la vida para acabar con el pasado. Para ser, en verdad, libre.

—¡Cállate! —gritó colérico—. Eres una furcia salida de los barrios bajos de Edimburgo, una asesina y que, ahora, has vendido el coño al mejor postor. Pero, tú vas a ayudarme a que Jenok cambie de parecer e invierta en la construcción del club de golf. No me importa lo que tengas que hacer para que eso ocurra —dijo sacudiendo la mano alrededor del cuello. Ella quiso patearlo, pero la presión en su garganta le impedía respirar con fluidez. Le agarró la mano, instándolo a soltarla, sin embargo, Cameron matuvo el agarre, mientras la miraba con rabia—. Puedo hacer que tu querida tía Clement vaya presa y tú, sin importar qué conexiones tenga Jenok, quedes expuesta en todas las páginas pornográficas. ¿Qué crees que hará tu prometido cuando sepa la clase de ramera que se está follando y piensa convertir en su esposa? —preguntó con desdén y burla—. Así que solo tienes una salida posible. Obedecer. No quiero cinco mil libras esterlinas, el siguiente depósito será de veinte mil. Y Jenok tendrá que cambiar de opinión en las próximas dos semanas. ¿Queda claro?

Ella se sacudió y debatió con toda la fuerza de la que era capaz.

—No —dijo con una voz que salió como un graznido—. ¡No!

—Maldita…

Lo siguiente que sintió Aytanna fue que el aire regresaba a sus pulmones. Sus piernas cedieron y se quedó sentada sobre una suave superficie, la alfombra del salón. Tomó varias bocanadas de aire. El responsable de que volviera a tener oxígeno en su sistema estaba golpeando a Cameron con una furia atroz. No tenía idea de cómo Bassil la habría encontrado, pero se alegraba que lo hubiera hecho, antes de que Cameron la estrangulara. Pero ya no estaban solos, las puertas de la sala ahora permanecían abiertas de par en par y varias personas curiosas observaban la escena.

Aytanna se preguntó qué tanto habrían escuchado o si acaso lo habrían hecho del todo. Pero nada de eso importaba, ya no. Se incorporó y se quedó de pie, sin ser capaz de moverse, al ver lo puños de Bassil arremetiendo una y otra vez contra Cameron. Su exnovio tenía la nariz rota, la cara llena de sangre, la ceja rota y el cuerpo estaba laxo en el piso. Sin embargo, Bassil no se apartaba, sino que continuaba golpéandolo con un odio desmedido. Había perdido el control y su lado protector, aquel impregnado de salvaje fuerza, estaba desatado por completo; sin límites.

Ella no sabía si acercarse o no, pero si no lo detenía podría matar a Cameron. Secreta y retorcidamente, la idea le parecía muy agradable. Sin embargo, lo anterior implicaría que Bassil estaría en un juicio por homicidio. Perderlo no era una opción.

No concebía ya su vida sin él, ni sus besos ni sus abrazos. Así que, ignorando a las diez personas congregadas, presenciando con morbo lo que estaba sucediendo, ella avanzó con suavidad hasta Bassil. Se puso frente a él, en el sitio en el que estaba la cabeza de Cameron. No era imprudente para tocar a su prometido por la espalda. Una mala reacción física, en el estado en el que él se hallaba, sería fatal para ella.

—Bassil —dijo en tono suave, como si solo estuvieran los dos en la habitación—, mi amor, escúchame. Estoy bien. Deja de golpear a este idiota.

Él no podía detenerse. Las ganas de matar a este hombre eran viscerales.

Apenas se percartó de que Aytanna no estaba bien, y que se había demorado más de lo previsto en volver a su lado, decidió acercarse a la zona de recepción. No solo eso, sino que a Bassil le pareció una inusual coincidencia que Cameron decidiera también ir a la recepción, apenas él se distrajo cuando otras personas lo saludaron.

Cuando llegó para buscar a Aytanna, Bassil había escuchado la discusión en el único saloncito disponible. Las palabras de Aytanna llegaron, muy claras, hasta sus oídos, llenándolo de una furia imposible de describir al saber de los chantajes a los que este bastardo la había sometido durante años. Había escuchado todo, joder; todo lo que ese hijo de puta le hizo a novia durante años. Cameron tuvo la osadía de amenazarla con subir videos de ella en una puñetera página pornográfica.

Bassil estaba muy seguro de que esos no eran videos consentidos, porque conocía muy bien a Aytanna y ella jamás se expondría de esa manera. No solo eso, sino que Cameron sabía el secreto del accidente y también lo estaba utilizando para amedrentarla. Si alguien merecía morir era este imbécil, blandengue y poco hombre, que se había atrevido a amenazar, lastimar y chantajear a Aytanna. Bassil continuó golpeándolo sin importarle nada más, porque sus puños contenían la rabia que había escuchado en la voz de Aytanna, pero multiplicada por cien veces su fuerza.

Se sentía tan perdido en el enfado que le parecía escuchar a lo lejos la voz de ella. De repente, elevó al mirada, jadeando y con el cuerpo embargado de adrenalina, pero a sus ojos les tomó un tiempo enfocar la mirada. Su mano izquierda sostenía el cuello de la camisa que ya no era amarilla, sino que estaba pintada de manchas rojas de sangre; su mano derecha, hecha puño, también tenía sangre. El rostro de Cameron estaba hecho un desastre y le había destrozado el tabique de la nariz. No se movía.

—Bassil... —insistió la voz de Aytanna—, por favor. Suéltalo. Mírame, cariño mío, mírame, y apártate de él. Este no eres tú y Cameron no merece la pena.

Él enfocó la mirada en ella, su sirena de ojos verdes, y notó las marcas que quedaban en su cuello. Similares a aquella noche en la que intentaron violarla. El imbécil de Cameron trató de estrangularla para que se callara. La indignación y violencia que sentía Bassil eran exactamente iguales a los de aquella noche.

—Aytanna... —murmuró él.

—Sí, ven, mi amor —le extendió la mano—. Deja que aquí se encarguen de llevar a esta escoria a donde pertenece: lejos. Nos vamos a casa. —Miró alrededor. Entre los espectadores estaban Remington, y Jonathan. Aytanna tomó fuerzas y se dirigió a todos—: Cameron intentó asaltarme y chantajearme. Si alguno de ustedes emite un comentario, intenta denunciar o hablar de lo que ha sucedido, sabrán que existe una persona con el apellido Sinclair que querrá hacerme un enorme favor callándolos, uno a uno, ¿he sido clara? —preguntó, pensando en Raven. Aunque, por la forma en la que todos abrieron de par en par los ojos, ante la mención del apellido del líder de Zarpazos, suponía que habrían pensado que se refería a Arran.

—Mi hijo no merecía que lo dejaran en ese estado —dijo Remington—. Pero tampoco estoy interesado en ir a un juicio, Aytanna, por asalto —afirmó, mientras llamaba a los hombres que solían ayudarlo en situaciones difíciles—. Si usted es capaz de mantener, lo que sea que haya hecho Cameron en su contra, en silencio, entonces yo también —miró alrededor—, y todos ellos pueden conseguirlo.

Los presentes, más asustados por la amenaza de Aytanna, pues nadie en su sano juicio se atrevería a utilizar el apellido Sinclair si no fuese cierto, asintieron y empezaron a salir de la sala, entre murmullos. Pero eran murmullos que no se replicarían fuera de esa habitación. Aytanna sujetó la mano de Bassil, mientras se llevaban el cuerpo golpeado, aunque con vida, de Cameron.

—Me debiste decir… —empezó Bassil—. Me debiste decir en el instante en el que esa escoria se presentó alrededor que querías marcharte. Que te sentías en riesgo.

—No lo había visto durante años, así que me sentí sobrepasada. Esta es una parte de mi vida con la que he tenido que lidiar durante demasiado tiempo y…

—¿Estás bien? —preguntó mirándole el cuello, pero no se atrevía a tocarla. Había actuado como una bestia sin control ante la alta sociedad de Edimburgo. Lo más curioso de todo es que no sentía remordimiento, porque, generalmente, lo que dijeran los demás le importaba una mierda, en especial si, como ahora, se trataba de preservar la seguridad de la mujer que adoraba—. ¿Tienes otra herida?

—No… No…

—Yo había pensado marcharme —dijo Jonathan en tono casual, haciéndose notar, cuando la última persona salió de la sala. Bassil y Aytanna habían hablado tan bajo, entre susurros con el otro, que el hombre no pilló ninguna palabra.

El CEO de Greater Oil se alegraba de estar en esta situación y haber sido testigo de esta escena de violencia atroz. Lo que acababa de suceder se veía terrible para la imagen de Jenok. Estaba seguro de que esta mujer, aunque ahora parecía interesada en que su prometido estuviera bien, no querría quedarse con un salvaje. Pero, en el caso de que no fuese capaz de tomar decisiones acertadas, entonces Jonathan estaba en el instante preciso para ayudarla a que eligiera la mejor opción. La anterior consistía en abandonar a Jenok y decidir convertirse en una mujer multimillonaria.

—¿Qué mierda sigues haciendo aquí? —preguntó Bassil mirándolo.

Bassil estaba agitado por diferentes motivos. Pero se sentía orgulloso de que Aytanna se hubiera defendido, elevado su voz y protestado con fiereza ante Cameron. Además, que ella hubiese mirado a los curiosos que llegaron al salón y les dijese, como una leona que protegía su territorio y a su pareja, que más les valía callarse, lo hizo sentir jodidamente eufórico. Aytanna era resiliente y lo acababa de demostrar.

Que Crumbles se hubiera quedado como ave carroñera para encontrar de dónde podría tirar, aprovechando la inusual y cruda situación, acicateaba la rabia de Bassil aún más. No se sentía en la capacidad de volver a un estado civilizado, si este hombre empezaba a crear problemas. Quizá, Crumbles tendría la misma suerte que Cameron.

—Oh, bueno, no me quería marchar sin aprovechar que veo a Aytanna de nuevo. Luego de lo que algunas personas acabamos de presenciar, horrorizadas —dijo con burla—, quería preguntarle si todavía, después de ver lo burdo y animal que eres, considera que eres digno para casarte con ella —continuó en tono despectivo.

Ella frunció el ceño, porque, ¿qué le importaba a ese hombre su vida personal? A Aytanna le dio igual que Bassil estuviera con las manos manchadas de sangre o la camisa desarreglada, el cabello alborotado y una expresión sobresaltada. No estaba todavía en dominio de todos sus estados anímicos como era su característica. Él la había defendido y destrozado a Cameron. «¿Cómo podría estar enfadada?». Quizá, otras personas hubieran estado consternadas, pero ella estaba hecha de otra piel. Comprendía muy bien los instintos protectores de Bassil y de dónde provenía él.

—Será mejor que te marches, Jonathan —dijo Aytanna—. No me interesan los negocios que hayas tenido con Bassil, pero me incomoda tu presencia.

—Ah, entonces no sabes que tú y yo somos medios hermanos, ¿verdad? Porque si lo supieras, tú habrías aprovechado la primera oportunidad para indagar sobre tu pasado. —Ella lo miró como si hubiese caído un meteorito y le hubiera dicho que solo era un almohadón—. Eres la hija ilegítima de Ferran Crumbles. Tu madre, Lorraine Gibson, le mencionó de tu existencia, pero mi padre siempre priorizó su familia a los resultados de sus aventuras extramaritales —dijo con desprecio y también satisfacción al notar la expresión de horror en ella, así como la mirada asesina de Bassil. Se destruía la cabeza de un imperio del lado más frágil, en el momento en el que se daba la oportunidad, y eso era lo que Jonathan estaba haciendo.

—¿Qué…? ¿Cómo es eso posible? —preguntó en un susurro.

Le parecía haber ingresado en un túnel donde todo era desconocido y la salida no era visible. El corazón, en lugar de ir más rápido, se había ralentizado, como si necesitara hacerlo para intentar comprender lo que sucedía. Su torrente sanguíneo, en cambio, bullía como si hubiese sido puesto sobre una hornilla muy caliente.

—Crumbles, lárgate de aquí si no quieres terminar como McLeod —rugió Bassil, mientras apretaba los dedos de Aytanna con los suyos—. No tienes ningún derecho a hablar de asuntos que no te competen. ¿Qué carajos crees que haces?

Jonathan soltó una carcajada sin alegría y se encogió de hombros.

—Tengo derecho a hablar sobre todo lo que me dé la puta gana, en especial desde que tú decidiste hacerme perder millones de libra esterlinas al cancelar la fusión entre nuestras empresas. Sé que el dinero no te afecta, pero, luego de ver cómo interactuabas con Aytanna en Londres, encontré algo que sí lo hace.

Ella clavó su atención en el hombre con el que tenía los dedos entrelazados y cuyo cuerpo estaba muy cercano al suyo. Esta era la primera vez que veía a Bassil preocupado de verdad. Él, cuyo talante solía ser indiferente, parecía intranquilo.

—¿Cómo sabes sobre mi madre, Jonathan…? —preguntó en un susurro, pero sus neuronas ya había comprendido la respuesta a esa interrogante. Su corazón se negaba a aceptar lo que estaba sucediendo. Parecía como si un tsunami la hubiera empezado a revolcar desde el instante en el que se reencontró con Cameron.

—Porque estoy diciéndote la verdad —replicó mirándola y disfrutando al verla desconcertada—. Qué mala decisión la de Bassil, el haberte ocultado tus orígenes, ¿no te parece? No es que a mi familia le interese conocerte, eh, tampoco te hagas ideas. Prefiero mantenerlo de esa manera. Hay errores que es mejor olvidar —sonrió.

Aytanna no podía creer lo que estaba escuchando. Lo peor era que sentía la tensión que fluía en Bassil y él, en lugar de contradecir a Jonathan o exigirle que dejara de decir estupideces, tan solo lo exhortaba a callarse. Nadie podía inventarse el nombre de su madre ni tampoco el hecho de la aventura extramarital y el resultado de la misma. «Mi padre se llama Ferran, pero nunca quiso verme», pensó con dolor.

—¿Dónde está él? —preguntó carraspeando—. Ferran… —dijo pronunciando el nombre que siempre quiso saber y por el que rogó a Lorraine aquella trágica noche.

—Muerto —dijo Jonathan con simpleza y Aytanna lo observó con desazón ante la noticia—. Su muerte fue la razón de que yo hubiera conocido de tu existencia, así como también fue el trasfondo del acuerdo de fusión entre Greater Oil, mi empresa, y Doil Corporation. Mi padre te heredó un porcentaje de acciones de la compañía familiar. El trato con Jenok era que te buscara, lograra ganarse tu confianza para casarse contigo y quedarse con tus acciones. Una vez que lo hiciera, nuestras empresas iban a fusionarse. Él nunca iba a mencionártelo, porque tú no tenías cómo acceder a esa información, pues solo la sabíamos el abogado, Jenok y yo. Pero este imbécil se dejó guiar por su miembro viril y desistió del acuerdo previsto. Hay un tiempo para que puedas recibir ese porcentaje de acciones o se perderán. Así que, como escuchas, en realidad eres millonaria —explicó con indiferencia—. Cuando Jenok y yo hicimos el trato, el tiempo que quedaba para que reclamara las acciones era de cuatro meses. Ese lapso, que supone que es el que casi llevas con él, termina en dos semanas.

Aytanna había escuchado, anonadada, el relato de Jonathan. En todo esos segundos, en los que el hombre se explayó hablando, Bassil había permanecido en silencio, aunque su mano no soltó en ningún momento la de ella. La razón estaba tan clara como que la Tierra era redonda y los negacionistas tenían problemas mentales.

—¿Así que solo he sido parte de un interesante asunto de negocios que salió mal, pero, en realidad, soy millonaria? —preguntó mirando Jonathan.

—Correcto —replicó con satisfacción.

—¿Y por qué estabas tan interesado en que yo conociera esa información?

—Ah, porque, tal como te mencioné hace un rato, quería hacer negocios contigo —dijo—. Te ofrezco comprarte las acciones, antes de que se acabe el final del tiempo previsto, por el valor que tienen actualmente en el mercado. Luego, tú podrás irte donde te dé la gana y hacer con ese dinero lo que mejor te parezca.

Aytanna aflojó los dedos que Bassil sostenía férreamente y elevó la mirada.

—¿Es cierto que solo me buscaste, porque estabas interesado en quedarte con las acciones que Ferran Crumbles me heredó y no ibas a decírmelo? —le preguntó a Bassil en un susurro. Sentía un nudo en la garganta. Su pecho dolía como si alguien estuviera presionándolo con todo el peso de su cuerpo, impidiéndole respirar y la intensidad amenazara con matarla—. ¿Planeaste todo solamente para hacer negocios? —preguntó en un tono de voz herido, decepcionado y también de desencanto.

Bassil apretó los dientes, notando cómo ella lo observaba con una expresión tan dolida que a él le destrozó el alma. Se había tardado demasiado en sincerarse. Las lágrimas de Aytanna estaban contenidas en esos ojos llovidos. Él habría dado toda su fortuna para retroceder el tiempo y haberle dicho la verdad en Londres. Una verdad como la que acababa de exponer Jonathan, con crudeza, ya no podía matizarse.

—En un inicio fue así, sí —replicó—. Luego, todo fue diferente.

—¿Me lo ibas a confesar alguna vez? —preguntó en un tono dolido.

—Sí, antes de que te casaras conmigo para darte la opción de reclamar tu herencia y que jamás te faltara nada, ni tampoco a Clement —dijo mirándola a los ojos, pero estos estaban velados para él—. Sin importar que yo pueda proveerte, sé cuán importante es para ti mantener tu independencia, y esas acciones son tuyas.

Ella soltó una risa sin alegría y tiró de la mano de Bassil para que la soltara. A regañadientes, pero sintiendo como si esa hubiera sido una bofetada, la dejó apartarse.

—Entiendo —murmuró poniendo distancia física—. Pues me alegro que, al menos, siempre hayas tenido en consideración que soy autosuficiente. Pero no solo en la parte económica —dijo con altivez—, sino también en la parte emocional.

En esos instantes a Aytanna le daba igual que Jonathan Crumbles, que tenía un apellido que pudo haber sido el suyo si su padre hubiera hecho el esfuerzo de buscarla y reconocerla, hubiera afirmado que Bassil sí se retractó de la fusión de negocios, porque se había prendado de ella. Aytanna necesitaba aclarar su mente. Una persona solo era capaz de tolerar determinada cantidad de carga emocional y golpes duros por un tiempo. Ella había recibido exceso de las dosis recomendadas de "lecciones de vida". De hecho, en su caso podían considerarse como latigazos y ataques de ácido.

Ella siempre fue una persona humilde, pero estaba superándose con el tiempo. Aunque, aparentemente, la pobreza económica parecía ser un factor para catalogarla como idiota y un blanco perfecto para aprovecharse de su optimismo constante. Le ardían los ojos ante las ganas de llorar. Aytanna había cometido un gran error al confiar en Bassil, pero, aún así, su corazón se negaba a partirse en mil pedazos. Parecía, de hecho, gritarle que necesitaba un espacio para poder respirar mejor.

—Aytanna, necesitas escuchar mi versión completa. No solo la que este hijo de perra te acaba de soltar, como si estuviera relatándote asuntos sobre el tiempo, en lugar de una información sensible e importante —dijo Bassil, preocupado por cómo notaba el dolor en esos ojos verdes, que su retraso en decirle la verdad había causado.

Sabía que la había lastimado, lo podía ver, así como también sabía que necesitaban hablar. No tenía la más jodida idea de cómo compensarla o explicarse coherentemente. Sin embargo, sí estaba muy seguro de una verdad y era que la amaba.

La amaba con cada pequeño trozo de su corazón machacado y que ella trajo de nuevo a la vida. Con cada maldita respiración. Con cada fibra de su ser. Así que solo esperaba que la bondad de Aytanna, cuando pasara el dolor y la decepción que él le había provocado, lograra recordarle que él la quería; recordarle que era cierto.

—Lo que necesito es olvidar lo que ha pasado hoy y dormir, Bassil —dijo en tono agotado. Después miró a Jonathan, ahora entendía el motivo por el cual se le hizo familiar cuando lo vio en la fiesta de Celeste, pero que, con los sucesos de hoy, ella prefería mantener la idea de que su única familia seguía siendo solo Clement. No necesitaba una panda de mamarrachos insensibles que la mirasen por sobre el hombro. Una familia no tenía que ser numerosa, a veces solo necesitaba una persona que de verdad mereciera la pena el esfuerzo, el amor y el cariño—. Jonathan —dijo con expresión fría y altiva—, voy a reclamar mis acciones de la empresa.

El hombre esbozó una gran sonrisa de triunfo y altivez ante Bassil.

—Perfecto, entonces prepararé el papeleo para que tú…

—No he terminado, Jonathan —zanjó sin mirar a Bassil que continuaba en su periferia de visión y parecía estar viviendo un momento de profundo arrepentimiento y consternación. «Pues eso le hará bien de momento», pensó ella—. Me vas a dar esas acciones, yo lo revisaré con un experto en asuntos de mercado, te propondré un precio y si estás de acuerdo, entonces consideraré vendértelas. Si intentas estafarme, mentirme o restringir mi acceso a esa herencia, lo vas a pagar caro, porque, a diferencia de Bassil yo no tengo nada qué perder, ni en reputación, ni en amigos de clase de alta, ni en contactos altamente influyentes, menos en negocios. Le venderé mi historia a los tabloides y estoy segura de que serán una peste que arruinarán tu reputación.

—Así que, después de todo, tienes garras como las de una gata corriente, ¿eh? —preguntó Jonathan, desdeñoso, porque no se esperaba una respuesta como esa.

—No, Jonathan, lo que tengo es sentido común. Si juegas sucio, entonces no esperes un camino de flores. Tú tienes más que perder, así que considera ese gran detalle —replicó—. ¿Tenemos un trato o quieres que yo sea parte del directorio de tu preciada Greater Oil durante el resto de la vida útil de esa empresa? —preguntó.

Bassil esbozó una sonrisa de medio lado, orgulloso de la forma en la que Aytanna se podía defender, su sirena era admirable en todos los sentidos. Sabía que no era merecedor de alguien como ella, pero tampoco iba a dejarla marchar. Nunca. Podría darle un espacio para que pensara y organizara las emociones. Eso sería todo, pues no permitiría que Aytanna se escapara de su vida. Ella llegó a su camino, sin él saber que era lo que tanto había necesitado. Qué fatal sentía ser el que la había lastimado, cuando debió cuidarla en el aspecto más importante: el emocional.

No solo eso, sino que el tema de la identidad del padre biológico de Aytanna había sido el detonante de todas las marcas sentimentales más complicadas en ella. Y Bassil, aunque sabía que Ferran Crumbles era ese padre que ella tanto buscó, no le reveló sobre esa información a tiempo. Bassil se pasó los dedos entre los cabellos.

Jonathan miró a Bassil y a la mujer, luego murmuró un insulto ininteligible.

—Tenemos un trato, Aytanna Gibson —replicó extendiendo la mano.

Ella no la tomó, sino que la miró con desprecio.

—No estrecho las manos de las víboras, porque pueden picar —dijo con indiferencia—. ¿Sabes? Durante años añoré conocer quién era la familia de mi padre, quién era él, pero, después de conocerte, sé que estaba mejor en la plena ignorancia. Lo que hiciste hoy, la canallada de robarle a Bassil la posibilidad de decirme la verdad en el momento en el que él considerara necesario, solo da cuenta de que no tienes humanidad —dijo, porque era cierto—. Un negocio sin alma es un cascarón que se romperá fácilmente con el tiempo. Eso eres tú, un envase sin contenido.

—Eres una…

—Mide bien tus palabras —intervino Bassil, su voz era como el rugido de un león que había sido herido, pero no de muerte, y pensaba recuperarse—. En estos instantes solo basta un movimiento en falso para romperte la cara, Jonathan.

Crumbles sabía que había presionado suficiente, pero cumplió su parte.

—Tenemos un acuerdo, Gibson —replicó antes de abandonar la estancia.

Una vez a solas, Bassil se acercó a Aytanna. Ella, ahora que quedaban los dos en la sala, parecía más frágil y más agotada que hacía unos instantes. Él no hizo intento de tocarla, porque no quería ser rechazado, tal como sabía que ocurriría.

Ahora, Bassil comprendía lo que era que el corazón estuviese a punto de caer a un abismo de espinas que podrían desangrarlo. El único aspecto que podría doler más que un corazón destrozado era mirar a la persona que amaba, a punto de marcharse con todo lo que quería: ella. Todo porque él había cometido un error monumental.

—Cariño —dijo Bassil mirándola. Nadie osaba interrumpirlos, menos después de la amenaza que había hecho Aytanna con respecto a llamar a Sinclair—, sí que iba a hablar de todo lo que te mencionó Crumbles. Por eso, en Londres te comenté que había un tema importante pendiente, así como lo hice hace un rato allá afuera.

—Estoy resentida y dolida contigo, porque la intención no es equiparable a la acción, Bassil —expresó con la voz rota—.

Sabías lo importante que era para mí la verdad de mis orígenes, pero tú mantuviste guardada esa información. No fuiste capaz de aliviar mi dolor con la verdad —dijo tragando saliva. De repente, sentía la garganta cerrándosele, como si rehusara a continuar expresándose. El oxígeno en sus pulmones iba y venía, pero no a un ritmo consistente. Sentía que iba a explotarle la cabeza del dolor por todo lo que estaba asimilando, pero su corazón era el más afectado.

—No sabes cuánto me arrepiento, Aytanna, por el dolor que te he causado… —apretó los labios con decepción hacia sí mismo—. Debí decírtelo a tiempo, pero fui un idiota, porque entender mis emociones y aceptarlas me tomó mucho trabajo. No intento justificar el haberte ocultado lo ocurrido con el testamento de Ferran y mi acuerdo con Jonathan, tan solo estoy explicándotelo —dijo—. Solo sé que te amo.

—¿Qué pasó en Nueva York? —preguntó a cambio, al recordar que él le había mencionado al respecto y ella se rio diciendo que sabía que fue una coincidencia de negocios—. ¿Desde ahí empezó tu interés súbito por mi existencia?

—No, cariño —dijo avanzando un paso hacia ella, tentativamente, pero se detuvo cuando notó la expresión cauta de Aytanna—. Fue el día en el que te besé en Grecia la primera vez. Me causaste un impacto que no me había ocurrido con nadie y decidí marcar distancia contigo y enfrascarme en mis asuntos. Después, sí, me reuní con Crumbles y encargué que me informaran de tu ubicación. A partir de entonces, la idea era ganarme tu confianza. —Ella cerró los ojos y dos lágrimas rodaron por sus mejillas. Bassil apretó los labios al verlas—. Pero, me terminé enamorando de ti.

—¿Todo lo que me confesaste…? —preguntó en un susurro.

Él dio un paso más y se quedó frente a ella, pero no tan cerca. Además, aún tenía la mano con sangre y la camisa salpicada de ese líquido rojizo.

—Tú sabes que todo lo que te confesé fue y es cierto. No soy capaz de fingir emociones, aunque sí de trazar un plan ambicioso y calculador como el que elaboré contigo —dijo con brutal sinceridad. Ella hizo un asentimiento breve—. Tus lágrimas me están matando, Aytanna… —dijo apretando los puños a los costados.

—¿Ibas a quitarme mis acciones y luego te pensabas divorciar de mí…? ¿Aún si, en el proceso, yo me enamoraba de ti? —preguntó ignorando el comentario.

—Sí… Porque no contaba con enamorarme yo de ti —replicó—. Te propuse matrimonio, después de haber roto todo vínculo con Greater Oil. No quiero que dudes de mí, Aytanna, aunque sé que, en este momento, estés dolida y abrumada.

Ella dejó caer los hombros y tomó una inhalación profunda.

—Yo… —bajó la mirada y las lágrimas empezaron a caer, una tras otra—. Cameron amenazó con destruirte, a través de dañar tu reputación usando mis videos… No hubo consentimiento de por medio… Durante años, él me chantajeó… Ahora me dejará en paz, pero necesito recuperar esos archivos y destruirlos.

—Me habría gustado saberlo para ayudarte, Aytanna, pero me alegro que hayas impedido que lo matara hoy —dijo con suavidad—. Voy a encontrar toda la evidencia, así como los datos del asunto del accidente, y los borraré para siempre. Cameron no saldrá indemne y no solo lo digo físicamente. Lo voy a hundir por completo.

Ella esbozó una sonrisa triste y luego asintió.

—Espero que la gente no haya escuchado…

—Solo estaba yo. El resto de gente llegó cuando Cameron estaba en el suelo.

Aytanna empezó a quitarse el anillo de compromiso y Bassil sintió que perdía la posibilidad de respirar. Ella dejó que las lágrimas siguieran cayendo libremente.

—Me siento sobrepasada por todo esto —le extendió el anillo—, así que ver este detalle en mi dedo es un recordatorio de tus mentiras para llegar a mí.

—Mi amor… —dijo con la voz quebrada.

—Necesito tiempo, Bassil, no puedo pensar ahora. Iré a la casa a recoger algunas de mis pertenencias —murmuró consciente de que era lo correcto.

—¿Estás rompiendo nuestro compromiso? —preguntó con dolor, mientras agarraba, con expresión desolada, el anillo que ella estaba devolviéndole. La opresión que sentía en el pecho era el equivalente a recibir golpes de cien luchadores romanos—. Porque te amo tanto, Aytanna, que si decides ir al foso más recóndito del mundo, entonces voy a encontrarte y convencerte de que tu lugar es conmigo.

Ella soltó una risa de enternecimiento mezclada con sollozos.

—No sé lo que estoy haciendo —dijo con voz temblorosa—. Solo sé que si continúo hablando contigo voy a quebrarme y no tengo fuerzas ni siquiera para eso —replicó con la intención de salir de la sala. En ese momento, Bassil no pudo soportar no tocarla y le tomó el brazo con suavidad. Ella elevó la mirada hacia él.

—¿Dónde vas a ir? —preguntó en un murmullo preocupado.

—Lo decidiré en el camino, Bassil… Déjame ordenar las ideas…

—Aytanna…

—Por favor, haz que te curen esos nudillos y el labio inferior —susurró mirándolo con amor. Porque esta era la emoción humana más complicada de todas.

—Me iré en un Uber, por favor, usa el coche y dile a Laos que te lleve —pidió—. No renuncies a nosotros, Aytanna, por mi idiotez. ¿Podrías considerarlo…?

Ella hizo un asentimiento, pero no miró atrás cuando salió de la sala, porque sus ganas de que Bassil la abrazara eran demasiado potentes. Solo quería poner su mente en un estado de menor agobio del que sentía ahora. Jamás le mencionaría esto a Clement, porque su tía no necesitaba crear emociones innecesarias de rabia.

Ahora Aytanna tenía la certeza de que Cameron no sería de nuevo un estorbo en su vida. Confiaba en que Bassil acabaría con él, así como también que destruiría la información que guardaba en alguna parte. Así que ella, por ahora, iba a enfocarse en recuperar su centro, la perspectiva, y también la capacidad de razonar con claridad.

El amor no se marchaba cuando alguien era el responsable de crear graves decepciones o tristezas. La única manera de permitirle que se alejara era con la voluntad de que así ocurriese. En el caso de ella nunca iba a olvidar a Bassil ni a dejar de amarlo, pero sus emociones estaban severamente golpeadas y no era capaz de pensar a derechas o hallar un modo para darle el peso justo a cada acción.

Una vez que llegó a la mansión, Aytanna armó una pequeña maleta. Después llamó al único sitio que podría resguardarla de intromisiones del exterior.

CAPÍTULO 21

La primera noche en la mansión Sinclair, Aytanna durmió profundamente durante doce horas seguidas. En el absoluto silencio y soledad de la casa, alejada de todo ruido e intromisión, su cuerpo y su mente lograron descansar. Pero, al despertar encontró varios mensajes de Bassil. En todos, él le pedía que le dejara saber si estaba bien. A modo de respuesta, ella le envió un emoji de pulgares arriba.

Después, dejó el teléfono de lado y bajó a desayunar. Aunque estaba con hambre, lo único que fue capaz de digerir fueron unas galletas de sal, un *bowl* con frutas y un vaso de yogurt con miel. En la mesa del desayuno no estuvo Arran, porque al parecer tenía un asunto de trabajo. De esos que Raven no tenía idea y que, si lo supiera, no podría mencionarlos. Ser la esposa del capo tenía grandes ventajas, pero también desventajas que no cualquier mujer podría soportar como forma de vida.

Cuando ambas mujeres estuvieron rodeadas del precioso entorno de la salita de música de Raven, Aytanna le contó, en orden cronológico, los sucesos más importantes y también dolorosos: el accidente en el que murió Lorraine y provocó la condición de Clement, el chantaje de Cameron, lo ocurrido en el día de la barbacoa y las mentiras de Bassil. Tan solo se dejó en el tintero aquellos secretos que no le correspondían contar, porque les pertenecían a otras personas. No fue fácil exponer su vulnerabilidad más brutal, pero Raven no la juzgó, sino que la abrazó con fuerza y la impulsó a no guardar nada que llevara en el corazón y que la estuviera atormentando. Aytanna tuvo que hacer varias pausas para expresar con palabras cuán desencantada y triste se sentía con Bassil. Porque, además, lo echaba de menos.

—Oh, Aytanna —había dicho Raven con lágrimas en los ojos, cuando su mejor amiga terminó de contarle sobre los eventos que la habían lastimado—. No tenías porqué llevar a sola todas esas cargas. Jamás imaginé que detrás de tantas sonrisas y aparentes *affaires* y romances, en realidad estuvieras tan dolida, sola, y viviendo una situación insostenible de chantajes. Si hubieras hablado conmigo, entonces habríamos hallado la manera de detener las perfidias de Cameron. Inclusive, antes de yo tener todo esto —había hecho un gesto con las manos para abarcar la suntuosa sala de que era su sitio para diseñar vestidos de gala y tocar piano—, lo hubiéramos logrado. Siempre hemos sido ingeniosas. Dos mentes piensan mejor que una.

Aytanna se había limpiado las lágrimas con el dorso de mano, asintiendo.

—Sé que tu pasado fue muy difícil también, Raven, así que habría sido egoísta de mi parte sumarte más complicaciones, cuando lo que te hacía falta eran soluciones para salvar a tus seres queridos y a ti misma. Todo lo que pasaste, Dios, eres tan valiente… Siento mucho no haber tenido esa misma valentía para hablarte de todo esto —había murmurado—. Pero, lo importante es que estoy aquí contigo ahora. No sabes lo agradecida que me siento de que nuestro gánster favorito no haya puesto reparos en que me quede unos días en su fortaleza —había dicho bromeando.

La mujer de ojos grises había esbozado una sonrisa cálida y dulce.

—Mi esposo es un hombre con muchos matices, pero sabe que cuando me complace y accede a mis peticiones, la vida en esta mansión se vuelve mucho más dulce y placentera —le había dicho haciéndole un guiño y ambas soltaron una risa cómplice—. Puedes quedarte el tiempo que haga falta, Aytanna. Sin embargo, tengo una condición. Esa es que aceptes, sin protestar, la ayuda que pueda brindarte en este proceso en el que necesitas reclamar tus acciones de Greater Oil. No vas a rechazar nada de lo que ponga a tu disposición. ¿Tenemos un acuerdo? —Aytanna había sonreído con un asentimiento—. Fantástico. Siempre estaré para ti, así como, más veces de las que soy capaz de recordar, tú has estado incondicionalmente para mí.

—Gracias, Raven…—había respondido—. Ha sido bastante complicado, para mí, aprender a pedir ayuda, porque toda la vida me tocó sobrellevar mis propios demonios a solas. Sin embargo, reconozco que Bassil —había susurrado con voz rota—, a pesar de que ahora estoy decepcionada de él, me enseñó que está bien aceptar que otros contribuyan a resolver mis problemas… ¿Sabes? Pudo haberme dicho que sabía quién era mi padre…Creía que Bassil y yo teníamos esa clase de conexión que siempre añoré encontrar en una pareja. ¿Recuerdas las veces que te dije que jamás iba a darme por vencida, hasta encontrar el amor verdadero? —había preguntado—. Pues, mírame, me he decepcionado terriblemente… Me equivoqué.

Su amiga había extendido la mano y agarrado la de ella con cariño.

—Siempre has estado dispuesta a ayudarme, sin juzgar mis decisiones, y eres mi mejor amiga. Así que estoy en el deber emocional y moral de decirte que estás perdiendo la perspectiva. No voy a quitar la gravedad de que Bassil se haya quedado callado tanto tiempo, porque su intención inicial fue utilizarte como una pieza de ajedrez —había expresado con seriedad—. Pero no te das cuenta de que, en tus palabras, estás reconociendo que gracias a él eres una mejor persona, la vida cobró un cariz diferente y tienes otros aprendizajes importantes. Aunque, lo más trascendental es que encontraste al hombre que te ama tal como eres, así que no te equivocaste.

—Tan solo fui demasiado confiada —había dicho con ironía.

—No, tan solo tú y Jenok son humanos y tienen pasados inusuales.

—Ufff… —había suspirado.

—Aytanna, ese hombre te hizo notar que el amor que tanto buscaste sí existe, pero que no es perfecto. Que jamás va a serlo. ¿Acaso no recuerdas mi turbulenta historia con Arran? —había preguntado retóricamente—. Tú, le mostraste a Bassil la parte más cruda de tu vida, las inseguridades atadas a tu pasado, y todos los detalles brutales que viviste. Detalles que pudieron instarlo a mirar hacia otro lado y terminar la relación, hubiera o no negocios de por medio, pero, ¿qué hizo ese hombre tan complejo? Se quedó contigo, te dio seguridad y se enamoró de ti.

Aytanna estaba muy sensible y dolida, así que llorar fue inevitable.

—¿Y si no se hubiera enamorado de mí? ¿Qué habría pasado, Raven? ¿Me hubiera casado creyendo que él me amaba, para luego quedarme con el corazón roto, irreparablemente, porque luego Bassil se divorciaría de mí? No solo eso, sino, ¿cómo crees que me hubiera sentido al descubrir, una vez divorciada, que él se quedaba con una herencia que me correspondía? —había preguntado meneando la cabeza.

Raven había esbozado una sonrisa que hizo fruncir el ceño a Aytanna.

—Amiga querida —había dicho dándole palmaditas en la mano—. Los "hubiera" son la razón por la que tantas personas se atormentan y son incapaces de mirar hacia posibilidades de un mejor futuro. ¿Qué clase de vida es esa, Aytanna? Da igual lo que pudo ser, porque jamás vas a lograr comprobar esas hipótesis. Lo que sí vas a lograr, si continúas cuestionando tu vida con los "hubiera", es perder la capacidad de disfrutar lo que tienes alrededor y solucionar lo que sí es posible modificar: el aquí y el ahora —había expresado con cariño, mirándola.

—Por todo eso que mencionas, precisamente, es que me siento dolida, Raven. Aún cuando sabía todo sobre mí, él continuó callado. Se llama cobardía —había replicado en un tono resentido—. Tuvo tiempo suficiente, incontables oportunidades, pero no utilizó ninguna, hasta que Jonathan desató el caos…

Raven la miró con paciencia porque, alguna vez, ella también estuvo en una situación emocional similar. Pero, sus antecedentes fueron sumamente diferentes y las circunstancias, desgarradoras. No podían compararse con los de Aytanna; tampoco servían de referencia. Sus caminos tenían vertientes de dolor diferentes.

—¿Debería considerarte una cobarde, porque guardaste tus secretos para ti? ¿Eres cobarde, porque reprimiste tus miedos, en la creencia de que podías enfrentarlos siempre tú sola? ¿Eres cobarde, porque necesitas un tiempo lejos de Bassil para pensar, en lugar de enfrentarlo? —le había preguntado enarcando una ceja.

—No… —había enterrado el rostro entre las manos—. No sé qué hacer, Raven… Las emociones que tengo son contradictorias. Le devolví el anillo y cada vez que veo mi dedo desnudo, siento que el corazón se me estruja…

—El punto es que Bassil se enamoró de ti, rompió el acuerdo con Crumbles, está buscando otras vías más difíciles para cumplir sus metas en Arabia Saudita y te habló de su pasado. Los hombres como mi esposo y como Jenok jamás ofrecen voluntariamente las versiones reales de quiénes son a otras personas, porque para hacerlo tienen que confiar y amar fieramente. Estos dos aspectos son conceptos alienígenas para ambos. Les cuesta comprenderlos, pero una vez que lo hacen, entonces encuentras la mejor versión del hombre que tu corazón necesita.

Aytanna hizo un lento y leve asentimiento.

—¿Qué puedo hacer, Raven…? —había preguntado en tono aconcojado.

—Que hayas venido aquí es un gran paso, así que aprovecha que tu trabajo es remoto y sumérgete en hacer un plan para tu carrera en Earth Lighting. Trázate metas nuevas, porque ahora eres libre de Cameron. Clement está perfectamente bien en su residencia de ancianos. Cambia el enfoque e intenta resolver los temas que tienes pendientes y que no están relacionados a Jenok. No está en ti que "hagas algo", Aytanna —había dicho con sinceridad—. El tiempo pondrá todo en su sitio. Además, sé que lo amas mucho, aunque ahora mismo quisieras darle de tortazos.

—Quiero que sufra…

—¿En serio quieres eso o es tu ego herido el que habla?

Aytanna odiaba cuando Raven se volvía filosófica y más sabia.

—Los hombre son unos idiotas…

Raven había soltado una risa.

—En eso estamos de acuerdo. Por cierto, aprecio que no me hablaras de todos los esqueletos que tiene Jenok en el clóset, porque tengo suficientes con los de mi esposo y con todos sus secretos —había expresado con una sonrisa de medio lado. Aytanna sonrió e hizo un asentimiento, porque jamás divulgaría todas las confidencias que le había hecho Bassil—. En todo caso, recuerda que tienes todo el apoyo que requieras, sin límites. Además, pedir ayuda es un acto de madurez, no lo opuesto.

—Gracias por tanto, Raven, creo que hemos tenido unos destinos enrevesados —había sonreído con cariño, mientras salían de la sala de música para ir a la piscina climatizada—. Estos días me ayudarán mucho a tomar nuevas decisiones.

—Que no incluyen abandonar a Bassil. ¿Verdad?

—No lo sé… No podría… —había suspirado—. Es él quien cometió el error, entonces no tengo porqué romperme más la cabeza buscando una solución.

—Ciertamente, no está en tu control y me alegro de que lo comprendas.

Raven había esbozado una sonrisa, mientras abría la puerta del jardín trasero. Ante ellas tenían una piscina grande, jacuzzi, tumbonas, bocadillos en la mesilla exterior, privacidad, y mucho tiempo para cotillear. La vida les había dado a ambas amigas lecciones muy crudas, demoledoras y aciagas, pero también las unió para que fuesen la fuerza que mutuamente necesitaban. La sangre creaba lazos que podrían llegar a ser inquebrantables, pero la libertad de elegir en quiénes confiar, lograba relaciones casi indestructibles. En esta última categoría estaba la amistad de ellas.

Después de esa conversación, Aytanna entendió que parte del apoyo de Raven consistió en que le explicara al capo los pormenores sobre Jonathan Crumbles y lo que ella conocía sobre su herencia de Greater Oil. Aytanna no le tenía miedo a Arran, a pesar de que el hombre era muy intimidante y hostil, pues solo lo veía como un esposo que haría cualquier cosa por su esposa, incluyendo ayudar a quien ella le pidiese. Que Sinclair fuese un capo peligroso, corrupto, sanguinario y manipulador era un detalle que a Aytanna no le impediría nunca seguir siendo amiga de Raven.

Arran le aseguró que ella ya podía considerar resuelto el problema de las acciones de la compañía petrolera. Su palabra, en Escocia, era ley. Así que Aytanna no se sorprendió de que a las cuarenta y ocho horas, después de su conversación, recibiera un documento legal que la certificaba como dueña del 15% de las acciones de propiedad de Greater Oil, valoradas en cincuenta millones de libras esterlinas.

—Gracias, Arran, pero, ¿Jonathan está vivo? —le había preguntado de repente al recordar que la fama de los métodos de Zarpazos era un poquito "inusual".

El hombre, taciturno y casi tan alto como Bassil, tan solo enarcó una ceja.

—Deberías conformarte con saber que eres millonaria y que todos los documentos legales de tu herencia están en regla. Solo recuerda que lo hago por Raven. No por ti. No por nadie. ¿Queda claro, Aytanna? —le había preguntado.

—Arran, por favor, mi amiga no ha tenido unos días muy buenos. Por un instante trata de no ser tan hostil con otras personas —había dicho Raven con suavidad—. ¿De acuerdo? Es nuestra invitada durante el tiempo que ella necesite.

Aytanna había contenido la risa al ver que solo hizo falta que Raven mirara a los ojos a su esposo, para que la expresión del capo se volviese menos áspera. Imaginaba que un hombre poderoso y cruel no dejaba de tener un Talón de Aquiles.

—Considerando que sigue viva y que tolero que haga réplicas con sus comentarios, mientras yo hablo, mi vida —había dicho Arran mirando a Raven e ignorando a Aytanna—, estoy siendo un poco más civilizado de lo normal.

—Oh, Arran, te pasas —había murmurado Raven.

—¿Hay algo más en lo que pueda ayudarte? —había preguntado el capo con aburrimiento, sin apartar los ojos de su esposa, pero dirigiéndose a Aytanna.

—Oh, mmm, no, nada. Gracias, por tu generosidad y ayuda —había murmurado, sintiendo que estaba presenciando una comunicación silenciosa que nada tenía que ver con ella—. Creo que iré a caminar un rato por el jardín —concluyó, pero no sin antes hacerle un guiño discreto a su mejor amiga. Raven tan solo se rio.

Los siguientes días pasaron con celeridad, hasta que sumaron tres semanas lejos de Bassil. Cada día, lo extrañaba como si alguien hubiera removido una parte importante de su cuerpo y solo fuese capaz de sobrevivir a punta de voluntad.

En las noches, la añoraza de tener el calor de sus brazos rodeándola, la mantenía despierta y sus ojos se llenaban de lágrimas. Ella no era llorona por naturaleza y detestaba esta sensibilidad constante, pero era imposible no extrañar a alguien que estaba bajo su piel. Tampoco pudo ignorar el hecho de que en este tiempo, si Jonathan no hubiese intervenido, ya estarían viajando a Tailandia para su Luna de Miel.

Pero ahora su mente estaba más clara, sus emociones serenas, y había logrado reconciliarse con la verdad: Bassil cometió el error de ocultarle información, pero tanto en Londres como en Edimburgo había dejado claro que tenía algo pendiente de confesarle a ella. El problema fue que Jonathan intervino y tornó todo en un caos. Si bien lo anterior no era una disculpa, su cerebro lógico podía lidiar con esa explicación para que su corazón recuperara sus latidos, en lugar de palpitar cabizbajo.

Este tiempo lejos de él, aunque cada minuto sin sus besos doliera, le había servido para organizar su agenda de trabajo, plantearse nuevas metas para ascender en la empresa, pero, en especial para tener un espacio a solas. Un espacio en el que no tenía que preocuparse por la falta de recursos para ayudar a su tía, los posibles chantajes de Cameron, las angustias por conseguir dinero y la inseguridad de andar sola con el peso del mundo a cuestas. Además, aprovechó ese tiempo para compartir más con Raven e inclusive fungió, una vez más y tal como lo habían hecho con frecuencia en el pasado, como modelo de la nueva colección de vestidos.

Inclusive fueron a un desfile de modas privado en Paris, bajo estrictas medidas de seguridad asignadas por Arran, en la que hubo una preventa de ciertos trajes exclusivos diseñados por Raven. Aquel fue un viaje de dos días. La pasaron magníficamente yendo al Louvre, comiendo en los mejores restaurantes y también en un tour privado a Versalles. Aytanna disfrutó de ese escape, aunque le pareció una ironía visitar la ciudad del amor, mientras su corazón estaba en ascuas.

Las llamadas de Bassil habían cesado con el paso de los días, porque pareció comprender que ella no iba a responderlas. Sin embargo, continuó escribiéndole mensajes de texto o dejaba algún mensaje de voz que ella reproducía varias veces. Patético, sí. Sin embargo, no movería ni una sola pieza en el tablero de esa situación.

Aunque ella no contestaba los mensajes de texto, él no tenía inconvenientes en contarle lo que hacía cada día. Además de decirle lo arrepentido que se sentía, que la extrañaba y la amaba, le pedía que le dijera en dónde ir a buscarla para hablar. Después, le contaba sobre su rutina. Le mencionaba el progreso con el príncipe saudí, los viajes que hizo a Lanark, Aberdeen y Glasgow, así como sobre las conversaciones que había tenido con Clement. Le contó que su tía le había sugerido que se lanzara de algún acantilado si tanto sufrimiento tenía en la vida, porque Aytanna no le daba ni la hora del día. Ese mensaje hizo que ella soltara una carcajada. Fue el único mensaje que respondió con un emoji de carita riéndose, en lugar de los pulgares arriba.

Otros mensajes de Bassil eran escuetos y directos. Aytanna quería responderle, pero, tal como le había comentado Raven, el que estaba a cargo ahora era su ego herido. Que, si bien no servía de nada, tampoco la perjudicaba. No quería ver sufrir a Bassil, él ya había tenido un Infierno a cuestas, tan solo quería que se diera cuenta de lo equivocado que estuvo su comportamiento. No existía mejor lección que la ausencia del ser amado, aunque en medio de ese proceso ella también se agobiara.

Bassil: *Dime en dónde puedo encontrarte, cariño.*

Bassil: *A la hora que tú quieras y en el sitio que tú elijas, aunque no me dirijas la palabra, pero necesito verte, Aytanna. Tan solo escucha lo que tengo que decirte. ¿De acuerdo?*

Bassil: *Sé que cometí un gravísimo error, no tienes idea cuánto me arrepiento de no haber hablado contigo y decirte la verdad. Necesito que hablemos. ¿En dónde estás quedándote?*

Bassil: *¿Estás con Raven? Si es así dile a Sinclair que más le vale que estés segura.*

Bassil: *Mi amor, el aroma de tu perfume en nuestra habitación me hace sentir verdaderamente miserable, porque no estás, así que opté por mudarme a la suite de invitados. Vuelve a mí, Aytanna. Dime en dónde puedo ir a verte. Habla conmigo.*

Bassil: *Sabes que no voy a darme por vencido, ¿verdad, cariño?*

El trabajo la había mantenido ocupada, pero sentía que ya era momento de abandonar la mansión de los Sinclair. Podría alquilar un sitio durante una temporada, hasta que su situación sentimental se aclarara. De todas maneras, tampoco sería posible que evitara a Bassil más tiempo sin convertirse en la que guardaba secretos importantes. Además de que, este secreto en especial, no era solo suyo. La situación la asustaba, pero Raven le había dicho que solo necesitaba confiar y decidir ser feliz.

Por ahora, esta noche al menos, quería disfrutar de la deliciosa cena de cumpleaños de su mejor amiga. Raven había contratado un servicio de catering magnífico que ofrecía una mezcla de comida peruana con italiana. Fusión. Aytanna no había probado nunca esa combinación, así que estaba ansiosa por experimentar con nuevos sabores. Los invitados a la cena serían solo parte del círculo íntimo de Raven: los padres adoptivos y la madre biológica de ella, Arran y Aytanna.

Después de todos estos días sin usar maquillaje o arreglarse con mimo, como ella solía hacer la mayor parte del tiempo, Aytanna eligió de entre los vestidos cóctel que le dejó Raven en el clóset. Se decantó por uno color verde esmeralda, porque hacía juego con sus ojos, que le llegaba justo hasta las rodillas. Era strapless. Las sandalias de tiras blancas tenían pequeñas inscrustaciones de cristales de Swarovski. Se acomodó el cabello en una coleta informal y delineó sus ojos de color negro.

El resultado, al mirarse al espejo, la hizo sonreír.

Cuando bajó la escaleras, el aroma exquisito de la comida llegó hasta ella. La casa estaba completamente en silencio y parecía como si Aytanna fuese la única en la mansión. Eso, por supuesto, no podía ser posible. Cuando entró al salón del comedor se quedó de pie en el umbral, porque, primero la mesa no estaba servida para seis personas, sino tan solo para dos. No había mayordomo, tampoco se encontraba el ama de llaves de los Sinclair, ni existía rastros de su mejor amiga.

Aytanna: *¿Dónde estás? ¿Me confudí de día o qué?*
Raven: *Solo quise hacer lo que consideré mejor para ti. Por favor, toma las decisiones que te dicte el corazón. La cena de mi cumpleaños se suspendió,*

porque Arran me sorprendió hace unas horas con un viaje para comer fondue en Suiza. Si quieres salir de la casa, ya sabes, tendrás que usar la capucha. Todo está controlado. ¡Disfruta la noche!

Aytanna: *¡¿Qué?! ¿Controlado? Estás loca, Raven. Aquí hay una mesa para dos.*

Raven: *Lo sé ;)*

Aytanna dejó el teléfono a un costado y dio media vuelta con la intención de regresar a su habitación para cambiarse de ropa. Pero se detuvo en seco cuando vio al hombre que la observaba en silencio, absorbiendo cada parte de ella como si fuese la primera vez en que se encontraban, desde el umbral de la entrada del comedor. Su corazón dio varios saltos olímpicos y su cuerpo pareció despertar de un letargo del que ella no había sido consciente. Por un instante, el oxígeno de sus pulmones dejó de circular, porque el impacto de esos ojos cafés pareció robárselo por completo.

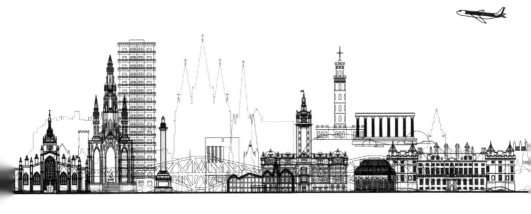

CAPÍTULO 22

Semanas atrás.
Bassil.

Después de curarse los nudillos y quitarse toda la mugre de encima, bajo el agua caliente de la ducha, Bassil se quedó con una inmensa sensación de derrota y vacío. Ninguna de esas sensaciones eran habituales en su día a día. Pero, ¿cómo podría ser de otra manera? La única persona capaz de remover sus sentimientos más recónditos era también a la que había dejado marchar, al lastimarla, por imbécil. Él tenía cientos de millones de libras esterlinas en el banco y uno de los portafolios inmobiliarios con mayor plusvalía, entre sus pares, pero nada de eso servía sin Aytanna. Nada.

Bassil se sentó en el borde del colchón con decepción hacia sí mismo.

Una ola de arrepentimiento lo golpeó con fuerza. Se inclinó hacia adelante, apoyando los codos sobre las rodillas, con la cabeza gacha. Nunca se había sentido tan miserable. Un dolor inesperado se apropió del centro de su pecho y una opresión que se intensificaba en la garganta le impedía respirar. El anillo que ella le había devuelto, ahora brillaba ufano sobre el borde de la mesita de noche en la que él lo había dejado momentos atrás. Le bastaba cerrar los ojos para evocar la expresión dolida de Aytana cuando supo la verdad. La forma en que lo miró, como si no lo reconociera, había atravesado su corazón con la fuerza de un disparo.

La horrenda idea de que podría haberla perdido para siempre le provocó ardor en los ojos. No recordaba la última vez en la que había llorado, pero, sin duda, era imposible contener las gotas saladas que rodaron por sus mejillas. ¿Cómo mierda podría vivir sin la energía, las risas, la luminosidad, la dulzura y la picardía de ella? Pelear contra sus demonios del pasado parecía más fácil que lidiar con todo esto. No iba a darse por vencido, eso seguro, pero su cabeza era incapaz de ofrecerle el alivio de una solución para lograr que ella se diera cuenta de que lo era todo para él.

Lo peor de todo era que ni siquiera tenía idea a dónde carajos se habría ido. En el estado en el que ella se encontraba era vulnerable. No podía estar para protegerla, porque quien la había herido era él. «Estúpida ironía», pensó de mala gana. Sin embargo, no le importaba si ella le daba o no una nueva oportunidad, aunque hallaría la manera de llegar a Aytanna de nuevo, pero su corazón y su alma siempre iban a pertenecerle solo a ella. En su futuro solo podía verse con su sirena de ojos verdes.

Bassil bajó a la oficina en casa y abrió el gabinete en el que tenía las botellas de whiskey más costosas. Abrió una de colección y se sirvió un generoso vaso. Su ama de llaves ya se había marchado, al siguiente día no tenía pensado ir a la oficina, y el mundo podría irse a la mierda si de él dependía. Se bebió todo el contenido, satisfecho del ardor que sintió en la garganta, en varios tragos. Después volvió a servirse otro.

Había pensado en darle espacio a Aytanna para que pudiera despejar la mente, pero no iba a dárselo para que empezara a considerar olvidarlo. Así que, aunque no tuviera claro aún sobre qué haría para lograr que ella volviera a su lado, sí estaba muy consciente de que iba a recordarle que estaba alrededor. Así que le envió un mensaje de texto, el primero tenía que ser de disculpas. Eso escribió. Pero, al cabo de una hora, no obtuvo respuesta. Bassil se sirvió otro vaso de whiskey. Luego le siguió otro y otro, hasta que perdió la cuenta. No recordaba en qué momento se habría quedado dormido, pero lo despertó la voz de su ama de llaves saludando al llegar.

—¿Señor Jenok…? —preguntó Hillary en tono preocupado, al encontrarlo acostado de lado en la alfombra con dos botellas de whiskey vacías, un par de vasos rotos, y otro a medio acabar—. Oh, Dios, venga, permítame ayudarlo —murmuró, mientras le hacía una seña a uno de los encargados de dar mantenimiento al jardín, y que solía reportarse temprano en la mañana, para que le diera apoyo—. Cassal y yo lo vamos a dejar en el cómodo sofá que está muy cerca. Eso es, unos pasos más, bien.

—Déjenme en paz, por favor —balbució—. Llama a Tulisa, Hillary… Dile a mi asistente que no iré a la jodida oficina hoy. Quizá, mañana tampoco.

—Mmm, señor Jenok, ¿prefiere que contactemos al señor Hutch Burton?

Bassil frunció el ceño. Estaba tan ebrio que el nombre no le sonaba, hasta que lo recordó de repente. Sí, el bueno de Hutch podría ayudarlo a salir de este hoyo. Al fin y al cabo, su mejor amigo era el único que lo conocía mejor que otras personas. No mejor que Aytanna, claro que no, pero su preciosa belleza rubia no estaba alrededor, así que necesitaba encontrar la mejor ayuda para intentar recuperarla. Sí.

—No… —dijo pensándolo mejor, porque Hutch no iba a poder ayudarlo, hasta que Bassil estuviera sobrio—. En este momento, voy a dormir de nuevo, Hillary… —expresó, porque la luz de la mañana, que entraba a través de las persianas abiertas de su despacho en casa, le estaba provocando un severo dolor de cabeza.

—Bien. Que descanse —replicó, mientras salía junto a Cassal.

Bassil, tan solo cuando estaba a punto de quedarse dormido recordó que tenía que hacer algo muy importante. Agarró el móvil y, después de un par de intentos, logró dar con el contacto que necesitaba. El único que importaba.

Bassil: *Cariñ…o… Por…fa…v….v…or dime sssss i es… taaaaás bien.*

Aytanna: *emoticón de pulgares arriba*

Él sonrió como un estúpido y se quedó dormido.

Día después de la borrachera, Bassil recuperó el sentido común, pero eso no implicó que hubiera dejado de escribirle a Aytanna o llamarla. Al menos sabía, porque revisó el sistema de registros de datos de Earth Lighting, que no había renunciado, sino que continuaba trabajando remotamente. También se sintió aliviado al saber que estaba en casa de los Sinclair. Aunque tuvo sospechas al respecto, ella se negó a aclararlas cuando él le escribió preguntándoselo. Él solo las pudo confirmar cuando circuló el rumor, entre millonarios petroleros, de que un abogado de Zarpazos había representado a uno de los herederos de Ferran Crumbles. El rumor murió con la misma velocidad con la que nació, porque nadie quería atraer la atención de la mafia.

Por otra parte, la reunión que tuvo con el jeque había sido muy fructífera. De hecho, los equipos de trabajo de ambas partes ya estaban trazando los términos iniciales de lo que sería una sólida alianza empresarial. Lo anterior tardaría en establecerse al menos seis meses, luego firmarían el contrato y posteriormente iniciarían la ejecución del plan de operaciones. No obstante, el éxito logrado no consiguió que Bassil experimentara la euforia que solía invadirlo en esos ámbitos.

Durante las jornadas en la oficina, en lugar de mantener una actitud indiferente, estaba regularmente cabreado, hasta el punto en el que Tulisa le sugirió que quizá necesitaba descansar un día, porque los empleados estaban un poco asustados de que él decidiera despedirlos de un momento a otro. Bassil optó por encargarse de situaciones que requirieron su atención en Lanark y trabajar lo menos posible en la oficina de Edimburgo. Aunque daba igual su ubicación, la sensación de que le faltaba algo importante no se marchaba de su lado. Seguía pendiente de Aytanna e inclusive fue a ver a Clement. La anciana se había enfadado cuando él se sinceró con ella.

—Eres multimillonario, pero, a veces, me pregunto, ¿qué carajos hacen los hombres que tienen tanta fortuna para cagarla monumentalmente en el amor? —le había preguntado, mientras se bebía un vasito de whiskey, que Bassil llevó como contrabando para ganarse un poco de amabilidad—. ¡Aposté por ti, muchacho!

Bassil había hecho un asentimiento y la miró con expresión frustrada.

—Lo sé, Clement, no tienes idea de lo miserable que me siento. Lo único que me hace sentir tranquilo es que está con Raven, entonces está a salvo —había dicho.

—Ah, yo sí he hablado con mi sobrina, y sé que está bien. Pero, solo ahora, comprendo a qué se debe su tono de voz que pretende ser animado, pero no lo es —había comentado con una mueca—. Sírveme más de ese whiskey, no vaya a ser que, aparte de tonto, también empieces a convertirte en un hombre tacaño.

Bassil había soltado una carcajada.

—Tengo planeado recuperar a Aytanna, pero considerando que tú eres tan importante para ella y que sabes que íbamos a casarnos, quise venir a decirte lo que estaba sucediendo —había expresado. Tan solo le mencionó a Clement la parte de la herencia y que le ocultó a Aytanna al respecto, pero no los entresijos—. También que ese matrimonio va a llevarse a cabo sí o sí. No descartes tu vestido de gala.

—Pfff, pues conversando conmigo no lo vas a conseguir —había dicho elevando el vaso para que se lo llenara por tercera vez—. Deberías estar trabajando en la manera de lograr que Aytanna se compadezca de tu existencia y te acepte de regreso. No me gusta la gente fracasada, Bassil, así más te vale no fallar de nuevo.

—No fallaré, Clement. Pero ya es suficiente whiskey para ti por hoy —había replicado con una risa, quitándole el vaso de vidrio, antes de inclinarse para darle un abrazo que, para su sorpresa, la anciana devolvió con fuerza.

Después de esa visita, una semana dio paso a otra. El tiempo parecía ir de prisa cuando Bassil estaba rodeado de gente, pero dolorosamente lento cuando estaba solo. Él le enviaba mensajes de texto a Aytanna contándole lo que hacía día a día, puesto que había desistido de llamarla, porque sabía que nunca le respondía. En cambio, le enviaba mensajes de voz y le contaba sobre sus negocios y también las ocurrencias de Clement. Solo cuando le mencionó una de las anécdotas de la anciana, Aytanna utilizó otro emoticón que no fuese el de pulgares arriba. Bassil no lo consideró un retroceso, porque eso significaba que continuaba leyendo sus mensajes de texto.

Cuando él llegaba a casa, pasada la medianoche, le costaba quedarse dormido. No tenía que ver con que no estaba durmiendo en la máster suite, a la que había optado por dejar de lado porque el aroma del shampoo y el perfume de Aytanna parecía estar todo el tiempo atormentándolo, sino con el hecho de que su cuerpo se había habituado a descansar abrazando el de Aytanna. En una ocasión, Bassil le escribió pidiéndole la dirección de Sinclair. Pero, luego pensó en que había sido una solicitud estúpida, porque el capo vivía en una ubicación desconocida.

Doil Corporation tuvo problemas en las plantas de Aberdeen y Glasgow, así que Bassil tuvo que viajar para resolver los inconvenientes. Pero no fue solo, sino que le pidió a su mejor amigo que lo acompañara. Aún cuando no le correspondía atender asuntos administrativos, Hutch, aceptó ir a esas ciudades en el jet. Bassil estuvo a punto de despedir a la jefa de cabina, porque no los había recibido con una sonrisa apropiada. «¿Desde cuándo carajos le importaban esas mierdas a él? Desde Aytanna, exacto». La azafata se había disculpado, ante la expresión curiosa de Hutch.

—Aytanna no va a ponerte las cosas fáciles, porque te equivocaste de una manera grave —le había dicho Hutch, mientras cenaban en un restaurante que solían frecuentar cuando estaban en Aberdeen—. Nunca pensé que vería el día en el que pudieras enamorarte, Bassil, pero creo que Aytanna es una gran persona. Al menos es la impresión que nos dio a Molly y a mí, en las tres ocasiones que la llevaste a cenar a mi casa. Si alguien merece ser feliz en esta vida, mi buen amigo, eres tú.

Bassil había hecho un asentimiento. Porque, por primera vez, sentía que necesitaba deshacer la estúpida creencia que tenía de que todas las personas que amaba lo terminaban dejando y que nada permanecía en su vida cuando se apegaba emocionalmente. Sin embargo, esta vez, él iba a cambiar el paradigma.

—A ella no le interesa mi dinero, ni mi estatus ni mis contactos —se había reído amargamente—. Tengo una fortuna, pero no me puede comprar la única cosa que anhelo más que nada: Aytanna de regreso en mi vida. Ni siquiera tengo una puñetera dirección para enviarle flores o, al menos, verla unos instantes.

—Tú, no eres un hombre de flores, así que cambiar tu esencia, porque estás desesperado, lo único que conseguiría es que ella se mostrase más reacia. Te sugiero hacer algo diferente, Bassil. Ofrécele lo único que a Aytanna de verdad le importa.

Él se había pasado los dedos entre los cabellos, meditabundo y frustrado, mientras continuaron cenando en silencio. Sus conversaciones con Hutch eran bastante breves, pero su mejor amigo sabía cómo llevarlo a que rebuscara en la mente las soluciones más lógicas. Al finalizar esa jornada de viajes, Bassil no solo había resuelto inconvenientes en dos ciudades, sino que tenía la solución que creía que podría ayudarlo a convencer a Aytanna de que lo de ellos era para siempre.

Después de haber encontrado el único tesoro que guardaba en su caja fuerte, además de ordenar a un joyero que le hiciera otro anillo, este último era un solitario con pequeñas incrustaciones de esmeraldas en el cortorno del aro, Bassil fue hasta la biblioteca de la casa. Agarró el móvil y llamó a un número que jamás habría utilizado, a menos que hubiera sido de vida o muerte. La situación en la que se hallaba con Aytanna, al menos para él, podría ser considerada en esa categoría.

—¿Qué? —dijo a modo de saludo una voz de barítono, peligrosa y fuerte.

—Sinclair, soy Bassil Jenok —replicó con la misma seriedad—. Alguien que me pertenece está quedándose contigo. La necesito de regreso a mi lado. Pero no podré hablar con ella, mientras permanezca en una ubicación desconocida —dijo haciendo alusión a que estaba en casa del jefe de Zarpazos y nadie sabía dónde carajos vivía.

—Voy a hacer un trato contigo, Jenok —dijo en tono gélido—. Enviaré a por ti, mañana. No me importa qué mierda hagas para lograr que Aytanna sonría, porque, si no lo hace, mi mujer estará triste y preocupada. Eso no está dentro de mis mejores intereses. Otros hombres han muerto por ofensas menores, pero cualquiera que involucre un perjuicio al bienestar de Raven es una grave e imperdonable afrenta. Lo que sea que hayas hecho, lo vas a arreglar. ¿Me expliqué? —preguntó casi furioso.

—Esa es la razón por la que te he llamado. No estoy haciéndote un favor, Sinclair, sino uno a mí mismo que, según veo, por efecto dominó, beneficiará a Raven. Me hago un favor a mí y a ti al mismo tiempo —replicó frontalmente. Quizá Sinclair infundía miedo y creaba terror con que solo se mencionara su existencia, pero Bassil tenía cosas más importantes de la cuáles preocuparse y no incluían la furia del capo.

—Nadie me hace favores, no seas imbécil, Jenok.

—Los acuerdos son favores mutuos, Sinclair —replicó con indiferencia.

—No son sinónimos —replicó con hostilidad—. Jenok, no entiendo de estos asuntos sentimentales, así que mi mujer te va a decir qué harás cuando llegues a mi mansión. No te demores demasiado en el teléfono. Raven no tiene tiempo para otros, así que voy a estar contando los segundos que hables con ella.

—Joder, Sinclair, no seas idiota. Tu mujer no me ha interesado nunca.

—No estarías vivo si pensara que es de otra manera. Aquí viene Raven. Tienes dos minutos, Jenok, para intentar comprender lo que sea que ella quiera y obedecer.

—Con tal de tener de regreso a Aytanna…

Al cabo de unos instantes, una voz femenina, que Jenok jamás había escuchado, resonó del otro lado del auricular. Durante exactamente dos minutos, él prestó atención. Primero, a las quejas sobre su idiotez por haberle mentido a Aytanna. Segundo, la única opción que tenía y que, según las palabras de Raven, más le valía no echar a perder, porque entonces iba a tener que vérselas con ella y Arran.

Una vez que acabó la conversación, Bassil soltó una exhalación.

«No fue tan mal, después de todo», pensó, mientras se preparaba para ver finalmente, luego de tres excruciantes y tortuosas semanas, a la mujer de su vida.

Bassil y Aytanna.
Casa de los Sinclair.
Presente.

Bassil absorbió con avidez la imagen de Aytanna que tenía ante él. Tres semanas sin verla y parecían tres décadas. Ella era hermosa, con o sin maquillaje o artilugios, pero, en estos instantes, con ese vestido que se pegaba a cada curva, luciendo regia, altiva y magnífica, lo embelesaba. Parecía estar a millas de distancia, en lugar de tan solo a pocos metros de su alcance. Aytanna era la única mujer a la que deseaba besar, hacer suya, hasta que los dos estuvieran sin aliento y, aun así, ser el aire para el otro.

—Estás realmente hermosa, mi amor —dijo Bassil, mirándola a los ojos—. Y no tienes idea de la falta que me has hecho estas semanas.

Ella apartó la mirada y se cruzó de brazos.

—¿Cómo entraste a este sitio? Sinclair es paranoico con la seguridad.

—No sé si recuerdas —dijo avanzando hasta ella lentamente, tal como lo haría un guepardo rodeando a su presa y tratando de no asustarla—, pero Arran y yo tenemos un vínculo, desde hace más de una década. Tu amiga, Raven, estaba interesada en que podamos conversar, así que decidió irse de viaje por su cumpleaños. Pero, ya que había organizado esta cena, la quiso reajustar para dos personas.

Aytanna pensó que tendría que hablar con la embustera de su mejor amiga por haberle hecho esta encerrona. Ni ella ni Bassil podrían marcharse sin un escolta, y no podrían hacerlo por separado, porque Sinclair no gastaba recursos extras si no era en su esposa. Darle a Aytanna un coche y otro a Bassil sería demasiada consideración, y esta última no era una cualidad en un mafioso de sangre fría. «Raven estaba aprendiendo las mismas técnicas de manipulación del gánster», pensó de mala gana.

—No sé qué tanto tendrías que decirme, Bassil —replicó con el corazón palpitándole a toda máquina. Podía percibir la colonia masculina y la energía dominante que emanaba. Notaba que había perdido un poco de peso, pero era bastante sutil, aunque, claro, ella podía reparar en esos detalles sin dificultad.

Él dio un paso más hacia ella. Aytanna tembló ligeramente.

—Cada día sin ti fue un Infierno —dijo dando otro paso hacia ella—. Considerando que he vivido etapas desgarradoras en mi vida, Aytanna, las cuales conoces, estoy seguro de que puedes comprender la magnitud de mis palabras.

Ella tragó saliva, pero continuó sin moverse. Lo entendía perfectamente.

—Lo que hiciste me lastimó profundamente —dijo ella—. Me habían traicionado antes, me afectó, pero no hasta el punto de casi romperme, Bassil. Puse en ti toda mi confianza, y, mientras lo hacía, tú planeabas tras mis espaldas.

Él apretó los labios, porque era la verdad. Sus ojos, tan habituados a mantenerse indiferentes, ante ella parecieron empezar a llenarse de gotas saladas sin derramar.

—Soy consciente del daño que te causé y estoy profundamente avergonzado, cariño. Tú cambiaste todo mi mundo y, a pesar de que no fue algo que pude prever, tampoco puedo concebirme regresando a lo que fui antes de ti. Te amo, Aytanna, tú eres lo mejor que le ha pasado a mi vida. Durante el tiempo que todavía me quede en esta encarnación, sin importar cuántos años pasen y experiencias transcurran, lo que siento por ti solo cambiará para volverse más fuerte e indestructible —expresó.

Aytanna reconoció que eran esos ojos color café, los que la desarmaban. Parecían casi hipnóticos, en especial en esos instantes. A pesar de que tenía ganas de continuar furiosa, desafortunadamente le gustaba la manera en que estaba observándola: como si fuese algo único y hermoso; como si fuese lo mejor que hubiera visto en muchísimo tiempo y no le importase nada más que ella. No solo eso, sino que, sin importar cuán enfadada pudiera estar con Bassil, el deseo que sentía por él era imposible de extinguir, no solo ahora, sino desde que lo conoció.

Él la enfadaba, pero daba igual, porque no existía modo de que no inflamara sus anhelos sexuales. Estas tres semanas, sin Bassil, tan solo al pensar en el recuerdo de sus besos, sus noches juntos, la había excitado. Sus hormonas eran un carrusel sin control y, cuando no había podido dormir, deslizaba los dedos, hasta introducirlos en su vagina, imaginando que eran los de él y se acariciaba. Solo entonces se corría, su cuerpo parecía relajarse y los niveles de tensión bajaban hasta que ella se dormía.

Ella también era consciente de que, para estar en esta casa, Bassil tuvo que hacer algo que él detestaba: pedir favores de terceros. En esta ocasión había sido al capo de la mafia escocesa, que no era cualquier clase de persona, sino alguien que tomaría en cuenta lo que estaba dejando a disposición de Bassil: su casa, que era su refugio y fortaleza contra el mundo. Aytanna no quería ni imaginar cuál sería el precio que pondría Arran a Bassil. Pero, si él había corrido el riesgo de hablar con el capo, por ella, entonces podía darle un poco más de su tiempo para escucharlo.

—He estado ocupada estos días rediseñando mi plan de vida profesional —dijo sin responder a la confesión de Bassil, porque si lo hacía iba a llorar. Las palabras de él la habían conmovido—. Ahora soy millonaria, ¿cómo puedo saber si no quieres que te venda a ti esas acciones? —preguntó con una mueca.

Bassil se acercó hasta que quedaron a un palmo de distancia. Ella no se apartó. Ambos empezaron a respirar con un poco de dificultad. El aroma de uno reconoció instintivamente al del otro y sus sentidos se pusieron alertas; dispuestos.

—Estoy decidido a poner todo mi capital e inversiones a tu nombre, Aytanna, si eso te hace sentir más segura de que lo único que me interesa eres tú —dijo, sin ocultar al desazón por la pregunta de Aytanna, pues entendía hasta qué punto ella temía que estuviera utilizándola como fue su plan en un inicio—. Porque, al fin y al cabo, esa es la verdad. Mi fortuna es inservible y también mi influencia y poder, porque ninguno de ellos me puede dar la sensación de que tengo un verdadero propósito. Solo tú lo consigues. Así que, si es lo que hace falta, entonces llamaré a mis abogados y preparé todos los documentos lo antes posible —expresó con absoluta sinceridad, porque estaba dispuesto a entregar todo lo que tenía, porque sin ella, en realidad sus posesiones eran arena entre sus dedos. La pobreza que había en él era de amor y solo Aytanna poseía la capacidad de llenar esa parte intangible e inestimable.

Ella abrió y cerró la boca. Luego meneó la cabeza.

La distancia invisible que existía entre los dos era un dolor lacerante del que Aytanna necesitaba escapar. Lo que él le acaba de confesar, con absoluta convicción, ella no lo ponía en duda. Veía la tristeza y también la desesperación en la expresión de Bassil, así como la forma en que trataba de no quebrarse ante ella.

Lo que tenía ante sí era un hombre vulnerable y dispuesto a todo para que tuviera la certeza de que estaba arrepentido y que la amaba solo por ser ella. Aytanna quería correr a sus brazos y pedirle que no la soltara jamás. Pero su cuerpo permaneció sin moverse del sitio en el que se encontraba. Necesitaba mantener el autocontrol.

—Arran me ayudó a recibir mi herencia… —explicó.

—Fue una información que llegó a varios círculos sociales de empresarios —replicó Bassil—. Sé que tu mente prodigiosa hará un buen uso de ese dinero.

—No voy a vender las acciones a Jonathan —susurró.

—Estás en tu potestad…

—Quiero vendértelas a ti —dijo. Bassil frunció el ceño—. Quiero que tú te quedes con las acciones y luego las vuelvas a vender a incontables empresarios. Quiero que haya una junta directiva en Greater Oil tan grande que Jonathan se vuelva loco tratando de tomar decisiones rápidas, pero que no será posible, hasta que todos estén de acuerdo con lo que él pueda o no sugerir —explicó con una sonrisa maliciosa.

Bassil soltó una carcajada. Extendió la mano y ella dejó que le ahuecara la mejilla.

—Oh, Aytanna, ese es un excelente plan. Me encargaré de que todo sea manejado por abogados y tú vas a supervisar cada paso del proceso de venta que hagas conmigo, luego yo me encargaré de arruinar a Jonathan —dijo.

Ella cerró los ojos ante el contacto de la mano cálida en su piel. Se sentía como esas mujeres que habían tenido que caminar extensas millas de camino, sin zapatos, para lograr llegar a un sitio anhelado de peregrinaje. Y ahora, con el toque de Bassil, finalmente estaba a las puertas de ese destino. El guardián le había permitido entrar.

—¿Qué pasó con Cameron…? —preguntó de repente.

—Está de viaje en una isla del pacífico, porque si regresa a Escocia lo esperará una orden de arresto por extorsión. No fuiste la única persona a la que chantajeó durante años, mi vida —dijo ahora tomándole ambas mejillas con las manos, disfrutando el tacto suave de su piel de seda—. Tu evidencia fue destruida por completo. Las de otras mujeres están con la policía como respaldo contra McLeod.

—Gracias… —susurró.

Él hizo un asentimiento. Pero su corazón estaba en ascuas. Ella había escuchado sus confesiones, pero no las correspondió. La posibilidad de haberla perdido le carcomía las entrañas. Si se quedaba sin Aytanna, su existencia perdería lo único que logró regresarlo a la categoría de ser humano. Sin ella, todo volvería a ser gris.

—Aytanna —dijo apoyando la frente contra la de ella—, nunca me creí digno de amar. Así que tener una relación profunda con una mujer me aterraba, porque era un terreno desconocido. Sin embargo, prefiero confiarte mi corazón y arriesgarme a que lo destroces que vivir otro día más sin ti a mi lado —expresó en tono profundo —. Quiero ser la clase de hombre que merece una mujer tan hermosa, generosa y cálida como lo eres tú. Me va a tomar probablemente el resto de mi vida conseguir un objetivo tan importante como ese, pero eso no significa que voy a dejar de intentarlo. Mientras tú estés a mi lado, la vida, tal como la conocemos, merece vivirse.

En ese instante, ella no pudo más y sus murallas cayeron. Dejó que las lágrimas, que con dificultad había tratado de retener, rodaran por sus mejillas.

—Te extrañé cada día que no estuve contigo, Bassil —dijo en un susurro—, pero también necesitaba estar a solas para reencontrarme conmigo misma. Lo que ocurrió en ese evento fue demasiado… —meneó la cabeza—. No he dejado de amarte, pero no sé en qué punto nos deja todo esto… —tragó saliva.

—¿Continúas desconfiando de mí? —preguntó con emoción en la voz.

—No —murmuró, porque esa era la verdad—. Sé que cometiste un error y te has disculpado por él, Bassil… —dijo mirándolo a los ojos.

Él soltó una exhalación y quiso besarla, pero antes de perderse en el sabor de su boca, necesitaba cerrar este capítulo de sus vidas enlazando otro. Uno que estaba en el éter del universo, pero que siempre llevaba en el corazón. Aytanna le acababa de insuflar un nuevo hálito de vida y adrenalina. Bassil sentía un alivio gigantesco.

—No es solo por la disculpa o porque te haya extrañado profundamente que llame a Arran, cariño —dijo—. Hay algo muy significativo para mí que quiero entregarte. El valor no es material, así como no lo es ni lo será el amor que existe entre ambos —expresó, mientras ella lo observaba con curiosidad. Bassil le sonrió y se llevó la mano al bolsillo y extrajo un sencillo aro de oro

—. Esta pieza tiene un valor incalculable, porque no puede medirse en peso ni en libras esterlinas.

Ella contempló el pequeño anillo con interés. No había brillantes ni piedras preciosas decorándolo, pero Bassil lo sostenía entre el índice y el pulgar con mimo.

—¿De quién es ese anillo? —preguntó.

—Después de perder a todos mis seres queridos, años atrás, lo único que me quedó fue este recuerdo de lo que significaba una familia. Mi madre y padre se amaron profundamente. Ella jamás se quitó el anillo, ni el día en el que me la arrebataron. Lo he tenido guardado en mi caja fuerte por más de una década. Representa el único vínculo con mis seres amados. La familia. Siempre anhelé tener una, Aytanna, pero jamás creí que fuese merecedor de ser amado ni de tener la capacidad de amar.

—Oh, Bassil —susurró limpiándose las lágrimas.

—Tú eres la única mujer a la que el dinero no le importa, ni mis contactos, ni mis propiedades, ni los beneficios asociados a mi apellido en la sociedad —expresó, mientras hincaba una rodilla frente a ella. Aytanna se llevó una mano al corazón—. Lo único que tengo para ofrecerte desde mi corazón, porque sé que también lo anhelas tanto como yo, es la posibilidad de formar una familia juntos. La nuestra. Te prometo días y noches de pasión; te prometo que siempre seré leal a ti y a nuestra historia; te prometo que jamás dejaré de amarte ni de protegerte. Por favor, regresa a mí —le extendió el anillo—, esto es lo que soy. Sé mi familia y déjame ser parte de la tuya. ¿Aceptarías casarte conmigo, bajo estas condiciones, y con estas promesas?

Ella no podía detener las lágrimas y tan solo hizo un asentimiento. Bassil deslizó el anillo de Olivia en el dedo de Aytanna, pero también extrajo el anillo que había enviado a confeccionar a un joyero escocés y acompañó al otro con suavidad.

—Bassil —dijo cuando sus labios estaban muy cerca de besarla—, antes de que pueda perderme entre tus besos, yo quiero decirte algo importante.

Al notarla nerviosa, él le acarició la espalda con suavidad.

—¿Qué es, Aytanna?

—Creo que vamos a empezar la familia un poco antes de lo previsto —susurró, mientras agarraba la mano de Bassil y la dejaba sobre su vientre—. Me enteré hace pocos días… Ya había decidido marcharme de aquí, pero tú… Pues te anticipaste…

Bassil cerró los ojos y no le importó que las lágrimas ahora fuesen suyas. Se echó a reír con una alegría que era incapaz de explicar con palabras y agarró a Aytanna en volandas. Dio un par de vueltas con ella, luego la dejó en el piso con suavidad y la abrazó, con fuerza durante largos segundos, mientras la sentía aferrada a él.

—Es la mejor noticia que has podido darme. Soy jodidamente afortunado.

—Te amo, Bassil, y sigo muy enamorada de ti. Sé que serás un padre fantástico para este ser que es el resultado del amor y del placer —dijo echándole los brazos al cuello—. No quiero estar sin ti, porque tú complementas mi vida también. Gracias por amarme como lo haces… —sonrió con dulzura—. Quiero esta familia, en la que somos solo tú y yo. Pero también quiero la que tendremos con este y más hijos. Los dos hemos pasado mucha dificultades, así que es tiempo de ser felices.

Bassil soltó una risa suave de júbilo absoluto. «Iba a ser padre», pensó ilusionado. Ahora miraba un futuro con una familia, en el que la gente que amaba permanecía a su lado; en el que merecía ser amado; y en el que siempre estaría la mujer de su vida.

—Contigo, junto a mí, no existiría otra manera de vivir —sonrió Bassil.

Al instante, él enterró los dedos en los cabellos de Aytanna, mientras sus bocas se fundían en un beso largamente esperado. Sus lenguas se reencontraron, fusionándose con ardor, mientras el contacto se profundizaba con una mezcla de anhelo, alivio, pasión, necesidad, fervor, lealtad y amor. El beso hizo gemir a Aytanna, porque no solo sentía los labios incendiarios de Bassil, sino también la forma en que sus manos la recorrían, apretando sus curvas, moldeándola y poseyéndola en un contacto que prometía ser una sucesión de eventos sensuales y apasionados.

El beso se volvió rudo, dominante y demandante, porque eran las características de la lujuria que Bassil y Aytanna domaban juntos. Se robaban el aliento mutuamente y también intentaban abarcar con sus manos el cuerpo del otro. Ella le acarició el miembro sobre el pantalón y él gruñó por lo bajo. Las hormonas del embarazo la tenían agitada y con ganas de satisfacer sus instintos básicos. Pero el único que siempre lograría dejarla saciada era su futuro esposo. Al pensar en ello, Aytanna se abandonó todavía más a la danza de conquista y rendición de sus bocas.

Pero, ella no quería que esta reconciliación tuviera lugar en la casa de otra persona. Aytanna necesitaba crear magia en el sitio que solo era de ambos. Poco a poco, disminuyó la intensidad del beso, mientras él, con los cabellos alborotados, porque ella se los había agitado con los dedos al aferrarse para instarlo a besarla con más profundidad, la observaba con el ceño fruncido. Ella le mordió el labio inferior.

—Bassil… —susurró y miró por sobre el hombro, la preciosa mesa puesta para dos personas—. Creo que vamos a tener que dejar esta cena para otra ocasión.

Él le acarició los cabellos. Se moría de deseo por ella, pero si Aytanna necesitaba detenerse, entonces les quedaba el resto de la vida para disfrutarse. Aunque, por supuesto, iba a cobrarle con creces la tortura que implicaba la demora de tenerla. Una tortura que juntos iban a disfrutar durante largas horas, a partir de esta noche.

—¿Es así? —preguntó mordiéndole el cuello con suavidad.

Ella tembló ligeramente e hizo un asentimiento. Lo miró con amor. La clase de amor que siempre añoró encontrar y en el que jamás dejó de creer que era posible que llegaría a su vida, a pesar del caos. Había aprendido que los deseos del corazón tenían diferentes formas de cumplirse, pero ninguna era perfecta. En esa imperfección radicaba la magia de ser capaces de entregarse a otro en confianza, amor y placer.

—Sí, por favor, llévame a casa —sonrió entrelazando los dedos con los de él.

Bassil asintió y le dedicó una mirada de dulzura, amor y promesas de placeres furtivos.

EPÍLOGO

Siete años después.
Edimburgo, Escocia. Reino Unido.
Familia Jenok.

Emily Jenok Gibson era un pequeño terremoto de ojos verdes y cabellos oscuros. No solo volvía loca a su madre con las travesuras que hacía, sino que tuvo fascinado a su padre desde el día en que él la sostuvo en el hospital por primera vez. El hombre miraba a su hija como si sostuviera el equilibrio de su mundo. Emily era solo la primera de tres bellos desastres naturales en forma humana y que llenaban la mansión Jenok de risas y amor. Le seguía el ciclón Skylar, una preciosa niña de ojos cafés y cabello rubio, cuya pasión era la pintura, en la forma de los labiales de su madre, y decoraba las paredes de toda superficie que quedaba a su alcance. Bassil había aprendido a fungir de caballito para que su hija se riera, mientras jugaban en la alfombra y la llevaba sobre su espalda alrededor. Al verlos, Aytanna se carcajeaba, pero también su corazón se henchía de amor, porque sus hijas eran afortunadas de tener un padre tan cariñoso y preocupado. Ella amaba locamente a sus niñas.

El último tsunami, no menos destructor, era Ashton. El pequeño acababa de cumplir cuatro meses y demandaba alimentación, atención y cuidados a todas horas del día. Bassil veía en su hijo su propio reflejo y quería criarlo para que supiera que las emociones eran importantes y que merecía amar y ser amado. Deseaba forjar para Ashton un espacio seguro para que, aun cuando fuese adulto, supiera que los brazos de sus padres estarían siempre disponibles para darle apoyo y refugio. Ashton Jenok tenía el cabello rubísimo y los ojos verdes, el niño era la debilidad de Aytanna.

—Has tenido suficiente por hoy de tu mamá, pequeñajo —dijo Bassil tomando a Ashton en brazos y apartándolo del pezón de Aytanna—. Es hora de dormir, hijo —murmuró golpeándole varias veces la espaldita para sacarle los gases—. Eres un niño maravilloso, ¿lo sabes, verdad? Muy amado, así como tus hermanas. Somos afortunados de tenerlos —le susurró al oído, pensando que Aytanna no lo escuchaba.

Ella contempló a su esposo con lágrimas en los ojos. Bassil era un padre magnífico y derrochaba amor por sus hijos. Él había cumplido sus promesas de hacerla feliz y construir una familia a su lado. Aytanna jamás imaginó que pudiera ser tan amada como se sentía junto a su atractivo esposo. El hombre, con los años, tan solo había logrado volverse más sexy en su madurez. A ella le gustaba flirtear con él cuando estaban en un sitio público o le gastaba bromas sobre la diferencia de edad. Lo anterior, lo hacía porque la compensación que él exigía de ella, la enloquecía. Juntos eran fuego y ardor. Aytanna seguía tan enamorada de Bassil como siempre.

Sus vidas habían estado llenas de momentos dulces, pero también de contratiempos que los mantuvieron en estados de tensión bastante fuertes. Sus personalidades eran enérgicas y, a veces, la cabezonería parecía intentar dominar los conflictos. Sin embargo, al final, las diferencias se borraban con una conversación sincera, un poco de tiempo, además de besos que provocaban gemidos de amor.

Bassil había llevado a Aytanna a Aberdeen, en un gesto simbólico antes de casarse, para dejar flores en las tumbas de Olivia y Hannah. Aytanna, en cambio, lloró en brazos de Bassil cuando dejó su ramo de flores en la tumba de Lorraine, en Edimburgo. Fueron dos momentos muy delicados y tristes, pero necesarios para dar un cierre de amor, aceptación y también perdón hacia sí mismos por el pasado.

Aytanna había disfrutado su Luna de Miel en Tailandia y Grecia. Fueron dos semanas en las que afianzaron su relación, se disfrutaron en las más hermosas locaciones, y degustaron platillos exquisitos. Ella logró convencer a Bassil de bailar con juntos en un pub en Mykonos. Fue toda una experiencia de la que, gracias a algunos turistas que estuvieron también en ese pub, tenían fotografías para recordar.

Por otra parte, Raven y Arran se habían convertido en amigos de Bassil, aunque el capo seguía siendo muy él: esquivo, distante y hostil, pero al menos ya no hacía amenazas y su mujer le brindaba el lado suave que le hacía falta. A diferencia de los Jenok, los Sinclair habían optado por no tener hijos; el pasado de ambos estaba plagado de crimen y sangre, así que no querían traer descendencia a un entorno de violencia. Los Burton, que ahora tenían dos hijos, también se habían unido al grupo, aunque más esporádicamente. Solían reunirse en la casa de los Sinclair.

Lo anterior, ocurría porque las reglas de seguridad de la mafia eran muy estrictas, así que era necesario preservar ciertos estándares y secretismo. Raven y Aytanna estuvieron muy firmes en su decisión unánime de estar presentes en momentos importantes de la vida de la otra sin importar nada. Así que Arran y Bassil habían hallado la manera de mantener contentas y a salvo a sus esposas.

—¿Vas a dejar a Ashton con Marcie? —preguntó Aytanna limpiándose los pechos desnudos con delicadeza, antes de incoporarse de la cama.

Él la miró con expresión hambrienta y le sonrió de medio lado.

—Sí, pero regresaré pronto. Tenemos toda la tarde para nosotros y te he echado mucho de menos, cariño —dijo sin dejar de darle palmaditas a su hijo en la espalda.

—Voy a darme una ducha —murmuró, dejando caer, a propósito el short.

Quedarse desnuda ante él la excitaba, porque la mirada ardiente de Bassil lograba tocar toda su piel. Las marcas de las estrías por los tres embarazos, él las ignoraba. De hecho, le decía que algunos guerreros llevaban mejor las huellas de la batalla que otros y que ella, no solo las exhibía sensualmente, sino que él la deseaba más que nunca.

—Joder, mi amor… —dijo apretando los dientes.

Ella soltó una risa suave y cerró la puerta del cuarto de baño.

Bassil llevó al bebé a la habitación que había sido diseñada exclusivamente y con mimo para él. Todos sus hijos tenían lo mejor que el dinero era capaz de proveer. Después de dejar a Ashton en la cuna, le dio instrucciones a Marcie para que vigilara cualquier mínima incomodidad del bebé. Le exigió que ante cualquier cambio en Ashton o su expresión o algún erutito que sonara diferente, lo llamara. La niñera, que tenía sesenta años y varios nietos a los que había ayudado a cuidar, solo lo miraba pacientemente y asentía. «¿Para qué iba a desgastarse repitiéndole que ya conocía cuál era su trabajo, si su jefe era un padre sobreprotector?». En esos instantes, Emily y Skylar estaban haciendo la siesta, así que todo en la casa estaba en calma.

Bassil regresó a la máster suite con una intención en mente.

Él y Aytanna llevaban siete increíbles años casados, con altos y bajos. La promesa que le hizo Bassil, de que siempre procuraría ser su mejor versión para ella, seguía en pie y él hacía todo lo que estaba a su alcance para mantenerla. Algunas personas solían decir que con el paso del tiempo, la fascinación y atracción de la pareja en un matrimonio se apagaba. Eso no había sucedido con los Jenok.

Ambos tenían pocos instantes para estar a solas debido a los compromisos y responsabilidades de la rutina laboral y como padres de familia. Por esa razón aprovechaban cada momento que podían estar a solas con fogosa pasión. La mayor parte del tiempo les tocaba ser creativos para besarse, acariciarse y saciar sus deseos de poseer íntimamente el cuerpo del otro. Lo anterior, los hacía percibir sus encuentros como si fueran dos amantes que estaban escapándose de forma fraudulenta de la realidad, para dar rienda suelta a sus instintos. La excitación de la anticipación, ante la siguiente ocasión en la que podrían estar piel con piel, mantenía elevada la tensión sexual. Aunque esto último era prácticamente natural cuando los dos estaban en el mismo espacio físico o sus miradas se cruzaban de repente.

En los temas financieros también eran compañeros y justos negociadores.

Aytanna, dos años atrás, le había hecho una propuesta económica para comprar Earth Lighting. Ella estaba profundamente comprometida con la visión ecológica de la compañía y manejaba al dedillo el campo financiero, así como las gestiones de hacer negocios que había aprendido con la experiencia. Él accedió a la transacción, después de negociar tal como lo hubiera hecho con otro empresario. Jamás cometía el error de menospreciar a Aytanna y ella nunca pretendía tomar ventaja. Fuera de la casa eran dos profesionales de los negocios y buscaban el mejor acuerdo para los dos.

Él le vendió el ochenta y cinco por ciento de la compañía, primero, porque sabía que Aytanna haría lo necesario para hacer crecer Earth Lighting; segundo, porque él tenía suficiente en su panorama con los asuntos de Doil Corporation, Force, y la alianza exitosa que mantenía con Arabia Saudita. Todas las ganancias que Bassil obtenía del porcentaje de acciones que mantenía de Earth Lighting, el quince por ciento, lo donaba completamente para financiar la fundación Clement Ways.

La fundación fue creada en memoria de la tía de Aytanna. Clement había fallecido cuatro años atrás de un paro cardíaco, dejando devastada a su única sobrina y también a Bassil, así como a las dos sobrinas nietas que alcanzó a conocer. Clement Ways buscaba ayudar a todas las personas, indistintamente de las edades y condición económica, que sufrieran problemas de movilidad física, congénitos o por accidentes.

En otro orden, Greater Oil se había convertido en una de las empresas petroleras menos confiables y eficientes, porque la cantidad de accionistas impedía trabajar correctamente al CEO. Jonathan Crumbles, al final, decidió vender la empresa y esta fue adquirida por un grupo petrolero de Noruega.

En el caso Cameron McLeod, este visitó Edimburgo en una Navidad. Al hacerlo las denuncias por chantajes y acoso de otras mujeres se activaron. Fue detenido en el aeropuerto por acoso sexual y malversación de fondos de la empresa que tenía con su padre. La justicia lo condenó a doce años de cárcel sin opción a libertad condicional.

Los ciclos del pasado se habían cerrado.

Ahora, la vida de Aytanna y Bassil estaba marcada por la resiliencia, pero también por los aprendizajes adquiridos, antes de conocerse y durante los meses de noviazgo, gracias a los que podían trazar juntos una nueva historia. Los cimientos bajo los que estaban asentados los pilares de su familia eran sólidos, porque tenían la lealtad, la empatía, la determinación y el amor como ingredientes principales.

Pero también tenían un ingrediente adicional e innegable: el deseo.

—Bassil —dijo ella con una sonrisa cuando lo sintió contra su espalda, en la ducha. Ya se había terminado de enjuagar el shampoo—, ¿todo bien con Ashton?

—Sí, está dormido. Las diablillas también están descansando. Así que es nuestro pequeño momento robado y quiero aprovecharlo —dijo acariciándole los hombros y dejando un reguero de besos desde la nuca, hasta el sitio que separaba las nalgas.

—Suena a una excelente idea… Oh… —susurró cuando él le agarró el trasero, apretándole la carne y amasándola, mientras le mordía el cuello. Ella gimió con abandono sintiendo la dureza caliente tocándole la piel.

Bassil agarró un poco de jabón líquido y lo frotó entre las palmas de las manos. El agua caía sobre ellos y creaba un ligero vaho alrededor. Estaban solos, alejados de todo; no había responsabilidad, ni pasado ni futuro. Solo tenían este momento.

—Te amo, Aytanna, y es imposible que no te desee a cada instante —dijo, mientras empezaba a enjabonarle la piel de las caderas con las manos. Deslizó los dedos, hasta tocarle el sexo, al tiempo que le mordía el lóbulo de la oreja—. ¿Qué tan sensible está tu cuerpo hoy, mi amor? ¿Eh? —preguntó masturbándola con la mano derecha, mientras la izquierda subía para ahuecarle un pecho. La sintió tensarse.

—Bassil… Mis pechos están más sensibles que de costumbre —susurró.

—Mmm —dijo, moviendo la pelvis, frotando así su pene contra la carne de las nalgas. Le introdujo dos dedos en la vagina, entrando y saliendo. Su mano libre amasaba el pecho con más suavidad y con el pulgar frotaba el pezón—. ¿Mejor?

—No… Necesito correrme… Por favor … —gimió.

—Solo porque te quiero voy a complacerte —dijo en tono perverso, agitando con rapidez sus dedos, pellizcando con fuerza el pezón y haciéndola gritar. Al cabo de unos segundos, el sexo de

Aytanna se contrajo alrededor de sus dedos—. Eso es mi sirena de ojos verdes. Solo déjate ir —le susurró al oído, mientras ella echaba la cabeza hacia atrás, con un gemido, apoyándola suavemente contra los pectorales.

Poco a poco, recuperó el resuello y se giró entre los brazos de Bassil. Se terminaron de bañar con lentitud, pero cuando ella intentaba tocar el erecto miembro viril, él tan solo la besaba para que se olvidara de tocarlo. Luego, él cerró el grifo.

—¿No quieres correrte…? —preguntó frunciendo el ceño.

—Solo estaba esperando un poco —dijo caminando breves pasos, hasta que la espalda de Aytanna estuvo contra los azulejos de la bañera—. ¿Quieres saber el motivo? —preguntó en tono sensual y con una media sonrisa, pícara.

Aytanna notó que los ojos de Bassil eran tan oscuros en esos instantes que ella podría sumergirse en ellos y no ser capaz de tocar fondo. Las respiraciones de él parecían más agitadas y su cuerpo gritaba placer, amor y promesas sensuales. Aytanna sentía un estremecimiento de anticipación. Aunque acababa de tener un delicioso orgasmo, su vagina latía levemente queriendo más; sus pechos le pesaban de necesidad por más caricias. Se sentía casi desesperada por tenerlo dentro. Por verlo en éxtasis.

—Yo… Sí… —murmuró sonriendo.

Bassil elevó ambas manos y le tomó los pechos que estaban más grandes debido a la lactancia. En cada embarazo, él la había amado con dulzura y erotismo, reverenciando su cuerpo a medida que iba cambiando mes a mes. El orgullo que sintió era parte de su ego masculino, pero, más allá de eso, se trataba de la certeza de que con esta hermosa mujer tenía lo que anhelaron siempre: un gran familia.

Ella gimió con suavidad.

—Tú sabes cuándo me fascinan tus tetas, cariño —dijo mirándola.

—Creía que era toda yo, pero voy a pretender que no me molesta el detalle…

Él soltó una carcajada ronca y le apretó ambos pezones suavemente.

—Toda tú, Aytanna Jenok, me vuelve loco. Eres mi fantasía y mi verdad —dijo inclinándose para morderle el labio inferior, pero sus manos no dejaron de acariciar las tetas. Luego volvió a pellizar los pezones. En esta ocasión lo hizo con fuerza.

—¡Bassil! —exclamó por el ligero escozor. Su hijo le dejaba los pezones sensibles cuando lo amamantaba—. Te acabo de decir que están sensibles…

—¿Qué aliviaría este dolor, mi vida? —preguntó con lascivia, mientras ligeras gotitas blancas eran expulsadas de los pechos a medida que él los apretaba.

Ella abrió lo ojos de par en par y sus ojos verdes se llenaron de lujuria.

—Que las succiones y luego les pases la lengua… —susurró, excitada.

—Vamos a probar estar delicias entonces, porque, ¿cómo podría no complacerte, cariño? —preguntó retóricamente, con un gruñido, porque ella aprovechó ese instante para sujetarle y acariciarle la punta roma del pene.

Bassil le lamió las areolas y luego engulló el pezón, mirándola, mientras succionaba probando el sabor único que expulsaba el maravilloso cuerpo de su esposa. Mientras su boca devoraba un pecho, bebiendo con avidez, su mano libre amasaba el otro, y este expulsaba leche a borbotones. Succionó ambas tetas, tratando de no lastimar la piel sensible, y usando la lengua para calmar el ardor, al tiempo que escuchaba los gemidos y jadeos de Aytanna. Ella le aferraba con fuerza los cabellos.

—Oh, por Dios, Bassil… Esto es lo más… Oh… Delicioso y perverso… Sí, succiónalos con más fuerza… Cariño… —farfulló incoherencias.

—Aunque podría mamarlas todo el día —dijo apartándose con renuencia y tomándola de la cintura para que le rodeara las caderas con las piernas—. Lo que necesito ahora es estar dentro de ti… —acomodó su sexo y entró en ella—. Oh, el paraíso al fin, Aytanna —dijo mirándola a los ojos—. La vida contigo es el mejor viaje que alguna vez pude haber imaginado… Te amo con todo lo que soy…

Ella le rodeó el cuello con los brazos, moviendo las caderas, creando un ritmo que era natural, fluido y sensual en una cadencia que los enardecía a ambos. Se besaron con pasión efervescente, pero tomándose el tiempo de disfrutarse, mientras sus pelvis creaban una melodía tenue que estaba amortiguada por los gemidos mutos. Sus bocas se consumieron, mordisquearon y entregaron la dulzura del fuego domado.

—Tú, lo eres todo para mí, Bassil… —dijo sin perder el contacto visual, mientras sus cuerpos se agitaban en un vaivén que fusionaba también sus almas.

Llegaron al clímax al mismo tiempo entre susurros y gemidos. Aytanna soltó una exhalación, cuando sus paredes íntimas cesaron de succionar el miembro viril, y apoyó la cabeza sobre el hombro de Bassil. Permanecieron íntimamente unidos, mientras el bombeo de sus corazones latía al unísono. Cuando Bassil salió con lentitud del interior de esposa, abrió el grifo de agua. Aytanna desenredó las piernas de la cadera de Bassil y apoyó los pies sobre el piso de la tina de baño.

Después rodeó la cintura de su esposo con los brazos, apoyando el rostro contra los pectorales. Él la sostuvo con firmeza contra su cuerpo, mientras le acariciaba la espalda de arriba abajo con dulzura. Permanecieron de ese modo, sosteniendo al que era el mundo del otro, cobijados para los placeres, los sueños, las metas, los anhelos, y la promesa de que, siempre que se tuvieran mutuamente, todo estaría bien.

Bassil se apartó de Aytanna y le besó la punta de la nariz. Ella iba a tomar el rostro de su esposo para besarlo en los labios cuando llegó hasta ellos el llanto, a todo pulmón, de un bebé. Ashton. Se miraron y luego se echaron a reír. El tiempo prestado en soledad se había terminado, pero aún les quedaban muchos momentos juntos, como pareja y como familia, para crear, amar, disfrutar y atesorar.

FIN.

¡Espero que te haya encantado la historia de Bassil & Aytanna! Si tienes un instante disponible, quizá 30 segundos, te agradecería mucho si dejas tu reseña de **PLACERES FURTIVOS** en la tienda Amazon.

Las reseñas, para una autora indie como yo, son una ayuda muy importante.
Besazos y mil gracias por elegir mis historias,
Kristel.

SIGUE LEYENDO: SINUOSA TEMPESTAD (Arran Sinclair & Raven Kelton)

Romance oscuro de mafias – Enemies to lovers
Explícito + 18 años

SINOPSIS:

La franja de equilibrio entre la luz y la oscuridad es esquiva.

El alcance del poder e influencia de Arran Sinclair no tiene límites. Él sabe cómo controlar las opulentas esferas empresariales y aquellas que están tras las sombras. Escocia le pertenece y en su vida no hay espacio para errores ni sentimientos. Jamás exime de responsabilidad a quienes están en su lista de deudores, menos si, en esta ocasión, involucra a una mujer de exquisita belleza y actitud desafiante. La posibilidad de aplacar las osadías de Raven, domando y moldeando el fuego que subyace en ella, estimula su instinto más mundano. Raven es para él un medio para alcanzar un fin: cobrar una deuda con intereses. ¿Por qué habría de importarle si ella empieza a crear un destello de claridad que parece resquebrajar la armadura de su ennegrecido corazón?

El amor es un concepto lleno de sangre y humillación para Raven Kelton; no lo quiere, no lo necesita. Lo único que le importa es sobrevivir y olvidar las sombras de su pasado. Al descubrir la magnitud de la deuda que arrastra el negocio familiar, las esperanzas de salvarlo se hacen añicos. Su realidad se trastoca cuando conoce el rostro detrás del nombre que se susurra con temor en Edimburgo. Arran Sinclair no es solo el jefe de la mafia escocesa, sino también un cretino atractivo e inflexible que pretende convertirla en la moneda de cambio para saldar la deuda de su familia. Raven está empecinada en odiarlo y enfrentarse a sus dictámenes, así como proteger su corazón del alcance de Arran, aunque el infame bastardo parece tener otras ideas.

Puedes contactar a la autora en redes sociales.
Instagram, Facebook, TikTok y Twitter: @KristelRalston

También puedes **seguirla en Amazon** para estar al corriente de sus próximas novedades literarias: http://www.amazon.com/author/kristelralston

Si te apetece escribirle, hazlo a través de **un email**:
kristelralstonwriter@gmail.com

SINUOSA TEMPESTAD

AUTORA FINALISTA DEL 2° PREMIO LITERARIO AMAZON STORYTELLER

KRISTEL RALSTON

PRÓLOGO

Edimburgo, Reino Unido.
Años atrás.
Raven.

—Necesito que te escondas, cariño, y no salgas hasta que yo regrese por ti —dijo Larah tratando de controlar sin éxito la forma en que le castañeaban los dientes, mientras el corazón le latía desbocado de terror. El frío del exterior se filtraba por las ventanas de la casa en la que a duras penas funcionaba la calefacción. El costo de la electricidad era alto y su salario no era suficiente para cubrir ciertas necesidades al completo, pero hacía lo que mejor podía por su hija—. Este es nuestro juego, mi pequeña hada, recuerda. Tú te ocultas, en completo silencio, y yo te busco. Solo cuando te encuentre puedes hablar de nuevo. Esta es la regla más importante que debes cumplir. ¿Vale? Si me tardo en encontrarte es porque has sido muy lista.

El ruido que provenía en esos instantes del patio frontal solía ser el precursor de escenas que terminaban en gritos y dolor. Los ojos grises de Raven se abrieron de par en par al notar las lágrimas sin derramar de su madre. El golpe de la puerta principal al cerrarse con fuerza las sobresaltó a ambas. Después se escucharon los pasos pesados, la radio que se encendía con música de rock y, finalmente, el sonido de la vajilla chocando entre sí en la pequeña cocina que fungía también de comedor.

No era la primera vez que Larah le pedía a su única hija que se ocultara. Raven detestaba este juego cada vez más, porque cuando su mamá la encontraba, muchas horas después, solía tener el rostro hinchado o de color púrpura; el pómulo inflamado o el labio roto. Cuando le preguntaba angustiada qué le había pasado, Larah tan solo le decía que fue un poco torpe y rodó por las escaleras.

Raven tenía seis años e intentaba creerle, de verdad lo intentaba, pero en cada ocasión el juego del escondite le parecía más horrible y ya no quería volver a jugarlo. Ella sabía que Rocco, su padre, era el culpable de todo: los gritos, las lágrimas, las sillas desordenadas, la vajilla rota y la forma en que su madre intentaba ocultar las magulladuras de la cara. Cuando le pedía a Larah que agarraran un taxi para marcharse, esta argumentaba que no podía abandonar a Rocco e insistía en que solo estaba enfadado y que pronto todo estaría bien. De hecho, persistía en decirle a Raven que la idea de que ocultarse y pasar desapercibida la mantendría siempre a salvo.

No obstante, la niña estaba cansada de pretender esconderse durante tanto tiempo, porque la oscuridad no le agradaba. No quería confesarle a su madre que sentía fobia de estar encerrada en el clóset o en el amplio baúl de madera ubicado en una esquina de su insípida habitación. En un inicio, el juego del escondite le causó diversión a Raven. No obstante, poco a poco, cuando fue más consciente de los detalles y notaba el rostro magullado de su madre, empezó a enfadarse.

—Mami, no quiero jugar hoy —susurró agarrándole la mano con fuerza y en un tono suplicante. La miró con esos ojos que parecían rivalizar con el tono de los nubarrones antes de la tormenta; ojos distintos a los azules topacio de Larah—. Siempre que me encuentras ya no eres la misma… Por favor, vámonos de aquí —dijo con voz suplicante—. Puedo ayudar a limpiar las mesas contigo en restaurantes o hacer dibujitos de vestidos y venderlos como las niñas Boy Scout que venden galletas. Dice la señora Fleur que dibujo bonito. ¿Y si les haces vestidos a otras niñas como me haces los míos, mami? ¿Con eso podemos comprar hamburguesas para comer?

Larah sonrió con lágrimas sin derramar y tragó saliva. Sí, su pequeña hada tenía una habilidad con las manos para replicar modelos de vestidos, agregándoles detalles y colores. Claro, a esa edad eran dibujos rústicos, pero no dudaba que, si algún día lo decidía, Raven podría llegar a estudiar arquitectura o diseño.

Le dolía la situación en la que se hallaba, aunque se sentía incapaz de marchase porque la casa estaba a nombre de su esposo y ¡la estaba pagando ella! Por eso necesitaba los abogados, porque tenía que existir una forma de modificar las escrituras y ser ella la propietaria conjunta, al menos. Además, su familia no era apegada a la tecnología y vivía en un pueblo costero en Irlanda. Larah no los había visto desde que se mudó a Edimburgo más de una década atrás. Sus amigas en la ciudad eran poquísimas y ninguna era cercana. Larah era una mujer que confiaba muy poco en otros, en especial si estaba de por medio su hija. Estaba atrapada.

—Raven, no hay nada que esté fuera de tu alcance si lo quieres de verdad. Si es dibujar, cantar o danzar, da igual, lo importante es que resuene aquí —le señaló el sitio en el que latía el corazón de la niña, después le acarició la mejilla y le acomodó el cabello negro detrás de las orejas—. Incluso cuando encuentres una adversidad que parezca gigante e imposible de vencer tú solo tienes que seguir tus corazonadas, entonces, siempre prevalecerá la luz, a pesar de la oscuridad. ¿Lo comprendes?

—Sí, mami… ¿Eso significa que mi papá es la oscuridad?

Larah soltó una exhalación temblorosa. «Su hija era una niña muy lista».

—Eso significa —hizo un gran esfuerzo para esbozar una sonrisa amplia y sincera—, Raven, que ahora debes ocultarte. Por favor, no rehúses —pidió tomándole los hombros con ambas manos, mirándola con amor—. Te prometo que mañana te compraré un helado. El sabor que más te guste con chispas de chocolate.

La niña disfrutaba de las caricias de su mamá, porque la hacían sentir querida, cuidada y protegida. Sin embargo, no ocurría lo mismo con Rocco, su padre, porque era tosco y la zarandeaba si no sabía una respuesta a cualquier pregunta que le hiciera.

Una situación que a ella le causaba mucha rabia era cuando regresaba de la escuela, mientras Larah estaba trabajando como camarera, y Rocco llevaba otras mujeres a la casa. Él la ignoraba y tampoco había comida en el frigorífico, porque él se la comía toda, inclusive la ración que su madre dejaba separada para ambas, o la compartía con esas desconocidas que vestían poca ropa. Así que Raven, a veces, se alimentaba con las sobras de la noche anterior, si acaso había, o solo con un sándwich con mantequilla. En ocasiones, ella bebía muchísima agua o jugo de alguna fruta que hubiese disponible, hasta que sentía que su estómago estaba lleno.

Una tarde, Raven se puso muy furiosa porque estaba fastidiada de que otra persona estuviera ocupando la habitación que era de su mamá y entrando a su hogar, así que se atrevió a reclamar a su padre al respecto. La reacción de Rocco fue darle una bofetada que la lanzó al suelo. La niña rompió en llanto y se frotó la mejilla con resentimiento, pero el hombre, en lugar de consolarla o disculparse, tan solo la agarró del brazo con fuerza, la impulsó sin contemplación al interior de la habitación infantil y luego cerró la puerta. A los pocos minutos, Raven escuchó que la desconocida gritaba en tonos extraños y su padre tan solo se reía o gruñía cosas ininteligibles.

Esos ruidos que escuchaba junto al traqueteo de la cama golpeando la pared, cada vez que Rocco llegaba con una señora que no era Larah, instaban a Raven a abrir la ventana de su habitación. Ella se las apañaba para deslizarse sobre la superficie de una tubería exterior y finalmente lograba correr hacia la casa de sus vecinos. Huía.

Fleur y Pietro Lobardo eran una pareja muy cálida que siempre la recibían con cariño, la alimentaban y, a veces, cuando Larah tenía turnos en la noche, la cuidaban. No solo eso, sino que la hacían olvidar de lo que ocurría en casa. Le habían comprado algunos juguetes para que se entretuviera y le leían cuentos. Ellos no tenían hijos ni nietos, así que le daban toda su atención. En ocasiones, la llevaban a dar paseos a pie a Princess Street, no sin antes contar con el permiso de Larah.

A veces, Raven se sentía mal por no contarle a su madre sobre las otras señoras de las que Rocco llegaba acompañado. Sin embargo, su silencio tenía una explicación: su padre la había amenazado con darla en adopción y prohibirle ver a Larah si daba el chivatazo. No quería arriesgarse a perder a su mamá por eso, cada vez que empezaban los gemidos de esas mujeres, Raven se escapaba hacia la propiedad de los Lobardo.

—Quiero ir donde la señora Fleur y el señor Pietro. Ellos nos pueden dar té caliente con galletas ¿vamos, mami? —preguntó con tristeza—. A los dos les gusta compartir con nosotras y son buenos. Además, tienen una consola de videojuegos.

—¿Dónde estás, puta de mierda? —preguntó una voz masculina fuerte e impregnada de desprecio. Provenía del piso inferior. Rocco estaba en casa.

Larah tembló y eso logró que la niña también lo hiciera por simple reflejo.

—Raven —dijo en tono suplicante e insistente—, no puedes bajar las escaleras para ir donde los vecinos. Solo te queda esconderte, porque tu padre…

La niña hizo una negación, porque odiaba a Rocco. Ella solo quería marcharse para siempre con su mamá, porque la entristecía verla asustada. En ocasiones tenía miedo de que Rocco entrara en la habitación para golpearla, porque ya lo había hecho un par de ocasiones cuando encontró unos lápices de colores sobre la mesa de comer. Al siguiente día, debido a los moratones que le dejó en el trasero con la correa de cuero, la niña no pudo sentarse en clases sin sentir dolor. Su madre le aplicó un ungüento. El resentimiento e impotencia de Raven hacia su padre aumentaron.

—No, mami —dijo señalando la ventana—, me escaparé por allí y llegaré donde los vecinos. Les pediré que nos vengan a ayudar. Por fa. No me gusta verte con el rostro hinchado cuando me encuentras, porque tú eres muy guapa y no quiero que te pase nada. Deseo que siempre estemos juntas. Por fa, vámonos de aquí.

Larah se limpió las lágrimas que rodaron por sus mejillas. ¿Cómo le explicaba a su hija que había amado a Rocco, pero que ese amor ya no existía? ¿Cómo le podía decir que la casa estaba hipotecada y era ella quien cubría los pagos mensuales, pero tenía miedo de echar a ese hombre por las represalias? ¿Cómo le podría confesar que, además de camarera, también bailaba en un club de strippers y recibía dinero por exhibir su cuerpo? ¿Cómo le expresaba que Rocco le tenía envidia, porque poseía imaginación y estrategias para labrarse un camino a pesar de las dificultades, pero él prefería el alcohol, las mujeres y hacerle pagar sus frustraciones de no estar bien calificado para obtener un empleo? Había tantas cosas que quería explicarle a Raven, pero tan solo era un alma inocente en medio de una vida familiar caótica.

Larah trataba a toda costa de proteger a su hija. La situación no era fácil, porque cuando Rocco se volvía violento la única opción era interponerse y recibir los golpes que iban dirigidos a la niña, en silencio. Por más de que trataba de disfrazar la situación con juegos o pretender que todo estaba bien, ella sabía que no era suficiente.

Si pudiera retroceder el tiempo, ahora estaba más segura que nunca, jamás habría optado por quedarse con el chico malo que andaba en motocicleta, desafiaba la ley, llevaba tatuajes, pero follaba genial y compensaba los exabruptos, en esos años muy poco frecuentes, con gestos dulces. Ella estúpidamente creyó que, al casarse, Rocco cambiaría y dejaría los celos con el tiempo. No obstante, él tan solo se había transformado en su verdugo. Odiaba que su pequeña hija estuviera en medio del fuego cruzado. Raven tenía apenas seis años, sí, pero ya empezaba a darse cuenta, cada día más, de que las dulces mentiras eran solo eso: falsedades.

—Te puedes caer, no quiero que te pase nada, mi pequeña hada —dijo llamándola de nuevo por ese cariñoso apelativo. La niña llevaba una pulserita, la única alhaja de oro que pudo comprarle, con la frase *Mi pequeña hada, mi pequeño amor*, grabada en el interior. Raven cuidaba su pulsera con fiereza.

—Lo he hecho muchas veces —sonrió—, ven conmigo, mamá…

Antes de que Larah pudiera responder, Rocco abrió la puerta de la habitación de Raven con brusquedad. Él tenía los cabellos negros, sus ojos eran color café y parecían un pozo se conjuros malévolos. Su cuerpo era grande, fuerte y musculoso. No era imponente, sino intimidante y atemorizante. Para una niña tan pequeña, él era la imagen de un hombre con el poder de lastimarla y arrebatarle todo.

—¿Ya hiciste la tarea, jodida alimaña? —le preguntó, acercándose, mientras la niña retrocedía. Al instante su espalda chocó con la puerta del clóset—. Y más te vale que no vuelvan a llamar de la escuela para decir que no has tragado ni dormido bien. ¡Deja de decir mentiras! Si no tragas es porque te crees mejor que los demás y la comida que hay aquí te parece insuficiente. ¿Acaso crees que ignoro que te vas donde ese par de viejos que tenemos como vecinos a un par de cuadras de distancia?

Larah se acercó y posó la mano sobre el brazo de Rocco. Este, inmediatamente, lo apartó con fuerza e hizo trastabillar a su esposa, pero ella no cayó al suelo.

—S…sí, papá, ya hice la tarea. Jamás diría mentiras sobre ti, jamás, de verdad. Lo prometo —murmuró, aterrada. Le disgustaba el olor a cerveza o lo que sea que su padre bebía casi a diario. En ocasiones, él tenía los ojos con ligeras motas rojizas y era cuando más miedo le causaba, porque empezaba a gritar fuera de sí y como si nada le importara de su alrededor. Sin embargo, eran sus acusaciones, todas falsas, las que le parecían dolorosas—. Saqué buenas calificaciones este mes.

Rocco le agarró la barbilla con dureza. La niña lo miró con recelo.

—¿Sabes por qué te soporto? —preguntó con crueldad.

—Rocco, por favor, déjala tranquila. Se ha portado bien… —dijo Larah.

—¡Cállate! No haces más que estorbarme. Si no te hubieras quedado preñada, entonces mi padre no me habría obligado a casarme contigo y arruinado mi vida —exclamó. Soltó a Raven para luego darle una bofetada a su esposa sacándole sangre del labio partiéndoselo ligeramente. Larah se limpió el hilillo rojo con el dorso de la mano con un sollozo, pero estaba más preocupada por su hija—. ¿Recuerdas eso de los valores tradicionales? Pues los estás pagando.

Raven gritó desesperada y se movió con la intención de ir hacia su madre. Se sentía culpable, porque sentía que debió obedecer de inmediato cuando su mamá le pidió que jugaran al escondite. Larah se acomodó el cabello con dedos temblorosos y miró a su hija y le hizo una negación para que no intentara acercarse a Rocco.

La niña, que no quería causar más problemas, se quedó quieta. La impotencia era una emoción que no comprendía del todo. Su pequeño cuerpecito temblaba, porque la rabia que la embargaba la hacía sentir perdida y con ganas de lastimar a su padre de alguna manera. Esto último le causaba consternación. «¿Acaso no deberían los papás amar a sus hijas y viceversa? ¿Por qué él no le enseñaba a nadar o andar en bici como hacían los padres de sus compañeras? ¿Por qué la trataba mal?».

—Quítate la ropa —dijo Rocco a su mujer mirándola de arriba abajo.

—Por favor, no…

—¡Quítate la ropa o te la quito yo! —ordenó—. Tengo necesidades y tu trabajo es cumplirlas. ¿Acaso no juraste amarme y respetarme hasta el último suspiro? —preguntó con mordacidad—. Entonces cumple tu parte abriéndote de piernas. Tal como tenías la intención de hacer antes de que aceptaras casarte conmigo.

Raven empezó a llorar en silencio, mientras observaba a su madre desabrochándose cada botón con lentitud, como si le estuviera dando tiempo a escapar. Larah observaba a la niña con un amor que rebasaba el temblor de sus dedos y a pesar de que las lágrimas corrían por sus mejillas. Raven sentía los pies pesados y el corazón bombeando con dolor, mientras buscaba idear la forma de detener todo esto. «¿Por qué quería su padre que su mamá se quitara la ropa? ¿Por qué?».

—Aquí no, ella es solo una niña inocente, Rocco —dijo en tono suplicante. Dejó la blusa a un lado. Se quedó en sujetador y con la falda larga color azul—. Pasó hace tantos años —continuó con la voz rota—, tú y yo habíamos terminado nuestra relación. Incluso estabas saliendo con otra chica. ¿Por qué me acusas por el pasado? Nunca pasó nada con Benjamín. Fue solo un beso, por Dios. Después me buscaste y todo lo que pudo empezar con él se acabó. Me quedé contigo.

Rocco se acercó y agarró a Larah del cuello, después la lanzó a la cama. El cuerpo elegante y esbelto de la mujer rebotó sobre el colchón de Raven. La niña observaba atónita, con terror e incertidumbre, la escena. Sabía que algo no estaba bien, porque su mamá era dulce y amorosa. «¿Por qué él la trataba tan mal? ¿Qué era eso de acusarla de cosas del pasado? ¿De qué hablaban?», pensaba, mientras sus deditos se frotaban unos contra otros, al tiempo que observaba de reojo la ventana.

Si escapaba de esa habitación, entonces no habría nadie que pudiera llamar a la policía o ayudar a su mamá. Necesitaba ser valiente y hallar la manera que Rocco detuviera sus gritos y dejara de agarrar el cuello de Larah como si quisiera ahogarla. Raven estaba desesperada, porque era la primera ocasión en que veía a su padre siendo violento con su madre. Sí, siempre los escuchaba gritar y discutir cerca o a distancia, aunque lo que presenciaba en estos momentos la llenaba de pavor.

—Tú eras la clásica estudiante sobresaliente que sacó un título universitario y con "ambiciones" —dijo riéndose con crueldad—, ¿qué haces ahora? ¡Servir mesas, nada menos! Si no te hubieras quedado embarazada de esa mocosa —dijo mirando a Raven—, entonces yo habría podido tener más libertad, en lugar de haber tenido que traicionar a mis propios amigos para pagar el hospital y pañales y mierdas. Sin embargo, tú sí habrías elegido a ese imbécil que te pretendía tan solo porque poseía más dinero y prestigio que yo, ¿verdad? —dijo subiéndole la falda hasta la cintura. La sostenía con una mano sobre la cadera, contra el colchón, a pesar de que Larah forcejeaba. La mano sobre el cuello no estaba ahogándola, porque a Rocco le gustaba provocar réplicas que acrecentaran la rabia que llevaba por dentro para así tener una excusa de desquitarse—. Crees que te casaste por debajo de lo que merecías. ¿No?

Ella hizo una negación.

—Te amé, por eso me casé contigo, pero haces imposible que pueda o quiera seguir a tu lado. Yo soy la que pone un plato de comida en la mesa de esta casa, mientras tú pierdes el tiempo y me eres infiel, ¿acaso crees que la gente no habla, Rocco? —preguntó con desdén—. ¿Acaso crees que eres más hombre por dar de gritos o actuar como un reverendo cretino cuando ni mi hija ni yo lo merecemos? No sé con qué clase de amistades te juntas cuando desapareces durante días.

Él la abofeteó ante la expresión horrorizada de Raven.

—El amor es una mierda, no existe, Larah —dijo quitándose la camisa.

—Si algo de compasión queda en ti, *algo*, por favor, saca a Raven de la habitación… Si quieres castigarme por algo que no es más que un fantasma, entonces, hazlo, pero no frente a nuestra hija.

—Yo hago lo que quiero —replicó removiendo su cinturón.

Acostada en la cama, resignada a lo que llegaría a continuación, Larah ladeó la cabeza y conectó su mirada con la de Raven. Le dedicó una sonrisa suave que solo reflejaba el corazón destrozado por el trauma que su mala elección estaba creando en un ser inocente. No tenía nada al alcance para golpear a Rocco y evitar que la violara frente a su pequeña niña. El suplicio de ese matrimonio la destrozaba. Sin embargo, si sobrevivía a esta noche, estaba decidida a buscar una manera contundente para liberar a Raven de este infierno. Estaba desesperada y necesitaba ayuda por su hija.

Ya había empezado a buscar en internet sobre cómo solucionar esta situación para quedarse con la custodia de Raven e inclusive las conversaciones con sus generosos vecinos, los Lobardo, la ayudaron a despejar un poco la mente. Necesitaba dinero para pagar abogados, eso era seguro, y no era un costo barato para una camarera o stripper. Ella no era tan imbécil, así que tenía una cuenta secreta a nombre de su hija, porque con un poco más de esfuerzo, Larah, sabía que podría reunir lo suficiente para pagar una consulta legal apropiada. «Solo necesito tiempo».

—El amor no tiene por qué doler —le susurró a Raven con un nudo en garganta, mientras Rocco le arrancaba el sujetador. No quería que su hija se quedara con esa idea terrible en la cabeza, porque la niña seguro pensaba que lo que existía entre sus padres era amor. No lo era, en absoluto—. Después, sin emitir sonido alguno vocalizó—: Corre, pequeña hada. Corre.

Eso fue suficiente para sacar a Raven de su letargo. Aprovechando lo ocupado que parecía Rocco, ella abrió la puerta de la habitación y salió corriendo. Bajó las escaleras con lágrimas y susto. Su vía de escape solo era la ventana y no tenía acceso a ella por el momento debido a las circunstancias. No quería someterse a los golpes de Rocco ni ver sufrir a su mamá. La puerta principal de la casa siempre estaba cerrada y no tenía las llaves, sino sus padres, así que esa tampoco resultaba una opción útil.

Desde la planta inferior escuchó los gritos de su padre, las réplicas de su madre; los gemidos de dolor, porque ahora sabía lo que era la alegría y la agonía. A pesar de que se escondía en el clóset cuando Larah así se lo pedía, la casa no era a prueba de ruidos y Raven pillaba los alaridos, los insultos, las cosas que se rompían y luego, silencio. La única forma en que lo evitaba era escapando a casa de los Lobardo.

Raven destestó ver a su madre indefensa, segundos atrás, mientras yacía en la cama a causa de la brutalidad de su Rocco cuando este le empezó a quitar la ropa como si tuviera derecho a tratarla de esa manera. Estaba confundida, porque las profesoras le enseñaban en la escuela que un hombre nunca debía tratar mal ni manosear a una mujer ni a una niña y que los padres y esposos tenían que ser respetuosos. A juicio de Raven, Rocco no estaba respetando a Larah, sino todo lo contrario.

A la niña se le ocurrió una idea que iba a cambiar el resto de su vida, pero, en esos instantes de incertidumbre, nerviosismo y terror, no podía saberlo.

Fue hasta la maltrecha biblioteca, que también se usaba de alacena y lavandería, y empezó a buscar en los cajones del escritorio de su padre un artefacto que había visto en alguna ocasión. No estaba muy segura de cómo funcionaba, pero tampoco tenía tiempo para hacer demasiados análisis. Los gritos desde el piso superior continuaban, así que se dio prisa, porque sabía que su mamá dependía de ella.

Subió corriendo las escaleras y cuando regresó a la habitación, Raven vio con horror el cuerpo de su madre laxo, boca abajo, desnudo y con vestigios de sangre en los muslos. Rocco se ajustaba los pantalones y se abrochaba el cinturón con una expresión de satisfacción, así como de confusión; como si se hubiese dado cuenta de algo. Al notar a la niña, él tapó a Larah con la sábana y se giró hacia su hija.

Raven, con manos temblorosas, elevó el arma.

—¿Qué mierda crees que haces…?

Esas fueron las últimas palabras antes de que su cuerpo se desplomara.

CAPÍTULO 1

Edimburgo, Reino Unido.
Presente.

E l ligero dolor en la espalda baja no era le era desconocido a Raven, porque atender la barra de un pub, durante varias horas seguidas, a veces incluía este malestar al permanecer tanto tiempo de pie. No solo eso, sino que además tenía que lidiar con cretinos que intentaban tocarla sin su consentimiento o con mujeres altaneras y que se volvían unas arpías, cuando estaban pasadas de copas, si no obtenían los cócteles con rapidez. Sin embargo, las propinas y el horario flexible en Blue Snails le permitían pagar costos que ayudaban a mantener a Larah en una condición médica estable.

Su madre había sobrevivido al brutal ataque de Rocco, pero los efectos posteriores no iban a erradicarse nunca. En algunas ocasiones, cuando el pasado la atormentaba, Raven creía que la decisión que tomó, más de una década atrás, en lugar de salvarla, la había condenado a ella y a Larah. Con el paso del tiempo había optado por enviar los recuerdos dolorosos de su infancia y adolescencia a lo más profundo de la memoria, a pesar de que las secuelas continuaban vigentes de un modo u otro.

Su constante temor era que los fantasmas se volviesen realidad y la destruyeran. En ocasiones cuando la ansiedad, por las caóticas posibilidades que su cerebro le planteaba sobre la vida o el futuro, llamaba a la puerta, ella agarraba su guitarra y se perdía entre acordes y notas musicales.

Prefería tener pocos amigos, pues no quería caer en el error de confiar en las personas equivocadas. En el camino de su vida hubo falsas amistades que intentaron aprovecharse de su generosidad. Por eso se volvió más selectiva y astuta. Raven sabía defenderse, pero no por eso dejaba de ser cautelosa.

—¿Vas a aceptar la invitación a cenar de Michael? —le preguntó Cyril, uno de los camareros, acercándose a la barra para entregar la orden de cócteles de una de las mesas. El cliente al que se refería iba tan seguido al bar que ya lo conocían por el nombre de pila—. Aunque le hizo la misma propuesta a otra compañera —rio.

Antes de empezar a preparar las bebidas, Raven se tomó la píldora de acción rápida para el dolor muscular. Después se acomodó la coleta que sostenía sus espesos cabellos negros que, cuando estaban sueltos, realzaban un rostro en forma de corazón. Sus ojos grises tenían tupidas pestañas y esta noche estaban enmarcados con delineador azul que los hacía lucir más intensos.

—Quizá deba considerar que tiene un anillo de matrimonio en el dedo antes de tratar de ligar. Obviamente, no voy a salir con él —dijo de buen humor, mientras preparaba las bebidas con rapidez—. ¿Estás listo para mañana?

—Imagino que recibirá la misma respuesta de cualquier mujer que se entere que está casado —replicó Cyril soltando una risa, mientras ordenaba los cócteles que Raven le entregaba en la charola—. Sobre mi viaje a Noruega, sí —dijo haciéndole un guiño. Ambos tenían veinticinco años y se llevaban muy bien, pero no existía una química romántica, porque él era gay—, todo mi equipaje está preparado. La empresa pesquera me pagó el boleto de avión, así que no puedo perder el vuelo.

Ella se rio con suavidad.

—Que tengas la oportunidad de vivir en Noruega es genial, Cyril.

—Oh, cariño, pero tienes que ir a visitarme a Oslo. Si sigues soltera, entonces me encargaré de presentarte uno de esos especímenes divinos que hay por allá —dijo lanzándole un beso antes de ir a la mesa que esperaba los mojitos y russian mule.

Ella y Cyril no compartían detalles de sus vidas privadas, sí que eran amigos, pero no hasta ese punto. Fue por eso que decidió no aclararle que su soltería tenía que ver con un ex y los siete meses que pasó a su lado.

Raven solía tontear con algún chico, pero no daba nunca la posibilidad de que se acercaran emocionalmente. Ella creía que quizá era incapaz de comprometerse con otra persona a causa de su trauma familiar. En el afán de romper esa barrera, le dio la oportunidad a un hombre para que la hiciera cambiar de parecer sobre la confianza y el amor. Qué gran error fue aquel. El costo de su decisión, al recordarlo, le provocaba incomodidad y también enfado. Leo fue lo opuesto a la sombra mortífera de Rocco: encantador, inteligente y con proyecciones profesionales en firme.

No obstante, la forma de lastimarla que usó, sin levantar la voz y con juegos mentales, implicó el mismo efecto de turbación que si la hubiese golpeado. La violencia no necesitaba ser física para aturdir la paz de una persona.

Después de Leo, nadie logró atraerla de verdad. Comprendió que no estaba rota, sino que, quizá, las relaciones sentimentales no formaban parte de sus cartas de la vida. ¿Podía vivir con eso? Sin duda. No tenía un espíritu romántico.

Raven continuó su turno de trabajo e intentó enfocarse en lo que más le gustaba de ser bartender: mantenerse ocupada y ágil para atender a los clientes, mientras descubría mezclas nuevas entre licores y creaba buenas bebidas. Esto último le daba propinas, sin duda. El subidón de energía, sumado a la música de fondo y la euforia de la gente, lograban apartar por unas horas las preocupaciones que la acechaban.

Ella tan solo bebía para conocer si sus cócteles estaban en el punto perfecto, pero jamás se había embriagado. Esto último tenía que ver con el recelo a perder el control y cedérselo a las circunstancias o, peor todavía, a alguna persona que estuviera alrededor. Raven era dueña de su camino, a pesar de las sombras que lo pretendían visitar, y no se amedrentaba fácilmente. No se consideraba una víctima, sino como una mujer que no reconocía en la derrota una opción.

Las siguientes horas de trabajo fueron brutales y no le dejaron posibilidad de tomar uno de los descansos, dos de quince minutos cada uno, al que tenían derecho todos los empleados. Esta vez Blue Snails estaba más lleno de lo usual, así que resultaba imposible abandonar la barra sin crear un caos que no sería justo para Matthew, su compañero de turno y que estaba igual de liado haciendo cócteles o preparando jarras y vasos de cerveza o sirviendo copas de vino.

—No te tocaba turno en el pub, Raven, debiste avisarme con antelación que estarías aquí sin ser parte de la nómina del día —dijo Álex, el administrador del local, en un tono recriminatorio cuando el bar ya estaba cerrando sus puertas al público.

Ella tomó una profunda respiración y giró al cuello para aliviar la tensión.

—Lo sé, Álex, fueron circunstancias inesperadas.

El hombre se cruzó de brazos y la observó con irritación.

—Te dejé trabajar detrás de la barra, porque al celebrar el DJ Rocking Anual estuvimos con un aforo a tope. Ahora ya ha terminado el evento así que, sobre las "circunstancias inesperadas", ¿qué pasó exactamente con Aytanna?

Ella no tenía interés en discutir con el encargado de la contratación y pago de la nómina, como lo era Álex, menos arriesgarse a que la echara del pub. Le costó guardar una réplica mordaz, pero lo consiguió porque en la línea de juego de su vida existían asuntos más importantes que requería que conservara el empleo.

Aparte de ser bartender, Raven solía dar clases de música en una escuela, pero tuvo que renunciar cuando sus padres adoptivos entraron en una crisis y necesitaron que ella se hiciera cargo a tiempo completo de la tienda de antigüedades, Hécate Loft. Pietro y Fleur Lobardo, después de los más horrendos momentos de su existencia en la casa de Rocco, la habían adoptado para que no fuese enviada a servicios sociales, porque Larah estaba en una clínica de reposo y no pudo cuidar de ella.

Los ancianos no eran sus padres biológicos, pero sí la única familia adquirida por las circunstancias de la vida y sabía que contaba con ellos, y viceversa. Le habían dado un hogar, cuidados y cariño. Por eso, cuatro meses atrás, cuando recibió la llamada en que Fleur le decía con desesperación que Pietro sufrió un terrible accidente y estaba grave en el hospital, Raven no dudó en correr a su lado para ayudarla.

Parte de esa ayuda fue aceptar la petición de que tomara el mando del negocio de antigüedades, Hécate Loft. Al considerar a los

Lobardo como su familia, Raven sentía una gran responsabilidad por esa tienda. Aunque no era la propietaria, sí tenía autoridad legal para firmar documentos financieros, a nombre del matrimonio, ahora que ambos ancianos estaban atravesando momentos difíciles.

La economía de la tienda era un caos y Raven estaba esperando el nuevo informe del contador, porque necesitaba saber si los cambios que ella había implementado en estos pocos meses estaban dando resultados. Aparte, no existía ingreso de nueva mercadería, porque el encargado de hacer las negociaciones y viajes de contacto era Pietro. Él todavía no estaba en condiciones de trabajar. De hecho, debido a los traumatismos sufridos por el accidente de tránsito, tenía amnesia retrógrada y no podía recordar muchas cosas de su vida. Cuando ella iba a visitarlo y le planteaba consultas sobre la tienda, no siempre podía responderlas.

El proceso de cumplir con los pagos de los empleados y las obligaciones bancarias era complicado, pero Raven iba aprendiendo sobre la marcha. En ocasiones, le tocaba usar su propio dinero para llegar a fin de mes y costear algunos gastos fijos o aportar de algún modo para los saldarios de los empleados. Este último era el motivo por el que solía estar con su cuenta bancaria casi en cero.

Menos mal, cuando los padres de sus alumnos en la escuela supieron que se había renunciado a dar clases en la institución, le pidieron que diera clases particulares para los niños de vez en cuando y ella aceptó. Incluso, le solicitó a Álex que le diera más turnos a la semana, detrás de la barra en Blue Snail, para aumentar ganancias. Este último también era otro motivo por el que prefería usar la prudencia si su jefe tenía algún comentario o reclamo por más ridículo que fuese.

Ahora, Raven se valía de esas dos fuentes de ingreso, que eran tan variables como la marea del océano, para subsistir, mientras trataba que Hécate Loft se mantuviera a flote. Intentaba hacer todo lo posible para comprender cómo funcionaba el negocio, porque su habilidad no era la administración. Le quedaba un tramo algo complejo por recorrer, pero estaba decidida a tener éxito.

Raven miró al hombre que esperaba en esos momentos una respuesta.

—Aytanna me dijo que te había escrito para darte razones de su ausencia, pero como no obtuvo respuesta de tu parte, entonces optó por pedir mi ayuda y…

—Mi asistente me informó que no recibió ninguna comunicación de parte de Aytanna, así que el puesto de ambas, temporal o no, está en juego si no me das una explicación coherente, Raven —zanjó con tensión.

El hombre tenía cincuenta años y era un militar retirado. A veces, entre los empleados, se burlaban porque él actuaba como que estuviera dirigiendo un pelotón, en lugar de veinteañeros o treintañeros que trabajaban en un pub que, por supuesto, no se caracterizaba por la disciplina, sino lo opuesto.

—Está enferma con intoxicación alimenticia —dio la única explicación que se le ocurrió en esos instantes—, y me ofrecí a cubrirla. Sé que debí acercarme a consultarte sobre la situación, pero todo ocurrió de un momento a otro. Solo pensé en llegar, antes de que se abrieran las puertas al público, para que no te quedaras con un bartender menos, en un día como hoy. Solo hice lo que creía que era mejor…

No le gustaba mentir, pero en esta ocasión se trataba de tener un ingreso extra, así que no iba a sentirse culpable al respecto. Aytanna le dijo que la reemplazara y usara este turno de trabajo, porque el evento DJ Rocking Anual dejaba altas propinas cada año, así que Raven no lo dudó y aceptó. Además, no estaba causando perjuicios a nadie, sino que era solo un ligero cambio, aunque Álex era bastante complicado.

—La próxima ocasión déjame decidir eso a mí —dijo el administrador con sequedad, mientras recibía de manos de Matthew, la lista con el inventario de licores vendidos y los que se requerían reponer—. No vuelvas a desorganizar mi intinerario o tendré que multarte, Raven, aunque seas una de mis mejores bartender.

—De acuerdo, gracias —replicó ocultando su alivio al no tener que pagar multas, en especial porque había recaudado quinientas libras esterlinas en propinas.

Después de cerrar el informe de ventas y dárselo a Álex, Raven fue hasta los casilleros de los empleados para cambiar el uniforme por su ropa usual. El pasillo para llegar al saloncito era angosto y ligeramente oscuro, porque Edimburgo era una ciudad vieja con estructuras eléctricas antiguas, a pesar de las renovaciones de los inmuebles.

En los alrededores del pub, al hallarse en la zona popular de The Royal Mile, no había sitio para aparcar. Cuando Raven terminaba de trabajar tenía que caminar un largo tramo hasta la estación de buses o usar un taxi, si el clima le impedía usar el transporte público, para volver a casa en la madrugada. Sus padres adoptivos le habían obsequiado un Renault de segunda mano unos años atrás, pero ya no funcionaba bien. La reparación era costosa y ella tenía otras prioridades económicas.

Raven abrió el casillero y encontró sobre su pila de prendas, que incluía jeans desgastados, una blusa negra, botines y una chaqueta gris, un sobre oscuro sin remitente. Ella miró con inquietud a su alrededor por simple instinto para constatar que no hubiese nadie esperándola u ocultándose, a pesar de que era consciente que estaba sola en esos instantes. Sus demás compañeros ya se habían marchado o bien estaban en uno de los salones terminando de limpiar el desmadre de la noche. Apretó los dientes y se armó de valor. No le gustaban las sorpresas, en especial porque la vida solía tener la retorcida costumbre de trastocar su rutina con eventos nefastos.

Ninguna persona, que no trabajara para Blue Snails, podía entrar en esta área sin un código de seguridad que era asignado, individualmente, por Álex. Los casilleros no tenían nombres, solo un número, el suyo era el 1122. Observó que el sobre no tenía remitente ni destinatario. Frunció el ceño y sacó el contenido.

Aviso de recolección con intereses.
Adeudas 300,000 libras esterlinas.
Ya sabes a qué cuenta enviar el dinero.

Al ver el símbolo en negro y blanco sintió un escalofrío que le recorrió la columna vertebral. Cualquier persona que viviera en Escocia, Edimburgo especialmente, sabía identificar que el emblema pertenecía a Zarpazos. Alrededor de esa organización existían rumores de crueldad, tratos criminales, así como influencia en ámbitos inimaginables. Parecía más bien una organización fantasma y esto la volvía más letal a ojos de los escoceses, porque ¿cómo capturaban la bruma entre los dedos?

Sobre el líder se susurraban adjetivos y comentarios que daban cuenta de una reputación de alguien vengativo y sanguinario. La fotografía de Arran Sinclair, porque el nombre del cabecilla era un secreto a voces que resonaba como el cántico agónico del viento que anticipaba la tormenta, no podía encontrarse en ningún motor de búsqueda, menos en las noticias. Se especulaba que parte de la nómina de la policía estaba pagada por la mafia, así como también lo estaban algunos personajes públicos, sin embargo, no existían pruebas materiales para respaldar esos rumores.

Ella imaginaba que el hombre al mando era uno de esos ancianos pérfidos descritos por Mario Puzo, en especial por todas las lúgubres historias que se contaban y atribuían a esa organización criminal. En alguna ocasión escuchó a unos clientes en el pub decir que Sinclair solo follaba con prostitutas de lujo, no repetía con ninguna y había asesinado a la que supuestamente fue su prometida, años atrás. Compadecía a cualquier mujer que se hubiera vinculado con ese hombre.

Negarse a hacer un favor era igual o peor que estar en deuda con Zarpazos, según decían familiares o amigos de quienes habían tenido la mala suerte o el pésimo juicio de involucrarse, pero que ya no vivían para contarlo. Raven no sabía por qué estaba ese sobre en su casillero. «Lo más probable es que se trate de una equivocación», se dijo a sí misma tratando de calmarse.

Cuando el móvil le vibró en el bolsillo casi se muere del susto y le sirvió para reaccionar a su estado de súbito aturdimiento. Soltó una exhalación y luego hizo trizas el sobre, así como el contenido, antes de echarlo al basurero. Estaba convencida de que todo esto era un error. No se consideraba capaz de plantarse en la mitad del pub para preguntar a viva voz quién de sus compañeros de trabajo tenía tratos con Zarpazos y advertirles que estaban solicitando el pago de una deuda. Ella era valiente, no suicida. Deslizó el dedo sobre la pantalla para leer el mensaje de su mejor amiga.

Aytanna: *¿Terminaste el turno de hoy?*

Raven salió de la zona de los casilleros. No le apetecía quedarse alrededor.

Raven: *Sí, estoy en camino al apartamento. Las propinas fueron magníficas *emoticón de sonrojo* *emoticón de corazón verde* ¡Gracias por haberme dado esta oportunidad!*

Aytanna: *Sé que te ayudará más a ti en especial en la tienda. Así que me alegro por esas súper propinas *emoticón cara feliz*. ¿Qué dijo Álex?*

Raven: *Que la próxima me multaba. Uggg.*

Aytanna: *Tengo la solución perfecta para olvidar la expresión de limón con sal de Álex. Hay una fiesta de cumpleaños en Whitehouse Terrace. Solo necesitamos un vestido de gala, esos que tú sabes confeccionar y que tienes en el clóset, y arreglarte para la ocasión. ¡Vamos!*

La zona que mencionaba su amiga era de gente con muchísimo dinero y las fiestas solían tener estrictas medidas de ingreso que incluía estar en una lista de invitados. Ellas vivían en el área que era todo lo opuesto, Muirhouse, incluyendo el aspecto de seguridad. Aytanna trabajaba como azafata para Virgin Atlantic a tiempo completo y ocasionalmente, por las buenas propinas y pasar un buen rato, como bartender en Blue Snails. A pesar de que atendía solo a los pasajeros de primera clase, en la aerolínea, estos no eran parte de su grupo de amigos ni de coña.

Raven se despidió del jefe de seguridad al salir del pub y empezó a caminar hacia la parada de bus para esperar la línea nocturna, N Line. El transporte público no solo era seguro, sino económico, aunque ella sí que echaba en falta conducir su coche para disfrutar de la libertad de viajar a las montañas y escapar un rato.

Raven: *No es nuestro círculo usual…*

Aytanna: *Lazlo, uno de los aeromozos de clase turista, creó un incidente durante un vuelo y yo evité que lo echaran, así que me debía un favor *emoticón de guiño*. Cuando me contó que su hermana trabajaría para el catering de la fiesta de Josiah Morgan, mi actor británico favorito, le pedí que me ayudara a entrar con una amiga: tú. Será el sitio perfecto para nosotras.*

Raven: *emoticón ojos en blanco* Hello! ¿El sitio "perfecto para nosotras"? Apenas tengo dinero para tomar mi dosis diaria de cafeína sin tener* *que rebajarla con agua para no descontar del valor del alquiler *emoticón de risa con lágrimas*. ¿Por qué quieres ir? Aparte de conocer al actor.*

Aytanna: *Pasarla bomba en una fiesta y lucir tus vestidos, la contraparte *emoji de carita sonrojada* es que me enteré de que va a estar Chris. Ahora se codea con actores conocidos *emoticón de cara verde*, así que es la oportunidad de que me vea guapa y sonriente. Además, Lazlo estará con dos amigos y nos los va a presentar. ¿Me acompañas?*

El tal Chris era un actor, nada famoso, que le había propuesto matrimonio a Aytanna cuando llevaban un año juntos. La dejó plantada el día de la boda, porque de la noche a la mañana decidió que necesitaba explorar más su aspiración actoral antes de dar ese gran paso. Aytanna quedó destrozada, pero sorprendió a Raven al decirle que no iba a desistir en la búsqueda del gran amor de su vida.

Su mejor amiga se enamoraba con demasiada facilidad y eso implicaba que invertía emociones genuinas sin que otros de verdad lo merecieran, como Chris. A Raven, en cambio, lo que mejor se le daba era resguardar su corazón, porque fue testigo de cómo su padre destruyó a su madre, hasta convertirla en un ser irreconocible, abusando del amor que le dio volviéndolo un arma casi mortal, literal y figurativamente. No quería eso para ella y se rebelaba ante la idea de aceptar migajas emocionales de nadie. En algunas ocasiones solía creer que la soledad era la mejor compañía. Los hombres que se le aproximaban con la intención de flirtear, en especial después del fiasco con Leo, la solían dejar indiferente.

Su vibrador parecía mejor compañía: resultaba menos riesgoso, la satisfacía y no necesitaba lidiar con la inseguridad de saber si podría complacerlo de vuelta. Su ex la había catalogado como egoísta, porque no quiso tener sexo anal; criticaba su cuerpo en ocasiones con bromas que parecían sutiles, pero eran hirientes. Después de romper la relación, Raven auto-cuestionó si acaso eran ciertos esos comentarios, en especial porque Leo tenía diez años más que ella y, por ende, más experiencia. Llegó a la conclusión de que su ex tan solo era un imbécil, aunque fue bastante eficiente en dejar en ella la duda sobre su capacidad de complacer de verdad a un hombre.

Raven llevaba meses sin acostarse con nadie y detestaba que ese idiota la hubiese puesto en esta situación de dudar sobre sí misma.

Quizás, la invitación de Aytanna era perfecta para intentar salir de su zona de confort y también quitarse el horrible susto de encontrar un sobre de Zarpazos, equivocadamente, en su casillero.

Los imprevistos la incomodaban, sí, pero esta fiesta podría ser la evasión perfecta a la ansiedad que le provocaba el informe financiero de Héctate Loft que estaba por recibir en los próximos días. A pesar de las buenas propinas en el pub, Raven necesitaba dar clases de música particulares el fin de semana, pero los padres de familia de un par de sus alumnos frecuentes aún no le confirmaban.

Raven tomó una decisión. Le envió el mensaje a su mejor amiga para decirle que iría a la fiesta, luego guardó el móvil en el bolsillo de la chaqueta. Le entregó el boleto del bus al conductor y este lo marcó en la máquina digital de registro.

Ella no podría saber que este sería el inicio de un camino sin retorno.

CAPÍTULO 2

En la mansión había más de cuatrocientas personas que, con sus fortunas personales, seguro representaban el PIB de algún país pequeño en el mundo. La música era animada y fuerte, pero permitía conversar sin necesidad de levantar tanto la voz. La decoración era una absoluta belleza a pesar de los marcados toques ligeramente extravantes en algunas partes. Cada mesa de piqueos y bocaditos, los diferentes buffet, cada área para sentarse, los salones improvisados dentro de otro salón más grande, cada mini *lounge* alrededor de la piscina, así como la temperatura para crear un ambiente cálido en pleno octubre, en conjunto, resultaban una experiencia visual y vivencial magnífica. Ningún espacio estaba desperdiciado.

Los camareros parecían anticiparse a las necesidades de los invitados sin ser invasivos. La pista de baile, porque era el cumpleaños del anfitrión, Josiah Morgan, estaba a rebosar de personajes que Raven solo había visto en televisión. El mismísimo Adam Levine, vocalista de Maroon 5, estaba cantando en vivo. La vibra era bohemia e impregnada de una corriente contagiante de euforia y posibilidades.

—Creo que Lazlo me ha pagado con creces el favor por haberle salvado el trasero en la compañía —sonrió Aytanna contemplando al vocalista de la banda—. No sabes el alivio que sentí cuando dimos nuestros nombres en la entrada y sí estaban en la lista, a pesar de la loca idea de mi amigo de que tuviéramos apellidos de familias acaudaladas, porque los integrantes siempre están de fiesta en fiesta.

Raven esbozó unaligera sonrisa.

—Ciertamente funcionó y no sabes qué gran alivio —replicó, mientras terminaba de saborear un canapé de gambas—. Por cierto, me encantó saludar a Josiah y que se hubiera comportado como si nos conociera, a pesar de que nos hemos colado en su cumpleaños —se rio Raven con suavidad—. Esto de pretender que formo parte de un círculo social tan opuesto al mío está siendo divertido.

—¡Te lo dije! —esbozó Aytanna una sonrisa—. Además de conocer a mi actor preferido, creo que ver a mi ex, después de este tiempo sin hablarnos, y ya no sentir ninguna emoción ha sido genial. Ni siquiera me aleteó el corazón o sentí pesar. Nada. Lo he superado y pretendo usar esta fiesta como mi plataforma para celebrarlo.

Raven hizo un asentimiento y con disimulo miró por sobre el hombro, porque tenía la sensación de que alguien la estaba observando fijamente. «Quizá se trata de la poca costumbre de estar en un lugar como este», pensó, intentando disfrutar de la música. Sin embargo, el casi imperceptible cosquilleo en la nuca le quitaba peso a las palabras con las que procuraba convencerse de que estaba imaginando cosas.

—Se dio cuenta de lo que perdió —replicó con intranquilidad, pero el ruido alrededor y la música impidieron que Aytanna lo notara—. No podía quitarte la mirada de encima, a pesar de que el cretino venía con su nueva pareja.

—Mucho tuvo que ver este divino vestido diseñado por ti y que me regalaste meses atrás por mi cumpleaños —dijo la muchacha de ojos verdes en tono alegre girando sobre sí misma al compás de la música. El traje de Aytanna era de tiras finas sobre los hombros y el corte realzaba su figura de curvas pequeñas.

El sueño de Raven de tener una boutique de ropa era solo eso: una ilusión. A veces diseñaba, sí, por simple placer, pero también porque le daba un motivo para sacarle una sonrisa a su madre cuando la visitaba y le mostraba sus creaciones. Hoy era la primera vez que exhibía públicamente sus diseños, porque su afición eran los trajes de gala y no solía tener eventos para lucirlos.

—Solo es un complemento, Aytanna. Cada persona pone su esencia al lucir una prenda, así que no me des mérito por algo que te pertenece —replicó sonriente, mientras la gente que estaba alrededor de ellas en la pista bailaban *Moves like Jagger*.

Raven llevaba el cabello suelto por debajo de los hombros; sus párpados estaban maquillados con tonalidades azules y delineador negro para conferirle un toque dramático a sus ojos grises; el labial era palo rosa. Su aspecto era el de una mujer sensual que auguraba tormentas en lugar de calma. Lucía un vestido color coral con un hombro descubierto y un escote que acogía sus pechos con sutileza, como si desafiaran la gravedad en una ilusión óptica, porque así lo había diseñado ella.

—En el caso de que uno de los amigos que Lazlo va a presentarnos tuviera química contigo, no rechaces sus avances como sueles hacer con los hombres que intentan llamar tu atención en algún sitio que no sea el pub ¿vale? Si tienes la oportunidad de estar con alguien esta noche, no la dejes pasar —expresó Aytanna.

Raven ladeó ligeramente la cabeza y miró a su amiga con humor.

—Flirtear no se me da nada mal —dijo con una sonrisa, aunque no estaba muy segura de querer marcharse a casa con un desconocido. No era su estilo—. Tan solo necesito encontrar un hombre que me atraiga lo suficiente para practicar. Los que tratan de que me vaya a la cama con ellos son unos patanes y me dejan fría.

Aytanna asintió y bebió del vaso de whiskey que había pedido en la barra minutos atrás. En la pista estaban rodeadas de glamour, algunos rostros que solo habían visto en las pantallas de televisión y energía desbordante.

—Has tratado de protegerte emocionalmente, porque Leo intentó menoscabar tu valía con sus actos insensatos, pero, Raven, tú cortaste la relación a tiempo. Así que no dejes que las idioteces de tu ex definan tus posibilidades con otros hombres. Mereces divertirte, así como el placer de vivir experiencias que no necesitan tener un estatus de compromiso de por medio. Placer por simple palcer. Da igual cuándo ocurra, pero si es esta noche, entonces decide pasarla bien —dijo Aytanna—. Algunos hombres, en este rato que llevamos aquí, no dejan de observarte.

—¿Alguien en específico que haya mirado más que otro? —preguntó con fingida indiferencia, porque quizá así podría saber a quién correspondía la culpa de que ella experimentara este estado de alerta. La sutileza de la sensación era tan marcada que no podría explicársela a su amiga con palabras.

Aytanna miró alrededor. La fiesta estaba en pleno apogeo, a pesar de que era pasada la medianoche. A ella le parecía increíble haber logrado entrar. Divertido.

—No y ese es mi punto —dijo sin comprender lo que Raven quería preguntarle en realidad—. Tú atraes muchas miradas, pero prefieres negarte a conectar con alguna. Raven, ya es momento de sacudir tus miedos. No solo eres guapísima, sino que tienes un halo de misterio que más de uno aquí, y seguro en otros sitios a los que vas, quisiera conocer lo que esconde. Usa eso a tu favor.

—¿Un halo de misterio? —preguntó riéndose—. Solo es cautela, Aytanna, pues lo que menos me apetece es confesarme con una persona que pueda juzgar mis decisiones de vida —dijo, aunque omitió especificar a qué se refería. Solamente le había contado a su amiga que tuvo una infancia complicada, pero no los detalles al respecto—. Pero, sí, tienes razón, voy a dejar abiertas las posibilidades...

Raven había bebido dos copas champán, pero estaba en completo control de sí misma. Su decisión de no embriagarse seguía intacta y quería intentar explicarse el porqué no lograba deshacerse de la pulsante sensación de que la observaban. Esta era al menos la cuarta ocasión en que su cuerpo reaccionaba sin saber a quién con exactitud. No sentía miedo, sino una inusual curiosidad por conocer cuál era el origen de la fuerza que tenía tal intensidad que le provocaba un ligero calor en la piel. Le parecía incomprensible que algo así ocurriese estando vestida.

—Me encanta tu decisión y de hecho —dijo Aytanna sonriendo—, Lazlo ya me está haciendo señas desde uno de los mini *lounge* para que nos acerquemos. Eso significa que los amigos que va a presentarnos están aquí. —Luego agarró a Raven del codo para instarla a salir de la pista de baile para ir con su amigo—. La gente que nos rodea tiene la capacidad de cambiar la vida de otros con muy poco. Tal vez, esta noche alguien pueda cambiar la nuestra, aunque sea por unos minutos.

—Quizás —murmuró Raven, mientras llegaban hasta el área de ocho asientos color blanco, en la que ya estaban acomodados todos, pero quedaban dos espacios vacíos para ellas. En todo el patio había al menos siete mini *lounge* similares para que la gente, que se cansaba de estar en la pista de baile o los salones interiores, pudiera pasarla bien de forma más privada—. De hecho, este parece un grupo divertido —dijo contemplando cómo la interacción era llena de risas, bebidas y buen humor.

—Todo depende de la actitud —dijo Aytanna en un susurro y sonriendo, mientras reparaba específicamente en uno de lo hombres que estaban sentados en el grupo—, en especial porque, según lo que veo, esta noche será inolvidable.

Los amigos de Lazlo eran amables, atractivos y con una conversación que rivalizaba con la de un adolescente al que le habían regalado una nueva Play Station y necesitaba hablar todo el tiempo al respecto. Aytanna, sin embargo, parecía entretenida con Guillaume, un rubio musculoso que tenía la sonrisa de anuncio dentífrico. Al parecer, se había tomado en serio la idea de divertirse sin importar qué, aunque ese "qué" implicara solo una cara bonita y una conversación insípida.

Raven, en cambio, estaba junto a un tipo que se llamaba Austin. Él, además de explicarle que estaba trabajando en una agencia de cazatalentos, parecía tener especial interés en esperar a que, en un movimiento súbito, el escote del vestido le diera un vistazo más generoso de lo que era posible. No solo era egocéntrico, sino que ignoraba las cortesías básicas de una conversación e interrumpía constantemente cuando ella intentaba contarle algo. Al cabo de un rato, Raven prefirió engancharse en la conversación del grupo y todo fluyó de mejor manera.

La chica que estaba a su lado, Jenna, era cantante en un pequeña banda musical que iba a presentarse en la próxima edición de *Britain's Got Talent*. La conversación fue animada, porque ambas compartían la pasión por la música. Al cabo de un rato, Austin quiso captar de nuevo su atención y la invitó a bailar. Raven consideró que era la ocasión perfecta para alejarse y encontrar una excusa para marcharse. La había pasado bien, pero si no existía química con alguien no iba a forzar las circunstancias. «Al menos, la has pasado bien», se dijo a sí misma.

—Mañana tengo un día agitado —dijo, no sin antes hacerle una seña a Aytanna para darle a entender que se marcharía. Su amiga tan solo hizo un leve asentimiento antes de continuar su flirteo con Guillaume—, así que bailaremos solo una canción.

Austin, con sus ojos celestes impregnados de interés sexual, asintió, mientras dejaba su mano en la espalda de Raven para guiarla a la pista. La canción de ese instante no era lenta, sino Lady Gaga en toda su gloria.

—Eres una mujer preciosa —dijo él, acercándose y posando ambas manos sobre las caderas de Raven—, me gustaría verte en un modo más privado.

Ella le apartó las manos con firmeza para que entendiese que no le interesaban sus avances. No iba a quedarse a esperar a ver qué truco bajo la manga tendría Austin en su intento de empezar a tocarla. Su trabajo en Blue Snails le había enseñado a conocer las pautas de un hombre que no sabía aceptar una negativa como respuesta y, mucho se temía, Austin era uno de ellos. Lo que menos le apetecía era hallarse envuelta en una situación embarazosa en la que necesitaría aplicar una llave de jiu-jitsu, en plena celebración con personas de alto perfil mediático que podrían filmar la situación y dejarla en ridículo en redes sociales, para detenerlo.

Raven no aceptaba mierdas de los hombres. Con el antecedente de Rocco, Pietro la alentó a que tomara clases de defensa personal cuando era una adolescente. No solo el sirvió para deshogar las frustraciones emocionales propias de su edad y aquellas vinculadas a sus traumas familiares, sino que le fueron de utilidad durante sus años de universidad, a la salida de las clases nocturnas, y cuando intentaron asaltarla en una ocasión. Nunca permitía avances que la incomodaban, aunque tener una reacción inmediata, para defenderse físicamente, era algo extremo que ocurría si la persona tenía la desgracia de detonar alguna fibra sensible en ella.

—No, gracias. Me parece que una canción es suficiente y no estoy interesada en continuar algo más allá de esta fiesta —replicó con una sonrisa que guardaba un tono de advertencia, pero Austin parecía no comprender, porque hizo amago de acercarse. Raven dio dos pasos atrás y negó con la cabeza.

—Espera, guapa, te puedo acompañar a tomar un taxi o llevarte a casa…

—Puedo llegar sola a mi casa, pero gracias por la oferta. Suerte en tu empresa de cazatalentos. Espero que logres el ascenso que estás buscando. Adiós.

Ella no le permitió replicar, lo dejó plantado y atravesó la pista de baile, mientras las parejas y grupos de amigos e invitados festejaban a gusto. Raven nunca creyó que podría estar en un lugar como este y, aunque no había ligado con nadie, sí había pasado muy divertida. Se había dejado ir por la música, bebió —algo que jamás hacía—, y también bailó con su mejor amiga y con un chico antes de Austin.

Los coqueteos de Raven con un atractivo hombre de cabellos cafés no surtieron efecto como hubiera esperado, porque se dio cuenta de que, al cabo de unos minutos de miradas furtivas y sonrisas secretas, llegó la novia y le plantó un tremendo beso. Raven había torcido el gesto con fastidio volcando su atención en bailar. ¿Es que no podía un hombre aprender a ser leal? ¿Tanta era la inseguridad que necesitaban validar su ego coqueteando con una y otra, a pesar de estar comprometidos?

Por otra parte, sabía que Aytanna le dejaría si decidía pasar la noche con Guillaume. El acuerdo de ambas era nunca llevar chicos al piso en el que vivían salvo que fuese una pareja formal o en casos excepcionales. Así que Raven necesitaba encontrar un Uber, pronto, para regresar a casa. Una vez que estuvo en los salones interiores de la preciosa residencia, rodeada del resto de invitados que ya estaban bastante ebrios o les valía madres hablar a gritos, quiso ir al baño. Le preguntó a la primera persona que tuvo enfrente indicaciones para ir al más cercano.

—Los tres baños de invitados están ocupados —dijo la desconocida encogiéndose de hombros—. Como hay un desmadre y la gente de limpieza debe entrar frecuentemente, pues tendrías que esperar un rato.

—Oh, entonces espero que el Uber llegue más pronto que tarde —sonrió, pensando que necesitaría un conductor de Fórmula 1 para ir pronto a casa.

La chica meneó con una risa leve.

—No, mujer, sube al segundo piso y busca unas puertas dobles. Esa es la sala de cine, pero tú sigue de largo por el mismo pasillo hasta el final y luego giras a la derecha. La cuarta puerta es la biblioteca y tiene un baño. Nadie va a molestarte, así que tómate tu tiempo —le hizo un guiño, pensando que quizá Raven tenía la intención de consumir algún alucinógeno sin ser molestada. Esta última era la tendencia en fiestas donde había excesos y opciones de diversión extremas.

—Gracias por decírmelo —dijo con un asentimiento. Había tomado mucha agua para que el champán no le hiciera efecto, así que no creía posible esperar más tiempo para ir al baño—. Espero no equivocarme de sitio.

—Solo procura no entrar a la sala de cine, porque hay una fiesta privada llevándose a cabo —le hizo un guiño—, ya sabes a lo que me refiero.

A medida que caminaba hacia las escaleras, el ruido de la fiesta empezaba a perderse para transformarse en eco. En el piso superior la iluminación era cálida y el suelo alfombrado ahogaba las pisadas de los tacones beige de Raven. Cuando llegó a la puerta giró el pomo y al entrar en la biblioteca las luces se encendieron automáticamente. La estancia, a diferencia de las que ella había visto en películas o fotografías, no tenía demasiados libros, sino una estantería mediana junto a la chimenea. Del techo pendía una lámpara grande de cristal y un escritorio sofisticado estaba en una esquina. El espacio en conjunto era moderno.

Raven se sintió aliviada de la privacidad y calma, porque llevaba despierta desde las cinco de la madrugada en un no parar. La fiesta había sido una buena idea, pero estaba agotada. Después de lavarse las manos sacó el móvil y vio el mensaje de Aytanna en el que le mencionaba que pasaría la noche con Guillaume y le enviaba la ubicación hacia la que se dirigía con él. Con una sonrisa en los labios, por las pillerías de su mejor amiga, Raven pidió un Uber. La primera unidad disponible la podría recoger dentro de veinte minutos. Ella aceptó la oferta, porque lo peor que podría sucederle era quedarse dormida en el cómodo sillón que había visto en la biblioteca y tener que pedir un nuevo coche para que fuese a recogerla.

Se quitó unos instantes los zapatos de tacón, porque no estaba habituada a unos tan altos, y se sentó en el pequeño asiento que tenía cerca. El baño era amplísimo, no solo tenía un calentador de toallas, dos pequeños asientos y un surtido de productos de limpieza bucal, sino también pisos de mármol y decoración con filos dorados. Ella sentía que la adrenalina de la noche ya se había consumido casi al completo en su cuerpo. Por ahora solo quería estar en su cama, abrigada, y olvidarse del mundo, a la espera de que las pesadillas no la arrastraran con malicia.

Raven ya estaba lista para salir del baño e ir a la planta baja para esperar el Uber, cuando escuchó voces del otro lado de la puerta. Se quedó con la mano sobre la perilla dorada como si la hubieran clavado al suelo. Los intercambios verbales que escuchaba no eran de camaradería, sino más bien de acusaciones. Por simple instinto apagó la luz y se quedó en silencio. La sensación de estar retrocediendo en el tiempo, como cuando Larah le pedía que jugaran a las escondidas, la paralizó por un instante.

Su respiración se agitó y creyó que iba a tener un ataque de pánico, pero trató de llenar su cabeza de pensamientos optimistas. Se alegraba enormemente de que Aytanna no estuviera con ella en esos momentos, porque su mejor amiga habría dicho que solo eran otros invitados y hubiese abierto la puerta para intentar demostrarlo.

Raven bajó el volúmen del móvil. Su instinto de supervivencia se activó y el cansancio que había sentido, hasta hacía unos minutos, fue reemplazado por un estado de alerta. Estaba sola en el cuarto de baño de una biblioteca, en una casa que no era la suya, y sabía que nadie iba a escucharla si necesitaba pedir ayuda.

—Ha llegado a mis oídos que estás conversando con la policía últimamente —dijo una voz letal y con toques de barítono en el tono—. ¿Qué tienes que decir al respecto, hijo de puta? Quise venir el día de tu cumpleaños ¡sorpresa! —exclamó con cinismo—, pues seguramente sea el último en el que veas la luz del día.

Raven enterró el rostro entre las manos, apoyando los codos en sus rodillas. Detestaba las sensaciones que experimentaba en esos momentos, a pesar de que no era ella quien estaba siendo cuestionada. «Dios mío». Esta era una conversación de la mafia y no tenía idea cómo iba a escapar de esa habitación sin ser vista. No podía permitir que le castañearan los dientes, los apretó, y luego cerró los ojos con fuerza.

—Por favor —dijo la voz suplicante. «¿Joshiah? ¿El propietario de la casa y anfitrión de la fiesta esta noche?», se preguntó Raven, retóricamente, en shock. Porque obviamente la víctima era el actor a quien había conocido hoy. Se mantuvo sentada intentando recordar que necesitaba respirar a pesar del miedo, pero la oscuridad no ayudaba, menos escuchar el sonido de los golpes y los alaridos de dolor de la víctima—. Mierda… Duele… Joder, mi cara es mi carta de…

—Si la policía se acercó a ti es porque no fuiste cauteloso y te fuiste de la lengua con alguna de las putas que seguramente enviaron para sacarte información. Tu familia y fortuna están construidas a base de los contactos y trabajos de la organización —dijo la voz que aparentaba calma, pero su tono de desapego equivalía a una cuchillada—. Renunciar no es una opción cuando naces en este círculo. Esto lo sabe tu propio hermano, pues fue quien me dejó saber que estabas conversando con las personas equivocadas. Al parecer Simbad es más leal.

Otro puñetazo y otro, uno tras otro tras otro, hasta que Raven dejó de contarlos. Ella lloraba en silencio, porque todo esto le traía a la memoria sus pesadillas infantiles. Se tapó las orejas con ambas manos e intentó mecerse, hacia adelante y hacia atrás sentada, sobre el suave almohadón, para calmar su cuerpo tembloroso. Intentó imaginar un lugar seguro en su mente, pensar en un parque con vista al lago, evocar la alegría de coser o tocar guitarra, pero cada que empezaba a llegar la calma, entonces surgía un nuevo grito de dolor y palabras crueles del otro lado de la puerta.

Solo necesitaba irse de allí. Joshiah era parte de la mafia escocesa y su fortuna estaba cimentada en crímenes, pero al parecer quería salir de ese mundo y había sido expuesto por su propio hermano. ¿Cómo era posible una traición tan grande?, se preguntó Raven consternada. No creía ser capaz de hablar con Aytanna sobre lo que acababa de escuchar, porque antes necesitaba encontrar la manera de marcharse.

—¿Sim…Simbad? —preguntó en un chillido de sorpresa y dolor que ya no era solo físico, al parecer—. Dios… Por favor… No más golpes… Lo siento…

—No sabes cuánto detesto interrumpir mis viernes por la noche por descerebrados como tú. A menos que tengas la intención de darme el nombre de los policías que te contactaron, entonces puede que hoy sea el último día que veas este mundo. Dime ¿qué crees que debo hacer, Joshiah? —preguntó con sorna.

—N…n… Noah Gordon… Millo Stuttgart… —empezó a decir los nombres de los policías, entre pausas para poder toser, con voz lúgubre y rota.

—Soy un hombre muy ocupado y me has jodido la noche, así que tuve que dejar mi descanso para visitarte, porque, ya sabes, tu padre fue el contador de mi tío y todo eso. Un trato especial —dijo con sarcasmo la voz masculina dominante—. Decidí traer a Stan, porque a él le gusta torturar y es muy detallado en su trabajo, pero yo soy más partidario de meterte una bala entre las sienes o charlar. He elegido conversar contigo, en lugar de quitarte del camino de una sola, así que deberías estar muy agradecido con esta concesión. ¿Estás agradecido?

Los lloriqueos y súplicas de clemencia aturdieron los nervios de Raven que, a duras penas, controlaba las ganas de abrir la puerta e intentar escapar. El sonido sordo de otro un puñetazo hizo gritar a Joshiah de repente y ella se llevó la mano a la boca para evitar emitir sonidos. Imaginaba que el tal Stan era el que hacía el trabajo sucio, porque la otra voz, aquella implacable y tirana, no se alteraba.

—S…sí, s…sí, estoy muy agradecido —dijo Joshiah con dificultad, en un tono aterrorizado—. Me equivoqué al querer abandonar la organización y romper mi pacto de silencio… —tosió—. Fue un error de juicio… —farfulló con lloriqueos—. No me mates, te compensaré… He invertido todo el dinero que me pediste y…

—No, Joshiah —replicó la voz letalmente firme—, no voy a matarte. Yo no me ensucio las manos con mequetrefes —se rio con desdén—. Lo que haré será enviarte de paseo con Stan para que recuerdes qué organización te dio todo lo que posees ahora y dónde debe radicar tu lealtad. Te ayudará a la memoria, porque no solo me has cabreado a mí, sino también a gente de La''Ndrangheta que tiene amigos en la policía y saben que estuviste charlando sobre algunos detalles que no deberías sobre ellos. Tuviste la osadía de mencionar incluso a un integrante de la Cosa Nostra. No sabía que tenías tendencias suicidas, Joshiah.

—Puedo reivindicarme… —dijo en tono lastimero.

—Esta es una visita de cortesía —cortó el hombre que llevaba el mando de la situación—, porque los italianos respetan mi autoridad, pero si te encuentras con ellos, entonces deberás responder a sus preguntas. Ya sabes son temperamentales y todo —dijo en un tono que parecía bromista, pero estaba cargado de crueldad—. Les di mi beneplácito si les apetece invitarte a sentarte a conversar.

—Oh, no, no… Ya te he dado los nombres… Por favor… —suplicó llorando—. Mi carrera está creciendo… Quise crear una vida diferente, pero entiendo que lo que hice estuvo mal… Lo rectificaré…

—Llévatelo, Stan —zanjó el hombre.

—Bien —dijo, por primera vez, una voz que parecía más bien plana e indiferente, notó Raven. Ella imaginaba que correspondía a Stan—. Las cámaras de seguridad siguen desactivadas. El chofer de tu automóvil ya está listo, jefe.

—De acuerdo —ordenó la voz con frialdad.

—¡Espera…! ¡Espera, por favor…! ¡No…! —exclamó el actor.

Pronto la puerta principal se cerró de sopetón y se hizo silencio.

«Dios dónde estoy metida», se preguntó Raven, aterrada. Si unía los trozos de conversación seguro podría encontrar respuestas, pero lo único que necesita Raven era irse a casa lo antes posible e intentar borrar su memoria. Sabía que era imposible, pero podría intentarlo con todas sus fuerzas.

No encendió la luz, porque recordaba las pautas de Larah: no se encendían luces hasta que la encontrara y abriera las puertas del clóset. Tan solo que, en esta ocasión y a sus veinticinco años, Raven era la que necesitaba salir sin ayuda de nadie.

Se quedó al menos cinco minutos en silencio para cerciorarse de que ya no hubiera ningún sonido o conversación leve o un indicio de que aún había alguna persona del otro lado. No quería imaginar lo que harían con ella si, los que sean que habían golpeado a Joshiah, la encontraban y creían que estaba espiando. Solo escuchó que eran dos, pero ¿y si hubo más como testigos en silencio?

Se puso de pie y apegó la oreja a la puerta con el corazón martilleándole contra el pecho. Tan solo cuando estuvo convencida de que ya no había nadie en la biblioteca, Raven abrió la puerta del baño y sin mirar a ningún sitio caminó rápidamente hacia la salida sin mirar a ninguna parte. No quería ver rastros de sangre en el suelo alfombrado, si acaso los había, o notar cualquier detalle que su traicionera mente pudiera conjurar para convertir en pesadilla al llegar a casa.

Cuando estaba a punto de girar la perilla de la puerta principal de la biblioteca sintió que la observaban. La sensación le provocó los mismos efectos que había estado sintiendo en esa fiesta al menos cuatro veces: un ligero cosquilleo en la nuca y hormigueo casi imperceptible en la columna vertebral. Se le erizó la piel.

—¿A dónde crees que vas? —preguntó la voz profunda y fría que hacía un rato había amenazado a Joshiah—. Si pensabas por un instante que podías marcharte, después de estar escuchando tras la puerta del baño, estás completamente equivocada.

CAPÍTULO 3

Arran había llegado a la fiesta de forma discreta. Su encargado de inteligencia, Gustav, le informó que Joshiah quería recibir inmunidad a cambio de brindar información a la policía sobre lo que conocía de Zarpazos. El actorcillo de pacotilla y su familia, desde hacía dos generaciones atrás, eran parte de la organización. Claro, no representaba mayor inconveniente, porque la posición que tenía era la de un títere más del montón, pero Arran despreciaba a los cobardes y a los soplones.

Nadie abandonaba Zarpazos, sino muerto. Esa era la ley. Se trataba de un compromiso de por vida. No existían medias tintas ni tampoco segundas oportunidades. Iba a dejar un ejemplo con Joshiah para todos aquellos integrantes, familiares activos o pasivos de la organización, que tuvieran la intención de hablar con la policía. Este era el motivo por el que hubiese ido personalmente a atender un asunto tan banal. Otros actores y actrices tenían sus carreras financiadas por la mafia, porque servían como tapadera para lavar dinero. Los ciudadanos de a pie eran ingenuos y creían que las autoridades combatían el narcotráfico, el crimen organizado y un sinfín de aspectos inmorales, cuando, en realidad, eran parte de todo ello.

Arran estaba muy versado en asuntos estructurales de la corrupción y su alcance en diferentes países. El conocimiento era un poder extraordinario y él disfrutaba aprendiendo. No solo eso, sino que también conocía varios tipos de herramientas que servían para remover órganos sin anestesia, manteniendo viva a su víctima; sabía con precisión la profundidad y alcance de dolor de una herida hecha con arma blanca; tenía excelente puntería y podía destrozar una rodilla con un tiro certero o apuntar directo entre los ojos y volarle los sesos a algún pendejo que se hubiera querido pasar de listo. Él ya no se ensuciaba las manos salvo que sintiera la necesidad de descargar su furia o sentar un precedente. Para eso estaba su lugarteniente, Stan.

Él estaba a cargo de ejecutar trabajos de campo y era también su persona de mayor confianza. Stan le daría una paliza a Joshiah en una de las bodegas que tenían cerca del puerto y así lo mantendría fuera de las pantallas de televisión, al menos seis meses, salvo que la mafia italiana necesitara intervenir y quisieran matarlo por bocón. ¿Qué saldría en las noticias sobre el actorcillo al día siguiente? Lo que Arran quisiera, a través de Shuion, la relacionista pública de la organización.

Los propietarios de los medios de comunicación eran marionetas vendidas al mayor postor. Las noticias no existían sin los patrocinios; si el dinero era legítimo carecía de importancia siempre que llegara a raudales. De hecho, daba igual una vida más, una vida menos. El mundo seguía su curso y también los negocios.

En Zarpazos, la violencia y la crueldad no eran usados por placer, sino por disciplina y retaliación. Arran no tenía nada que perder y todo por ganar. Su paso por el mundo de los vivos solo tenía un sentido: redoblar la reputación de su organización y mantener el dominio en torno a sus negociaciones, chantajes y acuerdos, ante otros cárteles y mafias que querían entablar negocios en Escocia. Además, entre sus planes estaba forjar una alianza con la mafia irlandesa. La República Popular de Irlanda tenía suficientes puertos para fortalecer la línea de tráfico intercontinental.

Arran acomodó la espalda en el sillón de la biblioteca.

Desde su sigilosa llegada a la congestionada fiesta, amparado en las sombras para aguardar el mejor momento y "charlar" con el imbécil de Joshiah, una mujer en particular había llamado su atención. Ataviada con un vestido color coral, que marcaba una magnífica silueta, él no fue capaz de quitarle la mirada de encima.

Le gustó ver la forma en que se movía en la pista de baile y cómo caminaba entre la gente, así como la manera en que el cabello negro, tan oscuro y similar a la noche más pérfida, le caía en cascadas debajo de los hombros. Ella era una visión de erotismo y vivacidad contenidos; una fruta madura a punto de abrir sus delicias al que supiera encontrar el punto exacto donde convergía la líquida suavidad. Sin embargo, también parecía guardar una energía sombría alrededor, muy sutil, pero alguien habituado a lidiar con oscuridad y perfidia, como él, lo pudo notar con facilidad. Quizás debido a este detalle se había incrementado su atención.

Las tetas parecían estar a punto de escapar del escote del jodido vestido en un modo que parecía sugestivo y recatado al mismo tiempo. Se había preguntado cómo sería arrancar la prenda para conocer la textura de la piel, descubrir la forma de los pezones para luego mamar de ellos. Su necesidad primaria de poseerla había sido inmediata y su miembro se endureció ante la perspectiva de explorarla.

Al verla bailar con otros hombres, una puta necesidad de matarlos lo atravesó con tal fuerza que lo cabreó, porque él no tenía esa clase de reacciones. Las mujeres eran envases bonitos, capaces de recibir y prodigar placer, pero a Arran no le interesaban más allá de eso. Quizá este impulso con la pelinegra tendría que ver con el hecho de que no había follado en dos meses, porque estuvo trabajando un asunto con la Bratva sobre el peso permitido de los cargamentos que estaban destinados para distribución en Países Bajos, España y Escocia.

Ninguna mujer tenía potestad alguna sobre él.

Sus amantes duraban el tiempo que su lujuria o deseo tardaban en ser saciados: un día o una semana. Dependía mucho de la persona y de qué tan estresado estuviera él, porque el sexo era una necesidad sin propósito ulterior más allá de tener un orgasmo, agarrar un buen culo y penetrarlo, así como un coño mojado que recibiera los embistes de sus anhelos más primitivos, disfrutar un par de pechos turgentes y olvidarse del rostro de su dueña, hasta que llegara la siguiente. Un ciclo simple.

La mujer del vestido coral estaba ahora en su línea de visión.

Como el cretino que era, Arran estaba disfrutando al tenerla a su merced. La espalda femenina estaba tensa y claramente estaba sorprendida de que él no se hubiera marchado al igual que Stan, sus dos guardaespaldas, y el mamarracho de Joshiah.

Desde su posición podía comprobar con más detenimiento que la mujer sí tenía un buen culo. Sintió el picor en los dedos por agarrarlo entre sus manos. Esas curvas pronunciadas invitaban a imaginar las formas en que podría recorrerlas.

—Te he hecho una pregunta y no me gusta repetirme —dijo él con firmeza—. Escapar no es la forma de tener una conversación conmigo, aunque solo bastaría un movimiento en falso para que tu cuerpo quede sin signos vitales.

A él no se le pasaba ningún detalle y se dio cuenta por el levísimo sonido que escuchó, cuando Stan le dio el primer puñetazo a Joshiah, proveniente de la puerta interior de la biblioteca que había alguien más con ellos durante el interrogatorio. Sus hombres no se equivocaron al organizar esta visita, porque era algo fácil. Ellos estaban habituados a persecuciones, asesinatos, encubrimientos y demás asuntos complejos con un nivel de peligrosidad real. Sus agallas le decían que la entrada de la mujer en la biblioteca debió ser repentina y ocurrió justo antes de que ellos llegaran con Joshiah. Ella era lo que solía llamarse daño colateral o evento fortuito. Sin embargo, necesitaba cerciorarse de su inocencia. Detectar mentiras era un hábito en su trabajo diario.

—¿Me estás hablando de este modo tan solo porque intento irme de aquí? —preguntó por sobre el hombro. Se mantuvo estática por unos segundos por el ultimátum, pero luego giró su cuerpo para encarar al hombre que estaba en el asiento azul. Ella creyó que estaba sola y por eso salió del baño, prácticamente corrió hacia la puerta, sin mirar atrás. Se sentía más que sorprendida por su equivocada percepción, más ahora que un par de ojos color chocolate, que parecían desvestirla y analizarla al mismo tiempo, la envolvieron por completo—. Porque mi intención es irme. No te debo ninguna explicación ni a ti ni a nadie —dijo elevando el mentón.

—Entonces estás huyendo. ¿De qué exactamente? —preguntó con sorna.

Él sonrió de medio lado, sin alegría y se levantó lentamente. Después empezó a avanzar hacia ella con deliberada calma; le gustó notar cómo contenía la respiración. Mitad temor, mitad curiosidad y también una dosis de desafío. «Interesante».

Arran sabía que las mujeres lo observaban con interés y lo deseaban; la situación no había cambiado desde que tuvo su primera experiencia sexual a los dieciséis años. Sin embargo, desde la furcia con la que estuvo a punto de casarse, ahora prefería usar escorts que firmaban un acuerdo de confidencialidad, en lugar de follar a alguien que creyera que estaba ofreciéndole una relación emocional. Su legado estaba enlazado al pecado y vivía con una diana en la espalda, al igual que todos los amos de mundos bajos con poder inimaginable. No necesitaba ningún *Talón de Aquiles*.

—He tenido un día agotador y entré a esta biblioteca para usar el aseo. No me apetece charlar con ninguna persona —espetó—. No sé quién eres, tus negocios o tus asuntos, pero no quiero tener nada que ver contigo. Mi único interés es regresar a mi casa, darme una ducha y olvidar esta noche. No utilices amenazas contra mí.

El corazón golpeó con fuerza contra su pecho. Estaba siendo osada, porque en la aparente calma de ese hombre podía notar la letalidad contenida. Lo había escuchado: frialdad, desprecio e indolencia. La virilidad que de él emanaba y que parecía irradiar en toda la biblioteca estaba acompañada de un aura de peligro. Quizá debería cerrar la boca, en lugar de discutir, pero algo la impulsaba a dejar claro que no era un felpudo que permitía que un desconocido le diera órdenes.

Le daba igual si este desconocido era el hijo del Diablo o el ángel caído en búsqueda de ufana venganza con sus modales demandantes y arrogantes. Raven estaba agobiada y asustada después de la horrible escena que acababa de escuchar. Revivir su trauma de infancia, por más breve que hubiera sido el *flashback*, la dejaba en una posición que mezclaba monumental enfado y la necesidad de escapar.

Sus sentidos estaban exhaustos por tener tantos subidones de adrenalina, hasta el punto en que ya no le importaba nada. Además, sintió fastidio de que esa voz, profunda y masculina, en lugar de ser detestable o molesta, tuviera una tonalidad que era una mezcla de acento escocés con otro que Raven no lograba identificar y que podría describir como musical y estimulante. ¿Por qué le daba el universo un regalo como aquel a un hombre que parecía en perfecta calma, después de ordenar la tortura y golpes a otro ser humano? ¿Por qué le daba esa arrebatadora sensualidad?

—Ah, entonces no tienes idea de quién soy —afirmó él, deteniéndose justo cuando su rostro estuvo a pocos centímetros del de ella—. ¿Cuál es tu nombre?

Arran notó cómo los ojos grises brillaron con reconocimiento sexual ante su cercanía. La respiración de ella se agitó. En medio del silencio, los sentidos se expandían y captaban todo con más profundidad. Reparó que la sensual mujer experimentaba la misma atracción primaria que tuvo él cuando la observó, desde lejos, en la fiesta. «Interesante», pensó con satisfacción.

Cualquier hombre que hubiera osado responderle como ella acababa de hacer, ya hubiese perdido los dientes y también un par de dedos. A juicio de Arran esta belleza de labios sensuales necesitaba que moldearan el ardor que llameaba vivamente en su interior antes de ser consumida, hasta que no quedara nada sin devorar.

—No, no tengo idea quién demonios eres y si intentas pasarte de listo voy a defenderme —replicó cruzándose de brazos y ajena al efecto que eso provocó en el hombre que la observaba con unos ojos ardientes que ella no era capaz de leer. Sus pechos parecieron más turgentes y, obviando el efecto del diseño, sí estaban a punto de perder la lucha contra la gravedad soltándose del escote que los sujetaba—. Detesto las intimidaciones, las amenazas y me da igual lo que hagas. Si eres uno de los esbirros de la mafia irlandesa, escocesa, inglesa o quién sabe de dónde, me da lo mismo. Lo que sí voy a decirte es que si intentas matarme, entonces ten por seguro que presentaré batalla. Sé defenderme y mi nombre es Raven, por si estás interesado en conocer a quién te enfrentas. No soy un rostro anónimo.

Arran admiraba a una persona que, amparada en la ignorancia sobre su identidad, lanzaba púas que se perdían en el aire. Quiso reírse por el discurso de valiente bravuconería y comentar sobre el leve temblor en la voz, pero él era un estratega y le parecía que esta no era la clase de mujer que se subyugaba tratando de humillar su espíritu de lucha. No. Esta era una persona que se doblegaba con fuego. Él tenía la intención de enseñarle a aceptar órdenes y disfrutar de las consecuencias de obedecerlas, mientras domaba la flama vibrante, que ardía en ella, a gusto.

Le pareció que Raven era un nombre que le quedaba a la perfección, porque a pesar de ser pequeña, comparada con la estatura masculina de un metro ochenta y cuatro centímetros, poseía una actitud fiera y determinada. Esos ojos grises tenían ligeras motitas de color plata y verde que brillaban con inteligencia y desafío. La nariz estaba salpicada de ligerísimas pecas. La boca era sensual y carnosa.

—No hago amenazas en vano. La vida de una persona está medida por su valía, aunque la tuya todavía está en entredicho —dijo con frialdad extendiendo la mano y acariciándole la mejilla, casi imperceptiblemente, con los dedos. Fue una caricia impersonal que guardaba también una advertencia—, ¿para quién trabajas?

Ella se humedeció los labios y notó su error cuando la mirada de él relampagueó. Le apartó la mano y dio un paso atrás, pero su espalda golpeó contra la puerta. Arran avanzó un paso más hasta que los pechos de Raven estuvieron contra sus pectorales. La vio abrir y cerrar la boca. Él le acarició el labio inferior con el pulgar.

—Solo vine a esta fiesta, porque mi mejor amiga consiguió que entráramos…—dijo enfadada consigo misma, pues la ligera caricia lanzó una llamarada que se expandió en su torrente sanguíneo—. Llegué a esta biblioteca cuando una de las invitadas me dijo que había un baño que estaba desocupado. ¿Vale? Es todo.

El hombre que tenía ante sí llevaba la barba de cuatro días, recortada con precisión; sus pestañas eran tupidas, las cejas pobladas, los pómulos fuertes y la nariz griega. En conjunto era devastadoramente atractivo. La camisa blanca estaba impoluta y su colonia resultaba intoxicante en un modo que debería estar prohibido. Raven llevaba claro que este no era un hombre usual que te invitaba a cenar o flirteaba contigo y algún día, si la relación prosperaba, conocerías a sus padres. No.

Sospechaba que ni siquiera tenía "citas" con mujeres, sino que tomaba lo que deseaba y dejaba su marca indeleble en quien sea que se acostara con él. ¿Por qué el pensamiento de que toda la rudeza sexual que él parecía exudar se pudiera volcar en ella, en ese instante, la excitaba? «¡Necesitaba dormir! Eso era lo que necesitaba». Lo más probable es que no lograra salir viva de esta biblioteca, porque los negocios que él manejaba u organizaba seguro estaban fuera de la ley. El hermoso rostro masculino estaba cincelado con dura precisión, pero detrás parecía solo albergar crueldad.

—Esa no fue mi pregunta —dijo moviendo la pelvis con descaro y haciéndola consciente del efecto que causaba en él—, porque sé que viniste con una muchacha. Te observé beber y flirtear. —Raven lo miró con sorpresa no solo por el comentario que confirmaba que era él quien la había quemado con su mirada anónima, desde algún rincón de la mansión, sino por el gesto abiertamente sexual—. Nada ocurre en los sitios a los que voy sin que sepa detalles particulares, por ejemplo, la lista de invitados que, de repente, tenía dos personas adicionales —sonrió con malicia—. Sé que te llamas Raven. —Ella iba a decirle que era un idiota, aunque podía entender si quiso saber si estaba diciéndole la verdad—. Diste un apellido diferente.

Ella no intentó negarlo, pero tampoco agregó información. El amigo de Aytanna les había dicho que utilizó sus nombres reales en la lista, pero apellidos tomados de familias populares que estaban en ese círculo social para que todo fluyera mejor. Tanto Raven como su mejor amiga estuvieron de acuerdo, les pareció incluso parte de la anécdota de infiltrarse en una fiesta de un actor famoso.

—No trabajo para nadie que pueda ser de tu interés —replicó elevando el mentón. Su cuerpo estaba ardiendo y su mente no lograba comprender cómo era eso posible, menos cuando acababa de escuchar, a este mismo hombre, ordenar una paliza de otra persona sin un ápice de remordimiento—. Soy una persona honrada.

En esta ocasión, Arran enarcó una ceja.

—¿Insinúas que yo no lo soy? —preguntó mofándose en su tono, sin sonreír.

Ella apretó la mandíbula y se encogió de hombros. Él apoyó una mano a cada lado de la cabeza de Raven sobre la puerta de madera. La mujer podía notar su propio pulso acelerándose y su torrente sanguíneo bombeando con celeridad. «¿Es que me estoy volviendo loca?», se preguntó abochornada porque su sexo estaba húmedo.

—Me tapé las orejas todo el tiempo si acaso te interesa saber si he escuchado algún detalle inconveniente —dijo con altivez—. Así que no corres el riesgo de que hable. A veces suelo tener lapsus de amnesia y este es el caso perfecto de ello.

Él inclinó la cabeza y recorrió el cuello de Raven con la nariz, aspirando su aroma como un depredador familiarizándose con su víctima. Ella contuvo la respiración, mientras la piel se le erizaba por el súbito contacto que parecía inocente, pero nada que proviniera de este hombre podía incluirse en esa categoría.

—Esa es una réplica inconsistente —dijo antes de morderle el lóbulo de la oreja y sonreír cuando la sintió temblar—. Por cierto, te vi moverte sensualmente con unos hombres en la pista de baile. Intentaban atraer tu atención para luego follar contigo, hoy, eso seguro, así que cuéntame ¿estás excitada, Raven? —le preguntó apartando las manos de la puerta. Con una le tomó el rostro y la otra la deslizó hacia abajo y empezó a subir la falda del vestido con movimientos ágiles.

Ella tragó saliva, porque el intercambio y la cercanía de este hombre deberían causarle inmediato rechazo e instarla a gritar a todo pulmón que estaba frente a un mafioso, cuyo rol o nombre ignoraba. Sin embargo, otra parte, la que ahora sabía que era él quien le provocó cosquilleos en la nuca, con su mirada oscura durante esa fiesta, sentía curiosidad por saber qué otro efecto podía causarle.

—No me toques —replicó con aplomo, pero su cuerpo tembló cuando la yema de los dedos del hombre recorrieron la parte interior de los muslos sin tocar su centro—. Tus avances no son bienvenidos —dijo entre dientes y sin convicción.

Raven quizá no tenía demasiada experiencia sexual, pero podía decir con certeza que este era la clase de hombre que sabía cómo lograr que una mujer gritara de placer en la cama. Sin remordimientos. Sabía que podría ser una noche ardiente y que luego llegaría la mañana, post-sexo, en que tendría que enfrentar la realidad de sus actos. Quizá el estrés de todos estos meses acumulados estaba nublando su cerebro.

—Entonces ¿por qué no te apartas o me apartas a mí? —le preguntó con arrogancia en la voz, mientras hacía a un lado la tela de las bragas que cubría la abertura más íntima de Raven para tocarla con el dedo. Ella se quedó sin habla, atónita por la sensación y consternada por ser incapaz de moverse—. Imagino que vas a decir que no me deseas y que no quieres tener un orgasmo ahora mismo ¿verdad? —preguntó sin ninguna expresión facial que diera a entender lo que pasaba por su mente.

—No, no te deseo —replicó con la voz agitada, mientras él empezaba a trazar ligeros círculos sobre su clítoris. Ahogó un gemido cuando la yema del dedo penetró levemente su carne sin llegar a invadirla por completo. La tentaba. Ella reprimió las ganas de mover las caderas para instarlo a tocarla más—. No quiero nada de ti…

—Doble negación, interesante —dijo complacido al sentir la humedad entre sus dedos. Inició un rítmico movimiento frotando la hendidura, recorriéndole los labios íntimos y lubricándolos con el líquido espeso de la excitación—. Después de lo que escuchaste hace un rato, Raven, estás en una posición complicada.

—Yo… No —replicó, mientras su cuerpo se inundaba de sensaciones que empezaban a bullir como una olla de presión a punto de explotar. No podía negar que quería saber cómo sería conocer la textura y grosor de la erección masculina.

—Ahora sabes que trabajo con personas que conocen cómo burlar la ley —frotó el dedo de arriba abajo en la vagina, lubricándola, porque la mujer podía negar todo lo que quisiera con palabras, pero su cuerpo la desdecía con pasmosa elocuencia—. Has escuchado nombres de policías que están ávidos de echar mano de información que no les corresponde. Sabes que Joshiah es un soplón… ¿Eh?

Ella meneó la cabeza, furiosa, por lo que él hacía con tan solo un dedo. Su cuerpo estaba traicionándola, porque la mezcla de sensaciones era brutal. Se sentía asustada, pues concebía a este hombre como un guepardo en vigilia.

—Estaba concentrada en bloquear todo. No escuché nada…

—Ah, seguimos el camino de la mentira —dijo esta vez introduciendo su largo dedo en ella—. Tu cuerpo, al menos, no miente. Está muy excitado y caliente, Raven.

Como si esa hubiese sido una orden su cuerpo empezó a temblar y su respiración perdió la posibilidad de equilibrarse. Estaba a merced de este hombre, pero ambos sabían que podría detenerlo si de verdad quería hacerlo. Lo miró a los ojos, mientras él entraba y salía de su interior con una destreza que la enloquecía. La erección pulsante que presionaba contra su costado, mientras él la acariciaba descaradamente, era evidencia suficiente de que también ella lo excitaba.

—No me gusta lo que estás haciendo —dijo con debilidad, porque ni ella misma era capaz de creer sus palabras.

Su jodido cerebro empezaba a imaginarse cómo sería si él la tomase por completo y la penetrara con su miembro. ¿Sería grande y la embestiría con fuerza? ¿Se sentiría complacido si ella decidiera darle placer? La última pregunta era parte del fantasma del bastardo de Leo y las inseguridades que plantó en ella. Sin embargo, al menos podía decir que ninguno de sus pocos amantes había logrado excitarla tanto como este hombre estaba haciendo con tan solo un dedo y en poco tiempo.

—¿No te gusta, eh? —preguntó con sarcasmo retirando el dedo para luego volver a entrar en ella con fuerza, mientras sentía los suaves fluidos de Raven, al tiempo que el sonido de las caricias reverberaba en la habitación—. Quizá deberías dejar de protestar, porque la comunicación de tu cuerpo con mis dedos es más elocuente y sobre todo —dijo inclinándose para lamerle la oreja—, no miente.

—Oh… Esto es retorcido… Está mal… —farfulló, pero él no le hizo caso. Tan solo esbozó media sonrisa, mientras la follaba con el dedo.

Raven no fue capaz de retener la inevitable conclusión de semejante estímulo y pronto su vagina se contrajo alrededor del dedo del atractivo extraño, un mafioso nada menos, convulsionando en partículas de placer. Ella no le dio la satisfacción de escucharla gemir. Ahogó su clímax y le costó un condenado esfuerzo conseguirlo. Siguió respirando hasta que creyó que podía enfrentar lo que acababa de ocurrir. Cuando abrió los ojos, lo encontró con una ceja enarcada y una sonrisa de suficiencia masculina que quiso borrar de una bofetada. Ella desvió la mirada, mientras él mantenía el dedo en su interior esperando a que el último espasmo remitiera.

La mujer era obstinada, pero respondía perfectamente a sus caricias. Su intención era follarla con su miembro hasta saciarse, porque lo que acababa de hacer lo dejaba más insatisfecho como si nunca la hubiera tocado.

—Aparta tu dedo de mi sexo, ahora —exigió con dureza. Abochornada. Confusa. Enfadada consigo misma.

El lado lascivo de Raven estaba interesado en someterse a cualquier caricia adicional que este hombre quisiera prodigarle, permitiéndole que se tomara más libertades con ella. Dios, sus pechos se sentían pesados y sus pezones clamaban por ser mordisqueados. La sensación de estar experimentando algo prohibido era un aliciente que jamás pensó que pudiera excitarla tanto, porque esta situación que estaba viviendo se salía de cualquier remota fantasía que hubiese conjurado.

Ella entendía que si tuviese sexo con él, lo estaría haciendo con alguien que representaba todo lo que odiaba, a pesar de que sabía que no volvería a verlo. Suponía que su lado sensato podía prevalecer sobre el libidinoso, aunque su vagina acababa de explotar al ser saciada. Tomó una profunda respiración.

—¿Es que quieres que lo reemplace con mi pene para mejorar la experiencia? —preguntó con desparpajo y crudeza. Él no tenía filtros.

Raven sintió como si alguien le hubiese agitado la bandera roja para dar pie a una guerra, porque su enfado alcanzó cotas inimaginables. Su mano libre tomó impulso para abofetearlo, pero él la detuvo con rapidez con su agarre de acero.

—No lo intentes de nuevo. *Jamás* —zanjó él sin soltarle la muñeca.

Arran mantuvo su expresión solemne, aunque el brillo de lujuria en su mirada era innegable, así como el de rabia. Su cuerpo fuerte y ágil llenaba a la perfección el esmoquin en el que era evidente la erección. Él no estaba satisfecho, porque el haber tocado a esta mujer había conseguido rebasar las sensaciones que solía tener cuando acariciaba a una de sus amantes. Esto último lo cabreó.

—¿Quién rayos eres aparte de un soldado de la mafia que solo sigue órdenes? —preguntó en un siseo lleno de enfado. Él esbozó una sonrisa leve y cruel—. Déjame ir. Suéltame. Jamás hablaré de lo que sea que haya ocurrido hoy. No estoy mintiendo. Aparte, tampoco tengo nada que te interese a ti ni a quien sea para el que trabajes. Soy una simple bartender y profesora de música —dijo exasperada.

Raven se sentía al borde de las lágrimas, pero no derramó ni una. No entendía qué rayos se había apoderado de ella para permitirle libertades a un hombre que actuaba acorde a todo aquello que despreciaba: la violencia y la intimidación. La confusión que le había causado era brutal. Sí, claro que tuvo la opción de decidir y empujarlo, pero no forcejeó y no lo intentó, porque ni siquiera se le cruzó por la cabeza. Su concentración estaba solo en sentir. La mirada oscura la había transformado en una mujer ávida de placer y solo fue capaz de ver esa perspectiva.

Él la observó un instante, mientras ella se acomodaba la ropa. La capacidad de restricción de Arran, para no destrozar ese puto vestido y descubrir el cuerpo voluptuoso que ocultaba para saborearlo, estaba marcada por el hecho de que a diferencia de su padre, él no era un violador. Daba igual si sabía que, a pesar de las protestas, esta belleza de cabello negro se lo permitiría.

Jamás tomaba a una mujer que, firme y honestamente, no quería sus avances. Sabía reconocer un rechazo femenino y lo respetaba, así como reconocía a quien pretendía rechazarlo, pero el cuerpo, la voz y los ojos, decían lo opuesto, porque se negaban a asumir por completo su deseo y pedir satisfacción.

De estas últimas era Raven. Un caso único en su récord de asuntos sexuales.

—Entonces fuera de mi vista y extiende tus alas, Raven, lejos de aquí, antes de que me arrepienta de dejarte libre —replicó Arran mofándose del significado de ese nombre: cuervo. Cruzado de brazos, imponente como un Dios de la guerra, la observó con altivez—. Si alguna vez necesitas negociar conmigo, porque tengo excelentes recursos que podrían ayudarte, búscame.

Ella abrió la puerta y lo observó. Sus miradas chocaron y se mantuvieron breves segundos unidas. Continuaban cerca, pero no demasiado, porque Raven tenía la mano sobre el pomo de la puerta y Arran estaba a pocos pasos. Sin embargo, el aire que los rodeaba parecía impregnado de electricidad magnética. Como si hubiera una poderosa corriente invisible que intentara halar el uno hacia el otro. Ella estaba procurando, con todas sus fuerzas, mantenerse apartada. No volvería a verlo.

—No aceptaría nada de ti, aunque fueras el último hombre para reproducirme sobre la faz de este planeta. Tú eres un fantasma sin nombre para mí.

—¿Es que ahora sientes curiosidad? —preguntó mirándole los pechos con insolencia y luego posó su mirada ardiente en la boca femenina. Los ojos de Arran estaban encendidos de deseo, pero su voz era como el terciopelo con toques de púas incrustadas. La combinación era intoxicante y casi animal.

—No quiero preguntar, ni tengo la intención de hacerlo nunca, porque prefiero ignorar todo lo que a ti se refiere y eso incluye tu identidad —dijo con enfado.

Él ladeó la cabeza y enarcó una ceja.

—Algunos dicen que soy un fantasma o una leyenda urbana. Aunque con treinta y cuatro años ¿no crees que debería tener canas y la cara arrugada? —preguntó con un tono burlón—. Otras personas intentan describirme físicamente lo mejor posible, pero, a pesar de que soy nativo de Escocia y tengo excelentes contactos, mi foto no está disponible en medios de comunicación ni de redes sociales.

—Carajo… —murmuró Raven por lo bajo y sintió un frío gélido en las venas.

—Incluso, creo que la gente ha inventado historias bastante creativas de lo que hago o dejo de hacer —continuó y observó cómo ella parecía empezar a comprender. Solo por esta pequeña reacción, él supo que no era una espía, que su presencia en esa biblioteca había sido un accidente y, en verdad, no había deducido su identidad, a pesar de haber escuchado el interrogatorio durante la paliza a Joshiah. La reacción de la mujer era de genuino estupor—. Sin embargo, Raven, todos conocen mi nombre.

Ella palideció y trató de llevar oxígeno a sus pulmones.

—Mierda… —farfulló al comprender perfectamente. No había estado tratando con un jodido pelmazo enviado para ejercer de mandamás. El hombre que tenía frente a ella era sobre el que todos especulaban sin certezas o pruebas—. Arran Sinclair —dijo el nombre como si se tratase de una maldición y un castigo.

Él tan solo hizo un leve asentimiento.

—Tenemos asuntos inconclusos, Raven. Siempre es mejor tener un aliado a un enemigo. Hoy, no es el final —dijo, restándole importancia a la expresión de rechazo inmediato de la mujer hacia él, como si se tratara de una sentencia de muerte con fecha de ejecución—. Te corriste más fuerte de lo que jamás lo has hecho y eso que tan solo fue con uno de mis dedos —esbozó una media sonrisa llena de arrogancia —. Nos volveremos a ver, entonces, me pedirás más de lo que te he dado.

—El mundo no gira a tu alrededor —espetó—. Eres un bastardo.

—Sin duda alguna y más te vale recordarlo.

Ella tan solo le dio la espalda y salió a paso rápido de la mansión. Acababa de ver al mismísimo Diablo en persona. No solo eso, por favor, le había permitido llevarla al orgasmo. Si Aytanna escuchaba su historia, lo más probable es que se quedase boquiabierta. Sin embargo, no se sentía capaz de contársela, porque ni siquiera ella misma tenía asumido lo que acababa de ocurrir en esta biblioteca. Este sería un secreto que Raven no pensaba revelar. Su supuesta noche de relajación se había convertido en una inusual y peligrosa aventura con el don de la mafia escocesa.

Cuando Arran llegó a casa bebió tres vasos de whiskey. Uno de sus negocios legales era una destilería en la Isla de Skye, así que estaba habituado a beber como si el licor fuese agua, porque su nivel de tolerancia era alto. El que sí estaba afectado en estos instantes era su duro miembro viril a causa del deseo que no había sido saciado, pero tenía otro asunto por atender antes de hacerse cargo de su libido.

—Señor, tal como ordenó esta mañana, ya lo están esperando en la sala de billar desde las once de la noche —dijo el ama de llaves, mientras retiraba el vaso de la mesa—. ¿Desea que le diga a la persona que se marche?

Él frunció el ceño al recordar de qué se trataba. Ya eran casi las tres de la madrugada, pero sabía que nadie era libre de marcharse sin que él lo ordenara, en especial si existía de por medio un pago como era el caso de la persona que estaba esperándolo desde, según lo que su ama de llaves mencionaba, hacía cuatro horas.

—No. Puedes retirarte, Carol —replicó.

—Hasta mañana, señor Sinclair —dijo la mujer que tenía alrededor de sesenta años y de los cuales llevaba una década trabajando en esa casa.

Carol Murray no solo era discreta, sino una excelente cocinera. Sus hijos habían sido asesinados en una redada policial en Galloway, el esposo formó parte de las filas de la organización y falleció de cáncer, así que ella no tenía más familia. Al conocer su historia, así como la lealtad a Zarpazos de los Murray, Arran le ofreció el cargo de ama de llaves con un salario generoso y un buen seguro médico.

Arran agarró el móvil, mientras caminaba hacia la sala de juegos que había sido diseñada para entretenerse con partidas de Póker, billar o BlackJack. Cuando uno de sus amigos más cercanos estaba de paso por Escocia se reunían a apostar. Mark residía en Londres y seguía la tradición familiar de los Longhorn: extorsión y préstamo de dinero con altos intereses. Se veían muy poco, porque el tipo de vida que ambos llevaban era atípica y de alto riesgo. En ocasiones esporádicas, Arran permitía que sus hombres de confianza entraran en esa sala y jugaran billar. A su mansión no entraban los jefes de organizaciones criminales salvo que fuese un asunto eminentemente estratégico, pero prefería no teñir de sangre sus alfombras.

—Drexter —dijo cuando su investigador privado respondió al segundo timbrazo—. Busca todo sobre Raven. Quiero un informe de inmediato. Haz un cruce de información con Gustav, no quiero cabos sueltos.

—¿Apellido de la persona en cuestión, señor? —preguntó con cautela.

La información entre los círculos que él investigaba era de alto riesgo. Solo tenía un cliente, en este caso era Sinclair, porque cuando estaba involucrado el crimen organizado se podía servir tan solo a un líder. No existía otro modo.

—Ese es tu trabajo salvo que prefieras que contrate a una persona que entienda mejor el oficio —replicó con apatía y luego cerró la comunicación.

Arran abrió la puerta de la sala en la que estaba desplegada una mesa de billar y otra para cartas, tal como se podría encontrar en cualquier casino de lujo, así como una pantalla gigante. En el centro había dos sofás color negro y en uno de ellos estaba sentada una mujer de cabellos rubios. Al verlo, se levantó con elegancia, tal como lo hacía una mujer vivida y que conocía muy bien el oficio más antiguo del mundo. Llevaba una blusa blanca, casi transparente, pero elegante. La falda pequeña revelaba unas piernas largas y torneadas. Los zapatos de tacón eran color azul oscuro.

—Desnúdate —ordenó sin preámbulos. Apretó la mandíbula.

—He firmado el contrato de confidencialidad de la agencia —dijo con suavidad. Ella no se quejó por las largas horas de espera, la falta de un saludo o la orden. Se quitó las prendas con agilidad y las dejó sobre el sofá—. Me llamo Hazel.

Arran olvidó que había pedido una escort para esa noche, porque todo el puto día estuvo en conversaciones con un cártel de México que quería construir un aeropuerto clandestino en las Tierras Altas de Escocia. Él no podía beneficiar a los mexicanos antes que a los colombianos ni viceversa.

No aceptaría una tajada de un posible negocio si este podría implicar, a corto plazo de seguro, una carnicería en sus tierras. Acordó dialogar al respecto más adelante. Sin embargo, el que no hubiese recordado que una escort lo esperaba se relacionaba también con lo sucedido en la biblioteca de esa puñetera fiesta.

—No me interesa tu nombre. Acércate —dijo en tono gélido.

Él contrataba los servicios de Briss Lane, una madame que sabía mantener cerrada la boca sobre sus acuerdos, para que le enviara escorts de nacionalidad extranjera cuando le apetecía saciar sus instintos. El negocio de Briss contaba con la aceptación de Arran, porque las mujeres que ofrecían sus servicios sexuales eran mayores de edad, trabajaban por libre y con acuerdos de confidencialidad, provenían de diferentes países europeos y no habían sido ni eran parte de una red de abuso.

—¿En qué posición me quieres? —preguntó solícita con su acento naturalmente ruso y con los ojos brillantes de lujuria, porque su cliente era muy guapo.

Arran contempló el cuerpo de pechos pequeños, respingones, y pezones puntiagudos; la cintura estrecha y caderas sutiles que acompañaban a unas piernas esbeltas. La mujer llevaba el pubis depilado por completo y sonreía con lascivia. Sus amantes eran siempre rostros desdibujados en la memoria que se perdían en el tiempo. Él evitó recordar la figura de sirena que había visto menos de una hora atrás.

—Arrodíllate —ordenó, mientras se quitaba el cinturón y los pantalones. Su miembro erecto vibró al ser liberado—, y luego separa las piernas.

Ella no necesitaba que le explicaran qué estaba pidiéndole. Elevó la mirada antes de engullir el pene con su boca y empezar a chuparlo.

—Date prisa —exigió Arran apretando con fuerza los dedos alrededor de los cabellos rubios, sin ningún tapujo, mientras esta lo succionaba con ímpetu e intentaba, a duras penas, abarcar toda la longitud y grosor—. Sí, eso es… —masculló decepcionado, porque en lugar de ser un cabello negro el que sus dedos agarraban en esos instantes, este era de otro color. Cerró los ojos brevemente cuando sintió el estremecimiento que precedía al orgasmo—. Raven… —dijo entre dientes.

Apenas terminó de pronunciar ese nombre, su cuerpo no fue capaz de seguir la línea del placer que estuvo a pocos segundos de alcanzar. Con rabia apartó la cabeza de la mujer y ella de inmediato liberó, aunque no sin sorpresa, su miembro. Él respiraba con dificultad, pero no era a causa de la excitación, sino la frustración. Se acomodó el pene aún erecto en el bóxer y luego se subió los pantalones.

—Fuera de aquí —ordenó—. Tus servicios fueron pagados por anticipado.

Ella lo observó confusa. Aunque en su trabajo siempre tenía como prioridad el placer del cliente, no el suyo, Hazel tenía ganas de que este hombre la penetrara.

—¿Estás seguro que no quieres follarme? —le preguntó la mujer de cuerpo delgado y de luminosos ojos celestes—. No existen restricciones. Complacerte es mi mayor interés —dijo en tono sugestivo—. Si necesitas llamarme Raven o como te apetezca, la verdad, me da bastante igual, siempre que te sientas satisfecho.

La expresión de Arran relampagueó con desdén ante el comentario. Su autocontrol estaba a punto de volar por los aires.

—Vístete y márchate —replicó con frialdad antes de salir dando un portazo.

Cuando Arran entró en la ducha se masturbó con ímpetu, pero la imagen que su mente conjuró, cuando cerró los ojos, era la de Raven. Ella, arrodillada haciéndole una felación, mientras él observaba ese cuerpo con espuma de jabón y los pechos generosos moviéndose al compás de la boca y las manos que le estaban dando placer. Él aceleró la forma en que acariciaba su propia longitud; con fiereza y determinación. Al cabo de unos instantes su simiente se vertió y él soltó un gruñido largo.

«Condenada mujer. Maldita seas», pensó apoyando las manos contra la pared. No le gustaban los asuntos inacabados y Raven no sería el primero.

CONTINÚA LEYENDO LA HISTORIA DE RAVEN & ARRAN
EN AMAZON: SINUOSA TEMPESTAD

Enlace de compra para tu buscador: mybook.to/SITEM
La historia está gratis con Kindle Unlimited.
Esta novela es para +18 años con criterio formado.

¿Te apasiona un romance contemporáneo? ¿Te gustan las segundas oportunidades, *enemies-to-lovers*, secretos y mucha pasión en una relación de jefe-empleada? ¡Te invito a Boston a conocer Alessio & Blaire!
CONOCE TAMBIÉN "CAUTIVOS EN LA PENUMBRA"
espera por ti, en Amazon.
Papel, digital y gratis con Kindle Unlimited.

SINOPSIS:

Alessio Rocchetti posee una personalidad tan encantadora como la ponzoña de un escorpión. Sus despiadadas estrategias legales y su reputación profesional lo han encumbrado entre la élite corporativa de Boston. En sus venas corre la hiel de la rabia provocada por una injusticia del pasado. Cuando el azar le ofrece la oportunidad de vengar la atrocidad que la familia Sullivan causó a la suya, no duda en aceptarla con todo el rencor que bulle en él. Le dará igual si tocar la piel de Blaire parece resquebrajar el hielo que recubre su corazón, si sus besos lo cautivan como los de ninguna otra mujer o si la expresión herida de la indómita belleza sacude su conciencia. A medida que transcurran las semanas, la sed de venganza de Alessio dará lugar a la lógica, pero quizá ya sea demasiado tarde para expiar los efectos de la tormenta que ha provocado.

Blaire Sullivan ha saboreado el dolor de la desilusión y la tiranía del destino. El día en que empieza un nuevo empleo, lo último que espera es reencontrarse con Alessio, el muchacho que la abandonó sin mirar atrás. Ahora, él se ha convertido en un hombre hostil y arrogante; un hombre que, además, es su nuevo jefe y tiene una vendetta contra ella. Blaire necesita este trabajo y está decidida a conservarlo a cualquier precio. Cada día procura levantarse con una sonrisa y pretender que los desaires de Alessio no la afectan; que su severa frialdad pasa desapercibida o que sus besos ardientes no la confunden. No le teme a los retos, porque sabe que el contendiente más astuto sabe esperar el momento idóneo para tomar ventaja y salir airoso.

El pasado y el presente colisionan en una encrucijada que obligará a ambos protagonistas a decidir si merece la pena batallar contra las penumbras o si prefieren destruir para siempre el vibrante fuego que los consume. Cuando la verdad surja de entre las tinieblas y lacere la piel ¿se atreverán a ver más allá del veneno del pasado y a confiar de nuevo en el otro?

Cautivos

EN LA
PENUMBRA

AUTORA FINALISTA DEL 2° PREMIO LITERARIO AMAZON STORYTELLER

KRISTEL RALSTON

PRÓLOGO

Alessio y Blaire.
Boston, Massachusetts. Estados Unidos.
Años atrás.

Blaire escuchaba en silencio, desde una mecedora en el porche de su casa, cómo los insectos nocturnos creaban melodías tan inconexas como hermosas. El firmamento estaba bañado de estrellas y un ligero viento impedía notar que el verano estaba próximo. Sin embargo, en su interior lo que menos sentía era serenidad. La certeza de que su destino estaba siendo manipulado, le provocaba rabia y desesperación. Su libertad de elección estaba acorralada, así como también sus posibilidades de rebelarse.

¿Lo que estaba en riesgo? Su vida tal y como la conocía. Lo podría perder todo.

Días atrás, su padre le había informado que los laboratorios farmacéuticos que pertenecían a la familia desde hacía varias décadas, LabSull, estaban en un punto de transición y que él había llegado a un acuerdo con uno de sus mayores inversores que consistía en unir las fortunas de ambas familias a la vieja usanza. Le había dicho que necesitaba que ella saliera de su zona de confort y comprendiese la magnitud de su responsabilidad, porque en el tablero estaban cientos de millones de dólares en juego. Blaire, después de escucharlo, se había quedado sin palabras durante largos segundos. No obstante, pronto llegaron los sentimientos de traición y desconcierto como un ciclón que habían sacudido su cuerpo.

Ella siempre les dejó claro a sus padres que su interés no era vincularse a la empresa, sino estudiar biología marina. Por eso, le dolía todavía más que su padre hubiera ignorado sus sueños y aspiraciones para, a cambio, trazar un plan en el que la dejaba con una responsabilidad demasiado grande sobre sus hombros: el futuro económico de los laboratorios.

Blaire no quería casarse con alguien a quien no hubiera elegido, menos hacerlo por el bienestar de una empresa que se dedicaba a crear fármacos que, al fin y al cabo, terminaban destruyendo el cuerpo humano más que sanándolo. Ella prefería la sensibilidad de los animales y la empatía que sentía con ellos cuando los visitaba, por ejemplo, en el zoológico o el acuario. Entendía que no vivían en libertad, así como también que, al menos en Boston, los cuidados que les ofrecían eran óptimos, además, gran parte de los animales eran restacados.

—Sé que muchas de mis amigas están de acuerdo con ese destino, porque ambicionan una posición social específica o disfrutan siendo el centro de atención, pero yo rehúso ser parte de ese grupo, papá —le había dicho consternada—. Soy diferente a ellas.

Su madre, la había observado en silencio y con una expresión de disculpa. Sí, Blaire sabía que Sussy Sullivan poseía un carácter conciliador y que jamás se enfrentaba a Jacob, porque prefería evitar las disputas. Esto le parecía absurdo si consideraba que la fama de las pelirrojas era tener una actitud casi incendiaria si las provocaban con alguna idiotez.

—La mejor alianza económica no surge de los lazos empresariales, Blaire —le había dicho mirándola con autoridad—, sino del matrimonio. Tú eres una muchacha inteligente y guapa; Maximilian es un chico joven y visionario. Los Strauss son los fabricantes de tecnología sofisticada que incluye prototipos de inteligencia artificial para toda clase de estudios vinculados a la medicina, y nosotros contamos con una experiencia de más de ochenta años en la producción de fármacos desde que tu bisabuelo creó la empresa. Tú y Maximilian se conocen desde hace algún tiempo. Muchas familias como la nuestra se casan por intereses económicos; no es una situación inusual. LabSull es tu legado y hacerlo crecer por sobre la competencia es una responsabilidad. No tengo más descendencia. Solo tú.

—Voy a cumplir dieciocho años ¡no quiero casarme con Maximilian! Por Dios, papá, apenas lo he visto en un par de eventos. No somos amigos, porque no tenemos nada en común —se había pasado los dedos entre los cabellos con frustración—. Así que puedes entregarle este legado a cualquier otra persona; yo no estoy interesada en él.

—Sé que ya recibiste la carta de aceptación de la Universidad de Boston para el programa de biología marina, lo cual me enorgullece. —Blaire había observado a su padre con precaución porque, a pesar de que se preocupaba por ella, cuando se trataba de negocios parecía convertirse en una persona totalmente distinta—. Pero, si rechazas hacer este esfuerzo por la empresa tiraré de todos los hilos posibles para que la universidad revoque tu aceptación. Congelaré tu fideicomiso, así como también las tarjetas de crédito.

—Jacob… —había murmurado Sussy, consternada, porque no era esto lo que había esperado que su esposo hiciera—. Sé que la situación…

—Sussy, la empresa necesita esta fusión y los Strauss son nuestra vía de reestructuración más adecuada para los siguientes pasos con los inversionistas del nuevo fármaco —había interrumpido el hombre de bigote perfectamente acicalado—. Una vez que nuestra hija se case y esta asociación rinda frutos y el panorama financiero empiece a disminuir la presión, a la que nos ha sometido, será libre de hacer lo que le apetezca. Si quiere irse a Australia a investigar la Barrera de Coral, lo puede hacer; si quiere zambullirse en el Océano Índico a buscar reliquias, pues qué más da. Este es un pequeño sacrificio por un bien mayor que beneficiará a todos los involucrados en LabSull. Aunque, por supuesto, si con el tiempo el amor llega, será su decisión seguir casada. Maximilian es un buen prospecto.

—Estás poniendo mi vida del revés ¡no es justo lo que haces! —había interrumpido con lágrimas sin derramar—. Quiero encontrar a una persona y ser yo quien la elija para casarme o no, así como tú elegiste a mamá. —Sussy había hecho una ligera negación dándole a entender que el matrimonio con Jacob también fue arreglado por un acuerdo comercial—. No puedo creeerlo —había murmurado Blaire—, Dios, no puedo creerlo. Yo tenía la certeza de que el de ustedes era un matrimonio por amor. Siempre pensé…

—Lo fue con el tiempo, así como ocurrirá de seguro entre tú y Maximilian —había dicho Sussy con suavidad—. A veces, el destino hace su trabajo, pero, otras, lo tenemos que hacer nosotros. Mi familia poseía un portafolio de propiedades muy amplio y los Sullivan querían expandir los laboratorios. Fue una alianza idónea. A pesar de que un inicio había más bien una amistad, los años dieron paso a algo más importante. Los matrimonios son una lotería, Blaire, y da lo mismo qué tan concienzudamente elegiste. El resultado es incierto.

—Esto es Estados Unidos, no Pakistán ni Inglaterra de la Regencia —había reprochado Blaire, devastada, porque sus convicciones de la existencia del amor surgieron siempre de ver cómo interactuaban sus padres. De hecho, su aspiración era encontrar una relación similar para ella. Esa noche ambos la habían defraudado—. Si dices, mamá, que esto es una lotería, entonces tengo el derecho a escoger qué números jugar.

—Las mujeres y hombres que tenemos una posición privilegiada hacemos prevalecer el pragmatismo por sobre las emociones, Blaire, así que es mejor que empieces a comprenderlo, porque será el único modo de que sobrevivas en este mundo —había intervenido Jacob en un tono que no dejaba lugar a reproches adicionales—. He sido demasiado indulgente contigo y te he dado siempre la oportunidad de tomar tus propias riendas, pero ahora tienes que hacer tu parte como una Sullivan: pagar el precio de tus privilegios, así como tu madre y yo lo hicimos en algún momento. Queremos que seas feliz, sin duda, y los Strauss son una buena familia. Esta es tan solo una movida estratégica que al final será en tu beneficio, así como en el de los hijos que puedas traer al mundo.

Blaire quería ser madre, por supuesto que sí, pero no con alguien de quien no estuviera enamorada. Necesitaría sentir esas mariposillas en el vientre, la excitación y adrenalina; el cosquilleo en la piel como si estuviera recibiendo electricidad. Todas esas emociones las provocaba en ella una persona que tenía acento italiano y ojos azules; jamás sería Max.

—Hay algo que no estás diciéndome, papá —había expresado, porque presentía que estaba ocultándole una información importante—. Al menos sé honesto conmigo.

Jacob la había mirado con impaciencia.

—Los laboratorios están atravesando una situación complicada y la competencia nos está destrozando. Hay temas sobre los que no puedo hablar contigo —había contestado en tono severo—. Puedes mantener la libertad de viajar, comprar, gastar en lo que se te dé la gana, y estudiar en la Universidad de Boston, pero el precio para eso será ayudarnos.

Blaire había tratado de que sus pulmones no se quedaran sin oxígeno.

—Papá…

—No hay nada más qué discutir —había zanjado—. Los Strauss están de acuerdo y su hijo aceptó lo que se espera de él, así como presumo que lo has comprendido tú. Si no te casas con Maximilian, el laboratorio dejará de lado cientos de investigaciones que necesitan financiamiento y cuyos resultados podrían ayudar a mucha gente. Lo anterior empezará a crear un desbalance que no tardará en traducirse en despido de empleados hasta que se logre una recuperación, lenta. Tú puedes cambiar y evitar todo esto. —Blaire había abierto y cerrado la boca—. La decisión de cumplir tu sueño de ser bióloga marina en la mejor universidad de este Estado, o perderlo todo por no adherirte a las responsabilidades familiares, es tuya.

—Estás apoyando el peso de un asunto económico gigantesco en mis hombros —había dicho en un hilillo de voz—. Es demasiada carga y además injusta.

—Será solo temporal, Blaire, si así lo quieres. El matrimonio es de nombre, una firma y un negocio de por medio. Las decisiones que tú tomes son tu prerrogativa en la convivencia, pero durante un tiempo prudencial, que lo haga creíble, la sociedad debe percibirlos como una pareja en público. Este acuerdo es muy importante. Tu madre y yo conocemos a los Strauss desde siempre. No se trata de una alianza de matrimonio entre dos familias desconocidas.

—Maximilian no me interesa de esa manera. No solo es mujeriego, sino que, además, se cree el ombligo del mundo. Por eso saludarlo de lejos siempre ha sido lo mejor. ¿Convivir? Creo que terminaría asesinándolo —replicó, porque el hombre era insufrible y no en el estilo que las novelas romantizaban. No. Blaire había escuchado historias de cómo Maximilan humillaba a sus empleados y trataba con desdén a sus parejas.

—Quizá te enamores de él, hija, no lo sabes —había intervenido Sussy.

—No será así —había susurrado con un nudo en la garganta. La idea de que también le arrebataran la pequeñísima posibilidad de esperar un poco a ver qué pasaba entre ella y Alessio le provocaba más desazón—. Todo esto es demasiado para procesar.

Que su padre hubiera utilizado lo único que a ella de verdad le importaba para obligarla a casarse por un asunto de negocios le había dolido muchísimo. Desde esa noche horrenda, tres semanas atrás, Blaire no sabía cómo asimilar esa situación ni qué decidir. Sabía que LabSull tenía muchos premios de la comunidad científica por su aporte contra la lucha de la esclerosis múltiple, a través de un fármaco que demoraba los efectos de la enfermedad en los pacientes.

Aunque había visitado pocas ocasiones las oficinas principales sabía que los científicos y médicos del equipo realmente eran personas apasionadas y convencidas de lo que hacían. Que otros cientos de miles de personas dejarían de beneficiarse de los fármacos que producía LabSull, si Blaire no se casaba, le creaba una gran presión. Ella no era indiferente a lo que le sucedía a otras personas que no pertenecían a su círculo social. Le gustaba ayudar.

La vida, tal como la conocía desde su nacimiento, volaría por los aires si no se acogía a la orden de su padre. Acababa de cumplir dieciocho años y, a pesar de viajar para conocer el mundo con sus amigas o sus padres, vivía en una burbuja. El mundo exterior, aquel que la podría destrozarla súbitamente, le era ajeno. Sin embargo, Blaire lo dejaría todo de lado para lanzarse a experimentar una vida lejos de esa protección y de esos recursos ilimitados.

Lo haría para salvaguardar su libertad y sus sueños, pero tan solo si existiera un motivo lo suficientemente fuerte que la impulsara a arriesgarse a echarlo todo por la borda. Lo que le faltaba en experiencias, lo completaría con optimismo y espíritu de aventura, pero requería la certeza de que había una red que podría sujetarla si caía. Percy y Leonela seguirían siendo siempre sus amigos, pero ambos habían sido aceptados en Oxford para estudiar negocios. Así que solo los vería durante los veranos o festivos. No sería lo mismo. Necesitaba algo más y la frustraba no poder encontrarlo. El tiempo se agotaba, porque en pocos meses empezaría la universidad. Sus opciones eran limitadas, en especial si rechazaba la exigencia de Jacob.

Un sonido inusual en la penumbra rompió la calma de la noche y la sacó de sus recuerdos y pensamientos. Blaire puso sus sentidos en alerta.

Se incorporó con rapidez y agarró el primer objeto que estaba a su lado: un florero. La risa masculina, que ella conocía muy bien, le dio a entender que su reacción no solo era ridícula, sino carente de propósito, porque no existía una amenaza real. Soltó una exhalación, mientras la puerta blanda con malla metálica se abría para dar paso al chico que lograba provocarle un aleteo en el pecho. Estaba enfadada con él, porque la noche anterior se había ido a la fiesta de cumpleaños de Margareth Jenkins, la chica que le hizo la vida imposible a ella hasta hacía poco en la secundaria, a pesar de que le dejó muy claro a Alessio que lo consideraría una ofensa si asistía. Ese fue el motivo por el que no lo invitó a la barbacoa en la que celebró su cumpleaños número dieciocho esa tarde. Tampoco le apeteció ver cómo sus amigas babeaban por él.

En el instituto, Blaire jamás había sido popular, pues era un ratón de biblioteca, en lugar de Miss Simpatía. Además, siempre que un chico, en especial si era del equipo de fútbol, se mostraba más amistoso con ella que con otras chicas, la zorra de Margareth salía al acecho como si quisiera demostrar que podía arrebatarle la atención de quien quisiera. La noche anterior, al parecer, lo había conseguido de nuevo al invitar a Alessio a una fiesta.

Por otra parte, no encontraba la forma de contarle a Alessio sobre Maximilian, porque ni siquiera ella lograba hacerse a la idea de que podría casarse por dinero y reputación; no por su beneficio, sino por el de una compañía y el bienestar de terceros. Blaire quería analizar primero sus opciones: un plan de escape. Incluso estaba buscando trabajos de medio tiempo y ya había transferido una consistente cantidad de dinero, a una cuenta a nombre de su amigo Percy, para mantenerse a flote si Jacob cortaba todo suministro financiero.

¿Cómo le decía a Alessio sobre toda esta idiotez sin que pensara que la gente como ella estaba chalada de la cabeza? ¿Qué pensaría si le contara que Maximilian la había ido a buscar, cuatro días atrás, para darle el anillo de compromiso? Esa maldita joya era como la piedra de la muerte para ella y por eso la había relegado al fondo de uno de los cajones de su escritorio. Aunque quizá, si abandonaba esa vida en la mansión y su usual círculo social, podría vender el anillo y con ese dinero pagar por anticipado un año de alguna universidad.

Sabía que su *crush* con Alessio no era correspondido, porque en ninguna ocasión él le dio a entender que sintiera algo más que una simple amistad. ¿La frustaba? Sí. ¿Le dolía? Más de lo que podía explicar, pero temía perder la conexión que ya tenían si ella decía algo.

A él podía contarle sobre sus sueños de convertirse en bióloga marina, lo mucho que le apetecía viajar para ver una aurora boreal, así como que estaba cansada de ser la pelirroja sobre la que sus compañeros de clase hacían bromas pesadas, y también le gustaba hablarle de su afición por las constelaciones del universo. Él le decía que las pelirrojas eran una raza en sí misma y que debería sentirse especial, porque esa característica impediría que pasara desapercibida cuando quisiera hacerse notar o que alguien la recordara.

Alessio y ella se conocían desde hacía dos años.

El padre de Alessio, Giacomo Rocchetti, trabajaba para el suyo en el área financiera de los laboratorios Sullivan desde hacía muchísimo tiempo. Sin embargo, fue en una cena empresarial, organizada para conmemorar el aniversario de la empresa, en que las invitaciones se extendieron a los empleados y sus cónyuges o parejas, pero también a sus hijos, que Blaire conoció a Alessio. Usualmente, ella procuraba estar alejada de los asuntos sociales de LabSull, a menos que estuviera con sus mejores amigos, Percy y Leonela. En esa fiesta, al tratarse de un evento significativo, no pudo rehusar dar su apoyo como futura heredera. Esto último le importaba un carajo, porque quería trabajar con la fauna marina, pero asistió de igual modo.

Cuando vio a Alessio todo pareció cobrar un sentido distinto. La piel le cosquilleó en el instante en el que él la saludó por primera vez con un apretón de manos. No recordaba haber visto un par de ojos azules más bonitos ni un chico tan guapo, en especial porque este poseía un aire de confianza en sí mismo que le resultó magnético.

Desde ese día, él se convirtió en una presencia recurrente en su vida. No solo hablaban por teléfono, sino que también salían a recorrer las calles de la ciudad o explorar sitios históricos en Boston o los alrededores, en especial cuando la agenda universitaria de Alessio daba pie a ello y Blaire no iba liada con las tareas. Sus círculos sociales eran diferentes, porque ella había recibido una educación privada, pero a Blaire eso no le interesaba, pues, salvo sus mejores amigos, lo pasaba mejor con Alessio que con cualquier otra persona. Él tenía un emprendimiento sencillo para dar servicios de mantenimiento de áreas verdes, para varias casas que supervisaba personalmente, entre ellas, la de los Sullivan.

Blaire se encargó de recomendarlo con su padre, apenas Alessio le contó que hacía esta clase de trabajos en la medida que pudiera pillar una que otra hora libre en la semana, sin perjudicar sus estudios, y así ganar ingresos adicionales. Su amigo le había contado que ese dinero sería siempre para cubrir gastos inesperados que pudieran surgir, en especial porque al ser universitario no le parecía bien pedir ayuda a sus padres. Él le dijo también que estaba ahorrando para completar la cuota inicial y comprar un coche de segunda mano.

—¿Qué haces aquí a esta hora? —murmuró Blaire revisando su correo electrónico en el móvil—. Si mal no recuerdo, los días sábados no trabajas y anoche fuiste a la fiesta de tu amiga Margareth. Así que estoy un poco ocupada para atenderte, además, cansada.

Ella estaba usando un vestido azul veraniego, sin mangas y con escote rectangular, que le llegaba hasta las rodillas. Solía andar descalza en la casa. Su abundante cabello rojizo, después de la piscina, todavía estaba ligeramente húmedo, así que lo llevaba suelto.

—Hoy, el cielo está parcialmente nublado, así que no creo que cazar constelaciones, en especial si estás en el porche del patio trasero de tu casa, sea posible —dijo él en un tono sardónico, mientras se apoyaba contra el marco de la puerta, cruzado de brazos, mirándola. Le parecía la muchacha más guapa que había visto nunca: pelirroja y de ojos verdes. Era imposible ignorarla o alejarse de ella, lo supo desde el día en que la conoció y le pidió el número de móvil —. Vine para desearte un feliz cumpleaños número dieciocho

—extrajo del bolsillo una pequeña cajita y se la entregó—, los hizo mi madre. Te mandó saludos.

Ella lo miró con sorpresa y deshizo el lacito azul que cubría la caja.

Ese día, Blaire había recibido incontables obsequios valorados en miles de dólares, sin embargo, el que acababa de entregarle Alessio le parecía el más significativo. Tres cannolis esperaban para ser devorados. Se habían convertido en su postre favorito desde que Laura, la esposa de Giacomo, los envió para unas navidades. Ninguna pastelería los igualaba.

—No hacía falta, pero dile a Laura que gracias —murmuró, mientras se llevaba a la boca un trozo y lo devoraba cerrando los ojos. Soltó un suspiro de gusto y gimió levemente —. Esto es, en verdad, una maravilla. Me encantan —dijo mirándolo de nuevo.

Alessio se preguntó cuánto tiempo más podría resistir la tentación de besarla y saber si ella haría esos mismos soniditos si la tocaba íntimamente. Se había reprimido de mostrar interés en Blaire, porque le gustaba la amistad que tenían y, a diferencia de otras chicas, ella no trataba de adularlo, sino que le decía lo que de verdad pensaba. No se le había pasado por alto cómo los chicos se interesaban en ella y cómo la miraban con deseo, aunque Blaire estaba siempre distraída para notarlo. A él le daban ganas de darles un puñetazo a esos idiotas.

En su caso, la experiencia sexual que tenía no era tan variada, pero sí que había aprendido un par de trucos. ¿Quién no lo hacía a los veintiún años?

Para él era un descubrimiento hacerle sexo oral a una chica y que esta se retorciera bajo su boca, así como lo era conocer el sabor de los pezones y tamaños diversos de los pechos, pero, en especial, la eufórica sensación de cómo su miembro era apretado por las paredes íntimas. Esto último le parecía algo brutal.

En las fiestas de las fraternidades en la universidad, él no tenía dificultad en ligar, aunque se trataba siempre de un intercambio de experiencias, pero no de emociones, porque estas le pertenecían a la chica de cabello rojizo. Alessio sabía el porqué ella estaba enfadada, pero él también tenía otro motivo para estarlo e iba a hacérselo saber.

—Me alegra —replicó acercándose para sentarse junto a ella. Blaire se cruzó de brazos y dejó los cannolis de lado—. ¿Por qué no me invitaste a la celebración de tu cumpleaños esta tarde? —preguntó, porque se había enterado al respecto por la cotilla de Margareth.

Blaire apartó la mirada y soltó una exhalación. Esta noche sus padres estaban asistiendo a una recepción organizada por el representante de los laboratorios Merck, así que en la mansión de dos pisos solo estaban ella, su gato, Hércules, y el ama de llaves, Karina.

—Porque estabas ocupado y no quería arruinar tus planes —replicó torciendo el gesto.

Alessio soltó una risa suave, porque eran estos pequeños detalles que lo hacían notar que, quizá, Blaire tampoco era tan indiferente a él en un aspecto más allá de la amistad.

—Creía que éramos amigos, *cara* —dijo llamándola por ese modo afectuoso que a ella siempre la hacía sonreír, pero en esta ocasión fue distinto. Alessio extendió la mano y tomó la barbilla de Blaire para que lo mirase. Este era un gesto inusual, pero no creía posible continuar postergando lo que tenía tantas ganas de hacer desde hacía tanto tiempo. Dos años para ser exactos. Ella abrió de par en par los ojos con sorpresa—. Los amigos no se mienten.

—No me digas —replicó riéndose sin alegría—, ¿fue por eso que optaste por ir a la fiesta de esa *bully*, en lugar de venir con Percy, Leonela y yo al cine, ayer? Los amigos tampoco prefieren a los acosadores de sus amigos para pasar el rato.

—No fui a la fiesta de Margareth por los motivos que tú piensas. Lo que ocurrió fue que, como también trabajo ayudando con el césped de la familia Jenkins de vez en cuando, me había olvidado una pieza de la podadora y un fertilizante. Cuando le pregunté si podía ir a recogerlos ayer en la tarde, ella me dijo que prefería en la noche, porque estaba arreglándose para la fiesta que estaba organizando. Solo a esa hora iba a recibirme. Así que fui, saludé, recogí mis cosas y luego me fui con unos amigos de la universidad a comer, porque era tarde.

—No me interesa —replicó tratando de apartarse, pero él no se lo permitió. Le tomó el rostro entre ambas manos—. No quiero saberlo.

Estaba tan cerca que sentía que su corazón iba a explotarle en el pecho de un momento a otro. Esa voz que mezclaba toques de italiano con inglés le encantaba, pero era la forma tan intensa en que esos ojos azules la observaban que la pusieron nerviosa, porque él jamás la había mirado como si la deseara. «Quizá solo está enfadado porque no lo invité a la barbacoa». Esta era la primera vez que lo dejaba fuera de las reuniones que organizaba en casa. No quería empezar a leer en los gestos de Alessio, erróneamente, la proyección de sus propios anhelos.

—A juzgar por tu enojo, yo creo que sí. La doble negación es un sí, Blaire.

—Tú eres libre de hacer lo que te plazca. Me gusta que me cuentes lo que haces, pero ya sabemos que Margareth es irresistible, así como imagino que las chicas universitarias también deben serlo ¿no? Lo puedo entender. Vamos, no pasa nada. ¿Cambiamos el tema?

Él sonrió de medio lado e hizo una negación. Sus rostros estaban cerca y no existía ninguna posibilidad de que alguien interrumpiera su conversación. La temperatura exterior era muy agradable, pero la que emanaban los cuerpos de ambos era un voltaje potente.

—Resulta, Blaire —dijo acariciándole el labio inferior con el pulgar. A ella se le cortó la respiración brevemente—, que las rubias o morenas me dan igual. Las chicas con las que he podido estar han sido algo para experimentar, pero nada remarcables en mi memoria.

Ella sabía que Alessio solía atraer la atención femenina con facilidad. Vamos, el chico era guapísimo, además de que había ganado una beca en la escuela de leyes de Harvard, así que también era muy listo. Cuando lo aceptaron en la universidad, Blaire utilizó sus ahorros para regalarle un bolígrafo Montblanc. Percy y Leonela, le habían sugerido que dejara de hacer el tonto y le confesara a Alessio lo que sentía por él, en lugar de ser una amargada expectadora al saber que salía con otras. Él jamás le hablaba al respecto o mencionaba detalles, sino que solo le decía: *Hoy tengo un asunto extracurricular y no puedo quedar contigo*. Esa frase solía dejar a Blaire con pesar, pero no podía culpar a nadie, porque había optado por el silencio.

—Estás estudiando tu segundo año en Harvard, yo me acabo de graduar del instituto. Tal vez, llegará el instante en que el alguien remarcable llegue a tu vida. Tú y yo solo somos amigos. Siempre estaré para cuidar tus espaldas y sé que harás lo mismo por mí.

¿Verdad? —preguntó, pero sus instintos le gritaban que dijera lo que de verdad pasaba por su cabeza.

—Sí, pero en un modo diferente, Blaire —dijo con un tono posesivo—. En estos dos años he querido encontrar algún indicio de que tú también tienes la misma curiosidad e interés que yo y ya no quiero que pase más tiempo ¿comprendes? —apartó las manos de esas mejillas suaves dándole así la opción de apartarse o apartarlo, pero ella no lo hizo, sino que lo quedó mirando y luego tragó saliva. Apoyó la frente contra la de Blaire—. Quiero tener el derecho a besarte y acariciarte; quiero conocer la pasión que yace en ti. La anhelo. ¿Estás de acuerdo conmigo y también lo quieres de ese modo? —preguntó.

Ella sintió cómo el espacio entre ellos crepitaba tal como la madera bajo las llamas del fuego. Sus miradas soltaban electricidad y esta aumentó cuando notó cómo Alessio le miraba la boca para después humedecerse los labios. La presencia de él siempre le había parecido magnética, pero, esta noche en particular, era como si la hubiese envuelto con más fuerza.

Las palabras de Alessio borraban los días en los que ella se preguntó si las situaciones podrían ser diferentes entre los dos. Ahora tenía su respuesta y era emocionante hasta el punto de que quitaba el dolor de lo que había sucedido con su padre semanas atrás. Alessio podría ser el puerto seguro que necesitaba. Si él estaba a su alrededor, impulsándola; si la fuerza de ambos estaba intacta, entonces ella podría enfrentarse a lo difícil que sería la relación con sus padres y todo el proceso de iniciar una vida distinta al rehusar casarse con Max.

—Alessio… —susurró con una emoción indescriptible, porque todos sus miedos se hicieron añicos. ¡Él la deseaba tanto como ella a él!—. Yo, sí, estoy de acuerdo con explorar lo que sentimos por el otro —se rio con nerviosismo—. Jamás pensé que tú y yo íbamos a tener esta conversación, pero no sabes cuántas veces la imaginé en mi cabeza —sonrió—, muchas. Al no tener ningún indicio de tu parte, porque temía perder nuestra amistad, aceptaba salir cuando algún chico me lo pedía.

—No va a haber más chicos si empezamos algo juntos —dijo apretando la mandíbula—. ¿Queda claro? Porque no quiero que haya malos entendidos.

Ella ladeó ligeramente la cabeza. Soltó una risa suave de incredulidad, porque tener esta clase de atención, distinta a la usual, tan intensa de Alessio le parecía difícil de creer.

—Tan claro como que tampoco quiero que estés viéndote con otras chicas —replicó, porque tenía el mismo derecho a exigir—. Imagino que en la universidad encontrarás siempre mujeres muy guapas e inteligentes, pero yo también lo soy, así que confiaré en ti.

Él se inclinó hasta besar el sitio en el que latía desbocadamente el pulso de Blaire. Al escucharla contener el aliento, sonrió contra el cuello, y después se apartó. Ella olía a jazmines con toques de vainilla. La mezcla era sutil y siempre lo había enloquecido.

—¿Por qué no me invitaste hoy, Blaire? —repitió la pregunta que le había hecho anteriormente, frotando la nariz contra la de ella, porque esta vez quería escuchar la verdad.

Ella soltó una exhalación e hizo una mueca.

—Mis amigas tienden a coquetar contigo y en mi cumpleaños no me apetecía…

—Yo no les devuelvo el flirteo —interrumpió y ella hizo un leve asentimiento, porque era cierto—. Conozco muy bien que tienes una regla en que las amigas no repiten novios o conquistas de otras, así como tampoco habría sido inteligente de mi parte cuando he estado buscando el momento en que no pudiera guardarme más tiempo que te quiero para mí.

Blaire elevó la mano y le recorrió el perfil de la mandíbula a Alessio. Su toque fue suave como si temiera estar imaginando toda esta conversación y quisiera ir con tiento.

—Estaba dolida y enfadada contigo, porque ayer preferiste a Margareth —murmuró.

—Ella solo me interesa, porque sus padres me pagan para cortar el césped. Eso es todo —se rio—. Tú, por otra parte, eres alguien que de verdad me importa. —Blaire abrió y cerró la boca—. ¿Sabes por qué, en realidad, no me van las rubias ni las morenas? —preguntó con una sonrisa, mientras se perdía en esas lagunas de color verde claro. Las ligeras pecas que bañaban la nariz de Blaire la hacían más adorable todavía.

—No, pero me gustaría saber esa respuesta —replicó rodeándose de la intensidad de las emociones que gobernaban sus sentidos. Le parecía curioso que él no hubiera hecho comentarios de cómo la sangre parecía galopar en sus venas, porque a ella le retumbaba con un *bum-bum* por todo el cuerpo—. Quizá también he esperado dos años para saberla.

Él esbozó una sonrisa y acortó el resto de la distancia, mientras llevaba la mano a la nuca de Blaire hasta que sus labios estuvieron separados por tan solo un suspiro. Ella apoyó la palma de la mano contra el pectoral de Alessio y sintió cómo le latía desbocado el corazón. «¿Está pasando realmente esto?», se preguntó con una mezcla de incertidumbre y alegría.

—La única persona que me interesa es una pelirroja que tiene debilidad por el helado de algodón de azúcar, las películas de terror, los arcoíris y los animales del océano —dijo experimentando euforia. Ni siquiera cuando le dieron la carta de aceptación en Harvard y le concedieron la beca, su nivel de excitación había sido tan alto como tocar de este modo a Blaire—. No hay otra chica en la que piense tan a menudo como lo hago contigo. Confío en ti. ¿Confías tú en mí y en la posibilidad de tener algo juntos?

—Yo… Sí —murmuró con esas mariposillas en el vientre que él le provocaba, pero esta vez parecían haber recibido un chute de adrenalina. Estaba atrapada en su cercanía, en el tono de voz, su colonia y ese rostro determinado de ángulos duros y masculinos—. Todas esas chicas con las que sé que has estado… —bajó la mirada—. ¿Qué pasaría si te das cuenta de que quizá estamos mejor como amigos? No habría vuelta atrás, Alessio, nos perderíamos.

Él hizo una negación firme.

—Me tomó tiempo aceptar que ya no puedo verte más como solo una amiga, salir contigo e ignorar las ganas locas de besarte, y me tomaría todavía más regresar a ese estado en el que pretendía que estaba cómodo con ello. Quizá nada vuelva a ser igual, pero te prometo que no vamos a perdernos. No pienso dejarte marchar y me da igual la edad que tengamos ahora o la que tendremos después. Me quedaré contigo hasta que te canses de mí. Lo cual, claro, no sucederá porque soy encantador —dijo Alessio y Blaire soltó una risa suave—. ¿Qué opinas? ¿Eliges explorar lo que hay entre los dos más allá de la amistad…?

—Sí —dijo con una renovada sensación de esperanza; una que creía perdida, después de su amarga conversación con Jacob. Alessio, con su confianza y determinación, acababa de proporcionarle esa red de seguridad que a ella le hacía falta, antes de abandonar todo lo que conocía, para lanzarse al abismo de empezar una vida lejos de todo lo que le era conocido. Seguiría siendo libre, porque Alessio le daría la fuerza que necesitaba—. Creo que es la mejor idea que hemos tenido en todo este tiempo —sonrió con alivio.

—Nunca te dejaré atrás, pase lo que pase, es una promesa —dijo antes de bajar la cabeza y capturar los labios que había deseado probar tanto tiempo.

Sus bocas se fusionaron con avidez. De la garganta de Alessio surgió un gruñido, porque en el instante en que probó el sabor de Blaire, en su interior algo cambió drásticamente. Se sintió tan bien como si hubiera consumido un opiode, pues era la única forma en que podría describir esta euforia. Sí que había besado otras chicas, pero Blaire era un mundo aparte. Ella era dulce y picante al mismo tiempo, hasta el punto de hacer que su cabeza perdiera toda conexión que no perteneciera a lo que estaba ocurriendo entre ambos.

Blaire jamás había recibido un beso que significara tanto, la mano de Alessio empezó a ascender por su cintura, mientras sus lenguas danzaban. Ella enterró las manos entre los cabellos negros y se aferró a ellos. Lo había querido besar desde hacía mucho tiempo, pero la fantasía de "cómo sería", no tenía ni punto de comparación con lo que experimentaba en estos instantes. Cuando la mano de Alessio le agarró un pecho, gimió y se removió contra esos dedos soltando un jadeo. Estaba perdida en las sensaciones.

—Alessio —susurró cuando él, sin romper el beso, la agarró de la cintura para obligarla a sentarse a horcajadas sobre sus piernas. El vestido se le subió hasta las caderas.

Él le mordisqueó el labio inferior y luego lo succionó. Ella era su fantasía hecha realidad. Quería tocarla y escucharla gemir cuando llegara al orgasmo.

—¿Qué tanta experiencia tienes, Blaire? —le preguntó, porque jamás habían hablado de algo así—. No quiero hacerte daño.

Ella, durante una noche que estaba de fiesta con sus amigas, un año atrás, había conocido a un chico muy guapo. Solo supo que se llamaba Richard y estaba en un instituto distinto al suyo. Lo anterior le vino fenomenal. Blaire se sentía fastidiada, porque Alessio estaba viéndose con una mujer de forma recurrente, una información que Leonela le confirmó, pues su mejor amiga parecía tener oídos en todo Boston. Eso la llevó a decidir que si sentía curiosidad por el sexo, entonces la saciaría. Los besos y las caricias de Richard le parecieron interesantes, pero, contrario a lo que muchas de sus amigas le habían dicho, la penetración no dolió. Fue una experiencia que no podría considerar memorable y no se arrepentía.

—No me harás daño —susurró como única respuesta.

—Si algún día llego a saber quién fue —dijo con un gruñido, porque no hacía falta más explicación para entender entre líneas—, le deformaré la cara.

—Imagina cuántas mujeres me tocaría cazar para dejarlas calvas —replicó riéndose, mientras maniobraban para acomodarse. Él sacó un preservativo del bolsillo trasero antes de bajarse el pantalón con ayuda de Blaire—. Quiero probarte —dijo con las mejillas sonrojadas cuando el miembro de Alessio quedó libre del confinamiento de los calzoncillos. Él continuaba con la camisa a medio abrochar. Ella había perdido el vestido.

—No, primero quiero entrar en ti —dijo con voz ronca. Estaba tan excitado que dolía y no podía comparar la sensación con otra previa—. ¿Está bien por ti?

—Oh, sí… —replicó—. Sí.

Le quitó el sujetador y dos pechos redondeados quedaron expuestos a la altura de su rostro. En esa posición, ella con el cabello rojizo alborotado, los labios hinchados por los besos, y la mirada nublada por el deseo, revolucionaba los sentidos de Alessio.

—Qué bonitos son —murmuró recorriéndole el pezón en punta con la yema del dedo—. ¿Te gusta la sensación que te provoco al tocarlos? —preguntó mirándola.

—Sí, Alessio. Mucho —replicó. Su experiencia era tan limitada que cada pequeña cosa que él hacía a su cuerpo era un descubrimiento. Lo de Richard había sido fugaz y con manoseos curiosos sin mayor trascendencia. Lo que estaba viviendo con Alessio era algo increíble.

Él sonrió, agarró un pecho con la mano, al tiempo que su boca se cernía sobre el pezón para chuparlo. Ella echó la cabeza hacia atrás y sus manos se aferraron a los hombros masculinos. Las piernas de Alessio estaban separadas de tal forma que mantenían también abiertas las de Blaire. Aunque ella todavía continuaba con las bragas, la postura en la que se encontraba era exquisitamente desvergonzada.

—Me encantan, Blaire, tus pechos son perfectos —murmuró devorándolos. Su miembro vibraba contra su abdomen todavía cubierto por la camisa que llevaba esa noche. Deslizó una mano y removió la tela que cubría el Monte de Venus—. Joder, se sienten tan suaves y mojados —dijo tocándole los labios íntimos.

Ella tomó a Alessio del rostro para apartarlo de sus pechos y bajó la boca para besarlo. Lo hizo con todo el amor que sentía por él, porque no podía ser de otra manera. A su edad, las emociones surgían a borbotones con la intensidad de un tifón. No existía un momento para detenerse a medir las consecuencias, porque la consigna era vivir intensamente.

Estuvieron besándose y acariciándose un largo rato. Los sonidos de sus gargantas gimientes se incrustaban en los recuerdos que el universo guardaría de ellos. Cuando Blaire agarró el miembro de Alessio, él se quedó estático, porque los dedos lo acariciaron de arriba abajo con curiosidad e inocencia. La sensación era magnífica y borraba los atolondrados intentos de otras chicas que había conocido que intentaban demostrar que tenían mucha experiencia. Con Blaire, sin embargo, era diferente. Ella era naturalmente sensual y parecía poseer como único interés saciar su curiosidad por él, disfrutar y entregarse.

Adoraba a esta pelirroja y sabía que era un chico con mucha suerte. Estaba emborrachado de ella. Ignoraba si tendría que ver con estar ambos apenas en sus veintes y con todas las hormonas alocadas, pero esperaba que, cuando pasaran los años, ella continuara a su lado. ¿Estaba siendo idiota o era fruto del embeleso del placer y lo que sentía por Blaire al pensar de ese modo? No le importaba la verdad, menos cuando ella abrió el preservativo y con dedos ligeramente dudosos lo deslizó sobre su miembro; después elevó la mirada.

Se miraron jadeantes y excitados. Blaire se apartó de él para quitarse las bragas.

Estaba completamente desnuda ante Alessio. Su piel de alabastro, sedosa al tacto, y toda ella, en conjunto, casi hicieron que él se pusiera de rodillas para lamer aquel pasadizo que guardaba los secretos del placer, la locura, la vida y también la lujuria descarnada.

Él la agarró de la cintura hasta que las piernas femeninas estuvieron cercadas por las suyas. Acomodó la cabeza contra el vientre de Blaire en un gesto que era dulce, posesivo y agradecido por la posibilidad que tenía entre ambos. Se apartó y la miró con una sonrisa. Le agarró el trasero, apretándoselo, y ella soltó una carcajada entrecortada, en especial cuando la instó a acomodarse nuevamente a horcajadas y, en esta ocasión, por completo expuesta. Alessio le recorrió el sexo con un dedo y después jugueteó con el clítoris usando el pulgar.

—Eres preciosa, Blaire —confesó en un tono excitado y reverencial—, y la clase de chica que alguien con sangre italiana como yo no dejaría escapar bajo ninguna circunstancia.

—Más te vale ser mi ancla y red cuando tenga que saltar al vacío —susurró, porque eso era él para ella en esos instantes. Sentía que con Alessio a su lado todo iba a estar bien. No necesitaba el dinero, porque la amistad que los unía y lo que sentían ahora era suficiente.

—Siempre —replicó penetrándole el sexo con un dedo. Ella gimió—. Mmm.

Blaire sonrió y bajó la cabeza para besarlo. Le apartó la mano de su sexo para que la posara sobre uno de sus pechos. Él esbozó una sonrisa pícara y apretó el suave montículo de pezones rosáceos; se llevó uno a la boca y luego el otro. Los pechos de Blaire no eran grandes, sino de un tamaño perfecto para caber en una mano y que él pudiera devorárselos con la boca. Ella tenía el físico de una bailarina de ballet y un trasero magnífico.

—Me hace feliz que hayamos tenido esta conversación —confesó Blaire—. Qué alivio que me correspondieses. No hay nadie con quien desee estar más que contigo… —dijo moviéndose, hasta acomodar la punta del glande en su entrada estrecha—. Ve despacio… Eres… Esto, mmm, un poco grande y no quiero que me hagas daño. ¿Vale?

Él la sujetó de las caderas apretando la carne. Le habría gustado tener una cama, pero el sofá del porche del patio trasero, rodeados de los sonidos de la naturaleza, era perfecto.

—No te haré daño —dijo con la frente perlada de sudor—, deslízate hacia abajo. Sí, así, demonios, Blaire. Estás tan apretada. ¿Hace cuánto…?

—Fue solo una vez, tiempo atrás, y no cuenta —replicó a la pregunta inacabada.

Alessio esperó a que ella hiciera un asentimiento antes de presionarle las caderas hacia abajo para penetrarla por completo. Blaire soltó un gemido y se mordió el labio. El dolor era bienvenido e inusual al ser ensanchada por él. La observaba con tanto placer que a ella le pareció que esta era una imagen adictiva que querría recordar siempre.

—Vamos a tu ritmo, hermosa Blaire —pidió, porque notaba cómo estaba ella tratando de encajarse, hasta encontrar una posición cómoda. Una vez que lo hizo, los dos empezaron a moverse juntos. Él le acariciaba los pechos, elevaba las caderas hacia arriba cuando Blaire se deslizaba hacia abajo y le tomaba el rostro para besarla—. Me haré adicto a ti.

—¿No lo has sido desde que me conociste…? —preguntó en un jadeo.

—Sin duda… —dijo con media sonrisa cuando sintió cómo ella empezaba a contraerse a su alrededor. Ninguna otra chica podría llegar a la altura de lo que Blaire lo hacía sentir. Tenía veintiún años y creía poder alcanzar la cima del mundo—. Mmm… Voy…

—Sí… —gimió besándolo y apoyándole las manos sobre los hombros, mientras un clímax sin igual lograba hacer vibrar sus cuerpos alcanzando cada pequeña fibra de ellos.

Cuando la última gota de Alessio se vertió, Blaire cayó sobre él apoyando el rostro contra el cuello masculino. Él la abrazo un largo rato, pero no se apartó de su interior. Permanecieron en esa postura sin hablar ni separarse. La noche era su único testigo.

No sin renuncia, cuando la temperatura empezó a descender, empezaron a vestirse. Alessio le tomó el rostro entre las manos y la besó largamente. Le sonrió de aquel modo sincero y espontáneo que a ella tanto le gustaba. Quedaron de ir al cine al día siguiente.

—Alessio —dijo antes de que él se marchara. Sus dedos estaban entrelazados—, ¿estás seguro de que no va a cambiar nada entre los dos? —preguntó en un susurro.

Él la tomó de la cintura y la apegó contra su cuerpo.

—Ya ha cambiado y de la mejor manera —sonrió—. ¿Vas a contarles a Percy y Leonela? —preguntó, porque sabía que entre ellos se contaban casi todo.

—Sí, pero me gustaría que nadie más lo supiera, hasta que resuelva cómo haré con el tema de la universidad —murmuró pensando en el plan que tenía que poner en marcha.

—¿Acaso no irás a la Universidad de Boston? —preguntó frunciendo el ceño.

—No —dijo con una sonrisa que no creyó que podría esbozar, al mencionar y aceptar que no estudiaría en el sitio que siempre anheló. Iba a rebelarse contra su padre—. He cambiado de parecer, porque quiero encontrar un programa más completo —mintió, porque no estaba lista para hablarle del chantaje de Jacob; tan solo le contaría al respecto cuando su mente hubiera creado un plan más concreto. Prefería no arruinar esta hermosa noche—. Necesito hallar la manera de contárselo a mi padre —dijo siendo sincera—. No quiero que piense que mi cambio de parecer es una idiotez mía, porque tengo… ¿novio?

Alessio soltó una risa desenfadada.

—Lo soy, Blaire, sin duda. No vas a tener más citas con imbéciles, así que no me obligues a buscarte en las fiestas para apartar a los tarados que se creen en el derecho de invitarte a bailar o salir ¿queda claro? —dijo subiendo las manos, hasta agarrarle el rostro entre ellas; Blaire asintió riéndose—. Si quieres podemos revisar juntos tus opciones de esa misma profesión en otras universidades. Harvard, por ejemplo, aunque sería algo complicado porque los tiempos de admisión están cerrados y no sé si haya excepciones —dijo, comprensivo.

—No más chicas idiotas para ti —murmuró Blaire contra los labios masculinos y eligiendo otro tema para continuar la conversación, porque no quería dejar estelas de amargura por todo lo que vendría a continuación. Quería recordar esta noche siempre con alegría.

—Solo me gusta una pelirroja que es muy lista —dijo él antes de salir del porche.

Las siguientes semanas pasaron con rapidez.

A pesar de que Jacob invitaba a Maximilian a la casa, Blaire siempre encontraba una excusa para no estar presente. No le había comentado a su padre que había decidido no casarse, pues estaba primero preparando el terreno. Una vez que lo tuviera todo listo, entonces expondría su punto de vista y no habría marcha atrás. Sabía que su tiempo para hablar con Alessio sobre esta situación se acortaba, pero también le parecía inaceptable arruinar sus días de descubrimiento sexual y felicidad, para dar paso a la tensión, cuando le tuviera que confesar que otro hombre pretendía casarse con ella. Sabía que sería algo temporal, aunque no por eso resultaría menos incómodo y daba igual que fuese a rechazar a Maximilian, pues Alessio era posesivo y no dudaría en acercarse a decirle unas cuántas verdades a Jacob y eso repercutiría de seguro en la relación laboral con Giacomo. Blaire no quería esto último, así que procuraba ser prudente, hasta hallar la ocasión adecuada para contarle todo a Alessio.

Percy y Leonela la ayudaron a buscar un pequeño estudio en una zona segura, así que Blaire separó el lugar aportando el dinero de la fianza y tres meses pagados de alquiler por anticipado. Además, envió su currículo a varias cafeterías, SPA, gimnasios, oficinas y demás, en los que hiciera falta personal administrativo. No tenía experiencia laboral y no iba a utilizar la influencia de su padre cuando su intención era rehusar cumplir su chantaje. Con los ingresos de un trabajo podría solventar gastos básicos y con sus ahorros, en la cuenta bancaria que abrió a nombre de Percy, pagaría la renta sin problema una temporada. No le faltaría nada, pero viviría ajustada. Esto le daba igual, porque su libertad era más importante y tenía a Alessio.

Por otra parte, se sentía algo ansiosa porque estaba esperando la respuesta de aceptación o rechazo de dos universidades en las que logró postular de último minuto. Los programas académicos de la rama de biología marina no eran numerosos, así que considerando las circunstancias se sentía optimista. En última instancia, la opción era esperar unos meses y aplicar a una beca académica para estudiar en otro país. Esto sería complicado, pero no quería apresurarse haciendo conjeturas, en especial cuando ella y Alessio tenían una conexión fuerte que se iba afianzando cada día. Blaire iba a fiestas con sus mejores amigos y él siempre trataba de acompañarla de regreso a casa. Bailar juntos era divertido, en especial si el ambiente y la penumbra de la pista de baile eran discretos y les permitían moverse sensualmente. Si por alguna razón dejaban de verse durante varios días, Alessio se escabullía para encontrarse, pasada la medianoche, en la casita de la piscina de la mansión Sullivan.

A Blaire le provocaba un subidón de adrenalina hacer el amor bajo la posibilidad de ser descubiertos. Juntos vivían el sexo con locura e ímpetu. Ella sentía que esta era la mejor época de su vida, anhelaba disfrutar más vivencias, y estaba cada vez más enamorada de Alessio.

—¿En qué piensas? —había preguntado Blaire una noche, mientras él estaba echado de espaldas con ambos brazos recogidos bajo la cabeza. Ella lo observaba, acostada de lado y con la mano derecha sobre la mejilla, con una sonrisa.

Él había girado la cabeza. Esos ojos azules invitaban a perderse en ellos.

—Seré el mejor abogado corporativo y se pelearán por contratarme. Reuniré todos los recursos financieros necesarios y abriré mi propia empresa de consultoría legal. Quiero dominar en la ciudad, pero todo eso implicará hacer grandes sacrificios de tiempo.

—¿Es una forma de advertirme que nos veremos poco y con menos frecuencia? —había preguntado riéndose—. Porque ya hemos encontrado formas de no perdernos de vista.

Él había hecho un asentimiento y ella le hizo un guiño.

—Mis estudios y nuestra relación no están en competencia —había contestado en un tono serio—. Aunque no quiero cometer el error de otros chicos de nuestras edades que pierden la perspectiva y echan todo de lado por una persona.

—¿Me dejarás atrás, Alessio? —había preguntado en un hilillo de voz.

Él había hecho un movimiento rápido hasta que la tuvo bajo su cuerpo, le sostuvo las manos sobre la cabeza y la miró fijamente como si no quisiera que borrara de su mente o su memoria lo que iba a decirle a continuación. Ella se había quedado quieta.

—Claro que no, Blaire. Siempre volveré a ti —había replicado con dureza, antes de que ella se dejara consumir por los besos y la pasión efervescente.

A ella le hubiese resultado de gran ayuda que esa noche el universo le hubiera regalado el don de la clarividencia para prever que su mundo estaba cerca de derrumbarse y así poder tomar medidas de contingencia. Semanas después, Blaire no tuvo otra salida que lanzarse al abismo de las circunstancias y la red que la sostuvo apareció tejida en sombras.

—¡Abra la puerta, señor Rocchetti! —exigió una voz rígida que llegó acompañada de varios golpes firmes. En el exterior, el calor del verano estaba empezando a opacarse por el ligero viento que soplaba y removía las hojas verdes de los árboles altos—. Somos la policía.

Asustado, Alessio salió de su habitación y bajó las escaleras. No recordaba haber cometido ningún crimen salvo que pudiera considerarse como tal el liarse de puñetazos con un imbécil que lo insultó, porque su acento bostoniano estaba marcado también por ciertos tintes de italiano. Su padre y su madre habían emigrado desde Sicilia a Estados Unidos cuando él era apenas un bebé, así que era imposible que olvidara sus raíces cuando escuchaba hablar ese lenguaje todos los días. Por otra parte, no creía que los agentes del orden supieran que él participaba en carreras ilegales de motocicletas de vez en cuando, menos cuando los que acudían a los circuitos nocturnos tenían un pacto de silencio.

Carraspeó y se cruzó de brazos en una actitud que no denotaba nerviosismo.

Llevaba el cabello negro acicalado, porque acababa de regresar de una entrevista de trabajo para ejercer como asistente de archivo en una firma de abogados, Carusso & Murray. La perspectiva era alentadora y le daría la experiencia que era necesaria incorporar a su formación. Sabía que sus compañeros de Harvard eran millonarios y él no, así que la mejor forma de sobresalir no era solo con inteligencia, sino rodeándose de las personas adecuadas.

—Buenas tardes —dijo abriendo la puerta—, me llamo Alessio Rocchetti. ¿Qué puedo hacer por ustedes? —preguntó ladeando la cabeza y frunciendo el ceño.

—Somos el oficial Masterson y la oficial Harrods. Buscamos a Giacomo Luca Rocchetti —replicó el hombre de uniforme. A su lado, la mujer policía tenía una expresión severa—. Hay una orden para su detención, así que dígale que salga de inmediato y nos acompañe o entraremos por la fuerza. Preferimos ahorrar tiempo, así que colabore.

Alessio se pasó los dedos entre los cabellos. No podía dar crédito a lo que estaba escuchando. Seguro se trataba de un grave error, porque la mayor ofensa que podría haber cometido su padre era pasarse una luz roja u olvidarse de pagar la planilla de luz, a tiempo.

—¿Detención? —preguntó consternado, pues no podía encontrar una razón para que algo así estuviera sucediendo—. No entiendo de qué va todo esto.

—Mi esposo no está aquí todavía —dijo Laura Rocchetti acercándose a la sala, después de escuchar el intercambio de voces—. Aunque si quieren comprobarlo necesito que me muestren la orden de arresto emitida por un juez —expresó, porque como inmigrante se había informado muy bien sobre sus derechos. Sabía que la brutalidad de la policía era real y no solo estaba dirigida a un grupo étnico en específico—. No ocultamos nada.

—Esto es una equivocación —dijo Alessio con vehemencia.

—Sobre la equivocación o no —dijo el oficial y se encogió de hombros—, lo tendrá que decidir un grupo un juez. Nuestro trabajo es otro. —Le enseñó la orden de detención y requisa a la madre y al hijo. Ningún agente podía entrar en una casa sin ella.

—Bien —dijo Laura dándole una palmada a su hijo para que se calmara. Ella no quería dar motivos para que fuesen hostiles. Sin información amplia de las circunstancias estaban en desventaja—. Adelante, entonces —agregó abriendo la puerta por completo.

Alessio apretó los puños a los costados. Su familia estaba atravesando momentos complejos y esta mierda no era bienvenida. Laura acababa de ser diagnosticada con Leucemia y se encontraba recibiendo tratamiento, así que el estrés de esta situación no ayudaba. El seguro médico cubría gran parte de la quimioterapia, pero había otros gastos que empezaban a disminuir los ahorros familiares. Los Rocchetti eran de clase media y, aunque lograban librarla mensualmente, el cáncer era una enfermedad costosa. Alessio había empezado a aprender cómo funcionaba el mercado de valores y veía los frutos en su cuenta bancaria; no era demasiado lo que conseguía, pero sabía que el rendimiento podría aumentar poco a poco.

Por otra parte, aunque trabajar como jardinero le había resultado genial, hasta antes de empezar en Harvard, todo empezó a cambiar desde los primeros meses de la carrera. La cantidad de libros que tenía que leer, las clases, los ensayos por escribir, las horas en la biblioteca, las actividades a las que se integraba para hacerse visible, y las posibilidades de ir como oyente a la Corte, le copaban su rutina. Con tres años en la universidad, él había aprendido a organizarse mejor. De hecho, solo iba a cortar el césped en las esquivas horas libres que tenía, a pocas casas, para no perder esos ingresos, pues eran varios cientos de dólares a la semana que le venían muy bien. Intentaba dejar unas horas para su vida personal.

Alessio seguía siendo el mejor de su clase, porque esto era imprescindible para mantener la beca. Sabía cuáles eran sus prioridades e intentaba darse abasto con todo. Quizá por su juventud, el hecho de que dormía poco le daba lo mismo; él suponía que los que estudiaban medicina de seguro la pasaban peor, así que no se quejaba.

Sin embargo, en estos instantes, en los que se sentía atacado e invadido por la injusticia, nada importaba más que su familia. Los oficiales inspeccionaron la casa de dos pisos con rapidez, mientras Alessio permanecía junto a Laura, que murmuraba lo confusa que se sentía por la situación que estaban viviendo. Él, por supuesto, no tenía idea de cómo reaccionar más que rodearla con sus brazos y decirle que esto iba a aclararse de inmediato.

—No pueden llamarlo o hacerle advertencias —expresó la oficial Harrods cuando vio que Alessio agarraba el teléfono—. O se considerará obstrucción de la justicia.

Antes de que el chico replicara con algún argumento jurídico, probablemente válido, pero que le ganaría la antipatía de los oficiales,

CAUTIVOS EN LA PENUMBRA

el motor del coche de Giacomo se apagó en el exterior de la casa. La habitual sonrisa bonachona del patriarca se perdió al notar la puerta principal semiabierta y la presencia de dos uniformados con cara de pocos amigos.

—Buenas tardes —dijo Giacomo mirando a los policías. Llevaba como siempre un traje de oficina sencillo, aunque pulcro—. ¿Qué es lo que está sucediendo? —preguntó, mientras con el rabillo del ojo notaba la expresión de desasosiego de su esposa, así como la actitud desafiante de su hijo. Alessio era alto y fuerte, aunque todavía no ganaba suficiente masa muscular para lograr la corpulencia que de seguro obtendría en pocos años más.

—¿Es usted Giacomo Luca Rocchetti? —preguntó Masterson por simple protocolo. No podían decirle a la esposa e hijo de qué acusaban al hombre, porque esa clase de información tan solo se la decían a la persona que tenían que llevarse detenida.

—Sí —frunció el ceño—, ¿qué es lo que ocurre?

—Los laboratorios LabSull lo acusan de fraude y malversación de fondos. Un juez ordenó su detención, así que debe acompañarnos a la delegación —dijo Harrods, mientras agarraba las esposas e imovilizaba las manos del padre de familia tras la espalda—. Tiene derecho a guardar silencio y todo aquello que diga puede ser utilizado en su contra en una Corte de Justicia. Si no tiene un abogado, señor Rocchetti, el Estado le proveerá uno.

Laura empezó a llorar y Alessio la abrazó con fuerza. Estaba estudiando leyes, pero no era abogado todavía. Sus conocimientos eran consistentes, mas no servían para armar en ese instante un alegato que impidiera la detención de su padre. Esa clase de trucos se los sabían los abogados influyentes y con más experiencia o dinero de soborno. Alessio rehusaba convertirse en un abogado corrupto, pero tenía la intención de ser uno despiadado.

Su madre era una mujer de gran fortaleza y odiaba verla en este estado de angustia. Su padre, habitualmente calmado, lucía agitado y aterrorizado. Giacomo los miraba en tono suplicante como si tratara de decirles que no perdieran la confianza en él. Alessio sentía tanta rabia que su primer pensamiento fue ir hasta las oficinas de LabSull y exigir una reparación moral por lo que estaban haciendo sufrir, injustamente, a su familia.

—¡Eso no es posible! —exclamó Laura, mientras su hijo la sujetaba para que no perdiera el equilibrio—. Somos una familia decente que se gana la vida de forma honrada. Mi esposo inclusive hace horas extras cuando sus compañeros de trabajo tienen alguna dificultad y también los fines de semana. Se sacrifica por la compañía y es un buen compañero de trabajo. Jamás ha fallado a los Sullivan y lleva muchos años en LabSull. Esa familia nos conoce. ¿Cómo pueden acusarlo de algo tan horrendo? —preguntó con voz rota.

—Tienen al hombre equivocado, señores —dijo Alessio a los oficiales conteniendo a duras penas las ganas de gritarles que se largaran de una buena vez y los dejaran en paz.

—Alessio —susurró Laura en un tono muy bajo para que solo él escuchara—, ¿no es la hija del señor Sullivan tu novia? Quizá puedas llamarla y podría ayudarnos.

—No quiero hablar de ella, *mamma* —replicó frustrado.

Alessio había visto a Blaire más distraída de lo usual. A veces, le daba la impresión de que quería confesarle algo, pero cambiaba tan rápido de expresión que a él le parecía habérselo imaginado. En estos instantes se sentía frustrado y enfadado consigo mismo, porque no lograba quitarse de la mente que quizá ella sabría de la detención, pero no se lo mencionó.

«¿Le habría pedido Jacob que no dijera nada para que Alessio no pudiera armar medidas de contingencia para Giacomo? Y de ser esto último así, ¿dónde quedaba el cuidarse las espaldas de lo que tanto Blaire le habló?», se preguntó con amargura. Aunque Jacob no sabía que él y Blaire eran novios, pero sí sabía de la amistad de ambos.

En estos instantes no le importaba la coherencia de sus conjeturas o Blaire, porque a su padre lo estaban calificando como un estafador. Los Rocchetti se enorgullecían no solo de aportar y ayudar a otros, sino de ganarse a pulso todo lo que tenían. Giacomo se había sacrificado por su familia siempre, incluso aceptando pasar días festivos en la oficina. La presencia de estos policías era insultante. ¿La acusación de los laboratorios? Aborrecible.

—Acabo de salir de la oficina. He estado trabajando todo el día y nadie se me ha acercado a decir nada. No es posible que me atribuyan algo tan vil —expresó Giacomo a los oficiales que lo estaban impulsando a caminar hacia la puerta, mientras Laura y

Alessio lo seguían de cerca con el corazón en un puño—. ¿De dónde sale esta acusación? He cumplido dieciséis años en los laboratorios y siempre he tenido la confianza del señor Sullivan.

Los oficiales no se molestaron en responderle. Ellos no daban explicaciones.

—¡Mi padre es inocente! —exclamó Alessio respirando con dificultad, mientras su madre le echaba los brazos al cuello a Giacomo para que no se lo llevaran. La oficial Harrods agarró a la otra mujer con suave firmeza y la apartó—. Humillarlo de esta manera es una barbarie —dijo conteniendo a duras penas las ganas darle un empujón a la mujer de uniforme para que apartara las manos de Laura. No quería arriesgarse a cometer una imprudencia.

—Cálmese, joven, no me obligue a detenerlo también a usted —dijo la oficial, mientras se aseguraba que Laura no interrumpiera el camino hacia la patrulla.

En el exterior, los vecinos de la zona observaban desde lejos la escena de su vecino siendo sacado de la casa, esposado, mientras la familia iba detrás con una actitud que mezclaba la angustia con el desconcierto, pero también rabia. El área en la que vivían los Rocchetti era una que predominaba en inmigrantes italianos, North End, o como solían llamarla los turistas *Little Italy*. La comunidad era pequeña y bastante unida.

—Laura —dijo Giacomo con preocupación y nervios, mientras el oficial Masterson lo ayudaba a que entrara en el asiento trasero de la patrulla—, por favor, llama a Pirlo Verdinni. Es un buen abogado y va a aclarar toda esta situación para que yo pueda regresar a casa. *Dannazione, sono innocente!* Maldición soy inocente. —Después miró a su hijo—: Necesito que hables con Jacob Sullivan y le expliques que se ha cometido un error.

—Lo haré y esta noche estarás de regreso en casa —prometió Alessio, porque estaba decidido a mover con rapidez todos los hilos que fuesen necesarios para ayudarlo y limpiar su apellido. Si algo prevalecía como un tesoro entre los italianos era la lealtad de la sangre.

—Cuento contigo, hijo —fueron las últimas palabras de Giacomo antes de que la puerta de la patrulla se cerrara y el coche se alejara por las calles de Boston.

Alessio jamás podría haber imaginado que, a partir de ese atardecer, la vida tal como la conocía se trastocaría por completo. La devastación era un concepto que nunca había experimentado, aunque pronto comprendería que era un sinónimo del apellido Sullivan.

Con el paso de las semanas, Alessio supo que tarde o temprano tendría la posibilidad de vengar la injusticia que se había cometido contra su padre; contra su familia. Giacomo, después de sufrir el estigma de ser culpable de un fraude económico, recibió una pena de quince años a cuestas. Tiempo después fue asesinado durante un confuso incidente en la cárcel.

Los Sullivan destrozaron a la familia Rocchetti, así que Alessio confiaba en la certeza que tenía de que, irremediablemente, llegaría a sus manos el momento oportuno para inyectar con veneno el plato frío que llevaría servido el nombre de Blaire Sullivan.

CAPÍTULO 1

Presente.
Ocho años después.

El Acuario de Nueva Inglaterra era el sitio que le daba la oportunidad a Blaire de poner en práctica la experiencia profesional que había adquirido, entre Hawaii y Florida, como bióloga marina. La decisión de abandonar Honolulu, la isla en la que había vivido los últimos años en un entorno paradisíaco, no fue nada sencilla, en especial porque implicó volver al lugar que fue testigo de sus momentos más amargos. Sin embargo, la posibilidad de sumarse al equipo de cuidado animal del acuario fue una de las mejores ofertas laborales a las que había aplicado, en especial porque, a la par de las condiciones económicas, la organización permitía abrir líneas de investigación independientes y las financiaba. Esta última fue la motivación final que la impulsó, casi un año atrás, a aceptar ese empleo y regresar a Boston.

La relación con sus padres estaba deteriorada y ella, después de marcharse tras su divorcio, no volvió de visita ni siquiera durante las épocas de las fiestas de Acción de Gracias o Navidad. En raras ocasiones respondía los mensajes de voz de Sussy, y siempre rechazaba los obsequios que le enviaba Jacob para su cumpleaños. Blaire renunció a todo lo que estuviera vinculado a las utilidades y acciones de los laboratorios LabSull, pero se quedó con su fideicomiso. Lo había reinvertido en un fondo al que no podría acceder bajo ninguna circunstancia, pues ella firmó esa cláusula especial para no tener la tentación de gastar en tonterías, hasta que tuviera que jubilarse. Era orgullosa, no estúpida. No dependía de nadie y vivía de su sueldo como bióloga marina. Su profesión no generaba muchos ingresos para tener lujos, pero para ella era más importante disfrutar y aprender rodeada de especies diversas.

En cuanto a su exesposo, la situación había terminado de forma cordial, pero ya no se hablaban con frecuencia. No tenía ningún sentido. La separación no solo implicó una ruptura contractual, previa a la que hubo cientos de millones de dólares invertidos en negocios entre los Sullivan y los Strauss, sino también el abandono, al fin, de una cajita de Pandora que Blaire había aceptado resguardar. Este último gesto fue el único modo de que ella no se quedara a la deriva y sin estudios, en una temporada en la que se quedó con el corazón hecho girones.

No tenía resentimientos hacia Maximilian, pero si él le hubiese confesado la verdad de las motivaciones para casarse con ella, en lugar de mantenerla en la ignorancia durante los primeros meses, quizá ambos se habrían ahorrado incontables discusiones. No obstante, la época de su matrimonio fue en la que más estabilidad sintió a su alrededor e inclusive más libertad. Su tiempo con Max fue un acuerdo entre dos compañeros de vivienda que llevaban vidas separadas. Ella aprovechó para estudiar la profesión que deseó y también viajó a congresos y cursos fuera de Estados Unidos durante largos períodos. Su anillo de matrimonio solo lo usaba en la calle o cuando tenían que asistir a eventos para dar la impresión de que eran la pareja que la sociedad, sin conocer la realidad de cada uno, consideraba perfecta.

Cuando Blaire estuvo soltera de nuevo se prometió que no rechazaría darle una oportunidad a un hombre para enamorarla si este de verdad merecía la pena. La única persona que estuvo a punto de conseguir llegar a ella emocionalmente, Daemon Zacks, continuaba en Honolulu. A pesar de que él nunca le dio razones para desconfiar y creer que pudiera acribillarla con palabras, hasta desangrarla emocionalmente como hizo alguna vez Alessio, ella no fue capaz de apostar por la relación y eligió la plaza de trabajo en el acuario.

—Nunca has querido hablar de los eventos que te lastimaron y que te hicieron ser cautelosa con tu corazón. Sin embargo, en estos meses creí que estábamos progresando y llegué a pensar que te sincerarías conmigo sobre esa parte de tu vida, Blaire —le había dicho Daemon con frustración, mientras el sol desaparecía en el horizonte. Él era muy atractivo: piel morena, ojos del color de la miel y cabellos castaños ondulados. Se dedicaba al negocio del turismo y era propietario de una pequeña cadena de hoteles—. Estás rompiendo conmigo y me dejas con la decepción de saber que nuestra relación no es suficiente para ti.

Blaire lo había mirado con lágrimas en los ojos. Sí que había intentado enamorarse de él y corresponderlo, pero tan solo sentía cariño profundo. A veces, le parecía que su corazón tenía la misma costumbre que las tortugas: esconder la cabeza si alguien iba a tocarlas.

—Lo siento mucho —había respondido en un susurro y apartando la mirada del mar para dejarla en los ojos que siempre se mostraban cálidos con ella—. Esta relación es la más significativa que he tenido en años y tú eres el primer hombre con el que en verdad he creído tener un futuro. Sin embargo —había dejado rodar sus lágrimas—, mereces una mujer que te ame y no solo que intente con todas sus fuerzas hacerlo. Irme es lo mejor para los dos.

Él se había incorporado de la arena con las manos en los bolsillos. Blaire hizo lo mismo y entendía que Daemon hubiera preferido no volver a tocarla.

—¿Alguna vez estarás lista, Blaire?

—No lo sé… —había murmurado—. Solo no me odies, por favor… Si algún día encuentras el modo de perdonarme, Daemon, me gustaría que fuésemos amigos.

Él había soltado una carcajada incrédula.

—Creo que no puedo ser tu amigo —le había dicho sacando del bolsillo un anillo que mezclaba Koa, la madera ancestral de las islas, rodeada de oro y un diamante pequeño—. Mi idea de venir a esta playa, después ver el ocaso, era proponerte que te casaras conmigo. No esperaba lo de Boston —había dicho con veneno—. ¿Qué opinas ahora de la amistad? —había preguntado en un tono lleno de furia, mientras se guardaba el anillo.

Blaire había extendido la mano para apoyarla en su hombro, pero él se apartó. Ella tragó la saliva y meneó la cabeza, después había tomado una profunda respiración.

—Daemon… Lo siento tanto… —había dicho con voz rota—. Lo último que quería era hacerte daño, pero sería peor si me quedo. Te quiero, sí que te quiero, pero…

—No es la clase de amor que te haría sacrificarlo todo o que revoluciona tus sentidos ¿verdad? —Ella había apretado los labios con pesar al escucharlo—. Lo sé muy bien, porque es lo que yo siento cuando estás alrededor. Blaire, no puedes ir por la vida sin cerrar los capítulos de tu pasado. *Ua ola loko i ke aloha* —había dicho en idioma hawaiano—, el amor es el que alimenta el interior de una persona. Suerte en el acuario y tu regreso a Boston.

—¿Podrás perdonarme…?

—Tal vez, algún día —había replicado dejándola en la playa, mientras las olas rompían en la orilla llevándose, si el ser humano lo permitía, el dolor y devolviendo la calma.

Desde esa tarde, Blaire no volvió a saber de Daemon.

Ella sabía que era necesaria la distancia. Solo esperaba que hubiera un instante en el que, cuando estuviera menos dolido, Daemon pudiera hallar un espacio para reconocer que ella de verdad intentó abrir sus emociones para que la relación funcionara. Si no era así, Blaire tampoco haría algo al respecto, porque entendió que culparse por la decisión tomada en esta parte de su vida era un despropósito. No podía influir en las reacciones emocionales ajenas.

Por ahora, mientras escuchaba a la asistente de su jefa, Melody Snyder, atendiendo llamadas o teclear en el ordenador, lo único que le interesaba era conocer el resultado del informe de la evaluación de su desempeño profesional. A sus compañeros los habían puntuado muy bien, así que Blaire se sentía optimista. Ella había dado lo mejor de sí en estos meses e inclusive rechazó gran parte de las invitaciones para ir de fiesta con Percy y Leonela, porque había preferido adelantar trabajo del acuario. Las veces en que sus mejores amigos sí lograron convencerla de ir a un bar, ella dejó que la música y la vida nocturna la envolvieran; inclusive tuvo un par de besos sensuales y flirteos en la pista de baile. Esas ocasiones eran la excepción y no la regla de su rutina. Quizá no tenía suerte en el amor, pero ese no era un impedimento para saborear otras experiencias que a sus veintiséis años podría tener a disposición.

La puerta de la oficina de su jefa se abrió y Blaire esbozó una sonrisa.

—Lamento haberte hecho esperar —dijo Melody, la directora de cuidado animal. En las paredes de la oficina colgaban fotografías de la mujer en diferentes lugares del mundo rodeada de animales exóticos y equipos de buceo, así como reconocimientos—, pero he tenido una mañana bastante movida. El acuario Oceanogràfic de Valencia, en España, quiere hacer un convenio con nosotros, así que me he quedado analizando las posibilidades.

—Sería un gran logro —dijo Blaire impresionada—. El intercambio de científicos incrementaría en gran medida el aprendizaje de las especies y las formas de protegerlas. No he visitado ese país, pero sí he visto documentales de lo imponente que es el Oceanogràfic.

—Sí, pero ya veremos qué ocurre, por ahora es un proyecto que tenemos que analizar con la junta de directores —dijo acomodándose la coleta que sujetaba el cabello entrecano. Después esbozó una de sus usuales sonrisas amables y cálidas—. Quiero que sepas que estoy muy contenta con el desempeño que has tenido en estos once meses. Sé que te has propuesto de voluntaria para varios programas que no están en tu área de responsabilidad y también que eres la bióloga que más horas hace si ocurre algún imprevisto por atender. Aunque, lo más remarcable son los resultados con diagnósticos tan precisos que obtienes y que nos ha ahorrado al equipo mucho tiempo de gestión. Has sido una contratación brillante.

Blaire se sintió reconfortada al escuchar las palabras de Melody y su mente no pudo evitar elucubrar los proyectos para el siguiente año. Entre esos planes quería proponer la readecuación de un estanque y traer una nueva especie, las focas cangrejeras, para luego crear un programa de interacción, aprendizaje y vinculación exclusivamente con niños autistas. Sería una ganancia para el acuario y la comunidad. Se sentía ilusionada con las posibilidades, en especial porque era muy grato escuchar que reconocían su dedicación.

Ella había dejado atrás sus reticencias, así como su vida en Hawaii, para aceptar este empleo. Como su fondo de inversiones era intocable, Blaire vivía de su sueldo tal como lo hacía el común de los profesionales que jamás había conocido lo que era ser billonario o rechazar una fortuna familiar por orgullo. Sus ahorros eran bastante bajos, porque con el costo de la mudanza —que incluyó también cubrir ciertos pagos que no podía dejar pendientes en Honolulu—, la renta de un nuevo apartamento y los gastos mensuales para subsistir, en una ciudad tan cara como Boston, no era tan fácil incrementar su cuenta bancaria.

—Gracias —replicó con alegría—, la verdad es que estoy muy a gusto. Tengo un par de proyectos que quisiera proponerte más adelante, así que empezaré a…

—Blaire —interrumpió la mujer con suavidad—, hoy te cité no solo para darte a conocer que tu evaluación ha sido sobresaliente, sino porque dentro de este proceso también está incluída la renovación del contrato laboral para el siguiente año en el acuario.

—Oh, perfecto, pensé que sería más adelante —replicó con una sonrisa.

Melody soltó una exhalación y entrelazó los dedos de las manos sobre el escritorio.

—En el equipo hay siete biólogos marinos, incluyéndote, pero el presupuesto de renovación de los contratos en nuestra área ha sido reducido. Todo el dinero proviene de la junta directiva y ellos han manifestado que el recorte responde a la crisis global que atraviesan las organizaciones sin fines de lucro como nosotros. Así que habrá una redistribución de funciones y se me ha ordenado que se quedarán solo las personas que ya tienen más de tres años en el acuario. —Blaire la miró sin dar crédito a sus palabras—. Lo siento muchísimo.

—Todos mis compañeros tienen más de cinco años aquí, menos yo… —susurró con un nudo en la garganta, porque sentía cómo el nerviosismo empezaba a apoderarse de su cuerpo y le faltaba el aire. Intentó recordar las técnicas de respiración. Llevaba muchos años sin tener un ataque de ansiedad y no quería que esta fuese la recaída—. Creía que tus palabras de reconocimiento implicaban que iba a continuar aquí… —meneó la cabeza confusa.

No podría subsistir en Boston más de tres semanas sin gastarse lo poco que tenía en el banco. La venta de su coche no era una alternativa, porque si lo hacía no sería posible seguir ganando dinero extra cuando le ofrecieran ser uno de los buzos guías en las pequeñas expediciones que se realizaban, algunos fines de semana, en diversos sitios fuera del centro de la ciudad como Back Beach, Cathedral Rocks y Front Beach. El traslado con los equipos de buceo no podría ser en tren, metro ni mucho menos un costoso Uber.

Otro problema, no menos importante, era que Hércules, su gato de trece años de edad y que había sido su leal compañero, tenía hipotiroidismo. Él necesitaba cuidados y eso implicaba un desembolso de dinero alto. En la última consulta el veterinario le había mencionado que tendría que hacerle nuevos exámenes, porque los riñones del felino no parecían estar funcionando muy bien. Esto la tenía bastante inquieta. «Y ahora esto».

Blaire no podía explicar la tristeza y decepción que experimentaba. Por si fuera poco, su sueño más ambicioso quedaría en el limbo: crear una oficina de asesoría externa para organizaciones enfocadas en salvar y cuidar mamíferos marinos. Para lograr lo anterior, ella se había trazado un plazo de tres años, en los que necesitaba la experiencia en el acuario, crear contactos profesionales y ahorrar suficiente dinero para rentar un lugar. Sin embargo, Melody estaba echando al traste todo esto con el bombazo que acababa de informarle.

La única razón por la que volvió a Boston fue este empleo y las posibilidades de consolidar su carrera y sus sueños. Ahora, nada de eso parecía tener un horizonte claro. No debería entrar en pánico, pero estaba a punto de perder la capacidad de autocontrol.

—Si los fondos dependiesen de mí, la circunstancia de hoy sería diferente, Blaire. Los directores tenemos que apegarnos a ciertas órdenes —comentó soltando una exhalación pausada con una expresión solidaria—. No sabes cuánto me apena decirte que tu contrato no será renovado. Sé que viniste desde Hawaii para estar aquí y somos conscientes del inmenso esfuerzo que implicó para ti, así que te entregaremos un paquete de compensación generoso y una carta de recomendación. Si volviesen a cambiar nuestras condiciones, Blaire, tú serás la primera persona a la que llamaremos para reintegrarte al equipo.

—Fue un honor formar parte de esta organización, gracias, Melody —expresó conteniendo las ganas de gritar de frustración, mientras estrechaba la mano de la mujer.

—El departamento de recursos humanos te contactará para informarte el día previsto en el que recibirás tu carta de recomendación, así como el depósito de tu compensación.

—De acuerdo —murmuró saliendo de la oficina.

Después de recoger sus pertenencias del escritorio, que no eran muchas, se le acercaron sus compañeros. Cuando le preguntaron por qué se llevaba su orquidea, los bolígrafos de colores y vaciaba los cajones, ella les contó lo ocurrido. Los escuchó prometerle que si necesitaba una recomendación adicional contara con ellos. Antes de marcharse, con la mochila al hombro y algunos souvenirs, fue a despedirse de los animales que había cuidado. Esta fue la parte más difícil, porque fue imposible dejar de crear un lazo con ellos al verlos a diario.

Una vez que regresó a casa, Hércules la saludó moviendo la cola, le permitió acariciarlo y después fue a echarse en el sofá, porque ya le había dado demasiado tiempo a la humana. Esa actitud altiva hizo reír a Blaire, pues no estaba dispuesta a llorar. No consideraría esta situación, por más dura que fuera de aceptar y digerir en su mente, como un fracaso.

—Te prometo que la próxima semana iremos al veterinario para hacerte esos exámenes —le dijo mirando cómo se desperezaba—. Quiero pensar que estarás bien. No te atrevas a enfermarte o no te daré más galletas cuando tomes tu medicación.

—Miauuu…

—Me alegra que hayas comprendido, Hércules. Qué buena charla contigo.

—Miauuu…

A ella no le gustaba pedir favores, porque generalmente implicaban un compromiso en el que la contraparte buscaba, tarde o temprano, una retribución. No solo eso, sino que, por experiencia, sabía que otros se aprovechaban de la necesidad ajena y pedían una compensación cuyo valor no estaba basado en números. Lo anterior era mucho más peligroso y Blaire ya lo había vivido años atrás. Sin embargo, en esta ocasión, los factores eran diferentes. Ella no era más la chica con el corazón hecho girones que añoraba graduarse de la universidad y sobrevivir a esa tristeza para que otra persona también pudiera hacerlo a la par. No podría decir que Maximilian se aprovechó de las circunstancias porque, en gran medida, ella también lo hizo.

Ahora, aunque la fuente de su independencia económica y plataforma para cumplir su gran ambición profesional ya no existía, Blaire estaba ante un escenario diferente. Esta vez, el favor que iba a pedir sería a Percy. Él y Leonela eran sus mejores amigos y las personas que nunca exigirían una retribución, ni sutil ni directamente, si ella les pedía un favor. Claro, también podría llamar a otra persona que, antes de marcharse de Boston, le había asegurado que siempre podría recurrir a ella en caso de necesidad. Sin embargo, ese contacto solo iba a utilizarlo cuando ni Percy ni Leonela pudieran ayudarla o aconsejarla de algún modo.

Como si su cerebro necesitara un gesto físico para aclarar la mente, Blaire meneó la cabeza. Soltó una exhalación, agarró el móvil y después deslizó el dedo sobre la pantalla.

Blaire

¡Hey! ¿Qué zona de Boston tendrá de huésped al Don Juan más popular?

Percy

Ah, pues mira nada más, la sirenita me ha escrito 😄 La zona es Black Bay, por supuesto, y gracias por los halagos. ¿A qué debo, su majestad del mar, tanto honor?

Blaire

Ja-ja-ja. Algún día vas a enamorarte y entonces me dirás que no vuelva a mencionar que fuiste un mujeriego incorregible 😆 Percy, quiero pedirte un favor.

Percy

😳 Jamás pides favores. ¿Qué ha pasado? ¿Estás bien?

Blaire

😬 Es un tema que prefiero hablarlo contigo en persona antes de que te vayas de fiesta. Llamé a Leonela a media tarde, pero salió la contestadora. ¿Puedo pasar por tu apartamento un momento? 😊

Percy

> Has estado tan sumergida en tu mundo fabuloso de agua y naturaleza que te olvidaste que Leonela se fue hoy a Tokyo, durante dos semanas, por trabajo.

Blaire

> Rayos, esta semana ha sido brutal y, sí, lo olvidé por completo...

Percy

> No estoy en mi apartamento. Hoy cerré un contrato importante y con unos amigos acabamos de llegar al bar. Tenemos una mesa reservada. ¿Qué te parece si te unes? El sitio es Purple Circle. Está en la Bloyston Street. Aquí hay una terracita y podemos ir conversar sin problema. ¿Qué dices, Blaire?

Blaire

> Te veo en un rato =)

Una vez que terminó de peinarse el cabello y se aplicó unas gotitas de humectante para darle brillo, agarró su tarjeta del metro y fue hasta la estación cercana. No iba a gastar dinero en un Uber cuando el transporte público era tan bueno como cualquier otro. Blaire llevaba un vestido corto color violeta que resaltaba su cintura fina, las sandalias de tacón alto eran de tiras y completaba el atuendo con una cartera en la que guardó un poco de dinero, la identificación y el móvil. Cuando la vida le daba tragos amargos, ella los transformaba en rutinas de belleza para sentirse bonita y sonreír. Sabía que eso era superficial, pero ir de compras y reventar la tarjeta de crédito no era lo suyo. Su fuente de consuelo solían ser los helados, pero todavía no hacía la compra del supermercado, así que estaba escasa de golosinas.

Lo cierto era que en estos instantes lo que necesitaba era salir de su mente y confiar en que Percy podría ayudarla de algún modo. Él trabajaba de forma remota, junto con cinco socios, y creaban alianzas estratégicas para facilitar la importación de bienes de lujo que eran de edición limitada para consorcios hoteleros. Así que no podría ofrecerle un empleo que no existía, pero sí que tenía suficientes contactos profesionales para saber quiénes tenían abiertas plazas de trabajo y ayudarla para que tuviera la posibilidad de acceder a los procesos de selección de forma más rápida. Además, no solo era pedirle ayuda, sino que de verdad necesitaba hablar con alguien sobre lo que había pasado.

Quizá otras personas pudieran tomar la situación con más calma, pero Blaire ya había vivido una experiencia en la que perdía lo que le importaba y amaba, en esta misma ciudad, así que sentía como si estuviese repitiendo la historia, aunque con matices diferentes. Sin embargo, esa punzante sensación de pérdida e incertidumbre era la misma: cruel y burlona.

No le tomó mucho tiempo encontrar el bar.

Una vez que entró, le gustó notar que Purple Circle tenía una decoración que mezclaba un tema futurista con otro contemporáneo. La música era genial, la energía vibrante y por un instante la invitaban a olvidarse del día de mierda que había tenido. El bar estaba a tope, así que, con tanto movimiento alrededor, le tomó unos instantes encontrar a Percy. Él, al verla, se apartó de la mesa en la que estaba con los socios y otros amigos para saludarla.

—Blaire —dijo dándole un abrazo con fuerza—, si estuviera Leonela en Boston, me habría obligado a cancelar mis planes y llevar unas botellas de coñac a tu apartamento para conversar y saber qué rayos pudo haber impulsado a Miss Autosuficiencia a llamarme. Pero, hoy vamos a hablar a mí estilo —sonrió—, y eso incluye que te diviertas esta noche.

—Un mes sin verte es lo que hace falta para este entusiasmo —dijo sonriendo y apartándose al cabo de un instante—. Quizá tenga que usar esta estrategia más seguido, eh.

Él soltó una risotada. Percy poseía carisma y era una de las características que provocaba que la gente a su alrededor se sintiera cómoda. Lo anterior era perfecto para los negocios, porque rara vez fallaba en enganchar a un nuevo cliente.

—Debo considerar tu presencia un milagro —dijo Percy de buen humor. Su singular parecido al actor John Krasinski era innegable, pero con el cabello negro—. Esta es la primera vez que no tengo que insistir en que vengas a un bar para disfrutar de la buena vida. Pero, dime —expresó cambiando la voz jocosa por un tono más serio—, ¿qué pasó hoy?

Fueron hasta la terracita, que era de tamaño mediano, antes de que él les hiciera una señal a sus amigos para darles a entender que estaría de regreso en unos minutos.

—He tenido un día fatal —replicó con un suspiro. A pesar de la bulla alrededor, las risotadas de los clientes del bar, la música en vivo, así como el sonido de la vajilla, se hizo escuchar—. Creo que puedes ayudarme o al menos eso espero.

—Siempre. Ya sabes que estamos para sacarnos de la mierda que a veces la vida nos lanza para hundirnos —dijo en un tono jovial, pero que escondía también su cuota de tristeza.

Los padres se habían divorciado cuando él tenía catorce años, porque la madre se embarazó después de haber tenido un affaire. Ella prefirió formar una nueva familia lejos de la que ya tenía con su esposo y sus dos hijos, Percy y Landon, y se mudó a Texas. No era nada raro que Percy no tuviera confianza en las mujeres y tuviera alergia a la monogamia.

—Mi jefa me anunció esta tarde que no renovaría mi contrato por unos asuntos presupuestarios —le dijo bajando la mirada y cerrando los ojos un instante—. Estoy tratando de ser optimista —sonrió a duras penas—, pero no es tan fácil cuando la organización por la que regresé a Boston y en la que aposté mi futuro profesional me deja en la calle.

—Demonios, cuánto lo siento. Dejaste Hawaii para trabajar en Boston. Qué cabrones —dijo pasándose la mano sobre el rostro—. Cuéntame qué fue lo que ocurrió.

Ella soltó una exhalación y le relató la conversación con Melody. Percy la escuchaba con atención, pero no la interrumpió hasta que llegó a la parte en la que ella le mencionó que sus ahorros servirían solo para tres semanas y luego no sabría qué hacer, a menos que le entregaran rápidamente el paquete económico de compensación del acuario. Lo anterior, claro, solo la ayudaría por unas semanas extras, pero ella necesitaba un ingreso fijo. Percy le ofreció prestarle dinero y Blaire se mostró reacia, así que su amigo se dio por vencido.

—Así que soy parte de un recorte de presupuesto. Solo van a renovar el contrato a los biólogos marinos que tienen más de tres años en el acuario. Es decir, todos, menos yo —comentó con una mueca—. Al menos espero que me sigan llamando los de

DiveDolphin. La posibilidad de seguir buceando me anima bastante, porque me ayuda a desconectar...

Percy le dedicó una sonrisa e hizo un asentimiento.

—No tengo mucha idea de lo que implica un presupuesto para una organización como aquella, pero sí sé de una larga lista de mecenas que hacen grandes donaciones —dijo haciendo una mueca—. Vaya hijos de puta. Blaire, si el favor no era pedirme dinero, ¿qué es? Porque, en verdad, insisto, te lo puedo dar y me lo pagas cuando te dé la gana.

Ella tan solo esbozó una sonrisa e hizo una negación. Cuando el dinero estaba de por medio, las mejores amistades solían empezar a resquebrajarse. Sus mejores amigos eran excepcionales, pero continuaban siendo humanos y el dinero siempre era algo complicado.

—El favor que necesito es que me ayudes a encontrar un empleo, porque...

—Tengo la solución perfecta. Debe ser el destino —interrumpió con una sonrisa y ella lo miró con curiosidad—. Ven conmigo —dijo llevándola hasta la mesa que había reservado y estaba, como siempre, a tope—. Antes de que llegaras, uno de mis amigos nos estaba contando que su hermana está a punto de salir con permiso de maternidad y necesita encontrar un reemplazo con urgencia en la compañía para la que trabaja. Creo que es algo administrativo. ¿Te importaría hacer algo tan distinto a lo que estás habituada?

Ella hizo una negación, porque la persona que necesitaba no podía dárselas de exigente. Además, cualquier empleo estaría bien, al menos hasta que pudiera fortalecer su economía.

—La verdad es que el cargo me da igual —replicó con una sonrisa.

—Estupendo —dijo al llegar a la mesa. Le presentó a las ocho personas que estaban reunidas. Las mujeres lucían *chic* y amables; los hombres, desenfadados y apuestos. La saludaron con amabilidad y sonrisas—. Siéntate aquí, por favor —indicó la silla junto al hombre de cabellos rubios—, este es Paul Nessum, el último amigo que te voy a presentar. Prefiero que estés cómoda para que puedas soportarlo —dijo y todos se rieron.

—No le hagas caso a este idiota que soy el más simpático de la mesa —dijo Paul extendiendo la mano para estrechar la de ella—. ¿A qué te dedicas, Blaire?

—Soy bióloga marina y buceo de vez en cuando —sonrió—. ¿Qué me dices de ti?

—Realizo trabajos de logística de transporte terrestre de carga pesada. Mujer, tú sí que eres una mujer guapa e inteligente —le hizo un guiño—, pero ¿qué haces con Percy?

Blaire no pudo evitar reírse, porque el hombre era en verdad agradable. No era guapo, no, pero en conjunto los rasgos físicos resultaban exóticos e invitaban a mirarlo.

—Es mi mejor amiga, así que no intentes flirtear con ella que conozco muy bien tus antecedentes —replicó Percy fingiendo estar ofendido y bebiendo cerveza—. Le voy a presentar a Rhys. Tan solo estoy esperando el momento adecuado. No te hagas ideas.

—No estoy interesada en el romance —dijo Blaire riéndose y poniendo los ojos en blanco. Percy y Leonela trataban de que tuviera citas con los amigos que le presentaban, pero ella prefería no tener complicaciones. El tal Rhys era un exjugador de la NFL que se había lesionado y ahora se dedicaba a los negocios, además de que las cadenas deportivas, como ESPN, lo invitaban para que fuese comentarista—. Tampoco en ser el foco de atención.

—Pero sí tiene interés en encontrar un empleo nuevo —intervino Percy mirando a Paul—. Tú, nos estabas contando a todos hace un rato sobre tu hermana y su situación laboral. Mi amiga podría ser la respuesta que no sabías que ibas a encontrar hoy.

—Oh —dijo el hombre mirando a Blaire—, claro. Charlize está un poco desesperada, porque es su responsabilidad encontrar un reemplazo durante su baja materna. No tengo detalles del empleo. Tan solo sé que quiere alguien eficiente para temas administrativos. Mi hermana me debería un gran favor si llegas a ser la persona que necesita.

—Y tú me lo deberías a mí, porque soy el intermediario —intervino Percy riéndose —. Creo que podríamos reajustar esa tasa de interés anual con tu contacto del Four Seasons.

—Qué cabrón eres, Percy —dijo Paul meneando la cabeza. Después miró a la preciosa mujer que sabía que no se llevaría a la cama esta noche—: Me acabas de decir que eres bióloga marina, así que no sé si quieras algo como esto, pero quizá quieras intentarlo. ¿Te interesaría de todas formas que hablara con Charlize y le comentara sobre ti?

—Soy una bióloga marina muy eficiente y sí puedo ir a esa entrevista de trabajo —sonrió Blaire en un tono desenfadado, ocultando su alivio, porque cuando la desesperación se dejaba traslucir en una negociación, por mínima que fuese, siempre perjudicaba a la persona que más lo necesitaba. En el mundo marino era el equivalente a que los tiburones percibieran un levísimo rastro de sangre para destrozar a su presa—. Sería genial que hablaras con ella.

—¿Me das tu número de móvil? —Blaire se lo dictó, mientras él lo registraba y luego escribía un texto rápido. Cuando apartó la cabeza de la pantalla le sonrió—: Charlize me ha autorizado a darte su correo electrónico. Así que puedes enviarle tu currículo.

—Apenas me conoces y has sido tan amable, gracias, Paul —dijo asombrada.

—Percy, a pesar de sus grandes defectos —dijo Paul, mientras el aludido se carcajeaba—, tiene un excelente olfato cuando hace recomendaciones profesionales. Así que, siendo tú su mejor amiga creo que es una garantía de seriedad. Claro, no puedo asegurarte que Charlize te contactará, aunque espero que lo haga —sonrió.

Blaire asintió y soltó una exhalación de alivio que matizó con una risa suave. Percy le dio una discreta palmadita en el hombro reforzando la certeza de que todo estaría bien.

—Gracias —expresó sonriendo con una contenida emoción.

Una noticia esperanzadora. Esto era todo lo que necesitaba para recuperar la fuerza de su optimismo. Aunque ¿acaso no solía decirse que con los favores nunca sabrías el efecto que estos podrían acarrear una vez solicitados u ofrecidos?

En esta ocasión, aunque Blaire lo ignoraba, no sería el cobro de un favor por otro. Ni Percy ni Paul estarían involucrados. Se trataba de una presencia silenciosa que Boston y ella habían pretendido ignorar demasiado tiempo: karma.

CAPÍTULO 2

Alessio mantenía cerrada la puerta de su oficina y no tenía reuniones en los próximos quince minutos, así que estaba disfrutando de que una mujer estuviera de rodillas haciéndole una felación. La succión lo hizo apretar los dientes y agarró a la mujer de los cabellos, con fuerza, para tomar el control. No tenía por costumbre aceptar esta clase de visitas, porque prefería mantener sus aventuras lejos del trabajo. Sin embargo, las últimas semanas habían sido un puto circo y sus niveles de estrés estaban más altos que de costumbre.

Este fue el motivo de que hubiera aceptado que entrara una mujer a su despacho, que no fuese una clienta, e hiciera otras cosas que no incluían hablar de asuntos legales. Sandy o Mandy o Ranny, como fuera el nombre, tenía como fecha de expiración los próximos diez minutos. La había conocido noches atrás en un bar, después de terminar de preparar el último alegato para el caso que acababa de ganar esta mañana en la Corte y que había tenido alta repercusión mediática. Ella solo era una distracción para desahogar los niveles de adrenalina provocados por la victoria en el tribunal, porque él necesitaba la mente serena para trabajar.

—Mmm… —gimió la rubia en un tono meloso que él prefirió ignorar—. Quiero hacer esto contigo más veces —dijo rodeándole el glande con la lengua.

—Sigue a ese ritmo que voy a correrme en tu boca —instruyó Alessio entre dientes, ignorando el comentario, mientras ella lo observaba con expresión lasciva y aceleraba el movimiento de sus caricias—. Más profundo —dijo guiándola con la mano.

A él no le interesaba estrechar lazos con nadie. Cuando de verdad quería salir con una mujer que pudiera sostener una conversación coherente, en lugar de solo tener un cuerpo cálido y follable, el tiempo máximo que duraban no sobrepasaba los dos meses. Ese era el lapso exacto antes de que empezaran a esperar de él promesas que jamás había hecho.

—¿Estás cerca…? —preguntó batiendo las pestañas y apretando la base del miembro con firmeza—. Quiero sentirte dentro de mí, Alessio, y que disfrutemos otra vez… —le apretó los testículos con suavidad—. No me llamaste… —jadeó cuando él se inclinó para pellizcarle el pezón sobre la blusa de algón que llevaba ese día—. Oh…

Alessio no respondió más y tan solo impulsó las caderas para llegar más al fondo de la garganta que lo acogía en esos instantes. La mujer entendió y siguió succionando. Él no quería follarla, porque había perdido la novedad con la única noche que se acostaron juntos. De hecho, ese era el motivo por el que tampoco se interesó ahora en penetrarla. Ella se había ofrecido a premiarlo por su victoria, pues qué bien, él tan solo aceptó la oferta.

—Eso es todo, Mandy —dijo cuando eyaculó con un gruñido. Se apartó de ella, que seguía de rodillas y parecía tener la intención de desnudarse, para después sacar uno de los kléenex que solían requerir sus clientes que tendían al drama del llanto—. Has sido muy amable en venir a felicitarme con una felación, pero tengo otros casos por atender.

Ella lo miró furiosa, pero él tan solo fue hasta el baño privado que tenía en el interior del despacho. Cuando regresó, contrario a lo que hubiera esperado, la mujer estaba esperándolo con los brazos en jarras. Se había retocado el maquillaje y el cabello. No parecía haber estado de rodillas gimiendo aferrada a su miembro viril. Alessio sonrió con desdén, porque la mujer era la clásica que fingía ser recatada, pero no dudaba en follar a un extraño en un bar o pedir un trío sexual. A él le causaba risa la doble moral, aunque jamás se los mencionaba, porque no gastaba su tiempo en mujeres que solo tenían un fin para él: sexo.

—Mi nombre es Remany Calver —dijo la mujer como si esperara que él se disculpara.

—Un bonito nombre —replicó sentándose en la silla como si nada hubiera ocurrido. En realidad, para él, era eso: nada—. Mi asistente te hará llegar lo que sea que elijas de tu tienda favorita. El precio no es problema —sonrió, mientras las nubes que vaticinaban la lluvia se agolpaban en el exterior. Desde su privilegiada ubicación, en el último piso del edificio Tower Primal, Alessio podía ver gran parte de Boston, incluyendo el río Charles, Back Bay, Fenway Park y la Universidad de Harvard—. Sé que comprendes que esto no va a ningún sitio y que no tengo intención de volverte a ver. Aprecio tu entusiasmo, por supuesto.

Ella se acercó y apoyó ambas manos de perfecto manicure sobre el escritorio.

—Ni siquiera me tocaste, Alessio —dijo en un tono rabioso al ser despedida de este modo—. Creía que teníamos buena química y que repetiríamos como amantes más veces. —Él enarcó una ceja—. La primera vez que nos acostamos fuiste encantador —agarró la bolsa de mala gana—, pero eres en realidad un cretino hijo de perra. Debería abofetearte.

Él esbozó una sonrisa arrogante. No se sentía en absoluto ofendido por el insulto, porque los había escuchado peores. Todos, claro, eran muy reales. A él solo le importaba el prestigio y ascender en su carrera. Además, no había sido quien incitó ese encuentro, así que no era responsable de las expectativas sexuales de Remany ni le debía nada. Cuando era él quien buscaba a una mujer, entonces la hacía disfrutar, pero este no era el caso.

—Me sirve bien en mis litigios, gracias por decirlo —replicó con indiferencia, mientras se enfrascaba en la información que tenía en el ordenador.

—Algún día una mujer te hará tragar mierda —dijo con fastidio, para luego erguirse con dignidad aferrando su bolso Fendi y salir cerrando la puerta con firmeza.

Alessio no se inmutó por el comentario, porque la única que de verdad sacudió su mundo, y que lo convirtió en un hombre cínico con las mujeres, no estaba en el panorama de su vida. De hecho, ella tenía suerte de que no tuviera el tiempo para buscarla y destruir su vida tal como hicieron los Sullivan con la suya. En estos años, él había representado a varios empleados que demandaron a laboratorios LabSull por temas mínimos e incluso ridículos, como por ejemplo que un gerente los miró con expresión hostil una mañana y se sintieron amenazados. Alessio armaba el caso con rapidez y, aunque no solía llevar esta clase de asuntos porque eran para abogados de rangos inferiores, lo tomaba como algo personal.

Los abogados de LabSull, así como lo harían los de cualquier corporación millonaria, no se desgastaban yendo a juicios por nimiedades. Alessio lo sabía, así que llegaba a un acuerdo extrajudicial y lograba pagos cuantiosos para sus clientes por demandas ridículas. Quitarle dinero a LabSull le parecía casi un deporte que si bien no satisfacía sus ansias de vengarse, sí amortiguaba de alguna manera esa necesidad durante un tiempo. Casi como un placebo.

Alessio presionó el interfono.

—Calista —llamó a su asistente—, a la mujer que acaba de salir de mi despacho, Remany Calver, envíale un obsequio costoso. Preferiblemente algo de Cartier o Hermès. Después notifica a mi chofer que vaya a recoger mis trajes a la tintorería.

—Claro, señor Rocchetti —dijo la voz de la mujer de sesenta años. Llevaba mucho tiempo como asistente ejecutiva de magnates y CEOs, así que las extravagancias no la sorprendían—. ¿Quiere una compilación de la prensa sobre el caso del hospital? Hay algunas especulaciones que quizá quiera aclarar en la entrevista con el Boston Globe. Además, una corresponsal de WCVB Channel 5 está esperando en la sala de reuniones por usted.

Alessio maldijo por lo bajo, porque no le gustaba dar entrevistas. No era un jodido actor o un payaso que hacía chorradas en redes sociales, sino un abogado. Uno al que le pagaban cientos de miles de dólares mensuales por su alto porcentaje de éxito. Él tenía la reputación de ser un litigante con sangre fría y que esperaba el mínimo indicio de debilidad de la contraparte para destrozarla, hasta dejarla agonizante. Su misericordia era ofrecerles un trato draconiano, en el caso de un acuerdo extrajudicial; o daba la estocada final, en un juicio.

—No hace falta lo de la prensa, gracias. En cuanto a la periodista le dejé claro que no me interesaba hablar con ella, así que procura echarla de aquí o que la reciba uno de los socios si le da la gana —dijo con aburrimiento—. Ven a mi oficina dentro de tres horas para revisar la agenda de la semana, por favor. Ah, cuando lo hagas, tráeme un café doble.

—Por supuesto —replicó cerrando el interfono.

Algunos medios noticiosos del país se habían hecho eco del caso que ganó esa mañana contra una famosa institución médica. Alessio representó a nueve familias en una demanda por veinte millones de dólares contra el Hospital BeFreeCare Boston. El tesorero del directorio, junto a tres médicos y dos enfermeras, habían formado una red de sobornos en la que exigían un pago a los pacientes para adelantar sus puestos en la lista de espera de trasplante de órganos. Si no aceptaban, entonces le daban prioridad a los que sí accedían a pagar. Si los intentaban denunciar, el familiar que necesitaba el trasplante iba al final de la lista.

Esta bajeza criminal había durado seis años, hasta que Daphne Laverne, la madre de una adolescente que murió de Leucemia ya que no tuvo dinero para pagar el soborno y acceder a un trasplante de médula al que tenía derecho, decidió buscar la firma de abogados para la que trabajaba Alessio, Mulvani & Feiser, ocho meses atrás. El bufete legal tenía quince socios y ciento veinte abogados distribuidos en dos oficinas, Boston y Chicago, así como cuarenta integrantes del personal administrativo distribuido en ambas sedes. El costo por hora facturada era accesible para personas con dinero o corporaciones, pero Alessio, desde un inicio, supo que algo como lo ocurrido a estas familias necesitaba justicia. Así que recibió a Daphne y aceptó representar a las familias para ir a los tribunales como un caso pro-bono.

El revuelo mediático que despertó la demanda fue brutal, porque el Hospital BeFreeCare Boston era una de las instituciones más respetadas. El jurado deliberó a favor a las familias entregándoles veinte millones de dólares que se dividirían en partes equitativas, un seguro médico de por vida para los familiares inmediatos de los demandantes y una disculpa pública del hospital. A los médicos demandados les suspendieron la licencia profesional y les dieron veinte años de cárcel. Desde la sentencia del juez, los medios de comunicación no dejaban de llamar al bufete para lograr que Alessio les concediera una entrevista. Él no perdía su tiempo y las opiniones de la prensa no le importaban, porque su único objetivo era hacer justicia. La relacionista pública del bufete le sugirió que aceptara las entrevistas, argumentando que era buena publicidad, pero él rehusó diciendo que su trabajo ya estaba hecho.

Aunque Alessio era experto logrando acuerdos extrajudiciales, para beneficio de sus clientes, a veces prefería la adrenalina de la Corte de Justicia. Este último era un proceso desgastante de tiempo e intelecto, porque él no perdía un caso ni escatimaba esfuerzos para recabar pruebas y testigos creíbles. Por ese motivo, los clientes que aceptaba representar eran minuciosamente elegidos. Podía darse el lujo de decidir a quién defender y a quién no.

Trabajaba setenta y cinco horas semanales, vigilaba al detalle lo que hacían los abogados *junior* y los paralegales con los que solía preparar sus procesos, y era el que más dinero facturaba para el bufete. Su forma de desempeñarse y el alcance de su influencia era el mismo que el de un socio, pero sin ver su nombre ni los beneficios adicionales que esto representaba.

Esto lo tenía muy cabreado, porque había logrado un portafolio de clientes de alto perfil y prestigio que, si se largaba de la firma, sin duda se irían con él. La facturación de Alessio era competitiva. La revista Top Lawyers lo había reconocido como uno de los abogados jóvenes con un récord infalible de casos ganados. Su mayor ambición era convertirse en socio de Mulvani & Feiser y no le importaba lo que tuviera que hacer para conseguirlo.

¿Esperar? Por supuesto, sabía que tenía que ser paciente, pero no por demasiado tiempo. Sus estrategias eran agresivas, afiladas y sin compasión. Sus resultados eran su mejor carta de respaldo laboral. Sabía que era joven, pero no en vano obtuvo una beca universitaria y se graduó en Harvard con Summa Cum Laude.

—Señor Rocchetti —dijo Calista al cabo de un rato desde el umbral de la puerta—, ¿puedo pasar? —Él frunció el ceño al darse cuenta de que las horas habían transcurrido rápido. La miró e hizo un asentimiento—. La fiesta de cumpleaños de la señora Úrsula Mulvani es hoy a las nueve de la noche —dijo, mientras se sentaba con el iPad frente a su jefe—. Me han pedido que les avise si usted asistirá. La invitación es para dos personas. Así que, si tiene una acompañante, también debo confirmar el nombre. ¿Qué respuesta les doy?

Alessio se apretó el puente de la nariz con el dedo medio y el pulgar.

Úrsula era la esposa de Caspian Mulvani, uno de los socios fundadores, así que por más que quisiera evitar esta clase de compromisos no podía hacerlo sin perjudicarse en su intención de convertirse en socio de la firma. Si Alessio dejaba de ir a la fiesta sería un desaire que el hombre se lo tendría en cuenta en la evaluación anual. En el caso del otro socio fundador, Henry Feiser, el hombre sí basaba sus decisiones en resultados y le daba igual el asunto de los vínculos o conexiones. Al respecto, Alessio no tenía inconvenientes. El resto de los socios, al momento de considerar adherir a alguien más a su exclusivo grupo, considerarían, más allá de su desempeño desde su ingreso al bufete, si él tenía el respaldo de los fundadores.

Él sabía que con casi veintiocho años era un abogado joven, pero las estadísticas anuales de ganancias, la experiencia, las horas que trabajaba incluyendo los domingos, así como la cartera de clientes nuevos que llegaban a pedir que fuese Alessio quien los representara, destacaban entre otros abogados senior. Sí que había ascendido a un ritmo vertiginoso, se sentía orgulloso al respecto, pero él era ambicioso. Quería el prestigio máximo.

—Acepta la invitación —replicó con fastidio—. No hay ninguna acompañante. —Durante los siguiente minutos organizaron las actividades del resto de la semana, al tiempo que Alessio respondía varios correos electrónicos urgentes—. Llama a mi equipo de paralegales e infórmale que esté preparado para la audiencia de esta tarde. Yo tengo una reunión en el centro, así que debo marcharme. ¿Algo más, Calista?

—Sí, lo cierto es que he esperado estos meses para hablar con usted, porque no quería interrumpir el proceso del caso del hospital, pues esas familias necesitaban de toda su concentración para obtener la justicia que merecían. Me alegró mucho el resultado.

Él frunció el ceño e hizo un asentimiento.

—¿Cómo podrías interrumpir el proceso si eres parte de él? Dime de qué se trata todo esto —pidió con amabilidad. Sentía aprecio por Calista, porque era eficiente, además que poseía la paciencia que a él le faltaba para tratar con las estupideces del día a día.

—No puedo continuar trabajando para la compañía, señor Rocchetti. —Él la miró con incredulidad, porque creía que estaba contenta en el cargo. El paquete de beneficios que había pedido para ella era el mejor al de cualquier otra asistente legal de la compañía—. Ha sido una decisión que llevo pensando bastante tiempo, pero es lo mejor para mí y mi familia.

—¿Has recibido una mejor oferta laboral? —preguntó ligeramente enfadado. No se apegaba a nadie, sabía que todo tenía un ciclo, pero cuando afectaba la parte más importante de su vida, el trabajo, entonces sus reacciones eran distintas—. Esto es inesperado.

—En realidad, se trata de un tema familiar —dijo—. Mi hijo Liam es el que ha recibido una oferta de trabajo en Vancouver. Él y mis nietos son todo lo que tengo. Mi esposo y yo estamos encariñados con los niños y no queremos verlos crecer desde lejos, así que decidimos mudarnos a Canadá. Quería avisarle antes de hacerlo con recursos humanos y después con la coordinadora administrativa de la empresa —explicó con suavidad.

Calista consideraba a este joven abogado como una persona brillante y muy humana, a diferencia de la imagen que otros se habían hecho a partir de su implacable forma de trabajar. De hecho, nadie conocía de los trabajos pro-bono de bajo perfil que él llevaba a cabo fuera de la firma. Tampoco sabían de las grandes sumas de dinero que donaba para ONGs que ayudaban a personas con enfermedades catastróficas. Si ella hubiese renunciado en medio del juicio del hospital habría sido poco profesional y desconsiderado con alguien que le había conseguido más beneficios laborales que ninguno de sus jefes previos.

—Entiendo lo que me dices, pero esta es la época de mayor carga laboral —dijo contrariado. Sí, él podía ajustarse e intentar hacer malabares para coordinar sus propios asuntos, pero eso lo volvería lento y menos enfocado en los aspectos medulares de su profesión: estudiar los casos, armar estrategias y ganar—. ¿Cuándo has decidido que te irás de la compañía? —preguntó pasándose los dedos entre los cabellos negros.

Alessio estaba llevando varios casos de litigios vinculados al abuso de poder, incumplimiento de contratos laborales y una demanda colectiva, la más importante, contra una compañía de plásticos acusada de contaminar un área del Lago Winnipesaukee. La comunidad residente estaba enfadada, porque algunas mascotas habían muerto al acercarse al lago a beber en la zona que, al parecer, estaba siendo usada como vertedero. Los demandantes querían que se cerrara la empresa e indemnizaran a las familias que habían sido afectadas.

—El próximo fin de semana —replicó—. Sin embargo, entrenaré a la persona que pueda reemplazarme y seguiré disponible para guiarla, remotamente, si necesita mi ayuda.

—Me dejas poco margen de tiempo. Por favor, coordina con el bufete para que contraten a una persona lo antes posible para que puedas entrenarla. Gracias por ofrecerte a asistirla a la distancia —dijo. Del trabajo de las entrevistas e inducción solía encargarse administración o recursos humanos, aunque él daba el veto final. La noticia de Calista le sentaba pésimo, pero comprendía que la familia siempre estaba primero—. ¿Hay algo más que quieras decirme? Espero que no haya otra renuncia en el equipo de la que aún no sepa.

Ella esbozó una leve sonrisa por la broma.

—No, solo yo. Aunque sí hay un pequeño detalle adicional que comentarle —dijo la mujer, poniéndose de pie, mientras Alessio agarraba la chaqueta para irse—. Hay un señor que pidió verlo. Se identificó como Finneas. No quiso ahondar en detalles de su identidad. Le expliqué que usted tenía el calendario copado para las próximas dos semanas. Me pidió que le hiciera un espacio, porque era importante que hablara con usted cara a cara. Le pregunté si podía darme alguna otra información, pero ha dicho que no y que volverá a llamar.

—El nombre no me suena de nada —replicó—. Si vuelve a llamar intenta que deje un número de contacto. —Calista asintió—. Tengo que resolver asuntos fuera de la oficina, no voy a regresar por el resto del día. Apenas tengas a tu reemplazo avísame.

Una vez que salió del edificio en su Bugatti Chiron, Alessio no se desconectó del todo de la oficina, porque continuaba atendiendo llamadas. Aunque tenía un equipo en el que delegaba trámites y diligencias comunes le gustaba tener el control, él siempre lo supervisaba todo. Los errores no formaban parte de su vocabulario profesional.

Fue a su mansión para darse una ducha. La zona de Beacon Hill en la que vivía era opulenta y muy calmada. Quizá la propiedad era un poco más grande de lo que necesitaba un soltero empedernido, pero le daba estatus y comodidad impagables. Solo había una persona a la que no impresionaba su tren de vida próspero: su madre. Él la admiraba porque, a pesar de la catastrófica situación financiera en la que se hallaron para defender a Giacomo, y la lucha contra la Leucemia, nunca se rindió. Incluso no despotricó contra los Sullivan.

De hecho, en uno de los días del juicio, Laura se había acercado a Jacob para decirle que esperaba que tuviera un poco de corazón para comprender que su esposo era inocente y que estaban atravesando un momento difícil. Claro, el hijo de puta tan solo la observó como si fuese una mota de polvo en sus zapatos y la ignoró. Alessio había utilizado todo su autocontrol para no darle de puñetazos. Aquellas semanas fueron extenuantes.

Lo corroía la rabia tan solo de pensar en los Sullivan, en especial por esa mujer de cabello rojizo. Antes de perder contacto con ella, le dijo todo lo que pensaba. ¿Si acaso le importó la expresión de dolor que le causó a Blaire o las lágrimas que acompañaron las justificaciones que salieron de esa boca que solo expedía mentiras? No. Cuando entendió que lo había usado como entretenimiento temporal y que las palabras de amor eran solo una mentira más, Alessio destruyó cualquier resquicio de emociones profundas con las mujeres.

—*Ciao mamma. Come stai?* —respondió al teléfono al ver el nombre de su madre—. ¿Estás haciendo los ejercicios que te mandó el médico? —preguntó, porque ella tenía un poco de sobrepeso, así que el nutricionista le envió a seguir una dieta estricta y a ejercitarse. La casa en la que vivieron con Giacomo se había vendido y, aunque renegó, Alessio le compró una nueva a su madre. Él había hecho instalar un gimnasio para que Laura se ejercitara.

—Los ejercicios se hacen cuando se pueden. Ese entrenador físico que me has enviado me quiere quitar mis carbohidratos —replicó con fastidio, porque no le gustaba rendir cuentas a nadie; una característica que había heredado Alessio—. Una italiana sin pasta. Pfff.

—Mamma…

—Estoy orgullosa de ti, *figlio*. Hoy cociné tu plato preferido y sacaré un vino muy bueno para la cena —dijo cambiando el tema, porque no necesitaba escuchar reprimendas—. El chef Riccardo, menos mal, me ha dejado cocinar en paz. Me gusta tener un chef que ayude, pero es demasiado posesivo con los utensilios. Tan solo tolero sus tonterías porque es siciliano.

Él soltó una exhalación. No le gustaba decepcionarla.

—Lo siento, *mamma*, pero ha surgido un imprevisto —replicó con pesar. Detestaba cancelar las ocasiones que podía compartir con ella—. Tengo un evento que, aunque quisiera, no puedo postergar en esta ocasión, porque es de uno de los socios fundadores.

—Supongo que serviré tu lasagna especial a mis clientes y les llevaré otro poco a mis amigas del club de Jazz —dijo con decepción—, pero la próxima ocasión que te vea, jovencito, te tocará entrar a la cocina del restaurante y preparar un platillo con el chef. A ver si te gusta.

Él había financiado el sueño de su madre: tener un restaurante italiano con recetas de la familia. Se llamaba *Sapori di casa* y estaba en Little Italy. La comida era fabulosa y había recibido buenas críticas. Cuando él estaba haciendo algún trámite cerca del área, se detenía a saludar a Laura y también llevaba algo de comer para el camino.

—Por supuesto —replicó riéndose—, intentaré recordar mis habilidades culinarias.

—Más te vale. Por cierto, hijo ¿cómo es eso de que tienes una chica distinta del brazo en cada fotografía que sacan en la sección de sociedad? Te crié mejor y te enseñé que los lazos de amor son los más fuertes. No quiero llegar a mi vejez sin tener un par de muchachitos a los cuales malcriar. Quiero nietos, Alessio, así que voy a tomar este asunto en mis manos.

—No tengo interés en darte nietos en un futuro cercano —replicó con tiento—.Bien sabes que por ahora solo me interesa mi trabajo y no quiero ataduras.

—Qué blasfemia más grande para una *mamma* italiana, Alessio. Quiero presentarte, mira que te estoy dando un aviso en lugar de sorprenderte, a una mujer estupenda. Se dedica a la confección de ropa para niños, posee una maestría en pedagogía y es italiana. ¿Qué tal?

Él no pudo evitar soltar una risa y que después disimuló con una tos.

—Por favor, deja de organizarme cenas con las hijas de tus amigas del curso de pintura o el club de Jazz —dijo. Llegaría con retraso a la fiesta, porque era imposible que fuese de otro modo con su madre al teléfono—. Mis prioridades no incluyen un romance, *mamma*.

Madre e hijo solían cenar dos o tres veces al mes, al menos si Alessio no tenía que viajar o estaba atascado con un montón de documentos en la oficina. Laura utilizaba varias de esas ocasiones para embaucarlo, cuando invitaba, sin que él lo supiera, a la hija soltera de alguna amiga que a ella le hubiera caído bien. Alessio se enfadaba, pero no era majadero para desairar a una persona en el restaurante de su madre y Laura lo sabía muy bien, así que se aprovechaba para dejarlo en una posición en la que no tenía de otra que terminar la cena.

—Tú no sabes quién es esta muchacha, así que no puedes anticiparte…

—Mamá, antes de ir a la fiesta necesito pasar a dejarle unos documentos a un cliente, así que debo salir pronto de casa. ¿Qué te parece si te compenso comprándote harina especial e importada con la que haces los ñoquis? —preguntó tratando de apaciguarla.

—Suena bien, Alessio, suena bien —replicó Laura—. Tan solo no quiero que cierres tu corazón. A veces, las situaciones no son lo que aparentan y necesitamos perdonar para avanzar. Ha pasado mucho tiempo —dijo con suavidad esta vez—, no me gusta cómo te cierras a las posibilidades, porque has dejado que el rencor te envenene. Eres terco. A ver si te revisas un poco esa cabeza y analizas la verdadera razón de que te cueste la idea de formalizar una relación con una mujer. ¿Eh? Quizá sea necesario que dejes tu necedad. *Búscala.*

—*Mamma*, creo que ya hemos hablado de ese asunto muchas veces —replicó, porque sabía que se refería a Blaire. Por culpa de los Sullivan, Giacomo estaba muerto, así que no comprendía cómo su madre había defendido, años atrás, a la hija de esos millonarios cuando Alessio le contó que la pelirroja era una mentirosa—. Me tengo que marchar.

—Quiero dos tipos de harinas especiales para ñoquis —replicó con enfado. No le gustaba que él mantuviera esas emociones de tanta rabia por un evento que ya no tenía remedio—. No quiero que me las envíes con otras personas. Tráelas tú mismo.

—*Mi scuso ancora, mamma.* Lo siento de nuevo. Te las llevaré la próxima ocasión. Sí.

—Bien. Solo recuerda lo que siempre te he dicho, Alessio, cuando solo ves la vida pensando en ti, como la parte agraviada, te puedes perder el foco principal: la otra historia.

—En el caso al que te refieres, la historia la decidió un juez —replicó.

Los bajos de la mansión habían sido decorados con accesorios, tonalidades, sofás y muebles que hicieran parecer que estaban en los años 60´s, porque era la época en la que se había ambientado la serie preferida de la esposa de Mulvani, Mad Men. Para Alessio esta clase de idioteces le recordaban que existía una abismal diferencia de clases y aspiraciones.

El muchacho que estudió en Harvard, aunque ambicioso y perseverante, jamás imaginó que pudiera llegar a esferas sociales tan ridículamente altas como era la *crème de la crème* de los abogados. ¿Ser exitoso y arrastrar todo lo que se interponía en su camino? Por supuesto que siempre supo que sería capaz de eso, vivía los resultados día a día, pero en el ámbito social, él continuaba asombrándose de cuán diferente vivía un alto porcentaje de sociedad de otro.

Sin embargo, esto le servía para mantener el enfoque de porqué era abogado: quería defender una causa que merecía justicia sin importar la clase social. Él vivió la brutalidad de no tener suficientes recursos para contratar un mejor abogado, que pudiera defender a Giacomo, ante la maquinaria legal que lo acusó de fraude y malversación de fondos. No fue capaz de encontrar el modo de vencer a una corporación, cuyo propietario tenía fondos ilimitados. En ese entonces Alessio tenía veintiún años, un trabajo nuevo que había empezado apenas, unos cuantos ahorros, una beca universitaria por mantener, una madre que podía morir de cáncer, y un corazón aniquilado por las mentiras de una mujer, cuando vio cómo la esperanza de que Giacomo saliera libre y se limpiara su nombre se apagaba día a día.

No quiso que eso le ocurriese a otros como él. Así que se esforzó en ser el mejor de la clase y trabajaba más que nadie. En Mulvani & Feiser, jamás aceptaba a un cliente si la motivación de la demanda no era genuinamente para resarcir un desagravio. Si se trataba de una corporación, él revisaba los antecedentes y analizaba mucho quiénes eran los posibles demandados. Defendía a los millonarios que tenían razones válidas para exigir justicia.

Pero también colaboraba de forma gratuita con Heaven Hearts, una organización que ayudaba a las familias que necesitaban asistencia legal para luchar contra compañías grandes, o personas poderosas. De este modo, Alessio hacía justicia a su manera e intentaba sanar a su yo del pasado que no tuvo la posibilidad de contar con la ayuda necesaria para salvar e intentar limpiar la honra de su padre. Sus asuntos con Heaven Hearts los manejaba fuera del bufete.

—Creía que íbamos a tomar unas copas el fin de semana pasado, Rocchetti —dijo a modo de saludo Kade Carusso, el mejor amigo de Alessio—, pero supongo que, una vez más, tuviste alguna mujer interesante para follar o estabas trabajando. ¿Qué tal va todo?

Alessio soltó una carcajada y estrechó la mano de su amigo. Se conocían desde que él trabajó como asistente de archivo en el bufete Carusso & Murray, fundado por la familia de Kade, y también porque fueron compañeros en Harvard. Ahora solían verse de vez en cuando, en especial para ir a un bar, el gimnasio o a pescar, pero en ocasiones se perdían la pista por los asuntos de cada uno en la oficina. Kade estaba especializado en derecho penal.

—Follar, por supuesto, consume un par de horas —dijo sonriendo—. Aunque, en esta ocasión, fue un litigio contra ese hospital. —Kade hizo un asentimiento porque estaba al corriente—. Creí que no vendrías a esta fiesta, porque te ibas a Atlanta. ¿Qué pasó?

—Retiraron la demanda contra mi cliente por un tecnicismo, así que no fue necesario que viajara a recabar más información para rebatir la acusación. Por cierto, la última vez que estuve en Nueva York, hace dos semanas, me encontré a Avery. Me preguntó por ti. Creía que mantenían el contacto o algo así ¿no? —preguntó frunciendo el ceño.

Tres años atrás, Alessio había conocido a Avery Danielson, a través de Kade, en una de las tantas salidas de fiesta en la ciudad. Ella también era abogada. El chispazo fue instantáneo y Alessio, después de pasar años sin interesarse por algo más duradero que solo dos meses con una mujer, quiso conocer más sobre los sueños o metas de Avery. Ella no solo era guapa, sino astuta y estimulaba su ambición profesional. Duraron siete meses juntos.

¿Amor? Sí, solo del lado de Avery, porque él no se sentía capaz de permitirse involucrarse en esa clase de sentimientos. No necesitaba cometer dos veces el mismo error para aprender la lección con las mujeres. Alessio ignoraba qué hubiera ocurrido con esa relación si Avery no hubiese recibido la opción de trabajar en Nueva York. Lo que hubo entre los dos parecía un ciclo que no había logrado cerrarse, sino que estaba suspendido en el tiempo.

—Hablamos de vez en cuando, sí, pero nada personal, así que asumo que te hizo esa pregunta como una generalidad —replicó—. No he vuelto a verla desde que se marchó.

Kade hizo un asentimiento, mientras alrededor la música iba cambiando.

—Me dijiste hace un tiempo que asistirías a la cena de reinauguración de mi casa de verano en Lago Winnipesaukee, porque justo tenías un caso legal en el área y que podrías aprovechar para trabajar en él ese fin de semana. ¿Recuerdas? —Alessio hizo un asentimiento—. Bueno, quizá haya olvidado acotar un pequeño detalle. En ese viaje a Nueva York, Avery me dijo que estaría de visita en Boston justo esa semana —dijo frunciendo el ceño—. La invité a mi festejo, porque ya sabes que la conozco hace tiempo. Cuando recordé que tú y ella habían estado juntos ya era tarde y no tenía excusas para cometer la descortesía de desinvitarla. No quiero que haya mal rollo, entonces te quería anticipar al respecto.

—Las fechas ya están separadas para ese fin de semana en mi calendario —replicó con indiferencia—. Si ella quiere ir, pues no tengo problema. Tu casa, tu fiesta, tus reglas, Kade.

—No la has visto, Alessio. No has confrontado lo que pudo ser…

—Fueron siete meses, no siete años —replicó riéndose—. Después de ella han habido muchas mujeres, así que no te compliques por mí, pero gracias por advertirme. Lo más seguro es que para ese tiempo yo ya tenga una nueva conquista del brazo para entretenerme.

—De ser así, si te apetece, invítala —sonrió y le dio una palmada en el hombro a su amigo—. Tan solo que con Avery parecía que empezabas a dejar atrás lo que pasó con…

—Abogado Rocchetti —interrumpió con suavidad una voz muy familiar.

Ambos amigos se giraron para ver a una mujer bajita, embarazada, y con el cabello negro que le caía en ondas suaves debajo de los hombros. Llevaba un vestido verde oscuro.

—Charlize ¿cómo estás? —preguntó Alessio a la coordinadora administrativa de la firma. Ella se encargaba de los detalles de gestión de documentos confidenciales, atención al cliente, programación de citas específicas, gestión de gastos del día a día y se ocupaba de que el personal administrativo cumpliese sus funciones—. Creía que ya estabas de baja materna.

Ella hizo una negación sin perder su sonrisa habitual.

—Lamento haber interrumpido su conversación —dijo con suavidad—. Me voy dentro de unos días y ya he encontrado mi reemplazo. ¿Tiene unos minutos para hablar?

—Claro, Charlize —dijo—. Creo que sí conoces a Kade Carusso. Ha ido varias veces a la firma para hablar conmigo. —La mujer asintió y estrechó la mano del mejor amigo de Alessio con firmeza—. Si es algo confidencial podemos sentarnos en algún sitio…

—No es confidencial, no. Además mi esposo está esperándome —señaló con un gesto a un hombre alto y fornido de aspecto elegante, a pocos metros—, y si me siento no querré levantarme

—se rio tocándose la tripita de ocho meses de gestación—, porque el bebé me hace dar mucho sueño. En todo caso, el asunto es que casi al final de la tarde recibí un correo de recursos humanos informándome sobre la renuncia de Calista…

—Sí, se irá la próxima semana. Le pedí que me avisara cuando tuviera su reemplazo, porque el puesto de ella es clave para que yo pueda enfocarme en mis clientes.

Charlize hizo un asentimiento comprensivo.

—Claro, justamente fui a buscarlo a su oficina para hablar al respecto, pero usted ya se había marchado. Así que aprovecho que está aquí para comentarle que la semana pasada recibí un currículo muy bueno que podría funcionar para ocupar el cargo de Calista. —Alessio enarcó una ceja con curiosidad—. En un inicio pensé en contratarla para que fuese mi reemplazo durante mi baja por maternidad, pero la hermana de uno de los paralegales cubrirá el puesto.

—Si la persona que mencionas que puede ser mi asistente es inteligente y tiene credenciales académicas adecuadas, entonces la voy a necesitar lo antes posible.

—De hecho, está sobre cualificada, pero necesita el empleo. Le enviaré el currículo —dijo sacando el móvil y revisando los correos para reenviarle el archivo a Alessio—. Listo, ya lo tiene en su bandeja de entrada. Lo puede leer a gusto cuando tenga tiempo y me deja saber si está de acuerdo para indicárselo a recursos humanos, así inician los procesos debidos.

—Ahorremos tiempo, Charlize. ¿Quién es la persona? —preguntó. Él quería continuar aprovechando la velada un rato más, en especial porque había visto a una morena muy guapa, entre los invitados, que le sonreía cuando sus miradas se cruzaban.

—Blaire Rosanna Sullivan y es bióloga marina —dijo con una gran sonrisa ignorando lo que ese nombre significaba y el efecto que iba a causar—. La entrevisté por Zoom y me dio una excelente impresión. Sé que la profesión de ella es inusual para un bufete de abogados —comentó—, pero una mujer tan inteligente es capaz de desarrollar cualquier tarea.

Por un instante, Alessio se quedó en shock. Un montón de imágenes y sensaciones lo invadieron de repente como un alud que estuvo a punto de ahogarlo, pero ocultó sus emociones con rapidez, en especial aquel odio que la mención de ese nombre evocaba. Como si fuese una reacción en cadena, todo el veneno acumulado en él se desató; su cuerpo de repente parecía intoxicado de hiel. Alessio esbozó una sonrisa pérfida que Charlize no podría identificar como tal, porque no lo conocía en profundidad. Solo eran colegas de oficina.

—Contrátala, Charlize —dijo con simpleza y un destello cínico en sus ojos azules.

—¿Sin entrevista previa? —preguntó frunciendo el ceño, desconcertada—. Es algo que podría hacerse, claro, y dada la inminente partida de Calista sería idóneo, pero ¿está seguro?

—Tengo la certeza de que será una buena contratación y me confiaré de tus impresiones iniciales —replicó. La mujer esbozó una sonrisa luminosa con un asentimiento.

—Entonces —dijo ella juntando las palmas de las manos—, mi trabajo está hecho. Mañana lo comentaré con recursos humanos para que la contraten. Estoy segura de que la señorita Sullivan se pondrá muy contenta de tener la oportunidad de trabajar para usted.

El guapo italiano soltó una carcajada impregnada de sarcasmo, pero la mujer solo estaba percibiendo lo que sus hormonas le permitían: alegría y empatía alrededor.

—Estoy seguro —replicó, mientras Charlize se alejaba muy contenta.

—Alessio, busca otra persona para el cargo —dijo Kade, al instante, mirando a su mejor amigo con una expresión de ligera inquietud—. Creo que todavía puedes continuar buscando otras personas para ese cargo. No hagas algo de lo que puedas arrepentirte. Si Blaire continúa siendo tan cabezota como cuando la conociste, entonces será una situación tensa.

—¿Arrepentirme de tomar la oportunidad que me entrega el destino para vengarme? No, Kade, eso no será posible —dijo, tomando un largo trago de la copa, con una sonrisa similar a la de un cazador que tenía a la presa a punto de ejecutarla con un disparo certero. En este caso sería lacerarla cuchillada a cuchillada y que sintiera el dolor que le causó—. Voy a convertir su paso por la oficina en un calvario y enviaré a recursos humanos un contrato redactado a mí medida. Nadie va a cuestionarlo, porque no es nada fuera de lo usual.

Kade meneó la cabeza y apretó los labios.

—No quiero ni imaginar lo que vas a poner como cláusulas…

—Seré muy creativo, te lo aseguro —dijo con maldad—. El paquete laboral tendrá muchos beneficios, pero nada llegará sin que la contraparte haga algo a cambio.

Siempre supo que sería un asunto de tiempo que todo cayera por su propio peso: tiempo, lugar y contexto. Nada quedaba sin pagarse en el mundo. Nadie se iba sin cumplir sus penitencias y Blaire no sería la primera. Él iba a encargarse de cobrarle las lágrimas de Laura; la muerte de Giacomo; la incertidumbre vivida en los horribles días del juicio, pero, lo más importante, la falsedad. En especial, cómo lo utilizó durante meses, fingiendo que de verdad le importaba, cuando en realidad tenía planeado casarse con otro. Por estatus y dinero.

—Ya han transcurrido años. No sabes nada de lo que ha sido de Blaire; ya no tiene dieciocho ni tu veintiún años. Quizá, ella tenga niños ¿crees que ellos querrían ver a su madre pasarla mal? —preguntó Kade, en tono inquieto, como si comprendiese que se aproximaba un torbellino del que seguro conocería algunos de los destrozos que dejaría a su paso. Él sabía bastante bien cómo afectaron los Sullivan a la familia de Alessio y lo oscura que fue esa época para su mejor amigo, así que entendía el rencor que guardaba contra Blaire.

—No tiene hijos y ya no está casada —replicó leyendo en voz alta y ácida la información que le envió Charlize al móvil—. Ha tenido una buena vida: viajes de trabajo a Australia, Canadá, Nueva Zelanda, Islandia y una fabulosa estancia de varios años en Hawaii. ¿A ti te parece una persona por la que yo debería sentir empatía? ¿A ti te parece que debería olvidar que me traicionó, Kade? No pierdas la perspectiva.

—No sé, Alessio —dijo meditabundo—. ¿Le darías el beneficio de la duda? Quizá esperar a que conozcas ciertos aspectos antes de hacer alguna burrada.

Alessio se rio sin alegría y tomó otro trago de vino.

—Ese no es un planteamiento que me haya hecho —replicó sin interés.

—¿Vas a cobrarte a través de ella la venganza contra los Sullivan?

—No, el asunto de los laboratorios es aparte, pero no excluyente del todo. El tema de Blaire es personal de un modo distinto —sonrió con malicia—. Ha vivido estos años una existencia glamurosa de viajes de un lado a otro. Su matrimonio seguro se deshizo por sus mentiras o infidelidades —dijo con perfidia—. Necesita una dosis de realidad.

Kade achicó la mirada y bebió en silencio unos segundos.

—Nunca te he visto tan involucrado en querer hacer pagar las consecuencias a una persona de sus acciones como con Blaire. Lo único que sé es que no me gustaría estar en la piel de ella —dijo al notar la resolución en la voz de Alessio—. No tiene idea de lo que va a pasar cuando sea parte del rol de pagos de Mulvani & Feiser —comentó con inquietud. Él había conocido a Blaire, en alguna de las fiestas a las que Alessio la llevaba, y le pareció muy simpática. Ignoraba los detalles de esa ruptura en profundidad—. Solo recuerda que no estás armando un juicio en los tribunales. Aquí no hay negro o blanco, sino volatilidad.

—Te equivocas —replicó con una sonrisa determinada—, este es un juicio muy importante que está designado para resarcir un daño. Justicia en una forma especial. Cuando la haya conseguido, entonces Blaire recogerá los trozos que queden de ella. Tal como me tocó hacer a mí cuando el jurado emitió su fallo y el juez condenó a mi padre a la cárcel.

CAPÍTULO 3

Blaire había pasado una semana en ascuas antes de que Charlize, finalmente, la sacara de la incertidumbre al llamarla para confirmar que iba a contratarla. Le explicó que el cargo ya no sería como su reemplazo por baja materna, sino como asistente legal y que no era necesario que tuviera conocimientos de leyes, porque al ser un asunto administrativo los detalles se aprendían día a día. A Blaire no le importaban los retos, sino tener un ingreso constante para financiar sus metas, hasta encontrar una vacante en su campo profesional.

El edificio Tower Primal quedaba en la cuarta zona de oficinas corporativas más costosa de todo el país: Back Bay. La estructura era imponente. La vibra de lujo y éxito se respiraba con más intensidad a medida que Blaire iba subiendo en el elevador. Ella había nacido en un entorno de riqueza, así que esta clase de lugares no le llamaba la atención. Pero, después de vivir libre de las expectativas sociales, rodeada de naturaleza y hermosas experiencias con su trabajo como bióloga marina, sentía un ligero temblor recorriéndole la columna vertebral al regresar al tipo de ambientes del que había escapado.

Sin embargo, ella necesitaba ese empleo y sabía que era preciso readaptarse. Esta era la razón por la que se despertó más temprano de lo usual para así tener tiempo de domar su abundante cabellera. La recogió en una media coleta y dejó que las ondas suaves cayeran bajo sus hombros. Se esmeró en un maquillaje delicado, pero que resaltara sus ojos verdes y optó por un labial en tono carmín. Sus zapatos eran de tacón negro de punta, la falda tubo color azul y una blusa beige de seda. En general su aspecto era profesional y cercano.

Aunque estaba saliendo de su zona de confort, porque una bióloga marina vestía para el trabajo ropa mucho más holgada y cómoda, le gustaba esta nueva aventura. No iba a permitir que nada le quitara el optimismo que la llamada de Charlize había causado. Así que, cuando las puertas del elevador se abrieron, Blaire esbozó una exhalación acompañada de una sonrisa. La recibió una estancia con paneles de madera, mármol, elegantes cuadros en la pared, mobiliario dorado con vidrio, asientos en formas rectangulares y en tono blanco, así como un ir y venir de personas que parecían estar en una pasarela de moda.

El pasillo en el que estaban todas las oficinas era amplio. Le ofrecieron algo para beber y ella escogió un café bien cargado. No era su bebida preferida, pero la energizaba. Cuando entro en el despacho de Charlize Wytt se sintió a gusto, porque había detalles que lo hacían acogedor. Fotografías familiares, un par de plantitas pequeñas y un ligero aroma a canela. Estos eran los aspectos que humanizaban un poco las estructuras, pero, a juicio de Blaire, nada podría reemplazar jamás los grandes acuarios y, menos, la libertad del mar y el campo.

—Blaire, muchas gracias por venir, me encanta al fin poder saludarte en persona —dijo Charlize con una amplia sonrisa—. Lamento haberme tardado en llamarte, pero —señaló su entorno lleno de documentos—, he estado bastante liada organizando mi partida y preparando a la persona que va a reemplazarme. Por favor, toma asiento.

—Gracias —replicó con suavidad—. Lo importante es que ya estoy aquí. Como te comenté tengo muchas ganas de aprovechar esta oportunidad laboral.

Charlize hizo un asentimiento.

—Recursos humanos me ha enviado tu contrato —le extendió los papeles—. Por favor, léelo detenidamente antes de firmarlo. Si aceptas las condiciones estipuladas en ese documento, tal como te comenté, hoy será tu primer día de trabajo. Una vez que lo firmes, entonces podré darte más detalles sobre la empresa —sonrió—. El cargo de asistente legal es de absoluta confidencialidad y también muy demandante. Si no estás de acuerdo con algún punto señalado, me apena decirlo, pero, a diferencia de otras plazas de trabajo, esto no está sujeto a negociación. El contrato fue diseñado específicamente para esta posición. Los casos que suelen llevarse involucran desde cientos de miles a millones de dólares. Hay información sensible que se gestiona, así como la visita de clientes de un perfil complejo.

Blaire frunció el ceño. Que no pudiera negociar si no estaba de acuerdo con algo, le parecía un poco lejos del estándar de un contrato. Se sintió un poco inquieta.

—Entiendo que la discreción es parte de este empleo —dijo ladeando la cabeza—. No sé mucho de leyes, pero tengo sentido común. Si hubiera un caso complejo y los involucrados tuvieran un antecedente controversial o peligroso, así como los capos de la droga mexicana, la verdad es que no quisiera sentirme en riesgo si manejara información sensible...

—No, no —dijo riéndose—, para nada. Qué pena, no quise asustarte. Sí, hay casos de alto perfil, pero te puedo anticipar que el abogado al que asistirías no lleva el área penal, que es la clase de especialidad que se involucra en asuntos más delicados por decirlo de algún modo. Él se dedica a litigios civiles a gran y mediana escala. No habría riesgos para ti.

—No quise sonar paranoica —dijo Blaire sonriendo—. Solo quiero estar segura.

—Para nada, sé de dónde vienes profesionalmente, así que es comprensible. Aquí tomamos muchas precauciones en general. Aunque seas asistente legal o yo coordinadora administrativa, las cláusulas de los contratos pueden variar según la necesidad.

—Vale, lo comprendo —murmuró y luego bajó la mirada para empezar a leer.

El pago mensual era bastante decente. Al respecto no iba a quejarse, porque le venía bien. Sin embargo, se estipulaba que si ella faltaba a sus funciones o incurría en un error que pudiera comprometer los procesos, su jefe podría descontarle la cantidad que considerara óptima del sueldo. Esto le pareció a Blaire confuso, porque ¿bajo qué criterio se podría establecer algo como esto? La hora de entrada era a las seis y media de la mañana. «¿Qué despacho legal o instancia pública funcionaba a esa hora?». Parte de su trabajo sería atender la agenda profesional y también la personal del abogado del que sería asistente legal. Ella había trabajado con focas temperamentales y tiburones hostiles, así que un humano no era amenaza. Aparte, le ofrecían una bonificación que estaba sujeta a la aprobación de su jefe y que, si no estaba satisfecho con su desempeño, podría eliminarlo de los beneficios.

El contrato era de cinco meses a partir de la firma con opción a renovarse si el que sería su jefe así lo aprobaba. En el caso de que la despidiesen, ella aceptaba que no tenía derecho a compensación ni a demandar al bufete. En el caso de que Blaire decidiera renunciar, antes de acabar el tiempo del acuerdo laboral, la compañía podría demandarla por incumplimiento.

Esto hizo que ella elevara la mirada. Le parecían unas cláusulas brutales.

—Charlize —dijo frunciendo el ceño—, ¿no puedo renunciar…? ¿Y qué pasa si me encuentro en una situación incómoda y de desventaja en algún punto? Aparte, el asunto del descuento salarial cuando al jefe le parezca que no he cumplido con los parámetros. ¿Bajo qué estándares? ¿No puedo disputarlo si me parece que es algo injusto? Este contrato es draconiano. Como si hubiese sido redactado esperando a que falle o me rinda. El enganche es el sueldo competitivo que están ofreciendo, pero es como sujetar una zanahoria al conejo.

La mujer de cabello negro y rostro redondo entrelazó los dedos de las manos sobre la superficie del escritorio. Observó a la pelirroja con empatía. Ella había leído el contrato y, por supuesto, le parecía bastante inusual y extremista. No obstante, viniendo de un abogado con la fama de ser inclemente, implacable y sanguinario en la corte, como Alessio, tenía mucho sentido hasta cierto punto. El hombre era uno de los abogados estrella del bufete. Su récord de casos ganados lo precedía y había ascendido meteóricamente desde que fue contratado.

—El abogado para el que trabajarías es uno que mantiene un promedio de éxito muy alto. Sus horarios son demandantes y cambiar de asistente implica un retraso en sus procesos, lo cual se traduce en pérdida de dinero. Sé que es un contrato inusitado, pero no estás desprotegida como futura empleada —dijo con sinceridad—. Aunque las cláusulas no puedan negociarse, lo anterior no implica que no tienes derechos ni mucho menos. Si necesitas asistencia ante una situación que atente contra tu integridad física o mental puedas quejarte. Hay un comité de protección al empleado y que funciona de manera independiente.

—Oh, bien, pero ¿es posible agregar eso al contrato? —preguntó.

—Está en la última cláusula —sonrió—. Estás protegida bajo el código laboral, Blaire. El documento se refiere a temas específicos de remuneración e incumplimiento, pero bajo ninguna circunstancia de omisión de tus derechos. Por favor, sigue leyendo.

Blaire hizo un asentimiento más tranquila ante la explicación de Charlize.

—Vale —murmuró leyendo de nuevo hasta el final. Cuando corroboró lo que la hermana de Paul acababa de decirle sobre sus derechos como empleada, las prestaciones y beneficios generales, agarró un bolígrafo y estampó su firma en cada página—. Aquí está —dijo entregándole el documento con una sonrisa—, creo que cinco meses serán interesantes de navegar en un ámbito diferente del que estoy habituada. La renovación queda abierta.

Ella era una persona capaz de comprometerse y resistir a las adversidades. Solo tenía que hacer bien su trabajo, cumplir las expectativas de desempeño y resolver inconvenientes. ¿Renunciar? Por supuesto que no. Estaba segura de que sería una experiencia estupenda. Sí.

—Sí. Gracias, Blaire —dijo con una sonrisa e incorporándose del asiento con cierta dificultad—. Bienvenida a Mulvani & Feiser. Acompáñame para presentarte al abogado que será tu jefe. Aquí es el piso veintitrés y solo está el área administrativa, recursos humanos, la biblioteca y la sala de archivo, además de los paralegales. Si te apetece comer también hay una cafetería gratuita que abre desde las siete de la mañana hasta las nueve de la noche.

Caminaron a lo largo del pasillo y luego fueron hacia recursos humanos. Charlize presentó a Blaire y entregó el contrato firmado. Después se dirigieron a los elevadores.

—Oh, pero es un área inmensa, creía que aquí estaban las oficinas de los abogados.

—No —dijo sonriendo y presionando el botón del piso veinticuatro—, pero hacia allá nos dirigimos. Cualquier comentario o necesidad que tengas lo puedes discutir con mi reemplazo, que ahora mismo está haciendo unas diligencias, se llama Leyla Johnson. O, si no, también puedes ir a recursos humanos con Bliss Carlson. Está enterada de todo.

—Sí, la verdad estoy impresionada con este ambiente. Mi hábitat —dijo riéndose por el uso de la palabra—, pues suele estar lleno de delfines, mantarrayas, focas, pingüinos y otros animales preciosos que no tienen la habilidad de usar las palabras.

Charlize se rio de buena gana e hizo un asentimiento.

—Quizá algún día me anime a pedirte que me lleves a bucear como me comentó mi hermano que hacías en tu tiempo libre —dijo con amabilidad.

—Oh, por supuesto, hay algunos lugares en los que se bucea por la zona costera. Me encantaría ser tu guía cuando estés lista —replicó.

En la noche que conoció a Paul tuvo varias horas para conversar y conocerse. Quedaron en salir a tomar unas copas, pero ella no creía que tendría tiempo para eso, en especial con los horarios de la oficina. Aunque, claro, suponía que Percy y Leonela, cuando esta volviera de Asia, insistirían en ir de fiesta. Sus amigos eran expertos convenciéndola.

Avanzaron sobre el suelo alfombrado del piso veinticuatro. La iluminación era de luz cálida, la decoración clásica, predominaba una gama de azul con blanco matizado, además de una mezcla de madera, mármol y vidrio en los accesorios y mobiliario imponente. Los ventanales dejaban admirar una vista espectacular de la ciudad. Un privilegio visual sin duda.

—Gracias, Blaire —replicó a medida que caminaba—. En este piso están las oficinas de los socios y abogados senior. Cada una está bastante separada de la otra para dar privacidad, así como también cuentan con un botón para tintar los vidrios oscuros en el caso de que ciertas reuniones lo ameriten. Hay dos salas de juntas. Este piso tiene su propia cafetería y cuando hay comités que tengas que coordinar, los llamas para pedir que lleven servicio de catering.

Se acercaron hasta el final del pasillo y doblaron a la izquierda. El área parecía más silenciosa que el resto y una pared de vidrio dejaba ver la ciudad sin interrupciones. La puerta de la oficina, ubicada a un costado del escritorio vacío de madera oscura, estaba cerrada. Charlize le explicó que Calista Fellows ya no estaba para entrenarla, porque hubo un conflicto de horarios y se tuvo que marchar a Canadá antes de lo previsto, pero que podía encontrar sus datos en el escritorio porque estaba comprometida en entrenarla a distancia.

—Gracias por informarme sobre el asunto de la cafetería y el catering. Sobre Calista, la llamaré e iré aprendiendo poco a poco… —dijo Blaire. Sentía un ambiente calmado, pero ella no lo estaba por completo. No comprendía la sensación.

—Perfecto, la verdad es que me tengo que marchar a una reunión, pero quiero darte los detalles de tu nuevo jefe ya que él no está aquí todavía. El abogado…

—Buenos días —dijo una voz varonil y profunda a sus espaldas.

Charlize se giró de inmediato, pero no así Blaire.

Esa voz era una que llevaba años sin escuchar y que durante mucho tiempo la había perseguido, hasta que poco a poco se fue desvaneciendo. No creía posible que esto estuviera sucediendo. «Quizá son alucinaciones», pensó con un nudo en la garganta. Durante breves segundos no fue capaz de moverse, pero habría parecido una ridiculez permanecer de espaldas, así que se obligó a girar. Ante ella estaba un hombre de traje hecho a medida, en tono gris marengo, que se amoldaba a un físico imponente. El cabello negro lo tenía peinado hacia atrás y los profundos ojos azules hacían un juego perfecto con la barba de tres días sin afeitar.

A cualquier mujer le hubiera causado impacto, hasta el punto de hacerla sonreír. En el caso de Blaire, lo que sentía era como si le hubiesen dado un puñetazo en el abdomen quitándole el aire. «No puede ser. Esto no puede ser», pensó, mientras observaba al hombre que una vez tuvo su corazón en las manos y lo pisoteó sin remordimiento. El tiempo había transcurrido y Alessio no se asemejaba para nada al chico de hacía ocho años atrás. Esta versión era más pulida, elegante, aunque todavía conservara ese aire ligeramente rebelde escondido para quien supiera reconocerlo. Sus hombros eran más anchos, el aire de seguridad que exudaba era mucho más consistente y destilaba un aura de innegable autoridad.

Durante varios segundos, que le parecieron eternos, se miraron en silencio. Aunque Blaire quiso ignorar el cosquilleo que le recorrió la piel, una mezcla de incredulidad, dolor y rabia, este se propagó de todos modos en sus sentidos. Sin embargo, logró detenerlo antes de que su rostro delatara no solo la sorpresa que implicaba saber que trabajaría para él, sino el modo en el que el resentimiento, por cómo la trató años atrás, afloró con fuerza.

Su instinto le gritaba que se marchara, pero su amor propio, aquel que le había permitido sobrevivir, la instó a que permaneciera de pie. Ella necesitaba ese trabajo y pretendía mantenerlo. Así que ignoró las pupilas de Alessio que parecían dos témpanos de hielo e irradiaban desdén hacia ella. Logró bloquear ese veneno que intentó anidarse en su cuerpo. «¿Cómo tenía la osadía de mirarla de ese modo, después de cómo la trató años atrás?».

—Abogado, buenos días, le presento a Blaire Sullivan, su nueva asistente legal —dijo Charlize ajena a la tensión que se cocía en el ambiente. Después miró a la pelirroja—: Blaire, te presento a tu jefe, el abogado Alessio Rocchetti. Aunque me encantaría continuar acompañándolos, me reclaman otras responsabilidades. Que pasen un buen día —se despidió esbozando una sonrisa y se alejó con rapidez, porque la esperaban en otra reunión.

¿Quieres leer más de Alessio & Blaire?
Cautivos en la penumbra, está disponible escribiendo este enlace o dando un clic aquí: http://mybook.to/CAUPEN

Puedes contactar a la autora en redes sociales.
Instagram, Facebook, TikTok y Twitter: @KristelRalston

También puedes **seguirla en Amazon** para estar al corriente de sus próximas novedades literarias: http://www.amazon.com/author/kristelralston

Si te apetece contactarte, a través de **un email**:
kristelralstonwriter@gmail.com

OTROS TÍTULOS DE LA AUTORA

Disponible en las principales plataformas digitales. AppleBooks, Kobo, Scribd, Tolino, El Corte Inglés, La Casa del Libro, Fnac, etc. Formato papel + audiolibro en Amazon.

La mayor parte de las novelas están gratis en Kindle Unlimited vía Amazon.

Oscura redención
Mientras no estabas
El precio del pasado
La venganza equivocada
Si hubiese un mañana
Un hombre de familia
Tentación al amanecer
La última princesa del desierto
El último riesgo (Match Point 1)
Un acuerdo inconveniente (Match Point 2)
Punto de quiere (Match Point 3)
Un desastre perfecto (HarperCollins Ibérica – HQÑ)
Votos de traición.
Antes de medianoche.
Cálido Invierno (Relato corto).

Puedes encontrar a la autora también en **Wattpad** con su usuario:
@KREATEB

También tiene cuenta en **Inkspired:** @KristelRalston

Inclusive **INKITT:** Kristel Ralston

SOBRE LA AUTORA

Escritora de novela romántica y ávida lectora del género, a Kristel Ralston le apasiona narrar historias en las que un héroe arrogante y obstinado hace todo lo posible para conquistar a la mujer que ama. ¿Enemigos y amantes? ¡Sí, ese es uno de sus temas favoritos a escribir, además de las venganzas entre los protagonistas, en sus novelas! Kristel se graduó de periodista, pero optó por dar otro enfoque a su carrera y fue a Europa para estudiar un máster en relaciones públicas; en su estancia académica descubrió su pasión por la narrativa y luego decidió escribir su primer libro.

En el 2014, Kristel dejó su trabajo de oficina, en la que ejercía como directora de comunicación y relaciones públicas, para dedicarse por completo a la escritura. Desde entonces ya tiene publicados 36 títulos y ese número promete continuar en ascenso. La autora no solo trabaja de forma independiente en la plataforma de Amazon, KDP, sino que ha publicado también con editoriales como Grupo Editorial Planeta (España y Ecuador), HarperCollins Ibérica (con su sello romántico HQÑ), y Nova Casa Editorial. Muchas de sus historias pueden encontrarse también en diferentes plataformas digitales de pago, así como en formato audio.

Su novela "Lazos de Cristal", fue uno de los cinco manuscritos finalistas anunciados en el II Concurso Literario de Autores Indies (2015), auspiciado por Amazon, Diario El Mundo, Audible y Esfera de Libros. Este concurso recibió más de 1.200 manuscritos de diferentes géneros literarios de 37 países de habla hispana. Kristel fue la única latinoamericana y escritora de novela romántica entre los finalistas. Ella también fue finalista del concurso de novela romántica Leer y Leer 2013, con el libro "Bajo tus condiciones", organizado por la Editorial Vestales de Argentina y el blog literario Escribe Romántica. La novela finalmente fue publicada por Grupo Planeta España y Ecuador, en formato papel y digital.

Kristel ha publicado varias novelas como Sinuosa tempestad, Veneno en tu piel, Hermosas Cicatrices, Sueños Robados, Seduciendo al Destino, Pasión Irreverente, Pasión Sublime, Silencio Roto, Seduciendo al Destino, El Placer del Engaño, Los Mejores Planes, Tentación al amanecer, Votos de traición, Un hombre de familia, Un desastre perfecto, Estaba escrito en las estrellas, Entre las arenas del tiempo, Brillo de luna, Mientras no estabas, Punto de quiebre, La venganza equivocada, El precio del pasado, Un acuerdo inconveniente, Lazos de cristal, Bajo tus condiciones, El último riesgo, Regresar a ti, Un capricho del destino, Desafiando al corazón, Más allá del ocaso, entre otras. Los libros de Kristel también pueden encontrarse en varios idiomas tales como inglés, francés, italiano, alemán, hindi y portugués.

La autora fue nominada por una reconocida publicación de Ecuador, Revista Hogar, como una de las mujeres del año 2015 por su destacado trabajo literario. En el mismo año participó en la Feria Internacional del Libro de Guadalajara, en el estand de Amazon, como una de las escritoras de novela romántica más vendidas de la plataforma y en calidad de finalista del II Concurso Literario de Autores Indies. Repitió la experiencia, compartiendo su testimonio como escritora de éxito de Amazon KDP en español, en marzo del 2016, recorriendo varias universidades de la Ciudad de México y Monterrey.

Kristel ha sido y es jurado del Premio Literario Amazon Storyteller en español, ediciones 2020, 2021, 2022 y 2023. Ella es la primera escritora ecuatoriana de novela romántica reconocida nacional e internacionalmente. La autora se considera una ciudadana del mundo que disfruta viajando y escribiendo novelas que inviten a los lectores a no dejar de soñar con los finales felices.

Made in the USA
Thornton, CO
10/22/23 01:40:59

7bd707a9-54cc-4d47-af1d-56426b31b0f6R01